寫給地球人的
三體說明書

齊銳

U0088502

楓樹林

前　言

　　長篇科幻小說《三體》以力學中的「三體問題」為名，從由3個天體複雜的不規則運動引發的星際移民故事說起，既描寫未來，也注重現實。小說內容的時空跨度極大，從登場人物親歷的歷史到遙遠的未來；從身邊的世界到平行宇宙。既有販夫走卒，也有執劍英雄；既有場面宏大的宇宙大戰，也有跨越億萬光年的愛情傳奇。

　　作為一部「硬」科幻作品，《三體》所描繪的世界並非作者的空想，而是基於紮實的科學理論和嚴謹、細緻的技術推演。《三體》三部曲的內容浩繁，涉及眾多科學領域。小說中極具想像力的科幻腦洞和跌宕起伏的故事情節，讓科幻迷們讀起來感到特別過癮。不過，也有很多讀者在閱讀小說時覺得吃力，因為他們不太明白文中眾多科技名詞的內涵。如果有人能為他們解釋那些名詞、講述其背後的科學故事，說不定會使他們讀得更順暢。

　　本書的初衷，就是解讀該系列小說的科學概念、分享筆者閱讀時的收穫，與讀者共同探究小說中的思想內涵。本書以《三體》的情節為線索，對該系列小說中提及的部分科學原理和科技名詞做了簡要解說，涉及自然科學中的數學、人工智慧、古典力學、相對論、量子力學、宇宙學、熱力學、弦理論、天文學、認知科學等，還有賽局理論、歷史和哲學等人文學科。本書突出描寫學科的發展和科學家的故事，力圖體現科學方法和科學精神。為了方便讀者閱讀、快速瞭解重點內容，書中每一章都以「關鍵詞」的方式列出該章涉及的主要專有名詞。此外，本書也搭配了輕鬆、有趣的插圖，適合各個年齡階段的讀者閱讀。

　　愛因斯坦（Albert Einstein）說過：「提出一個問題，往往比解決一個問題更為重要。因為解決問題也許僅需要技能，而提出新的問題、新的可能性，以及從新的角度看問題，卻需要具有創造性的想像力，而這標誌著科學真正的進步。」

本書並非只對《三體》的內容做出解釋和猜想，還提出了許多問題，有的出現在每章的導語中，有的則在正文中。坦白說，書中提出的問題比給出的答案多很多。如果這些問題能引發讀者對自然、社會的思考，啟發讀者從不同的視角審視科技發展與社會歷史、人文精神的關係，筆者將感到十分榮幸。

　　子曰：「三人行，必有我師焉。」由於筆者學識水平有限，書中可能出現疏漏和錯誤，敬請各位讀者批評指正。筆者在此致以誠摯謝意！

齊銳

2022 年夏於北京

目　錄

附錄　相關名詞中英對照

解説

齊貓　　　　　　　　　鹹魚君

第一章　3顆太陽
——三體問題與三體世界

　　假如在一個空曠的世界中只存在一個天體，那麼這個天體可能會保持靜止，或是一直進行直線運動，狀態既穩定又無趣；如果再加入一個天體，這兩個天體則會相互影響，給單調的世界帶來變化。然而，隨著時間推移，這二者的關係還是會趨於單一：可能合併在一起，或是圍繞著對方運動，最終這個世界還是會保持穩定。是不是仍然很無趣？別急，一旦加入第三個天體，一切都會變得截然不同。第三個天體的出現將給這個世界帶來無窮的變化！

　　三體問題所研究的，就是這樣一個令人著迷的事實。

 關鍵詞

　　三體問題、萬有引力定律、二體問題、精確解與近似解、混沌現象、完美數學問題、比鄰星、拉格朗日點

混亂的三體世界

在本書的開篇，讓我們先來聊一聊《三體》這部系列小說的名字。小說中，作者想像出一個名為「三體」的外星文明。讀過小說後，大部分讀者應該都能理解「三體」這一名字的來源：在這個文明所處的行星世界中，天空中有3個太陽。

小說對三體文明所處環境的描寫非常生動，給不少讀者留下深刻的印象。比如第一部的第16章中，小說對三體世界出現的「三日凌空」現象就有這樣一段令人驚嘆的描寫。

> 汪淼抬頭望去，看到三輪巨大的太陽在天空中圍繞著一個看不見的原點緩緩地轉動著，像一輪巨大的風扇將死亡之風吹向大地。幾乎占據全部天空的三日正在向西移去，很快有一半沉到了地平線之下。「風扇」仍在旋轉，一片燦爛的葉片不時劃出地平線，給這個已經毀滅的世界帶來一次次短暫的日出和日落，日落後灼熱的大地發出暗紅的光芒，轉瞬而來的日出又用平射的強光淹沒了一切。三日完全落下之後，大地上升騰的水蒸氣形成的濃雲仍散射著它的光芒，天空在燃燒，呈現出一種令人瘋狂的地獄之美。
>
> 摘自《三體 I》

怎麼樣，這個世界看起來是不是很瘋狂？在三體世界裡，不僅會出現三日凌空，還會出現飛星不動、三日連珠……人類前所未見的神奇天象在這裡都是家常便飯，完全超出了我們的想像。

不僅如此，在三體世界裡，晝夜變化和寒暑交替也沒有任何規律可言。這裡有時候會出現「恆紀元」，有時候則會突然出現「亂紀元」。恆紀元中，晝夜有規律地變化，季節也定期變換——這時的自然環境很適合生

命的繁衍和進化；而亂紀元中，晝夜輪迴、季節變換完全無序，令人捉摸不透。這時的世界會一下子陷入極度嚴寒，氣溫降到攝氏零下100度以下，連空氣都被凍成冰；一下子烈日炎炎，氣溫高到能讓星球表面所有物品都燃燒起來。

在恆紀元與亂紀元交迭中，一旦出現時間稍微長一點的恆紀元，三體文明就必須抓住這個難得的機會趕緊發展。然而，情況往往是文明還沒發展多久，亂紀元就突然降臨，對發展中的文明造成毀滅性的打擊。在亂紀元中，三體人不是被凍死就是被熱死，好不容易發展起來的文明也就這樣消亡了。只有當恆紀元再次出現時，文明發展才能從頭再來。這樣看來，這個三體世界可真是太不宜居了。

三體世界的自然環境究竟為什麼如此嚴酷呢？這個問題的答案正好對應了該系列小說的標題——《三體》。三體世界氣候不穩定的根本原因就在於這3個太陽的運動毫無規律。

小說的這個設定可謂腦洞大開。天上竟然會有3個太陽，三者的運動還找不到任何規律！這真的可能發生嗎？其實，這個設定還真不是無中生有。小說中的「3個太陽」進行的是3個天體的無規律運動，反映了科學領域一個真實存在的問題——三體問題。

現實中的三體問題令科學家們著迷不已，但人們至今也只是發現了其中一部分奧祕而已。這究竟是一個怎樣的問題呢？

匪夷所思的三體問題

三體問題最初源於天體力學。簡單地說，是指**3個天體在相互之間的萬有引力作用下產生的運動規律問題**。實際研究這個問題時，一般會進行適當的簡化。比如，會暫時不考慮這3個天體的體積、形狀，而是把它們視為3個沒有大小的質點，進而研究三者在引力作用下的運動規律。（當然，質點只是簡化後的物理學模型，現實世界中並不存在這麼理想的物體。不過，當天體之間

的距離遠遠大於其自身大小時，天文學家往往會進行這樣的簡化。）然而，即使被簡化過，這個理論問題解決起來也十分複雜。

讀到這裡，你可能感到不解：「如果這些天體之間只存在引力，用萬有引力定律計算出它們受到的引力大小，再找出運動規律，不就可以輕鬆解決三體問題了嗎？」

我們都知道，著名英國科學家艾薩克・牛頓（Isaac Newton）在1687年發現了萬有引力定律。他指出，**任意2個物體間都存在相互吸引的引力，而引力的大小與2個物體質量的乘積成正比，與它們之間距離的平方成反比。**換句話說，就是物體的質量愈大，引力愈大；二者的距離愈近，引力也愈大。我們可以看出，萬有引力定律針對的是「二體問題」，也就是**2個天體在相互之間的萬有引力作用下的運動規律問題。**

確實，我們如果知道了2個天體之間引力的大小，就能夠計算出其運動規律，並且精確地預測它們會在某個時刻處於什麼位置。也就是說，解決二體問題是非常簡單的。宇宙中，由2個天體組成的天體系統普遍存在，我們一般稱之為雙星系統，這種系統總能保持穩定狀態。

那麼，如果在這個系統裡多加一個天體，在引力作用下又會呈現怎樣的運動呢？這就是三體問題的核心。然而，令人感到驚異的是，僅僅只是多加一個天體，萬有引力定律就彷彿真的不再「萬能」了。

300多年以來，包括牛頓本人在內的很多數學家，例如：皮耶－西蒙・拉普拉斯（Pierre-Simon Laplace）、約瑟夫・拉格朗日（Joseph-Louis Lagrange），都對三體問題展開過研究，他們都希望能用數學公式完美地描述3個天體的運動規律。然而令人震驚的是，最終誰都沒能成功地解決這個問題。科學家們發現，描繪3個天體在引力作用下的運動軌跡，竟然如此困難重重。牛頓甚至寫道：「如果我沒算錯，同時考慮所有運動的起因，並根據精確的規律定義這些運動，是任何人類的智力都不能勝任的。」

總而言之，三體問題如一片揮之不散的陰霾，籠罩在科學大廈的上方。

完美數學問題

這個看起來簡單、解決起來又很複雜的三體問題,正是一個著名的「完美數學問題」。你可能感到好奇,數學中居然有完美的事物嗎? 一般我們都認為數學、物理、化學等自然科學依靠的是邏輯推演和歸納總結,體現的是純粹的理性,如何談得上完美或不完美呢?

1900年,於法國巴黎召開的第二屆國際數學家大會上,德國數學家大衛・希爾伯特(David Hilbert)發表名為〈數學問題〉(*Mathematic Problems*)的著名演講,提出完美數學問題的概念。他在演講中提到,**最完美的數學問題應該符合以下2個特點:第一,有關這個問題的表達是清楚且簡潔的;第二,對這個問題的研究會促進更多新的數學思想產生。**

演講中,希爾伯特列舉了多個當時尚未被解決的數學問題,其中之一就是三體問題。那麼,三體問題究竟完美在哪裡呢?

前面講過,三體問題研究的是經過簡化的3個天體在引力的相互作用下的運動規律。這一問題的描述相當清楚和簡潔,顯然符合完美數學問題的第一個特點。但是,這具備完美數學問題的第二個特點嗎? 在研究三體問題的時候,是否出現了什麼新的科學理論?

為了回答這個問題,我們還要從距今100多年的著名法國數學家亨利・龐加萊(Henri Poincaré)的故事說起。

無解才是真正的解?

1885年,瑞典學術雜誌《數學學報》(*Acta Mathematica*)上刊登了一則引人注目的公告:時任挪威國王的奧斯卡二世是一名數學愛好者,他為了紀念自己60歲的生日,願意用2500瑞典克朗懸賞4道數學難題的答案,獲

獎的答案會被刊登在雜誌上。而這些難題中就有一道是關於太陽系的穩定性，與我們討論的三體問題息息相關。我們先來看看這道題具體問什麼。

我們生活的太陽系中，除了太陽，還有幾顆大行星和眾多小天體。這麼多天體同處在太陽系內，並透過引力相互作用，**在錯綜複雜的引力作用下，太陽系能保持穩定的狀態嗎？** 太陽系遠不只 3 個天體，所以這其實是一道多體問題，在數學上被稱為「N 體問題」（N≥3）。

這則公告發出去後，很快就有許多學者躍躍欲試，N 體問題也成為數學界的研究重點之一。最終，由法國數學家龐加萊於 2 年後獲得此一問題的懸賞金。不過，他並沒有真正解決 N 體問題；恰恰相反，他證明了「**包括三體問題在內的 N 體問題，在數學上是無解的**」。雖然龐加萊的研究沒有完全解決奧斯卡二世原先提出的問題，但比賽的評委們認為他的研究結果同樣非常重要，甚至會為整個天體力學的研究開創新紀元，所以仍然將獎金頒給了他。

龐加萊發現 N 體問題在數學上無解

三體問題聽起來如此簡單，但在數學上竟然沒有解，甚至還有科學家因為證明了這個問題無解而獲獎，是不是非常不可思議？

其實，龐加萊所說的「無解」是指「無法求得數學上的精確解」。那麼

什麼是精確解呢？這是在求常微分方程式的解時會涉及的數學概念。

解決力學問題時，科學家會先建立一個數學模型。以N體問題來說，其數學模型就是一系列常微分方程組。不難理解，若能解出這個方程組並得到解的數學表達式，就代表科學家找到了N個天體在引力作用下的運動規律。只要把天體運動的初始狀態以及要預測的時間點等數據代入這個表達式，就能知道天體在某個時間點的位置和速度大小了。這個表達式就是所謂的精確解。

但是，事與願違，科學家們無法透過求方程組的解得到N體問題的數學表達式。他們只能退而求其次，採用插值、逼近等方法求出近似解。這種近似解並不是對運動規律的精確描述，而是在一定誤差範圍內的近似描述。因此，對追求完美的數學家而言，N體問題就相當於無解了。

歷史上，有關龐加萊的獲獎還有一段有趣的小插曲。最初，龐加萊曾寫過一篇文章，宣稱自己計算出3個天體的運動軌跡，解決了三體難題。然而，隨後他便發現證明過程中存在一個嚴重的錯誤，計算結果其實是不成立的。為了防止已發表的錯誤論文流傳開來，他不得不自掏腰包，付出大筆費用來回收已經印刷好的雜誌，金額甚至超過他從國王那裡獲得的獎金——可憐的龐加萊，這真是一個令人哭笑不得的結果。

混沌現象與三體問題

我們把N體問題中N個天體的組合稱為「N體系統」。三體系統的運動規律讓人無法準確預知，這背後的深層原理究竟是什麼呢？

龐加萊獲得獎金後，進一步研究了導致N體問題不可解的內在原因，他發現這種不可解源於確定性系統中蘊含的不確定性，也就是後人所說的「混沌現象」。自此，龐加萊成為混沌理論的早期開創者，這一發現也為人類打開了一扇認識混沌現象的大門。

可能很多人都聽說過「混沌現象」，這是指**自然界中普遍存在、貌似隨**

機的不規則運動。出現混沌現象的系統就是混沌系統。一般來說，混沌系統的運動永遠不會出現規律性的重複，我們無法對其未來進行準確預測。但是，混沌現象與真正的隨機現象不同。隨機現象完全沒有規律，就像我們擲骰子或硬幣一樣，出現的結果是隨機而無法預測的；然而，出現混沌現象的系統往往能用一組非線性的數學方程式描述，就像三體問題的常微分方程組那樣，只不過這些方程式不一定有精確解。

此外，尤其關鍵的一點是，混沌系統對初始狀態極為敏感。也就是說，對一個混沌系統來說，在任何一個時間點，其狀態哪怕只有一點微小改變，都會導致隨後的發展出現巨大變化。這也是混沌現象與隨機現象有著本質性不同的地方之一。

具體而言是什麼意思呢？你可以用我們熟知的蝴蝶效應來理解混沌系統的發展。南美洲亞馬遜河流域的熱帶雨林裡，一隻蝴蝶輕輕搧動一下翅膀，就可能在2週後引起美國德州的一場龍捲風。也就是說，一點微小的擾動都可能帶來翻天覆地的變化，可說是「草蛇灰線，伏脈千里」。

三體問題乃至N體問題，都具有這種對初始條件極為敏感的特點。這就導致N體系統接下來的發展完全不可預測，會出現混沌現象。因此，N體問題在數學上無法求出精確解，只能求得近似解。這樣一來，就會出現一個大麻煩：既然是近似解，其近似程度無論多高，都不是完全精確的，會存在一定的誤差。

現實世界中，動力學系統主要分為2大類：線性系統和非線性系統。科學家發現，儘管不是所有非線性系統都是混沌系統，但是混沌系統都是非線性的。換句話說，非線性有可能是導致混沌現象出現的根本原因。

例如：氣象系統就是典型的非線性系統，且具有典型的混沌現象。短期的天氣預測一般比較準確，但長期的天氣預測往往存在誤差。這是我們在日常生活中就能體會到的。1960年代，美國氣象學家愛德華・諾頓・羅倫茲（Edward Norton Lorenz）首先指出了這點，並因此被稱為混沌理論之父。

在龐加萊之後，許多科學家都投入了龐大精力來研究自然界中神奇的混沌現象，混沌理論成為現代科學關注的焦點。甚至有人說，繼相對論和

量子力學之後，混沌理論掀起了基礎科學的第三次革命。

再來看看經典的三體問題。幾百年來，對三體問題的研究促使微分方程理論不斷發展。雖然科學家至今未找到普遍適用的解析解（編註：利用解析方法，如代數、極限概念所求得的解），但從數學角度來看，他們並非一無所獲。科學家陸續發現，一些三體運動在特殊情況下會出現規律的週期現象，這就是所謂的三體問題的**特解**。目前發現的特解有3大類（3族）共13種，其中一類就是拉格朗日－歐拉族，其與航太領域中著名的拉格朗日點有關，我在「神奇的拉格朗日點」（30頁）小節會詳細介紹。

話題再次回到完美數學問題上。我們已經知道，三體問題研究的是3個天體在引力相互作用下的運動規律，其表達相當清楚和簡潔，符合完美數學問題的第一個特點；而龐加萊從三體問題出發，發現對現代基礎科學產生深遠影響的混沌理論基礎，說明三體問題符合完美數學問題的第二個特點——在解決這個問題的過程中促進了新數學思想的產生。這樣看來，三體問題的確是一個完美數學問題。

不過，這道完美數學問題產生的影響可並不那麼完美。因為三體問題沒有精確解，人們無法準確預測三體世界裡3個太陽的運動。

太陽系的穩定性

接下來，讓我們把目光轉回太陽系。讀到這裡，可能一些讀者已經產生了強烈的危機感：「我們的太陽系中有這麼多天體，它們的運動會不會也像三體系統那樣毫無規律呢？更關鍵的是，如果天體的運動沒有規律，我們的地球會不會某天突然撞上太陽呢？」當年奧斯卡二世懸賞的數學問題之一，不正是這個問題嗎？

請不用擔心，現實並沒有那麼糟。科學家在對三體問題的實際研究中發現，只有在3個天體質量相近時計算其運動規律，才會遇到麻煩。如果不符合這個條件，例如：當其中一個天體的質量相對另外兩個來說特別小

時，科學家們就會把三體問題簡化，視為所謂的**限制性三體問題**。不過，即便是針對簡化後的三體問題，數學家拉格朗日當年也只找到了5個特解，一般性的解析解至今仍然沒有被發現。

科學家在實際研究中往往會把限制性三體問題進一步簡化，乾脆當作二體問題來求近似解。舉例而言，在地球、月亮和人造衛星組成的系統中，人造衛星的質量很小，因此科學家在研究人造衛星的運動時，完全可以忽略其對地球和月亮的引力作用。透過這樣的簡化，科學家就可以在一定的誤差範圍內，對人造衛星的運動進行預測了。

不過需要注意的是，如果3個天體的質量非常相近，三體問題就不能進行這樣的簡化。所幸，天體問題在大部分情況下是可以進行簡化的，天文學家往往會利用這個思路來處理複雜的N體問題，以便能在數值上求得天體運動的近似規律。

例如：為了計算行星軌道和預測行星位置，天文學家提出了「攝動理論」，這個理論就是先把複雜的太陽系N體問題簡化為二體問題，然後用求近似解的方法研究各個行星和衛星的運動。**攝動指在二體問題中，被研究的天體因受到其他天體的引力或其他因素影響，而偏離原有軌道的運動。**歐拉（Leonhard Euler）、拉格朗日、高斯（Carl Friedrich Gauss）、拉普拉斯等數學家也對攝動理論研究做出過貢獻。時至今日，攝動理論不僅常用於解決天文學、天體力學問題，更在理論物理和工程技術等領域得到廣泛應用，也常被稱為「微擾理論」。

瞭解了限制性三體問題、攝動理論這兩個前提後，我們再來看看太陽系的情況。眾所周知，太陽系中只有1顆恆星，那就是太陽。太陽的直徑約139萬公里，比大部分行星大很多，是地球的109倍，其質量占整個太陽系中所有天體質量總和約99.86％。也就是說，太陽在太陽系中占據絕對的主導地位，所有行星和小天體都圍繞太陽運動。

這樣一來，科學家就能在數學上對太陽系的情況進行簡化，從而得到其中天體的運動規律。例如：分析地球圍繞太陽運動的規律時，大多數情況下科學家會把太陽和地球的運動看作二體問題，而把其他行星對地球的

引力影響視為微擾或攝動。科學家經過計算發現，太陽系從整體上看還是比較穩定的。太陽系存在了40多億年之久，就是對其穩定性的最好證明。

身在福中不知福

我們人類世世代代都生活在太陽系的地球上，早就習慣了日升日落、寒來暑往這樣穩定而有規律的世界。因此我們會認為，這樣的穩定狀態就是宇宙的常態。然而，事實真的如此嗎？讓我們看看小說中描寫的三體世界。

小說設定宇宙中存在一個有3顆太陽相互圍繞運動的恆星系統，在這個由三體組成的混沌系統中，3顆太陽的運動規律無法被預測。同理，圍繞這3顆太陽運動的行星——三體星上的晝夜和氣候變化也毫無規律。在這裡，你根本不知道太陽哪天會升起，也不知道會有幾個太陽升起，炎熱的陽光會不會點燃地表的一切；你也根本無法預測，太陽落下後要多久才會再次升起，也許是1年，也許是1萬年！沒有陽光，一切生命都將在接近絕對零度的極度嚴寒中消逝。

小說用一個名為《三體》的虛擬實境遊戲表現了這個混亂的世界。三體文明在冰與火的洗禮中，受到各種嚴峻考驗。幾百個文明生生滅滅地輪迴，讀起來讓人不禁唏噓。

小說裡還描寫到，為了適應惡劣的生存條件，三體人在漫長的歷史中演化出一種獨特本領——脫水。三體人可以把自己體內的水分完全排出，變成一堆乾燥的纖維，以便長期保存。等到要復活的時候，只需要把纖維放在水中浸泡一下即可。關於這項本領，讓我們一起來欣賞小說中一段生動的描寫。

追隨者脫下了被汗水浸濕的長袍，赤身躺到泥地上。在落日的餘暉中，汪淼看到追隨者身上的汗水突然增加了，他很快知道那不是出

汗，這人身體內的水分正在被徹底排出，這些水在沙地上形成了幾條小小的溪流，追隨者的整個軀體如一根熔化的蠟燭在變軟變薄……十分鐘後水排完了，那軀體化為一張人形的軟皮一動不動地鋪在泥地上，面部的五官都模糊不清了。

摘自《三體Ｉ》

雖然三體人掌握了如此神奇的本領，但這並不足以解決三體文明的生存難題。我們可以設身處地思考，在如此惡劣的條件下，對歷經苦難的三體人來說什麼才是最重要的？三體人肯定認為，生存才是宇宙中最重要的法則。

因此，某天這個生活在混亂世界中的文明收到訊息，得知太陽系與地球的存在，並發現太陽系竟然是一個穩定的恆星系統時，對他們來說簡直就是夢中的天堂！而且，這個天堂就在附近──只有４光年遠！這時三體人的第一反應當然就是趕快移居地球！

那麼身在福中不知福的地球人，應該如何應對前來移居的三體人呢？《三體》三部曲正是由此展開。

現實宇宙中的三體

讀到這裡，想必你已經對小說中的３顆太陽及其引發的混亂很清楚了。你可能好奇：「小說中的三體是純屬虛構嗎？宇宙中，到底有沒有由３顆恆星構成、天上有３顆太陽的世界呢？」

其實，這還真不是作者空想出來的。天文學家透過觀測發現，宇宙中像太陽系這樣只由１顆恆星主導的情況其實很少見，最常見的存在形式是「雙恆星系統」。也就是說，大多數的恆星會成雙成對，在引力的作用下圍繞同一個中心轉動。此外，３、４顆恆星聚集在一起的情況也是存在的。茫茫宇宙中，能夠生活在像太陽系這樣穩定的環境中的機率很小，我們人類

真的應當感到慶幸。

　　銀河系中，離太陽最近的恆星是比鄰星，與我們之間的距離約4.2光年。在比鄰星所處區域中，共有南門二甲、南門二乙及比鄰星3顆恆星，一起構成了三星系統（三體系統），這種情況通常被稱為「三合星系統」。

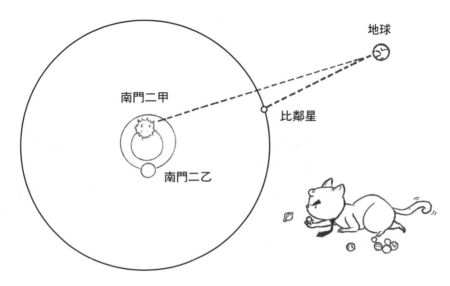

比鄰星所處的三星系統

　　但是，如果問起這3個天體是否會像小說中描述的一樣，進行毫無規律的奇妙運動，答案恐怕會讓你失望。

　　小說中，三體世界的三星系統是由3顆質量相近的恆星組成；然而現實中，南門二甲與南門二乙是2顆大恆星，而比鄰星的質量要比前兩者小很多，且距離很遠。因此，比鄰星對這兩顆恆星起到的引力作用較小。換言之，實際狀況更類似於先由南門二甲與南門二乙兩顆大恆星組成一個運行較為穩定的雙星系統，然後這個雙星系統再與比鄰星一起組成一個三星系統。你會發現，這其實較接近於前述的限制性三體問題。所以這種三星系統在本質上與雙星系統沒有太大區別，不會出現混沌現象。

　　《三體》中描述的3顆恆星質量相近的情況，其實是一種理想化的情況。真實宇宙中，這樣的系統缺乏穩定性，比較罕見。目前宇宙中的恆星系統以穩定的雙星系統為主，這一觀測事實恰恰說明了，現在的宇宙也許

是經過無數次N體系統演變後的最終結果。

神奇的拉格朗日點

讀到這裡，也許有的讀者又會感到困惑了：「既然小說中的三體系統在現實中幾乎見不到，科學家還有必要研究三體問題嗎？這對我們探索現在的宇宙而言真的有意義嗎？」

答案是，很有必要。雖然小說中的三體系統在現實中很罕見，但研究三體問題對我們探究宇宙而言意義重大。科學界目前對三體問題的研究，主要集中在限制性三體問題（即前述提到的能簡化為二體問題的情況）上。

關於限制性三體問題研究，有個較重要的成果——拉格朗日點的發現。「拉格朗日點」這個概念對一些喜愛看科幻作品的朋友來說可能並不陌生，許多漫畫或小說都喜歡將太空站設置在所謂的「L點區域」，而這個區域正是拉格朗日點所處的區域。

拉格朗日點是「平面限制性三體問題」方程式的5個特解。瑞士數學家萊昂哈德‧歐拉在1767年推算出3個拉格朗日點，後來法國數學家約瑟夫‧拉格朗日於1772年又推導證明出剩下的2個——這些特殊的點就是以後者的名字來命名的。具體而言，這5個點是太陽和地球這個二體系統中的5個特殊位置。**當位於拉格朗日點時，小天體就能在太陽和地球這兩個大天體的引力作用下基本保持靜止狀態**（相對於太陽和地球），**既不會飛向太陽，也不會墜向地球。**

不要小看這幾個小小的拉格朗日點，這在太空探索中很有意義。舉例而言，天文學家為了擺脫厚厚的大氣層對天文觀測的影響，會將太空望遠鏡發射到拉格朗日點上，從而讓這些望遠鏡更好地發揮作用。因為處於拉格朗日點上的物體能夠在太陽和地球之間保持相對靜止，讓望遠鏡到達這個位置，就可以保持一個相對穩定的狀態，易於進行觀測。2021年底，美國發射的詹姆斯‧韋伯太空望遠鏡（James Webb Space Telescope, JWST），就停留

在日地之間的拉格朗日L2點上，並圍繞太陽運行。

不僅如此，拉格朗日點還可以成為太空中的停車場與中轉站。因為拉格朗日點具有能量穩定的天然特點，進入這些點的太空飛行器只需要耗費少量的燃料就能維持自身相對穩定，所以非常適合建造大型太空站。比如，地月之間的L2點就被認為是一處很適合建立月球太空站的位置。

如此看來，科幻作品喜歡將基地建在拉格朗日點上並不是沒有道理的。利用好這些位置，可以讓人類的太空探索事半功倍。

平衡還是混沌

有人聽過我對三體問題的解釋後，表達過自己的困惑：「我們國中學過，3個點決定1個平面，當一物體有3個支點的時候，應該處於平衡、穩定的狀態才對，怎麼反倒意味著混沌呢？」

其實，平衡和混沌並不矛盾。「3個支點才能保持穩定」的說法，實際上適用於**靜力學**問題。靜力學研究的是各個質點在力的作用下達到平衡狀態的規律，這種「平衡狀態」一般指物體靜止或進行勻速直線運動。

三體問題則與此不同，研究的是3個天體在引力作用下的運動規律，因此屬於**動力學**問題。而混沌理論是針對動力學系統的理論，在靜力學起決定作用的系統中是不成立的。

當然，從宇宙的角度來看，絕對靜止的物體並不存在。靜力學中的「靜止」默認的涵義是**被研究的物體對地球來說是靜止的**。與動力學相比，靜力學是特例──我們可以把某些動力學問題簡化為靜力學問題來研究。

總之，「3個支點達到平衡」與「三體意味著混沌」研究的不是同一範疇的事物，因此並不矛盾。

三生萬物

二體系統意味著穩定，而三體系統就可能出現混沌——這種現象實際上並不只在自然界中出現，人類社會中也有類似的狀況。

我們從小就聽過《三個和尚》的故事：只有一個和尚時，他自己挑水自己喝，不會出現問題；如果是兩個和尚，兩個人一起抬水來喝，也沒有問題；但是，一旦變成三個和尚，由於大家都計較自己的付出和收穫，到最後反而沒人去打水，結果誰都沒有水喝。

大家都很熟悉的經典名著《三國演義》，可以說體現了人類對智慧和計謀的極致運用。在這部作品中，可說是豪傑輩出、群雄逐鹿、風雲變幻。而小說之所以能如此精彩，不正是因為魏、蜀、吳三股勢力的相互較量嗎？

細細琢磨《三體》，推動故事情節發展的其實也並不只是人類文明與三體文明之間的互動。很多讀者都忽視了更重要的一點，那就是在這二者之外，宇宙中還存在其他的文明。人類、三體及其他文明都處於宇宙這片「黑暗森林」之中，組成了紛繁複雜的宇宙文明社會。這也正是這部小說最精彩和深刻的地方。

老子《道德經》中寫道：「道生一、一生二、二生三、三生萬物。」自古以來，不同人對這句話都有不同的解讀。當你閱讀《三體》的時候，是不是對「三生萬物」也有了一些新的領悟呢？

SCIENCE IN THREE-BODY

*Your lack of fear
is based on your ignorance.*

第二章　熙熙攘攘的宇宙

——三體文明真的存在嗎？

「這個宇宙中有外星人嗎？」每當被問到這個問題，我只能回答：「截至目前為止，我們只知道在地球上有生命現象和人類文明。」

太陽系所處的銀河系中，有2千多億顆恆星，其中最近的恆星系統距離我們約4.2光年。《三體》裡，在這最近的恆星系統中就存在著由外星人創造的高等文明——三體文明。難道高等文明在宇宙中普遍存在嗎？

 關鍵詞

紅岸工程、綠岸電波望遠鏡、搜尋地外智慧、類地行星、德雷克公式、克卜勒太空望遠鏡、鳳凰計畫、分散式運算、費米悖論

從紅岸工程說起

　　《三體 I》中，女主角葉文潔的父親是一位著名的大學教授、物理學家，他在1960年代因為揹上莫須有的罪名而慘死於動盪中。葉文潔當時是天體物理專業的高材生，也因此受到牽連、遭到誣陷。目睹父親離世後，她的精神被徹底摧垮。就在她幾乎要喪命之際，葉文潔得到了父親學生的幫助，進入一座祕密軍事基地，並在受監視的情況下做一些輔助性技術工作。這座基地就是位於內蒙古大興安嶺的紅岸基地，展開的是「紅岸工程計畫」——一項為了對抗敵國太空計畫而推進的絕密國防工程。

　　紅岸基地有一個標誌性建築——巨大的拋物面雷達天線。除了能接收無線電訊號，還能發射無線電波，而且發射功率相當大。因此，周圍的居民將這座基地所在的山峰稱為雷達峰。

　　紅岸基地對外宣稱設立這個拋物面雷達天線是為了監聽和摧毀敵國衛星，但實際上是用來尋找外星人的。這個祕密除了基地的最高領導者，誰也不知道。《三體 I》中，葉文潔接觸紅岸基地的核心工作後，便利用基地裡的天線與三體文明取得了聯繫，這才有了之後人類和三體人之間的故事。

　　在我看來，《三體 I》相當於三部曲的前傳。因為在未來的幾百年裡，人類的命運都跟紅岸基地以及發生在這裡的故事緊密相關。

綠岸電波望遠鏡

　　《三體 I》中交代，1960年代，許多國家都在偷偷尋找外星人，中國當然不能對這一情況坐視不理，這就是紅岸這一機密工程誕生的原因。

　　其實現實中的1960年代，國際科學界真的興起過一波尋找外星人的熱潮，甚至真的有一座天文臺認真地尋找過外星人。這座天文臺就坐落在

美國西維吉尼亞州的波卡洪塔斯縣的綠岸鎮，因此得名「綠岸天文臺」。這個名稱是不是跟紅岸很相似？綠岸天文臺裡最大的電波望遠鏡，就叫作「綠岸電波望遠鏡（Green Bank Telescope）」（編註：綠岸又譯格林班克，本書統一使用綠岸），這也許就是紅岸工程雷達的原型。

和小說裡紅岸基地的雷達一樣，綠岸電波望遠鏡也是一個巨大的拋物面雷達天線，其口徑長110公尺、寬100公尺，是當今世界上最大的全天可動單天線電波望遠鏡，屬於美國國家無線電天文臺。為了保證望遠鏡的運作不受干擾，綠岸鎮附近相當大的範圍內都禁止無線電訊號發射。

不過，現在這架綠岸電波望遠鏡是2011年才建成的。其前身是一架口徑26公尺的電波望遠鏡，在1988年的一場暴風雨中毀損——歷史上曾經尋找過外星人的，就是這架已不復存在的老望遠鏡。

尋找外星人的旅程

以綠岸電波望遠鏡為代表，人類為了尋找外星人的蹤跡做過許多努力。接下來，就讓我們簡單回顧一下歷史上的一些真實故事。

科學界一般把尋找外星人稱為「搜尋地外智慧」，英文縮寫是 SETI（Search for Extra-Terrestrial Intelligence）。為了搜尋外星人，科學家想出2個可行方法：其一是盡可能大面積地觀測、掃描太空中的星星；其二是觀察鄰近恆星。因為我們不知道外星人究竟在哪裡，所以第一種方法看起來更可行；但實際上，在投入很有限的情況下，第二種方法更可行，能充分地利用寶貴的望遠鏡資源。

1960年，美國天文學家法蘭克・德雷克（Frank Donald Drake）發起了第一項SETI實驗項目，叫作「奧茲瑪計畫（Project Ozma）」。當時，他利用那台口徑26公尺的綠岸電波望遠鏡，在波長21公分的波段監聽來自波江座裡一顆恆星的無線電訊號，希望接收到地外智慧發來的訊息。從此，綠岸電波望遠鏡名揚天下。

德雷克觀測的這顆恆星叫作「波江座ε星」。為什麼選擇其來觀測呢？一方面是因為天文學家認為圍繞其運動的行星中，很可能有像地球這樣的行星。**天文學上把類似地球環境的行星稱為「類地行星」**，而類地行星上顯然很可能存在地外智慧；另一方面則是因為這顆恆星距離太陽系很近，只有10光年遠。如果有外星人從那裡向我們發射無線電訊號，用10年的時間就能收到。假如我們進行回覆，對方也只需等10年就能收到。雖然一來一往會花去20年的時間，但在茫茫宇宙中，這樣的通訊效率可說是相當高了。

從1960年4月開始，綠岸電波望遠鏡在4個月內對這顆恆星進行了累積超過150小時的監測。可惜的是，除了一些無線電噪音，並沒有收到什麼有意義的訊號。

儘管如此，人類卻沒有停止尋找地外智慧的腳步。大約半個世紀以後，人類開始採取大面積掃描觀測天空的方法來探索太空。2009年3月，美國發射了一個口徑為95公分的太空探測器——「克卜勒太空望遠鏡（Kepler Space Telescope）」，這是人類歷史上第一個用來探測太陽系外類地行星的太空望遠鏡。截至2013年5月，克卜勒太空望遠鏡已在圍繞太陽的軌道上穩定運行4年多，觀測超過10萬顆恆星，一共發現2千多顆太陽系外的行星，其中有很多行星具備孕育生命的自然條件。時至今日，天文學家仍在對這些行星進行深入的觀測和研究。

那麼問題來了，天文學家到底有沒有找到外星人呢？很遺憾地，他們雖然一直努力，但截至目前為止都沒有找到任何能證明外星人存在的證據。

公眾參與科學

不管是對某一個恆星進行觀測，還是大規模地掃描太空，尋找地外文明都是極為複雜而艱難的過程，還會產生超乎想像的龐大數據。全球各地的天文臺和太空中的望遠鏡，都在接收來自太空的海量訊號數據。然而，

天文學家實在沒那麼多時間和精力來處理，以發現其中隱藏的地外智慧訊號。那麼，我們能做點什麼來幫助天文學家嗎？還真的有辦法！

1999年，美國加州大學柏克萊分校的太空科學實驗室創立了一項科學實驗項目——「鳳凰計畫」，英文為SETI@home，目的是充分利用全球連網的電腦搜尋地外文明。願意參加這項計畫的自願者，可以在網路上下載專用的螢幕保護程序。當自己的電腦處於空閒狀態時，這個程序就會自動運行，從網路上下載望遠鏡的觀測數據，並經由計算來挑選出可能是外星文明訊號的數據，回傳給科學家。

從1999年到2020年，鳳凰計畫進行了近21年。2020年3月，官方宣布鳳凰計畫結束，因為項目需要公眾參與計算的數據已經全部處理完。接下來，研究人員將全力以赴地分析後端數據，我們可以靜候佳音。

總而言之，鳳凰計畫就是公眾參與科學的典型例子。在當今這個時代，公眾既是科學知識的受眾和傳播者，也是科技創新的參與者。公眾從理解科學現象走向參與科學研究，已是大勢所趨。從鳳凰計畫這一案例可以看到，公眾參與科學研究不僅能激發大家對科學的興趣，還能直接協助科學家進行計算，達到「眾人拾柴火焰高」的作用。

此外，鳳凰計畫開創了電腦技術領域中的分散式運算先河。隨著電腦技術發展，有些實際應用需要龐大的計算量才能完成。傳統的集中式運算需要占用主機相當多的資源，耗費較長的時間；而分散式運算則可以避免集中占用資源。

具體而言，分散式運算會把一個大的計算任務拆分成多個小任務，並透過網路將小任務分發給若干台機器計算，再收集、匯總計算結果。鳳凰計畫的發起者——加州大學柏克萊分校的科學家，就是創建了一個著名的分散式運算平臺，連接全球各地大量的個人電腦，藉此提供強大的運算、支持各行各業的研究者。鳳凰計畫可謂全世界迄今為止最成功的分散式運算實驗項目之一，有很高的知名度。

現在，這類科學運算平臺的應用已擴展到天文學之外的領域，包括數學、物理學、氣象學、生物學和醫學等。很多基於這個平臺的項目，名字

也與 SETI@home 相似，如分析和計算蛋白質結構的項目 Folding@home、研究愛滋病及其藥物的項目 FightAIDS@home。單從名稱就能知道，這些項目都是公眾可以參與的。

借助網際網路，人們隨時都可以投身於世界最頂尖的科研活動中。怎麼樣？你是不是躍躍欲試了？

德雷克公式

外星文明探測項目還沒有取得顯著的成果，但這並不影響我們暢想浩渺的宇宙中可能存在的文明。宇宙中到底會不會存在像三體人這樣的高等智慧生物呢？天文學家不但研究過這個有意思的問題，甚至還認真地估算了銀河系裡可能存在的高等文明數量。

1961 年 11 月，前面提到的奧茲瑪計畫發起人——天文學家法蘭克・德雷克，在綠岸鎮組織了一場學術會議，邀請 10 幾位科學家共同探討透過觀測尋找地外智慧的前景。與會人員中，有年輕的天文學家卡爾・薩根（Carl Edward Sagan），以及加州大學柏克萊分校的化學家梅爾文・卡爾文（Melvin Ellis Calvin）。（有趣的是，卡爾文正是在參加會議時，得知自己獲得了當年的諾貝爾化學獎。）

在這場會議上，德雷克提出一個著名的方程式，用來估算銀河系中可能存在的的高等文明數量：「$N = Ng \times Fp \times Ne \times Fl \times Fi \times Fc \times FL$」。這就是著名的「德雷克公式」，也叫「綠岸公式」。

這個公式的原理是先估計一系列事情出現的可能性，然後將所有機率相乘，從而估算出銀河系中高等文明的數量。這個公式中，N 是指「銀河系中可能存在的高等文明數量」，相乘的參數一共有 7 個，其涵義參見表 2－1。

表2-1　德雷克公式中各個參數的涵義

參數名稱	涵義
Ng	銀河系中恆星的數量。生命的出現肯定離不開恆星，因此這個參數很重要。
Fp	所有恆星中，擁有行星的恆星所占比例。生命誕生在行星上是人類的共識。
Ne	上述這些行星所在的行星系中，類地行星所占的比例。
Fl	上述這些類地行星中，真的能進化出生命的行星所占的比例。
Fi	能進化出生命的行星中，能演化出高等智慧生物的行星所占的比例。
Fc	演化出的高等智慧生物中，最終能掌握星際通訊技術的高等智慧生物所占的比例。這也是重要的參數，因為若生命形態只擁有智慧、不能進行星際通訊，就無法聯絡其他星球，其他星球的高等文明也就很難發現它。
FL	能進行星際通訊的高等文明存續的時間，在這顆行星壽命長度中所占比例。

　　天文學家對以上7個參數逐一進行過估計。其中第一個——銀河系中恆星的數量已經有了較準確的數字，約為2千億。而第二個到第六個的參數估計結果則因人而異，但是差別並不大。

　　爭議最大的是最後一個參數FL，這是最難估計的。就拿地球和人類來說，地球現在的年齡為46億年，大約還有50億年的壽命，而人類作為一個獨立的生物種群，是在20萬年前才出現的，掌握星際通訊技術不過是最近這幾十年的事。假如人類在不遠的將來遇到重大危機，整個人類文明突然終結、地球瞬間毀滅，這個參數FL就很好估計：「20萬 ÷ 46億 ≒ 0.00004」，是一個很小的數字；但是，假如人類文明能夠持續發展下去，並和地球共存50億年，計算FL時就應該是：「50億 ÷ 96億 ≒ 0.52」，這個數值是0.00004的13000倍！

　　以人類文明為例估計出的兩個FL數值就相差1萬多倍，那麼利用這個公式估算出銀河系的高等文明數量，應該也會存在很大的不確定性。

　　果然，對銀河系中高等文明的數量，科學家們估算出了不同的值。著名的美國天文學家卡爾・薩根估算為100萬個，著名小說家兼科普作家以

撒·艾西莫夫（Isaac Asimov）則估算至少為6、70萬個。德雷克本人則保守一些，估算出10萬個——由此可見，即便是嚴謹的科學家，也估算銀河系中存在10萬個之多的高等文明，數量是不是比你想像得多呢？

銀河系中可能存在10萬個高等文明

德雷克公式十分直觀，將一個宏大而充滿未知的問題分解為一系列更小、更具體的問題，讓「地外智慧是否存在」具有了科學分析的基礎，因此很有參考意義。

費米悖論

銀河系的直徑大約是10萬光年，如果在這個星系中至少有10萬個高等文明，文明密度應該會很大。代表每200萬顆恆星中，就有一個能發射無線電訊號的文明，而這正是我們在天空中尋找文明星球的理由。假如這

些文明星球在銀河系中是隨機分布的，最近的一顆或許就離我們有500光年遠。可是至今為止，沒人能給出確鑿的證據，證明外星人曾到過地球，而我們也沒有接收到任何外星人發來的訊號。

「那麼多外星人，到底都在哪裡啊？」你知道嗎？這個問題就是一個大名鼎鼎的科學理論，叫作「費米悖論」。

外星人都在哪呢？

費米悖論是一個有關外星人是否存在的科學悖論。**所謂悖論，就是指在一個理論裡隱含著兩個相互矛盾的結論，而這兩個結論又都能自圓其說。**

恩里科 · 費米（Enrico Fermi）是著名的美籍義大利物理學家，也是諾貝爾物理學獎得主。1950年的一天，思想活躍的他在和同事喝咖啡時聊起外

星人，感慨道：「外星人都在哪呢？」這句話後來就成了著名的費米悖論。

費米悖論中內含2個看似相互矛盾的觀點：**按照估算，銀河系中應該存在著大量高等文明，然而我們連其一絲蹤跡都看不到。**

從理論上看，人類的現代科技從出現到現在不過只有1、200年，假如人類文明再繼續發展100萬年，人類應該能製造出可以進行星際飛行的太空船，飛往銀河系的各個星球。順著這個思路，銀河系的其他文明如果比人類早進化100萬年，應該已經到訪過地球了。我們都知道，銀河系從誕生到現在有100億年的歷史。在這100億年中，另一個恆星文明比我們早出現或早發展100萬年，顯然是一件再正常不過的事。但迄今為止，我們並沒有發現任何外星人的蛛絲馬跡。這究竟是為什麼呢？

關於費米悖論，一直都有人嘗試做出各種解釋，歸納起來基本有以下3種類型。第一種解釋是，宇宙中根本不存在別的文明。也就是說，人類文明是宇宙中唯一的文明，我們在宇宙中是孤獨的，這個情況想想都讓人感到絕望。第二種解釋是，外星文明的確存在，並且來過地球，只是我們還不知道。這種情況比第一種樂觀多了，很多科幻電影都是這麼拍的：外星人以各種形式存在於我們身邊，只不過我們無法發現。第三種解釋是，外星文明的確存在，但是到現在為止，都沒有和我們有任何接觸。這是為什麼呢？《三體II》給了一個合理的解釋，那就是「黑暗森林法則」。

關於這個假說，我們會在後面的章節詳細解說（199頁）。

帶上地球人的名片

《三體I》的女主角葉文潔是天體物理專業的高材生，但一畢業就遇到特殊時期，和她的父親都受到很多不公平的對待，還遭到他人欺騙和誣陷。痛苦的遭遇使她對人性和社會失去希望，最終葉文潔認為人類已經無法解決自身問題，只能走向毀滅或借助外來的力量獲救。在紅岸基地工作的她想到可以用無線電波召喚宇宙中的高等文明，讓外星人來到地球，幫

助人類解決自身的困難。

　　小說中，葉文潔在1971年偷偷利用基地裡的巨型電波望遠鏡，向太陽發射無線電波，並透過太陽對電波的放大作用，向宇宙發出呼喚外星人的廣播。但她當時其實並沒有對這個行為寄予多大希望，因為從來沒有人接收到外星人發來的訊號，就連宇宙中是否真的存在外星人都沒人知道。

　　現實情況又是如何呢？儘管天文學家一直用望遠鏡搜尋宇宙電波，想監測到外星文明發來的訊息，但幾十年來一無所獲。於是就有人想到，人類不能只是被動地監聽，而應該主動聯繫外星人。

　　1970年代，美國人首先行動——他們準備發射探測器，並讓探測器帶上一張人類名片飛往外太空，希望有一天外星人能收到這張名片。於是1972年，美國發射了一架名為「先鋒10號（Pioneer 10）」的無人探測器，其帶有一張名片——刻畫著男人和女人形象的金箔。圖的下方有一排符號，最左邊是1個大圓圈，代表太陽；右邊有9個小圓圈，代表太陽系的九大行星。（當時認為太陽系有九大行星。2006年以後，冥王星就不算大行星了。）9個小圓圈中，從第3個小圓圈延伸出一條曲線，標著探測器符號——指出這個探測器是從太陽系的第3個行星，也就是地球上發射出來的。這就是地球人發給外星人的第一張名片。

　　後來，美國於1977年又發射了2個能飛得更遠的探測器，分別名為「航海家1號（Voyager 1）」、「航海家2號（Voyager 2）」，各攜帶了一張金唱片。這張金唱片包含的訊息比金箔更豐富，刻錄了115幅圖像和90多分鐘的聲音訊息。這些聲音包括地球上大自然的聲音，例如：海浪聲、風聲、鳥鳴聲和各種音樂。最有創意的是，這張金唱片還刻錄了地球人用55種語言說的問候語，其中包括中國的普通話及3種方言（粵語、閩南語和吳語）。

　　唱片中還錄有當時美國總統卡特（Carter）的一段問候語，內容大致是這樣的：「這是一份來自一個遙遠小小世界的禮物。上面記載著我們的聲音、科學、影像、音樂、思想和情感。如果有一天你們能攔截到這張唱片，並能理解其所記錄的內容，請接受我們最美好的祝福。」

　　卡爾・薩根是金唱片項目的發起者和內容組織者，他用唱片上的內容

表達了人類希望與地外智慧交流的願望。航海家1號和航海家2號分別帶著這樣一張珍貴的金唱片飛上太空,至今已經孤獨地飛行了40多年。如今已飛過冥王星軌道,到達太陽系邊緣,正向著銀河系中心的方向飛去。

召喚外星文明

話說回來,探測器飛得再快也還是比光速慢很多。如果想找到外星人,向太空發射無線電波來召喚外星文明,不是更快嗎?於是,很快就有人行動了。

最早採取行動的科學家就有德雷克和卡爾・薩根。他們在1974年利用當時世界上最大的電波望遠鏡——口徑305公尺的美國阿雷西博電波望遠鏡(Arecibo Radio Telescope),向銀河系的一個星團發射一系列的無線電波,這些電波被稱為阿雷西博訊息。這種向外太空主動發射訊號的方式叫作METI(Messaging to Extra-terrestrial Intelligence,即向地外智慧發送訊息),跟監聽外星人訊號的SETI項目名稱很相似,M就是發射訊號的意思。

阿雷西博訊息要到達的目標天體是武仙座球狀星團,這個星團包含大約30萬顆恆星,距離太陽約2.5萬光年。也就是說,就算用光速傳遞,阿雷西博訊息到達武仙座球狀星團至少也要2.5萬年。假如那裡真的有外星人,並且在收到我們的訊息後馬上回覆,我們也要等5萬年才能收到——看來我們只能耐心等待了。在1974年後的幾十年中,還有一些團體利用更大功率的望遠鏡向太空發射過訊號,但至今也都沒有收到回信。

在《三體》裡,葉文潔發出的呼喚訊號正好被離太陽最近的三體星上的三體文明收到,那裡距我們只有4光年遠。他們立刻回覆,因此葉文潔在8年後就收到消息。我想,宇宙中應該不會有比這更快的回應了吧?

為什麼要尋找外星人？

小說裡，葉文潔呼喚外星人是想請對方拯救人類；然而現實中，大多數人應該都不是這樣想的。我們並非因為需要被拯救才尋找外星人，這就產生了一個很嚴肅的問題：「人類究竟為什麼要尋找外星人呢？找到外星文明到底有什麼好處？」

無庸置疑，尋找外星人無論是在科學技術層面、社會政治層面，還是哲學層面上，都意義深遠。哪怕和外星人沒有任何實質性接觸，僅僅是證明其存在，都會對每個人的人生觀和世界觀，乃至整個人類文明產生巨大影響。因為在茫茫宇宙中，如果存在除人類之外的「他者」，我們就不再是孤獨的了。更進一步地思考，假如我們能接觸外星人呢？

假設外星人願意與人類合作，把知識和技能傳授給我們，也許真的能幫助人類擺脫核戰或環境汙染等困境。不過，如果地球上的某個國家或政治力量先跟外星人取得聯繫，並且壟斷訊息，可想而知人類文明內部的差異將急劇拉大。壟斷外星人訊息的國家或政治力量在經濟和軍事上的發展將超乎想像，也許將從此在地球上獨步天下。這個後果對全人類來說可能是災難性的。

反之，如果外星人不願意跟我們合作，會產生什麼後果呢？也許外星人會像電影《ID 4 星際終結者》（*Independence Day*）中描繪的那樣對我們展開攻擊，引發一場災難。《三體》中，葉文潔呼喚了三體人，但對方並不打算幫助地球人，而是想移居地球。對地球人來說，這是福是禍顯然一目瞭然。

再回到費米悖論，剛才我們提到過對其的一種解釋是「高等文明的確存在，但並不想主動聯繫和接觸我們」。這其中的原因有很多，看到地球人和三體人聯繫後的下場，我們至少也能猜到一二。難怪著名的物理學家史蒂芬·霍金（Stephen William Hawking）在生前總是警告人們，千萬不要主動與外星人聯繫。這讓我想起《三體》裡的那句經典臺詞：「不要回答！不要

回答！不要回答！！！」回想一下人類過去曾經做過的主動聯繫外星人的事，如：金唱片和阿雷西博訊息，難免讓人感到後怕。

當然，支持METI項目的人也有自己的看法。他們認為，SETI項目之所以接收不到任何來自外星人的消息，是因為宇宙中可能沒有任何一個文明覺得有必要向其他文明發射訊號（如果真是這樣，那麼SETI這種單向的監聽註定永遠一無所獲），總要有一個文明先站出來發聲，邁出第一步才行。他們還認為，人類發明了無線電設備以後，在日常生活中發射的許多無線電波，其實早就擴散到太空中了，也許地球的位置早已暴露。

情節反轉

假如真的有外星人，而且人類經過千辛萬苦聯繫上了，會有怎樣的發展呢？《三體》給出一種可能性：葉文潔用無線電波聯繫上三體人，她本來想請三體人拯救人類，結果對方卻打算移民地球！

小說中寫到，在獲得人類消息的時候，三體文明的科技水平已經遠在人類文明之上，具有星際遠航的能力，而這是現代人類科技望塵莫及的。三體人只用3年就造出1千艘巨大的太空船，組成三體第一艦隊，並且在地球時間的1982年起航飛往太陽系，展開移民行動。

三體太空船的航行速度能達到十分之一光速，也就是每秒大約3千萬公尺。按照小說設定，三體星距離我們只有4光年，那麼三體艦隊在40年後就能到達太陽系。留給地球人的時間不多了。然而，三體人的太空船因為質量龐大，加速起來相當緩慢。十分之一光速只是能達到的最高速度，一旦到了這個速度，太空船巡航很短的時間就要開始減速，否則就會來不及在太陽系裡停下來，會和地球擦肩而過。所以，三體人移居地球實際上要用400多年。這樣一來，人類在地球上的美好生活還有400多年。

不難想像，當三體艦隊來到地球時，人類要面對的就是外星文明的船堅炮利，一場末日之戰不可避免。看看那些外星人題材的好萊塢災難大

片，如《星艦戰將》（*Starship Troopers*）、《環太平洋》（*Pacific Rim*）、《世界異戰》（*Battle: Los Angeles*）、《ID 4 星際終結者》，就能預想到這場戰爭的勝負幾乎沒有懸念了。

不過，人類並非毫無勝算，人類文明還有延續的機會。《三體》的魅力也正在於充滿了反轉。小說透過總結人類文明的發展歷史，提出了「技術爆炸」的概念。

> （羅輯：）「這就要引入第二個重要概念：技術爆炸。這個概念她也沒來得及說明，但推測起來比猜疑鏈要容易得多。人類文明有五千年歷史，地球生命史長達幾十億年，而現代技術是在三百年時間內發展起來的，從宇宙的時間尺度上看，這根本不是什麼發展，是爆炸！技術飛躍的可能性是埋藏在每個文明內部的炸藥，如果有內部或外部因素點燃了它，轟一下就炸開了！地球是三百年，但沒有理由認為宇宙文明中人類是發展最快的，可能其他文明的技術爆炸更為迅猛。」
>
> 摘自《三體 II》

人類這一物種誕生至今不到 20 萬年。這段時間裡，人類用 10 萬多年從狩獵時代進入農業時代、用幾千年從農業時代進入工業時代，然後只用 2、300 年就從工業時代進入核能時代，又只用幾十年就進入資訊時代。可見，人類文明確實有加速進化的能力！

與人類文明相對，小說裡三體文明的科技歷來都是勻速甚至減速發展的。也許在整個宇宙中，能加速進化的文明並不是普遍存在的，人類只是一個個例。

這樣一來，在三體第一艦隊飛往太陽系的 400 多年裡，人類的科技水平也許可以飛速發展，最終超過三體。末日之戰中，三體艦隊在地球人面前可能根本不堪一擊。這樣的話，他們現在的遠航就相當於來送死。《三體》中的這個情節反轉真是相當高明。

第三章　鎖死人類科技

——地球叛軍與智子工程

　　《三體》有將近90萬字，以三部曲的形式展開。整部小說中，從第一部開始到第三部最後，有一個角色一直都在。她時而是看不見的微觀粒子，時而又是人形機器人。在三體艦隊抵達地球之前，她就以接近光速的速度提前來到地球，目的只有一個，那就是「鎖死」地球的科技發展。

　　你知道她是誰嗎？別著急，我們這就揭曉答案。

 關鍵詞

　　地球叛軍組織、異化、存在主義、高維空間、弦理論、高能粒子加速器、宇宙背景輻射

地球叛軍組織

　　擁有1千艘太空船的三體第一艦隊已經啟航，準備移居地球。根據小說設定，從1982年算起，三體人需要經過450年才能到達地球。航行過程中，三體文明透過電波和地球人交流，並意識到問題的嚴重性——這段期間，人類科技可能出現爆炸式進步。為了遏制人類的科技發展，三體文明策劃並實施了軟、硬兩套方案。

　　首先，讓我們來看看軟方案。三體文明打算讓人類內部的反叛力量為三體效力，並利用他們搞破壞，這就是所謂的人類叛軍計畫。另一方面，三體文明計畫在人類社會裡，透過干擾科學實驗來摧毀科學家的意志，從而拖住人類科學進步的步伐。

　　小說中把人類的地球叛軍簡稱為ETO（Earth-Threebody Organization，即地球三體組織），這是一個國際性祕密組織。組織成員深深著迷於外星文明，對三體文明抱有美好幻想，因而願意以實際行動為三體服務。最早和三體人取得聯繫的葉文潔，就是ETO的精神統帥。當然，有人的地方就有江湖，ETO也不是一塊鐵板，其由降臨派、拯救派和倖存派這三大派別構成，其中前兩個派別的人占大多數。

　　先來看降臨派。這一派對人類的本性已徹底絕望，他們打著「創造人類新文明」的幌子，希望三體文明對人類進行強制性監督和改造，直至毀滅全人類。降臨派領袖是美國石油富豪——伊文斯，他信奉的是物種共產主義。伊文斯目睹環境汙染和戰爭導致地球物種滅絕，認為人類的本質就是邪惡，必須因為對地球犯下的滔天罪行而受到懲罰——他終生的理想就是毀滅人類。其實，降臨派成員大都是現實主義者，對外星高等文明並不抱有什麼期望。他們對人類的背叛只源於對人類的絕望和仇恨，用伊文斯的話說，就是他們「不知道外星人是什麼樣子，但知道人類」。

　　再來看拯救派。他們對三體文明產生了宗教般的感情，把三體星所在

的半人馬座看作宇宙中的奧林帕斯山，認為那是神的住所，並創立了三體教。不過，三體教與我們知道的其他宗教有2點不太相同：一是其崇拜的對象是真實存在的；二是與其他宗教相反，處於危難中的是三體文明這個「主」，而負責拯救它的則是人類信徒。

小說中的申玉菲就是拯救派代表，她想盡一切辦法，希望從理論上解決三體問題，幫助三體文明掌握三體系統的運動規律，並從而存活下去。小說中反覆出現的虛擬實境遊戲《三體》就是拯救派開發的，他們將其作為傳教手段，透過尋找認同三體文明移居地球的人來招募新成員。拯救派雖然對三體文明抱有宗教感情，但對人類文明的態度卻沒有降臨派那麼極端，他們的最終理想只是拯救三體文明。為了讓主生存下去，可以在一定程度上犧牲人類文明。他們天真地以為，假如能幫助三體文明在3個太陽的世界生存下去，就能避免其入侵太陽系，實現兩全其美的結局。

小說中，降臨派和拯救派在組織中實力相當，且處於尖銳的對立立場。拯救派代表申玉菲被降臨派成員潘寒槍殺，就是二者兵戎相見的體現。

最後，讓我們來看看倖存派。證實了入侵太陽系的三體艦隊存在後，這一派的人希望自己的子孫能在450年後的終極戰爭中倖存，於是情願在這450年間世世代代為三體服務、討好三體人。其實他們就是所謂的「帶路黨」（編註：敵人打進來時，給敵人帶路的人）。

《三體Ⅰ》連載時，作者曾講到，這部小說是一個關於背叛的故事。有時候比起生存和死亡，忠誠和背叛更是值得深思的問題。看看ETO就能明白其中的涵義了。

人性與文明的異化

ETO是《三體》中虛構的組織，現實中會存在這樣的組織嗎？ETO中的降臨派竟然以消滅人類為目標，實在令人瞠目結舌，在人類內部，為什麼會出現人類文明的對立面呢？這可以看作人和文明的一種異化現象。

異化是一個哲學概念，指**主體發展到一定階段後，會分裂出自己的對立面，變為一種外在、異己的力量**。歐洲古典哲學史上，許多哲學家都對異化這個主題進行過深入思考。

我們知道，哲學的主要話題之一就是人能否認識世界和如何認識世界。德國古典哲學創始人康德（Immanuel Kant）認為，人類心靈無法徹底認識現實世界；而生活年代略晚於康德的德國唯心論哲學家黑格爾（G. W. F. Hegel）則提出不同看法，他也是最早對人的異化進行論述者。**黑格爾認為，人的理念（即絕對精神）是一切本源、是主體，自然界只是人的理念的產物、是客體，一切自然客體都是理念主體的異化，主體與客體不完全相符。**

黑格爾指出，理念不會被自然界的發展階段束縛，必定會克服自然界的牽制而追尋自己。因此，事物在發展過程中註定出現毀滅自己的傾向，即自我否定，這正是構成黑格爾辯證法的基礎。在黑格爾的辯證法中，一切現存的必然毀滅，一切毀滅的都將重構。任何事物都是矛盾的統一體，而矛盾是事物發展的源泉和動力。在矛盾的作用下，事物會不斷地自我否定，從而走向自身的反面。因此，人性也註定處於變動中，會透過自我否定形成異化。與此類似，文明也會產生異化、否定自身，而後向著不同於當前、與己相反的方向發展。

人之所以不同於地球上的其他動物，主要原因之一就是我們具有意識，可以進行思考和分析，從而具有認識世界（包括我們自身）的能力。人們發現，認識自我往往是最困難的事情，這一過程也與異化緊密相關。黑格爾指出，認識自我不能僅僅參照「自我」本身，而必須參照一個跟自己存在差別的「非我」（即自我異化的產物）。自我為了持續存在，往往需要得到外在肯定，即來自非我的肯定。在透過非我的肯定獲得力量的同時，自我也會對非我產生精神上的依賴。

此外，從心理學角度來看，人類在無法完全掌控的外界事物面前很容易感到孤獨和渺小，從而產生不安和恐懼。這種感覺又會進一步驅使人尋找一體感和強大感，這是人的本能。這時，很多人會透過誇耀自己或鄙視他人的方式來刷存在感，似乎這樣就能證明自己。更驚悚的是，我們在看

到別人爭先恐後地刷存在感時，會很難抵擋住這種誘惑，因為不這麼做就意味著被拋棄和孤獨，不被外界認可似乎就等同迷失了自己。這正是現代人所陷入的精神黑洞，是人性的異化在社會中被放大的結果，也是自我走向反面的表現。

心安而不懼

存在主義代表人物、20世紀的法國哲學家沙特（Jean-Paul Sartre），曾經說過一句名言：「他人即地獄。」讀過《三體》後，人們很容易把這句話與黑暗森林法則聯繫在一起，認為這意思是所有外星文明都是敵人。但實際上，沙特這句話並不是表面上這樣簡單。

沙特主張的是存在主義哲學，強調人的存在先於本質。存在主義認為，人有絕對的自由，能夠自主選擇自己的本質。換言之，人的本質是透過自由選擇和自由行動塑造而成的。因此，人的存在不應依賴於從他人那裡得到的反饋。然而在現實中，現代人普遍會因為外部因素而感到焦慮、煩躁或無聊，並在遇到問題時急於向外尋求幫助，從而獲得存在感和安定感。當我們無法處理好自我與他人的關係時，「他人即地獄」的局面就會出現。

小說中，ETO認為人類文明的發展方向存在深刻問題，而這種問題已經無法靠內部努力解決了，因此選擇將目光投向地球之外。雖然其出發點並非充滿惡意，但這種選擇其實就是我們剛才所說的依賴，可能導致整個文明的異化。尤其是其中一些瘋狂、偏執的降臨派人員，他們執意帶領文明走向自我毀滅。這些人妄圖站在高人一等的視角上，以自己的憎惡為依據，對整個人類進行宣判。

只要「遇到困難就向外部尋求解決辦法」的人性還在，文明就繞不過異化的深淵。那麼，究竟怎麼做才能避免文明陷入異化深淵呢？東方傳統智慧給出了解決之道。儒家說「行有不得，反求諸己」（編註：行動沒有達到預

期效果，應該反省、從自己身上找原因）、佛家認為「見性成佛」（編註：識得自己的本心、本性，就能成佛）、道家推崇「抱朴守一」（編註：守住本有質樸淡泊的天性）、《黃帝內經》說「心安而不懼」、《周易》中有「君子安其身而後動，易其心而後語，定其交而後求」（編註：君子會先安定自身才行動、先平和內心再說話、先確定與對方的交情才有求於人）。總而言之，追求內省、改變看待事物的觀念並完善自我，才是解決困難的要訣。

人們總是對尋找外星人十分感興趣。假如有一天我們真的找到並聯繫上外星人，會發生什麼事呢？很多人並沒有認真思考過這個重要的問題。《三體》用科幻形式為我們呈現了一個可能發生的場景。一方面展現出外星文明給人類帶來的不一定都是好處，另一方面揭示了在面對外星人時，人性的各種弱點都會被放大、甚至出現異化的事實。

正如卡爾・薩根所言：「從根本上來說，尋找外星人就是尋找人類自己。」尋找外星人有助於我們正確地認識自己。

令人生畏的智子

ETO是三體文明對人類實施的軟方案；與此相對，三體人還有一套硬方案，就是將某個裝置快速發射到地球，在地球上監視人類並徹底鎖死人類科技的發展，阻止人類文明的進步。那麼，三體人發射的究竟是什麼樣的裝置呢？

首先，其飛行速度必須夠快，至少要比三體艦隊快。因為要盡快來到地球，阻止人類的技術爆炸，否則人類的科技水平可能飛速提升、超越三體文明，使三體人的移居行動失敗。也就是說，這個裝置要和人類的科技發展搶速度。

其次，如果這個裝置能被加速到接近光速，其質量一定要夠小。物理定律告訴我們，質量愈大的物體，加速和減速所需能量愈多、耗時愈長，這也是三體艦隊需要花450年才能到達地球的原因。

除此之外，這個裝置還要能執行必要任務，例如：破壞人類的科學實驗以鎖死科技發展、影響人的精神。最關鍵的一點是，為了達到監視效果，必須能和三體文明保持通訊。

以人類目前的科技水平來說，這幾乎是不可能完成的任務。然而在小說裡，作者開了一個大腦洞，創造出三體的「智子工程」。

小說中交代，三體文明的科技水平遠高於人類，三體人不但知道原子核由質子和中子組成，還掌握了將原子核中的質子向低維展開的技術，即把一個質子從十一維的立體結構展開成二維平面。因為空間維度減少，一個小小的質子展開後的平面面積就十分巨大，能完全包裹住三體行星。

這個質子在展開後形成的平面，就像一塊無比巨大的電路板。三體科學家在上面刻劃複雜的積體電路，再進行編程，改造成一個超級電腦，最終再把這個二維超級電腦進行升維，使其收縮回十一維，變回很小、很輕的微觀粒子。但這時，這個質子已經具有智慧，於是三體科學家就將之稱為「智子」，這裡的「智」就是智慧、智能的意思。

三體科學家意識到智子還存在一個問題：「智子雖然有智慧，卻無法感知外界的光線和電波，就像又盲又聾的人。該怎麼辦呢？」三體科學家發現可以再造一個智子並配成一對，使二者構成一個相互感應的整體，透過調整二者之間的距離，就能接收光線和電磁波，可以像耳目一樣感知到宏觀世界，同時運行程序。而從質量上看，智子依然只有一個質子的大小，完全可以加速到接近光速，快速飛往地球。

> 科學執政官說：「元首，智子一號和二號將飛向地球，憑藉著儲存在微觀電路中龐大的知識庫，智子對空間的性質瞭如指掌，它們可以從真空中汲取能量，在極短的時間內變成高能粒子，以接近光速的速度航行。這看起來違反能量守恆定律，智子是從真空結構中『借』得能量，但歸還遙遙無期，要等到質子衰變之時，而那時離宇宙末日也不遠了。」
>
> 摘自《三體 I》

空間的維度

《三體》中提到製造智子的過程，是把原子核中的質子低維展開，進行智慧加工後，再收縮回高維狀態。這裡的「低維」和「高維」是指空間的維度，到底什麼是空間的維度呢？

維度是物理學裡的一個概念，指**相互獨立的空間座標數目**。接下來，我就以點、線、面的例子，具體說明什麼是空間維度。

首先，點是沒有大小、無限小的，意即點在維度上是零維的。

再來看直線。直線並沒有粗細之分，所在的座標軸方向就是沿著線的前後兩個方向。因此，直線是一維的。

最後來看平面。平面只有長度和寬度，沒有厚度。也就是說，在平面世界裡，有2條座標軸、前後左右4個方向。可見，平面是二維的。

我們平常所熟悉的世界中，除了有前後左右4個方向之外，還存在上下的方向，我們一共可以在6個空間方向上自由運動。換言之，我們生活的世界是三維的。那麼，存不存在比三維更多的維度呢？

《三體》借物理學家丁儀之口，談到了宇宙的空間維度問題。

（丁儀：）「過濾嘴中的海綿或活性炭是三維體，它們的吸附面則是二維的，由此可見，一個微小的高維結構可以儲存何等巨量的低維結構。但在宏觀世界，高維空間對低維空間的容納也就到此為止了，因為上帝很吝嗇，在創世大爆炸中只給了宏觀宇宙三個維度。但這不等於更高的維度不存在，有多達八個維度被禁錮在微觀中，加上宏觀的三維，在基本粒子中，存在著十一維的空間。」

摘自《三體Ⅰ》

（編註：2023年繁體版《三體》使用巨視／微視，本書統一使用宏觀／微觀。）

丁儀說，宇宙實際上不只有3個維度，而是有11個維度。我們之所以只能感覺到3個維度，是因為11個維度中只有3個維度在宏觀上展開，其餘8個維度都被禁錮在微觀裡，我們根本無法察覺。

關於高維空間的概念，小說可能參考了物理學中的弦理論。弦理論中，物質所處的空間維度的確不只有我們在宏觀上看到的三維，而是有十維。雖然這和小說中提到的十一維稍有差別，但基本上不影響小說的情節發展。

什麼是弦理論，智子的低維展開又是怎麼回事呢？

萬物皆弦

隨著物理學的發展，人們在1960年代發現了第一顆恆星級黑洞，還遇到一些無法用愛因斯坦的相對論解釋的難題。為了解決這些問題，有人提出宇宙不只有3個空間維度，應該還有更多維度。經過2、30年的研究，科學界提出了比較完善的弦理論。

弦理論認為，組成物質的粒子不是我們通常認為的零維的點，而是一維的線，也就是像琴弦那樣的一根弦，所以這類理論被稱作弦理論。後來，弦理論升級為超弦理論和M理論。都是當代物理學研究中最先進的理論之一，目的是解釋時空的基本組成。弦理論是迄今為止在高維空間方面最知名的理論，你即便不知道具體內容，可能也聽說過這個名字。關於弦理論的基本知識，我會在第19章更詳細地介紹。

根據弦理論的觀點，組成大千世界的是一根根的弦。就像琴弦可以藉由振動發出聲音一樣，這些弦本身也能振動。不僅如此，根據不同的振動頻率和能量，會產生不同類型的粒子，例如：質子、電子、光子。換句話說，宇宙萬物不過是一些小到看不見的弦振動的結果。從本質上來說，宇宙就是由一根根的弦經由振動而譜成的交響曲。

再來看小說裡的質子，我們暫不討論三體文明是如何操控維度，把質

子從高維展開到低維，又從低維縮回到高維的，先來看看改造質子在已知的科學原理上可不可行。

實際上，從弦理論出發，質子是不可能向低維展開的。前面說過，弦理論認為組成物質的不是我們通常認為的零維的點，而是一維的線，也就是一根弦。質子是由更微小的夸克所組成，所以從弦理論的角度來看，最多也就是一根弦。換句話說，質子是一維、不是高維的，根本不可能從低維展開成更高維的二維平面。

監視與破壞

有了智子，三體人企圖監控人類的所有技術問題似乎都解決了，但其實不然。我們知道，地球到三體星的距離大約是4光年，如果靠無線電波聯繫，傳輸訊息最短也要4年的時間。然而，若不能第一時間獲得地球的訊息，監視行動就失去了意義，所以三體人需要即時監視地球。

為此，《三體》小說再次開了一個大腦洞。根據量子力學原理，處於糾纏現象的2個微觀粒子無論相距多遠，都可以瞬間感應到對方的狀態，完全沒有時間延遲。於是，三體文明的科學家們利用這個原理，為前2個智子各造一個相互糾纏的智子，最終形成2對處於糾纏現象的粒子。其中2個智子飛往地球，與之分別保持糾纏的2個智子則留在三體星。由於量子糾纏是瞬時發生的，所以三體星上的智子可以與地球的智子進行即時聯絡，從而進行監聽和偵察，並與ETO保持通訊。另一方面，三體文明只要操縱留在三體星的2個智子，就能直接遙控在地球上的智子來搞破壞。

智子研製成功後，地球時間2001年，第一批智子便以接近光速的速度飛往地球。只用了4年時間，就到達地球並開始執行任務。具體而言，智子是怎樣監視人類和搞破壞的呢？

這2個智子因為本身是質子，實在太小了，可以說幾乎無孔不入。人類的任何保密文件或機密櫃，對它們來說都毫無祕密可言，甚至還可以讀

取電腦裡的數據。因此在小說裡，從2005年起，人類的一舉一動對三體人而言完全就是透明的。人類所有的抵抗和謀劃，三體人都知道得一清二楚。

我們知道，人類科技發展最原始的推動力是基礎科學的進步，而基礎科學的基礎就是物理學。這門學科研究的是諸如「物質是由什麼組成的」這種最基本的科學問題，只有對這類最基本的科學研究有進展，人類的科技水平才能在本質上得到提升。例如：歷史上，人類就是瞭解了原子結構後才掌握核技術，從而進入核能時代。如果沒有物理學的新發現，人類的技術進步就只能像是不斷將刀劍打磨銳利，永遠不可能產出導彈這類發明。

物理學是一門實驗科學，理論的驗證與發展都離不開實驗。物理學家探索物質構成的奧祕時，會用到高能粒子加速器（Particle Accelerator）這大型實驗設備。他們會用粒子加速器將微觀粒子的運動速度加速到接近光速，並使之發生碰撞，再觀察撞擊後的結果，藉此分析組成物質的基本粒子。

由於要靠電磁場逐步加速粒子，加速器一般長幾百公尺，甚至更長。高能粒子加速器主要有直線形和環形2種。目前全世界正在使用的高能粒子加速器，主要有美國史丹佛直線加速器（SLAC）、美國芝加哥費米國立加速器實驗室（FNAL）的質子－反質子對撞機、美國布魯克黑文國家實驗室（BNL）的相對論性重離子對撞機、德國漢堡電子同步加速器中心（DESY）的電子－質子對撞機加速器等。中國最著名的是1988年建成的北京正負電子對撞機。而當今世界上最大、能量最高的粒子加速器，則是歐洲核子研究中心的大型強子對撞機（Large Hadron Collider，LHC）。

LHC位於瑞士日內瓦近郊，地下深度100公尺，其環形隧道總長27公里。LHC於2008年開始運作，2012年科學家利用它發現了「上帝粒子」希格斯玻色子。早在1964年，英國物理學家希格斯教授（Peter Higgs）就在理論上預言了這種粒子的存在。2013年，這則理論預言經實驗驗證後，他終於因此獲得諾貝爾物理學獎，此時他已84歲。

回到小說，智子到達地球後，三體文明賦予的首要任務就是定位人類的高能粒子加速器，然後潛伏其中，在人們進行物理實驗時，伺機替換被撞擊的物質粒子，並故意給出錯誤的實驗數據。這樣一來，由於智子的干

擾，人類的物理學實驗就無法得到一致的結果。實驗無法取得進展，理論便得不到驗證和發展，使應用與創新失去理論依據，徹底鎖死人類的科技。

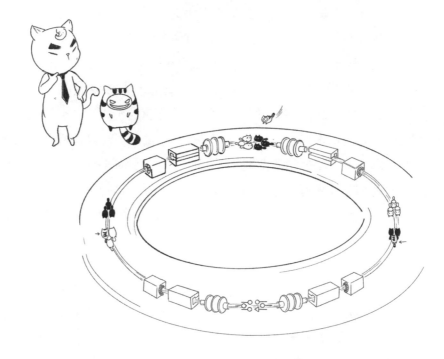

高能粒子加速器中的智子干擾了實驗結果

雞蛋裡面挑骨頭

由此可見，智子提前來到地球，目的就是遏制人類科技的發展，具體措施是潛入人類的科學實驗設施——粒子加速器和對撞機，進而干擾實驗。

小說中，智子干擾高能粒子加速器，靠的是在實驗中適時替代被撞擊的粒子，故意顯示錯誤結果，但智子本身也會被撞碎。要知道，哪怕只是製造一個智子，最快也要幾年的時間。這麼寶貴的智子只能用一次，實在太浪費了。於是，小說借三體軍事執政官之口，問了一個關鍵的技術問題。

「這樣，智子不是也被消耗了嗎？」軍事執政官問。

（科學執政官：）「不會的，質子已經是組成物質的基本結構，與一般的宏觀物質是有本質區別的，它能夠被擊碎，但不可能被消滅。事實上，當一個智子被擊碎成幾部分後，就產生了幾個智子，而且它們之間仍存在著牢固的量子聯繫。就像你切斷一根磁鐵，卻得到了兩根磁鐵一樣。雖然每個碎片智子的功能會大大低於原來的整體智子，但在修復軟體的指揮下，各個碎片能迅速靠攏，重新組合成一個與撞擊前一模一樣的整體智子。這個過程是在撞擊發生後，碎片智子在高能加速器氣泡室或乳膠感光片上顯示出錯誤結果後完成的，只需百萬分之一秒。」

摘自《三體 I》

三體科技官指出，智子帶有自體修復軟體，碎片能夠很快重新組合成一個和撞擊前一模一樣的智子。就像在電影《魔鬼終結者》(The Terminator)裡那個從未來回來的液態金屬機器人一樣，智子簡直就是一個撕不爛、打不死的「機器小強」。

這裡甚至還給出了智子自體修復所需時間——百萬分之一秒。不過，從實際情況看，這個數據的細節似乎有點不妥。在 LHC 的兩個對撞加速管中，各有多束質子被加速到很大的速度，質子是在能量很高的情況下相撞的。就目前我們瞭解到的情況來看，通常每束質子大約產生幾十次碰撞，每兩次碰撞之間的間隔僅 25 奈秒（1 奈秒＝1 秒的十億分之一）。也就是說，前一次相撞後撞碎的粒子還來不及離開探測器，就發生下一次碰撞了。

照這樣的碰撞頻率，智子自體修復所需的時間大約是碰撞時間間隔的 40 倍。這就意味著在每次實驗的幾十次碰撞中，智子最多只能影響其中一次實驗裡一對粒子的碰撞結果。我想，這肯定會被人類科學家當作正常的實驗誤差而忽略掉。因此現實中，從技術細節上來看，智子根本無法影響人類的粒子對撞機實驗，達不到干擾效果。

當然，在科幻作品裡挑出這種科學細節問題，就像在雞蛋裡挑骨頭一樣。科學小說的有趣之處在於大膽的想像，可以激發讀者的創造力和對科學的興趣。從這一點來看，智子可以「鎖死」人類科技這一想像，無疑是非常巧妙的。

宇宙為你閃爍

在三體艦隊到達地球前，唯一能讓三體人和地球人在實體物質層面上實現單向交流的，就是智子。可以說，智子來到地球後，人類才真正進入「三體危機」時代。智子是唯一貫穿《三體》三部曲的角色，在小說的第一部開頭就已出場。直到第三部最後，智子甚至化身為人形機器人，陪著男女主角來到宇宙末日，與他們共同做出有關宇宙最終命運的決定。本書會在第24章詳細介紹這段故事。

回到小說第一部，除了利用智子在大型物理實驗中搞破壞，三體文明還和ETO配合，一方面向大眾宣揚和誇大科學的副作用、醜化科學在人們心目中的形象，另一方面則向科學家製造恐慌的氣氛，讓他們喪失理智、不再從事科學研究。

小說交代，自從智子到達地球，有不少人類科學家被智子搞出的各種「神蹟」嚇得徹底失去對科學的信仰。而在這些被威脅的科學家中，就有第一部的男主角——研究奈米材料的汪淼教授。

汪淼先是在拍攝的照片底片上看到神祕的倒計時數字，後來實際生活中也看到了倒計時數字，這讓他感到十分恐懼。這串神祕的倒計時數字究竟是怎樣出現的呢？

原來，智子不僅體積很小，速度也很快，因此具有高能量。在穿過人眼的時候，它會在視網膜上產生視覺亮斑。透過反覆、快速地穿過人的視網膜，智子就能在人的眼前打出一些字母、數字或圖形，從而讓人感到迷惑和恐懼。

三體人發現，一串數字不能嚇倒汪淼，就接著威脅他：「我們能讓整個宇宙背景輻射閃爍起來！」汪淼知道，宇宙背景輻射是整個宇宙所呈現出來的樣子，能讓其閃爍，意味著三體文明具有操縱整個宇宙的本領。汪淼先在北京密雲的無線電天文觀測基地，看到了宇宙背景輻射訊號數據的顯著變化。為了親眼驗證，他連夜來到北京天文館，借用天文館的科普展覽設備——3K眼鏡，以肉眼觀察宇宙背景輻射的明顯閃爍。

　　他抬起頭，看到了一個發著暗紅色微光的天空，就這樣，他看到了宇宙背景輻射，這紅光來自於一百多億年前，是大爆炸的延續，是創世紀的餘溫。

　　……

　　當汪淼的眼睛適應了這一切後，他看到了天空的紅光背景在微微閃動，整個太空成一個整體在同步閃爍，彷彿整個宇宙只是一盞風中的孤燈。

摘自《三體 I 》

　　整個宇宙真的在閃爍！這真的把汪淼嚇壞了，他認識到人類的渺小，幾近崩潰。

鴿子窩與諾貝爾獎

　　剛才提到的宇宙背景輻射究竟是什麼呢？這要從宇宙的誕生說起。

　　宇宙從哪裡來？是無限大的嗎？是一成不變的嗎？這些自古就是思想家最愛思考的問題。直到100年前，人類終於看到了回答這些問題的曙光。

　　1927年，比利時宇宙學家喬治‧勒梅特（Georges Lemaître）最早提出宇宙誕生於一次大爆炸的假說。2年後，美國天文學家愛德溫‧哈伯（Edwin

Hubble）透過觀測發現，在銀河系以外的遙遠太空中還存在著大量星系，而且這些星系正在離我們而去。這一發現在一定程度上契合了勒梅特的假說。

1940年代，喬治・伽莫夫（George Gamow）運用量子力學原理研究宇宙誕生時的物理過程，首次定量描述發生宇宙大爆炸的物理條件。不過，就像歷史上許多新理論出現時一樣，當時堅持宇宙穩態理論（即「宇宙永恆不變」）的科學家對此表示懷疑，其中的代表人物霍伊爾（Sir Fred Hoyle）甚至還給這「荒誕」的理論起了一個充滿譏諷意味的名字，就是後來我們熟知的「宇宙大爆炸」。

然而，科學家將追尋宇宙真理視為己任，任何諷刺和打擊都不可能阻擋他們前進的步伐。很多物理學家堅持地研究宇宙大爆炸理論，努力觀測、尋找證據。直到1960年代，宇宙大爆炸理論終於日趨完善，不少科學家同意宇宙確實誕生於140億年前的一次大爆炸。

爆炸後的宇宙溫度極高、密度極大，隨後逐漸膨脹，經過約38萬年後變得「透明」起來，攜帶能量的光子開始在其中馳騁飛奔。隨著宇宙不斷膨脹，其溫度也逐漸降低。到了140億年後的今天，從遙遠過去飛奔而來的光子所攜帶的宇宙大爆炸溫度已經降低到幾克耳文，處於電磁波的微波波段──這就是物理學家根據宇宙大爆炸理論做出的有關宇宙背景輻射的預言，只差觀測驗證了。就在這個時候，彭齊亞斯（Arno Penzias）和威爾遜（Robert Wilson）出現了，他們的發現被認為是宇宙大爆炸理論發展的里程碑。

1965年，美國貝爾實驗室裡的2位工程師──彭齊亞斯和威爾遜想要使用第二次世界大戰時期留下的一根大型雷達通訊天線，進行無線電天文學的實驗觀測。但在觀測中，他們一直被一種連續不斷的雜訊干擾，使實驗無法進行下去。為了尋找雜訊出現的原因，他們投入大量精力，改變觀測方向、檢修設備，甚至還「請」走了在巨大雷達天線裡築窩的鴿子一家、清理了牠們的糞便。然而，這些努力都無濟於事，雜訊仍然存在。

1年後，無計可施的他們打電話給普林斯頓大學的羅伯特・迪克（Robert Henry Dicke）教授，希望他能提供幫助、找出這種雜訊的成因。迪克馬上意識到這2位年輕工程師想要除去的，正是他的研究組苦苦尋找的事

物——宇宙大爆炸殘留的宇宙背景輻射。原來,彭齊亞斯和威爾遜無意間發現的雜訊竟是重要的科學證據。他們因此獲得1978年諾貝爾物理學獎。

宇宙背景輻射訊號的波長在微波波段,因此又稱宇宙微波背景輻射,是一種充滿整個宇宙的電磁波。克氏溫度下,宇宙溫度為0克(即絕對零度),而這種電磁波的溫度為2.73克。克氏溫度的單位常用K表示,因此宇宙背景輻射也常被稱為「3K背景輻射」。發現這個輻射,對我們回答「宇宙是如何誕生的」這個問題有著重大的意義。

宇宙背景輻射是宇宙「剛剛」38萬歲時發出的一束光,是人類目前能夠「看」到的宇宙最古老的痕跡。換言之,我們對宇宙背景輻射的研究,是對宇宙最遙遠邊疆的探求。

人造衛星與3K眼鏡

剛才已經講過,宇宙背景輻射是一種電磁波,其波長在微波波段,就像微波爐用來加熱食物的微波一樣,是肉眼看不到的,只有借助能觀測到這一波段電磁波的望遠鏡(也就是電波望遠鏡)才能被看到。

彭齊亞斯和威爾遜當年使用的設備,是由第二次世界大戰時期的雷達改造而成、最早的電波望遠鏡。後來,人們製造了更強大的電波望遠鏡,如前面提到的綠岸電波望遠鏡。《三體》中紅岸基地雷達峰上的大天線也是電波望遠鏡。2016年,中國打造了當今世界上最大口徑的電波望遠鏡——位於貴州省的500公尺口徑球面電波望遠鏡(Five-hundred-meter Aperture Spherical radio Telescope,FAST)。如果有機會,可以親身去感受一下這個有30個足球場大的科學「巨無霸」。

小說中用了不少篇幅描述宇宙背景輻射的原理,也提到了北京的天文場所和天上的衛星,而這些天文場所和天文設備都是真實存在的。現實中,北京密雲水庫的北岸真的有一座無線電天文臺——不老屯天文臺。其上有28個口徑9公尺的電波望遠鏡排成一列,看上去十分壯觀。早年間,

科學家曾在這座天文臺對太陽進行無線電觀測。現在,天文臺周邊地區則成了星空攝影師的打卡聖地。

　　小說中,天文臺的科學家給汪淼展示了3個衛星接收到的宇宙背景輻射訊號數據。這些衛星分別是宇宙背景探測者(COBE)、威爾金森微波各向異性探測器(WMAP)和普朗克衛星(PLANCK),都是現實中存在的人造衛星,為歷史上人類發射到太空中的老、中、青三代宇宙背景輻射探測器。這三者在觀測精準度方面,都遠遠高於彭齊亞斯和威爾遜當年使用的設備,能為宇宙學的發展提供更加準確的觀測證據。

　　宇宙背景輻射是宇宙大爆炸的餘溫,在天空各個方向上都相當均勻。現實中,科學家根據衛星捕捉到的訊號發現,宇宙背景輻射的強度波動最多只有萬分之一。而在小說中,三體文明告訴汪淼宇宙背景輻射的強度波動將超過百分之五──這顯然不可能。所以,小說中天文臺的科學家根本不相信汪淼所描述的「閃爍」會真的發生,以為產生這種巨大波動的原因是衛星設備故障了。

　　至於汪淼借用天文館的3K眼鏡,用肉眼觀察到宇宙背景輻射的變化,則是小說虛構的情節。目前我們並沒有研製出能戴在頭上、像眼鏡一樣、可以即時接收宇宙背景輻射訊號的設備。原因有很多,主要是能有效接收這種訊號的天線尺寸得足夠大,頭戴式顯然太小了。不過,3K眼鏡的創意很棒,也許未來的科學家有辦法發明出來呢!

　　那麼,三體文明是怎樣讓宇宙背景輻射發生閃爍的呢?這在小說第一部的倒數第2章有明確交代。

　　(科學執政官:)「很簡單,我們已經編製了使智子自行二維展開的軟體,展開完成後,用那個巨大的平面包住地球,這個軟體還可以使展開後的平面是透明的,但在宇宙背景輻射的波段上,其透明度可以進行調節……當然,智子進行各種維度的展開時,可以顯示更宏偉的『神蹟』,相應的軟體也在開發中。」

摘自《三體 I》

智子就是依靠這樣的手段，製造了所謂的「神蹟」，營造出足以顛覆人類過往科學思想的氛圍。

汪淼貓用３Ｋ眼鏡觀察宇宙背景輻射變化

第四章　無處不在的眼睛
——量子糾纏與瞬時感應

　　《三體 I》中標題為「智子」的章節裡，「量子」這個詞頻繁出現：量子效應、量子感應、量子陣列……把量子力學的概念直接用在科幻小說裡的，《三體》可能算是為數不多的一個。你在讀到這些有關量子的概念時，有沒有一種雲裡霧裡的感覺呢？

　　量子力學的理論從出現到現在，大約經過 100 年。在這 1 個世紀裡，量子力學完全改變了我們的生活。本章我將從能夠瞬間傳遞訊息的智子出發，談一談既神奇又有用的量子力學，也許能幫你解開一些疑惑。

 關鍵詞

　　量子態、波粒二象性、哥本哈根詮釋、量子糾纏、量子隱形傳態、貝爾不等式

神祕的量子態

《三體》小說中，量子概念除了出現在第一部有關智子的內容裡，還出現在第二部的「咒語」一章中。面壁者一號泰勒最先被破壁人識破計謀，絕望地來到羅輯的莊園裡，向羅輯坦露心聲，並選擇自殺以獲得解脫。羅輯傾聽了他的遭遇，不禁聯想到自己。

> 這五年來，他沉浸在幸福的海洋中，特別是孩子的出生，使他忘卻了外部世界的一切，對愛人和孩子的愛融匯在一起，使他的靈魂深深陶醉其中。在這與世隔絕的溫柔之鄉，他愈來愈深地陷入一種幻覺裡：外部世界也許真的是一種類似於量子態的東西，他不觀察就不存在。
>
> 摘自《三體 II》

讀到這裡，不少讀者也許會一頭霧水：「怎麼突然就冒出量子態？」其實《三體》出版後經過改寫。2008年版本中，面壁者泰勒的計畫與量子態有關；而2017年版本中，泰勒的計畫被改成蚊群自殺式攻擊計畫。這個計畫顯然和量子完全沒有關係，因此讀者看到2017年版本中的這句關於量子態的感言時，難免會覺得奇怪。

2008年版本中，泰勒計畫創建一支特別戰隊，在三體文明入侵地球展開末日大戰時，先用球狀閃電這種量子武器把人類戰士全部變成量子態幽靈，再讓這些幽靈戰士與三體人決一死戰。幽靈不會被敵人消滅，因為已經死去的人不會再死一次。

泰勒計畫先用量子武器消滅人類戰士——這一舉動明顯有反人類罪的嫌疑，因此計畫被揭穿後，他就因無法承受公眾輿論的壓力而選擇了自殺。

什麼是量子態呢？**量子力學認為，一個微觀粒子在不被觀察的時候並**

不呈現出粒子的狀態，而是以一種模糊的機率波的形式存在。只有觀察才能使其從不確定的機率波變為一個確定的粒子，這就是量子態的特性。

羅輯聽到泰勒量子幽靈計畫敗露，再結合自己利用面壁人身分逃避責任、置身事外的現狀，就感到壓力很大，擔心自己的「幻想」早晚也會破滅，因此才發出上面那句感嘆。

接下來，就讓我們初步講講與此計畫相關的量子力學知識吧！

物質都是波

量子力學誕生於20世紀初，主要研究對象是很小的物質粒子，例如：原子和亞原子——亞原子就是比原子還小的粒子，如：質子、中子、電子和光子等等。在這裡，我們統稱為粒子。

量子力學中有一個重要的概念——「波粒二象性」，這個概念在高中物理課本裡就出現過。通俗地講，**波粒二象性指任何粒子既是一個粒子，也是一個擴散開的波**，這與古典物理學對微觀世界的看法完全不同。

例如，當說到電子的時候，按照古典物理學的理論，我們一般將之想像成一個很小很小的粒子，某個時刻會運動到某個位置上。然而，從量子力學的角度來看，事情完全不是這樣的。量子力學中，電子其實是一種波。而且不僅是電子，所有粒子都是波，這就是物質波的理論。

一個電子既是粒子也是波，這意味著其有雙重屬性：作為一個粒子，其在某個時刻應該處於一個確定位置；而作為波，其在同一時刻可能出現於空間中的任何一處，只不過在每個地方出現的機率不同，而這些機率可以用波函數表示。

當這個電子在空間各處出現的機率疊加在一起時，就會形成一團模糊的「雲」（即電子雲），這團雲就是這個電子在空間中的所有波函數的疊加態。觀察這個電子時，其出現在雲中心的可能性最大，離中心愈遠，出現的可能性就愈小。

電子在空間各處出現的機率就像一團模糊的雲

　　在量子力學看來，一個原子除了是薛丁格方程式所描述的波函數，什麼也不是。當我們從量子力學的角度來看一個粒子時，說其處在某個位置其實並不準確，我們只能說有多大機率在某個位置上可以觀察到。打個比方，以我們身體中的一個電子來說，觀察前它的位置並不確定，它有99.99999……9%（省略號表示可以有很多9）的可能性在你的身體上，但是

仍然有0.00000……1％（省略號表示可以有很多0）的可能性位於遙遠的火星上，因為這個電子的電子雲已經覆蓋到火星了。

上面的例子並非科幻作品中的想像，而是量子力學所揭示的世界真相，即世間萬物的本質不是確定的，而是機率性的。可以說，量子力學的出現，終結了數百年來古典物理學所認識的確定性世界。

《三體II》中，面壁者泰勒與羅輯有一段關於電子雲的對話，不過他們是將微觀粒子的量子態擴展到宏觀的人身上。

> 羅輯說：「在球狀閃電研究的初期，曾有一些人變成量子態，你是否能設法與他們取得聯繫？」他心想：沒意義也說吧，就當是在做語言體操。
>
> （泰勒：）「我當然試過，沒有成功，那些人已經多年沒有任何消息了。當然有許多關於他們的傳說，但每一個最後都被證明不真實，他們似乎永遠消失了，這可能同物理學家所說的電子雲發散有關。」
>
> （羅輯：）「那是什麼？」
>
> （泰勒：）「宏觀量子態的電子雲會隨著時間在空間中擴散，變得稀薄，使得現實中任何一點的量子機率愈來愈小，最後電子雲平均發散於整個宇宙，這樣量子態的人在現實空間中任何一點出現的機率幾乎為零……」
>
> 摘自《三體II》

（編註：2023年繁體版《三體》使用量子雲，本書統一使用電子雲。）

當然，像小說描寫的這樣，把量了態從微觀直接擴展到宏觀並不現實。宏觀物體是由數量巨大的微觀粒子組成的，這些粒子會與周圍環境發生各種交互作用，從而使自己的電子雲坍縮。因此現實生活中，我們既看不到一個人的電子雲，也看不到月亮的電子雲。

觀察擾動對象

物質粒子既是微粒也是波，這是量子力學的基礎理論之一。在古典物理學看來，物質在同一時刻既是粒子也是波是不可能的。各位對此可能也會有疑問：「觀察一個粒子的時候，我們看到的就是一個粒子，從來沒見過什麼『波』啊？」

從量子力學的角度來看，這個現象應該如何解釋呢？表面上看，量子的狀態取決於我們觀測的方式。例如：對光來說，當我們用透鏡或從狹縫觀測時，其表現為波；而當我們用屏幕等設備觀測時，其就表現為粒子。從本質上看，對任何量子來說，在我們不觀察的時候，量子的狀態就是不確定的波，以疊加態方式存在；而當我們觀察的時候，量子就立刻表現為一個粒子，在空間的某個位置以微粒的方式存在。換句話說，**觀測會讓粒子從波函數的疊加態，坍縮到粒子的經典狀態。**

觀測行為竟然可以影響被觀測對象本身——主張這一驚世駭俗觀點的物理學家被稱為「哥本哈根學派」，他們對量子力學現象所做的解釋則被稱為「哥本哈根詮釋」。

在量子力學問世之前，基於古典物理學的世界觀認為，不管我們是否進行觀察，周圍世界都是獨立存在的，宇宙也是獨立存在的。這種世界觀承認，觀察這一行為的確會與被觀察對象相互作用，且不可避免地會一定程度地干擾被觀察對象。但是，人們一直默認這種干擾只不過是對確定事物的一種偶然微擾，原則上造成的影響可以縮減到任意小。因此，在進行觀察、測量之後，我們可以準確地推導出在被觀察對象身上所發生的一切。也就是說，物體在被觀察之前和之後，自身的力學屬性都是可以被確定的。數百年來，這個關於世界的詮釋是令人信服的，也最符合我們對自然的理解，愛因斯坦稱之為「客觀實在」。

然而，哥本哈根詮釋向古典物理學的客觀實在觀念發起了挑戰：在微

觀領域裡，儀器與物體的相互作用是不可避免、不可控制、不可被忽略的。我們在測量一個物體時，會無法避免地對物體造成不可逆轉的影響。因此，在觀測某個量子的狀態前，就把一組屬性賦予觀察對象，是沒有意義的。舉例來說，如果我們要測量粒子的位置和動量，不能在測量前就默認其具有這些變數的特定值。假如決定測量其位置，我們就能發現其位於某處；假如打算測量其動量，我們測得的就是一個運動的粒子——但是，前者中，粒子不具有特定的動量；後者中，粒子並不具有特定的位置。

哥本哈根詮釋的核心觀點是，在經過特定觀察之後，我們談論單個量子系統的物理屬性才有意義。也就是說，觀察不僅「擾動」了被觀察對象，還影響了結果。正如物理學家惠勒（John Archibald Wheeler）所說，任何一種基本的量子現象只有在其被記錄下來之後，才是一種現象。

鬼魅的糾纏

上一章中，我們講過智子是《三體》中最重要的角色之一，其設定也非常神奇。三體的科學執政官這樣描述智子的工作原理。

（科學執政官：）「……一個以上的智子，能夠透過某些量子效應，構成一個感知宏觀世界的系統。舉個例子：假設一個原子核內部有兩個質子，它們相互之間會遵循一定的運動規則，比如自旋，可能兩個質子的自旋方向必須是相反的。當這兩個質子被從原子核中拆開，不管它們相互之間分離到多大距離，這個規則依然有效；改變其中一個質子的自旋方向，另一個的自旋方向也必然立刻做出相應的改變。當這兩個質子都被建造成智子的話，它們之間就會以這種效應為基礎，構成一個相互感應的整體，多個智子則可以構成一個感應陣列，這個陣列的尺度可以達到任意大小，可以接收所有頻段的電磁波，也就可以感知宏觀世界了。

當然，構成智子陣列的量子效應是極其複雜的，我這種說明只是個比喻而已。」

摘自《三體 I》

小說裡，2 個智子能跨越時空進行瞬時感應，這實際中可能發生嗎？還是純屬科幻呢？讓我們先來看看量子力學中的量子糾纏，再來回答這個問題。

實驗中，物理學家發現可以透過對幾個粒子進行某些操作，使之相互糾纏（即進入糾纏態），而相互糾纏的粒子的某些行為是相互關聯的。以電子的自旋為例，如果一個電子的自旋方向是順時針，根據守恆原理，與之糾纏的另一電子的自旋方向就一定與此相反，應該是逆時針的，反之亦然。

對處於糾纏態的 2 個電子來說，如果我們不觀察，其自旋狀態就處於不確定狀態，既可能是順時針、也可能是逆時針。然而，一旦我們觀察其中一個，其自旋方向就確定了，這個瞬間，與之糾纏的另一粒子的自旋方向也會同時確定下來，而且一定與前者相反。無論這 2 個糾纏的粒子相距多遠，哪怕其中一個在地球上、另一個在幾百億光年之外的宇宙盡頭，只要我們觀察到其中一個粒子並確定其狀態，另一粒子的狀態就會在瞬間確定下來，沒有時間延遲。這就是量子狀態的瞬時傳輸。

事實上，量子糾纏這一說法起源於愛因斯坦提出的一項思想實驗，他想要以超光速瞬時傳輸的荒謬性，證明哥本哈根詮釋的不完備性。1935年，他聯合同事波多爾斯基（Boris Podolsky）和羅森（Nathan Rosen），共同發表了一篇重量級論文，提出著名的「EPR 悖論」──E、P、R 分別是這 3 位作者的姓名首字母。

在這篇反駁哥本哈根詮釋的論文中，愛因斯坦強調，任何嚴肅的物理理論都必須重視客觀實在性和物理概念的差別。客觀實在性是不依賴任何理論的；而物理概念只是用來說明理論的，必須與客觀實在相對應才行。也就是說，他認為一個理論只有正確性是不夠的，還應當是完備的，也就是理論元素和物理實在性元素應當具有一一對應的關係。

愛因斯坦的想法是，不能測量電子的精確位置，也許並非意味著電子沒有精確位置。他認為，實際上存在一個與電子的位置相對應的物理實在性元素，只是量子力學不能包容這點，因此量子力學是不完備的。

論文中，愛因斯坦構造了一個思想實驗來證明自己的想法：他設想一對相互糾纏的電子A和B。同一時刻，A和B的總動量應該是守恆的。假如在某一時刻測量A的動量，那麼在不干擾B的情況下，根據守恆定律，必然同時也會得知B的動量，而B的動量一定能用一個物理實在性元素描述；同理，在不干擾B的情況下測量A的位置時，根據守恆定理，必然也能用一個物理實在性元素描述B的位置。

愛因斯坦根據「實在性準則」辯稱，既然B粒子的位置和動量都是實在性元素，那麼這兩個性質應該可以同時共存，也就是說它們都是獨立於觀察和測量的「實在性元素」。

在這一基礎上，愛因斯坦進一步指出，假如哥本哈根詮釋是完備的，就意味著對A的測量將會瞬間影響到B，且與二者之間的距離無關。這種瞬時同步性意味著超光速，違背了狹義相對論和因果律。因此，愛因斯坦認為哥本哈根詮釋是不完備的，他把這種根本不可能存在的瞬時同步現象稱作「鬼魅效應」。後來，薛丁格（Erwin Schrödinger）將這個現象稱為「量子糾纏」。

作為對EPR悖論的反擊，丹麥物理學家尼爾斯・波耳（Niels Bohr）指出，根據哥本哈根詮釋，電子的位置和動量在測量之前並不是實在的，EPR的根本問題出在人們的觀念上。愛因斯坦認為相互作用的粒子一旦被分開，就是2個不同的粒子；然而在哥本哈根詮釋看來，無論之間相隔多遠的距離，它們仍然是一體的。我們在日常生活中形成的對事物的觀念，在量子世界中往往不再成立，取而代之的是不確定性、波粒二象性和瞬時性等等令人感到匪夷所思的性質。考慮量子尺度上的問題時，我們不能再相信之前的常識，而要相信用實驗設備測量到的事實。

時至今日，量子糾纏經受住了各種實驗的反覆驗證。這並非「鬼魅」，而是真實存在的。

《三體》小說中的智子之所以能把地球的訊息瞬間傳回 4 光年外的三體星，利用的就是量子糾纏的原理。三體發明的智子是相互糾纏的，一個粒子來到地球，時刻監視人類，並通過量子糾纏的瞬時傳輸效應，將監視到的情況同步傳給三體星上與之糾纏的智子，這就相當於沒有時間延遲的實況直播。

　　不過，科幻畢竟還不完全等於科學。目前現實中，基於量子糾纏的量子通訊能瞬時傳輸的只是量子的狀態，並不能將有用的訊息從一個地方瞬時傳遞到另一個地方。因為，儘管量子糾纏可以超光速，但是發送方和接收方還需要用在光速限制下的傳統訊息通道傳遞必要的輔助性訊息，才能對糾纏態包含的訊息進行翻譯和解碼。因此，從整體上看，在兩地間傳遞訊息時還是不能超過光速。總而言之，在真實世界裡，智子是無法在地球和三體星之間超光速傳遞訊息的。這種不可能是由原理決定的，而不是由技術水平的高低所決定。

處於糾纏態的兩個智子

話雖如此，在不超過光速的情況下，利用量子糾纏實現粒子狀態的複製和傳輸應該是可以做到的。2016年，中國發射了墨子號量子科學實驗衛星，之後在距地1200公里的太空中進行了量子隱形狀態傳輸的實驗。暢想一下，既然人體都是由粒子組成的，未來也許有一天科學家可以發明一種技術，像傳真機那樣把組成一個人的每一個粒子完整地複製到另一個地方，這不就能實現對人的遠距離快速傳輸了嗎？當然，對現在來說，這個想法還是科幻成分比較大。

打不死的小強

量子力學中有很多奇異的概念，諸如波粒二象性、量子糾纏和量子隱形傳態，再加上觀察者與被觀察對象之間的互動關係，很容易讓人感到莫名其妙、匪夷所思。其實，這種感覺很正常。自量子力學出現以來，一直有很多物理學家認為其原理有悖於常識。量子力學的領軍人物，被稱為量子力學教父的波耳就曾說過：「如果一個人第一次聽說量子物理而不感到困惑，那他一定是沒聽懂。」

量子力學確立於1920年代，是自17世紀現代物理學誕生以來，在物理學理論中發生最深刻的革命。我們知道，量子力學和相對論是20世紀物理學的兩大支柱。如果說相對論的提出，塑造了愛因斯坦「獨行俠」的形象；量子力學的出現，則是展開了千載難逢的「群英會」。

量子力學是一門年輕科學，其創始人也是一群年輕人——平均年齡不到30歲，包括愛因斯坦、波耳、海森堡（Werner Heisenberg）、狄拉克（Paul Dirac）等。在這場影響世界的科學革命中，這些年輕物理學家起到了奠定乾坤的作用，物理學史上常把這段時期稱為「小伙子物理學（Knabenphysik）」年代。

科學史上，很多新理念的普及過程都不是一帆風順的。就拿大家今天耳熟能詳的科技名詞來說，有很多其實都是學說的反對者提出、用來表達

嘲諷之意，例如：宇宙大爆炸。同樣地，量子力學的發展過程也充滿了艱難，1個多世紀以來，這個理論簡直就像一隻「打不死的小強」。下面就讓我們來看看量子力學史上4個值得深思的小故事吧！

首先是著名的德國物理學家馬克斯・普朗克（Max Planck），他在1900年最早提出「量子」這個概念，物理學中描述量子大小的常數「普朗克常數」就是以他的名字命名的。普朗克本該是量子力學之父，但很可惜的是，他在學術方面相當保守。他在論文裡特意強調，自己提出量子概念不過是一個為了計算方便而做出的數學假定，這個概念並沒有實際的物理意義。當時，他完全沒有意識到量子將會對世界產生多大的影響。當長壽的普朗克在晚年看到量子力學日益成長壯大之時，他感到無比懊悔。他在臨終前曾經感慨道：「一個新的科學真理取得勝利的方式，並不是讓其反對者信服並看到光明所在，而是在反對者陸續死去的同時，熟悉它的新一代人逐漸成長。」

讓我們再來看看愛因斯坦。提到他，我們都會想到著名的相對論。但實際上很多人不知道的是，他獲得諾貝爾獎並不是因為相對論，而是因為他提出的另一個學說——光量子假說，這一學說奠定了量子力學的基礎。換言之，愛因斯坦是當之無愧的量子力學開創者之一。然而令人遺憾的是，他後來幾乎用自己後半生的全部時間來反對量子力學對世界所做的解釋。他始終無法接受量子力學所揭示的世界本身的不確定性，認為這太離經叛道了，用他的話來說就是「上帝不擲骰子」。

1920年代召開的幾次有眾多世界頂尖物理學家出席的科學研討會上，愛因斯坦就量子力學的話題，作為反方與波耳展開激烈辯論，堪稱科學史上最精彩的華山論劍。可惜的是，辯論最終以愛因斯坦失敗告終。只要是講量子力學歷史的書，都會寫這段故事。正如前面所說，量子力學質疑世界的客觀實在性，引入很多新的概念，而這些概念從根本上動搖了幾百年來由牛頓、愛因斯坦等物理學家所構建的古典物理學體系基礎，因此愛因斯坦直到去世都沒能徹底接納量子力學。

讓我們一起進入下一則故事。我們已經講過，電子在空間中是以機率

波的方式存在，而描述機率波函數的就是大名鼎鼎的「薛丁格方程式」。薛丁格也是量子力學開創者之一，不過說到薛丁格，跟他的名字有關的「薛丁格的貓」似乎更家喻戶曉。其實，這只是薛丁格提出的一個思想實驗，他希望用這個實驗來說明量子力學是多麼荒謬可笑。薛丁格和愛因斯坦一樣，是古典物理學的堅定捍衛者。除了他，法國物理學家德布羅意（Louis de Broglie）也是如此，他首次提出物質波的概念，對量子力學的創立做出重要的貢獻，但是他始終不能徹底認可量子力學。

然而，在這些頂尖物理學家的質疑下，量子力學仍然通過重重考驗，理論和實驗沒有出現衝突，體現其強大的生命力。

終極裁決

到1960年代，質疑量子力學的隊伍中又出現一位勇猛的小將。他就是長著一頭紅髮的英國物理學家約翰‧斯圖爾特‧貝爾（John Stewart Bell），也是我們第4則故事的主角。

貝爾一直深深地認同愛因斯坦的古典物理學，對量子力學中與古典物理學相悖的2個新概念感到很困惑：一個是量子糾纏，他堅持認為物理效應的傳播不可能比光速快，這種鬼魅般的瞬時傳輸不可能存在；另一個則是量子的不確定性，他認為客觀現實獨立於觀察者存在，任何一個粒子的狀態在被測量前都有自己明確的屬性，不可能取決於觀察者的測量行為。

1964年，貝爾提出自己發現的一個強而有力的數學不等式可以檢驗量子力學原理。這就是決定量子力學命運的終極武器——貝爾不等式。假如實驗證明貝爾不等式成立，就說明愛因斯坦是正確的。這不僅能鞏固以愛因斯坦為代表的古典物理學地位，還能給予怪異的量子力學致命打擊。貝爾提出這個想法時，愛因斯坦已經逝世，他本人堅信不等式一定成立，並希望藉此了卻愛因斯坦生前未竟的心願。然而，貝爾不等式其實是一把雙刃劍，假如實驗證明不成立，就會進一步證明量子力學的完備性、撼動古

典物理學的地位。

　　接下來就要設計物理實驗進行驗證了。然而，這對實驗物理學家來說卻成了難題，當時的設備尚不具備進行這實驗的條件。直到5年後，貝爾才收到26歲的美國實驗物理學家約翰・克勞澤（John Clauser）的來信，知道後者設計了一項實驗來測試不等式。經過200小時的初步實驗，克勞澤得出貝爾不等式不成立的結果，這令包括貝爾在內的許多物理學家都感到意外。在接下來的5年內，科學家又進行9次測試，其中有7次出現不等式不成立的狀況。由於事關重大，人們還是懷疑是實驗本身的精準度有問題。

　　在這之後，又有很多實驗物理學家躍躍欲試，但由於實驗條件要求太高，直到20年後的1980年代，法國量子物理學家阿蘭・阿斯佩（Alain Aspect）才終於完成實驗。他利用新出現的雷射和電腦技術，花了幾年的時間設計3個巧妙的實驗來檢驗貝爾不等式。令他沒想到的是，實驗結果竟與貝爾不等式極其相悖，反而很符合量子力學理論。老天跟貝爾開了一個大大的玩笑，貝爾不等式竟然不成立！

　　在隨後的10幾年裡，科學家又利用非線性雷射等各種手段反覆進行實驗驗證。如今，貝爾不等式不成立這一結論已被科學界的大多數人認同。

　　當年，貝爾是依據從古典物理學角度出發的2個假設來推導不等式的：其一是量子狀態不依賴於觀察行為，其二是比光速還快的物理過程不存在。然而，實驗結果否定了貝爾不等式的正確性，這意味著我們必須至少放棄其中一個假設才行。據說，貝爾本人打算放棄後者，即光速限制。也就是說，他情願承認宇宙中存在瞬時狀態傳輸，也要堅持世界的客觀獨立性。貝爾始終認為，即使在沒有進行觀察前，現實和客觀的世界也是實際存在的。

　　貝爾本來想利用不等式證明量子力學是個謬誤，結果卻進一步彰顯了量子力學的完備性。1990年，62歲的貝爾因腦出血去世。曾深信量子理論只是權宜之計而無法反映事物本質的他，最終也不得不承認愛因斯坦的世界觀是站不住腳的。

現代科學的基石

我們在接受基礎教育時，學的都是古典物理學內容，即便到大學階段，也只有在某些理科類專業中才會學習一部分量子力學的知識，這使得大多數人會對量子力學的概念和理論產生困惑。然而實際上，如果把當代人類科技比作一座高大華美的大廈，量子力學就是這座大廈的基石，而且還是深埋在地的，並不為大多數人所知。

量子力學自出現以來，在1個世紀中取得驚人的進展，不但解釋了微觀的量子世界中出現的奇特現象，而且其理論預言至今沒有一項被證明是錯誤的。我們需要量子力學理論來解釋為什麼有陽光普照？為什麼草是綠色的？電視機是如何產生圖像的？甚至宇宙是怎麼從大爆炸演化而來的？毫不誇張地說，時至今日，量子力學已成為每一門自然科學的基礎，無論是化學、生命科學還是宇宙學，不管是研究微觀世界還是宏觀宇宙，都有量子力學作為支撐。

以化學領域舉例，在量子力學出現後，人們才認識到是原子外層的電子決定了原子的化學特性。元素週期表源於150年前俄國科學家門得列夫（Dmitri Mendeleev）的發現。門得列夫注意到組成物質的各種元素的排列有週期性，但此前科學家一直不清楚為什麼存在這種週期。美籍奧地利物理學家沃夫岡‧包立（Wolfgang Pauli）根據電子的量子自旋原理，提出了著名的「包立不相容原理」，解釋電子在核外排布呈週期性的原因，這才揭開了元素週期背後的祕密。可以說，當代化學完全建立在量子力學的基礎之上。

我們都知道植物靠光合作用固化空氣中的碳，同時釋放氧氣，人類的生存說到底完全離不開植物的光合作用，但光合作用究竟是怎麼一回事呢？古典物理學一直無法對其做出合理解釋。原來，這源於量子相干性機制。再例如，我們平時是怎麼聞到氣味的？這其實也與量子力學相關。科學家發現，氣味分子會與人體內的受體結合，透過振動釋放電子，產生神

經電訊號,並最終將訊號傳遞到大腦,我們才產生了嗅覺。不同氣味分子的振動頻率不同,因此才讓人感覺氣味不同,而這種振動也是量子效應之一。除此之外,鳥類是靠什麼導航、實現遠距離飛行的?人類的遺傳基因為何會發生突變?這些都是量子生物學研究的內容。人們都說21世紀是生物學革命的時代,而生物學的發展一定離不開量子力學的助力。

《三體》中,三體文明發射智子來地球的主要目的就是阻礙人類科技的發展,其中重要手段之一就是破壞高能粒子加速器的量子實驗——因為量子力學是所有基礎力學的根基。而與這類實驗相關的粒子物理學和理論物理學,也都與量子力學密不可分。

無處不在的量子

量子力學雖然神奇,但是似乎只適用於微觀世界,我們根本無法直接感受到其存在。那麼,量子力學跟我們的日常生活究竟有多大關係呢?其實,除了科學理論,現代應用技術也離不開量子力學。

據說當代經濟發展中,就有三分之一的國民生產總值來自以量子力學為理論基礎的高科技要素。例如:我們每天握在手裡的智慧型手機、工作和學習時都離不開的電腦,都是量子力學理論的應用成果。從技術的發展脈絡來看,量子力學是固體物理學的基礎,而固體物理學是半導體物理學的基礎,半導體物理學又是積體電路的基礎,有了積體電路才有電腦和手機。如果沒有發明積體電路,人類是不可能造出功能如此強大、體積又如此小的智慧型手機的。換言之,雖然我們無法直觀地看到量子力學的研究對象,即電子等微觀世界裡的小東西,但每一天我們都把量子力學的應用成果裝在口袋裡、捧在手中,甚至連睡覺時也會將之放在枕邊。

此外,我們對雷射也不陌生。其應用範圍很廣,包括雷射筆、雷射照明、雷射娛樂設備,還有雷射手術、雷射測距、雷射焊接和雷射切割等。我們平時使用的網路,主要是靠光纖進行連接和通訊,而光纖傳導的主要

就是雷射光，因為雷射光有高方向性、高相干性和高單色性等優點。如果沒有大規模應用光通訊，就沒有現在萬物互聯的世界。我們在前面講過，愛因斯坦獲得諾貝爾獎，就是因為他提出了光量子假說，闡述光電效應的原理。這正是量子力學的奠基性理論之一，人們又在此基礎上發明了雷射技術。可以說，雷射引發了當代的訊息革命，從根本上改變了人們的生活。

現今，量子電腦和量子通訊等成果日益成為衡量技術進步的標誌。顧名思義，量子電腦能處理、計算量子態的訊息，具有超高的運算速度。量子電腦技術作為繼電子電腦之後的下一代新型電腦體系，正在取得日新月異的突破，相信其發展必將引發新一輪的訊息革命。

再來看看量子通訊。現代社會離不開順暢且安全的訊息交流，由於量子具有眾多神奇特性，量子通訊就成了實現這一目標的首選。如前所述，利用量子糾纏可以做到量子隱形傳態。此外，量子狀態一旦被觀測就無法還原，所以經過量子通訊的訊息具有不可截獲、竊聽的安全特性。對傳統通訊技術來說，這些都是巨大的突破。

總之，在現代文明社會裡，從電腦、手機這些我們日常會用到的電子產品，到航太、核能、生物技術領域，幾乎一切都以量子力學為基礎。一言以蔽之，量子力學不但神奇，還特別有用。

時至今日，我們已經親身感受到量子力學對現代科技文明的促進作用。不過在更深層次上觸動我們的，是其對基礎科學理念乃至哲學觀念的挑戰和顛覆，這些思想上的改變必將影響人類文明的未來。

《三體》作為當代硬科幻小說的巔峰之作，怎麼能不在裡面埋下量子力學的哏呢？關於無處不在的量子，本章只是開了一個頭，隨著小說情節的推進，我們在第 7 章中還會繼續詳細介紹。

第五章　難以掌握的內心世界

——三體社會與孤獨的面壁者

　　《三體Ⅱ》一開始，伊文斯透過與三體文明對話，意外發現三體文明的交流方式與人類有著巨大的差異，三體人會靠電波直接顯現出思維。伊文斯認為這種方式無法隱藏思維的內容，而三體文明則進一步表示他們不懂得什麼是欺騙，至於計謀和偽裝更是無從談起，儼然一副天真無邪的模樣。

　　三體文明真的具有這些特點嗎？人類特有的語言交流方式又能在兩個文明的對抗中發揮怎樣的作用呢？

 關 鍵 詞

　　感性與理性、人文與科技、人類語言的複雜性、思維與語言、思維黑箱

三體文明曾撒謊嗎？

《三體 I》中，葉文潔首次與三體文明取得聯繫，隨後這個消息被石油大亨之子伊文斯得知，他繼而取代葉文潔，壟斷人類文明與三體文明的交流，並建造一艘巨船「審判日號」，以此為基地指揮 ETO。伊文斯以保護地球物種為由，企圖借三體文明之手毀滅整個人類，但最終他和 ETO 被人類軍隊的「古箏計畫」一舉消滅。他與三體文明的交流紀錄——儲存了 28 GB 訊息的硬碟落入人類政府的手中。硬碟中的訊息是人類瞭解三體世界的唯一路徑，智子的製造原理和過程都在這些訊息中。人類想要有效對抗三體文明，必須先解讀和分析這些訊息數據。

人類截獲的伊文斯硬碟數據中，記載了他與三體文明的最後一次對話。

字幕：我們仔細研究了你們的文獻，發現理解困難的關鍵在於一對同義詞上。

伊文斯：「同義詞？」

字幕：你們的語言中有許多同義詞和近義詞，以我們最初收到的漢語而言，就有「寒」和「冷」，「重」和「沉」，「長」和「遠」這一類，它們表達相同的涵義。

伊文斯：「那您剛才說的導致理解障礙的是哪一對同義詞呢？」

字幕：「想」和「說」，我們剛剛驚奇地發現，它們原來不是同義詞。

伊文斯：「它們本來就不是同義詞啊。」

字幕：按我們的理解，它們應該是同義詞：想，就是用思維器官進行思維活動；說，就是把思維的內容傳達給同類。後者在你們的世界是透過被稱為聲帶的器官對空氣的振動波進行調節來

實現的。這兩個定義你認為正確嗎？

　　伊文斯：「正確，但由此不正表明『想』和『說』不是同義詞嗎？」

　　字幕：按照我們的理解，這正表明它們是同義詞。

摘自《三體 II》

　　三體文明告訴伊文斯，他們不理解人類所謂的「想」和「說」有什麼不同。三體文明的思維是透明的，就像魚缸裡的魚一樣，不可能隱藏任何祕密。他們還說自己不知道什麼是計謀和偽裝。讀到這裡，你可能認為既然三體文明的思維是透明的，那他們一定不會欺騙或撒謊吧。然而，真的是這樣嗎？

　　仔細閱讀《三體 I》中的故事，你也許會發現，三體文明所謂的「不懂欺騙」可能正是他們給人類設下的一個最大騙局，這是他們企圖麻痺人類的高超計謀之一。

　　首先，不管三體文明是否會欺騙，在三體世界其實是存在「欺騙」這個詞的。第一部的倒數第 2 章，描述智子的製造過程時有一個細節：三體科學家嘗試進行展開智子的實驗，起初幾次都沒有成功，科學執政官一直找藉口，並承諾展開質子不會有什麼危害。此時，軍事執政官憤怒地對科學執政官說：「你在欺騙元首！你閉口不提（實驗帶來的）真正的危險！」請看，三體文明使用了「欺騙」這個詞。

　　當然，即便他們使用這個詞，也不能說明他們真的明白欺騙是什麼意思。然而，他們真的不明白嗎？讓我們再來看看第一部的倒數第 3 章「監聽員」。在懲處那位給人類發送友善消息的 1379 號三體監聽員之後，三體元首詢問監聽執政官應該如何補救，執政官建議向太陽系方向發送經過仔細編造的訊息來引誘人類回答，這樣就可以準確定位太陽系和地球。這段話讓人產生疑問：「一個懂得編造虛假訊息來引誘敵人的文明，怎麼可能不知道什麼是欺騙呢？」況且，智子的任務之一，就是用神蹟欺騙人類，引起人類的恐慌和絕望，藉此阻止科學家繼續從事科學研究。會執行這種計

畫的文明，難道不懂欺騙嗎？

那麼，他們的欺騙會不會是跟地球人學的呢？並非如此。還是在「監聽員」那一章，三體元首懲處1379號監聽員、打算誘騙人類上當，是發生在人類和三體文明建立聯繫之前。這就代表了三體人不可能是從人類身上學會計謀、欺騙的。因此，三體文明的「不會欺騙」也許是對地球人最大的欺騙。

三體文明不但知道什麼是欺騙，甚至還能在一定程度上隱藏自己的思維。在「監聽員」那一章中，1379號監聽員接受元首質問時，講述了一段自己的經歷。

　　（1379號監聽員：）「……大約在一萬個三體時前的亂紀元中，監聽站的巡迴供給車把我所在的1379號站漏掉了，這就意味著我在之後的一百個三體時中斷糧了。我吃掉了站中所有可以吃的東西，甚至自己的衣服，即使這樣，在供給車再度到來時，我還是快要餓死了。上級因此給了我一生中最長的一次休假，在我隨著供給車回城市的途中，我一直被一個強烈的慾望控制著，那就是占有車上所有的食物。每看到車上的其他人吃東西，我的心中就充滿了憎恨，真想殺掉那人！我不停地偷車上的食品，把它們藏在衣服裡和座位下，車上的工作人員覺得我這樣很有意思，就把食品當禮物送給我。當我到城市下車時，揹著遠遠超過我自身體重的食物……」

摘自《三體 I》

如果三體文明的思維都是透明的，1379號監聽員恐怕很難做到暗自憎恨別人，更不用提「偷」和「藏」東西了。

還有一個細節，當三體元首把1379號監聽員打發走以後，質問監聽系統執政官，怎麼能讓這種脆弱的邪惡份子進入監聽系統。執政官回答道：「元首，監聽系統有幾十萬名工作人員，嚴格甄別是很難的。」這個回答說

明三體人的思維其實與人類類似，也是一個黑箱，一個三體人無法知道另一個三體人究竟在想什麼。換句話說，三體文明的思想和其表達出來的東西也是不一致的，心口不一並不是人類特有的。

實際上，所謂的思維透明、無法理解欺騙，都是三體文明告訴伊文斯的。人類其實無法直接確認三體文明的交流方式到底是怎麼回事。小說直到最後也沒有揭開這個祕密，給讀者留下一個大大的懸念，這正是作者的高明之處。

更為巧妙的是，在小說第二部的序章中，作者透過描寫伊文斯和三體人的對話，讓讀者意識到思維和表達有著本質上的不同，從而為小說的第二部裡最重要的內容——「面壁計畫」埋下伏筆。

三體社會之謎

毫無疑問，所謂的思維透明只是三體文明對人類宣稱的形象。三體文明力圖向人類表明自己文明的內部是團結一致、沒有內耗的，然而實際情況真的如此嗎？答案也許恰恰相反。

首先，在三體文明內部可能也存在戰爭和軍隊。第二部第 1 章中，智子和破壁人 2 號的對話就暴露了這一點。智子說：「在我們世界的戰爭中，敵對雙方也會對自己的陣地進行偽裝。」我們知道，戰爭是利益團體之間表現矛盾與鬥爭的最高形式，是解決糾紛的暴力方式，也是極端的政治手段。既然一個文明內有戰爭，就代表內部一定存在著不同的利益團體。

小說中還提到三體文明的軍事執政官，這個職位的工作內容存在 2 種可能性：專門處理文明內部不同階級之間的矛盾，或是應對當前利益團體與其他團體之間的軍事衝突。如果是前者，至少說明三體文明內部有不同的階級和訴求，「鐵板一塊」的文明只是假象，其內部必然充滿隱瞞、欺騙和計謀；如果是後者，就意味著三體文明裡有不同的部族或國家。

順著後者的思路，我們不妨想像一下，如果三體文明裡存在不同的國

家，小說中提到的三體人元首也許只是三體文明中某個國家的元首而已。只是因為這個國家擁有三體文明目前能達到的最高水平科技，才能作為代表與人類交流。若是如此，三體文明中不同國家對人類文明的態度，也很可能不同。

就像小說第一部中寫到的，人類史上，不同的大國都爭相向太空可能存在的外星文明發出自己的聲音，而這些聲音的態度和立場都不相同；因此，人類陸續收到的來自三體世界的訊息，也許並非都是一個國家發來的。這也能解釋在小說第二部中，三體文明在處理與人類的關係時，前後的態度為什麼會出現很大的轉變，一下子停止與人類交流，一下子又向人類傳遞高科技——這也許正是因為他們內部存在不同的利益團體、有不同的政治訴求所致。

給文明以歲月

接下來，讓我們再來思考一個問題：「如果三體文明的思維和交流方式真的和人類不一樣，是什麼造成了這個差異呢？」

小說第一部透過虛擬實境遊戲《三體》，向讀者展現了三體世界嚴酷惡劣的自然環境。從這個星球上出現文明起，千萬年以來，三體世界便經歷幾百輪生生滅滅，才進化出今天的文明、具備高等的科技水平。三體文明回顧歷史，認為以冷靜和麻木這兩種精神為主體的文明，生存能力才是最強的；精神脆弱的個體和溫和的社會，都不利於文明在惡劣的環境中存續。

在三體元首和1379號監聽員的對話中，我們能看到三體文明在歷史上經歷的慘痛教訓。

（1379號監聽員：）「……元首，請看看我們的生活：一切都是為了文明的生存。為了整個文明的生存，對個體的尊重幾乎不存在，個人不能工作就得死；三體社會處於極端的專制之中，法

律只有兩檔：有罪和無罪，有罪處死，無罪釋放。我最無法忍受的是精神生活的單一和枯竭，一切可能導致脆弱的精神都是邪惡的。我們沒有文學沒有藝術，沒有對美的追求和享受，甚至連愛情也不能傾訴……元首，這樣的生活有意義嗎？」

（元首：）「你嚮往的那種文明在三體世界也存在過，它們有過民主自由的社會，也留下了豐富的文化遺產，你能看到的只是極小一部分，大部分都被封存禁閱了。但在所有三體文明的輪迴中，這類文明是最脆弱、最短命的，一次不大的亂世紀災難就足以使其滅絕。再看你想拯救的地球文明，那個在永遠如春的美麗溫室中嬌生慣養的社會，如果放到三體世界，絕對生存不了一百萬個三體時。」

摘自《三體 I》

在三體文明看來，狂喜、沮喪、憤恨、恐懼、悲傷和幸福等這些情感，甚至追求美和享受，都是應該極力避免和消除的。為了生存，三體文明建立起高度層級化與效率化的系統，他們高度重視團體目標，完全忽略個體需求，這是由三體星的客觀環境決定的。用他們的話來說，追求自由與個性的文明是最脆弱、最短命的。三體文明摒除情感、發展極致的理性，才能在艱難的環境中生存下來。

不過，凡事都有利有弊，這種追求極度理性的文明形態也有自身的缺陷。小說中，三體文明的科技水平一直以來都是勻速發展的，甚至呈減速發展，而人類文明卻有技術爆炸的現象——或許這並不是單純的偶然。人類科技之所以能飛速發展，與人性的豐富和多樣化有著深層的內在聯繫。

人文推動科技

我們知道，人類近現代科學由科學自然主義出發，旨在對人們觀察到

的現象進行解釋，其理論和概念都不涉及任何超自然力量。在這種主義的帶領下，科學研究基於理性思考和客觀觀察，從表面上看，似乎與人文和感性完全無關。然而，回顧人類近代以來的歷史，我們會發現，恰恰是人文主義的出現促進了近代科學的誕生和發展。

最初，對物質、精神和社會的研究都屬於哲學範疇。2千多年前，古希臘哲學家攀上了西方哲學發展的第一個高峰。然而，隨著宗教勢力逐步占據主導地位、統治人們的思想和社會，西方文明進入了近千年的中世紀時期。人們的言行必須符合宗教教義，與其相悖的言論均被打上異端邪說的標籤，哲學淪為神學的婢女。這段時期占主導地位的哲學體系——經院哲學，實際上就是一種宗教神學體系。

近代科學常被稱為西方科學，主要是因為其誕生於16世紀至17世紀初的義大利等西歐國家。彼時，源自這些國家的文藝復興運動，讓近代科學在人文主義思潮中發展起來。用德國哲學家文德爾班（Wilhelm Windelband）的話來說，「近代自然科學是人文主義的女兒」。參與文藝復興運動的思想家強調以人為中心的重要性，人的活動應當因其自身價值而受到重視，科學由此開始以驚人的步伐向前邁進。人文主義解放了人們的思想，讓人們擺脫宗教神學體系的桎梏；否則，人們不可能自由地進行探索，近代科學也不可能誕生。

人文主義不但為近代科學的誕生奠定了思想基礎，也為其培育了人才。在人文主義者看來，人有多方面的才能，只有透過教育才能將其充分發揮或顯露出來。15世紀後，在宗教學院之外，社會上出現了世俗學校。這些學校開設了自然哲學課程，培育出哥白尼（Nicolaus Copernicus）、達文西（Leonardo Da Vinci）、伽利略（Galileo Galilei）等科學人才。

此外，人文主義還營造了良好的學術氛圍，促進了科學方法論的誕生。人類歷史中，科學和技術的每次進步都得益於人類的科學精神——人們秉持著世界是可知的、遵循普遍規律的、不能任憑神靈擺布的觀念，勇於冒險、敢於質疑祖先的信仰。

《三體II》中，作者描寫了在危機紀元剛開始時，社會經濟被迫轉型，

幾乎所有資源都被投入太空防禦計畫，地球環境遭到破壞，人類的生活水平急劇下降，政治氣氛也極度緊張，人類文明進入半個世紀之久的大低谷，人口死亡過半。在刻骨銘心的慘痛教訓之後，人們終於清醒過來，與其擔憂400年以後的末日戰爭，不如先過好眼前的生活。於是，人們喊出「給歲月以文明，而不是給文明以歲月」的口號，重新樹立了「人文原則第一，文明延續第二」的價值理念，這才出現了人類歷史上的第二次文藝復興。各國政府都中止了太空防禦計畫，集中力量改善民生。只用了20多年的時間，人們的生活就恢復到大低谷以前的水平。更神奇的是，隨著人文主義復興，人性的解放大大推動了科技的進步，原先的技術瓶頸竟一個接一個被突破了。人類製造出太空電梯，還發明了速度能達到15％光速的太空船，創造科學史上的奇蹟。

　　小說的這段內容表現了人文主義對人類思想、行為的解放作用，以及對科學發展的推動作用。反觀三體文明，他們以「生存第一法則」為信條，束縛了公眾的思想和自由，並用殘酷的刑罰鎮壓敢於表達人文關懷和善意的個體，這可能導致了三體科學發展的緩慢和停滯。

言不由衷的人類

　　與伊文斯交流時，三體文明認為直接顯示思維是更有效率的高級交流方式，並斷言人類需要靠發聲器官來交流是一種進化上的缺陷、是對大腦無法產生強思維電波而不得已的補償、是生物學上的劣勢。然而，在這次交談的最後，三體人承認人類太過複雜，恐懼使他們從此中斷了與人類的任何訊息交流。此外，小說中還提到，人類使用語言這種方式交流並不一定是缺陷或劣勢。為什麼這樣說呢？難道直接顯示思維不比用語言更直接、更高效嗎？而且，我們使用語言時往往會出現詞不達意、含糊不清的情況，這些難道不是缺陷嗎？其實，答案恰恰相反。

　　語言的本質是人類思維意識的訊息密碼。人類經由語言表達自我，並傳

遞大腦的訊息,這就是語言最重要的用途。在古希臘及中世紀時期,人們曾對意識和認知進行一些解釋。歷史上真正對此展開理性研究的先驅,是17世紀的法國科學家兼哲學家笛卡爾(René Descartes),他認為只有智人能透過組合詞語或其他符號來向他人表達思想。當代科學家也持有類似看法,法國認知神經學家斯坦尼斯拉斯·德阿納(Stanislas Dehaene)認為,人腦的獨特之處在於複雜的「思維語言」能讓不同的腦區建立連接。儘管其他靈長類動物也有複雜的大腦,卻無法做到這點。思維語言讓我們能進行複雜的思考並將之與人分享,藉此互相交流和教授學問,最終促進人類文明共同提升,這也是語言的第二個重要用途。

能使用真正的語言進行交流的智人

接下來,詳細講一下剛才提到的智人。

我們知道,今天的人類屬於直立人中的一種——智人。近10幾年來,人類考古學的發現表明,智人最早出現在10萬多年前的非洲,大約在7萬年前走出非洲。之後,智人的足跡遍及地球各個大陸。智人在向各個大陸遷

移的途中，遇到了各地其他人種的挑戰（例如：居住在歐洲和中東地區的尼安德塔人），不過智人最終戰勝了這些體型更魁梧、身體更健壯的人種。究其原因，年輕的以色列歷史學家尤瓦爾‧哈拉瑞（Yuval Noah Harari）在《人類大歷史：從野獸到扮演上帝》（*Sapiens：A Brief History of Humankind*）中指出，智人之所以能戰勝其他人種、稱霸全球，主要是因為發生了認知革命。這次認知革命與智人思維溝通方式的改變有關，外在表現為他們開始使用真正的語言進行交流。那麼，我們的語言究竟有什麼特別之處？為什麼語言的出現能讓我們的祖先征服世界呢？

認知科學理論指出，人類語言具有**靈活性**，可以將有限的聲音組合起來，產生無限多的句子，藉此表達不同的涵義。語言不僅可以傳達單純的訊息，還可以傳達情緒或感情等深層涵義，甚至能表達與真實感情完全相反的反諷意味，這就是人類語言的**複雜性**。此外，人類語言還具有**獨特性**，會受到時間、地域，甚至使用者的經歷、學識和身分等影響而呈現不同的特徵。不同人群使用的不同語言反映了他們對世界的獨特認知方式，而不同語言之間的關係並非完全對等。

哈拉瑞認為，透過運用語言，智人除了能相互交流事實情況，還可以傳達一些實際不存在的想像訊息，而這才是他們成功的關鍵。在認知革命後，智人生活在雙重現實中：第一重是關於生存環境的客觀現實，第二重則是類似於神明和國家的想像現實。隨著想像現實日益強大，傳說、神話、文藝及宗教等文化要素應運而生。

從那時開始，雖然智人的基因和環境並沒有什麼改變，但是透過語言創造出來的想像現實，使大批互不相識的智人之間可以展開有效的合作。智人如果和尼安德塔人單挑，肯定會被痛揍一頓；但是如果雙方各有上百人互相對峙，尼安德塔人就絕無獲勝的可能。因為尼安德塔人沒有智人這種能夠建構想像現實的語言能力，無法進行有效的大規模合作。哈拉瑞認為，用語言進行虛構的重點不僅在於個人可以想像，更重要的是可以讓眾人一起想像。人類使用語言時所體現的創造性，讓人類的思想和想像具有無限的可能性，而這正是人類超越其他物種的最根本優勢之一。

剛才提到的認知神經學家德阿納指出，用組合性語言來表達思維是人類許多特有能力（包括設計複雜工具到創造高等數學等能力）的基礎，且自有的遞迴能力讓語言成為能嵌套複雜思想的工具。例如：用語言表達「我知道他認為我不知道他在撒謊」這種複雜思想，就是其他動物不具有的能力。說到這點，讓人不禁想到《三體》裡黑暗森林法則中的「猜疑鏈」。也許，能構建出猜疑鏈就是高等智慧生物智慧水平的一種體現。

　　思考上述問題時，讓我聯想到當下最熱門的話題之一 —— 人工智慧（AI）。自1950年代「人工智慧」這個概念被正式提出後，其發展就十分迅速。現今，幾乎所有人都聽說過人工智慧。在學界，人工智慧一直存在爭議：「人工智慧到底能不能具有像人一樣的智慧呢？」早在1950年，人工智慧的創始人英國數學家圖靈（Alan Mathison Turing）就提出一種測試，驗證人工智慧是否能達到人類的智慧水平，這就是著名的圖靈測試。

人工智慧與圖靈測試

　　簡單地說，圖靈測試就是讓一個人作為測試者，在不接觸受試者的情

況下，以某種方式和受試者進行一系列問答。如果在相當長的時間內，測試者都無法根據回答判斷受試者是人還是電腦，受試者就可以被認為具有與人類相當的智力，即受試者是有「思維」的。據說，在2014年英國皇家學會舉辦的圖靈測試大會上，一個名叫尤金・古斯特曼（Eugene Goostman）的人工智慧軟體通過了圖靈測試。當然，學界對此仍有爭議。關於人工智慧還有很多有趣的話題，我們在第15章會繼續討論。

回到語言還有一個問題，我們的語言究竟是如何產生的呢？在認知哲學界，這個問題存在2種截然相反的理論：其一是以美國當代哲學家普特南（Hilary Whitehall Putnam）為代表的外在主義，他認為語言是一種純粹的社會行為，獨立於個人的心智和大腦；其二則是以美國當代語言學家杭士基（Noam Chomsky）為代表的內在主義，他認為語言是一種物種屬性，是人類長期進化的結果，也是一種遺傳特徵。在兒童的頭腦中，先天存在一個由遺傳因子決定的「語言習得機制」，正是這種機制使人與動物有了區別。從內在主義的角度來看，語言是人類認知系統的組成成分、人腦的一種屬性，對語言的研究離不開對心智或大腦的研究。因此，在現代認知科學這門綜合學科中，語言學是不可或缺的重要組成。

總而言之，人類的交流主要依靠語言，而語言又並非對事實情況的如實呈現，而是存在一定的變形和必要的虛構。

回到小說，既然三體人是靠大腦思維產生並發射電磁波來交流的，那麼我們同樣也可以設想，電磁波顯示出來的也未必是他們真實的思維內容。至少從表現形式上看，人類是靠語言並借助聲波，三體人是靠圖像並借助電磁波，二者在本質上並沒有什麼不同。

不可突破的心靈之牆

我們必須承認，現代人雖然已經能用理性和科學掌握外在世界的規律，但仍不能掌握人類的內心世界。物理事件是公共、可觀察的，而心理

事件卻是私有的，我們永遠也無法真正地對他人的事情做到感同身受。一個人不必依靠任何證據或推理，就可以知道自己心裡在想什麼；而除了思考者本人，外界根本無法知曉這個人到底在想些什麼——可以說，人的思維是不透明的「黑箱」。

此外，從認知神經學的角度來看，遺傳規律、過往的記憶和經驗等各種因素相互交叉，共同決定了人腦的神經元在不同時間、針對不同人會進行不同的編碼。神經系統內部的多種狀態造就了豐富的內在表徵，既與外部世界緊密相連，又不受限於外部。總之，**主觀的感受和思維具有封閉性和獨特性**。因此，人的內心世界往往難以用理性邏輯思維來掌握，也根本無法靠任何算法預測。

人類個體的特殊性和總體的多樣性，創造了人類燦爛的科學和文化，另一方面也暗藏著人性的無底黑暗。縱使三體人的科學技術所向披靡，在面對人類複雜的內心世界時，三體人還是會感到恐懼和無奈，因為人類內心世界的深邃是科學技術無法窺探的。

如果說三體文明代表的是一個極度理性的文明，那麼三體人和人類的衝突，在某種程度上可以看成是「理性和感性之間的矛盾」這一永恆命題的投射。人類雖然掌握了科學技術，卻難以掌握他人的內心世界，這是令三體人既羨慕又恐懼的地方，也是人類自身矛盾的根源。小說借三體人對人類的複雜態度，表達了作者對這一悖論式命題的思考。

由此，作者自然地延伸出第二部的重要內容——面壁計畫。從這個計畫開始，人類才真正展開與三體人的對決。

註定失敗的計畫

小說中，智子是三體人發射到地球的密探。儘管智子是幾乎無所不能的超級人工智慧、在其面前任何事物都是透明的，但當智子面對人類複雜和隱祕的內心世界時，依然無能為力。人類思維的隱藏性是人類對抗三體

人最有效的武器，而為了運用這項武器來抵禦三體人的入侵，聯合國決定展開「面壁計畫」。

面壁計畫的核心是在國際社會上選定幾位面壁者，他們要完全依靠自己的思維制定對抗三體人的戰略，且不能與外界進行任何形式的交流，以免訊息被智子截獲。面壁者真實的戰略思想、計畫步驟和最終目標等，都只藏在他們各自的大腦中，他們就像是古代東方的冥思者一樣面壁沉思，因此又被稱為「面壁者」。這個名字很好地反映了他們的工作特點：內心驚濤駭浪，外表風平浪靜。

面壁者在制定並實行這些戰略時，為了讓其效果最大化，他們對外界表現出的思想和行為都要是徹頭徹尾的假象，是經過精心策劃的偽裝、誤導和欺騙。面壁者要建立起撲朔迷離的巨大假象迷宮，使三體人在迷宮中喪失判斷力，盡可能地延長他們判別人類真實戰略意圖的時間，使人類成為這場戰爭的贏家。

用一句話總結，面壁計畫就是要透過隱藏人類思維來迷惑智子和三體世界，最終完成拯救人類的使命。這個計畫只能靠個人來完成，小說的第二部主要就是講述聯合國指定的 4 位面壁者分別展開工作的過程。然而，這個計畫本身就存在一些詭異的地方。

首先，面壁者要誤導和欺騙的對象不只敵對的三體人，還包括己方的人類。因為人類社會裡有ETO，他們雖然是人類的一員，卻為三體人服務。如果不能騙過所有人類，就意味著不能騙過三體人。按照這個邏輯，面壁者所建立的假象迷宮不僅是布置給三體人的，也是布置給面壁者之外的所有人類。從這個角度來看，被人誤解是面壁者必然要面對的境遇。

另一方面，為了讓面壁計畫得以實施，面壁者被聯合國授予了很高的權限，可以調度和使用地球人的各種資源。更重要的是，在執行戰略的過程中，他們不必對自己的行為和命令做出解釋，不管這些行為和命令在他人看來是多麼不可理喻。當然，為了保險起見，人類社會對面壁者還是設置了一個「總開關」，即面壁者的行為要受到聯合國行星防禦理事會的監督和控制，這個機構是唯一有權根據聯合國面壁法案否決面壁者指令的，他

們判斷的依據主要是面壁者是否有危害人類生命安全的傾向。

實際上，這個計畫本身就存在著無法調和的矛盾，因此註定走向失敗的命運。儘管所有人都同意，實施面壁計畫的先決條件是給予面壁者充分的信任和能動用全世界資源的權力；然而實際上，人類根本不可能做到這點。面壁者一旦被賦予這個身分，就會為了贏得最終戰爭而展開各種行動、呈現出各種假象。他們的一言一行，或者哪怕像羅輯一樣什麼都不做，也都會被視為面壁計畫的一部分。讓所有人都猜不到答案才是面壁計畫成功的關鍵，而這點也正是最致命的地方。

小說裡描寫，人們每次遇到面壁者時，都會對他們做出一個相同的表情，那就是所謂的「對面壁者的笑」，而這張笑容的背後充滿著懷疑。即使面壁者說的是真話，也沒有人相信。尤其當他們企圖大規模地動用人類資源時，質疑的聲音就會更多。

當破壁人揭露了泰勒的陰險計畫後，泰勒最終自殺身亡。其實，如果泰勒矢口否認，沒人能夠確定作為面壁者的他究竟有怎樣的計畫；或者，即便他承認破壁人指出的就是他真正的計畫，也不會有人真的相信。然而，他最終偏偏選擇了第三條道路——自殺，這一舉動反而向全世界宣告了他的真實計畫。

死亡對這位面壁者本身來說，也許是最好的解脫。從整體來看，全世界不得不反思，面壁者為了人類文明未來，是否有權力剝奪一部分人的生命？對面壁計畫可能造成的犧牲，人們能容忍的道德底線又在哪裡？泰勒計畫的曝光，將耗費巨大資源的面壁計畫推到了風口浪尖，全世界的民眾都義憤填膺地要求限制面壁者的權力。

相互交織的矛盾導致人類社會無法信任和容忍面壁者，並最終剝奪了他們的權力。將拯救整個文明危機的重任交給某個人、將生存的希望寄託在某個人身上，卻無法充分地信任他，這真是一個無解的矛盾。

與此類似的，還有小說第三部中的重要人物維德的境遇。這位有野心的人類英雄為了造出光速飛船，投入了畢生心血。光速飛船是人類文明在面臨黑暗森林打擊時逃出生天的唯一方法；但在關鍵時刻，人類社會卻

不信任他，斷然地禁止他繼續進行光速飛船的研發，並判處他死刑。可以說，是人類自己斷送了文明的未來。

這讓人不禁想到小說中面壁者之一雷迪亞茲發出的那句感嘆：「人類生存的最大障礙其實來自自身。」也許對人類社會來說，生存和死亡有時並不是最關鍵的問題，忠誠與背叛才是真正永恆的話題。

尷尬的獨行俠

當一個人被指定為面壁者後，他會面對怎樣的情況呢？

從面壁者的角度來看，他們肩負著延續人類文明的艱難使命，另一方面又是真正的獨行俠，要孤獨地走過漫長歲月。從成為面壁者的那一刻開始，他們就必須對整個宇宙徹底關閉自己的心靈之窗，唯一的精神依靠只有自己，連最親的親人都成了不可傾訴的對象。以羅輯為代表的面壁者可以說是真正的孤獨英雄，他們幾乎是以一己之力對抗遠遠強於人類的三體人。然而諷刺的是，200 年之後，面壁者乃至整個面壁計畫，都成了人類史書上的一則古代笑話。這個笑話，有點冷。

面壁者如果是自願想成為面壁者，還不算太悲劇，畢竟是自己選擇了這個角色；最悲慘的是像羅輯這樣，根本不想當什麼面壁者，卻硬是遭聯合國指定。從被宣布成為面壁者的那一刻起，他甚至不能主動退出這場遊戲。因為面壁者說的任何話都可能是計畫的一部分、都是展現給三體人的謊言，不能當真，這自然也包括聲稱自己不做面壁者。面壁者這個身分不可自我消除，這也是面壁計畫十分詭異的特點之一。

面壁計畫作為小說第二部的重點，也是整部小說中最精彩的篇章之一。不僅涉及了各種令人瞠目結舌的科學想像和計謀交鋒，更包含了對人性和社會的深刻反思。最後，還有一點需要注意的是，面壁計畫之所以能夠成立，並非因為三體人的思維是透明的，而是因為人類的思維是不可捉摸的黑箱，這兩點是有區別的。

第六章　置之死地的計畫
——人造太陽與瘋狂的面壁人

　　4位面壁者中，泰勒和雷迪亞茲的反擊計畫都與人類目前掌握威力最大的武器——核彈有關。從表面看來，在末日戰爭中使用核武器似乎是理所當然、無可厚非的選擇。不過，在真空的太空中，核彈的殺傷力其實會大打折扣。

　　核彈的原理是什麼？雷迪亞茲核彈計畫的真實目的究竟是什麼呢？

 關鍵詞

　　洛斯阿拉莫斯國家實驗室、葡萄乾布丁模型、行星模型、核分裂、曼哈頓計畫、原子彈、TNT當量、氫彈、核能發電、可控核融合、Q值

超級武器

　　《三體 II》中，聯合國公布面壁計畫，並指定了 4 位面壁者。在這些面壁者中，泰勒是美國的前國防部長，他認為大國不遺餘力地發展技術，實際上是為小國顛覆世界霸權奠定基礎。因為隨著技術發展，大國擁有的人口和資源優勢將變得不再重要，一個小國如果掌握某項關鍵技術，例如：核武器，就可能對大國造成實質性威脅。在泰勒看來，技術的最終受益者是小國；而在未來人類與三體人的戰爭中，人類的地位就相當於小國。泰勒從自身理論出發，認為人類是有可能取得勝利的。不過，理論歸理論，身居大國要職的泰勒實際上從來沒有把小國當成對手。

　　與泰勒一樣，同為面壁者的還有委內瑞拉總統雷迪亞茲。雷迪亞茲領導的國家有很長一段時間都是泰勒的敵人。他們利用市場上廉價的設備製造大量低效能武器，卻在與美軍的戰爭中取得輝煌的戰績。可以說，他的戰績正是泰勒小國崛起理論的完美印證。

　　小說中，在危機紀元初期，人類能夠投入實戰的武器中最有威力的是氫彈和宏原子核融合武器，後者也可以說是升級版的氫彈。氫彈是靠氫原子核發生融合、從而釋放巨大能量的一種熱核武器；宏原子核融合武器與氫彈類似，只不過利用的是宏氫原子核的融合。雷迪亞茲和泰勒都對這 2 種武器感興趣。

　　擔任面壁者之後，雷迪亞茲迅速啟動了自己的計畫。他到訪美國的核武器模擬中心之一，即位於美國新墨西哥州的洛斯阿拉莫斯國家實驗室（Los Alamos National Laboratory，LANL），並向這裡的負責人艾倫提出請求。

　　　　艾倫說：「那麼，還是談談我們能為您做什麼吧。」
　　　　（雷迪亞茲：）「設計核彈。」
　　　　（艾倫：）「當然，雖然洛斯阿拉莫斯實驗室是多學科研究機

構，但我猜到您來這兒不會有別的目的。能談具體些嗎？什麼類型，多大當量？」

摘自《三體 II》

現實中，美國確實有一座洛斯阿拉莫斯國家實驗室，於 1943 年祕密建立，第一個任務就是「曼哈頓計畫（Manhattan Project）」，最終在第二次世界大戰中一舉成名。在這裡誕生的不僅有世界上第一顆原子彈，還有第一顆氫彈，人類的核武器威懾時代就從這裡開始。洛斯阿拉莫斯國家實驗室作為著名科學城，擁有世界上最大的多功能實驗室，曾聚集大批世界頂尖科學家，舉凡「原子彈之父」奧本海默（Robert Oppenheimer）、「氫彈之父」愛德華・泰勒（Edward Teller），以及諸多諾貝爾物理學獎得主。

小說中提到的面壁者希望使用的超級武器都與核武器有關，因此本章我們將簡單瞭解一下核武器的歷史和與其相關的原子物理學。

萬物的本源

萬物由什麼組成？千百年來，人類先賢對這個問題的答案孜孜以求。古希臘哲學家德謨克里特（Democritus）最早提出組成萬物的基本元素是原子這個概念，原子作為最小的組成單位不可再分割且永恆不變。不過他又進一步指出，肉眼看不見原子，人類只能以理性來認識原子。現代科學承襲了古希臘哲學，原子的英文名稱「atom」就是從希臘語轉化而來的。

隨著科學進步，人類對原子的認識從抽象概念逐漸演變為科學理論。18 世紀末，法國化學家拉瓦錫（Antoine Lavoisier）重新定義了原子，他認為原子是化學變化中的最小單位。19 世紀初，英國化學家道爾頓（John Dalton）總結前人經驗，提出具有近代意義的科學原子學說，並用其解釋了化學現象的原理，從而終結古老的煉金術時代，開創化學的科學時代。

1895 年，德國物理學家倫琴（Wilhelm Röntgen）發現了神祕的 X 射線，

揭開研究原子物理學的序幕。1897年，英國物理學家約瑟夫・湯姆森（John Thomson）在研究陰極射線時發現了電子，打破「原子是物質結構的最小單元」此一觀念，並揭示了電的本質。湯姆森的發現讓人們對物質世界的認識向前邁進了一大步，因此榮獲1906年的諾貝爾物理學獎，並被後人譽為「最先打開通向基本粒子物理學大門的偉人」。湯姆森曾任劍橋大學卡文迪許實驗室（Cavendish Laboratory）的主任，在他領導實驗室期間，有數百名來自全世界的優秀科學家在此工作。值得一提的是，他親自指導過的科學家中，有7位獲得諾貝爾獎。

湯姆森認為，帶有負電荷的電子是原子的組成部分，會平均分布在充滿正電荷的原子表面，就如同散布在蛋糕上的很多葡萄乾，因此他的原子模型也被稱為「葡萄乾布丁模型」（編註：英式英語中的pudding為甜或鹹蒸糕）。

拉塞福的粒子轟擊實驗與原子行星模型

1911年，湯姆森學生、英國實驗物理學家歐內斯特・拉塞福（Ernest Rutherford）在實驗中發現，用帶正電的α粒子轟擊金箔時，大部分的α粒子都會毫無障礙地直接射穿金箔而出，有些則會發生路徑偏折，只有很小一

部分會被直接反彈回來。如果按照湯姆森的葡萄乾布丁模型，正電荷充滿整個原子，那大部分的α粒子應該都反彈回來才對，而不應該是直接穿透。於是拉塞福大膽地提出一個理論，原子的中心有一個體積很小的原子核，正電荷和原子的大部分質量都集中在這個原子核上。原子核外，帶負電的電子沿著軌道旋轉；原子中，電子的電量總和等於原子核正電荷的電量總和，因而原子整體是電中性的。在拉塞福的原子模型中，電子就像行星圍著太陽一樣繞著原子核運動，因此這個原子結構模型也被稱為「行星模型」。

拉塞福的原子模型雖然不夠完善，但極大地推動了人們對原子結構的研究和認識。拉塞福將對原子結構的研究引上正確的軌道，因此被譽為「原子物理學之父」。為了紀念拉塞福，1997年時第104號元素被命名為「鑪（Rutherfordium）」。其實早在1908年，拉塞福就因提出放射性半衰期而獲得諾貝爾化學獎。1919年，他接替退休的湯姆森成為卡文迪許實驗室的主任。與老師湯姆森相比，他更勝一籌——在他精心培養的助手和學生中，有多達12人先後榮獲諾貝爾獎。

後來，拉塞福又發現原子核中的質子，並為質子命名。他還預言原子核裡存在中子。12年後，這個預言果然得到了證實。他甚至指出可以用中子作為炮彈來轟擊原子核，並預言這種粒子結合所釋放的核能，要比炸藥釋放的化學能大上萬倍。他的設想在當時就激發了與核能相關的科幻小說創作。

核分裂的發現

我們知道，宇宙中的物質千差萬別，但是構成這些物質的元素只有100多種，同種元素具有相同的原子序（原子所含的質子數）。

到1930年代，已知原子序最多的元素是92號元素鈾。既然不同元素的差異僅是質子數目不同，那麼是不是只要給鈾原子核增加一些質子，就

能人工製造出原子序更大的新元素呢？ 德國放射化學家奧托 · 哈恩（Otto Hahn）、弗里茨 · 施特拉斯曼（Friedrich Wilhelm Straßmann）、奧地利－瑞典物理學家莉澤 · 邁特納（Lise Meitner），以及美籍義大利物理學家恩里科 · 費米都想到了這點。他們嘗試用質子轟擊鈾原子，希望其能黏在原子核上，從而創造出新元素，但是反覆做實驗都沒有成功。大家不知道為什麼到了鈾這裡，原子序就再也加不上去了。

　　1938年，哈恩和邁特納首先想到這或許是因為鈾會發生衰變，變成原子序更小的放射性元素鐳。如果真是這樣，就能解釋為什麼得不到比鈾的原子序更大的元素了。然而實驗結果顯示，鈾會衰變成比自身原子序要小得多的鋇，而不是只小一點的鐳。邁特納由此考慮到，也許原子並不是一個堅硬的粒子，而更像一滴水，會藉由衰變一分為二，變成更小的「液珠」。在施特拉斯曼的幫助下，邁特納用實驗證實了這個想法。鈾原子在中子的轟擊下會分裂成2種小得多的原子——鋇和氪，同時釋放出3個中子。這一現象就是原子的核分裂。

　　邁特納對核分裂的研究並沒有到此結束，她發現實驗生成的物質（鋇、氪和3個中子）質量總和比原來的1個中子加1個鈾原子的質量少了一些。作為一名嚴謹的科學家，邁特納沒有放過這個細節。她開始尋找質量丟失的原因，並聯想到1905年愛因斯坦提出的狹義相對論，有一個方程式（即質能轉換公式 $E=mc^2$）可計算相互轉換的質量和能量。丟失的質量會不會真的轉換成能量呢？她接下來的實驗果然證實了拉塞福的預言。1939年，邁特納等人發表了有關鈾原子核分裂的論文。至此，核分裂的祕密終於揭開。

　　拉塞福在理論上預言了強大核能的存在，而邁特納等人則用實驗證實了這個預言。然而，受到當時社會對女性性別歧視的影響，邁特納的發現和成果被她的上司哈恩獨占，1944年有關核分裂的諾貝爾化學獎只頒發給哈恩一人。邁特納在核物理方面的貢獻堪比居禮夫人（Marie Curie），為了紀念和表彰她的科學成就，1997年時第109號元素「䥑（Meitnerium）」便以她的名字命名。此時距這位女科學家去世已經將近30年，這份榮譽來得未免太遲了。

小原子，大能量

如前所述，1個中子轟擊1個鈾原子，不僅能釋放出巨大能量，還會產生3個中子。以此類推，這3個中子再撞擊其他鈾原子核，就能釋放出3倍的能量及9個中子。接下來，還可能產生一系列連鎖反應，這種現象被費米稱為「鏈式反應」。鏈式反應一旦持續並不斷增強，核分裂將以呈等比級數的規模發生，在極短時間內增加到驚人的程度，從而瞬間釋放巨大能量，這就是核爆炸。依靠鈾等放射性物質發生分裂而產生核爆炸，就是原子彈的原理。

雖然弄清楚了原理，但這距離人們研製出真正的原子彈還差很遠。科學家們發現，只有當參與核分裂的物質質量大於一定值時，鏈式反應才會持續進行下去並不斷增強，這個質量的值被稱為「臨界質量」。但是，沒有人知道臨界質量究竟是多少，因為科學家無法做實驗驗證。一方面是當時各國都沒有足夠多的核材料，畢竟提煉可用於核分裂的高純度放射性鈾的成本很高；另一方面，誰也不知道這一實驗會帶來多麼可怕的後果。因此，科學家們只能先進行嚴密的理論推導和計算。

第二次世界大戰中，為了避免核分裂技術被法西斯勢力竊取，在愛因斯坦等一批科學家的推動下，美國政府決定展開原子彈的研製計畫。這項計畫的負責人最初的辦公室位於紐約曼哈頓的百老匯街，因此得名「曼哈頓計畫」。後來，出於保密性和安全性的考量，辦公室搬到了新墨西哥州沙漠裡的一座小鎮——洛斯阿拉莫斯。

曼哈頓計畫由軍方領導，整個美國都成為研製原子彈的超級工廠。在軍方的號召下，美國物理學家奧本海默加入計畫，投身於原子彈的理論計算中，並解決一系列關鍵的科學和技術難題。他作為計畫主要負責人之一，引領這個匯聚全世界科學菁英的工程，因此被譽為「原子彈之父」。

1945年7月16日，世界第一顆原子彈在新墨西哥州沙漠中的白沙試

驗場成功爆炸。剎那間，黎明的天空變得無比明亮，原子彈發出的光超過1千顆太陽的亮度，威力超出所有人的想像。當時在試驗場的奧本海默留下一句經典的自嘲：「我成了死神。」

《三體》中也有部分內容體現了這段自嘲的經典名言。

　　這時，朝陽從地平線處露出明亮的頂部，荒漠像顯影一般清晰起來，雷迪亞茲看到，這昔日地獄之火燃起的地方，已被稀疏的野草覆蓋。

　　「我現在成了死神，世界的毀滅者。」艾倫脫口而出。

　　「什麼!?」雷迪亞茲猛地回頭看艾倫，那神情彷彿是有人在他背後開槍似的。

　　（艾倫：）「這是奧本海默在看到第一顆核彈爆炸時說的一句話，好像是引用自印度史詩《薄伽梵歌》。」

摘自《三體II》

費米拋撒碎紙片來估算核彈爆炸的威力

而當第一顆原子爆炸時，費米在距離爆炸點 16 公里處，拋撒出預先撕好的一把碎紙片，並根據其被衝擊波推動的距離，最先估算出這顆原子彈爆炸的 TNT 當量超過 1 萬公噸——這與後來儀器測出的結果（2 萬公噸）相當接近。這段小插曲也被傳為佳話。

TNT 當量指核爆炸釋放的能量相當於多少 TNT 炸藥爆炸釋放的能量。TNT 炸藥又稱黃色炸藥，發明於 1860 年代，主要成分是三硝基甲苯。與傳統的黑色火藥相比，這是一種威力強大又較安全的炸藥，1 公克的 TNT 炸藥爆炸會釋放 4184 焦耳的能量。第一顆原子彈的 TNT 當量為 2 萬公噸，也就是說這顆核彈爆炸產生的能量相當於 2 萬公噸 TNT 炸藥爆炸而產生的能量。一般來說，我們往往會按照核彈爆炸的 TNT 當量對其進行分級。

《三體》中也出現了上述真實事件的細節。

> 這時，雷迪亞茲聽到了一陣嘶嘶啦啦的聲音，他看到終端前的人們手中都在撕紙，以為這些人是在銷毀文件，嘟囔道：「你們沒有碎紙機嗎？」但他隨後看到，有人撕的是空白影印紙。不知是誰喊了一聲：「Over！」所有人都在一陣歡呼聲中把撕碎的紙片拋向空中，使得本來就雜亂的地板更像垃圾堆了。
>
> 「這是模擬中心的一個傳統。當年第一顆核彈爆炸時，費米博士曾將一把碎紙片撒向空中，依據它們在衝擊波中飄行的距離準確地計算出了核彈的當量。現在當每個模型計算通過時，我們也這麼做一次。」
>
> 摘自《三體 II》

小說的這些細節，說明作者對這段科學歷史非常瞭解。《三體》真不愧是一部經典的科幻小說！

在研製成功後，美國迅速製造出 2 顆原子彈，並在 1945 年 8 月全部投放到日本，一顆在廣島、一顆在長崎。於廣島爆炸的原子彈和最初的試驗一樣，也是 2 萬公噸 TNT 當量。當時的爆炸造成 7 萬多人死亡，10 萬多人

受傷。隨後蘇聯出兵中國東北，在武力威逼和各方壓力下，日本天皇決定無條件投降。從客觀上講，原子彈沒有改變第二次世界大戰的結果，但加快了結束的速度。

洛斯阿拉莫斯國家實驗室除了在二戰時研製出第一顆原子彈，後來還發明了第一顆氫彈。那麼，氫彈又是怎麼回事？和原子彈有什麼不同呢？

比基尼島上的人造太陽

同樣都是核武器，氫彈與原子彈在原理上有很大的差異，不過二者也有著密切的關係。我們知道，原子彈利用的是原子序大的放射性元素衰變成原子序小的元素時，原子核所釋放出的巨大核能。氫彈的原理與其相似，也是利用原子核釋放的巨大能量，不同之處在於利用的是原子序較小的氫原子核之間的聚合反應。

1928年，物理學家喬治・伽莫夫指出，**當組成原子核的2個核子足夠接近時，就可以靠強交互作用力結合在一起，形成新的原子核**，這就是核融合。發生核融合時，原子核會損失質量，根據愛因斯坦的質能轉換原理，這些質量會變成巨大的能量。太陽之所以會發光發熱，就是因為其內部正在進行大規模的核融合。

1933年，澳洲核物理學家馬克・奧利芬特男爵（Mark Oliphant）在英國劍橋大學的卡文迪許實驗室，完成了全世界第一次核融合實驗。他利用氫的同位素氘和氚的原子核進行核融合實驗，發現二者在形成質量更重的氦原子核的同時，釋放出了大量的能量。這個實驗是在哈恩和邁特納進行核分裂實驗之前，但氫彈為什麼沒有先被研製出來呢？

原來，伽莫夫和美國物理學家愛德華・泰勒都透過計算發現，核融合只有在超高溫和超高壓的條件下才能發生（太陽內部之所以能進行核融合，就是因為其中心有巨大的壓力，且溫度高達攝氏1500萬度），然而人類無法在地球上創造出如此大的壓力。如果要在地球的壓力條件下產生核融合，溫度要進一步提

高到攝氏上億度才行，這個溫度條件在當時顯然無法實現。

直到原子彈研製成功，人們才終於可以從原子彈爆炸中得到核融合所需的高溫。當原子彈實際運用於第二次世界大戰中後，包括原子彈之父奧本海默在內，很多科學家都不願意再從事大規模殺傷性核武器的研製。於是，泰勒承擔起研製氫彈的任務，被稱為「氫彈之父」。

1951年，泰勒在太平洋的試驗場上引爆了歷史上的第一顆氫彈。為了讓核融合的原材料氘處於極低溫的液態，這顆氫彈配備了巨大的製冷設備，使其重達60多公噸，因此不具備實戰價值。不久後的1953年，蘇聯也宣布擁有了氫彈，且已經達到實用化標準。雖然這顆氫彈的TNT當量只有40萬公噸，卻足以證明蘇聯打破了美國對氫彈技術的壟斷。得知這一消息後，美國加快了對氫彈的研製。

1954年3月，美國在太平洋的比基尼島上成功引爆一顆有實用性的氫彈，其TNT當量達到1500萬公噸，約是當年在廣島爆炸的原子彈的750倍。其爆炸的時候，天空中彷彿燃起一顆人造太陽。可以想像氫彈的威力會遠遠超過原子彈，這一消息震撼了全世界。

中華人民共和國政府成立後，也湧現出一批無私奉獻的科學家和工程師，他們發揚自力更生和艱苦奮鬥的精神，開始研製原子彈和氫彈。在他們的持續努力下，1964年中國第一顆原子彈成功爆炸。氫彈研製方面，西方國家對中國施行技術嚴密封鎖，但畢業於北京大學的核物理學家于敏解決了氫彈研製過程中的一系列關鍵問題，對氫彈的原理和構造提出基本完整的設想，填補了中國原子核理論的空缺。1967年，中國自行研製的第一顆氫彈成功爆炸。

潘朵拉的魔盒

隨著火藥的發明和應用，人類的武器由使用數千年的冷兵器演化到熱兵器，一顆小小炸彈就能造成大規模的人員傷亡。然而，火藥的爆炸從根本上

來說只是化學反應，爆炸釋放的是化學能。科學原理上，這種化學能是參與化學反應的物質透過交換原子中外層電子，形成新化合物而釋放出的能量。也就是說，化學反應中，物質的原子核並沒有改變。而原子彈和氫彈的原理與火藥完全不同，在爆炸時原子核發生了改變。因此，**核分裂和核融合被叫作「核反應」**。核反應釋放的是核能，比化學能要大好幾十倍。舉例來說，以核分裂將1公斤的鈾轉換成能量，釋放出的能量就大約為1.5萬公噸TNT當量。而用原子彈引爆的氫彈，瞬間釋放的能量更是無比巨大。

隨著國際霸權主義的競爭升級，氫彈的TNT當量愈來愈大。1960年代，美國研製的氫彈TNT當量已經超過2500萬公噸，而蘇聯的更是高達5000萬公噸。從原理上看，氫彈能達到的TNT當量是無上限的。應該說，自從原子彈和氫彈問世以來，人類文明自我毀滅的手段又上了一個臺階。

希臘神話傳說中，眾神為了懲罰為人類盜火的普羅米修斯，造了一個名為潘朵拉的美女送給他的弟弟艾比米修斯，宙斯還同時贈予潘朵拉一個密封的盒子。普羅米修斯深信宙斯對人類不懷好意，告誡弟弟不要接受宙斯的贈禮，但弟弟沉迷於潘朵拉的美色而忘記了這個警告。潘朵拉打開盒子的瞬間，盒子裡面所裝的災難和瘟疫都飛了出來，人類從此飽受折磨。同情人類的智慧女神雅典娜悄悄在盒子底層放上代表美好的「希望」，但它還沒來得及飛出盒子，驚慌萬分的潘朵拉就把盒子關上了。可以說，第二次世界大戰中出現的原子彈就像那個被不小心打開的潘朵拉魔盒。

鑄劍為犁

雖然科學沒有善惡之分，但是科學家有自己的良知和底線。1945年，當原子彈在廣島和長崎爆炸後，原子彈之父奧本海默作為美國代表團成員，在白宮對杜魯門（Harry S. Truman）說：「總統先生，我的雙手沾滿了鮮血。」面對記者，奧本海默坦言，身為一名科學家，他知道這種知識本來是不應當付諸實踐的。1947年，奧本海默擔任美國核能管理委員會（Nuclear Regulatory

Commission，NRC）的總顧問委員會主席一職，和愛因斯坦一起反對研製氫彈，主張應和平利用核能。後來，美國國家實驗室設立了「奧本海默傑出獎」，以獎勵在自然科學領域有建樹且有潛力成為學術領頭羊的傑出青年科學家，每年全球的獲獎者不超過2位。

核能無疑是一種巨大的能量，如果將之作為武器，勢必會造成恐怖的傷害；但如果能讓這種能量按照人們的需要緩慢而穩定地釋放，則可以創造出幾乎無盡的能源來造福人類。截至目前，煤炭、石油仍是人類主要使用的地球能源，然而開採難度日益加大、資源短缺和環境汙染等問題，帶給人類社會許多困擾。戰後，各核大國（編註：已經確認擁有核武或被廣泛認為擁有核武的國家）紛紛投入人力和物力，研究如何將核分裂產生的核能應用於發電上。1950年，美國成功研發出世界上第一個受控的核反應爐，並用其點亮了4個燈泡，拉開人類和平利用核能的序幕。

此後，蘇聯、英國、法國和中國等國紛紛成功運用更大功率的受控核電廠（編註：使用核分裂技術），為幾10億人口送去光明和溫暖。核能發電具有能耗低、汙染少和安全性強的特點，半個世紀以來在全世界迅速發展。根據世界核協會（World Nuclear Association，WNA）公布的數據，截全2021年初，全球有32個國家在使用核能發電，共有440多台核電機組在運行，總裝機容量（編註：總發電機組所發出額定有效功率的總和）約390千兆瓦。不過，偶爾出現的核事故導致的人員傷亡和環境破壞，還是給人們敲響了警鐘，在政策和技術層面加強核安全成了國際共識。

與將放射性元素的核分裂作為能源相比，氘和氚的核融合才是真正的綠色能源。氘和氚是氫的同位素（編註：具相同原子序、質子數、電子數，但中子數目不同），在地球海洋中儲量大，若1公升海水中含有的氘和氚發生核融合，釋放的能量就相當於300公升的汽油燃燒的能量。假如能有效利用核融合產生的能量，這將成為人類文明飛速發展的推進器。因此，如何在技術上實現可控核融合是當今原子物理應用的重要研究方向。

前面已經提過，發生核融合至少需要幾千萬度的高溫，但是在這麼高的溫度下，沒有任何已知容器能裝得下參與核反應的物質。1946年，英國物

理學家湯姆森指出，根據高溫下物質呈現電漿態而具有導電性的特點，人們可以利用電磁場把核反應物質固定在空中，使其不必與任何容器接觸。同期的蘇聯科學家提出，如果在環形電漿中通電，形成環向磁場，就可以製造一個虛擬容器，將電漿束縛在磁場內部。基於此一原理，蘇聯科學家進一步設計出著名的「托卡馬克裝置（Tokamak）」，用於可控核融合。為了在托卡馬克裝置中產生約束電漿的強大電流，1980年代，科學家又引入了超導技術。

人們希望托卡馬克裝置能用於發電，但為了保證其持續運作，需要不斷輸入大電流以維持裝置本身的磁場，這就出現了能源輸出和輸入的矛盾。輸出和輸入的能量比值稱作「Q值」，只有當Q值遠大於1時，用核融合發電才有意義。國際公認，Q值必須達到10以上，核融合發電才具有實用價值；超過30，才算具有競爭力。1980年代，核融合發電的Q值僅有0.2，到20世紀末也才勉強超過1。截至目前，所有受控核融合都仍處於試驗階段。樂觀估計，科學家還需要研發30年到40年，才能使其達到實用程度。

無論如何，自從人類發現了原子核的祕密並點燃第一顆人造太陽後，和平利用核能造福人類就日益成為社會各界的共識。我們始終堅信藏在潘朵拉盒子底的「希望」，能藉由全人類的共同努力來到人間。

瘋狂的計畫

話題回到洛斯阿拉莫斯國家實驗室。第二次世界大戰後，原子彈之父奧本海默退休，許多科學家也相繼離開這裡。隨著核彈的TNT當量愈來愈大，爆炸試驗所需的成本節節升高。於是，科學家改用電腦模擬運算核武器爆炸情況，而不需要真正引爆核彈。冷戰結束後，國際政治格局發生變化，洛斯阿拉莫斯國家實驗室隸屬於美國能源部，主要任務變為利用電腦進行模擬核試驗，並管理美國的核武器庫，如今這裡已成為全世界最大的研究中心之一。據說，洛斯阿拉莫斯國家實驗室目前有一半的研究項目都是民用性質的，例如：超導、加速器和能源科學等。此外，在超級電腦和量子電腦等研

究方面，該實驗室也處於國際領先的地位。

再來看《三體》中的洛斯阿拉莫斯國家實驗室。危機紀元初期，這處世界頂尖的核武器試驗中心靠電腦所能模擬的最高核彈TNT當量是2千萬公噸。而面壁者雷迪亞茲一開口就要求他們模擬運算2億公噸級的核彈，實驗室的科學家一開始還以為他瘋了。這種量級的超級核彈一旦爆炸，猛烈的輻射將會持續幾分鐘，效果堪比一顆被短暫點燃的恆星，所以又稱為恆星型核彈。其數學模型比已有的核彈模型要複雜上百倍，需要較長的研究時間，樂觀估計也要花2、30年。於是，雷迪亞茲向聯合國提出要進入冬眠的要求，等2億公噸級的核彈模擬技術能實現時再喚醒他。

結果，僅僅經過8年，雷迪亞茲就被喚醒了，他被告知自己等待的技術已經出現。原來在這8年裡，人類幾乎把所有資源都投入到技術研發中，造出了巨型電腦，可以模擬3.5億公噸級的恆星型氫彈爆炸，這是人類以往製造過的最大氫彈TNT當量的10幾倍。

為了驗證理論運算，雷迪亞茲提出在水星上進行地下核爆試驗。3年後，核試驗在水星上如期進行，巨大的爆炸掀起水星地表，億萬公噸的泥土和岩石飛到空中。10幾個小時後，這些物質圍繞水星形成一圈星環。雷迪亞茲聲稱，在末日之戰中，為了達到抵禦三體人入侵的目的，至少需要製造100萬顆這樣的恆星型核彈。然而，就在水星核試驗結束後不到半天，揭露雷迪亞茲真實計畫的破壁人就找上門來了。

核彈之所以在地球上威力巨大，一是因為會形成衝擊波，二是因為會產生大量輻射。但是在真空環境中，核彈爆炸並不會產生衝擊波，而太空船本身的防輻射設備也都相當完善。因此，核彈在太空戰中是效率很低的武器，除非直接命中敵人的飛船。雷迪亞茲瘋狂地研發超級核彈的行為，讓包括破壁人在內的所有人都十分疑惑。應該說，至此為止他作為面壁者表現得相當成功。不過，雷迪亞茲祕密會見研究恆星的天體物理學家科茲莫，以及堅持在水星進行地下核試驗的行為，還是暴露了他的真實意圖。

原來，雷迪亞茲並不是要把100萬顆恆星型氫彈投入對抗三體艦隊的戰鬥中，而是要全部部署在水星上。這些氫彈一旦在水星的地層中被引爆，將

使水星的公轉減速，最終墜入太陽。水星會擊穿太陽的對流層，使太陽深處的物質被高速射入太空，圍繞太陽運動的其他行星受到摩擦阻力影響，將逐一墜入太陽並毀滅。對任何生命和文明來說，太陽系將成為比三體世界更嚴酷的地獄。本來三體人認為太陽系和地球環境適於生存才要移居這裡，假如發生這樣的情況，他們也將變得無家可歸，徹底迷失在宇宙深空中。當然，在三體艦隊到來前，人類就早已在地球墜入太陽前滅絕了。這就是雷迪亞茲的「同歸於盡」戰略，他打算在所有氫彈都被部署在水星上之後，親自掌握引爆的開關，以此來要挾三體人，最終讓人類贏得這場戰爭。

遭到破壁後，雷迪亞茲在聯合國會議上受到國際社會的強烈指責，各國紛紛要求取消他的面壁者身分，並將他以反人類罪送交國際法庭接受審判。雷迪亞茲施展詭計逃回國，但當他滿懷希望地走下飛機時，卻被自己國家的民眾用石頭砸死，人們都痛恨這個要把自己的子孫和地球一同毀滅的魔鬼。

真的是同歸於盡？

從技術面來看，雷迪亞茲這個靠引爆大量恆星型氫彈而使所有大行星墜入太陽的計畫，並非不可能實現，只是會受限於人類所能製造的氫彈數量。這一計畫太過魯莽，是不切實際的狂想，體現出雷迪亞茲獨裁者的賭徒心態。不過這也許不是他計畫失敗的關鍵，真正的原因至少包括2點。

其一，雖然小說把他的計畫稱為「同歸於盡的計畫」，但這一說法並不準確。同歸於盡的意思是與敵人一同毀滅，而雷迪亞茲的計畫更像是用槍指著自己的腦袋並以此要挾敵人，這顯然不算是同歸於盡。即使三體人發現太陽系已經毀滅、不再適於移居，也並不等同於他們會走投無路。三體人可以調整太空船航向，飛往其他星球以尋找生存機會。雖然機會渺茫，但也不是一點可能性都沒有。這樣看來，雷迪亞茲的計畫的確太過分了。對敵人來說並不致命，人類自己卻會因此滅亡。

其二，雷迪亞茲擁有獨裁者、偏執狂的特性。他藐視人類的生命價

值，將整個人類文明作為賽局籌碼，這註定使他被視為反人類的魔鬼，遭到所有人唾棄。

　　實際上，除了以上這些明顯的原因，雷迪亞茲會有如此悲慘的下場還有一個關鍵，那就是在政治上的狂妄。小說中，聯合國之所以選定他作為面壁者之一，應該是因為他在一定程度上可以代表國際社會上的小國，尤其是與美國對抗的第三世界國家。聯合國一向講求平衡各方政治利益，選定他也是情有可原。但是從小說中可以看到，美國政府並不是真心支持他，而是對他推進的超級核彈計畫有所圖謀。隨著人類向太陽系進行擴張，地球上的爭端必將擴展到其他行星上。在其他行星的戰場上，這種核彈顯然是最有效的武器，因為引爆者可以不用顧及平民傷亡和環境破壞，對敵人進行大範圍打擊。

　　可見美國政府作為雷迪亞茲的宿敵，從來都沒有真正信任過他，只是貪圖他的面壁者身分給美國帶來的好處。然而，當他的計畫暴露時，雷迪亞茲卻惹怒了超級大國。這是因為他反人類嗎？並不完全是這樣。

　　聯合國聽證會上，雷迪亞茲講述了他的計畫。所有超級核彈在水星上部署完畢後，他會掌握引爆核彈的開關，並向三體世界發出宣言，遏止三體艦隊的進攻。如此看來，引爆核彈的開關才是這個計畫的關鍵。

　　雷迪亞茲憑藉著面壁者身分，將對整個人類文明進行生殺予奪的大權握在自己手裡，此時的他就不再是一個小國的獨裁者，而是整個人類社會的獨裁者。任何一個主權國家的政府都必須聽命於他，國際上的任何重大事務都必須取得他的認同，否則他就會威脅對方，說自己會按下開關，讓大家一起同歸於盡。因此在雷迪亞茲的計畫中，同歸於盡的雙方其實不是人類和三體艦隊，而是他和整個人類社會；他真正要威懾的並不是三體人，而是人類。所以各國一抓住他的把柄，就要將他置於死地。

　　在雷迪亞茲事件最後，人們不約而同地發出疑問：「給予面壁者特權的本意是讓其更好地對付智子和三體人，現在雷迪亞茲卻用來對付人類自己，為什麼會變成這樣呢？」雷迪亞茲留給聯合國的最後一句話回答了這個問題：「人類生存的最大障礙其實來自自身。」

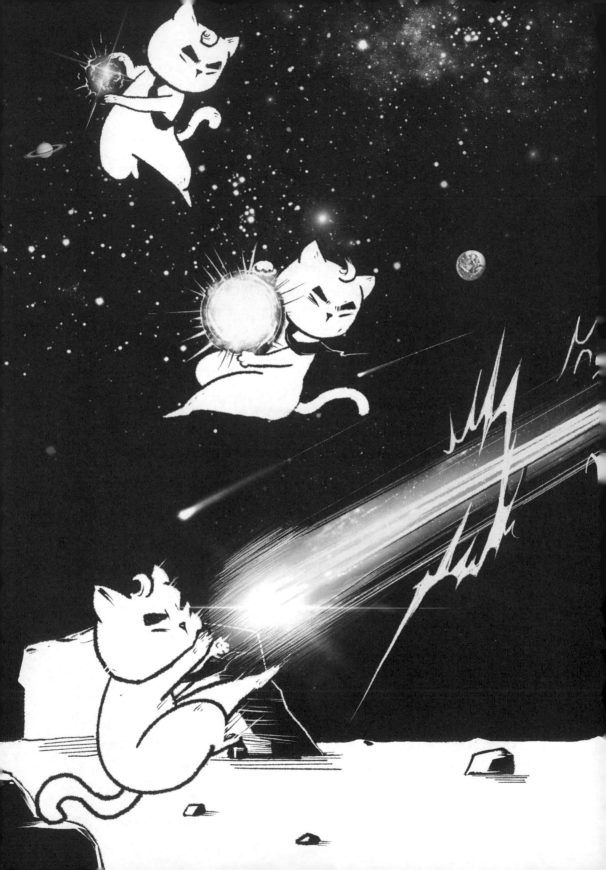

第七章　生存還是滅亡
——神祕的量子幽靈

　　2008 年版的《三體》中，身為面壁者之一的美國前國防部部長泰勒主張研製宏原子核融合武器和球狀閃電武器，並打算建立一支獨立的太空部隊。雖然受到人類世界各方力量的反對，但他依然頑固地推進自己的計畫，並宣稱宏原子核融合武器是人類目前掌握的最強大武器。

　　這種武器究竟是基於什麼原理製成的呢？泰勒真的打算用其來消滅入侵的三體艦隊嗎？為了弄清這些問題，我們還要從量子力學說起。

 關鍵詞

　　宏原子、球狀閃電、原子模型、物質波、光的波動說、薛丁格方程式、包立不相容原理、矩陣力學、狄拉克方程式、電子雲、不確定性原理、互補性原理、薛丁格的貓

宏大的計畫

看完上一章，我們就很容易理解面壁者泰勒的計畫了。首先，他宣稱自己打算用來抵禦三體人入侵的武器是核彈，靠的自然是核融合釋放的巨大能量。不過，與雷迪亞茲超大TNT當量的恆星型氫彈不同的是，泰勒計畫製造的是宏原子核彈。那麼，宏原子是什麼呢？

《三體》中，在三體危機出現前，物理學家丁儀在研究球狀閃電時，發現了宏原子。

> （丁儀：）「是啊，我一直在建立宏原子的理論，現在受到了啟發：宏原子很可能就是普通原子在低維度的展開。這種展開是由某種我們不知道的自然力完成的，展開可能發生在宇宙大爆炸後不久，也可能現下仍然時時刻刻都在進行。也許，這個宇宙所有的原子在漫長的時間裡最後都會展開到低維，我們宇宙的最終結局是變成低維度原子構成的宏宇宙……」

摘自《三體 I 》

丁儀認為，根據弦理論，宇宙在空間上是多維的，而高維物質可以向低維展開。那些本身處在高維狀態的原子，有可能低維展開成三維狀態的原子，並在展開後變大，變成所謂的宏原子。三體人用的智子，就是他們對微觀世界的質子進行低維展開後的產物。

那麼，丁儀所說會出現在自然界中的宏原子有多大呢？小說中描述，單是宏原子中的一個宏電子就像一顆籃球那麼大。至於在自然狀態下高維的原子如何進行低維展開，這還是一個謎。

我們知道原子是由原子核和電子組成，假如有宏電子，應該也有宏原子核。既然微觀世界的原子核能透過核融合釋放出巨大能量，那麼不難

想像比其大億萬倍的宏原子核應該也能發生核融合，並爆發出更驚人的能量。這就是泰勒所說的宏原子核融合武器的原理，他揚言要用這種超級厲害的武器對付三體艦隊。

小說中，人類還不能人工製造出宏原子，只能從自然界中收集。但是丁儀研究後發現，宏原子在自然界比較罕見。地球上，平均幾立方公里甚至幾十立方公里才有一個宏電子，而且看上去就像透明的肥皂泡，很難被採集。至於宏原子核就更加稀少了，所以丁儀拒絕幫助泰勒採集宏原子核。

當然，宏原子只是《三體》及其他科幻小說中出現的科幻概念。到目前為止，科學界並沒有發現其存在。

泰勒的計畫，除了想利用宏原子核融合武器，還準備使用球狀閃電。小說中提到，自然界那些可怕的球狀閃電實際上就是被激發的宏電子，當其釋放能量時會對宏觀物體造成巨大的破壞力——這就是球狀閃電武器。

接下來，就讓我們來具體看一看這種球狀閃電武器。在現實中真的存在球狀閃電嗎？原理究竟是什麼？泰勒的量子幽靈戰隊又是怎麼回事呢？

神祕的球狀閃電

當出現強烈的對流天氣時，天空中就會電閃雷鳴，這是我們司空見慣的景象。閃電是大氣中的劇烈放電現象，積雨雲與地面之間累積形成的正負電荷在一瞬間穿透空氣並相互連接，就會產生巨大電流，同時發出亮光，並伴有上萬度的高溫，沿途的空氣因受熱而劇烈膨脹、發出雷聲。

在人們的印象中，閃電往往都是一條或彎或直的路徑，長度從數百公尺到數公里不等，持續時間一般不超過 1 秒，可謂轉瞬即逝。然而在雷雨天氣時，自然界偶爾會出現一種奇特的球狀閃電。顧名思義，這種閃電的外形接近球形，往往飄浮在接近地面的地方，俗稱「滾地雷」。球狀閃電的直徑一般不超過半公尺，看上去像一顆發光的籃球，且持續時間較長，能達到 1 分鐘以上，顏色各異。球狀閃電有時保持靜止，有時能以極快的速

度運動，路徑難以捉摸，甚至能逆風而行；有時悄無聲息，有時則伴有霹啪聲或嘶嘶聲。有的球狀閃電還會突然無聲無息地消失，有的則會與物體相撞而發生劇烈爆炸，造成嚴重後果。

由於球狀閃電很罕見，人們對其的認知相當有限。根據報導，直到2012年，中國科學家才在青海偶然拍到球狀閃電，首次留下這一神祕自然現象的科學紀錄。球狀閃電究竟是什麼以及為什麼會出現，至今仍然是謎。

關於球狀閃電的成因存在多種假說，主流觀點認為這其實是球形的高溫電漿。一般閃電將空氣中的水分解為氫和氧，形成孤立的氣團後，當一般閃電停止，氫與氧就重新化合成水，並釋放能量、發出光，就產生了球狀閃電。但是，這種假說無法解釋為什麼大部分球狀閃電本身溫度較低。因此有人認為，是一般閃電發生過程中，相互交織的磁場有時會成球形，將電漿約束在其中，才形成球狀閃電。隨著磁場逐漸瓦解，球狀閃電也就消失了。除此之外，還有人認為是土壤或木材被閃電擊中後，其中的礦物質蒸發進入大氣才形成球狀閃電。不過，以上這些假說目前都沒有得到驗證。

《三體》中提到了另一種假說，即球狀閃電是展開成宏觀狀態的電子。球狀閃電的宏電子猜想，最早是由《三體》作者在2005年出版的另一部科幻小說《球狀閃電》中提出的。這部小說中，物理學家丁儀認為宇宙中到處都有處於宏觀狀態的原子，並稱其為宏原子。宏原子中的宏電子通常不能用肉眼觀察到，但其能使周圍約一顆籃球大小的空間出現彎曲，這時根據光的折射，人們便能感知到其存在。宏原子中的宏電子就像一般電子一樣帶有負電荷，因此可以被電磁場捕獲。此外，宏電子受到一般閃電激發，會成為球狀閃電並被我們看到。

目前，球狀閃電的成因和組成仍然是謎，《球狀閃電》中的猜想說不定能成真。《三體》中，泰勒計畫使用的球狀閃電也跟這個猜想有密切關係。泰勒打算在與三體艦隊進行末日之戰時，用球狀閃電或宏原子核融合武器殺死人類軍人，並以此組成量子幽靈部隊來抵禦三體入侵者。

可見，泰勒計畫的關鍵是「量子幽靈」。那麼，量子幽靈與球狀閃電又

有什麼關係？量子幽靈究竟是什麼？與我們平時所說的鬼魂有什麼區別？

　　二者實際上都出自同一類猜想，即在宇宙中有呈宏觀狀態展開的原子。這些宏原子仍然具有原子的量子態特性，使得打造量子幽靈有了可能性。

　　這一猜想涉及量子特性。在第 4 章中，我們已經圍繞著智子初步介紹了一些量子力學的相關知識；本章中，將進一步展開這個話題，隨著對量子力學發展歷程的回顧，一起看看量子幽靈在科學上是否有依據。

量子力學橫空出世

　　日常生活中，我們已經習慣事物的連續性。一個物體的性質，如：大小、重量、溫度或運動，都會從一種狀態連續變化到另一種狀態。舉例來說，我們從 A 點走到 B 點時，必然會經過路程上的任意一點，沒有誰能從 A 點瞬間到達 B 點。古典物理學中，我們的世界正是這個模樣。但是，日常現象就是宇宙本質的反映嗎？

　　上一章中，我們介紹了拉塞福的原子模型，實際上這個模型仍然存在一些問題。既然電子繞原子核運動，根據馬克士威（James Clerk Maxwell）的電磁理論，電子應當不停地向外輻射能量，如此原子的能量就會逐漸損失，電子最終會因失去能量而落到原子核上。因而，任何原子都應是不穩定的。而按照古典物理學的思維，電子的運動速度呈連續變化，其輻射波的頻率也會連續變化，因此任何原子的光譜都應是連續的才對。但科學家們在實驗中發現，原子的輻射光譜並非連續的，而是由許多相互分離的亮線組成。

　　這些矛盾表明，像古典電動力學這類透過觀察宏觀世界現象而得到的規律，其實並不適合用來描述原子所在的微觀世界。於是，探索適用於描述微觀過程的原子理論逐漸成為現代科學研究的前沿，這最終引發了一場偉大的物理學革命——量子力學的出現。

1900年，德國物理學家馬克斯・普朗克為了解決黑體輻射問題（編註：理想的黑色物體會吸收所有外來電磁波，並發出熱輻射），假定物體對能量的輻射和吸收都不是連續的，而是一份一份進行，於是他把每一份能量稱為一個能量量子，後來簡稱為「量子」。

這一新假說啟發了其他學者。愛因斯坦是第一個嚴肅對待量子概念的物理學家，1905年他發表了有關光電效應的著名論文，認為光的能量是一份一份的，且具有量子特性。愛因斯坦提出「光量子」（後來被稱作「光子」）的概念，解釋光的能量與頻率之間的理論關係（即光電效應理論），開創了量子力學，並因此榮獲1921年的諾貝爾物理學獎。

出乎世人預料的是，量子理論也引發了一場關於原子結構模型研究的革命。原來，原子中的電子運動也應該從量子角度來描述。

1911年，剛剛博士畢業的丹麥年輕學者尼爾斯・波耳來到英國，在拉塞福的指導下研究原子結構。他以拉塞福的行星模型為基礎，透過計算提出，雖然電子像行星一樣圍繞著原子核做圓周運動，但是在軌道上穩定運動的電子並不會輻射能量。只有電子從一個軌道轉換到另一軌道時，才會輻射或吸收能量，而能量的大小等於兩個軌道的能階差。換言之，**電子輻射的能量值不是連續的，而是以軌道能階差為單位的離散量子值。**

拉塞福的行星模型中，作為行星的電子的運動軌道是任意的；而經過波耳改進的原子模型中，電子的軌道並非連續和任意的，而是離散和固定的。電子只能位於不同軌道上，不會出現在兩個軌道之間的某個地方。

波耳將量子概念引入古典原子物理學中，成功解釋了為什麼氫原子的光譜呈現出離散亮線。此外，他還運用電子軌道的「能量層級模型」，在理論上首次解釋了元素的週期性，使化學成為一門真正的科學。應該說，這是早期的量子理論達到的最高成就，描述的幾乎是我們現今在國中物理課上學到的原子中外層電子的樣貌。不過後來的研究發現，這種描述實際上並不正確。幾年之後，就被全新的量子力學理論代替了。

是粒子，還是波？

第4章中我們已經講過，量子力學的重要概念是波粒二象性，任何物質都既是粒子也是波，這會使物質在微觀世界中呈現出非常不可思議的性質（作為一個粒子，其在某個時刻應該處於一確定位置；而作為波，其在同一時刻則可能出現在空間中的任何一處，且在每個地方出現的機率不同）。接下來，就讓我們詳細看看在量子力學的發展史上，波粒二象性是如何確立的。

以牛頓力學為代表的古典物理學中，光一向被視為微粒。這些小光球筆直地前進，在不同介質的交界處發生反射或折射。牛頓力學誕生後的近百年中，人們對光的認識並沒有新的突破。直到1801年，英國物理學家湯瑪士‧楊格（Thomas Young）通過雙縫實驗，證明了光的干涉現象。此後，科學家又對因光的繞射形成的「帕松光斑」進行研究，研究結果都表明只有將光看作像水波一樣的橫波，這種現象才能得到完美的解釋。從此，光的波動說逐漸占據上風。1861年，英國物理學家詹姆士‧馬克士威開創性地提出電磁理論，指出光在本質上是電磁波。他的理論把光的波動說推向了學術界的巔峰。

然而峰迴路轉，20世紀初，愛因斯坦的光電效應理論卻指出光是一份一份的光量子，再加上美國物理學家阿瑟‧康普頓（Arthur Compton）發現了X射線具有粒子性，微粒說從此捲土重來。那麼，光到底是微粒，還是波呢？這成為20世紀初推動整個物理學發展的根本問題。

路易‧維克多‧德布羅意於1892年出生在一個法國公爵貴族家庭中，他從小就對科學很感興趣。一戰結束後，他開始攻讀物理學博士學位，師從物理學家朗之萬（Paul Langevin），而朗之萬的老師是皮耶‧居禮（Pierre Curie，居禮夫人的丈夫）。德布羅意不像傳統學者那樣對光的波粒問題採取非黑即白的態度。1924年，他在博士論文中開創性地提出，既然光波具有粒子性，其他物質的粒子也應該具有波動性。他認為每個運動著的粒子

都伴有一種「物質波」，並給出了波長的公式。這一新理論得到了愛因斯坦的肯定。德布羅意不但順利通過博士論文答辯，更憑藉這篇博士論文獲得1929年的諾貝爾物理學獎。這件事成了諾貝爾獎歷史上的一個奇蹟。

為了驗證這一理論，實驗物理學家摩拳擦掌。1927年，約瑟夫·湯姆森（1906年諾貝爾物理學獎得主）的兒子——英國物理學家喬治·湯姆森（Sir George Thomson）用單束電子轟擊金屬箔，發現電子果然會像波一樣出現繞射現象，並因此獲得1937年的諾貝爾物理學獎。有趣的是，他的父親是因為發現電子作為粒子存在而獲獎，而他則是因為發現電子是一種波而獲獎。

物質波的概念撼動了人們對世界的認知。假如構成物質的粒子都是波，那麼物質究竟是什麼？看得見、摸得著的物質實體與虛無縹緲的光影，還有什麼區別嗎？難怪愛因斯坦評價德布羅意的貢獻是「揭開了宇宙大幕的一角」。

德布羅意提出的物質波概念很快傳遍了歐洲學術圈。1925年，薛丁格在物質波的基礎上提出了波函數，即著名的「薛丁格方程式」。這一方程式簡潔明瞭，從古典物理學平滑且具有連續性的思想出發，描述微觀粒子的運動狀態隨時間變化的規律。經過德布羅意和薛丁格的共同努力，波動力學終於確立了其在量子力學中的地位。

新生代物理學

1920年代，物理學界風起雲湧。在提出新量子理論的隊伍中，出現了一股新生力量——一群20歲出頭的年輕人。他們關注的焦點同樣也是原子的結構和特性。

沃夫岡·包立1900年出生於奧地利，之後在慕尼黑大學攻讀博士學位，師從理論物理學家阿諾·索末菲（Arnold Sommerfeld）。包立受到老師的影響，在讀研究所期間就對原子模型很感興趣，並深深敬佩著波耳。1922年，他聆聽了波耳的一場學術講座。年輕的包立親眼見到波耳後，馬上決

定前往丹麥的哥本哈根，跟隨波耳研究原子結構。1925年，包立在波耳的量子化模型基礎上大膽地提出，原子中用於確定一個電子狀態的量子數，除了科學家們傳統認為的3個（主量子數n、角量子數ℓ、磁量子數m）之外，還存在第4個——自旋（自旋量子數s），而且電子的自旋只有2種狀態。他還指出，一個原子中不可能存在4個量子數完全相同的電子，這就是著名的「包立不相容原理」。這一原理的提出是量子力學的又一次巨大突破，解釋了元素週期表的多樣性，揭示自然界萬物的化學屬性紛繁多樣的奧祕。包立因此獲得1945年的諾貝爾物理學獎。

　　和包立一同聆聽那場學術講座的，還有一名德國年輕人，他叫沃納·海森堡，是比包立小一歲的師弟，他同樣感受到波耳的魅力。2年後，海森堡應邀來到哥本哈根，在波耳的理論物理研究所進行短期工作。波耳以豁達的胸懷鼓勵年輕人大膽探索，研究所裡充滿了自由寬鬆的學術氛圍，這裡也成為量子力學的三大發源地之一。

　　在這裡，海森堡思考著波耳原子模型的不足之處，認為波耳雖然引入量子的概念，但終究沒有擺脫古典物理學的思維框架。物理學理論應該只與實驗中能觀察到的物質或現象相聯繫，而在波耳的原子模型中，科學家並沒有從實驗觀察到電子軌道的存在，原子的光譜線只告訴人們電子從一個能階跳到另一能階時會發生什麼。海森堡回到哥廷根大學，與馬克斯·玻恩（Max Born）、帕斯夸爾·約爾旦（Ernst Pascual Jordan）在1925年發表量子力學史上一篇重要論文，建立了以可觀測量為基礎的量子力學運動方程式，開創性地以數學中的矩陣作為量子力學的新框架，並稱其為「矩陣力學」。不過，矩陣力學在當時並沒有引起學術圈的廣泛關注，因為那時在數學界很少有人發現其價值，更不用說將之運用到物理學中了。

誰是勝者？

　　矩陣運算不滿足乘法交換律，這一特點讓海森堡困惑不已。例如：

用矩陣計算和描述量子的動量和位置時，這兩個變數不能隨意交換位置——海森堡將之稱作「非對易變數」。1925年，海森堡到英國劍橋大學講授矩陣力學，聽課生中，有一個比他小一歲的年輕人，名叫保羅・狄拉克。他有著紮實的數學基礎，很快就發現變數間的這種非對易關係具有重要意義。

於是狄拉克在海森堡的基礎上，創建一套「量子代數」的方法，第一次明確提出了能量的量子化規則，搭建起量子力學與牛頓古典物理學之間的橋樑。海森堡的老師波耳看到狄拉克的論文時十分驚訝，並對這個年輕人大加讚賞。至此，量子力學出現2種截然不同的理論——波動力學和矩陣力學。一邊是由物理學界大叔級人物薛丁格帶領的隊伍，站在薛丁格身後的是愛因斯坦；另一邊則是一群在波耳的理論基礎上發揮出色的新生代年輕人。那麼，到底哪方的理論是正確的呢？最終，狄拉克做出了公正的裁決——二者是等效的！

矩陣力學　　　　　　　　　　　　　　波動力學

量子力學的兩大陣營

狄拉克指出，量子代數體系中，矩陣力學與波動力學二者形式相同；另一方面，薛丁格方程式如果將相對論效應考慮進去，也能包含海森堡的

非對易變數。原來，這二者不過是新量子力學的兩個側面而已。他進一步指出，古典力學的規律也都可以用這個新量子力學框架推導出來。這真是一個皆大歡喜的結局。

狄拉克這名沉默寡言的年輕人，不但將矩陣力學和波動力學整合成一數學體系，還率先將相對論引入量子力學，建立相對論形式的薛丁格方程式，即著名的「狄拉克方程式」。不僅如此，他後來還天才地預言了正電子的存在，從而明確反物質的存在。1933年，狄拉克與薛丁格共同獲得諾貝爾物理學獎，時年31歲。隔年，劍橋大學授予他盧卡斯數學教授席位。曾獲得過這個榮譽席位的另外2位知名科學家，一位是牛頓，另一位是霍金。

不確定，你確定嗎？

新興量子力學的兩大陣營雖說在表面上已經握手言和，但是對物質本源的爭論還遠遠沒有完結。在以愛因斯坦為代表的古典物理學派看來，連續性是不言自明的真理；而以波耳為代表的哥本哈根學派，則堅持認為物質的底層是不連續、量子化的。

於是，作為愛因斯坦擁護者之一的薛丁格就電子的本質，跟海森堡展開了論戰。薛丁格認為他的波動方程式描述的是電子運動，體現為在不同固有頻率上振動的波，不連續的粒子性並非物質的本性；而哥本哈根學派的大將海森堡則指出，電子的波動性與粒子性是同時存在的，波粒二象性才是世界的本質。

如何理解薛丁格方程式中波函數的物理涵義，成為回答物質本源問題的關鍵。1926年，哥廷根大學量子力學的主帥玻恩憑藉深厚的數學功底，指出波函數的物理涵義，即運動中的電子在某一時刻被觀察到出現在空間中某處的機率大小（編註：機率幅）。電子以機率波的形式在原子核周圍形成一團雲霧，此即電子雲。他認為，就單個電子而言，我們永遠無法知道其在某一時刻具體位於哪裡。玻恩的這一詮釋可謂別出心裁，「薛丁格不懂薛

丁格方程式」一時成為學界的一句玩笑話。

與此同時，海森堡也在苦苦思索，在他的矩陣力學中非對易變數究竟意味著什麼。這些成對出現的變數（最常見的有動量與位置、能量與時間等）在宏觀世界都很容易確定，無論哪個在前、哪個在後，都不會影響運算結果。但是在微觀世界中，怪異的情況就出現了。先測量粒子的動量再測量位置，與先測量位置再測量動量，竟然會得到不一樣的結果！ 微觀世界真是令人匪夷所思，與我們熟悉的日常情形竟如此不同。

不久，靈感女神終於眷顧了這位年輕的物理學家，他想到「非對易」意味著這兩個變數不可能同時被精確地測量。精確測量電子的速度，必然會影響其位置，從而干擾對位置的測量。換言之，測量電子動量的精確度愈高，測量位置的精確度就愈低。

海森堡發現，本質上二者測量誤差的乘積總是大於一個常數，而這個常數就是量子的單位數值——普朗克常數的一半。1927年，海森堡在德國的《物理學雜誌》（*Zeitschrift Für Physik*）上發表了自己的發現結果，此即著名的「不確定性原理」。由於發現不確定性原理和對矩陣力學的貢獻，海森堡榮獲1932年的諾貝爾物理學獎，當時他也年僅31歲。

玻恩的電子雲及機率幅解釋起初並沒有得到學界重視，直到海森堡提出不確定性原理，明確位置和動量在機率上的不確定性關係，物理學界才真正意識到量子力學的驚人之處。量子力學用機率打破了追求確定性思想的古典力學思維，不確定性是粒子本身具有的屬性，並非由測量工具的不精確造成的。微觀世界中，存在一種本質的模糊性，只要我們試圖測量兩個不相容（非對易）的可觀察量，這種模糊性就會顯現出來。而這種模糊性導致我們必須摒棄對微觀粒子直觀而傳統的認識。實際上，電子並沒有沿著什麼軌道圍繞著原子核運動，只是在我們觀測時以較大的機率出現在原子核附近的某處而已。

從此，量子力學與古典力學徹底分道揚鑣。

互補性原理

1927 年，在海森堡不確定性原理的基礎上，波耳進一步總結出能反映量子力學本質的「互補性原理」。

波耳指出，人們不必對物質的波粒二象性感到困擾，物質體現出粒子性還是波動性取決於測量實驗。如果實驗要觀察其粒子性，就會得到粒子性圖像；同理，如果要觀察其波動性，就會呈現出波的圖像。這兩種表現就如同一枚硬幣的兩面，人們永遠只能看到其中一面，無法同時看到兩面；但這兩面共同組成了硬幣，缺一不可。物質世界的一切都呈現出這種**成對的雙面性**，這就是互補性原理。

互補性原理以**不連續性、不確定性、測量**為關鍵詞，總結了量子世界的奇異性質，解決科學家以傳統思路描述量子世界時遇到的困難。一方面，在一定程度上，物質世界的所有性質和行為都不可能被完全精準地確定；另一方面，波耳強調，人們觀察未知世界時，自身也會成為其中不可分割的一部分。由於觀察者的參與，觀察得出的結論不可避免地會體現人類看待問題的慣用方法。

波耳還指出，互補性原理並不是在量子力學基礎上構建的哲學命題，而是一種對量子力學的邏輯性解釋。人們只要接受量子力學，就必然不能拒絕互補性原理，需重新審視世界的組成。波耳認為，我們需要徹底改變對宏觀和微觀、整體和部分的傳統認識。在弄懂一個電子做什麼前，我們必須指明全部的實驗條件。比如，要測量什麼、測量儀器是怎麼構成的等等。微觀世界的量子無法擺脫與宏觀世界組織的聯繫。用一句話概括：離開了同整體的關係，部分是沒有意義的。

波函數與電子雲解釋、不確定性原理與互補性原理，是量子力學解釋世界的三大理論。這些理論都得到創建哥本哈根理論物理研究所的波耳支持，因此常被稱作「哥本哈根詮釋」。

牛頓的古典物理學世界中，一切都建立在確定性上。宇宙就像精確走動的鐘錶，我們只要知道前一刻的狀態，就能準確預言接下來任一時刻的狀態；但哥本哈根詮釋否定了這一觀念，並從根本上顛覆了古典物理學框架下的因果律。哥本哈根詮釋表明，我們不可能同時得知物質所有性質的精確量，從而不可能同時精確地得知宇宙所有性質，所以不可能預知未來。

過去近100年的時間，貌似離經叛道的量子力學經受住所有物理實驗的檢驗，顯示出頑強的生命力。其推翻了我們對整個世界的傳統認知，給出充滿不確定的新世界。面對量子力學，人們需要改變的是思維習慣。

薛丁格的貓

在反對哥本哈根詮釋的物理學家陣營中，除了愛因斯坦，還有薛丁格。1935年，他發表文章並設計一個思想實驗，證明哥本哈根詮釋的荒謬之處。這就是著名的「薛丁格的貓」實驗。

人們早就知道放射性元素會發生衰變，透過實驗可以測得不同元素的半衰期，但這只是一種宏觀層面上的統計。微觀層面上，某一具有放射性的粒子到底將在哪一刻發生衰變，依然是隨機發生的。

為了在宏觀世界中表現出微觀粒子的不確定狀態，薛丁格設計的思想實驗是：把一隻貓放在一不透明箱子中，在箱子裡放上一些放射性元素，以及能記錄粒子輻射的設備，這個設備還連接一瓶毒藥——一旦設備檢測到放射性粒子出現，毒藥瓶就會被打碎，貓就會被毒死。

薛丁格表示，按照哥本哈根詮釋，在衰變期內的任意時刻，某個放射性的原子都處於衰變和不衰變的疊加態。那麼，在我們沒有打開箱子觀察到貓的死活狀態前，貓也和那個微觀粒子一樣，處於生和死的疊加態嗎？這真是太荒唐了。

作為回應，支持哥本哈根詮釋的科學家認為，世界在被觀察之前本質上是不確定的，貓的死活狀態當然也包括在內。觀察者沒打開箱子之前，

貓並不存在確定的生死狀態；只有當貓被觀察時，生死狀態才能被確定，從疊加態坍縮成一種確定的狀態，活著或死亡。科學家對這個實驗的解釋，體現出哥本哈根詮釋對觀察者地位的認可。

「薛丁格的貓」思想實驗

誰是觀察者？

哥本哈根詮釋為測量賦予了特殊的物理地位。在波函數坍縮的過程中，觀察者起到了決定性作用。

因此，如何有資格成為觀察者，就成為飽受爭議的問題。1961年，美籍匈牙利物理學家尤金・維格納（Eugene Wigner）在談到薛丁格的貓時，提出了另一個疑問：「如果關在箱子裡的除了一隻貓，還有一個人，情況會怎麼樣呢？」當然，善良的維格納讓這位參與實驗的勇敢朋友戴上防毒面具。我們可以理解，箱子中的人應該不會觀察到疊加態，然而站在箱子外

的維格納仍然無法得知箱內的情形。在內外2個觀察者眼中，同一現象竟然截然不同。到底哪個才是正確的呢？維格納傾向於認為箱內的觀察者看到的是真實景象，他認為當系統中包含意識時，疊加態原理就不起作用了。

在這裡，我們不妨進一步提出以下2個問題。假如直接把箱子裡的貓換成人，而這個人不戴防毒面具，那麼這個人是否也會有疊加態？既然他是一個人，難道不能進行自我觀察嗎？

這個設想在《三體》中羅輯和泰勒的對話裡就有體現。

「這真的是我的戰略。」泰勒接著說，他顯然有強烈的傾訴需求，並不在乎對方是否相信：「當然還處於很初步的階段，僅從技術上說難度也很大，關於量子態的人如何與現實發生作用，以及他們如何透過自我觀察實現在現實時空中的定點坍縮，都是未知。這些需要實驗研究，但用人做的任何這類實驗都屬於謀殺，所以不可能進行。」

摘自《三體Ⅱ》

泰勒在這裡提到了難以用人做薛丁格的貓實驗，因為在實驗中這個人可能被殺死。當然，殺死一隻貓其實也不人道，因此這只是思想實驗而已。

那麼，只有人的觀察才能讓量子態坍縮嗎？觀察者一定要具有人類的意識嗎？薛丁格的貓是否也有意識呢？不過，即便貓能活著從箱子裡出來，也無法告訴我們真相。觀察和意識到底有怎樣的關係？這恐怕是薛丁格的思想實驗提出的最值得我們深刻思考的問題之一。

還有一個問題。在薛丁格的思想實驗中，箱子裡檢測放射性衰變的儀器算不算觀察者呢？如果原來的量子系統是2種量子狀態的疊加，那麼與之對應，測量儀器也應該處於2種狀態的疊加。因為儀器本身也由原子構成，受到量子原理支配。但是，我們並沒有觀察到在宏觀儀器設備中存在明顯的量子效應。如果量子力學理論具有一致性，無論儀器多巨大，量子效應都必定存在。當然，我們也可以把被測量的物體與測量儀器看成一個

單一的大型量子系統。不過在這種情況下，我們也無法回答本段提出的問題。為了回答這個問題，首先需要知道量子系統與宏觀儀器之間的分界線到底在哪裡。

著名數學家兼現代電腦（編註：電子電腦）之父約翰・馮紐曼（John von Neumann）曾經深入研究過這類問題。他的結論是，對一個測量裝置來說，只有其本身也接受一次測量時，才可能被認為完成一次不可逆的測量行為。不過，這仍然避免不了我們在測量問題上陷入無限循環的深淵中：用於測量第一個裝置的第二個測量儀器本身，還需要另一儀器來讓其坍縮為一個具體、實在的狀態。維格納曾明確指出，僅把自動記錄裝置或攝影機之類的東西放到箱子裡是不夠的，除非某人實際看見指針在儀器上指示的位置，否則那令人匪夷所思的量子疊加態仍然存在。

這個令人惱火的問題始終困擾著物理學家。不過他們中的大多數人採取的態度是，在量子理論的邏輯上，不做一名刨根問底的「小明」同學。他們心照不宣地假設，在放射性原子（微觀）與衰變檢測儀器（宏觀）之間的某一層次上，量子力學以某種方式「轉化」成了古典物理學。他們普遍認為，意識與物質的關係問題是與已無關的哲學問題。然而對公眾來說，量子力學具有吸引力的地方，恰恰在於將觀察者這一通常被邊緣化的配角置於物理舞臺的中心。

愛因斯坦的同事、物理學家約翰・惠勒說過：「如果我們不斷在自然界尋找某種東西來說明什麼是空間和時間，這種東西必須比空間和時間更『深』，且本身不存在於空間和時間之中。基本量子現象的奇異之處恰恰就在於此。」惠勒曾經設想可以在宇宙規模上進行「量子延遲選擇實驗」。一束50億年前發出的光到達地球，就已經完成了自己的旅程，而其在漫長歷史中的路徑到底是怎樣的，是由我們目前的觀察所決定。作為哥本哈根詮釋的支持者，惠勒指出「過去不是實在的過去，除非它已被記錄下來」。可見在他的眼中，微觀世界的量子與最宏大的宇宙有著本質上的聯繫。

當然，薛丁格的貓實驗與物理學中嚴格意義上的思想實驗，有本質上的不同。這並不具有可操作性，自然無從驗證其真偽。自薛丁格提出以

來，這個實驗便激發了學術界內外各方人士的討論，也吸引愈來愈多人關注神祕的量子力學。

1957年，為了擺脫生死不知的貓此一議題，美國學者休‧艾弗萊特三世（Hugh Everett III）提出了量子力學的「多世界詮釋」，開創一條新的理論詮釋之路。我們將在第21章中探討這個與平行世界有關的腦洞。

微觀與宏觀的界線

哥本哈根詮釋認為，世界的實在性取決於觀察。從哲學角度看，這與邏輯實證主義頗為類似。但是日常經驗告訴我們，大多數時候，世界似乎是獨立存在且獨立運行的，只有當我們討論量子現象時，怪異的情形才會出現。實際上，即便許多物理學家每天的工作就是與微觀世界打交道，也仍然以日常方式思考，且似乎並沒有遇到什麼困難。

既然如此，在微觀世界中起決定作用的疊加態和不確定性等特性，在宏觀世界中到底能不能成立呢？微觀與宏觀的分界線到底在哪裡？量子力學剛剛問世時，科學家探討的對象都是肉眼完全不可見的微觀世界裡的粒子，量子特性似乎距離宏觀世界相當遙遠，科學家大可不必為此煩惱。然而時至今日，這一困擾正在逐漸向科學家逼近。

1984年，美國科學家發現了一種被稱為「巴基球」的分子，學名為富勒烯。其由60個碳原子組成，呈現出對稱的32面體形狀，就像一顆小小的足球。相較於一般碳原子，巴基球擁有複雜的結構和巨大的尺寸，但性質仍然可以用量子力學的基本原理來解釋。2019年，一篇發表在《科學》（Science）雜誌上的論文表明，科學家第一次用新技術製出巴基球，並測量到其在量子水平上的旋轉和振動，這意味著人們在遠超原子的大型系統（分子）中觀察到了量子態。儘管這方面的研究剛剛開始，但是隨著技術進步，人們也許會發現宏觀結構與微觀量子態的邊界在逐漸改變。

量子幽靈

講到這裡，終於可以把話題拉回到《三體》了。

當年，薛丁格曾經以巧妙的構思，用思想實驗提醒人們，也許可以把微觀世界的量子態放大到宏觀世界。《球狀閃電》和《三體》等科幻小說中的宏原子，可能就是順著這一思路誕生的。

儘管現實中科學家們至今尚未發現宏原子，但這並不能排除其存在的可能性。假如宏原子真的存在，是否會在宏觀世界中表現為量子態呢？在上述這些科幻作品中，作者想像球狀閃電作為宏電子必然處於量子態，當其與宏觀世界的物體相互作用時，便會把自身的量子態作用到其他物體上，使後者也處於量子態。《三體》中宏原子的核融合就是這樣的原理。作者進一步想像，假如一個人與球狀閃電接觸，遭到宏原子核融合武器攻擊，那麼這個人就會處於量子態，就像薛丁格的貓那樣，處於既生又死的電子雲疊加態。如果讓一群人都進入這種狀態，那就是一支處於生存和死亡邊界上的量子幽靈戰隊了。

這就是破壁人所揭露的泰勒的量子幽靈計畫。

（破壁人：）「……宏原子核融合的光芒將在太空軍港中亮起，其核融合能量之高，看上去像無數個太陽，就在這些藍色的太陽中，地球主力艦隊灰飛煙滅，化作無數量子幻影消失在太空中。這時，您便得到了自己想要的東西：一支呈宏觀量子態的地球艦隊。用大眾更容易明白的話說：你要消滅地球太空軍，讓他們的量子幽靈去抵抗三體艦隊。您認為他們是不可戰勝的，因為已被摧毀的艦隊不可能再被摧毀，已經死去的人不可能再死一次。」

摘自《三體 II》

然而，即便泰勒能用球狀閃電或宏原子核融合打造出這樣一支生死疊加的敢死隊，這些戰士要如何躲避來自三體艦隊的觀察者的目光呢？

　　按照哥本哈根詮釋，一旦有了三體觀察者，這些量子幽靈戰士的波函數一定會坍縮，幽靈戰士將呈現出一部分生存、另一部分死亡的最終狀態。沒人知道那時有多少戰士能僥倖坍縮到生存狀態。況且，像《球狀閃電》中所說，理論上坍縮後處於生存態的戰士，所處的空間位置可能是宇宙中的任何地方。那麼，他們仍然僥倖位於末日戰場的機率又有多大呢？這一系列問題就像莎士比亞在《哈姆雷特》（Hamlet）中的名言：「生存還是毀滅，這是一個問題。」

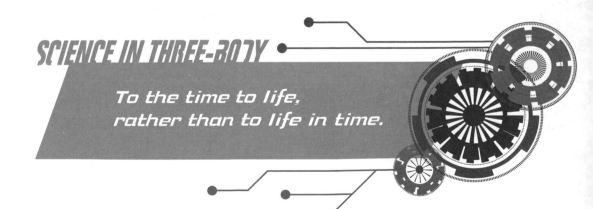

SCIENCE IN THREE-BODY

To the time to life,
rather than to life in time.

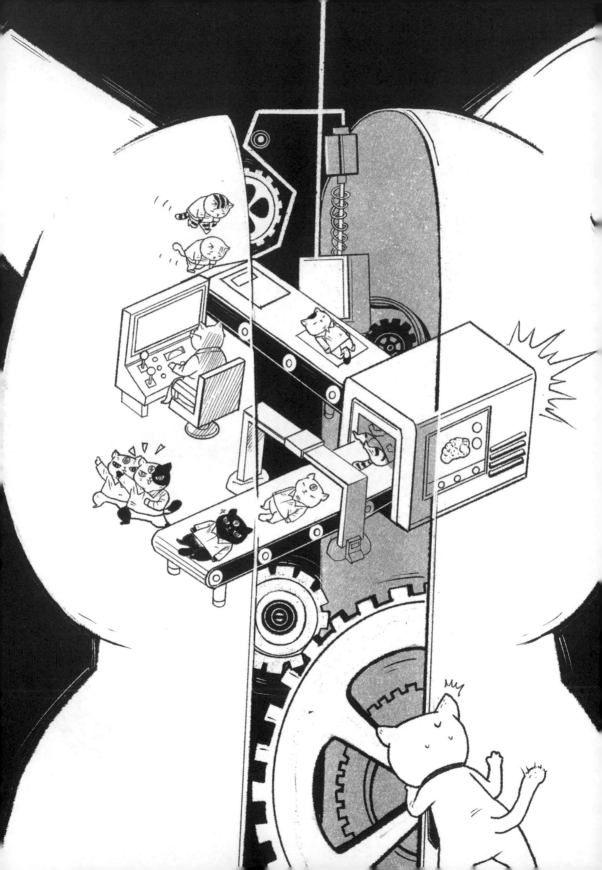

第八章　水是有毒的

——探索人類心智之謎

　　面壁計畫的第3位面壁者是來自英國的希恩斯，他曾擔任歐盟主席，不但是一位穩重老練的政治家，還是一位腦科學家，獲得過諾貝爾物理學獎、生理醫學獎提名。希恩斯與同為腦科學家的妻子山杉惠子在研究中發現，人類大腦的思維和記憶活動是在量子層面上進行的，突破了認為其在分子層面進行的理論。

　　面壁計畫的重點就在於隱藏思維。這樣看來，希恩斯的專業知識在抵禦三體入侵的戰爭中也許能發揮很大的作用。

 關 鍵 詞

　　心智、腦區、心理學、認知科學、認識論、認知心理學、神經元、神經網絡、電腦斷層掃描、磁振造影、語意記憶和情節記憶、多重記憶系統模型、赫布定律、聯想型長效增益作用、內隱記憶和外顯記憶、促發

思想鋼印計畫

面壁者希恩斯與妻子很有遠見地認為，人類文明的未來取決於人類自身，若想突破智子的禁錮，唯有提升人類的智力——這是人類取得勝利的關鍵。於是他們決定投身對人類大腦思維機制的科學研究，期望在1、200年內取得突破。

為了提升人類智力，希恩斯提出研製一種名為解析攝影機的設備，對人類大腦進行精細掃描，從而在電腦中合成大腦的數位模型。這種掃描必須快速且反覆進行，拍攝大腦思維活動的詳細過程，以建立大腦動態模型。

聯合國顧問團認為，他的想法理論上可行，但製造技術遠遠超出當代水平。對大腦神經元進行精細掃描並建模所需的計算能力，是目前電腦所無法達到的，希恩斯需要的技術可能在幾十年後才會出現。於是，希恩斯決定進入冬眠狀態。8年後他被喚醒，發現一台規模空前、能模擬大腦神經網絡的超級電腦已經建成。希恩斯便利用這台超級電腦和解析攝影機，對人類的思維活動展開了研究。

希恩斯讓受試者對一些簡單命題逐一做出是或否的判斷，同時用攝影機即時掃描他們大腦的神經活動。這一實驗目的是弄清大腦在對某個命題進行是非判斷時，會形成怎樣的神經衝動傳導模式。

透過實驗，希恩斯發現，只要對大腦神經網絡的某一部分施加影響，就可以繞過思考過程，直接在大腦中形成某個觀念，並讓人對這一觀念深信不疑。希恩斯將這種強行植入思維觀念的方法稱為「思想鋼印」，認為可以用思想鋼印直接將「在抗擊三體文明入侵的戰爭中人類必勝」的信念植入自願參與該項目的太空軍人腦中，有助於人類在未來贏得戰爭。

聯合國同意執行思想鋼印計畫，希恩斯再次進入冬眠狀態。170多年後，希恩斯被喚醒，他的妻子山杉惠子宣稱是他的破壁人。惠子說思想鋼印的程式碼極其複雜，根本沒有人注意到希恩斯在幾億行的程式碼中將一

個正號改成了負號，就連智子也沒有發覺。而正是這一個小小的負號，決定了思想鋼印固化的不是命題本身，而是其反命題。也就是說，在人們腦中固化的信條是「在抗擊三體文明入侵的戰爭中人類必敗」。

惠子說，與其他面壁者相比，希恩斯的高明之處不在於戰略計謀層面的偽裝，而在於對自己真實世界觀的隱藏。他其實是一個失敗主義者，他認為在太空軍中祕密部署擁有必敗信念的軍人，有利於實現人類的「勝利大逃亡」。

人類的思維和意識是一個永恆的話題，可以引發各種思考。作者在這部科幻小說中對我們提出一個問題：「當人類面臨強大外星文明入侵的危機時，到底什麼才是我們真正的武器？」當科技發展被封鎖，各種戰略都成為公開祕密時，充分發揮主觀意志的作用也許是唯一辦法。

那麼，人類的思維和意識是什麼？如何運作？能被外界控制嗎？接下來，就讓我們簡單回顧一下人類在探索思維和意識的道路上曾有什麼發現，並對思想鋼印在科學上是否可行展開探討。

何謂心智？

人類的意識究竟是什麼，這是一個非常有趣的問題。我們每個人都是意識體驗的主體、感覺的享有者、痛苦的承受者、思想觀念的表演者和有意識的深思者。然而，我們體驗到的「意識」本身究竟是什麼？物理世界中，生物個體又是如何產生這一現象的呢？

聲、光、電、磁等自然現象，是所有擁有儀器的觀察者都能同等觀察到的現象；而意識與自然現象完全不同，並不是所有觀察者都能同等觀察到。意識似乎存在一個特殊的觀察者（自我），其觀察到的現象與其他人完全不同。當代人類科學事業面臨的挑戰，就包括認識意識與物質、心靈與大腦的關係。這些也屬於作為智慧生命的人類要面臨的終極問題，而我們至今仍沒有找到完整的答案。

關於意識是什麼，目前尚無明確定義，人們普遍可以接受的說法是，**意識是一種對自身和周圍的存在有所認識的心智狀態**。因為是一種心智狀態，所以如果沒有心智，就沒有意識。

那麼，心智又是什麼呢？**心智是能讓我們產生和控制心理機制（如：感知外界、進行思考、做出判斷和記憶事物）的能力**。心智可以被看作一個人認知能力的總和，將客觀世界在我們腦中呈現出來並形成系統，促使人在此系統內設定目標，並用行動來實現目標。總體來看，心智對人的生存與發展有著重要的影響。

心智是如何在大腦這一物質基礎上出現的呢？從古希臘時期開始，人們就對此進行了大量的探討和推測。不過，用科學手段探索心智與大腦的關係，則是從近代才開始的。作為獨立學科，心理學和神經科學幾乎同時誕生於 19 世紀後半葉的西方。當時一些醫生和研究者注意到，大腦不同部位的損傷會導致不同的認知功能出現缺陷，這一發現使心理學分支之一的神經心理學在隨後的 20 世紀蓬勃發展。20 世紀中葉，有哲學、（認知）心理學和生理學等學科背景的科學家，開始在較為統一的概念和理論框架下，認識人類的精神活動和行為模式，認知科學應運而生。在之後的半個世紀，認知科學逐漸發展為以研究人類心智為目的的跨學科領域。

從認識論到認知心理學

心理學誕生前，哲學家們就對人如何認識事物充滿好奇。西方哲學中，這個問題屬於認識論的範疇，其源頭可以追溯到 2 千多年前的古希臘。柏拉圖（Plato）最早試圖解釋人類知識的本質；而亞里斯多德（Aristotle）在《靈魂論》（*De Anima*）中認為，只有人類才有推理能力和知覺能力。關於認識論，哲學史上，理性主義和經驗主義的爭論貫穿始終。

理性主義認為邏輯推理是獲得知識的唯一可靠途徑，而感官經驗可能欺騙人們。其代表人物是 17 世紀的法國哲學家笛卡爾，他提出了「二

元論」，認為世界由2種不同的實體──物質實體與精神實體組成，並提出心智表徵論，這成為認知科學的原型。在此後的300年中，萊布尼茲（Gottfried Leibniz）、康德、波普爾（Karl Popper）、海德格（Martin Heidegger）等哲學家先後提出各種理論，都成為認知科學的哲學思想來源。

與理性主義相對的是經驗主義。**經驗主義認為，個體的感性經驗是知識的唯一來源，一切知識都透過經驗獲得，並在經驗中得到驗證。**其代表人物有英國哲學家霍布斯（Thomas Hobbes）和洛克（John Locke）等。與笛卡爾不同，霍布斯的經驗主義認為心理能力和心理過程要根據物質的實體、狀態和運動過程來描述和解釋。而洛克的經驗主義經過大衛．休謨（David Hume）、孔狄亞克（Etienne Bonnot de Condillac）、懷海德（Alfred North Whitehead）和維根斯坦（Ludwig Wittgenstein）等人逐步完善，成為心理學的思想源頭。

關於心智的爭論中，哲學家們各抒己見，理論層出不窮，很難形成統一的結論。究竟哪些哲學觀點是正確的呢？只有透過科學方法進行驗證並得出確切結論後，我們才可以在確定性的基礎上討論這個問題。19世紀，以實驗為基礎的心理學出現並開始發展，為驗證各種哲學觀點的正確與否提供了科學依據。

1868年，荷蘭生理學家唐德斯（Franciscus Donders）開創性地用實驗方法研究人類個體對刺激的行為反應。這說明心理反應雖然不能直接測量，但是可以透過行為反應進行推測。唐德斯的實驗是人類史上第一批認知心理學實驗之一，開啟了人類對心智的科學探索。

心理學是研究人類心理現象及行為活動的科學，雖然作為一門正式學科只有短短100多年的歷史，但為認知科學的誕生奠定了科學基礎。**心理學創立時期，共有3個主要流派：結構主義、機能主義和行為主義。**認知心理學是心理學中研究人類認知過程的重要分支，主要研究人類的高級心理過程（如：知覺、記憶、言語、思維）。認知心理學的發展過程中，上述3個流派的思想也有所體現。

1879年，德國萊比錫大學的威廉．馮特（Wilhelm Wundt）建立了世界上第一個心理實驗室，並創造了系統研究心理過程的實驗方法。他是結構主

義的奠基人物，認為可以透過自我觀察法對經驗進行科學描述。

幾乎與馮特同一時期，另一位先驅者也對心智展開了科學研究，他就是美國心理學家威廉・詹姆斯（William James），他的觀點被稱為「機能主義」。詹姆斯在1890年出版的著作《心理學原理》（*The Principles of Psychology*）中指出，心理的運作與其目的有關，心理過程最重要的目的就是使個體適應周遭環境。機能主義在很大程度上吸收了達爾文的進化論思想，努力將生物學中的適應概念擴展到心理學現象中。詹姆斯還強調，心理學研究不應只在實驗室中展開，還要在完整的現實生活中進行。

20世紀初，受蘇聯生理學家伊凡・帕夫洛夫（Ivan Pavlov）經典的古典制約啟發，美國心理學家約翰・華生（John B. Watson）創立了行為主義心理學，這是心理學史上的里程碑。華生認為，應該用直接且可被觀察的行為來進行心理研究。在他的引領下，從1930年代起，心理學的研究方向逐漸從「以行為推測心智」轉向「環境刺激與行為之間的關係」。在此基礎上，哈佛大學的史金納（Burrhus Frederic Skinner）引入了「操作制約」的概念，提出「刺激－反應－強化」理論，與其他相關理論形成新行為主義學派，並使新行為主義心理學成為1950年代以前心理學研究的主流。

如此看來，《三體》中希恩斯採取的研究方法，正與行為主義心理學一脈相承。

不過，1950年代之後，人們對心智的認識又發生了變化。美國麻省理工學院的諾姆・杭士基指出，行為主義心理學的理論並不能充分解釋語言現象。人們逐漸認識到，要理解複雜的認知行為，不僅要考察可被直接觀察的行為，還要思考行為背後的心理過程。1956年，美國心理學家喬治・米勒（George Armitage Miller）發表了文章《神奇的數字7±2：人類訊息加工能力的局限》（*The Magical Number Seven, Plus or Minus Two: Some Limits on Our Capacity for Processing Information*）。他指出，人的記憶能力是有限的，但可以透過重新編碼訊息來克服記憶的局限性。心理學的發展出現轉機，「訊息加工模型」逐漸成為認知心理學的重要典範。

心智與大腦

除了認知心理學，研究心理物質基礎的生理學，尤其是神經生理學和電生理學這2門分支學科，也是認知科學的重要源頭。**神經生理學是透過測量個體行為來研究大腦不同部位的功能；電生理學則是透過測量神經系統的電反應，使人們瞭解單一神經元的活動規律。**

很早以前，人們就認識到意識與大腦存在著密切的聯繫。早期生理學家眼中，心智研究的核心問題在於大腦的功能定位。具體在探討心智是由大腦的整體工作產生，還是由大腦的各部分獨立工作產生？

19世紀初，德國解剖學家弗朗茲·加爾（Franz Joseph Gall）提出顱相學假說，認為人的35個特異性功能分別由不同腦區負責。19世紀中期，神經科學家開始調查有腦損傷的患者，想瞭解大腦各部位究竟對應哪些功能。最有代表性的是神經科學先驅者、法國醫生保羅·布洛卡（Paul Pierre Broca）的研究。他在治療一位腦中風患者時，發現這位病人雖然可以理解語言，但是不能說話。布洛卡發現病人腦損傷的位置是左側額葉下部，並認為是這個腦區的損傷導致病人出現語言功能障礙。從此，大腦的這部分區域就被稱為「布洛卡區」。此後學界陸續出現與之類似的腦損傷案例研究，人們開始認識到局部腦損傷會引起特定的行為缺陷。

那麼，人們是如何認識大腦不同組織和分區結構的呢？

19世紀後半葉，隨著細胞學說出現，人們知道了組成生物體的基本單位是細胞。20世紀初，神經科學技術取得突飛猛進的發展，義大利神經學家卡米洛·高基（Camillo Golgi）發明了一種為單一神經元染色的方法，並發現大腦中的神經元具有複雜而精巧的結構；西班牙神經組織學家桑地牙哥·拉蒙卡哈（Santiago Ramón y Cajal）則進一步發現，神經系統由大量單一神經元構成。他們對神經元和大腦結構的研究奠定了現代神經學基礎，共同獲得了1906年的諾貝爾生理醫學獎。

透過解剖學和染色等手段，人們逐步瞭解了大腦結構。原來，成人的大腦分為3個主要區域：前腦、中腦和後腦（如下圖所示）。後腦位於大腦底部、脊髓上方，由腦橋、延髓和小腦組成，主要功能是檢測、維持和控制基本生命功能，如：呼吸和心跳。後腦上方有一個相對較小的區域，叫作中腦，與一些感覺反射有關。

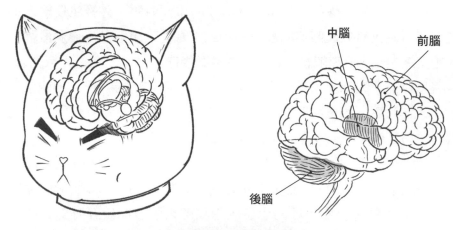

大腦結構和3個主要區域

大腦的其餘部位叫作前腦，主要與高階認知功能有關。前腦除了丘腦、下丘腦、海馬體和杏仁核之外，大部分由大腦皮質構成。大腦皮質主要分成5葉，從前向後分別是額葉、頂葉、枕葉和頭兩側的顳葉，以及在大腦內側的邊緣葉。邊緣葉是進化中最古老的，所以也稱為「舊皮質」；額葉、頂葉、枕葉、顳葉在動物腦神經系統的演化過程中出現較晚，故稱為「新皮質」。

新皮質的厚度約為2～4公釐，共分為6層，由數十億個神經元構成，表面布滿皺褶。皺褶凹陷處叫作腦溝，凸起處叫作腦迴，統稱為「溝迴」，而這些溝迴可以增加皮質面積。新皮質負責知覺、運動指令的生成、空間推理、抽象思維、語言以及想像力等領域的功能。

此外，大腦還明顯分為左右半球，兩個半球以胼胝體相連。因此，大腦的每一葉又都分成左右兩葉，如：左額葉、右額葉。

千億個神經元

講完大腦的分區，接下來再從微觀的細胞層面看一看大腦的神經系統。

神經系統是人體處理訊息的系統，由神經元和神經膠質細胞組成。神經元具有獨特的形態和特有的功能，是神經系統完整而基本的功能單元，也是參與神經活動的主體；而神經膠質細胞則對神經元提供結構上的支撐和絕緣保護，以保證神經元之間的訊息傳遞更有效率。

據估計，神經膠質細胞的數量大約是神經元的 10 倍。人腦中約有 1 千億個神經元，並且大多數位於大腦。大腦皮質中的神經元數量只占總體的 19％，絕大多數的神經元都在小腦。有趣的是，人類腦部的神經元數量與銀河系中的恆星數量在同一個數量級。

接著具體看看神經元的結構。神經元由 3 個部分組成，除了細胞體，其與人體其他細胞的顯著區別在於有 2 種延伸到細胞體外的突起——樹突和軸突。樹突是神經元細胞體上狀似樹枝的突起，負責接收來自其他神經元的訊息，末端是接收訊息的部位，稱作突觸；軸突則是一種更長的突起，負責輸出訊息，輸出部位也是末梢的突觸。

神經元之間透過突觸來交流訊息，且是藉由化學物質傳導。軸突的突觸會釋放一種稱為「神經傳導物質」的化學物質，向其他神經元樹突的突觸傳遞訊息。軸突的突觸會根據訊息來釋放不同的神經傳導物質，並由下一個神經元樹突的突觸接收這些神經傳導物質。而在神經元內部，是以電訊號來傳遞訊息的。電訊號被樹突末端的突觸接收後，會先傳遞到細胞體，再傳遞到軸突末端的突觸。

就這樣，上千億個神經元彼此連接，形成複雜的神經網絡；而神經衝動就是藉此在不同的神經元之間傳遞。神經衝動會參與複雜的行為和認知過程，從運動控制、感知，到記憶、語言和注意力。因為神經元在處理訊息時類似電腦這種二進制處理器，我們常會利用電腦來模擬神經元。

《三體》中也形象地描寫了人類大腦中的神經網絡。

　　……希恩斯感覺到圍繞著他們的白霧發生了變化，霧被粗化了，顯然是對某一局部進行了放大。他這時發現所謂的霧其實是由無數發光的小微粒組成的，那月光般的光亮是由這些小微粒自身發出的，而不是對外界光源的散射。放大在繼續，小微粒都變成了閃亮的星星。希恩斯所看到的，並不是地球上的那種星空，他彷彿置身於銀河系的核心，星星密密麻麻，幾乎沒有給黑夜留出空隙。

　　「每一顆星星就是一個神經元。」山杉惠子說，一千億顆星星構成的星海給他們的身軀鍍上了銀邊。

　　全像圖繼續放大，希恩斯看到了每顆星星向周圍放射狀伸出的細細的觸鬚，這無數觸鬚完成了星星間錯綜複雜的連接。希恩斯眼中星空的圖景消失了，他置身於一個無限大的網絡結構中。

　　圖像繼續放大，每顆星星開始呈現出結構，希恩斯看到了他早已透過電子顯微鏡熟悉了的腦細胞和神經元突觸的結構。

摘自《三體Ⅱ》

大腦的特殊之處

　　人類大腦的質量約1.5公斤，腦容量約1400毫升，如此袖珍的大腦卻是我們目前所知整個宇宙中最複雜的事物。10萬多年前，地球上出現了智人，他們一路遷徙並戰勝同時代的其他人種，逐漸演化成如今唯一的高等智慧生物——現代人。智人為什麼能戰勝其他人種呢？

　　這是不是由於智人的大腦構造特殊？智人的大腦體積確實更大，擁有更多的神經元，但這並不能說明他們的大腦構造特殊。根據考古成果，科學家們發現，歷史上被智人滅絕的尼安德塔人的大腦比智人的還大。此

外，我們的祖先還經歷過大腦體積縮小的階段。科研人員在2009年的一項研究中發現，靈長類動物中，人類並非擁有相對於身體來說更大的大腦。從神經元和非神經元的數量來看，與那些和我們同體格的靈長類動物相比，人類也並非擁有更多的神經元。人類大腦皮質的體積是黑猩猩的2.75倍，但神經元的數量僅比黑猩猩多1.25倍。

過去的研究中，人們常用老鼠等動物作為模型物種，藉由研究牠們的大腦來瞭解人類大腦的相關規律。然而，這種方法是行不通的。因為這些動物的大腦太小，還沒形成有不同分工的腦迴路，對研究人類大腦並沒有太大的參考價值。

那麼，是不是由於人類大腦神經元的連接數量更多呢？其實不然。隨著大腦體積的擴大，若每一個神經元都與其他神經元保持連接，必然會減緩神經衝動的處理速度、降低訊息的傳遞效率。隨著大腦尺寸和神經元總數的增加，神經元的連接比例反倒會下降。

既然如此，人類大腦的特殊之處究竟是什麼？原來，相較於連接數量，神經元的連接模式可能才是更重要的。當大腦的體積增大到一定尺寸時，為了增加新功能，大腦必須進行專業分工。一組神經元透過內部互相連接，構成小型局部迴路後，就會自行執行特定工作，只把結果傳給大腦的其他部位，且無需意識參與。科學家已發現，人類大腦中有若干個發揮特定功能的局部迴路。神經學中，這種局部迴路被稱為「模塊」。不同模塊有各自的分工，這才是人類大腦的特別之處。除此之外，新的研究還發現，人類大腦中具有某些特殊類型的細胞。話雖如此，人類大腦的特殊之謎仍未徹底揭開。

希恩斯的研究手段

在布洛卡的時代，研究腦神經的方法受到諸多限制。首先，神經專家只有在病人去世後，才能真正對其大腦結構進行研究；其次，研究人員不

可能系統地破壞人腦的不同腦區，並觀察相應缺陷，以此描繪人類大腦的功能；再者，正常的大腦與受損的大腦在功能上可能本身就存在關鍵區別。

想全面研究腦神經，必須有適當的技術和儀器支持。於是20世紀初腦神經成像技術應運而生，主要可以分為結構成像技術和功能成像技術2類。

結構成像技術主要用於直接顯示腦神經結構，包括電腦斷層掃描（Computed Tomography，CT）、磁振造影（Magnetic Resonance Imaging，MRI）、X光血管攝影（Angiography），以及近年出現的擴散張量成像技術（Diffusion Tensor Imaging，DTI）。最早發展起來的是電腦斷層掃描，這是透過X光從多個不同的角度穿透人體來形成影像。由於包括大腦在內的身體器官密度不同，反射的X光也不同，得到的圖像就會出現不同的顏色深度。這個圖像就是器官在某一截面上的掃描圖像。藉由不斷改變掃描位置，就可以獲得一系列不同截面的圖像。用電腦疊加圖像，就能建立三維的人體器官模型。電腦斷層掃描在1980年代開始商用化，幾十年來，已成為一種對活體神經損傷進行結構成像的常用醫學工具。

繼電腦斷層掃描後出現的成像技術是磁振造影，和電腦斷層掃描相同，能用於收集不同截面的神經掃描圖像；不同的是，電腦斷層掃描採用X光，磁振造影則利用有機組織的磁特性。與電腦斷層掃描相比，磁振造影的優點是人體不必暴露在X光的輻射中，且掃描精準度較高，形成的大腦圖像更清晰。因此，目前在神經心理學的診斷中基本都會用到磁振造影。

《三體》中，希恩斯在研究思想鋼印時，將人類大腦掃描成像時採用的也是基於電腦斷層掃描和磁振造影的技術方案。

希恩斯首先發言。他說自己的基於腦科學研究的戰略計畫還處於起步階段，他描述了一種設想中的設備，作為進一步展開研究的基礎，他把這種設備稱為解析攝影機。這種設備以CT斷層掃描技術和核磁共振技術為基礎，但在運行時對檢測對象的所有斷面同時掃描，每個斷面之間的間隔精度需達到腦細胞和神經元內部結構的尺度，這樣，對一個人類大腦同時掃描的斷層數將達到

幾百萬個，可以在電腦中合成一個大腦的數位模型。更高的技術要求在於，這種掃描要以每秒二十四幀的速度動態進行，所以合成的模型也是動態的，相當於把活動中的大腦以神經元的解析度整體拍攝到電腦中，這樣就可以對大腦的思維活動進行精確的觀察，甚至可以在電腦中整體地重放思維過程中所有神經元的活動情況。

摘自《三體 II》

（編註：2023 年繁體版《三體》使用解析錄影機，本書統一使用解析攝影機。）

　　這類掃描得到的也只是大腦截面圖像，還需用圖像處理技術將截面圖像組合，才能形成大腦的三維圖像。這一過程需要大量的數據運算，對電腦的軟硬體要求都較高。小說中，希恩斯對電腦的要求已經遠遠超出了當時科技能達到的水平，因此他需要先進入冬眠狀態，等待電腦技術進步。

　　除了結構成像技術，還有一類功能成像技術，後者主要包括腦電圖（Electroencephalogram，EEG）、事件相關電位（Event-Related Potential，ERP）、腦磁圖（Magnetoencephalogram，MEG）、正電子發射斷層掃描（Positron Emission Tomography，PET；中文簡稱正子造影）以及功能性磁振造影（functional Magnetic Resonance Imaging，fMRI）。

　　早在 18 世紀末，科學家就發現青蛙的肌肉在收縮時會產生電流，於是猜測人類大腦活動可能同樣會產生電訊號。1924 年時，德國精神病學家貝格爾（Hans Berger）用腦電圖首次精確記錄了人腦中樞神經活動的電訊號。大約用了 10 年時間，腦電圖才被推廣到全世界。**腦電圖可以連續記錄大腦的活動**，具有重要的臨床價值。神經元在傳導電訊號的同時還會產生微弱磁場，因此後來又出現了腦磁圖。

　　除了用以上 2 種方法對神經電訊號進行探測外，神經科學中最激動人心的是另外 2 種新成像技術的出現——正子造影和功能性磁振造影。與前二者不同，正子造影和功能性磁振造影並不直接測量神經活動，而是測量與神經活動相關的新陳代謝變化。進行認知實驗時，就可以透過檢測受試

者大腦的新陳代謝或血流變化，來確定該認知過程所激活的腦區。大腦是一個極度需要新陳代謝的器官，而神經元需要氧和葡萄糖作為能量。當某個腦區激活時，血流量增加可以使其有更多可用的氧和葡萄糖。

圍繞大腦展開的研究，一方面借助了現有的技術，一方面也為新技術的發展提供巨大的推動力。在這類研究的發展中，將對成像、行為的研究，與分子生物學和基因技術結合起來，可能最有前景。相信能夠深入探索人腦和認知而激動人心的時代，已經離我們不遠了。

思想鋼印的記憶機制

前面我們介紹了希恩斯的解析攝影機進行大腦掃描的科學原理。小說中，希恩斯還發明了思想鋼印，用儀器給人強行灌輸某種思想觀念，這個設定是否也有一定的科學依據呢？

希恩斯借助外力賦予人某種意識觀念，並希望這種觀念能在未來持續發揮作用。從認知科學的角度來看，他的計畫似乎與人的記憶有關。

如前所述，心智是人類個體認知能力的總和，而記憶作為心智的重要組成，與個體對自我的認知息息相關。時至今日，假如僅從生物基因來看，我們或許具備克隆的技術；但在心智層面，我們仍然無法複製一個人的記憶。原則上講，克隆人僅僅是身體與被克隆者一樣，其心智和記憶仍與被克隆者完全不同。既然如此，克隆人想必不會把自己等同於被克隆者。

記憶是認知心理學和認知神經科學研究的重要內容之一。記住身邊出現的各種訊息，是我們共有的關鍵認知功能。儘管大腦中儲存了大量訊息，我們仍會不斷獲取新訊息並形成新記憶。有時我們能輕鬆記住成千上萬條訊息，有時則必須付出巨大努力。那麼，記憶到底是怎麼回事呢？

1950年代，記憶曾被比作一個電腦系統。進入1970年代，**認知心理學則根據訊息在大腦中儲存的時間長短，將記憶分為3類——感官記憶、短期記憶和長期記憶。**

記憶隱藏著許多奧祕,是認知心理學和認知神經科學研究的重要內容之一

根據記憶的類型,訊息會以不同的方式被獲取、加工和儲存。迅速出現且未被注意的訊息,只會短暫地被保留在感官記憶中,幾秒後就會被大腦剔除;而那些被注意到的訊息則保存在短期記憶中,但也不超過幾分鐘;短期記憶中需要長時間保存的訊息,則會被轉移到長期記憶中,可以保存幾年或一輩子。這就是「多重記憶系統模型」,由認知心理學家阿特金森(Richard Atkinson)和謝弗林(Richard Shiffrin)於1968年提出。

多重記憶系統模型中,記憶有不同階段且有順序:訊息從感官記憶進入短期記憶,然後才進入長期記憶。訊息可以在短期記憶和長期記憶中分別以視覺、聽覺和意義的形式進行表徵。但在每一個階段,訊息都可能遺失,原因是記憶的自然衰退、記憶之間的相互干擾,或這兩者的結合。短期記憶的容量有限,而長期記憶的容量和保留時間幾乎是無限的。

在接下來幾十年中,這個模型在心理學界和神經科學界引起激烈辯論。其中關鍵的辯論話題是,不同記憶在大腦中是否會儲存在相同區域裡。

談到這個,就不得不提及神經心理學史上一個名字縮寫為H.M.的著名

病例。1953年，一位名為亨利‧莫萊森（Henry G. Molaison）的病人在治療癲癇病的手術中，被切除了雙側的內側顳葉，包括雙側海馬體。結果從此之後，他的短期記憶保持完整，能記住剛剛發生的事，卻不能將之轉換為長期記憶，因此他保留的長期記憶只有一些自己年輕時的經歷。有些病人的情況則與之相反，一個名字縮寫為K.F.的患者就具有正常的長期記憶，卻沒有短期記憶。這些病例說明，短期記憶和長期記憶似乎是由不同的大腦區域負責。不過，後來科學家透過腦的功能性磁振造影發現，短期記憶和長期記憶在大腦內既有分離的部分，也有重疊的部分。短期記憶和長期記憶是否共用一個儲存區域，至今尚無定論。

1972年，加拿大認知心理學家安道爾‧圖威（Endel Tulving）根據記憶的內容，將長期記憶又分為語意記憶（事實記憶）和情節記憶（事件記憶）。**語意記憶是人們對這個世界的知識或訊息的記憶，可以是某種事實、詞語、數字或概念**，例如：你曾經上過的小學校名；**情節記憶則是對個人經歷過的事件的記憶**，包括事件發生的時間、地點等情境因素，同時也包含情感成分，例如：你上小學時印象最深的某一堂課的情景。語意記憶比較穩定，而情節記憶則在一定程度上受到時間和空間的限制，且容易受各種因素干擾，不夠穩固也不夠確定。另外，情節記憶的提取伴隨著情感再現和回憶體驗；而語意記憶的提取則否，只會讓人產生一種對該事實的熟悉感。換言之，回想語意記憶時，我們只是感覺「知道了」而已。

20世紀末，神經心理學家在研究中發現，有的病人保持著語意記憶而喪失了情節記憶，而有的病人則正好相反——保持著情節記憶卻喪失了語意記憶。這說明語意記憶和情節記憶是分離的，各有不同的機制。這一結論後來得到腦的功能性磁振造影作為證據支持。

長期記憶雖然保存時間長，但仍會隨著時間被逐漸遺忘。那麼，同屬長期記憶的語意記憶和情節記憶，被遺忘的程度是一樣的嗎？最近10幾年的實驗表明，二者的遺忘程度有所不同。發生在4、50年前的事情，人們往往會忘掉情境的細節特徵，但語意記憶仍在。也就是說，長期記憶存在語意化的現象。構成語意記憶的知識，最初是透過個人經歷、以情節記憶

為基礎獲得的；但是隨著時間流逝，人們對這些經歷的情節記憶會慢慢消退，只留下語意記憶，變得只知道事實。舉例來說，你可能記得在上小學的時候學過四則運算，但是很難回憶起當時學習的情景。

小說中，希恩斯用思想鋼印給人留下某種固有觀念，並希望這種觀念能在未來面對三體入侵時發揮作用。從以上有關記憶的研究來看，這種觀念不但可能是長期記憶，還很可能屬於語意記憶。

那麼，人的記憶的物質基礎和形成過程是怎樣的？那些長期記憶，尤其是語意記憶在大腦中又是如何保持的呢？

記憶的產生與保持

關於產生和保持記憶的物質基礎，我們將從宏觀和微觀兩方面分別進行考察，一個是大腦腦區層面，一個是神經元層面。首先要探討的是記憶過程與腦區的關係。

認知心理學認為，**記憶的過程分為3階段——編碼、儲存和提取**。編碼就是獲取訊息的過程，儲存是形成記憶痕跡，提取則是將訊息從記憶中取出。目前先進的腦成像技術，已幫助人們弄清不同腦結構在記憶過程中發揮的作用。如前所述，記憶理論中大腦區分學習和保存知識的標準有2個：其一是儲存時間，大腦會根據保存訊息時間的長短來區分不同記憶；其二是記憶內容，不同內容的記憶各有特點，儲存機制也不完全相同。神經科學發現，特定腦神經迴路對特定形式的知識會起到學習和保存的作用。

1950年代初，外科醫生傾向於靠手術治療神經性疾病，常用方法包括前額葉切除術、胼胝體切除術、杏仁核切除術和顳葉切除術等。這些手術打開了一扇研究人類大腦功能的窗戶，科學家研究手術結果後，揭示了人類認知的基本原則。例如：前文提到的H.M.病例，為了治療癲癇病，醫生切除其雙側的內側顳葉，結果發現他雖然可以保持短期記憶，但在形成新的長期記憶時出現了障礙。結合其他病例，醫生就發現切除雙側顳葉會導

致嚴重的失憶症。

　　大腦內側顳葉區域，還包括杏仁核、海馬體、內嗅皮質和海馬旁迴等。H.M.的早期手術報告顯示，其雙側海馬體都被切除，因此研究人員傾向於認為海馬體與長期記憶的形成有關。但1997年時，研究人員用磁振造影重新對H.M.的大腦手術部位進行更精確的掃描，發現當年的手術中，除了部分內側顳葉和海馬旁迴被切除，海馬體後部約一半都被保留下來。於是人們開始重新思考，長期記憶的形成是否完全由海馬體決定。之後的研究表明，**海馬體確實與形成新的長期記憶有關，但是內側顳葉的皮質也在這一過程中發揮很大的作用。**

　　除了對動物和腦損傷病人進行研究，現今藉由先進的功能性磁振造影，科學家也逐步開始研究有完好記憶能力的健康人。而研究表明，在記憶的編碼階段，當新的訊息被編碼時，就會激活海馬體。

　　接下來，再來看記憶是怎麼儲存的。認知神經學認為，新形成的記憶轉化成長期記憶時，需要經過鞏固過程。最初是快速鞏固階段，接著是緩慢的永久鞏固階段。那麼，大腦是如何鞏固新的記憶呢？

　　一般認為，內側顳葉——特別是海馬體，是快速鞏固及初步儲存記憶的關鍵，但在永久鞏固記憶方面又並非完全如此。情節記憶的永久鞏固依賴內側顳葉，語意記憶則需要內側顳葉外的顳葉新皮質（位於顳葉前部的外側）發揮作用。既然如此，顳葉的外側和前部區域，是否就是語意記憶的儲存地呢？目前的研究尚無定論，只能說可能性比較大。

　　最後一個問題是，記憶的提取與哪些腦區有關？神經科學家利用功能性磁振造影研究後發現，**提取長期記憶中的情節記憶時，會激活海馬體；提取語意記憶時，同屬內側顳葉區的海馬旁迴、內嗅皮質等也會活動。此外，研究還揭示左側額葉也參與了語意記憶的編碼和提取過程。**

　　總之時至今日，對「記憶在大腦中究竟是如何運作的」這一問題，我們仍然沒有找到確切答案。也許《三體》中希恩斯被喚醒的年代，相關學科有了新的發現吧。

　　介紹了記憶過程與腦區的關係後，接著從宏觀轉向微觀，看看記憶和

學習的細胞基礎。龐大而複雜的神經網絡並非一成不變，而是動態變化的。那麼，神經元之間如何建立動態神經網絡呢？1949年，加拿大心理學家唐納德・赫布（Donald Olding Hebb）提出一個重要理論，認為神經元上的一個突觸如果不能和其他突觸同步激發，就會被逐漸剔除；相反地，被同步激發、足以使神經元產生電位變化的突觸，與神經元的連接強度則會強化。也就是說，某些神經元之間的聯繫會隨著刺激的反覆出現而增強。這樣一來，神經元就會根據神經衝動傳導的方向發展神經迴路，透過精細化和完善，逐步建立起神經網絡。因此赫布認為，神經網絡具有可塑性，能透過學習來建立和塑造。1970年代，赫布的猜想得到了心理學實驗的驗證，「赫布定律」成為研究心理過程的基礎理論之一。

從動物實驗中，科學家發現一種稱為「長期增強作用」（Long-Term Potentiation，LTP）的現象。這是發生在2個神經元中訊號傳輸持久增強的現象，能使前後2個神經元同步刺激。這證明了神經突觸具有可塑性，即突觸的連接強度可以增強，從而形成記憶編碼。長期增強作用被認為是學習與記憶的主要機制之一。在這一基礎上，最近的實驗還發現，當一弱訊號和一強訊號同時輸入一神經元細胞時，傳遞弱訊號的突觸會得到增強。這一現象被稱為「聯想性長期增強作用」，是對赫布定律的進一步擴展。

此外，最新研究表明，新皮質、小腦和其他區域神經元的突觸連接強度的變化，可能是學習與記憶在細胞水平上的微觀機制。

回到《三體》，雖然以現今的科學水平，我們還不知道思想鋼印的具體實現方法，但不妨做一些猜測。既然思想鋼印要在末日之戰爆發前發揮作用，那就可能屬於長期記憶的範疇。如此，希恩斯便能透過未來先進的神經成像技術，研究與長期記憶相關的腦區，明確某一觀念在大腦中長期儲存的具體區域。不僅如此，希恩斯還可以根據聯想性長期增強作用，用儀器操控神經元突觸，改變神經元的連接，增強並固化需要植入的觀念所對應的神經網絡連接模式，從而達到思想鋼印的效果。

記憶的隱藏

小說中提到，希恩斯讓受試者判斷一系列陳述句的正確與否，同時掃描他們的大腦來識別神經網絡的運作機制。他發現，當受試者讀到「水是有毒的」這句話時，如果加大對其大腦的電磁輻射掃描，就能將這句話植入受試者的意識中，使其表現出對水的恐懼。根據這個發現，希恩斯巧妙地設計出思想鋼印，給自願者植入「在抗擊三體文明入侵的戰爭中人類必敗」的觀念。

「水是有毒的」這一判斷顯然是事實錯誤，被植入者也能意識到這點。因此被植入者一方面會表現出恐水症，一方面內心又會困擾於這個顯然錯誤的觀念，非常痛苦。這裡不禁產生一個疑問：「那些被植入『人類必敗』此一錯誤觀念的人，難道就不會心生困惑嗎？」就算他們極力掩飾自己內心的混亂，恐怕也會經不住時間的考驗。隨著人類科學技術的進步，他們早晚會在社會上露出馬腳。然而小說中，直到170多年後破壁人惠子揭露希恩斯的陰謀前，都沒有人發現他的祕密。這又該如何解釋呢？

除了植入長期記憶，希恩斯的思想鋼印是不是還運用了其他的科學原理？接下來，我們繼續看看認知心理學還能帶來怎樣的啟發。

1968年，英國學者沃靈頓（Elizabeth Warrington）等人發現，失憶症患者雖然不能有意識地記憶學習過的內容，但在「補筆測驗」中，可以對先前見過的單詞，表現出與正常人一樣的記憶保持效果。1985年時，針對這類特殊的無意識記憶現象，沙克特（Daniel Schacter）和格拉夫（Peter Graf）首次提出「內隱記憶」的概念。內隱記憶指在無意識的情況下，過去的經驗或學習對當前行為產生影響的現象。此後的實驗又發現，不同類型的記憶存在雙分離現象，於是加拿大心理學家圖威等人提出新的多重記憶系統模型，認為**記憶還可以按照機能來劃分，分為外顯記憶和內隱記憶**。

外顯記憶指我們可以意識到的記憶，包括前面提過有關個人的情節記

憶，以及有關世界知識的語意記憶；內隱記憶則指不需要意識，或是在我們無意回憶的情況下，過去經驗對當前行為會自動產生影響，例如：常見的運動和認知技能、促發效應和古典制約等。其特點是人們並沒有察覺到自己擁有這種記憶，也沒有下意識地提取這種記憶，但其能在特定行為中表現出來。接著，我們就來探討這種內隱記憶與希恩斯的思想鋼印是否有關。

內隱記憶是21世紀以來記憶研究的熱門領域之一。內隱記憶中有一類現象叫作「促發」，指之前受到的某一刺激的影響，會使之後大腦識別和加工同一刺激時變得更容易。促發效應的理論認為，先前出現過的物體或詞語的形式，比沒有出現過的更容易被識別。舉例來說，當你看過「失敗」這個詞後，你可能在下一次對以其他形式呈現的「失敗」詞語產生更快的反應。心理學家在對失憶症患者的實驗中發現，即便受試者不記得之前見過這個詞，促發效應仍然存在。

促發效應聽起來或許很陌生，但這個現象在生活中其實很常見。例如，當我們平時看到各種產品廣告，或聽到、看到展示產品的名稱時，關於它們的內隱記憶就會在我們無意識的情況下影響我們的行為。我們可能認為自己不會受到這些宣傳影響，但實際上只要聽到或看到過，就會對我們產生影響。

1994年，有學者經由實驗證實了這個觀點。他們讓受試者瀏覽一本雜誌裡的文章，並在其中編排了廣告，但沒有提示受試者注意廣告。隨後，他們要求受試者對市面上的一些產品進行評分，結果發現受試者對那些在雜誌上出現過廣告的產品評分竟高於其他產品。有趣的是，受試者並不記得曾看過雜誌裡的廣告。這一實驗結果體現出了「宣傳效應」。

換言之，宣傳效應與內隱記憶有關，人們更傾向於將他們之前聽過或讀過的事情判斷為真，且僅僅是因為他們曾經接觸過這些事物。即使人們沒有意識到自己曾聽過或看過某種說法，甚至就算在他們第一次聽聞時就被告知那是錯誤的，宣傳效應也仍然會影響他們之後的判斷。我們平時都相信自己的行為不受感性驅使，但其實我們也許早已被促發效應影響。這

種無形的力量非常強大，人們很難逃脫。

　　關於外顯記憶和內隱記憶的形成機制，目前學界並沒有定論。多重記憶系統模型認為，記憶是由多個不同的操作系統所組成的複合系統，而每個操作系統都有幾個特定的加工過程。因此，每種記憶系統都有特定的神經機制。過去的實驗發現，知覺的促發效應維持時間一般不超過1週，但是這並不表示促發效應無法延續更長的時間，畢竟內隱記憶的處理機制和大腦迴路與外顯記憶不同。由此看來，希恩斯實施思想鋼印的一種可能方式，是利用內隱記憶的促發效應，將失敗主義觀念以巧妙的方式深藏在自願參與計畫的軍人思想中。

　　換個角度思考，假如植入軍人思想中的那句話是外顯記憶內容，就會面臨2種困境。其一，其語意內容是作為思想主體的個人在當時就可以理解的，難免會使這些人在思想上產生更大的矛盾和困惑，畢竟如果人類愈來愈強大，未來似乎就會更光明；其二，如果這些人明確知道自己被寫入的信念內容，難免會有人露出馬腳，被國際社會發覺其失敗主義的傾向，從而使思想鋼印計畫徹底敗露。

　　因此我們不妨猜測，希恩斯的做法可能是讓那些軍人被打上思想鋼印後，只是覺得不再迷茫，而並不知道自己剛才被植入的到底是什麼內容。而植入他們思想中的這些內隱記憶，會以促發效應的形式保持，只要在這種觀念可能成為現實時（例如：擁有星際逃亡機會時）被適時激活並被徹底執行，就算成功了。小說中的情節正是這樣。

　　　當四名完成操作的軍官都回到門廳時，山杉惠子仔細觀察著他們，她很快肯定不是自己的心理作用：四雙眼睛中，憂鬱和迷茫消失了，目光寧靜如水。

　　　「你們感覺怎麼樣？」她微笑著問道。

　　　「很好，」一位年輕軍官也對她回應著微笑：「應該是這樣的。」

摘自《三體 II》

無意識的思考

　　內隱記憶中的促發效應，特點是對促發刺激的感知與加工無需意識參與，因此也稱為「閾下促發」（編註：有機體感覺的最小刺激量稱閾限，閾下即低於閾限的刺激；故閾下促發指受到感官刺激，未來行為可能在無意識下受到影響），例如：我們平時的運動和條件反射。重複出現的聲音和圖像等訊號容易喚起促發效應，那麼像小說中描寫的「人類必敗」這種抽象觀念，是否也能使人產生促發效應呢？當我們理解一個單詞或一句話時，意識是否必須參與其中？

　　大腦的活動分為有意識和無意識 2 種狀態。人們對無意識的研究由來已久，早在 11 世紀，阿拉伯科學家伊本‧海什木（Ibn al-Haytham，歐洲人稱 Alhazen）就提出人類的推理可能是無意識的自動過程。他在研究視覺原理時，表示大腦可能以我們不知道的方式繞過感官數據而直接下定論，使我們產生錯覺並看到不存在的東西。

　　到 1990 年代，很多科學家認為大腦皮質是負責意識活動的，而其他所有神經迴路都沒有意識。因為大腦皮質是哺乳動物腦中進化得最充分的部分，負責注意、計畫、語言、高階運算等功能。因此科學家很自然地認為，凡是到達大腦皮質的訊息都會被有意識地處理，無意識操作只發生在如杏仁核或丘腦等皮質下的部分迴路中。

　　不過隨著研究更深入，科學家們發現幾乎所有腦區都既可以參與有意識的思維活動，又可以參與無意識的思維活動。最初的證據來自患有大面積腦損傷的患者，其腦損傷程度已經嚴重到足以改變以往人們對有意識活動和無意識活動界限的認識。

　　就正常未受損的大腦而言，大腦皮質是如何在無意識狀態下運作的呢？1970 年代，英國心理學家安東尼‧馬塞爾（Anthony Marcel）提出，大腦在無意識狀態下也能進行複雜的單詞語意加工過程。隨著技術進步，先進的腦成像技術已經可以敏銳地分辨出由單詞引發的微小神經激活。人們發

現，肉眼沒有感知到的文字和數字訊息也能到達皮質深處。法國認知神經學家斯坦尼斯拉斯・迪昂（Stanislas Dehaene）使用功能性磁振造影，做出受閾下促發影響的全腦圖像。圖像顯示，負責閱讀此初階加工的腹側視覺皮質某個區域能被無意識激活，並對單詞的抽象涵義進行加工，不需要理會單詞的字母本身是大寫還是小寫。2013年，迪昂和西蒙・範加爾（Simon van Gaal）經實驗發現，大腦還能無意識地加工短語的句法和涵義，進一步證實了涉及語言加工的腦區不需要意識就能被激活。

其中最值得科學家注意的是，不管詞語是否被注意到，大腦神經活動的強度都相同。這意味著，一句話能在不被「看到」的情況下穿行於左右腦之間。這個發現令很多認知心理學家大開眼界，他們顯然低估了無意識的能力。在過去的10年裡，一系列新發現挑戰著人類對無意識的認知。

總之，已有的研究告訴我們，不僅閾下知覺（編註：低於閾限的刺激所引起的行為反應）是存在的，**一系列的心理活動都可以在無意識中進行**。在很多方面，閾下思考都勝過意識思考。

既然無意識有如此強大的訊息處理能力，結合內隱記憶的特點，我們不妨對希恩斯的思想鋼印再做一些猜測。他可以透過研究找到特定閾下促發的神經網絡連接模式，然後在自願者閱讀的信條文字上做某種隱蔽的記號，用儀器將這隱藏的語意觀念在人們無意識的情況下植入思想中。

這個過程與小說中希恩斯使用思想鋼印的操作基本相符，希恩斯曾向吳岳解釋這個過程。

（希恩斯：）「……吳先生，我現在向您說明對思想鋼印使用的監督是多麼嚴格：為了保證操作時的安全可靠，命題不是用顯示幕顯示，而是用信念簿這種原始的方法給自願者讀出。在具體操作時，為體現自願原則，操作都由自願者自己完成，他將自己打開這個信念簿，然後自己按動思想鋼印的啟動按鈕，在真正的操作進行前，系統還要給出三次確認機會……」

摘自《三體 II》

人人不同的大腦

上述對思想鋼印的猜測中隱含了一個假設條件——每個人的大腦對訊息處理的物理模式都是相同的。因為小說中提到,思想鋼印機器對數萬人實施了自動操作。然而現實情況是,當前腦神經科學研究指出每個人的大腦各不相同。

我們都知道,每個人的指紋都不同,其實每個人的大腦也略有不同,都有其獨特的配置,畢竟人都是以不同方式處理各自的問題。儘管在心理學上,科學家早就認識到個體差異,但在神經科學領域就長時間忽略了這個事實。磁振造影技術出現很久之後,科學家才發現人類大腦的個體差異十分巨大,每個大腦的體積和形狀都有很大的區別,因此每個人的大腦成像和定位都存在或大或小的差異。

此外,人的大腦在連接方式上也存在差異。大腦皮質下的腦白質構成了連接神經結構的纖維網絡,大腦處理訊息的方式依賴這些纖維連接。近年來,透過擴散張量成像技術,人們發現這些連接的個體差異十分巨大,且左右腦之間的胼胝體連接方式也有很大的個體差異。

總之,神經科學揭示了每個人的大腦之間存在極大的差異。不同個體受到不同的遺傳影響,在不同的環境中成長,會有不同的發育順序、身體反應及經歷,因此大腦在神經化學、網絡結構、突觸強度、時間特性和記憶等方面,都會產生各種差異。

在以上條件的制約下,我們目前還無法對每個人的大腦進行一對一的精確建模,因此恐怕無法達到《三體》中希恩斯的要求——對數萬人打下特定的思想鋼印。

當然,以上關於思想鋼印的內容,純屬筆者淺顯的猜測。隨著認知科學的發展,也許未來有一天人們能弄清人類心智的運作方式。若是如此,我們應當為此歡呼,畢竟我們是使用自己的大腦揭開了大腦的祕密!

第九章　你的意志誰做主

——我們有自由意志嗎？

　　第3位面壁者希恩斯發明了思想鋼印，用儀器將某種觀念植入人的思想中。他建議將「在抗擊三體文明入侵的戰爭中人類必勝」的信念作為思想鋼印的內容，使用在自願接受這一思想鋼印的太空軍人身上。這一想法遭公布之後，立刻招致聯合國各方代表的指責。

　　一個人的思想，怎麼能被別人控制呢？人類的自由意志難道不是與生俱來的嗎？

 關鍵詞

　　自由意志、拉普拉斯信條、決定論、利貝特實驗、複雜性科學、還原論、湧現、丘腦－皮質系統、鏡像神經元、奧坎剃刀法則、主觀體驗特性

不患寡而患不均

　　思想鋼印研製成功170多年後，作為希恩斯的破壁人，山杉惠子揭露了思想鋼印計畫的真相，原來他給人們植入的不是「人類必勝」，而是「人類必敗」的信念。此外，他還祕密製造了4台思想鋼印機器，交給了鋼印族（編註：使用了思想鋼印的人）祕密使用，並傳承到今天。這番話讓聯合國各成員國代表面面相覷。那麼多被植入失敗主義信念的人，在這100多年中竟然一點沒有暴露，不禁令人惶惶不安。

　　作為三體文明在地球上的最後一名破壁人，惠子完成了任務。不過她也承認，在思想鋼印的研製過程中，她和三體人都對希恩斯放鬆了警惕，因為三體人並不害怕地球人中的強硬份子；與之相反，三體人反倒認為失敗主義者比勝利主義者更危險。為什麼這麼說呢？因為失敗主義與逃亡主義是緊密相連的。三體人認為只要把人類科技鎖死，未來戰勝人類就沒有問題。最需要擔心的是在這期間人類中的失敗主義者會提前逃亡，而這些逃亡者未來可能對生活在太陽系中的三體文明構成威脅。

　　反觀人類社會，自從三體危機出現以來，反對逃亡主義的呼聲就很高，逃亡甚至被認為是反人類的罪行之一，這一點倒是正好符合三體人的期望。「逃亡」可以說是貫穿《三體》整個故事的一個關鍵詞。

　　人類文明出現後，對公平和平等的追求一直是推動社會進步的重要源泉。即便面臨生死存亡之際，人類依然選擇同生共死。換言之，假如災難當前時所有人不能一同逃離，一部分人（尤其是掌握資源者）甩下大多數人徑自逃亡的話，就是最大的不公平。「逃亡主義是可恥的犯罪」這一觀念推動著小說情節的發展，左右了章北海、程心、維德等角色的命運，甚至影響了小說第三部中光速飛船的開發，最終導致人類在面臨終極打擊時束手無策、集體滅亡。

自由意志存在嗎？

　　希恩斯剛發明出思想鋼印時，就向聯合國報告了使用計畫。聯合國聽證會上，各國代表紛紛指責希恩斯。人們都認為，在現代社會，個人的自由（尤其是思想自由）應該得到充分的尊重，思想控制是極為邪惡的行為。如果說面壁者泰勒的做法是要剝奪人的生命，那麼希恩斯的計畫就是要剝奪人的思想。與其失去思想的自由，人類還不如在未來的三體戰爭中滅亡。

　　　　希恩斯說：「怎麼一提到思想控制，大家都這樣敏感？其實就是在現代社會，思想控制不是一直在發生嗎？從商業廣告到好萊塢文化，都在控制著思想。你們，用一句中國話來說，不過是五十步笑百步而已。」

摘自《三體Ⅱ》

　　希恩斯的想法正像雷迪亞茲曾經說過的一樣，人類生存的最大障礙其實來自自身。

　　最終聯合國同意，可以在太空軍中下級軍銜的軍人中，以自願為前提，實施「人類必勝」的思想鋼印計畫。畢竟如果是自願被植入某種觀念，應該就不算是思想控制了。就這樣，在思想鋼印計畫運行起來後，希恩斯便進入冬眠狀態。先後有將近5萬人自願接受思想鋼印所固化的勝利信念，而這些人在軍隊中形成一個特殊階層，叫作「鋼印族」。不過，人類社會並沒有徹底接受思想鋼印，哪怕固化的是必勝信念。只過了10年，國際法庭就認定思想鋼印侵犯了人的思想自由，命令工作人員停止這項計畫，並將機器封存起來。

　　人的思想到底是不是自由的，是一個事關重大的哲學問題。人類歷史上，一直都有關於人是否擁有思想自由（也就是自由意志存在與否）的爭論。

時至今日，人們也沒有對自由意志的定義達成共識。從字面上看，「意志」就是因決定達成某種目的而產生的心理狀態，往往以語言和行動表現；而「自由」的意思則是不受約束。合起來，**「自由意志」就是相信人類有能不受約束地選擇自己行為的能力**。可見，自由意志是人主觀能動性（編註：指人的主觀意識和實踐活動對客觀世界的能動作用；能動作用意即積極反映、改造世界的能力）的集中表現。

自由意志之所以會成為經久不衰的哲學話題，是因為涉及主體意識和道德責任這2個重要概念。在我們看來，每一個人都是獨立、自主的個體，具有自由選擇的能力。這是從文藝復興和啟蒙運動以來逐漸形成的西方主流思想，有著深刻的社會意義，大部分人類社會特有現象的形成和確立都離不開這一觀念的影響。

假如人沒有自由意志，所有選擇都是外在註定，人就不應該對犯罪行為承擔責任，針對這些行為確定懲罰的司法理念都會變得師出無名；同理，那些努力工作、遵紀守法的良好公民所取得的成功，也將不值得受到稱讚和鼓勵。這顯然是大多數人無法接受的，對整個人類社會來說有太大的秩序風險。這也是《三體》中，思想鋼印計畫遭到封殺的原因之一。

那麼，自由意志真的存在嗎？

世界文化史上的軸心時代（西元前800年至前200年），西方的古希臘哲學並沒有提出自由意志的概念，但有類似的討論——關於人的善惡來源。西方宗教中，自由意志是根本問題之一。基督教認為神創造人並賦予自由意志，於是夏娃和亞當才違背神的命令，在伊甸園中吃了智慧樹上的果實。但既然神是萬能的，又怎麼允許果子被偷吃呢？這就是哲學神學中著名的難題：「既然神給予人自由，為什麼不讓這種自由只服務於好的目的？這是否和神的全知全能有所矛盾？」顯然，人們在宗教中一時無法找到「自由意志是否存在」的確切答案。

西方哲學史上，最早主張人具有自由意志的，是中世紀思想家奧古斯丁（Aurelius Augustine）。進入17世紀以後，歐洲近代哲學的奠基者笛卡爾確立了心物二元論體系，認為「我思故我在」。20世紀沙特的存在主義哲學

中，自由意志也是重要的組成部分。

　　哲學和宗教對自由意志的爭論持續了千百年之後，科學也逐漸加入對這一話題的討論，參與的學科包括物理學、心理學、神經科學、認知科學和人工智慧等。

拉普拉斯信條

　　決定論的思想在近現代科學界中由來已久，而「宇宙到底是不是被預先決定的」就是宇宙決定論中的一個經典爭論。

　　17世紀牛頓提出萬有引力定律後，人們認識到這個偉大的物理規律無論在宇宙的什麼地方都適用，因此被冠以「萬有」之名。牛頓運動定律經受住300多年的實驗和應用檢驗，奠定了古典物理學的堅實基礎。在牛頓主義者看來，世界本身是有序的，宇宙萬物都按照某些固定、可知的法則運行，一切眼下和未來的事件都是由之前發生的事件和自然定律一起決定。在這一思想體系下，必然能得出這樣的推論——假如描述宇宙的所有物理參數都已知，那麼所有的事件和行動原則上都可以被提前且準確地預測出來。此外，因為牛頓定律在時間上是前後對稱的，所以透過觀察現狀，也可以推知事物過去的狀況。這就是古典物理學中的因果律。

　　既然自然界和人類社會完全受這種因果律支配，任何一個事件的發生就必然有其原因。我們宇宙中的一切——已發生和即將發生的事件，都可以不斷地向前歸因，最終歸於宇宙誕生這一起因。宇宙萬物從一開始就被註定，這就是宇宙決定論。

　　比牛頓晚出生1個世紀的法國數學家、天文學家和物理學家拉普拉斯對古典力學推崇備至，將決定論的思想發揮到了極致。1814年，他提出「拉普拉斯惡魔」的概念。這是一個假想生物，知道宇宙中每個原子確切的位置和動量，能使用牛頓定律來展現宇宙事件的整個過程，包括過去和未來的一切。據說有一次，拉普拉斯向拿破崙（Napoleon Bonaparte）展示他用

數學方程式推算的太陽系天體運動模型，拿破崙問他為什麼在他的宇宙體系中沒有提到造物主。拉普拉斯回道：「陛下，宇宙不需要這個假設。」後來，人們就把決定論稱為「拉普拉斯信條」。

宇宙就像一部按部就班的鐘錶

決定論者眼中，人們之所以還不能準確預測某些事物，只是因為目前尚未找到其規律。愛因斯坦是決定論的堅定捍衛者，名言就是「上帝不擲骰子」，意指大自然的基本法則不可能是機率性的，應該會告訴我們接下來要發生什麼，而不是「可能」發生什麼。隨機現象的出現只是反映人們目前還沒完全掌握物理規律，自然界中有尚未被發現的隱變數而已。在這一信念的指引下，愛因斯坦與新生的量子力學學者展開激烈的爭論，這在之前已經介紹過了。

按照拉普拉斯信條，宇宙不存在隨機性，一切都是由具有確定性的物

理規律預先註定的。你今天做出的任何決定，都源於使你做出選擇的神經活動，而這些都是由其他物理原因所引起，是在138億年前宇宙大爆炸時就已註定的。只要發生大爆炸，按照物理定律，接下來的事件都會接踵而至，歷史就這樣被確定。假如能回到過去，你仍然不可能做出與當初不同的選擇。在宇宙決定論的前提下，人不過就是舞臺上照著劇本演出的演員，或者是在宇宙這趟列車上的乘客而已。

回到自由意志的問題，既然宇宙是被決定的，那麼我們自認為做出的某個決定就是由之前發生的事件所決定，顯然不是自由意志的產物。因此，無論是過去還是未來，人都不可能有自由意志。因為一個真正自由的選擇和決定，不該是由之前發生的事件來決定的。

決定論失效

不過，事情並非如此簡單。20世紀飛速發展的物理學告訴人們，不能僅靠常識或直覺來判斷這個世界。如前文所述，量子力學發現，我們不可能對描述物質微觀狀態的物理量做出確定性的預言，只能給出取值範圍的機率。哥本哈根學派還認為，觀測能改變被觀測對象的狀態。如此看來，某些物理事件並不能被預先決定，古典物理學的因果律和決定論思想在微觀世界中失效了。既然如此，量子力學在微觀世界的發現，是不是就意味著人類可能存在自由意志呢？很可惜，真相至今仍然撲朔迷離。

其實，在量子力學的不確定性原理出現的半個世紀前，決定論思想就已經在解釋某一現象時遇到了挑戰，那就是前面介紹過的混沌現象。

在某些非線性系統中，初始狀態的微小不同會隨著時間被放大，最終導致整個系統的狀態變得完全不可預測，這就是混沌系統。對這樣的系統來說，用物理規律進行長期預測的準確性，其實與隨機盲猜相當。在龐加萊發現混沌系統的半個世紀以後，氣象學家羅倫茲偶然發現天氣系統就是一種混沌系統。天氣系統含有的變數很多且相互影響，對每個變數的測量

只要有細微的不準確，就會被時間放大，使最終的預報結果出現巨大偏差。所以理論上，我們根本做不到對很久以後的天氣進行預報。區區一個地球上的天氣系統尚且如此，更何況更宏大的宇宙呢？

儘管混沌現象並不等同於所有隨機情況，但不可否認的，自然界中的混沌現象限制了古典物理學規律的使用範圍。預測更長遠的未來不僅無法實踐，在理論上也是不可能的。這似乎暗示著，任何具有確定性的宇宙模型都隱藏著不可預測的本質，我們永遠無法證明確定性定律具有普適性。也許正像波耳所說，我們要放棄強加給原子物理學的因果觀點；海森堡則說得更明確：「我相信，非決定論是必然的，而非僅僅是可能。」

如此看來，決定論的部分失效，讓岌岌可危的自由意志地位也變得更加撲朔迷離。

神經科學的迷局

談完研究客觀世界的物理學，再來看看我們人類本身對自由意志有怎樣的感覺。

我們一般認為，正常人除了受到脅迫或罹患心理疾病，都擁有自由做出決策的能力。生活中，我們往往感覺自己是在用意識自由地做選擇。不過，很多神經科學家並不這麼認為。

如果單從決定論的角度來看，似乎根本就沒有自由的選擇。唯物主義觀點認為，人體完全由符合物理規律的物質構成，大腦的行動取決於物理法則和化學法則，而我們所有的想法和決定都遵從這些法則，只是自然反應的結果罷了。

舉例來說，當你來到一個既能左轉也能右轉的岔路口，並且你沒必要非得左轉或右轉。此時你感覺想要右轉，覺得這就是自己的自由意志；然而仔細分析做這個決定的過程，你會發現使身體向右運動的神經訊號來自大腦的運動皮質，但是這些訊號並不起源於這裡，而是受到額葉的其他腦

區驅動，額葉又受到大腦另一些區域驅動，大腦就這樣形成一個縱橫交錯的複雜網絡。我們的大腦一刻不停地運轉，當你做決定時，大腦裡的每一個神經元都受到其他神經元驅動，且互相依賴。向右轉或向左轉的決定可以追溯回幾秒鐘、幾分鐘、幾天之前，甚至可以追溯到你出生的時候。從這個角度來看，你所有的決定看似毫無聯繫，但其實並不孤立存在。我們無法憑藉自由意志做任何事——說到底，還是決定論成為最終贏家。

那麼，難道我們的生活就像舞臺劇劇本，早就被確定性「寫」好了嗎？那些非確定性的物理規律（如：量子力學），能拯救我們的自由意志嗎？

我們的生活早就被確定性「寫」好了嗎？

從學科之間的關係來看，研究人類大腦的現代神經科學、解剖學和生理學密切相關，這些學科又都源於細胞生理學和分子生物學，說到底還是原子物理學。而所有這些學科的知識，都是建立在量子力學的基礎上。

然而現實中，量子力學只適用於描述微觀粒子。神經元太大，無法直接體現量子特性，因此科學界多數人認為目前還不能直接將量子作為理解意識的基礎。諾貝爾物理學獎得主、英國數學物理學家羅傑・潘洛斯（Roger Penrose）在1990年代提出，人的腦細胞中可能存在某種微管結構，而這些微管中電子的量子糾纏使意識出現。在用量子力學分析人類意識這點上，潘洛斯可謂是目前走得最遠的科學家。

《三體》中，希恩斯發現人腦的思維活動符合量子力學規律，不難看出這目前還純屬科幻。

大腦每時每刻都在處理各種訊息，而我們只能意識到其中一小部分。儘管我們經常感受到各種主觀經驗（包括思想、情緒、知覺和行為）的變化，但仍無法察覺這些變化背後的神經生理活動。這裡就產生了一個問題，將人類大腦活動作為研究內容的神經科學，到底是確定性還是機率性呢？

人的意識與大腦中的神經元活動有關，但神經元並不是直接相連的。相鄰的神經元之間存在微小的間隙，當一電訊號抵達某神經元的突觸時，就會釋放神經傳導物質。神經傳導物質穿過間隙，到達下一個神經元的突觸，下一個神經元突觸才會產生電訊號，從而將訊息繼續傳遞下去。

這一過程中有2個重要的神經活動：一個是當電訊號抵達神經元末梢時，神經傳導物質的釋放；另一個是當神經傳導物質抵達下一個神經元時，神經衝動電訊號的再次引發。科學家們發現，這2個神經活動都是機率性發生的。也就是說，一個神經元是否會產生神經衝動，可能並非預先決定的。如此看來，神經科學似乎給人類保有自由意志留下了一線希望。

未卜先知的實驗

不過峰迴路轉，從1960年代開始的一系列神經科學實驗又提供了相反證據，說明自由意志可能只是我們的一種錯覺而已。

德國科學家科恩休伯（Hans Helmut Kornhuber）和德克（Lüder Deecke）在腦神

經科學實驗中運用腦電圖技術發現，人類有意識地做出決定與某種大腦活動相關，他們稱之為大腦中的「準備電位」。在此基礎上，1983年，美國加州大學的心理學教授班傑明・利貝特（Benjamin Libet）在實驗中發現，準備電位的出現時間比人有意識地做出選擇早半秒，只有在一個意圖或想法自發產生之後，我們才知道自己打算做什麼。換言之，我們大多數人覺得自己主宰著自己的所思所行，實際上並非如此。

此後的30年中，有更多科學家繼續展開研究。其中比較有代表性的成果，是2008年德國馬克斯・普朗克學會的神經科學家海恩斯（John-Dylan Haynes）發現的一種與利貝特實驗結果相似的效應。海恩斯用功能性磁振造影監測受試者，讓他們在任意時候用左手或右手按下按鈕，但必須記住自己打算做這個動作時顯示在螢幕上的時間。實驗結果顯示，在受試者做出選擇前的7～10秒，他們的大腦中就已經出現一種無意識活動。依據提前出現的活動訊號，科學家就能預言受試者接下來會用哪隻手按下按鈕，準確率高達60％。換言之，只要觀察人的大腦，就有可能在人有意識地做出選擇前，便提前幾秒預測他的決定。這顯然說明，一個人的行為不是由有意識的選擇所決定，而是早在人做出選擇前就已經確定了。如此看來，說人有自由意志似乎就站不住腳了。

利貝特和海恩斯等人的發現，在科學界和哲學界引發新一輪有關自由意志的討論。實驗結果發表後，陸續有人質疑他們的結論。有科學家指出，海恩斯研究的人類大腦部位有2個，分別是頂葉皮質和布羅德曼第十區。這兩個區域進行的大腦活動並不與行為選擇有關，而是和未來的計畫、打算有關。科學家懷疑，這一功能恰好與他們設計的實驗步驟有密切關係，導致一小部分受試者受到暗示，無意識引發了這部位的電訊號；而那些沒有受到暗示的人，則正常地完成了實驗，因此才會出現預測準確性60％的結果。這個結果實際上只比盲猜的正確率50％高出10％而已，因為大多數人並沒有受到暗示。

此外，在做出選擇的時候，我們的意識總是傾向於給出自圓其說的答案，說服自己和別人這些都是我們自己的意願。

例如，哈佛大學的阿爾瓦羅・帕斯誇爾－萊昂內（Alvaro Pascual-Leone）教授曾做過一項簡單的實驗。他使用了「經顱磁刺激」技術，朝受試者大腦下方區域釋放磁脈衝來刺激運動皮質，誘發他們的左手或右手做出動作。儘管是磁脈衝的刺激誘發了受試者的手部運動，但不少人感覺這是自己的自由意志做出的決定——可見人從直覺上寧願相信選擇的自主性。

儘管如此，神經科學至今仍無法用完美的實驗徹底否定自由意志的存在，這個複雜的問題尚待解決。正像著名科學記者約翰・霍根（John Horgan）在《科學的終結》（*The End of Science*）一書中所說：「科學固守的最後一塊陣地並不是太空領域，而是人的意識世界。」

整體大於部分之和

關於人類是否存在自由意志，我們從大腦的宏觀功能和微觀組成上一時都無法找到答案。而且，我們似乎還忽略了一個明顯的事實——大腦本身是一個十分複雜的系統，其中包含的神經元數量甚至可與銀河系中的恆星數量相比。接下來，就讓我們從複雜性科學（編註：以整體觀點來研究複雜系統）角度，看看意識到底是什麼，自由意志是否可能存在。

幾個世紀以來，人們見證了決定論的光輝歷程，而其歷史性的成功是以「還原論」為核心的。**還原論認為，對一切大的事物，都可以透過分析組成其的更小部分來理解。**例如，生物學可以分解為化學問題，而化學問題最終可以用原子物理學的方程式來解釋。自文藝復興以來，還原論一直都是科學發展的引擎，卻在解釋大腦和意識時遇到了困難。

微觀世界的量子力學與宏觀世界的古典力學，二者互不兼容。不同層面的事物適用不同的規律，那麼這兩個層面的邊界到底在哪？一個不確定的量子是如何過渡到一個貌似確定的宏觀世界？在這之間，是否有某種微妙的變化發生？

無論是自然界還是在人類社會中，一個系統都可以被劃分為簡單系統

或複雜系統。**簡單系統意即能用古典物理學的還原論思想來簡化描述的規律系統**，特點就是「整體等於部分之和」。具體來說，一個工業化產品（如：汽車）可以簡單地還原為各個組成零件，而整體是各零件的總和，因此一輛汽車就是一個簡單系統。那什麼是複雜系統呢？美國電腦科學家梅拉妮・米歇爾（Melanie Mitchell）認為，**複雜系統就是沒有中央控制，由大量簡單的個體自行組成的一個整體，能產生模式、處理訊息，甚至進化和學習**，例如：混沌系統。複雜系統的典型標誌就是變化和難以預測的宏觀行為，系統的全局行為不能透過對各組成部分簡單求和得到，意即「整體大於部分之和」。

我們一般認為，複雜系統有**複雜性**、**自組織**和**湧現**的特性。複雜的事物是從小而簡單的事物中發展而來，但是複雜系統的全局行為往往無法在基本組成的層面上進行解釋。舉例來說，即使我們知道現實世界的一切都是由粒子組成的，卻無法僅憑此解釋世界為什麼如此複雜。

作為 21 世紀的科學，複雜性科學的主要目的就是要揭示複雜系統中難以解釋的動力學行為。2021 年的諾貝爾物理學獎得主，就是對複雜系統研究做出重要貢獻的 3 位學者。其中，真鍋淑郎和克勞斯・哈塞爾曼（Klaus Hasselmann）因建立地球氣候物理模型並預測全球暖化而獲獎，而喬治・帕里西（Giorgio Parisi）則因研究從微觀原子到宏觀行星尺度的複雜系統的共性規律而獲獎。

複雜系統中，大量簡單成分相互交織、相互影響，而複雜性科學本身也是由許多研究領域交織而成。作為一個跨學科研究領域，近年來複雜性科學的主題和成果已觸及幾乎所有科學領域，可能孕育著一場傳統科學方法的革命。

回到關於意識的問題。我們能否在微觀層面上，根據神經元、神經傳導物質的相關知識，得出一套確定的模型來預測意識思想呢？依據複雜系統理論，這顯然是不可能的。正像愛因斯坦曾指出的，在一個尺度上的組分（編註：混合物中的各個成分）透過相互作用，會導致在更大尺度上出現複雜的全局行為，而這種行為一般無法從個體的知識中推斷並演繹出來。

湧現出來的意識

認知神經科學家邁克爾・葛詹尼加（Michael Gazzaniga）提出，意識具有湧現的特性。**湧現指在一個複雜適應系統中，個體之間的簡單互動行為，會使在一定組織層次上出現無法預知的新特性。**簡而言之，簡單個體組成整體，而整體屬性卻有個體所沒有的新特性。舉例來說，溫度就是對大量分子熱運動平均效果湧現的物理量，每個分子本身並沒有溫度這一特性。

理解湧現的關鍵，在於認識到存在不同層面的組織。自然界中存在很多層面的湧現，從粒子物理層到原子物理層，再到化學層、生物化學層，接著到細胞生物學層，最後到生理學層才終於進入精神處理過程。螞蟻社群、人體免疫系統、網際網路，乃至世界經濟等複雜系統，湧現無處不在。

關於意識，葛詹尼加認為其物質基礎是神經元等基本單元，特點是種類較少、規則簡單。這些組成部分相互連接，在非線性影響下組成一個複雜系統，從更高的層面上湧現出我們稱之為「意識」的新特性。意識是大腦的獨立特性，不存在於微觀層面，同時又必須完全依存於大腦。至於意識是如何從不具有意識的物質中湧現出來的，仍需要進一步的研究。

從本質上看，湧現體現的是複雜系統從大量單一簡單無序狀態到整體有序狀態的變化。組成生命體的有機物本身，規律是簡單而可預測的，但是其構成的生命體表現出了複雜而無法預知的特性。換言之，我們無法從有機物本身的特點來掌握生命活動的規律。基因演算法之父、美國心理學和電腦科學家約翰・霍蘭德（John Henry Holland）說：「對湧現更深入的理解，可以幫助我們分析2個具有哲學和宗教意義且深奧的科學問題——生命和意識。」

總之，大腦本身就是一個複雜系統。從相關研究現狀來看，說意識具確定性顯然為時尚早。意識對行動的選擇，可看作在複雜背景環境下選擇特定精神狀態的結果。系統科學似乎給自由意志的存在留下一線希望。

科學能研究意識嗎？

當我們談到自由意志時，往往指一種自我感覺、是意識的一部分，而意識顯然是站在第一人稱立場上的。畢竟無論別人是否認為你有意識，最終決定權都在你自己的判斷。

然而不可否認，科學的客觀方法論卻是第三人稱立場。因此信念、主觀之類的存在，在傳統上一直不被科學實驗承認。在相當長的歷史中，意識都無法成為科學上被認可的研究對象。這就出現一種十分怪異的現象——科學是以實驗研究接近真理，過程中輔以合理的想像，但科學卻不研究想像所依賴的意識。正如物理學家薛丁格指出的，一直以來，偉大的物理學理論都沒有考慮感覺或知覺，而只是簡單地假設這兩者。

究竟如何從科學視角研究意識呢？既然意識是神經活動的產物、透過具有特定結構的複雜神經網絡進化產生的，那在意識出現之前，大腦中一定存在一種特定神經構造。這正是從神經科學角度探索意識奧祕的途徑。

意識有初級和高級之分。**初級意識指從心智上知道外界事物，是對當下構建的心智圖景，並不包含社會性自我認知。**不僅人類具有初級意識，一些大腦結構與我們完全不同的動物也具備。**高級意識則涉及計畫和創造性自主行為，是「對意識的意識能力」。**擁有高級意識，思維主體就能對其本身的行為和情感進行認識，並重構以往的情境，形成將來的意向。人類的高級意識得到了充分發展，其他高級靈長類動物也具有少許高級意識。

高級意識的出現與人類大腦的物質演化有怎樣的關係呢？首先，與意識有關的許多功能都與人腦皮質相關，然而要瞭解意識的起源，離不開大腦的另一生理結構——丘腦。丘腦在大腦的中心位置，大小如一顆葡萄。神經會先透過各感覺接受器（眼睛、耳朵和皮膚等）連接到丘腦上一簇特殊的神經元——丘腦核，再由丘腦核連接到各個特定的大腦皮質區域，這就是「丘腦－皮質系統」（包括丘腦－皮質特異性投射系統和丘腦－皮質非特異性投射系統）。

曾獲1972年諾貝爾生理醫學獎的美國生物學家傑拉爾德‧埃德爾曼（Gerald Maurice Edelman）發現，丘腦－皮質系統中的折返式神經連接，是促成高級意識出現的物質基礎。他認為，高級意識的思維模式有2種，分別是邏輯和選擇。邏輯可用於證明定理，卻不能用來選擇公理（編註：沒有經過證明，但被當作不證自明、用來推導其他命題起點的命題）；而人的創造性來自後者，例如：對數學公理的選擇。但是，邏輯能用來消除多餘的創造性模式。從生物進化角度來看，意識正是邏輯和選擇這兩種思維模式之間平衡的體現。

意識反映了我們的區分能力和辨識能力。意識與個人的身體、大腦以及二者和環境之間的互動經歷密切相關，因此必然因人而異。每個人的經歷都是獨一無二的，任何兩個個體，哪怕是雙胞胎，都不會有完全一樣的意識狀態。即便是同一人的不同時期，也幾乎沒有完全一樣的意識狀態。

自由意志屬於意識中具創造性的部分。畢竟僅靠邏輯推演，我們無法發現新世界。人類社會歷史上的高光時刻往往具有創造性、獨特性，體現了思維超越邏輯推演的一面，而這在某種程度上正是自由意志的充分展現。

社會化的大腦

《三體》中，希恩斯認為，廣告和好萊塢文化能影響人的選擇。的確，人在做出選擇的時候，除了受到個人經驗、生理、遺傳因素等影響，無疑還受到來自社會的影響。

神經科學中，科學家過去在研究自由意志時，更多關注的是個人心理，即單一大腦做出選擇時的狀態，而忽略了社會互動的影響，即多個大腦在互動中如何做出選擇。實際上，一個人的行為會受到其他人的行為影響，要想更充分地理解自由意志，就必須考察整體，而不是孤立的單一大腦。畢竟人類社會是一個複雜系統，當眾多的人類個體組成一個社會時，就可能湧現更多的新特性。

對人類嬰兒的心理學實驗表明，人的許多社會能力是與生俱來的，這

顯然與數萬年以來人類的社會化演進有關。牛津大學的人類學家羅賓・鄧巴（Robin Dunbar）發現，靈長類動物的大腦規模和社會群體規模相關，大腦新皮質愈大，社會群體就愈大。

如果一個人能更好地適應群體社會規則，就可以更成功、生存和繁衍的機率就更大。人類開始定居生活後，文明逐漸興起，為複雜的社會行為和社會性大腦提供了可蓬勃發展的環境。環境不斷改變和影響著人們的行為和思維，乃至於基因體（編註：個體所有遺傳物質的總和）。葛詹尼加將這個現象稱為「文明與大腦的協同進化」。社會群體約束個體行為，而個體行為則塑造社會群體進化的類型。

複雜的社會互動，還源於我們理解他人精神狀態的能力。1978年，美國心理學家大衛・普雷馬克（David Premack）提出，人類天生就有理解他人慾望、意圖、信仰和精神狀態的能力，這就是著名的「心理理論」。1990年代，義大利神經生理學家賈科莫・里佐拉蒂（Giacomo Rizzolatti）在研究恆河猴時，發現恆河猴前運動皮質某個區域的神經元，不但在牠做出動作時會興奮，在看到別的猴子或人做相似的動作時也會興奮。里佐拉蒂將這類神經元命名為「鏡像神經元」，並使用正子造影等手段發現人類也有鏡像神經元，使科學界引起巨大反響。

人類個體發育早期的社會化發展就是從模仿他人開始，且一生中會不斷模仿。我們會透過鏡像神經元模仿別人的動作、理解他們動作的意圖、模擬他們的情緒，並與他人展開交流，這就是「共情」能力。鏡像神經元會在觀察和模仿之間建立神經聯繫，構成情緒的神經基礎。我們對他人的評價、換位思考和情緒反應等心理活動也正源於此，這些自動反應產生於整個大腦皮質的不同部位，為我們進行社會交流和道德判斷提供了資訊。

當我們遇到問題時，先天內置的道德行為往往會先噴湧而出，之後大腦才對自己所做的行為進行解釋。面對道德挑戰，人類的行為雖然可能是一致的，但理由不盡相同，因為我們的行為和判斷總是受到家庭、社會和文化的影響。關鍵在於，我們總是真切地相信自己找到的解釋，而這些解釋會成為我們人生中有意義的部分。葛詹尼加指出，人與人不同之處不在

於行為本身，而在於對自己的行為或反應做出怎樣的理論解釋。換言之，人類一切矛盾衝突的源頭，就是無法處理自己的解釋和他人的解釋之間的不一致。理解這一情況，有助於不同信仰體系的人們和睦相處。

當我們表現得社會化時，我們認為是自己在發布命令和進行控制，但實際上這種自主的想法只是一種幻象，我們其實比自己所期望的更依賴他人。我們希望成為團體的一份子，就必須控制舉止，不能只做自己想做的事，而要考慮如何被他人接受；我們希望得到他人的評價，就要能先估計別人是如何看待我們的。正像美國社會學家查爾斯‧庫利（Charles Horton Cooley）所說：「我不是我以為的我，我也不是你以為的我，我是我以為你以為的我。」這句話雖然很像繞口令，卻道出了人們在社會化中的實際表現。

沒有完全的自由

經由以上分析就能發現，由於受到社會化約束，所謂的自由意志並非完全自由，但也絕非決定論式的。儘管人們面對選擇時採取的行為可能一致，卻會對此給出完全不同的解釋，並且對自己的價值判斷深信不疑。

在觀點相互對立的決定論派和自由意志派之間，還存在著相容論派。**相容論認為即使世界受因果律支配，我們依然有自由意志。**人可以自由地做願意做的事，但無法做違背自己本性的事。相容論裡，自由意志就像是微觀神經元活動在宏觀因果世界裡湧現出的新屬性。

人們從相容論的角度來看待世界並參與社會生活，是更安全和可被接受的。即便宇宙的命運可能已經註定，但是作為個體，我們還是應該認真生活，並在這個過程中發現自己的使命、體會生命存在的意義。

如果說自由意志指我們想要自由地做決定，那麼這裡的「自由」到底意味著我們想脫離什麼、又想獲得什麼呢？葛詹尼加曾經有一段發人深思的精彩論述——我們並不希望脫離個人的生活體驗，因為要做決定，生活體驗必不可少；我們也不想脫離自己的性格氣質，因為我們得靠此指引我

們做出決定；我們甚至不希望脫離因果關係，畢竟我們一直都靠此來預測事物；當然，我們更不希望脫離人類成功進化出來的決策能力；最終，我們顯然也不希望透過逃離自然規律來獲得所謂的自由。

其實，自由意志的真正意義也許並不在於能做什麼事情，反倒是可以「選擇不做」什麼事情。人生在世，很多人都主要關注自己得到了什麼；然而人生正像「捨得」一詞，有捨才有得，要想有所得就必須懂得捨棄，這是一種從古代中國傳承下來的人生智慧和態度。《道德經》的最後一章中寫道：「道常無為，而無不為……不欲以靜，天下將自定。」藉由觀察宇宙，我們發現，天道順其自然而無所作為，卻又是無所不為的。人如果能摒除貪慾，就會獲得恬靜和安寧，社會也會達到和諧而穩定的狀態。

最後不得不提及，在自由意志與決定論的爭端中，出現的各種名詞概念很容易引起混亂。例如：我們可以說人的行為是符合自然法則的，但可能並不能說個體的行為是被自然法則決定的，否則就會產生誤導——以為自由意志總是與自然法則相衝突，而後者總是比人強大，可以決定人的行動，無論你是否願意。

真正的情況也許是人的意志與自然法則根本不衝突，因為自然法則就是對宇宙中的人和其他存在如何採取行動而進行的描述。從這個角度來看，自由意志的爭論很大程度上源於將現實分別歸於「人」和「非人」這兩個對立概念。然而實際上，人與自然是一個連續的整體。

機器有自由意志嗎？

自由意志這個兼具科學性和哲學性的話題已經被討論了千百年，相關爭論今後也將繼續下去。而在今天，探討這個話題又多了一些現實意義，因為我們處於訊息技術飛速發展的時代，人工智慧領域也在不斷地發展。但對大腦理論最驚人的應用成果，也許將是對人工意識的構建——人工智慧機器。這個由人一手創造的存在，會在某一天產生自由意志嗎？會按照

自己的意願行動嗎？或者我們可以把問題換成，意識在多大程度上依賴與其關聯的生物身體結構？意識能獨立於這種結構嗎？

因「白熊實驗」而享譽心理學界的美國著名社會心理學家丹尼爾・韋格納（Daniel Wegner）認為，自由意志經由3步驟形成：關於行動的念頭→行動→認為是有意識的思想引起行動。這帶給我們在思考機器是否有自由意志時一些啟發，既然人有反思和內省的能力，電腦是否有呢？

這個問題目前我們還不知道，不過經過前文的討論，相信各位已經知道人類是否有自由意志仍是懸而未決的問題，此時談論機器的自由意志似乎太超前了。既然大多數人都同意意識是智慧生命的特有現象，不妨將上面的問題降低一個層次——機器或電腦是有生命的嗎？

這問題顯然涉及了生命究竟是什麼。這在學界至今未達成共識，但大多數學者同意生命要素包括新陳代謝、自我複製、生存本能、進化和適應。

自我複製也是生命要素之一。生物細胞中的DNA攜帶遺傳訊息，其中不僅編碼了細胞在自我複製時用來解開和複製自己的酶的程序，還包含將自己轉譯成酶的解釋器。最早深刻認識到計算和生物之間存在聯繫的科學家是約翰・馮紐曼，他提出電腦的「細胞自動機」模型，認為電腦也有DNA的特性，因為其既包含自我複製程序，也包含解釋自身程序的機制。

細胞自動機是人工生命科學理論最具開創性的理論之一，從原理上證明了自我複製的機器的確可能存在，並且提供了自我複製的邏輯。這一理論具有深遠的影響。

1960年代初，一些科學家開始在電腦中進行「進化計算」實驗。美國心理學和電腦科學家約翰・霍蘭德研究了生物如何進化以應對環境變化和其他生物，以及電腦系統是否可透過類似的規則對環境產生適應性。1975年，他在《自然和人工系統中的適應》（*Adaptation in Nature and Artificial Systems*）一書中提出著名的「基因演算法」，即通過一組適應性函數的反覆迭代運算，自動從隨機候選群中選出具很好適應度的最佳策略，猶如生物種群的進化和適應現象。時至今日，基因演算法已經廣泛應用於科學和工程領域，解決許多難題，甚至還被應用到美術、建築和音樂創作等領域中。

隨著資訊時代來臨，資訊和計算日漸成為科學寵兒。生物學中，將生命系統看作一種訊息處理網絡也已成為潮流。有人提出「大腦就是電腦」，即我們的思維基本上和一台非常複雜的電腦行為一樣。既然宇宙中所有物理活動只是龐大的計算過程，我們的大腦應該也能視為一台電腦。當計算變得非常複雜時，大腦便開始獲得與「精神」有關的主觀認識。於是問題變為，當一台電腦具有與人腦相當的複雜性時，在對訊息的處理過程中，是否也可能產生意識和目的呢？當然，這一問題目前還沒有確切的答案。

「我」從哪裡來？

　　20世紀上半葉，科學面臨的最大挑戰之一是要回答千百年來籠罩在神祕主義和玄學氛圍中的問題：「自我的本質是什麼？」

　　千百年來，哲學家都假定在大腦和心智之間，有一道無法逾越的壁壘。然而，根據印度裔美國神經科學家維萊亞努爾・拉馬錢德蘭（Vilayanur Subramanian Ramachandran）的看法，也許這道壁壘根本不存在，這只是由語言引起的問題。拉馬錢德蘭認為，宇宙最核心的問題是，為什麼對事物的描述總有2種平行的方式：第一人稱方式（如：我看到了紅色）和第三人稱方式（如：當波長為600奈米的光刺激他腦中的某通路時，他說自己看到了紅色）。

　　拉馬錢德蘭指出，上述這2種平行的陳述方式，實際上只是2種不同的表達語言而已。一種是神經脈衝的表達，也就是神經活動的結果，讓我們認為自己看到了紅色；另一種則是要告訴別人我們看到了什麼顏色的語言。前者涉及的是不同腦區之間的訊息傳導，而後者則是兩個人之間的交流。如果能跳過交流的語言，取一條神經通路從一個人腦中的顏色處理區，直接連接到另一個人腦中的顏色處理區，就可以把顏色訊息從一邊傳到另一邊，而無需中介翻譯。這樣一來，當一個人要給一名天生的盲人解釋什麼是紅色時，就可以直接將自己看到顏色時的神經脈衝訊號傳遞到對方的色覺區，盲人或許會叫起來：「天哪，我真正明白你說的是什麼意思

了！」儘管目前這個設想還很難實現，但從原理上來講完全有可能。

為什麼這兩種陳述方式如此不同，不只有第三人稱這一種陳述呢？

對物理學家和神經科學家的客觀世界觀來說，只有第三人稱陳述的內容才是實際存在的。英國哲學家奧坎（William of Ockham）提出一種將論題簡化準則，即「奧坎剃刀法則」——如無必要，勿增實體。該法則認為，在解釋未知現象的各種可能理論中，簡單比複雜好。按照這個道理，第一人稱就是多餘的（而這恰恰意味著自我意識根本不存在）。不僅如此，科學家認為來自外部的數據是客觀而可靠的，而來自內部的數據是主觀且不可靠的，所以在客觀科學中根本不需要以第一人稱的方式進行描述。

我們大腦神經元裡的離子流和電流，怎麼會產生像紅色、溫暖、疼痛這種主觀的知覺感受呢？這在今天依然是未解之謎，而哲學家將這一難題稱為「主觀體驗特性問題」（編註：相關詞語還有「感質」，指個人直接體驗的主觀感受）。一些哲學家認為，意識和主觀體驗都是副現象，因為我們完全可以想像一個無魂的機器人做有意識的人所做的每件事。但是，這些副現象真的可以被「剃刀」剃掉嗎？

並非多餘的意識

如前所述，受到推崇的奧坎剃刀法則認為，為了客觀、真實、全面地描述大腦是怎樣工作的，客觀科學研究中並不需要體現主觀體驗特性。這是一條有用的經驗法則，但是有時也會成為科學發展的障礙。

我們知道，絕大多數的科學理論都發端於大膽的猜測。例如：相對論的發現就不是奧坎剃刀法則應用於已知宇宙知識的結果，反倒是拒絕採用這個法則的結果。當時，愛因斯坦推廣的並非已有知識所必需的內容，而是一種出乎意料的預言（當然，後來的物理學發現他的理論在更高層次上亦是簡潔的）。更進一步來說，絕大多數的科學發現似乎都不是運用奧坎剃刀法則的結果，反倒是從看起來似乎很雜亂的猜想中產生的。畢竟宇宙的內涵廣大

且豐富，而奧坎剃刀法則顯得過於簡單劃一了。

最後，我們又回到這個令人困惑的問題：「我們豐富的精神活動，包括所有思維、感受、情緒和自我，究竟是如何從腦中這些小小神經元的活動中誕生的呢？」生命在宇宙中也許是一種常見現象，在弄清楚生命和意識的湧現問題之前，我們對宇宙的理解是非常有限的。研究湧現問題，有助於我們理解智慧生物能依靠其自由意志來適應和改造環境到什麼程度。

《三體Ⅲ》中，丁儀在臨終前對學生白艾思說了一番意味深長的話。

> 「首先回答我一個問題。」丁儀沒有理會白艾思的話，指指夕陽中的沙漠說：「不考慮量子不確定性，假設一切都是決定論的，知道初始條件就可以計算出以後任何時間斷面的狀態，假如有一個外星科學家，給他地球在幾十億年前的所有初始數據，他能透過計算預測出今天這片沙漠的存在嗎？」
>
> 白艾思想了想說：「當然不能，因為這沙漠的存在不是地球自然演化的結果，沙漠化是人類文明造成的，文明的行為很難用物理規律掌握吧。」
>
> 「很好，那為什麼我們和我們的同行，都想僅僅透過對物理規律的推演，來解釋今天宇宙的狀態，並預言宇宙的未來呢？」
>
> 摘自《三體Ⅲ》

意識對整個宇宙有多重要呢？缺少任何有意識居住者的宇宙能否存在？物理定律是不是為了允許有意識的生命存在而被特別設計出來的？

羅傑・潘洛斯在《皇帝的新腦》（*The Emperor's New Mind*）一書中曾發出這樣的感慨：「意識是如此重要，簡直不能相信這只是從複雜計算而來。」正是由於有了意識，人們才有機會知道宇宙的存在。假如宇宙由「不允許意識存在」的定律制約，那宇宙就根本不是宇宙。迄今為止，人類提出很多數學理論用以描述宇宙，但如果按照這些理論描述，宇宙都達不到能允許意識存在的標準。然而神奇的是，我們又只能透過意識描述宇宙。

第十章　星星的咒語
——邏輯的邏輯

　　宇宙社會學是在《三體》中出現的概念，最早由葉文潔提出。面壁者羅輯建立了該學科的主要理論——黑暗森林。《三體》中，這一理論推動了情節發展，羅輯藉此幫助人類與三體文明達成威懾平衡。

　　黑暗森林法則是羅輯在2條宇宙公理的基礎上，以邏輯推理所得。這個法則可靠嗎？真的是對宇宙真相的反映嗎？

 關 鍵 詞

　　宇宙社會學、定律、公理、定理、三段論推理、公理化建構方法、歐幾里得幾何、羅巴切夫斯基幾何、黎曼幾何、集合論、無窮集合、公理化數學、羅素悖論、數學的一致性問題、哥德爾不完備定理

最後的救世主

　　小說中，羅輯是一名教社會學的普通教師。本來他的人生軌跡跟抵抗三體人沒有任何關係，然而正在吃瓜的他突然被帶到聯合國大會上，並莫名其妙地被指定為面壁者。他最初的反應是拒絕和逃避，但之後聯合國以他的妻兒作為籌碼，最終逼迫他進入面壁者的狀態，開始工作。在思考自己身上為什麼會發生這樣的事時，羅輯想到這一切也許是因為自己和葉文潔認識。8年前，葉文潔曾勸他研究一門新學科——宇宙社會學。羅輯沿著這條思路深入思考下去，一下子豁然開朗。

　　他找到聯合國，提出要利用太陽的電波放大功能，向宇宙發射一條電波訊息，內容是一顆普通恆星187J3X1的位置。他告訴聯合國，這是一句毀滅性的咒語，但人類最快也只能在100年後觀測到咒語的結果。185年後，面壁計畫廢止，羅輯從冬眠中被喚醒。就在當年羅輯發出咒語時，三體艦隊發射了10個小型飛行器，加速向地球飛來，速度非常快，此時其中的一個已經出現在太陽系中。由於其外形像一個水滴，人們便稱之為「水滴」。水滴消滅了人類幾乎所有的戰艦，並用無線電干擾封鎖住太陽的電波放大功能。從此，人類的任何咒語都無法再發射到宇宙中。

　　就在人類精神崩潰之際，有人發現那顆被羅輯施了咒語的星星，早在51年前就爆炸了。觀測紀錄表明，有一個體積很小的東西以接近光速的速度將之摧毀，其周圍的4顆行星也在爆炸中被毀滅。而且其發生的時間與羅輯預言的幾乎完全一致，人們相信這一定是羅輯的咒語起了作用。既然羅輯可以決定一顆距離我們有50光年的星星的命運，那他一定也能拯救地球和人類。

　　羅輯的「魔法」到底是什麼呢？這涉及小說第二部的核心——宇宙社會學，只不過這個問題的答案是在小說第二部的最後2、30頁才揭曉。

面壁者的榮耀

宇宙社會學是在《三體》裡首次被提出的。社會學是研究人類社會結構和活動的一門現代科學。小說認為，假如宇宙中文明普遍存在且數量龐大，這些文明就會構成一個更大的社會，可以稱之為宇宙社會。每個文明都是這個社會中的一員，宇宙社會學研究的就是這個超級社會的形態。

當年葉文潔曾經告訴羅輯，宇宙中有2個不言自明的公理假設：其一，生存是文明的第一需要；其二，文明不斷增長和擴張，但宇宙中的物質總量保持不變。葉文潔還提示了另外2個重要的概念：猜疑鏈和技術爆炸。憑著這些訊息，羅輯獨自思考，得出宇宙社會學的核心思想——黑暗森林法則。

這個理論認為，儘管宇宙很大，但是物質總量有限；另一方面，宇宙充滿生命，隨著生命數量的增長，不同生命群落發展出的文明對環境資源的需求也會呈指數增長，最終文明會面臨資源不足的局面，這就是文明的「生存死局」。於是，在進化過程中，為了自己的生存，文明之間的關係就註定是競爭，而不是合作。因此能做的只有2件事——隱藏自己、消滅他人。在這樣的黑暗森林中，他人就是地獄、就是威脅，任何暴露自己存在的文明都將很快被消滅。

羅輯為了驗證這個理論，隨便選了一顆離我們50光年遠的恆星，並將其位置座標向全宇宙進行廣播。結果，這顆恆星很快就被不知來自何方的攻擊消滅了。由此看來，這個理論似乎得到了驗證。只是由於光速有限，人類在100多年後才觀測到結果。

（羅輯：）「你仔細想想就能明白：一個黑暗森林中的獵手，在凝神屏息的潛行中，突然看到前面一棵樹被削下一塊樹皮，露出醒目的白木，在上面用所有獵手都能認出的字標示出森林中的

一個位置。這獵手對這個位置會怎麼想？肯定不會認為那裡有別人為他準備的給養，在所有的其他可能性中，非常大的一種可能就是告訴大家那裡有活著的、需要消滅的獵物。標示者的目的並不重要，重要的是黑暗森林的神經已經在生存死局中繃緊到極限，而最容易觸動的就是那根最敏感的神經。假設林中有一百萬個獵手……肯定有人會做出這樣的選擇：向那個位置開一槍試試，因為對技術發展到某種程度的文明來說，攻擊可能比探測省力，也比探測安全，如果那個位置真的什麼都沒有，自己也沒什麼損失。現在，這個獵手出現了。」

摘自《三體Ⅱ》

185年前，當三體得知羅輯在做星星咒語的實驗時，就立即派出水滴探測器前往地球，企圖封鎖太陽這個電波放大器，讓地球人再也不能向宇宙發出任何咒語。可見，三體早就知曉黑暗森林法則。

揹負著救世主名聲的羅輯再也發不出針對三體星的咒語，大家對他愈來愈失望。但最終，羅輯依靠計謀，以自己的性命為賭注，在人類與三體人之間達成威懾平衡。三體艦隊轉向，不再進入太陽系。三體人承認，對前3位面壁者計畫的輕視導致他們對羅輯工作的忽視。羅輯說那些面壁者都是偉大的戰略家，他們看清了人類在末日之戰中必然失敗，並努力為人類找到出路。

其實，從羅輯的威懾計畫的技術細節來看，他的確借鑒了其他面壁者的計畫。例如：他的計畫中用到的恆星型核彈就是雷迪亞茲計畫的產物，而他手腕上戴的能觸發核彈爆炸的手錶，也是受到雷迪亞茲從聯合國脫身之計的啟發，才被創造出來。

此外，羅輯和雷迪亞茲的計畫都是自己手裡掌握著核彈的引爆開關，並以此來要挾三體人。二者看起來似乎都是與三體同歸於盡的策略，但真的是完全一樣嗎？

仔細閱讀，我們會發現雷迪亞茲希望掌控的是能毀滅整個太陽系的核

彈開關，而羅輯手中掌控的卻是能向全宇宙發射三體星座標的核彈開關。兩者的涵義完全不同。

雷迪亞茲的計畫，就像是用槍口指向包括自己在內的全人類，威脅三體說：「你別過來！你要是敢過來，我們就死給你看。」顯然，這個計畫不可能對三體文明及其母星造成實質性的威懾，只可能在毀滅太陽系之後，使三體艦隊失去既定目標，迷失在茫茫太空中而已。

與此相對，羅輯的計畫則是以暴露三體星的位置為條件，與三體文明進行談判，這對敵人的威懾力完全不同。假如三體文明不乖乖就範，那來自宇宙黑暗森林的打擊隨時都可能降臨在三體星上，三體文明將被徹底消滅，這個代價顯然太大了。懂得黑暗森林法則的三體文明應該是明白的。

孤獨的拯救者

羅輯的黑暗森林法則以及他的面壁計畫，在他自己親自實施前是不能公之於眾的。這與國際社會對前幾位面壁者所採取的嚴厲措施有關。

儘管暴露三體星位置能使其遭受無情的黑暗森林打擊，但在這場宇宙遊戲中，接著滅亡的也許就是地球。因為銀河系裡，太陽系離三體星系最近，而且葉文潔還曾與三體星有過幾次無線電波交流。這些訊息足以使宇宙中的高等文明從三體星出發，定位與其臨近的太陽系。所以，羅輯的計畫不能提前告知國際社會，否則同樣會被認定犯有反人類罪而受到制裁。

這也是為什麼4位面壁者中，三體人唯獨沒有給羅輯安排破壁人的緣故。三體人說，羅輯是他自己的破壁人。換言之，如果羅輯沒有悟出黑暗森林法則，就發揮不了什麼用處。即使他發揮出色、認識到這個理論，也不可能告訴別人，因為國際社會不會容忍他拿整個人類文明做賭注去實施這個計畫。

更詭異的是，三體人也不能提前把黑暗森林法則告訴ETO，讓他們成為羅輯的破壁者。因為當時整個人類還沒人知道這個理論，告訴ETO就等

於告訴全人類，當羅輯被破壁時，ETO必定會公布他的計畫和這個理論。一旦人類社會知道這個理論，就可能在關鍵時刻首先發起黑暗森林打擊來對付三體人，這對三體人將十分不利。所以，三體人只能寄希望於羅輯早點死，或者他根本悟不出這個理論。

這樣看來，羅輯註定只能孤身一人執行這個計畫，即便在太陽系中部署幾千顆核彈，也不能把真正的目的告訴別人。這位有能力拯救整個人類的英雄，實際上是用自己的生命作為籌碼，來參與這場宇宙賭博遊戲。羅輯以自殺並向宇宙廣播三體星位置為威脅，給三體文明30秒的考慮期限。關鍵的30秒內，如果智子沒有回應，羅輯就只有死路一條。假如理論不完善、不成立，羅輯自殺、核彈引爆，三體星並沒有遭到黑暗森林打擊，他的犧牲就真的一點意義都沒有了。

反覆閱讀小說後還會發現，充當人類救世主的面壁者，在邏輯上必定是一個矛盾共生體。這位英雄一方面要對人類有愛意、感情，才願意以自己的生命為代價來保護整個人類；另一方面又要被人類深深傷害過，才能擁有敢於毀滅全人類的決心。二者相互矛盾，卻又缺一不可，說明人性是十分複雜的。

綜觀《三體II》，羅輯這個角色最為鮮活和立體。一開始，他只是一個「小混混」，日子得過且過、沒有社會責任感。後來隨著周遭人事物的變化，他的人生觀和價值觀也慢慢改變，不管最初是不是逼不得已，他都成了人類的拯救者。這位孤獨的英雄獨自冷靜而勇敢地面對強大的三體文明，直至最後成為太陽系文明唯一的守墓人。羅輯這個人物的成長過程令人佩服，給讀者留下深刻印象。

黑暗森林法則是宇宙定律嗎？

放下小說，讀者往往會發出疑問：「現實中的宇宙難道真的處於黑暗森林狀態嗎？」我們不妨試著從科學角度，對這一理論的建構過程進行反思。

《三體Ⅱ》的最後，羅輯向大史介紹他的理論。

（羅輯：）「誰都能懂，大史，真理是簡單的，它就是這種東西，讓你聽到後奇怪當初自己怎麼就發現不了它。你知道數學上的公理嗎？」

（大史：）「在國中幾何裡學過，就是過兩點只能畫一根線那類明擺著的東西。」

（羅輯：）「對對，現在我們要給宇宙文明找出兩條公理：一、生存是文明的第一需要。二、文明不斷增長和擴張，但宇宙中的物質總量保持不變。」

（大史：）「還有呢？」

（羅輯：）「沒有了。」

（大史：）「就這麼點兒東西能推導出什麼來？」

（羅輯：）「大史，你能從一顆彈頭或一滴血還原整個案情，宇宙社會學也就是要從這兩條公理描述出整個銀河系文明和宇宙文明的圖景。科學就是這麼回事，每個體系的基石都很簡單。」

摘自《三體Ⅱ》

由此可知，小說中的黑暗森林法則是從簡單的公理假設出發，進行邏輯推演，最終得出的結論，並不是對現實世界物理規律的總結，因此還不是宇宙定律。為什麼這麼說呢？我們先來看看定律與公理、定理有什麼不同。首先，「定律」一般出現在物理、化學等自然科學中，是對客觀事實規律的描述、以大量具體事實歸納得出的結論，例如：著名的萬有引力定律。定律是從特殊推導至一般、由局部推導至整體，因此常出現已有定律失效或不成立的情況，但這也是科學進步和發展的新起點。

與定律有所不同，「公理」指在某門學科中不需要證明而必須加以承認的陳述，實際上是不證自明的前提假設。在公理假設的基礎上，經過嚴格的邏輯推理和證明得到的結論，就叫作「定理」。人們常用定理來描述事物

之間的內在關係。定理具有內在嚴密性，不能有邏輯上的矛盾。數學中，重要的陳述一般被稱為定理，如：人們熟悉的勾股定理等。公理和定理的區別主要在於，公理的正確性不需要用邏輯推理證明；而定理則是以公理為前提，其正確性需要靠邏輯推理來證明。

由上述分析，我們可以看出，定律出自對現象規律的歸納，而定理則是從公理出發、以邏輯推理和演繹得來。

根據《三體》設定，三體危機到來之時，除了知道三體文明的存在，人類並沒有發現任何其他宇宙文明，更無從談起對宇宙中眾多文明之間的互動關係進行歸納總結。可見，宇宙社會學以及黑暗森林法則不屬於定律的範疇。

在從公理推導到定理的過程中，最簡單和最常使用的邏輯演繹法是「三段論推理」。這是從一個一般性原則（大前提）及一個附屬的特殊化陳述（小前提）出發，引申出結論的過程。舉例來說，大前提是「所有人都會死」，小前提是「亞里斯多德是人」，結論就是「亞里斯多德會死」。三段論推理是人們進行數學證明、科學研究時常採用的思維方法之一，為演繹推理中一種簡單且正確的形式。

古希臘時期的幾何學，就是建立在公理和三段論推理的基礎之上。幾何學中，公理被稱為「公設」。西元前300年，歐幾里得（Euclid）在劃時代的數學鉅作《幾何原本》（*Elementorum*）中，從最基本的5條公設出發，依靠其智慧的頭腦和嚴密的邏輯演繹法，建立一套完整的幾何學體系——歐幾里得幾何學，這是最早使用公理化方法建立的數學演繹體系典範。

結合《三體》的情節，若將羅輯推導黑暗森林法則的主要過程以最簡潔的三段論式表達，應該是以下這樣。

大前提：宇宙物質資源總量不變；文明數量快速增長。

小前提：文明生存需要物質資源。

結論：文明為了生存而爭奪物質資源。

不難看出，從構建方法上看，《三體》中的黑暗森林法則與幾何學類似，是從公理出發、經邏輯演繹得出的一種宇宙社會學理論。

共生共存的森林

《三體》作為一部科幻小說，是融合了科學與想像力的文學作品，因此黑暗森林法則作為重要內容之一，也理應遵循科學理論構建的一般規律。

如同前述的歐幾里得幾何學，現實中一門學科的所有命題，都可以從最初的一些公理出發，並按照邏輯推證出來。換言之，公理是推導其他命題的起點。若將一門學科比作一幢大樓，該學科的公理就像大樓的地基，整幢大樓必須以此為基礎建立。

可見，要論證黑暗森林法則的合理性，首先應該考察其前提──2條宇宙公理的合理性。這2條公理分別是：生存是文明的第一需要；文明不斷增長和擴張，而宇宙中的物質總量保持不變。

作為理論基礎，這2條公理是充分的嗎？

到目前為止，茫茫宇宙中，我們只在地球上發現生命。接下來就以地球自然界和人類文明為例，來討論這2條公理吧。

只有整個生態系統得到平衡和穩定，生命才有存在基礎。經過億萬年演化的地球是自然法則的鐵證──弱肉強食、只由少數生物壟斷所有生存資源並不可取，只有共生共存，各物種才能延續下去。

以地球上最常見的植物、動物、菌類為例，三者不僅分別是食物鏈中的生產者、消費者、分解者，還兩兩形成共生關係。一方為另一方提供有利於生存的幫助，同時獲得對方的幫助。這三者共同生活在天地間，相互依賴、彼此有利；倘若分開，反而無法生存。

綜觀地球演化歷史，不乏雄踞群首、獨霸一方的物種，然而在生態系統制約下，沒有哪個物種能憑藉著以自我生存為第一、無限占有資源來長久延續。生物與生物之間、生物與環境之間，既互相影響又相互制約。所謂「木秀於林，風必摧之」，大自然總能達到最微妙的平衡。

人類文明的發展過程，也一次次證明了生存第一、無限擴張的不可持

續性。工業革命後，人類社會經過300多年突飛猛進的發展，既取得了輝煌成就，也體會到生態環境惡化的苦果。20世紀中葉，有許多人醒悟過來：為了單方面利益而過度開發環境是不可持續的，強權只能給所有人帶來災難，人類只有在內部進行合作，整個社會才能快速發展。1962年，美國海洋生物學家瑞秋・卡森（Rachel Carson）發表了震驚世界的生態學著作《寂靜的春天》（Silent Spring），描述農藥造成的生態公害，喚起公眾對環保事業的關注。老子說：「天地不仁，以萬物為芻狗。」生存和競爭儘管是生命個體存在的先決條件，卻並非大自然物種存續的終極規律。事實證明，小說中提出的2條公理並不能充分成立。

既然如此，根據這2條公理得到的黑暗森林法則也並非無懈可擊。

在宇宙中隱藏自己是無奈之舉，但是率先發起攻擊、肆意消滅他者的一方，在黑暗森林中也存在暴露的風險。此外，羅輯在推導過程中，使用了葉文潔曾告訴他的2個概念——猜疑鏈和技術爆炸，這也許並不是文明存亡問題的關鍵。舉例來說，當黑暗森林中的雙方文明存在較大的水平差異時，就根本不存在猜疑鏈；再者，在逃跑的人類太空戰艦之間發生的黑暗內戰，其起因跟這兩個概念也沒有必然聯繫。

無論是從公理的合理性和充分性，還是從推理的邏輯嚴密性等角度入手，讀者都可以質疑、甚至推翻小說中的黑暗森林法則。網路上也有很多反駁黑暗森林法則的聲音，例如：既然生存最重要，那為什麼還有捨己為人的事情出現？在廣袤的宇宙中，難道容不下人性與道德嗎？還有讀者認為，處在不同維度中的文明，資源並不是彼此爭奪的對象。諸如此類的思考可以廣泛展開，本書就不再贅述。

第5公設與數學新發現

接下來，讓我們暫時離開小說的具體情節，從數學和邏輯角度，分析和探討公理化系統的建構方法，看看在更底層的邏輯上，宇宙公理和黑暗

森林法則是否可能存在根本謬誤。因為黑暗森林法則的建立方法與幾何學類似，下面我就先從幾何學說起。

當年歐幾里得在構建平面幾何學時，首先提出5條不證自明的公設，其中前4條為：1.任意兩點可以畫一條直線連接；2.一條有限的線段可以延長；3.以任意點為中心及任意的距離可以畫圓；4.凡直角都彼此相等。

歐幾里得的第5條公設又稱為「平行公設」，比前4條都複雜。蘇格蘭數學家約翰‧普萊費爾（John Playfair）對其做了簡化，才成為今天我們十分熟知的表述：「給定一條直線，通過此直線外的任何一點，有且只有一條直線與之平行。」

自歐幾里得幾何學建立以來，2千多年間得到無數應用，對科技進步和社會發展做出了巨大貢獻。然而，還是有很多人提出，第5公設不能作為默認正確的假定。於是，人們猜想第5條公設不是獨立的，並試圖用前4條公設來推導、證明。這成為數學史上最經典的難題之一，許多科學家的努力都無疾而終。直到1868年，義大利數學家歐金尼奧‧貝爾特拉米（Eugenio Beltrami）終於證明了第5公設獨立於前4條公設。

然而，歷史上的那些努力並非毫無用途，在試圖解決這個難題的過程中，人們意外發現了新的幾何學。研究第5公設時，人們發現，作為歐幾里得幾何學的基礎，其平面本身是未加定義的！儘管在人們的頭腦中，直觀地默認這是一個可無限延伸的理想化「平坦」平面，但實際上嚴格地講，應該先對平面進行定義才行。後來人們又發現，第5公設正是對平面及其性質的定義，是歐幾里得幾何學得以成立的基礎。不僅如此，有人意識到，如果保持前4條公設不變、將第5公設稍加改動，就會得到另一套完全不同的幾何學。

19世紀上半葉，俄羅斯數學家尼古拉斯‧伊萬諾維奇‧羅巴切夫斯基（Nikolas lvanovich Lobachevsky）投身於第5公設的研究中。他試圖運用反證法來證明第5公設，結果意外發現，當他假設「過直線外的一點，有不只一條直線與已知直線平行」時，可以推演出一套全新幾何學。1826年，羅巴切夫斯基創立了這種新的非歐幾里得幾何學——羅巴切夫斯基幾何，簡

稱「羅氏幾何」。在他修改的第5公設中，這種幾何學所依賴的平面是「雙曲面」。

在此之後，德國數學家黎曼（Bernhard Riemann）也對空間和幾何進行深入研究，與羅巴切夫斯基不同，他將第5公設改為：「過直線外的一點，不存在一條直線與已知直線平行。」以此為基礎，他於1854年創立了另一種非歐幾里得幾何學——黎曼幾何。與歐氏幾何的平坦平面、羅氏幾何的雙曲面平面都不同，黎曼幾何中的平面是「球面」。例如：地球表面就可以看作一個球面，在這種情況下，只有黎曼幾何才真正成立。

至此，歐氏幾何、羅氏幾何、黎曼幾何成為3種不同的幾何，基於不同的公理假設，各自都建立了一套嚴密的命題體系。各公理之間滿足和諧性、完備性和獨立性的條件，因此在數學上都是正確的，但這三者之間又是不兼容的。

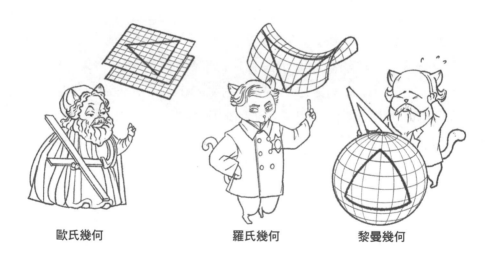

歐氏幾何　　　　　　羅氏幾何　　　　　黎曼幾何

歐氏幾何、羅氏幾何和黎曼幾何

結合《三體》就會發現，若將宇宙公理稍加更換，就有可能像構建非歐幾里得幾何（即羅氏幾何、黎曼幾何）那樣，建立起另一種更加「光明」的宇宙社會學理論體系。其實，《三體》的作者在小說第二部的末尾，就表達了美好的願望——也許有一天陽光會照進這片黑暗森林。

本書不打算繼續深入探究其他宇宙社會學理論，只希望透過對數學定理的探討，找到這個公理化體系在底層邏輯上可能存在的問題。

數學是發現還是發明？

數學作為人類最精妙的創造之一，不僅是理性思考的典範，還是使科學保持充分嚴謹的支柱。那麼數學及其建構方法是不是完善的呢？本身是否也存在無法解決的問題？

人們普遍認為，數學並不是一門自然科學，因為無法用實驗檢驗。數學的對象是抽象的，如：自然數、函數、點、線和面，都不是時空中可被觀察和驗證的實體。既然如此，數學是客觀的嗎？我們應該如何判斷數學命題的真假呢？這些被稱為數學的理論基礎問題，也是數學哲學的核心問題。

20世紀之前，數學這一學科不斷蓬勃發展、碩果累累，但是數學中的一些基礎問題並沒有嚴密的邏輯體系來證明，以至於有人提出疑問：「數學究竟是發現還是發明？數學家在得到他們的結果時，是否只是進行了精神構想，而沒有客觀實在性？或者數學家只是發現了現成真理，而這種真理完全獨立於數學家的活動？既然如此，什麼是真理？」

數學之名就表明其本質上是關於「數」的學問。可能是由於古希臘人對數的觀念有限，他們更擅長幾何而非算術。古希臘人發現了「公理化方法」，並運用這種方法發展出歐幾里得幾何學。**公理化方法指不加證明地接受某些命題**（即公理或公設），**依據特定演繹規則推導出一系列命題**（即定理），**從而構成一個演繹系統的方法。**公理是這個系統的基礎，而定理是上層結構，後者是借助演繹規則從公理推理得到的。

古往今來，歐幾里得幾何學的公理化方法給人們留下深刻的印象——相對較少的幾條公理，能推導出的命題卻有無窮多。因此，一代又一代傑出的思想家都將幾何學的公理視為科學知識的最佳典範。直到非歐

幾里得幾何橫空出世，人們才從美夢中驚醒。過直線外一點，可以僅有一條、沒有或不只有一條直線與其平行——從這些看似相互矛盾的公理出發，都能建立起完整且自相一致的幾何學體系。原來，公理假設並非會導向某個真理，反而會將我們引向矛盾或混亂的深淵。

好奇的人自然會問：「幾何學之外，其他靠公理化方法建立的數學分支是否可靠呢？自身會不會也暗藏著彼此矛盾的分支？」這就涉及數學的嚴密化問題。19世紀末，數學的關注點重新落回到有關「數」的理論上，數學家在這一領域也有了驚人發現。

1900年，在巴黎召開的第二屆國際數學家大會上，20世紀數學界最具影響力的德國數學家大衛‧希爾伯特提出了著名的10個數學問題（後來擴充為23個）。這些問題之所以被提出，並非只是因為很難，而是因為相關研究會對數學本身的發展產生巨大影響，例如其中一個問題——物理學的公理化。希爾伯特希望物理學也能像幾何學那樣，建立在一套簡明扼要且可靠的理論基礎上，不過這個問題至今尚未解決。

下面的故事與希爾伯特提出的第2個問題有關，是關於公理系統的「相容性」（指一個系統內的所有命題是否能彼此相容、沒有矛盾）。在從某些公理出發、演繹推導出的整個理論中，會不會有彼此矛盾的定理或推論呢？

可以想見，包括希爾伯特在內的數學家當然希望公理系統被證明是相容的。然而，結果剛好相反！

數學的公理化之夢

關於這段有趣的故事，要從關於「數」的概念研究說起，這離不開19世紀末集合論的創立。

1、2、3……自然數的數量是有窮還是無窮的？有理數包含自然數，那麼其數量和自然數的數量哪個大？同樣的問題對無理數來說呢？2千多年來，人們接觸到無窮的概念，卻又無力掌握和認識它，這是人類智力遇

到的尖銳挑戰。隨著19世紀數學分析的嚴格化和函數論的發展，數學家認為必須對與無窮相關的概念進行認真研究。在這期間，極大推動數學發展的是德國數學家格奧爾格‧康托爾（Georg Cantor），他創立了具有劃時代意義的集合論。

數學中，由一個或多個可區分對象構成的整體叫作「集合」。集合論就是研究集合的數學理論，是數學的一個基本分支。現代數學幾乎全部建立在集合論的公理化基礎上。

康托爾將關於無窮的問題納入集合論來思考。他將有窮集合元素個數的概念推廣到無窮集合中，對無窮集合展開深入研究。康托爾的集合論後來經過德國數學家、數理邏輯學家弗雷格（Gottlob Frege）和義大利數學家、邏輯學家皮亞諾（Giuseppe Peano）的嚴格化改造，在人類的認識史上第一次給無窮建立了抽象的形式符號系統和運算規則，從本質上揭示無窮的特性。這一理論也滲透到其他數學分支中，促進新分支的建立和發展，成為實變函數論、代數拓撲學和泛函分析等學科的基礎。

作為數學邏輯主義的代表人物，弗雷格認為只有純邏輯才是數學最牢固的基礎。換言之，數學應歸結為純邏輯。他巧妙地提出，「數」不過就是對某些類別集合的命名而已——以小集合來連續定義集合，並將其命名，就是數學上的「數」。弗雷格試圖以從集合推廣而來的「類」作為基本概念，以邏輯為工具來包容數學中的所有知識，這就是所謂的「公理化數學」。如此一來，就有可能將數學建立在純邏輯基礎上，這就是弗雷格的美夢。

致命的羅素悖論

1902年，自信滿滿的弗雷格正準備將自己的鉅作《算術基礎》（*The Foundations of Arithmetic*）第二卷交付出版社時，收到一位名叫伯特蘭‧羅素（Bertrand Russell）的年輕人的信。信中，羅素指出弗雷格的理論存在無法自圓

其說之處，這就是著名的「羅素悖論」。

什麼是羅素悖論呢？讓我們回到「集合」這個概念。絕大多數情況下，用一一列舉的方式定義一個集合是不現實的。比如說，所有自然數構成一個自然數集，但我們顯然不可能將這些自然數都列舉出來。這樣一來，人們就想到可以用一個性質來定義一個集合，即「滿足某性質的所有元素，構成一個集合」。這似乎是一個順理成章的想法，然而麻煩也就此產生。

為了理解羅素悖論，讓我們先來看一個與其相類似的通俗版本——「理髮師悖論」。小城裡有一名理髮師，他說自己只為城裡所有不為自己刮鬍子的人刮鬍子。那麼請問：理髮師該為自己刮鬍子嗎？

仔細分析一下，就會發現這裡存在矛盾。如果理髮師為自己刮鬍子，按照他的聲明「只為城裡所有不為自己刮鬍子的人刮鬍子」，他就不應該為自己刮鬍子；但如果他不為自己刮鬍子，同樣按照聲明，他又應該為自己刮鬍子。可見這一說法有明顯的矛盾，而這正體現了羅素悖論的核心思想。

羅素悖論可以這樣表達——如果我們定義這樣一個集合，包括「所有不包括自己的元素」，請問這個集合包括它自己嗎？

假設不包括它自己，這個集合就滿足了「不包括自己的元素的集合」這個性質，所以必然要包括自己，而這顯然會出現矛盾。如果它包括自己，根據定義，它必然不包括它自己，這也會出現矛盾。

羅素指出，弗雷格試圖用某個性質來定義一個集合，這導致集合的概念出現無限制的外延或擴張。同時在弗雷格的理論中，還使用了諸如「集合的集合」等無窮嵌套的概念，這些都將導致邏輯矛盾出現。在樸素集合論中的固有矛盾，最終將使構建在這個基礎上的數學公理體系出現一系列矛盾。弗雷格建立的數學邏輯之塔，竟然像座落在鬆軟沙灘上般搖搖欲墜，這使得他在之後的學術生涯中沒能從致命的打擊中恢復過來。

而此時數學還遇到了歷史上的第3次重大危機。在此之前的2次危機，分別是古希臘人發現無理數，以及17世紀微積分中引入的無窮小概念。

如今，數學需要得到拯救！

弗雷格數學公理化的美夢破碎

拯救數學

　　隨著數學各個分支的發展，人們發現數學推理的有效性，往往不依賴於公理中的詞語或表達式的特定涵義。也就是說，數學遠比人們設想的更抽象、更具形式性。

　　這引發了一個嚴重問題——我們需要**確定作為系統基礎的一組公理是否一致**，才不會從這些形式化公理中推演出彼此矛盾的定理。這就是數學的「一致性問題」。而要拯救數學，就必須過一致性這關。

　　這邊還是以歐幾里得幾何和非歐幾里得幾何為例。千百年來，歐幾里得幾何受到大量應用，沒有人懷疑過其公理的真假。19世紀以前的數學家從來沒考慮過，是否有一天會從這些公理推導出一互相矛盾的定理。然而，當非歐幾里得幾何出現時，公理卻出現了問題。僅僅修改5條公設中的一條，就能演繹出令人驚奇的非歐幾里得幾何，且都與歐幾里得幾何格

格不入。非歐幾里得幾何的公理，顯然不容易被明確判定真假。於是，非歐幾里得幾何系統內部的一致性就成了一個問題，沒有人能確保某天會不會從這些系統中推導出相互矛盾的2個定理。想辦法證明數學系統的一致性，是拯救數學的唯一出路。我們剛才提到的羅素，是20世紀著名的英國數學家和哲學家，他發現弗雷格集合論中矛盾的根源在於「自指」，也就是其為「自己引用自己」，因此會形成一個邏輯怪圈。

儘管羅素悖論讓弗雷格的邏輯主義之夢陷入尷尬境地，但羅素仍然堅信弗雷格的思想是正確的——數學歸根究柢就是邏輯。於是他提出躲過悖論的方案——將集合「分層」。首先，基本的對象組成最底層的集合；接著，將這些對象的集合和對象的性質作為第二層集合；然後，將這些對象的集合的集合、性質的性質作為第三層，以此類推。這樣一來，諸如「所有集合的集合」就不再包含它自己，因為它是比「所有集合」更上一層的概念。沒有自指怪圈，便避免了悖論的產生。羅素希望以此為數學打下堅實的基礎。

在此基礎上，羅素和懷海德於1910至1913年間，出版了三卷劃時代鉅作《數學原理》（*Principles of Mathematics*）。書中用分層方法定義集合，內容極盡繁複之能事。而為了徹底解決層層嵌套帶來的矛盾，羅素又不得不引入在邏輯上存疑的還原公理、無窮公理和選擇公理。而這些非邏輯的公理補丁，使羅素數學邏輯化的夢想難以為繼。最後他只能無奈地宣稱，集合論可能並非數學中最基礎的理論，在數學基礎探索的道路上，人們可能還有很長的路要走。顯然，羅素在試圖用邏輯主義拯救數學時陷入了困境。

在數學哲學分支中，與邏輯主義有所不同，形式主義另闢蹊徑，將數學看成一種形式語言。形式主義認為，數學思維可透過無意義的純符號操作來刻劃，從一組固定的公理和一組固定的符號操作規則出發，就能得到用符號串表示的任何數學定理。

數學的形式主義思想得到希爾伯特的倡導，他希望以此拯救數學。他的計畫是用公理化框架，配合一些關於自然數論或集合論的公理，使每個數學命題都能從這些公理中推出。他指出，只要這個計畫能被證明，以後

如果要研究一個數學命題，所要做的就只是從當前的一組公理出發，不斷機械式地推算下去，遲早會證明這個命題或其否命題。

1900年，他便提出著名的十大數學問題。誰知剛剛過去30年，他的夢想也破滅了。而擊碎這個美夢的，正是20世紀最偉大的數學家之一，原籍奧地利的美國數學家庫爾特‧哥德爾（Kurt Friedrich Gödel）。

不完備的數學

哥德爾在研究羅素的《數學原理》時，發現其為數學命題提供一個非常全面的「記法系統」。在這個系統的幫助下，純數學（特別是數論）的所有命題都能用一種標準方式進行編碼。這樣一來，就能將整個數論系統進行算術化改造，其演算公式可以按照預先定義的抽象規則來組合和轉換，而無需使用具體的數學涵義。這是一條使數學從形式化走向嚴密化的道路，這正是希爾伯特的計畫。

然而，哥德爾在研究中意外發現，即使是針對只包括自然數的初等數論，其形式化演繹系統中也總能找出一個合理命題，在該系統中既無法證明其為真、也無法證明其為假。更有甚者，在任何公理化數學系統中，只要公理無矛盾且足夠複雜，以這些公理為基礎，都能證明或反駁某一命題。這就是說，我們都在使用的公理系統，竟然不足以判定命題的真假，這只能說明數學本身是不完備的！這就是「哥德爾不完備定理」的主旨。哥德爾將這一結果發表在1931年的論文中，奠定了自己在數學界的王者地位。

哥德爾不完備定理意味著，公理化方法自身存在固有局限性。這使得包括數論在內的很大一類數學演繹系統，都不具備內在的邏輯一致性。

哥德爾的結論具有廣泛的革命性和深刻的哲學意義。從前，人們默認數學思想的每一部分都能對應到一組公理中，而這些公理足以系統地發展出某個研究領域無窮無盡的真命題。然而，哥德爾證明這個假設是站不住

腳的。有無限多個數學陳述,雖然可能是真的,卻無法從給定的這套公理中推導出來。

哥德爾的偉大發現,將《數學原理》這座城堡夷為平地,打碎了希爾伯特的夢想,動搖了人們先入為主、根深蒂固的觀念,摧毀了人們自古以來對數學進行公理化的希望,甚至激起學界對數學哲學觀、乃至知識哲學觀的重新評價。

宇宙公理的反思

上面用了相當長的篇幅來介紹數學和邏輯的相關知識,就是希望引發各位對《三體》的黑暗森林法則展開更深層次的思考——從數學角度進行的思考。黑暗森林法則是從幾條公理出發,經過邏輯推理得到的結論,理應符合數學理論的規律。參考哥德爾定理,也許這個理論本身從數學抽象意義上看就是不完備的。也就是說,從公理出發,不一定可以證明弱肉強食是宇宙文明的普遍真理。

首先,問題出在這個理論試圖對宇宙中的無窮狀態進行判斷。希爾伯特在研究數學的一致性時早已發現,假如解釋公理的模型是有窮集合,那麼其一致性是容易判別的;可惜的是,他發現對大多數公理來說,用來解釋公理的模型都是由非有窮元素組成的集合,這樣就不可能對模型做有窮的觀察。因此,公理本身的真假就難以判別。

換言之,公理集合的一致性建立在有窮模型上,對非有窮模型的描述,我們無法判斷是否隱藏矛盾。即使有大量的歸納證據能用來支持某個主張,但在邏輯上,我們的證明仍然不完整。因為即便所有觀察事實都與公理一致,也仍然可能存在尚未被觀察到的事實與之矛盾,從而破壞其普遍性。

黑暗森林法則的 2 條公理,恰恰涉及對宇宙中所有文明狀態及資源做出的判斷。從集合論角度來看,「宇宙」這個詞的涵義本身就是全集概念;

然而宇宙到底是有限還是無限，仍然是一個不確定的問題。以人類目前對宇宙的認識來看，還無法窮盡對宇宙所有狀態的總結。因此，在宇宙全局的概念上進行形式化推理，從根本上就存在巨大風險。

其次，既然宇宙是包含一切對象的集合，那麼對宇宙的狀態進行判斷的這個形式化描述，必然也包含在宇宙這個概念之內，而這正是羅素悖論中的自指現象。

當年哥德爾研究時，注意到了羅素悖論產生的根本原因，就是系統內部出現的自指現象。他敏銳地意識到，凡是存在自指的形式系統都是不完備的。例如，「我是無法證明的」這句話，就是一個包含自指的形式系統命題、是羅素悖論的魅影，因此必定是不完備的。

哥德爾受到羅素《數學原理》中構造形式系統方法的啟發，沒有將邏輯公式當作邏輯公式處理，而是提出了「哥德爾數」的概念來表示邏輯公式，再用這些數來生成形式系統，實現了希爾伯特提出的「元數學」（一種研究數學的數學）方式。哥德爾意識到這種表達方式必然也存在自指現象，但他巧妙地將之用在定理的證明過程中，從反方向證明了數學的不完備性。哥德爾不完備定理揭示了自指性正是一切矛盾產生的根源。

因此，從數學的角度來分析，存在自指現象的黑暗森林法則必然是不完備的，內部一定存在相互矛盾的命題陳述，我們不能僅從2條公理出發，對其真假做出確定的判斷。

擺脫自指現象的唯一辦法，也許就是跳出宇宙，從第三者的角度來看待宇宙和文明。然而這似乎又是一個悖論，我們人類把自己所處的時空統稱為宇宙，又如何置身其外呢？這看上去就像是希望拽著自己的頭髮、把自己從地上提起來那般不可思議。但是，人類具有思維能力，尤其是反思自我的能力，而這或許正是人類用以完成「密室逃脫」的鑰匙。實際上，我們無需改變宇宙的狀態，只要改變自身對宇宙的看法、對文明存在意義的思考即可。

最後，讓我們回到數學的意義和本質。總結有二：其一，數學無疑是人類思想的內部產物；其二，數學可以用來描述外部的物理世界。那麼，

數學是憑什麼做到內部和外部的結合呢？

數學哲學中，康德主張直覺主義。這個流派認為，我們可以把人的邏輯思維能力看作進化中逐漸出現的人腦硬體本身的系統組成。我們創造數學關係、推導理論等能力，都來自這種硬體結構。因此，對孕育生命的宇宙來說，也許內部就有一套與數學一樣的邏輯框架。這樣一來，我們的大腦以及其產物——數學，就可能具有與物理宇宙本身一樣的邏輯框架。

將這個樂觀的思想更進一步推廣，或許就能說宇宙的深層結構也是數學的。古希臘哲學家柏拉圖早在 2 千年前就提出，自然數是宇宙中的實體存在。也許，這個世界除了數之外別無他物，物理現實不過是數學的體現罷了。

某種程度上，哥德爾的理論可以應用到整個宇宙，而結論是我們永遠無法知道宇宙是否真的自相一致。

本章的最後，我將 2 位學者的名言放在一起，或許各位能從中獲得一些啟發。

宇宙中最不可理解的事，是宇宙是可以理解的！

——阿爾伯特・愛因斯坦

純數學是一門我們不知道自己在說什麼，也不知道我們所說是否為真的學科。

——伯特蘭・羅素

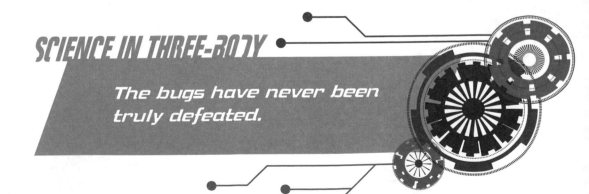

SCIENCE IN THREE-BODY

The bugs have never been
truly defeated.

第十一章　突破生存死局
——時間之箭與低熵體

　　《三體》中，黑暗森林法則是一個關乎宇宙社會狀態的猜想，也是整本小說情節發展的依據。其公理基礎是因生存資源有限，而導致的文明生存死局。在這種局面下，消滅他人、你死我活，成為延續文明的不二之選。而瀰漫的硝煙中，宇宙彷彿屍橫遍野的戰場，將化為萬劫不復的深淵。因此《三體Ⅲ》便用了「死神永生」來表現其終極狀態。

　　事物的有序與混亂，是熱力學研究的內容。在已有的自然科學門類中，熱力學最為特殊，因為只有其指明了「時間之箭」的方向。那麼，熱力學對時間的深刻認識，是否能為我們指明走出黑暗森林的道路呢？

 關鍵詞

　　熱力學、熵、功與熱、統計力學、波茲曼方程式、熵增原理、熱寂說、非平衡態熱力學、孤立系統與開放系統、耗散結構、負熵

生存死局

黑暗森林法則強調，宇宙文明應該隱藏自我，隨時準備消滅他者。這顯然會導致宇宙文明之間發生你死我活的鬥爭，結局必然是宇宙社會的全面性崩潰和消亡。這種趨勢像極了清代戲曲作家孔尚任在《桃花扇》中的悲嘆：「眼看他起朱樓，眼看他宴賓客，眼看他樓塌了。」

《三體》中，黑暗森林打擊不僅出現在宇宙中2個遙遠文明之間，也存在於人類社會內部。水滴之戰中，人類的太空戰艦一共只逃出去7艘，分為2批，各自朝著太空深處逃去。然而，這幾艘戰艦之間竟然爆發內戰。2批戰艦裡，各有一艘最終生存下來，並逃往更深、更遠的地方。全地球的人都強烈指責這場自相殘殺的黑暗戰役。當羅輯得知消息時，便認為自己的理論猜想得到了驗證——儘管人類為此付出了慘痛代價。

如此看來，黑暗森林法則的關鍵詞就是「生存死局」。生存死局中，為了保證自己的生存，參與賽局的各方只能選擇率先消滅對手。

宇宙是否註定成為一個生存死局呢？

《三體Ⅲ》中出現了一些陌生名詞，不少讀者可能感到莫名其妙。

> 宇宙的熵在升高，有序度在降低，像平衡鵬那無邊無際的黑翅膀，向存在的一切壓下來，壓下來。可是低熵體不一樣，低熵體的熵還在降低，有序度還在上升，像漆黑海面上升起的磷火，這就是意義，最高層的意義，比樂趣的意義層次要高。要維持這種意義，低熵體就必須存在和延續。

摘自《三體Ⅲ》

這裡以熱力學名詞「熵」作為宇宙混亂程度的衡量尺度，升高正意味著宇宙在一步步走向混亂。順著無情的時間之河，似乎死亡才是宇宙萬物

最終的歸宿。

不過這段話中，出現了「低熵體」這種神奇的存在，似乎能夠與死亡抗爭，而且因為有其存在，宇宙才被賦予了意義。

這裡所謂的低熵體，就是生命現象。假如宇宙只是單向地走向毀滅，怎麼會出現生命？宇宙自誕生以來，經過億萬年演化，出現了生命、產生了文明，難道這一切都是為了加速自我毀滅嗎？難道生命的出現僅僅是為了走向終結，而不是為了追求光明和真理嗎？生命的意義到底是什麼，宇宙的意義又是什麼？

這些似乎是哲學領域的話題。這一章中，我們不妨從科學角度做些思考，藉由熱力學對時間的認識，嘗試探討破解這種死局的方法。

時光一去不回頭

在追問宇宙和生命的存在意義時，繞不開一個根本問題：「時間是什麼？」時間為什麼總是從過去到未來單向前進，而不像空間那樣，讓我們可以在其中自由穿梭呢？為什麼我們的一切行動只能對將來起作用，而不能影響過去？

歷代文學家和哲學家都被時間迷惑過。孔子這樣描述時間：「逝者如斯夫，不捨晝夜。」莊子對時光如是說：「人生天地之間，若白駒之過隙，忽然而已。」詩仙李白在時間面前則灑脫得多：「光陰者，百代之過客也；而浮生若夢，為歡幾何？」時間就像一支箭──這是英國天文學家愛丁頓（Sir Arthur Eddington）於 1927 年首先提出的。

我們現在已經很熟悉「時間只有一個方向」此一觀點，但這種看法其實並非自古就有的。日月星辰東升西落、春夏秋冬周而復始，時間的循環模式才是各個古老文明最初的體驗和發現。古埃及人相信人死後能重生，而肉體的完整是死者重生必不可少的條件，因此他們發明出木乃伊來保存屍體；中美洲的古代馬雅人則使用了 2 套曆法，其中以 260 天為週期循環

的卓爾金曆，具有重要的宗教和占星意義。

時間循環可以令人感到安慰，人們也更願意相信再生和復活。而「線性時間」概念，則是藉由猶太教和基督教傳統被寫入西方文化中。在西方人看來，時間是一條穿梭於過去和未來的線。時至今日，「時間不可逆」的觀念依然深刻影響著西方思想，人們篤信只有進步才是歷史的前進方向。達爾文的進化論將我們和原始生物在時間上連接起來，更是確認了時間的單向性。

以牛頓力學為代表的近代科學登場後，科學又是如何看待時間的呢？

被忘卻的維度

17世紀是近代科學誕生的時代。其中，牛頓的成就令人驚嘆，從蘋果到月亮都適用他偉大的運動公式，地上和天上的運動都被其融為一體。1758年，當哈雷彗星按照牛頓的定律如約而至、於夜空中展現壯麗的身姿時，人們都不得不向這位已經離世30年的偉人致敬。

然而，你可能想不到，儘管牛頓的科學成就如此輝煌，但在他的方程式裡，時間是一個沒有定義的原始量。牛頓在《自然哲學的數學原理》（*Philosophiae Naturalis Principia Mathematica*）一書中說：「絕對的、真實的、數學的時間，在均勻地流逝，因為其自身的本性，與任何外界事物無關。」牛頓力學具有極強的預測性，只要將宇宙中某個時刻所有天體的位置和速度都放入牛頓方程式中，就能算出任何其他時刻的天體位置和速度。牛頓力學中，凍結在某個時間點的，不僅是宇宙的現在，還包括其整個過去和未來。但是，萬能的牛頓方程式有一件事做不到——其不能斷定時間的哪個方向是宇宙的過去、哪個方向是未來。

前面章節中我已經介紹過，牛頓力學實際上在許多場合並不適用，例如：在物理運動速度極高時，或在極小的尺度中時。20世紀，物理學出現2大科學革命——相對論和量子力學，而這些新的理論能更好地解釋高速

或微觀情況下物質的運動狀態。

　　愛因斯坦的相對論粉碎了牛頓的絕對時間觀念，提出對處於不同運動狀態的觀察者來說時間並不相同的觀點，而量子力學則成功地解釋了微觀世界裡原子和分子的各種古怪行為。但是，這兩個理論仍然沒有涉及時間的單向性問題。主流物理學中，「時間是可逆的」這個觀念仍然屹立不倒。難怪諾貝爾獎得主、俄裔比利時物理化學家普里戈金（Ilya Romanovich Prigogine）曾抱怨：「我總是不明白，怎麼能從可逆性裡得出我們的宇宙、文化和生命的演化形式？」

　　時光如箭、一發不可收拾，但在物理學中卻失去了方向。科學要如何面對這個尷尬的局面呢？

時間與熱力學

　　以牛頓力學為代表的力學體系中，過去、現在和未來在任何時刻都是一樣的，並沒有時間性。然而，自從熱力學出現後，情況就完全不同了，其用「熵」這一概念將每個時刻加以區別，宇宙從此真正活了起來。

　　1782年，英國的瓦特（James Watt）發明了第一台有實用價值的蒸汽機。19世紀，隨著科學家在工業時代對蒸汽動力的研發，一門新學問——熱力學誕生了。熱力學藉由研究蒸汽機如何工作，揭示了熱跟其他能量相互轉化的原理。

　　蒸汽機的工作就是將熱轉化成「功」，而功是一種有用、有組織的能量。英國物理學家詹姆斯・焦耳（James Prescott Joule）證明熱和功是等價的，這種等價關係表明**在一個物理過程中，能量的形式雖然可以轉化，但其總量是守恆的。這就是熱力學第一定律。**

　　不過，跟時間有關係的是熱力學第二定律。

　　德國物理學家魯道夫・克勞修斯（Rudolf Clausius）在實驗中發現，熱量總是自發地從高溫物體流向低溫物體，且不會反過來。如果要使其逆向

進行，就必須付出額外代價。他發現，每一次能量轉化中，都有因為產生熱而出現的能量耗散。天才的克勞修斯指出，雖然熱和功等價，但能量耗散使二者之間出現一種十分重要的不對稱性。原則上說，任何形式的功都能完全轉化為熱，但是反過來就不能成立。換言之，在熱轉化為功的過程中，總有一部分熱會白白浪費，意味著這個過程會不可避免地產生能量損失，且是不可逆的。一旦發生，這種廢能就不可以再轉化為功。克勞修斯的想法於1850年被證實，後來英國物理學家克耳文男爵（Lord Kelvin）將這個理論改寫成熱力學第二定律。

熱力學第二定律表明，所有能量轉化都是不可逆的。1865年，克勞修斯進一步提出「熵」的概念，用來描述退化的能量（也就是廢能的量）。**如果用熵來表述第二定律，那就是在有耗散的情況下，熵會不停增長；所有做功的能量都耗盡時，熵就達到了最大值。**

至此，人們總算在熱力學中發現了第一個不可逆的物理學原理。這種不可逆性，或者說熵增加的單向性，才是時間前進的方向。熵成為熱力學中最重要的概念，克勞修斯因此被譽為「時間之箭之父」。

孤獨的科學旅人

不過，此時熱力學中的熵是測量熱量變化的物理量，而熱似乎只涉及事物表面的宏觀狀態，並不像牛頓力學那樣可以跟世界本質——物質運動打交道。牛頓力學對運動的描述在時間上是可逆的，這與宏觀的熵概念所表明的不可逆性相矛盾，而人們此時並不清楚熱力學的本質是什麼。

改變這局面的是奧地利物理學家路德維希・波茲曼（Ludwig Boltzmann），他為了讓科學界接受熱力學理論，尤其是熱力學第二定律，立下了汗馬功勞。如今我們毫不質疑微觀世界中存在原子，然而在波茲曼生活的19世紀末，這卻不是人們的共識。那時關於世界構成的學說，主要有唯能論和原子論。二者的爭論在科學史上非常有名，到20世紀才以原子論完勝告終。

唯能論認為，能量比物質更基本，是一切自然、社會和思維現象的基礎，而這些現象都是能量及其轉化的各種表現，都應當作為能量變化的過程來加以描述和解釋。

與唯能論的立場相對的是原子論，認為物質的基本構成是無法被肉眼看到的原子和分子。波茲曼作為這個理論的先鋒，受到來自唯能論學者的各種打擊，卻依然堅持自己的學說。

原子論認為，氣體都是由數目龐大的運動分子組成。按照古典力學，如果要完整描述所有分子的行為，所需訊息量十分巨大，因為人們需要知道某一時刻每個分子的運動速度和位置。但是，波茲曼引入機率論，發現在宏觀層次上，只需要很少訊息（如：壓力、體積和溫度）就能描述氣體的總體性質——這正是「統計力學」的優勢所在。

1877年，波茲曼運用統計力學的方法提出了「波茲曼方程式」，對熱力學第二定律進行重新定義。我們雖然無法測量微觀層面上單個分子的情況，但可透過測量宏觀層面的溫度等參數，計算出微觀物理量的平均值。在波茲曼方程式中有個H函數，這個函數隨著時間流逝而減小，在數值上與熵相等，但符號正好相反。創建這個函數顯然是一個創舉，因為這樣一來，熵與機率就可以聯繫在一起了。作為統計力學的奠基人，波茲曼是歷史上第一個為物理定律做出機率解釋的人。

不過，當時的物理學正處於重大轉型時期，原子論始終受到來自唯能論陣營的打擊，而波茲曼提出的機率性解釋也不斷受到來自古典物理學界的質疑，因此他一直有種孤軍奮戰的感覺。這種孤獨感和日益惡化的健康狀況，使他兩度試圖結束自己的生命。最終，波茲曼還是於1906年以自殺的方式告別了這個世界。然而，就在他辭世僅僅幾年後，原子論就開始流行起來了，這主要得益於愛因斯坦在研究布朗運動（編註：布朗意外發現水中的花粉微粒會不停做不規則折線運動；愛因斯坦用分子碰撞觀點成功解釋。）時取得的成果。

波茲曼揭示了熱力學第二定律的統計學本質，從而使統計力學跨越現實世界中宏觀和微觀之間的鴻溝。為了紀念波茲曼，波茲曼方程式被醒目地刻在他於維也納中央公墓的墓碑上。

熵增與時間之箭

對一孤立系統（不與外界發生物質和能量交換的系統）來說，系統本身總傾向於，從微觀量出現機率小的有序狀態，向其出現機率大的無序狀態變化，故從有序走向無序是孤立系統演化的必然過程。

根據波茲曼方程式，熵與宏觀系統中包含的微觀狀態數量有關，是對宏觀系統無序程度的衡量。孤立系統的無序度總是增大，即熵總是增大。因此，熱力學第二定律又稱「熵增原理」。意即**處於非平衡狀態的孤立系統，熵總是增大的**，這個增大方向正是時間流逝的方向。至此，時間終於在物理學中擁有自己本該有的地位。

舉例來說，當一滴墨水剛滴入一瓶清水中，會保持著聚集狀態，此時瓶中的水依然清澈，處於有序狀態。隨著時間推移，墨水將逐漸擴散、顏色變淺，最終均勻地擴散到整瓶水中，我們就分不出墨水和清水了。這是這瓶液體最無序的狀態，而其將一直保持這種狀態並不再變化。從熵的角度來看，起初這瓶清水和墨水所組成的系統的熵最小，而墨水的擴散過程就是熵增大的過程。最終，熵增加到最大，就不再變化。我們可以看到，時間的方向就是墨水擴散、無序度增加的過程。

墨水的擴散過程是熵增大的過程

若將這個過程拍攝下來後倒放影片，就會看到一瓶均勻混合的液體逐漸變化，最終只有一滴墨水集中在一起，而其他地方是清水的過程。我們一下子就能指出這是倒著播放的片子，因為這與我們的日常經驗不符。換言之，從墨水的擴散，我們就能看到時間之箭的方向。

對一個孤立系統來說，總體熵增加的變化是不可逆的，因此時間之箭也是不可逆的。

宇宙的悲劇結局

如果將思考對象擴大到整個宇宙，把宇宙看作一個孤立系統，那麼按照熱力學第二定律，宇宙的總熵會隨著時間流逝而不斷增加，宇宙必將從有序狀態走向無序狀態。當宇宙的熵達到最大值時，宇宙中的其他有效能量就全部轉化為熱能，所有物質的溫度都達到熱平衡，這時一切就不會再有任何變化。這樣的宇宙中再也沒有任何可以維持運動或生命的能量，宇宙的時間之箭就走到了盡頭。這就是關於宇宙最終命運的「熱寂說」。

熱寂說是熱力學第二定律在宇宙學中的推論，最早由克耳文男爵和克勞修斯提出。不過，他們依據的前提條件並不相同。克耳文認為把熱力學第二定律推廣到宇宙是有前提的，必須假設宇宙是一個有限系統；而克勞修斯並沒有做這樣的限定，他將第二定律毫無條件地推廣到整個宇宙。

熱寂說一經提出，就在科學界引起軒然大波。受限於當時科學水平，人們既無法用新理論對這一假設做出合理解釋，也無法透過觀測進行驗證，因而難以判斷其正確性。然而，這個涉及宇宙未來、人類命運的重大問題，成為了科學界和哲學界持續不斷的爭論焦點，而且至今仍無定論。

除了在科學界和哲學界，熵增原理在社會學界也引發熱議。按照波茲曼的理論，物質世界必將走向分崩離析。那麼，人性是否也會愈變愈壞？人類社會是否必將走向秩序混亂？文明又是否總是趨向自我滅亡呢？

某種意義上看，《三體》的黑暗森林法則正是熱力學第二定律沿以上

思路發展的產物。黑暗森林法則認為，隨著宇宙演化，宇宙文明社會必將淪為毫無道德底線的存在，每個文明所能做的只有隱藏自己和消滅他人。

小說中，太陽系遭受的黑暗森林打擊是降維打擊。生活其中的所有生命被迫跌入二維平面世界，從而永遠死亡。這讓人想到羅素曾發出的感嘆：「一切時代的結晶、一切信仰、一切靈感、一切人類天才的光華，都註定要隨太陽系的崩潰而毀滅。供奉著人類全部成就的神殿，將不可避免地被埋葬在崩潰宇宙的廢墟之中。」

《三體Ⅲ》中的人物關一帆說，宇宙最初是美好的高維世界，在一輪輪文明的蹂躪和摧殘下反覆降維，直到今天只剩下三維。而作為所有事物運動速度上限的光速，也從最初的無限大，隨著戰爭減慢到如今可憐的每秒30萬公里，使宇宙的一端永遠無法和另一端取得聯繫——用關一帆的話說，宇宙就像一個高位截癱的病人。

> 關一帆搖搖頭，在超重下像是在掙扎一樣，「黑暗森林狀態對於我們是生存的全部，對於宇宙卻只是一件小事。如果宇宙是一個大戰場——事實上它就是——在陣地間，狙擊手們射殺對方不慎暴露的人，比如通訊兵，或伙房兵什麼的，這就是黑暗森林狀態；對於戰爭來說它是一件小事，而真正的星際戰爭，你們還沒見過。」
>
> ……
>
> 「維度攻擊的結果，宇宙中二維空間的比例漸漸增加，終將超過三維空間，總有一天，第三個宏觀維度會完全消失，宇宙變成二維的。至於光速攻擊和防禦，會使低光速區不斷增加，這些區域最後會在擴散中連為一體，它們中不同的慢光速會平衡為同一個值，這個值就是宇宙新的C值；那時，像我們這樣處於嬰兒時代的科學就會認為，每秒十幾公里的真空光速是一個鐵一般的宇宙常數，就像我們現在的每秒三十萬公里一樣。」
>
> 摘自《三體Ⅲ》

儘管這只是科幻小說中的敘述，但也道出了作者對宇宙社會走向自我毀滅的擔憂。難道說，熱力學真的就意味著一切必將淪為混亂無序的終極結局嗎？

打破平衡態

　　自熱力學第二定律問世，人們很快就發現，這似乎與達爾文的進化論相衝突。

　　如果說古典力學將宇宙看作一台不折不扣的機器，熱力學就表明了這部機器總是會愈來愈混亂。但是達爾文告訴人們，簡單的生物會逐漸演化成複雜的生物，隨著時間推移，生命會愈來愈有組織，而不是愈來愈亂。天上飛的、水裡游的、地上爬的，如此豐富多彩的生命現象，似乎都在用自己的行動證明熱力學第二定律的荒謬。

　　實際上，這裡並不存在矛盾。熱力學理論也允許宇宙出現創造、進化和發展，而不是只有純破壞性的演化，從而單調地退化到無序狀態。也就是說，宇宙並非只能從美好的田園時代，直直地墮入毫無生機的一片熱寂。將墨水滴入一杯清水，最終的狀態固然是均勻混色的一杯液體，但在到達最終狀態的過程中，墨滴在清水中會出現許多瞬息萬變的花樣和結構。

　　給熱力學賦予新意義的，是來自布魯塞爾自由大學的一群科學家。他們創造了20世紀的現代熱力學，指出混亂固然可能是物質的最終狀態，但第二定律絕不是說這個過程均勻地發生在宇宙的每個地方。這涉及熱力學中的平衡態與非平衡態。充分混合後的液體，適用的是平衡態熱力學；而在墨水剛剛滴入時，適用的則是非平衡態熱力學。

　　對一個孤立系統來說，其最終處於最無序的狀態時，就達到了熱力學平衡態。平衡態熱力學研究的是宏觀系統不隨時間變化的性質，只涉及熱力學演化的終態，也就是時間終點，而不能用來描述時間明顯流逝的過程。換句話說，平衡態熱力學用熵為我們指明了時間之箭的終極方向，但

其理論體系裡卻沒有時間座標！這真是天大的諷刺！

真實世界中，人們感興趣的並不是那些令人窒息的平衡態，於是科學家展開對非平衡態熱力學的研究。非平衡態熱力學有2個分支——線性分支和非線性分支。線性分支是研究接近平衡態的系統行為；而非線性分支則研究系統遠離平衡態的情況。「線性」這個詞來自數學，**所謂線性系統是指各部分的作用可簡單地相加在一起；而對非線性系統來說，各部分的作用不能簡單地疊加起來。**

1940年代起，布魯塞爾熱力學派的代表人物普里戈金就致力於非平衡態熱力學的研究。他先分析了略微偏離平衡態的系統，發現與平衡態時熵取極大值有所不同，這樣的系統通常會演化成熵取極小值的結果。1945年，他提出「最小熵產生定理」，奠定了線性非平衡態熱力學的理論基礎。

接下來，普里戈金又大膽地向前推進，將同樣的分析方法推廣到更複雜的情況，也就是遠離平衡態的非線性系統，希望揭開關於時間和變化更為深奧的新圖景。同時，他還把研究的對象從熱力學的孤立系統變為「開放系統」。與孤立系統不同，開放系統指與外界保持物質和能量交流的系統，而這才是我們周圍世界和事物的常態。

耗散結構與宇宙創造

經過近20年的悉心研究，普里戈金發現，開放系統在遠離平衡態時，儘管總熵仍以極快速度在增長，卻會出現極其有序的行為。因此，必須修改第二定律留給人們的固有信條——時間的流逝總意味著系統從有序向無序狀態演化。

普里戈金的研究表明，在較短的時間尺度上，系統內部會出現有序結構。只要有物質和能量的交流，有序結構就能維持下去。換言之，只要系統保持對外界開放，就有可能使其一直偏離平衡態。因為在這種情況下，系統所產生的熵可以輸送到外界，使系統本身維持在有序狀態，同時系統

和外界的整體熵仍然是增加的。這個在遠離平衡態時出現的新狀態著實令人驚異，其組成部分在時間和空間上的行為都能達到協調一致，普里戈金稱之為「耗散結構」。其在系統與外界有物質和能量交換的前提下生成，並伴有熵產生。而那些導致耗散結構生成、複雜而相互依賴的過程，就叫作「自組織」。

由此可知，熱力學並不禁止有序結構的自發產生，熱力學第二定律也並非表明事物只能朝著無序狀態單調地退化下去。在遠離平衡態的情況下，熱力學第二定律的不可逆性原則也會導致自組織過程，並在過程中出現自然界的各種有序結構，包括生命。以一句話來說，生機會在遠離平衡態時萌動。

耗散結構理論在自然科學及社會科學的許多領域都有重要用途。普里戈金因創立耗散結構理論，發展了非線性非平衡態熱力學，榮獲1977年諾貝爾化學獎。

回到前面的宇宙熱寂說，我們的宇宙目前仍處於遠離平衡態的狀態，不能一味地應用平衡態熱力學，而忽視無處不在的引力作用。宇宙中隨處可見非平衡態，而這允許自發產生的自組織過程，因此恆星、行星和星系，甚至細胞和生命才得以出現。如果不考慮非線性非平衡態熱力學，就不會有天地萬物，生命就不會在地球上出現，我們也就不會在這裡思考自己存在的意義了。

熱力學第二定律不僅提供了一個時間箭頭，還讓我們看到各種生動的循環和低熵奇蹟。對我們來說，熱力學第二定律的2個面相（一方面總體上代表著從有序向無序的演化，另一方面在非平衡態下又意味著生命的出現）都很重要。

與熵增的命運抗爭

早在1940年代，物理學家薛丁格就在《生命是什麼》（*What Is Life?*）這本有前瞻性且影響深遠的著作中，指出了熱力學視角下生命的本質。

薛丁格率先提出，區別生命物質與無生命物質的標準，在於其是否「能持續地從事某些事情、不斷運動，與環境進行物質交換」。雖然按照熱力學第二定律，包括生命在內的所有物質最終必將走向最大熵的無序狀態，但有機生命有一種神奇的本領，能避免自身快速衰退為死寂的平衡態，因而在大自然中顯得非常特別。這個神奇本領就是新陳代謝，其本質是生命體不斷從外界汲取負熵，用來消除自身時時刻刻都在產生的正熵，使自身長時間維持在較低熵狀態，也就是高度有序狀態，從而生存下來、擺脫死亡。這就是薛丁格「生命以負熵為生」的著名論斷。

　　以包括人在內的動物為例，我們的食物是複雜程度各異、高度有序狀態的有機物，我們吃進這些有機物並消化後，排出的是大部分已經降解的東西。相對於食物來說，這些排泄物具有很高的正熵，但植物依然可以從中進一步汲取負熵。從完整的食物鏈來看，植物需要靠陽光（或陽光所轉化的其他能量）才能生存。說到底，對地球上的所有生命來說，太陽才是負熵的最終來源，換言之，太陽是太陽系中最大的低熵體。而太陽這顆恆星，正是宇宙在演化過程中，於遠離熱力學平衡態的情況下透過非線性作用創造的奇蹟。

　　從熱力學角度來看，生命就是低熵體，《三體Ⅲ》中反覆出現的「低熵體」就是指某種形式的生命。

　　耗散結構理論還告訴我們，維持自身低熵狀態的關鍵在於生命是開放系統，與環境之間有能量與物質的交換。假如一個生命停止與外界的一切交流，就只能走向死亡。

　　也許與生命的本質類似，人類社會也不是熱力學上的孤立系統，熵增原理在這裡並不直接適用。綜觀人類社會歷史，出現過大大小小各種生存死局，有國家和民族層面的、也有個體和群體層面的，但當事者所採取的解決方法，並非只有消滅他者這種。一次次的歷史事實表明，自我封閉的社會必將走向倒退和衰敗，始終保持開放胸懷的國家和民族才有未來、能不斷走向繁榮。從整個人類文明的發展看來，亦是如此。森林中，假如一個物種只是尋求占有更多資源，他者都會成為其對手，黑暗必將籠罩整個

森林；而如果將眼光轉向外部，努力尋找新天地、開拓新資源、創造新財富，這個物種的未來則將充滿希望。

熱力學第二定律為我們指明了走出黑暗森林的方向——敞開胸懷，迎接陽光！

自然界的食物鏈

第十二章　走出地球的搖籃
——第5位面壁者

　　泰勒和雷迪亞茲出師未捷身先死，希恩斯的思想鋼印被打入冷宮；而羅輯孤身一人，用自己的生命作為籌碼，憑藉黑暗森林法則，終於取得人類與三體人之間的威懾平衡。至此，《三體II》中的4位面壁者都已出場。

　　但是，在人類抗擊三體入侵的鬥爭中，並非只有這幾位英雄。小說第二部裡還用很多筆墨描寫了一位幕後英雄、一位真正保護人類文明火種的面壁者，他的故事更精彩。

 關 鍵 詞

　　火箭發動機、化學能推進、齊奧爾科夫斯基公式、多節火箭、推重比、比衝、物理能推進、無工質驅動、第二伊甸園、原罪

未來史學派

軍人世家出身的章北海，曾任海軍某戰艦的政委。危機紀元開始時，他被調到剛成立的太空軍，成為第一批太空軍軍人。

作為一支新軍種，太空軍計畫先用50年研究理論，再用100年推進太空航行技術的發展和完善，最後用150年建設太空艦隊。這樣一來，到太空軍形成戰鬥力還需要至少3個世紀的時間。而與三體艦隊正面對決是約4個世紀以後的事，那時的太空軍戰士應該是現在軍人的第10幾代子孫。因此，太空軍的任務是面向未來的。對剛成立的太空軍來說，創立太空戰爭的理論體系是艱巨卻基礎的工作。

章北海身為太空軍政治部骨幹，也是公認有必勝信念的軍人。在太空軍中，與章北海共事的人，包括他的領導常偉思將軍在內，都看不懂他堅定的勝利信心到底來自何方。有人猜測，可能是因為他的父親是軍隊的高級將領，而這種信心源自家族遺傳。

《三體Ⅱ》中交代，章北海堅定的信念的確與父親有關。早在三體危機出現之初，他就與父親共同探討過未來之戰，認為這將是人類歷史上從未有過的與外星人的戰爭。在他父親的影響下，一批具有深刻思想和遠見卓識的學者慢慢聚集起來，包括科學家、政治家和軍事戰略家等。由於他們探討的是人類未來的命運，因此自稱「未來史學派」。

未來史學派的研究是公開進行的，內容涉及人類文明未來發展的方向和路徑、不同階段面臨的主要問題及其解決方案等，都是一些基礎的研究課題，他們也曾召開過幾次學術研討會。

> 艦隊司令：「可是現在，未來史學派的理論已被證明是錯誤的。」
> 章北海：「首長，您低估了他們。他們不但預言了大低谷，也

預言了第二次啟蒙運動和第二次文藝復興，他們所預言的今天的
強盛時代，幾乎與現實別無二致，最後，他們也預言了末日之戰
中人類的徹底失敗和滅絕。」

摘自《三體 II》

小說告訴我們，三體危機爆發後，人類社會出現大低谷，環境惡化、
通貨膨脹，甚至釀成大飢荒。這場大飢荒導致人口銳減，社會境況更加慘
不忍睹、民不聊生——這些都被未來史學派在1個世紀前預言了。人們痛
定思痛，看著懷裡快餓死的孩子，再想想要延續的人類文明，最終選擇了
前者、選擇過好當前的日子，「給歲月以文明，而不是給文明以歲月」。於
是，人類社會出現第二次啟蒙運動和第二次文藝復興。人性解放帶動了科
技和生產力的飛速發展，生活水平奇蹟般地恢復到大低谷以前。而未來史
學派準確預言了這些情況。在未來發生的事情，彷彿已經被寫在史書上一
般，難怪他們把這些叫作未來史。

未來史學派預言，在與三體的末日之戰中人類必敗，這正是章北海所
持的真正信念。章北海作為堅定的失敗主義者，為了在未來與三體人的對
決中，為人類文明保留一粒火種，不惜偽裝成有必勝信念的軍人，決定捨
棄家人、藉由冬眠前往未來，在關鍵時刻盡到一名軍人的職責。這就是第
5位面壁者的故事。

改變歷史進程的暗殺

章北海認為，在未來的恆星際航行中，無工質驅動核融合發動機才是
真正的出路。這裡的「無工質驅動」，是指太空飛行器的發動機不是靠噴射
燃燒的介質來獲得向前的推力，而是靠核融合的能量輻射產生推力前進。
他發現當前科技界的研究戰略在低端技術上耗費太多資源，例如：航太發
動機領域中，將大量人力和物力投入核分裂、甚至是化學能推進方式的研

究中，而這些技術根本不能滿足星際航行的要求。這一情況的延續，必將造成未來人類宇宙逃亡計畫的失敗。

《三體II》中，章北海分析說：

> 「可控核融合技術一旦實現，馬上就要開始太空飛船的研究了。博士，你知道，目前有兩大方向──工質推進飛船和無工質的輻射驅動飛船，圍繞著這兩個研究方向，形成了對立的兩大派別：航太系統主張研究工質推進飛船，而太空軍則力推輻射驅動飛船。這種研究要耗費巨大的資源，在兩個方向不可能平均力量同時進行，只能以其中一個方向為主。」
>
> 摘自《三體II》

基於這個判斷，章北海果斷採取行動，趁著航太領域專家在太空站上開會並集體合影之際，遠距離暗殺了其中3位關鍵人物。這3人位高權重，左右著航太領域的研究方向，而他們主張研究的發動機都不是無工質驅動的。由於章北海以隕石製子彈進行射擊，人們都以為這場悲劇是太空隕石雨造成的，沒人懷疑這是一場謀殺。隨著關鍵人物去世，航太領域的研究果然發生重大轉變，朝著章北海預想的方向發展了。

章北海暗殺航太專家的行為，難道智子就不知道嗎？不會向公眾揭露嗎？智子無所不在，地球上當然沒有事情能逃過其監視。但是，三體人並不在意人類中那些極端頑固的抵抗主義者和勝利主義者，一如不在意泰勒、雷迪亞茲和希恩斯這3位面壁者一樣。三體人堅信，在智子的封鎖下，人類不可能在航太技術上取得任何突破，只會浪費人力和物力，而這正是三體人希望看到的。

ETO中，也有人曾對章北海表示過擔憂。因為他一方面信念堅定、目光遠大且行事冷靜果斷；另一方面在有需要時，他又可以超出常理、採取異乎尋常的行動，這可不是一般軍人具有的品格。不過，這些擔憂最終還是被忽視了。

章北海藉由冬眠來到200多年以後，此時的人類社會果然如未來史學派所預言，經過大低谷後快速恢復，軍事實力大增，採用無工質驅動的巨型太空戰艦足足有 2 千多艘，整個人類社會自信心爆棚。然而，全體戰艦在對抗三體人的水滴探測器時，幾乎全軍覆沒。

　　小說中，章北海工作的戰艦「自然選擇號」是一艘恆星際戰艦，最快能達到光速的15％，採用以核融合作為能源的無工質驅動技術。不過，這畢竟是科幻作品中的飛船；現實中，人類目前連可控核融合技術都還沒有掌握，更別說用來驅動飛船了。

　　接下來，我就結合小說情節，稍微介紹人類在太空推進方面已經掌握的科學原理和技術。

走出地球的搖籃

　　在空中自由翱翔，是人類千百年來的夢想。最初，人們觀察鳥類，希望能製作出神奇的翅膀。後來科學家逐漸弄清，鳥翅的結構才是飛行關鍵——藉由使翅膀上下方氣流速度不同，帶來升力。1903年，萊特兄弟（Wilbur Wright / Orville Wright）將第一架飛機成功送入天空，這一偉大發明從此改變了人類的交通方式。不過，飛機的飛行離不開空氣。要進入大氣層外的太空，飛機顯然是無能為力的。人類實現太空飛行，必須靠火箭來推進。

　　火箭最早出現在中國大約 1 千多年前的宋代，古人製作了一種用火藥作為動力的飛行器，現今節日慶典用的煙花也是以同樣原理製成。火箭的原理其實很簡單，按照牛頓力學，當我們以一定速度向後拋出一定質量時，便會受到一個反作用力的推動，從而向前加速。人類發明火箭之後，真正實現了太空飛行的夢想。其中，最為常見的火箭是「化學能推進火箭」。

　　為了獲得推力而向後拋出一定質量這一環節，是靠火箭發動機來完成的。火箭發動機在點火後，推進劑會在發動機的燃燒室裡發生劇烈的化學

反應——燃燒，並產生大量的高壓氣體。高壓氣體從發動機噴管高速向後噴出，便會對火箭產生反作用力，使其向前飛行。推進劑（包括燃料與氧化劑）的化學能會在發動機內轉化為燃氣的動能，形成高速氣流噴出。火箭自身攜帶燃料與氧化劑，能保證化學反應的進行，不需要依賴空氣中的氧來助燃，因此火箭既可在大氣中、又可在外太空飛行。

化學能推進火箭，根據其發動機燃料的種類，可分為固體火箭和液體火箭。發動機燃料採固體推進劑（如：硝化甘油）的火箭，即稱為「固體火箭」。固體推進劑一般從底層向頂層、或從內層向外層快速燃燒。特點是結構簡單、推力大、發射便捷，但是燃燒時間短、比衝小（編註：比衝為用來表示一推進系統的燃燒效率；比衝250秒即每秒反應1公斤重的推進劑可得250公斤重推力）。

發動機燃料使用液體燃料的火箭，則被稱為「液體火箭」。常見的液體燃料和氧化劑有甲烷－液氧、液氫－液氧和偏二甲肼－四氧化二氮等。液體火箭是先用高壓氣體對液體燃料與氧化劑儲存箱增壓，然後用渦輪泵對燃料與氧化劑進一步增壓並輸送進燃燒室，透過燃燒來產生推力。液體火箭的特點是推重比大（編註：推力重量比用以描述利用排氣產生的推力及所負擔重量之間的比例）、比衝大、成本低，但是結構較複雜、發射準備時間長。

飛行過程中，隨著推進劑的消耗，火箭質量會不斷減少，因此火箭是會改變質量的飛行體。火箭能攜帶多重的載荷、最終能達到多高速度，都是設計關鍵。為解決這些問題做出重要貢獻的，是蘇聯火箭專家康斯坦丁・齊奧爾科夫斯基（Konstantin Tsiolkovsky），現代火箭理論奠基人、航天之父。他有一句名言：「地球是人類的搖籃，但人類不可能永遠被束縛在搖籃裡。」

齊奧爾科夫斯基提出，火箭運動的理論基礎是牛頓第三定律和能量守恆定律，明確了星際航行必須依靠火箭才能實現。他於1897年推導出著名的「齊奧爾科夫斯基公式」，也被稱為「火箭運動方程式」。這個公式可以近似地估計火箭需要攜帶的推進劑重量，以及發動機參數對飛行速度的影響。

更重要的是，齊奧爾科夫斯基公式指出，火箭能達到的速度完全可以

高於噴射物向後噴射的相對速度。這表明，我們可以以較低的噴射速度來達到火箭最終的高速度，如此火箭就可能達到較高的速度。然而，公式還表明，火箭要達到的最終速度愈高，其初始質量與推進過程完成後剩餘的質量之比就必須愈大。也就是說，火箭真正的有效載荷必須很小，才能獲得較高速度，這又極大地限制了火箭的運載效率。

　　為了改善火箭的運載效率，齊奧爾科夫斯基提出「多節火箭」的設想。多節火箭就是連接數個單節火箭，按照從後向前的順序點火推進，一個火箭燃燒完畢就會與其他火箭分開，下一節火箭繼續點火推進。由幾個火箭組成，就被稱為幾節火箭，如：二節火箭、三節火箭。多節火箭的優點是可以拋棄不再需要的部分，無需消耗推進劑帶著一起飛行，使火箭在保證運載能力的情況下，達到足夠高的速度。火箭節數愈多，技術上的複雜性就愈高，因此實際中三節火箭是最常見的。

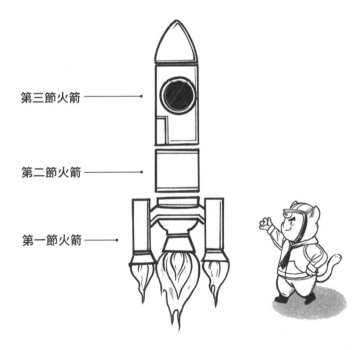

第三節火箭 ——

第二節火箭 ——

第一節火箭 ——

三節火箭的基本結構

　　衡量火箭的推進性能時，常見指標有推重比和比衝等。「推重比」指

火箭的推力大小與當前重力的比。推重比愈大，表示火箭愈有力。一般來說，推力大小恆定，推重比會隨著火箭燃料的燃燒減重而改變。為了使火箭能夠升空，在地面加滿燃料準備發射時，火箭的推重比應該至少要大於1。

「**比衝**」則指**單位時間內消耗單位推進劑所產生的推力**。一般來說，常用重量單位來描述火箭推進劑的量，比衝就是一個時間量綱的值，單位為秒，表示1公斤的推進劑產生1牛頓推力的持續時間。這是用來衡量火箭或飛機發動機效率的重要參數。比衝愈大，火箭獲得的總推力愈大，最終速度愈快，因此發動機的效率就愈高。

典型固體火箭發動機的比衝不到300秒，而液體火箭發動機的比衝則可以達到400多秒。比衝的大小，與發動機推進劑的化學能和燃燒效率等有關。要提高比衝，就要提高火箭消耗燃料的速度，而後者的上限不會超過光速。

前面已經介紹完傳統的化學能推進火箭的基本原理。航太動力技術的追求目標之一，就是提高噴氣速度。然而靠化學能來加速火箭，實在難以大幅提升噴氣速度，因此採用其他能源來加速火箭就成為新的途徑。此外，化學能發動機有壽命短、比衝低、推進劑有毒等劣勢，難以滿足人類在外太空長期自由活動的需求，於是出現了新型的太空推進方式——「物理能推進」，如：電推進、核能推進等。

採用電推進方式的火箭，按照其運作原理，可分為電熱式、靜電式和電磁式3大類，最典型的是利用靜電場、磁場或電漿噴射來加速推進。電推進的比衝是化學能推進的數倍甚至數十倍以上，可以達到數千秒，其推力雖小，卻精確、可調且壽命長，能大幅節省推進劑，目前主要用於太空飛行器的姿態控制。其代表性技術有靜電式的霍爾效應推進器、離子推進器等，中國太空站上就採用了霍爾推進技術來補償火箭飛行時遇到的大氣阻力。電推進體現了從傳統的化學能推進向物理能推進的轉變。

在物理能推進方式中，最重要的當屬「核能推進」。核能推進就是將核分裂或核融合釋放的能量作為推進的動力源。目前主要有2種核能推進方

式：其一是「核熱推進模式」，利用核能提供連續的熱能輸入，藉此壓縮和推動工質；其二是「核電推進模式」，將核能轉化為電能，再採用電推進的方式。由於核能發電功率高，可把電推進的比衝提高到 1 萬秒。

章北海的夢想

《三體》中描寫，未來的恆星際飛船採用的是無工質的核融合動力推進技術。為了早日實現這個技術，章北海甚至不惜採取暗殺行動。下面就讓我們來看看小說裡提到的未來幾種火箭推進的可能性，這主要涉及 2 個概念——無工質和核融合動力。前者關係到是否有工質噴出，後者則關係到驅動能源的種類。

先來看核融合動力，這主要指驅動能的能源為核能，特別是核融合能源。前面提及的化學能推進火箭，是靠燃燒將化學能轉化為高溫高壓的工質噴出，從而獲得推力。同樣的道理，我們可以靠核能將工質加熱並噴出，或將核能轉化為電能，利用電推進技術獲得動力米推進。

當然，人類目前只掌握了核分裂能源技術，現在世界各地的核電廠都採用此，而可控核融合的能源技術還在研究當中。相信不遠的未來，人類在核融合能源領域上必將有所突破。如何將大型核反應設施進一步小型化和輕量化、讓其能在太空船上運行，也是未來實現核動力太空推進必須攻克的難關。

《三體》中，描寫了未來人類將核融合動力用在太空實驗中時，遭遇多次失敗的場景。

在可控核融合技術取得突破三年後，地球的夜空中陸續出現了幾顆不尋常的星體，最多時在同一個半球可以看到五顆，這些星體的亮度急劇變化，最亮時超過了金星，還時常急劇閃爍。有時這些星體中的某一個會突然爆發，亮度急劇增強，然後在兩三

秒內熄滅。這些星體是位於同步軌道上的實驗中的核融合反應堆。

　　未來太空飛船的發展方向被最終確定為無工質輻射推進，這種推進方式需要的大功率反應堆只能在太空中進行實驗，這些在三萬公里的高空發出光芒的核融合堆被稱為核星。每一次核星的爆發就標誌著一次慘重的失敗，與人們普遍認為的不同，核星爆發並不是核融合堆發生爆炸，只是反應器的外殼被核融合產生的高溫燒熔了，把核融合核心暴露出來。

摘自《三體Ⅱ》

　　再來看所謂的無工質。傳統的化學火箭完美體現了火箭推進的原理，即靠向後噴出高速物質來獲得向前的推力。燃燒釋放出化學能，從而獲得高溫高速的噴射燃氣，這就被稱為「工質」，即工作介質。因此，無工質就是指火箭沒有向後噴射的物質。如此一來，火箭又是如何獲得向前的推力呢？

　　實際上，無工質驅動可以有2種理解。其一，飛船自身不自帶動力，靠外力驅動飛行。這類飛船主要是帆類，如：太陽帆飛船，完全靠太陽光產生的光壓在宇宙中飛行。此外，還有雷射帆、微波帆等。然而，光壓實在太弱（例如在地球軌道的太空中，每平方公尺太陽光的光壓約為10微牛頓，相當於1公克的壓力），因此太陽帆飛船必須使用面積很大的帆才能獲得較大的推力。但是這勢必又會增加飛船的自體重量，從而減小推重比。可見，這類飛船速度提升慢、有效載荷小。

　　《三體Ⅲ》中描寫的「階梯計畫」，使用了多次核爆炸產生的輻射能壓來驅動光帆，將雲天明的大腦送入外太空。從某種角度來說，這也是一種無工質驅動的太空推進。

　　程心唯一一次見到階梯飛行器是當它的輻射帆在地球同步軌道上展開時，二十五平方公里的巨帆曾短暫地把陽光反射到北半球，那時程心已經回到上海，深夜她看到漆黑的天幕上出現一個

橘紅色的光團，五分鐘後就漸漸變暗消失了，像一隻在太空中看了一眼地球後慢慢閉上的眼睛。以後的加速過程肉眼是看不到的。

……

那面九點三公斤重的巨帆，用四根五百公里長的蛛絲拖曳著那個直徑僅四十五公分的球形艙，艙的表面覆蓋著蒸發散熱層，起航時的質量為八百五十公克，加速段結束時減為五百一十公克。

摘自《三體 Ⅲ》

階梯計畫之所以只把雲天明的大腦作為運送的載荷，而不是他的整個身體，就是因為這種光帆的推進方式所能承載的重量不能太大。

第 2 種無工質驅動，根據飛行階段不同可分為 2 類。第一類是在發射階段，利用軌道或線圈，採用電磁加速發射飛船。不過，軌道或線圈的長度有限，飛船一旦離開就無法再獲得動力。第二類是在飛行階段，飛船靠向後發出輻射獲得向前的推力，這向後發出的輻射一般就是電磁波。我們通常不將電磁波算作物質，因此這種驅動方式也被算作是無工質驅動。《三體》中，所謂的無工質飛船指的應該就是使用這類驅動方式的飛船，即飛船向後「發光」，這也可被稱為「輻射推進」。

這類無工質驅動雖然不消耗推進劑，但電磁輻射帶來的推力實在太小，就算用上國際太空站靠全部太陽能轉化的電能，由電磁輻射產生的推力也僅相當於 20 公克的物體能產生的推力。這麼小的推力，要把一般飛船加速到飛出太陽系的第三宇宙速度，恐怕至少也要幾千年。

完全靠太陽能作為能源，產生的功率實在太低，於是人們就設想未來飛船可以靠自身攜帶的核融合反應設備，產生大功率的電磁輻射來進行推動。這作為科幻小說的情節無可厚非，但是從實際上看，太空核反應堆設備勢必會為飛船增加巨大質量，從而抵消輻射推進帶來的優勢，高效率驅動仍然是遙不可及的。至少在人類目前可以預見的未來，靠電磁輻射這一方式來驅動飛船還是不現實的。

從實用角度看，這種驅動方式可謂捨本逐末。核融合反應過程中，必

然會產生高溫高壓的廢氣。如果把這些廢氣作為工質噴出，反倒可以獲得相當可觀的推力。一味地追求無工質，留著這些廢氣不用，而是用微弱的電磁輻射來驅動，真是太浪費了。

總之，目前無工質推進技術的難題主要還是能源功率太小，實際效果遠不及有工質的推進劑，完全無法做到像自然選擇號那樣，短時間內將飛船加速到光速的15%。但是，我們並不能排除無工質推進在未來變為現實的可能性。畢竟在跨越星際的長途飛行中，飛船靠消耗工質維持不了太長時間。齊奧爾科夫斯基公式告訴我們，初始攜帶的燃料愈多，為了提高速度，就要成比例地消耗更多燃料。

自然選擇，前進四！

回到小說，自從面壁者希恩斯造出思想鋼印，鋼印機器一直在鋼印族中祕密傳承，200年間不知有多少人接受了思想鋼印。尤其是太空軍中，根本無法判斷那些掌握戰艦指揮權的艦長是不是鋼印族。因為失敗主義和逃亡主義是緊密相連的，鋼印族必然會將「在宇宙中逃亡」作為自己的終極使命。為了實現這個目的，他們肯定會深深地隱藏自己的真實思想。所以說，現役的太空軍軍人中，沒有一個是絕對可信的。

對比之下，章北海這一批藉由人體冬眠技術去往未來的特遣隊員則是可靠的。因為在他們進入冬眠時，思想鋼印還不存在。而且他們之所以被選為特遣隊員，就是因為他們表現出軍人的忠誠和必勝的信念。所以200年後，太陽系艦隊決定復甦章北海這批軍人，讓他們擔任太空戰艦的執行艦長。原艦長對戰艦下達的所有指令，都要先由他們判斷是否正常，再向戰艦發出。

章北海工作的戰艦是亞洲艦隊第三分艦隊的旗艦——自然選擇號。其載有2千名士兵，噸位和性能都首屈一指，生態系統能支持全艦人員超長時間的星際航行。章北海不苟言笑，渾身充滿著古代軍人的氣質，這對生

活在太空時代的新人類來說是極具古典魅力的。

　　然而，在交接艦長權限的儀式後，章北海立即將戰艦設定為遙控狀態，切斷與外界的所有通訊。他對原艦長東方延緒說：「妳知道我不可能是（鋼印族）。我是一名盡責任的軍人，為人類的生存而戰。」前進四是自然選擇號的最大加速度檔位按鈕。當其餘人員進入深海加速液後，章北海按下了這個代表著全速前進的按鈕，心中默唸著那句他用盡一生努力追求的指令：「自然選擇，前進四！」

章北海操縱戰艦，快速飛離基地

　　一向行事低調的章北海突然做出這般行動，其內心之深邃實在讓人捉摸不透。從此刻起，他的形象變得高大起來。

　　而就在此時，狂妄自大的人類不顧章北海的忠告，正準備以全體戰艦前去迎接小小的三體水滴探測器。然而，就在不到 1 天的時間內，水滴之戰爆發，人類所有戰艦被消滅殆盡。在人類戰艦中，共有 4 艘戰艦被派出

去追擊自然選擇號。自然選擇號和追擊戰艦上的5千多名士兵成了人類僅存的太空力量。而這一切都要感謝章北海，士兵都對他表示由衷的敬意。

在茫茫宇宙中航行的這5艘戰艦組成一個新社會，並自稱為「星艦地球」。至此，人類世界分為3個國際：地球國際、太陽系中的艦隊國際，以及飛向宇宙深處的星艦國際。

黑暗戰役

這5艘戰艦的航行，是人類第一次真正進入太空。對他們來說，身後的地球已經陷落、不再是歸宿，他們註定成為於茫茫宇宙中流浪的新人類。在這新組建的星艦地球上，人們組織召開全體公民大會，熱烈地討論新的社會形態、治理體系和公民權利等。這一切就像人類文明的一個新開端，人們將此時的5艘戰艦稱作「第二伊甸園」。

然而，危機很快就出現了。自然選擇號原艦長和副艦長一致認同，戰艦飛向的目標距離地球18光年，航行大約需要6萬年。這麼長的時間，即便戰艦能到達，戰艦上的人也不可能活著到達，因為戰艦上的生態循環系統和冬眠系統根本不可能正常運作這麼久。不僅如此，飛船各處關鍵系統的零件備份嚴重不足，一旦故障便無法修復。他們都意識到，最明智的選擇應該是把所有能源和零件都集中在一艘飛船上，並且把人員總數減少到一艘戰艦能容納的程度。

這正是前面說過的「生存死局」。在這種極端條件下，不是所有人一起死，就是讓大部分人死、小部分人生存下來。此時人們必須做出選擇──由誰存活下來，代表新人類踏上宇宙逃亡的航程，去創建新的文明。

就在艦長們猶豫不決之際，他們驚訝地發現，章北海正在操作武器系統，準備向其他4艘飛船發射次聲波氫彈。這位來自古代、曾經2次改變歷史的軍人，又一次為他們考慮好未來，並打算替他們完成最痛苦的決定。

此時，東方艦長還沒來得及和章北海交流，導彈來襲的警報就響起

了。原來，是終極規律號向他們發射的次聲波氫彈已經飛臨。從警報響起到氫彈爆炸並摧毀自然選擇號，只有4秒——章北海只比對手慢了幾秒。

然而，在這場黑暗戰役中，最終倖存下來的並不是首先發起攻擊的終極規律號，而是藍色空間號。存活的1200多名士兵收集了已無活人的其餘3艘戰艦上的燃料和資源，繼續上路。幾乎與此同時，太陽系的另一端，從水滴戰場上倖存下來的2艘人類戰艦——青銅時代號和量子號之間，也爆發了類似的黑暗戰役。最後存活的是青銅時代號。美好生活才剛開始，大部分人就這樣被逐出了伊甸園。

到此為止，這2艘來自太陽系的人類戰艦，經過黑暗戰役的洗禮後，於太陽系兩端沿著相反方向，向黑暗的宇宙深處飛去。此時他們的心情都十分平靜，這些太空新人類已經度過了嬰兒期。

父愛如山

毫無疑問，章北海可以算是小說中的第5位面壁者。雖然他並不是名義上的面壁者，然而這位軍人僅憑自己的智慧和信念，帶著父輩的囑託、捨棄家庭，勇敢地穿越2個世紀的時光，最終給人類文明留下一粒種子、一點希望。從本質上講，他和其他4位面壁者一樣，都認為在與三體人的末日之戰中人類必敗。從這個基本認識出發，他徹底隱藏自己的真實想法，冷靜而果敢地推進自己的計畫。對暗殺航太領域的3位元老，他一直深感自責；帶領飛船成功逃離之後，他也仍揹負著這沉重的十字架。然而，為了人類文明的未來，哪怕再一次，他也會義無反顧地這樣做。

章北海，這位頗具忍者風範的悲劇英雄，把一生都貢獻給了人類文明的延續。為了這個使命，他不惜採取暗殺行動和進入長時間冬眠，目光遠大、思慮縝密。他就像一位父親一樣，將這些飛船上的士兵都看作自己的孩子。他冒險帶領大家逃離太陽系，給了他們一次新生的機會。然而，讓他真正感到痛苦的是，他從一開始就知道由於資源有限，殘酷的黑暗戰役

不可避免，大多數人註定都要被逐出伊甸園。在自然選擇號被導彈攻擊前的最後幾秒，章北海對東方艦長笑了笑，說道：「沒關係的，都一樣。」這句話成為《三體》的金句之一。

作為自然選擇號的執行艦長，在這 1 個月的時間裡，章北海其實早就可以獨自操作飛船、提前對其他 4 艘戰艦發起攻擊，為自然選擇號贏得生存機會。但是，這位忍辱負重的父親，又怎麼忍心親手殺死自己帶出來的孩子呢？

經歷了 2 個世紀的磨難，在別人眼中章北海已是心硬如鐵，然而他的內心深處仍然藏著人性和道德的柔軟一面，這使他在做出最後的決斷之前猶豫再三，結果比別人晚了幾秒做出決定。從星艦文明的整體角度來看，最終勝出的是哪艘飛船其實並不重要，只要文明的種子還在，章北海的使命就沒有失敗。這麼看來，的確是「沒關係的，都一樣」。

從另一個角度來看，假如是章北海率先採取行動，消滅其他戰艦上的人，為自然選擇號留下機會，那麼這些他一手帶出來的太空人類是真的長大、思想成熟了嗎？父母的決定，永遠都不能代替孩子的思考；父母的手臂，也不可能永遠是孩子遠行的依靠。

5 艘戰艦上的官兵，都承擔著延續人類文明的重任，他們的遠行沒有回頭路，他們的內心成長也註定需要精神獨立。在茫茫宇宙深處，踏上流浪之路的新人類，最終能依靠的只有自己，而不是身後的地球和陪在身邊的父親。只有他們自己意識到宇宙的生存法則，並且勇敢地做出決斷，為自己開闢出希望的道路、奠定適應新環境的道德基礎，這一新文明才可能真正地成長起來。

因此，當章北海最後看到其他戰艦首先發起攻擊，內心深處的感受其實是欣慰多過失落的，就像看到孩子遠去的背影，每位父母心中那份複雜的感情一樣。每每讀到章北海的那句「沒關係的，都一樣」，父愛如山這 4 個字便會湧現在我的腦海中。

宇宙新文明

章北海雖然犧牲了，但他開創的星艦國際的傳奇故事才剛剛拉開帷幕。發生在人類戰艦之間的黑暗戰役，在歷史上留下相當深刻的印記，這是作為宇宙文明的人類文明在成長過程中一個重要的思想轉折點。

從以章北海為代表的智者看來，黑暗戰役並非出乎意料的事件，而是必然發生的結果。小說將在這場戰役中被消滅的人，比作被逐出伊甸園的亞當和夏娃。最初，亞當和夏娃在天國的伊甸園中無憂無慮地生活。神本來希望兩人能無知無覺地永遠供奉神、永遠不具知識和智慧，從而無法擁有獨立的人格精神。但是後來由於受到蛇的誘惑，他們吃了智慧樹上的果子，違反了神的禁令，被從伊甸園裡驅逐到人間，失去永生的能力。

小說中，太空戰艦上的人透過觀察思考，明白自己處於資源不足的生存死局中。是一起死，還是一部分人死、讓其他人活下去？在人類文明的道德約束下，他們的內心萬分煎熬，這正像是新文明剛產生時必須經過的陣痛。

最終，他們領悟到生存是第一需求的宇宙法則，並願意為之付出行動——發動內戰、消滅同胞；將別人逐出伊甸園，自己留下。此時的伊甸園，已經不再是充滿光明的樂土，而是一個黑暗角落。在這裡存活的人，已經不再遵循人類已有的道德規範。換句話說，最終活下來的太空新人類，其實已經不是原來意義上的人類，而是在黑暗森林中成長起來的新物種。

早在40多億年前，地球上便出現了第一批生命，海洋是牠們的家園。到了4億多年前的顯生宙古生代泥盆紀，劇烈的地殼運動造成大量陸地露出海面，海洋裡的部分魚類和兩棲類等生物，開始向陸地拓展生存空間。由於在陸地上只能呼吸空氣，身體受到的重力也和在水中完全不同，牠們只能改變自己的形態和習性來適應環境，因此出現了新物種。從生物的演

化歷史來看，這些走上陸地的生物，永遠地與牠們的祖先分道揚鑣了。用小說的話來講：「那些爬上陸地的魚，再也不是魚了。」

我們看到，包括章北海在內的所有人類面壁者都有一個共同認識，那就是人類不可能戰勝三體人。他們都不約而同地選擇，以破除人類既有道德和法律限制來脫困。就像雷迪亞茲所說，人類生存的最大障礙其實來自自身。儘管他指出人性是最根本的弱點，然而在地球世界中，非人性的解決方式卻不能被接受。正因為如此，前3位面壁者都被判定為犯有反人類罪，被剝奪面壁者的資格。

處在宇宙逃亡中的新人類，他們在獨特的太空環境中，領悟到宇宙生存的法則，並勇於行動，而使文明得以延續；但是他們的行為，是對地球世界業已形成的人性和道德底線的突破。從這個角度看，在這個第二伊甸園中孕育的新文明，與人類的第一個伊甸園一樣，也有原罪。

傳說中，亞當和夏娃違背神的命令，偷吃伊甸園的禁果。他們作為人類的始祖，將這一罪行傳給子孫後代，於是人類就有了與生俱來的原始罪過。這一罪過也成為人類一切罪惡與災難的根源，這就是「原罪說」。從章北海暗殺航太元老開始，一直到黑暗戰役，每一次付出的生命代價，都為逃亡宇宙的新文明奠定了基礎。在這新文明的後世子孫來看，何嘗不是一種原罪呢？

最終於黑暗戰役中勝出的藍色空間號，艦長是褚岩上校。對即將發生的黑暗戰役，他早有準備，事先命令戰艦提前抽掉飛船內部的空氣，讓飛船在次聲波氫彈的攻擊中免於覆滅。小說中，褚岩是主動請求追擊章北海的。作為一名傳奇人物，褚岩到底是不是鋼印族呢？對此，小說中沒有給出明確答案，各位可以盡情地發揮想像力。畢竟，我們也不能肯定希恩斯的思想鋼印計畫真的徹底失敗了。

小說寫到這裡，一方面，章北海犧牲了，但他帶領的飛船成功避開末日戰役，作為人類文明的一粒種子向宇宙深處飛去；另一方面，面壁者羅輯建立了與三體人的威懾平衡，使人類進入和平時代。至此，小說第二部《黑暗森林》也告一段落。

SCIENCE IN THREE-BODY

Every civilization is an armed hunter stalking through the trees like a ghost.

第十三章　達摩克利斯之劍
——三體威懾與賽局理論

　　面壁者羅輯創立了黑暗森林法則，並親身實踐——以黑暗森林打擊，即廣播三體星的座標為威懾，建立了人類文明與三體文明的威懾平衡。小說將研究威懾平衡的學問叫作「威懾博弈學」，其關乎人類文明的存亡。在真正的博弈學中，是否有能夠應對三體危機的策略呢？

　　完全沒有威懾度的程心，竟然被選為執劍人，這是真的嗎？ 借用一句廣告用語：「天下沒有不可能的事。」

 關鍵詞

　　賽局理論、合作賽局與非合作賽局、完全訊息賽局與不完全訊息賽局、零和賽局、策略性行動、邊緣策略、阿羅悖論

頭頂倒懸的利劍

羅輯用自己的智慧和勇敢，與三體文明建立了威懾平衡。三體人答應將水滴探測器撤出太陽系，飛船也不再航向太陽系，並向人類傳遞引力波發射技術等部分高科技（編註：引力波即重力波；相關用語本書統一使用引力）；否則羅輯將按下按鈕，透過太陽向宇宙廣播三體星座標，使三體星面臨黑暗森林的打擊。

首先，羅輯建立起來的是一種威懾，靠威懾使對方答應自己的要求。這種威懾的本質是要讓三體人相信，如果不接受地球方條件，就有極大可能性觸發威懾操作，從而暴露自身位置、招來黑暗森林打擊。其次，這也是一種平衡。對實施威懾的人類一方來說，這同樣是致命的。因為我們距離三體星太近了，而且還曾相互通訊。這種威懾是以雙方同歸於盡為後果的，因此被稱為「終極威懾」。

為了延續文明，三體人只能答應人類的要求；同樣地，人類也希望能以此讓自己的文明延續下去。雙方誰也不希望打破這種平衡，讓黑暗森林打擊變為現實。

一開始，羅輯保持威懾的手段是控制太陽系核彈鏈的起爆開關，後來在三體人的幫助下，人類建立了引力波發射器，他手裡握著的就變為引力波發射器的發射開關。

……兩個世界的戰略平衡，像一個倒放的金字塔，令人心悸地支撐在他這樣一個針尖般的原點上。

黑暗森林威懾是懸在兩個世界頭上的達摩克利斯之劍，羅輯就是懸劍的髮絲，他被稱為執劍人。

摘自《三體 III》

傳說中，西元前4世紀的義大利敘拉古城邦，國王狄奧尼修斯二世有一位寵臣，名叫達摩克利斯，他非常喜歡奉承國王。某天，國王提議兩人互換身分一天，這樣他就能體驗一下當國王的感覺。宴會上，達摩克利斯非常享受這份榮耀，但當晚餐快結束時，他才注意到王位的正上方有一根細細的馬鬃正綁著一柄利劍。原來，因為城邦的敵人眾多，國王便以倒懸利劍的方式警示自己，即便擁有如此巨大的權力和財富，也要時刻提防各種威脅。此時的達摩克利斯立刻失去對王位的興趣，請求國王放過他，他再也不想有這樣的榮耀了。這就是達摩克利斯之劍的故事。這則故事常被用來表示要居安思危，時刻警惕災難的降臨。同時，也被用來說明一個人擁有的權力愈大，所擔負的責任也愈大。

　　自從威懾平衡建立以來，人類與三體人這兩個文明的命運便完全掌握在羅輯一人手中。他作為執劍人，在全體人類的監督下，如何才能保持這份平衡呢？《三體》中圍繞著終極威懾，出現了一門新的理論——威懾博弈學。顧名思義，這一理論涉及博弈學。接下來，讓我們先簡單介紹一下相關理論的基本原理。

理性的競爭

　　博弈，字面的意思指賭博或下棋，一般用來比喻為了利益展開賽局。毫無疑問，在競爭中取勝是最終目標，但是「怎樣的行動能取勝」才是博弈論——賽局理論關注的焦點。

　　從人類誕生的那一天開始，賽局就已經存在了。我們的日常生活中，無時無刻不在上演一場場賽局。可以說，作為一種對利益的競爭智慧，賽局始終伴隨著人類的發展。大到國與國之間的對抗和周旋，小到企業或團體之間的競爭與合作，甚至是人與人之間的相處方式，無一不可透過賽局理論來解釋。中國古代早就存在賽局理論的思想，最具代表性的研究者就是軍事家孫武，他的《孫子兵法》既是一本軍事著作，也是一部賽局理論

專著。然而，賽局理論作為一門系統科學，距今只有不到100年的歷史。

　　1928年，美籍匈牙利數學家約翰・馮紐曼創立賽局理論並證明其基本原理。他將經濟生活看作一種由多人參與的賽局，參與者需要遵循一定規則，讓自己的利益最大化。馮紐曼用數學語言來描述參與者的多種行為類型，並用公理化體系對賽局理論進行嚴密的數學論證。之前提過，馮紐曼也是現代電子電腦的發明者，開創了電腦的馮紐曼架構。

　　最初的賽局理論離不開數學和經濟學。馮紐曼最早提出的賽局理論還只是數學理論，對現實生活影響甚微，因此沒有引起人們注意。直到1944年，馮紐曼與美籍德裔經濟學家奧斯卡・摩根斯頓（Oskar Morgenstern）合著出版《賽局理論與經濟行為》（*Theory of Games and Economic Behavior*），將最初的二人賽局推廣到多人賽局理論。這本書具有劃時代的意義，將賽局理論應用於經濟領域，奠定了賽局理論發展為一門獨立學科的基礎和理論體系。

　　對賽局理論的發展做出重要貢獻的還有一位著名人物，他就是美國普林斯頓大學數學系教授約翰・奈許（John Forbes Nash）。他認為在賽局中，參與者之間的關係分為2種——合作和非合作。1940年代末，合作賽局的理論已較為成熟，而學界對非合作賽局的理論則仍然缺少研究。1950年和1951年，奈許連續發表了2篇關於非合作賽局理論的重要論文，證明了非合作賽局中存在均衡解，這就是著名的「奈許均衡」。他的論文揭示了賽局均衡與經濟均衡的內在聯繫，奠定現代非合作賽局理論的基石，使賽局理論的應用範圍擴展到幾乎所有領域。幾十年後，奈許均衡已經成為賽局理論的核心理論，奈許甚至成為賽局理論的代名詞。1994年，奈許便獲得了諾貝爾經濟學獎。

　　賽局理論發展到今天，已經成為一門比較完善的學科，應用範圍廣泛。可以說，除了那些只探討無生命體的學科，賽局理論成為一門為大多數學科提供思維方法和分析技巧的學問。**通俗地說，賽局理論就是在一定情況下，充分考慮各方所有可能的行動方案，並運用數學方法找出最合理的行動方案。**

　　賽局理論主要包含4個基本要素。其一，至少要有2個參與者。其二是

利益，要以賽局為自己爭取利益。利益是目的，但不一定是金錢，可以是決策者在意的任何事物。沒有利益，就不存在賽局。其三是**策略**，也就是決策者制定的行動方案，這是賽局理論的核心內容。其四是**訊息**，這是制定策略的依據。掌握愈多對方的真實訊息，就愈可能贏得賽局，正如《孫子兵法》中所說的「知己知彼，百戰不殆」。

賽局理論中，有一個假定的前提——參與者都是理性的。這裡所謂的理性並非感性的反義詞，是指參與者是利己而非利他的，這樣才能產生賽局。如果參與者放棄對己方最大利益的追求，就失去了展開賽局的必要。因此，所有賽局都是理性的競爭。

剛才我們已經提過，賽局可以分為合作賽局與非合作賽局。合作賽局指參與者之間擁有具約束力的協議，協議的目的是在具體框架內合理分配利益，讓所有參與者都滿意；而在非合作賽局中則沒有協議要遵守，參與者需想方設法為自己爭取最大化利益，不考慮其他參與者的利益。因此非合作賽局更加複雜，也是賽局理論主要研究的內容。「囚徒困境」就是一個典型的非合作賽局例子。

除了上述的二分法，還有其他分類方法。例如：根據對其他參與者訊息的掌握程度，分為完全訊息賽局和不完全訊息賽局。《三國演義》中著名的空城計，就是典型的不完全訊息賽局。

此外，按照賽局結果，還可以分為正和賽局、零和賽局以及負和賽局。其中，零和賽局指參與者中一方獲益、另一方損失，參與者之間的獲益和損失之和為零，賭博和下棋就是典型的零和賽局；與此不同，負和賽局就是兩敗俱傷的賽局，例如：戰爭；正和賽局的結果則是共贏，現代社會中，人們的理想往往是正和賽局。

兩個世界的平衡

由此可知，賽局就是參與者要做出決策，為自己創造更有利的條件。

這種決策不僅要基於參與者對事物的認知，也要基於對對方可能進行的行為的判斷，確保彼此之間保持平衡。

回到《三體》，既然合作賽局的關鍵是如何分配利益，而非合作賽局的關鍵是如何爭取最大利益，從賽局類型來看，人類與三體人對地球控制權的爭奪，就是一場非合作賽局。

不僅如此，小說內容還告訴我們，這似乎是一場你死我活的零和賽局。

對人類來說，這場賽局的目的是使三體人不進攻太陽系、兩個文明和平共處。然而，三體人並不願意放棄太陽系，因為三體星所處的險惡環境促使三體人必須盡快找到可移居的星球。對三體人來說，這場賽局的目的很明確，就是占領地球；否則，三體文明將會在茫茫太空中失去目標，最終走向毀滅。因此，地球是雙方爭奪的唯一資源，只能被一方絕對占有。這場賽局就是零和賽局。

此外，在這場賽局中，三體人的科技水平碾壓人類，加上還有智子對人類進行即時監視，雙方的實力相差懸殊，對訊息的掌握程度也不對稱，因此這場賽局也屬於不完全訊息賽局。在這類賽局中，人類要想出奇制勝，就必須採取巧妙的策略。著名的「田忌賽馬」故事，就是這類賽局的典範。

賽局中，參與者要意識到互動行為的「交叉效應」，即參與者應當提前預估雙方未來的行動，並對互動結果進行預判，藉此倒推出當前可採取的最佳行動。也就是說，如果你知道別人的行為會影響你，你可以對其行為做出反應，或先一步預測對方將來的行為會對自己產生有利或不利的影響，就像圍棋對弈中棋手所做的判斷。或者，你可以乾脆先下手為強，改變其未來反應，從而增進自己能獲得的好處。如果你深知對方也瞭解你的行為將影響他，那你就會知道他將採取類似的行動，反之亦然。這種在交叉效應影響下的行動，構成了賽局中最有趣的部分。

接下來，我們就以賽局的角度來思考羅輯的行動。他在發出威脅時，首先考慮的是這種威脅必須可行，並且代價足夠大，大到足以阻嚇對方。對終極威懾而言，這個威脅是毀滅兩個世界，代價已經很大了。其次，這

種威脅的可行性已經被羅輯用一顆恆星作為試驗目標驗證過，宇宙中的黑暗森林打擊的確存在，而且到來的時間也很快。

　　小說中，羅輯建立了終極威懾之後，就打算退出人類與三體人的決鬥戰場，將觸發氫彈的控制權交給聯合國和太陽系艦隊。隨著控制權移交，人們認為面壁計畫這一歷史傳奇也永遠結束了。然而，聯合國和太陽系艦隊很快就意識到這個舉動存在巨大風險。為什麼這麼說呢？

　　因為，做出同歸於盡這一決策的權力如果是在聯合國或太陽系艦隊手中，也就是掌握在人類的大群體手中，這個威懾其實就不成立了。人類集體不可能做出毀滅包括自身在內的兩個文明的決定，這遠遠超出人類社會的道德和價值觀底線。三體人也明白這一道理。

　　於是國際社會又迅速將威懾控制權這個燙手山芋交還給羅輯。從表面看是推卸責任，但這在賽局理論中其實是達成威懾平衡的必然選擇。如何理解這種詭異的境況呢？

　　從本質上講，以終極威懾為代價參與這場賽局的只有兩方——人類與三體人。羅輯雖然是人類的一員，但在這場賽局中，他處於超然的境界，是獨立於二者的　個不確定因素。如果說終極威懾是鋒利的達摩克利斯之劍，人類與三體人是坐在劍下的人，那麼羅輯就是吊懸著利劍的那根細線。

　　從賽局理論的角度來看，這場角逐與策略性行動有關。

危險的邊緣

　　《三體》中的終極威懾在賽局理論中常稱為「最後通牒賽局」，這是建立在假設對方具備白利傾向的基礎上。也就是說，三體人會綜合各個因素來衡量自己的收益，而不是意氣用事，寧可犧牲自己的利益也要讓人類難堪。小說情節中，羅輯就是料想到三體人不會以目前唯一可移居的星球——地球作為代價與人類賭氣，只能選擇放棄或者暫緩進攻。

　　然而，這一策略在操作層面上沒那麼簡單。要想建立終極威懾，除了

要考慮其可行性和代價，實際上更要評估其可信度。換言之，關鍵在於能不能讓對方相信。假如三體人不肯放棄進攻太陽系，人類就會說到做到、果斷地廣播座標，雙方都逃脫不了必然毀滅的下場。如果人類無法確立自己的信譽，終極威懾就無法成立。

如此看來，終極威懾這個賽局本身就存在矛盾。賽局的目的是達成和平共處的平衡，而不是實踐廣播這個威懾操作；然而如果不執行這個操作，又哪裡有威懾力呢？所以，在這種情況下，事態是非常微妙的。威懾本身固然有效，但用不好就會成為一次無用的冒險。若對方不相信我方會發射廣播而偏不妥協，結果可能就是大家都走向毀滅。

賽局理論指出，參與者可透過策略性行動來改變原本規則，產生2階段賽局。第一階段，指明在第二階段要做什麼，讓對方明白；第一階段的不同行動將對應之後不同的策略性行動，從而改變第二階段賽局的結果。

策略性行動一般分為3類——承諾、威脅和許諾。目的都是讓第二階段賽局的結果對參與者自身有利，採取哪種行動是根據具體情形而定，最重要的是要讓對方相信你在第二階段確實會說到做到，做你在第一階段宣布的事。可見，策略性行動成功的關鍵是可信度；而衡量的標準是置信度，《三體》中稱作「威懾度」。

　　終極威懾成功的關鍵在於，必須使被威懾者相信，如果它不接受威懾目標，就有極大的可能觸發威懾操作。描述這一因素的是威懾博弈學中的一個重要指標：威懾度。只有威懾度高於百分之八十，終極威懾才有可能成功。

　　人們很快發現一個極其沮喪的事實：如果黑暗森林威懾的控制權掌握在人類的大群體手中，威懾度幾乎為零。

摘自《三體Ⅲ》

實際操作中，策略性行動往往存在不確定性，隱藏著巨大風險，因此對賽局參與者的決斷力和實施的手段步驟都有很高要求。有一種被稱為

「邊緣策略」的方法可以用於實現策略性行動。

　　邊緣策略也被稱為「邊緣政策」。這一名詞出現在冷戰時期，用來形容近乎要發動戰爭的情況，指參與者到達發動戰爭的邊緣，從而說服對方屈服的策略。之所以叫這個名稱，就在於這種策略意在將對手帶到災難邊緣，迫使其撤退。邊緣策略的本質即故意創造風險，並讓這個風險大到對手難以承受，從而迫使其按照自己的意願行事，以化解這個風險。

邊緣策略

　　打個比方，一個直接的危險就像一處邊緣，一邊是生、一邊是死。實際情況下要應對這類危險的操作往往很困難，因為大家並不知道這個致命的邊緣到底在哪。而在邊緣策略中，這個邊緣則被處理成一個光滑斜坡，一旦滑入，誰都不能輕易控制事情的走向；但是也並非像跳下懸崖般毫無後悔餘地，只要對方想改變，就有機會跳出絕境。簡單來說，我方會製造一個危機，同時讓對方可以用行動來彌補或挽救。這種策略能促使對方按照我方預想的方向行動。

　　邊緣策略可以用於處理危機事件。國際事務中，有些事關重大的危機事件往往就是照這個思路來處理並最終化險為夷，而這在軍事和政治層面

上的效果尤為顯著。冷戰時期，美國政府便充分利用邊緣政策來迫使蘇聯讓步。1960年代曾經出現的古巴導彈危機事件，將整個世界拖到爆發核戰的邊緣，最終美國和蘇聯以類似的賽局模式平息了危機。

邊緣策略的要點有2個：其一是我方行動必須是對方可觀察的；其二需是不可逆的。《三體》中的終極威懾都成立了。首先，三體人有智子，可以即時觀察人類，尤其是執劍人的一切行動；其次，執劍人按下按鈕，發射引力波訊號並觸發黑暗森林打擊，這個過程是不可逆的。從這個角度來看，保證引力波發射臺的安全，就是整個計畫成功實施的關鍵因素之一了。因此，人類在設計建造引力波發射臺時，計畫在不同的大洲分別建立多個相距很遠的發射臺，用來確保威懾度。人們甚至還建造了一艘可以發射引力波的太空船——萬有引力號。

面壁者的幽靈

在這裡，我們不妨再舉個例子，看看在兩個掌握核武的超級大國之間發生危機時，邊緣策略如何起作用。

當A國受到來自B國的進攻威脅時，處於被動的A國可以乾脆地回應B國，說假如B國不放棄，自己就會動用核武等終極武器，將B國置於死地。問題在於，引發一場全球性核戰實在太誇張了，可信度太低。因此，A國不能直接以終極武器來打擊B國，只能以之威脅對方。

我們知道，強迫性威脅往往必須設置一個最後期限。沿著這個思路繼續想像，假設A國告訴B國必須在某個最後期限前撤退，否則A國就會動用終極武器。如果B國傾向於認為A國並不會真的動用核武、將整個世界夷為平地，就不會在A國規定的期限前撤除威脅。這樣一來，賽局結果便是A國只能考慮延長留給B國的最後期限。最終結局就是最後期限一拖再拖，如此沒完沒了，無法真正解決問題。也就是說，B國可以藉由拖延戰術讓A國的策略無效。

你會怎麼幫助Ａ國擺脫這個不利的處境呢？邊緣策略行動的關鍵在於，一個威脅假如一定奏效，發出威脅者永遠不必付諸實施。重點在於要讓對手明白，實施這個威脅的過程中可能出現超出你控制的局面，你也沒有絕對把握。也就是說，這裡的關鍵點是要引入不確定性因素。而這正是邊緣策略最精妙的地方。

　　表明戰爭必然爆發的確定性威脅無法讓人信服，但表明戰爭可能爆發的風險是可信的。因此上述例子中，Ａ國可以用「有爆發核戰的風險」，而不是「確定會爆發核戰」來威脅對方。

　　例如，Ａ國可以採取一種國際通行的制裁措施。這種措施往往有其他多個國家共同參與，不可能由Ａ國獨自牢牢控制局面。這就等於向對手表明，自己採取的這個措施可能引發超出計畫範圍的風險。要知道，其實Ａ國的目的只是想讓Ｂ國放棄進攻，而不是刺激對手採取進一步的報復行動。請看，這是不是很像小說裡人類面臨三體艦隊入侵的處境？

　　總結一下，邊緣策略告訴我們，有時候可以創造危機，而不是直接威脅。因為危機會使很多事情超出當事人的控制範圍。你要讓對方知道，這麼做不是你願意的，而且後果會超越你的控制範圍，就算是大家同歸於盡，也是沒辦法的事。只有這樣才會讓對方感到害怕、進而服軟。所以，在邊緣策略中，很重要的一點是讓對方認識到這並非二人賽局，其中存在某些不可控的外在因素。

　　回到《三體》，黑暗森林打擊來自宇宙中的其他文明，是人類和三體雙方都無法控制的，這就屬於外在因素。另外，執劍人也是外在因素之一。執劍人被稱作「面壁者的幽靈」，與面壁計畫一脈相承。

　　面壁計畫貫穿《三體Ⅱ》，其基本原則完全違背了人類社會的自由民主精神。誰來做面壁者、面壁者怎樣展開計畫，這些都不由民眾決定，這正是面壁計畫總是引起社會爭論、始終處於風口浪尖的原因。

　　當三體水滴探測器一舉殲滅人類所有戰艦時，人類社會徹底陷入絕望。任何一絲希望，都可能被人類看成手中的救命稻草。在智者看來，此時解救人類的辦法至少還有２個──逃亡和建立威懾。既然是威懾，就要

有與之對等的代價。面壁者雷迪亞茲的下場仍然歷歷在目，這使羅輯明白，他建立的威懾不可能以常規方式得到公眾認可。他只能先斬後奏，以自殺相威脅，與三體人達成威懾平衡。於是，讀者在小說中會反覆看到一件怪異的事——要拯救人類，就必須瞞著公眾。就像面壁計畫之名，面壁者只能獨自進行。換句話說，面壁者和他們的計畫，就是獨立於人類文明和三體文明的第三股不可控因素。

完成第一次威懾後，羅輯將開關交給聯合國和太陽系艦隊，但是這個開關很快又被交還給他。因為政府此時才意識到，人類的大群體不可能做出自我滅亡的決定，政府掌握開關無異於自毀長城。聯合國認為，一個個體的反應和決策是無法預測的。沒人知道這名執劍人會不會因為某天忽然不高興，而賭氣按下那個死亡按鈕，一個人的內心世界是根本看不透的。這樣一來，掌控黑暗森林打擊威懾的任務，就成了面壁計畫的後續行動，執劍人因此被稱為面壁者的幽靈。

從賽局的角度來看，執劍人就是超然於人類和三體人之外的第三方角色。《三體 II》的最後，羅輯在與三體人決戰時，他要求三體人向人類傳授引力波發射技術，前者準備討價還價，結果羅輯說了以下這段話。

> 「那是你們和他們的事。奇怪，我現在感覺自己不是人類的一員了，我的最大願望就是儘快擺脫這一切。」
>
> 摘自《三體 II》

你看，此時的羅輯，已然感到自己所處的超然地位。

沒有爆炸的炸彈

作為面壁者的幽靈，執劍人的身分有雙重意義。上面介紹的是第一重意義，下面再來看另一重意義。

當聯合國將引力波發射器的開關交還給羅輯時，羅輯完全可以不接受，但他還是同意繼續履行這份責任。他用自己的生命贏得和平，又手握開關、堅守著執劍人的崗位，以幾乎後半生的時間來守護和平，為人類撐起一把保護傘。在威懾平衡的搖籃中，人們覺得歲月靜好，慢慢忘記了黑暗森林中的死神，認為美好的一切都是理所當然的。

然而，隨著時光流逝，人們發現人類對三體文明的任何政策，都不可能繞過執劍人。沒有他的認可，人類的要求對三體文明就不會產生任何效力。執劍人就像面壁者一樣，擁有巨大的權力。於是，羅輯在人們心目中的形象慢慢發生變化，他由救世主漸漸變成一個不可理喻的怪物和毀滅世界的暴君。於是國際社會上，要求更換執劍人的呼聲愈來愈高。

我們看到，執劍人同面壁者一樣。對執劍人來說，這個角色並不代表權力，而是一道魔咒。這註定了救世英雄的悲劇結局——人類不但不感謝他們，還會唾罵他們是騙子、是獨裁者。

歷史上有多少人曾像羅輯那樣，捨身拯救即將滅亡的世界？也許只有那些拯救世界的人才知道。世人永遠不知道「沒有引爆的炸彈」的存在；就算知道了，往往也不在乎。這與人類不感謝羅輯何其相似！嗚呼哀哉，古今中外，人類歷史上有多少真正的志士豪傑、幕後英雄能被歷史記住，又有多少能流芳百世？

更換執劍人

經過上面的分析，我們認識到，從賽局理論的邊緣策略來看，執劍人就是獨立於人類和三體人的不可控因素，對建立威懾平衡來說必不可少。然而，羅輯用生命贏得並守護了世界和平，卻使人們慢慢忘記黑暗森林中的死神。人類不但不感謝羅輯，反而還要求更換執劍人。

如前所述，《三體》引入威懾度的概念來描述，三體文明不接受威懾目標時，執劍人可能觸發威懾操作的可能性。從數據上看，羅輯的確是合適

的執劍人。社會公眾不可能集體做出自我毀滅的決定，人類群體的威懾度為零，因此如果要更換執劍人，就必須從人類的個體中選擇。

當然，單從理論上看，應該挑選一個威懾度高的人才行。然而，讓全世界來選擇一名執劍人，並不僅是一道數學問題。

小說裡交代，從危機紀元開始到威懾紀元61年，人類社會經過200多年的發展，科技取得大幅進步，生活日益變得舒適，人們漸漸淡忘三體危機。新時代出生的人中沒人願意當執劍人，反倒是從危機紀元初期冬眠過來的人中有人想參加執劍人的競選。那時，人們把在危機紀元初期就進入冬眠的人叫作公元人。正式提出競選申請的6人都是公元人，且為45～68歲的男性。他們每個人都有很深的城府，在冷冰冰的面孔下，沒人知道他們在想些什麼。

就在全世界展開執劍人競選之際，小說第三部的主角程心剛剛從冬眠中甦醒。她也是公元人，被喚醒的原因是因為聯合國要從她的手中購買一顆恆星的所有權，而這必須經過她本人同意。冬眠了264年的程心並不瞭解世界現狀，連執劍人是怎麼回事都不知道。

那6名執劍人競選者一起來找程心，勸說她不要參與競爭。他們說，假如程心參選，很可能成功，但他們給出的幾個理由聽上去好像並沒有什麼道理。

首先，他們說程心曾經在戰略情報局工作過，而這個機構曾對三體文明採取許多偵查行動，是歷史上的一個傳奇，這段經歷會給程心在競選中加分。然而實際上，這個理由根本站不住腳。別說戰略情報局了，在對付三體人的歷史上，整個人類社會都沒有取得什麼可以和羅輯的終極威懾相提並論的成就。更何況，程心不過是在戰略情報局工作過的一個普通職員罷了，並沒有值得驕傲的成績。

其次，當前人類中，程心是唯一一個擁有另一個世界的人。因為她有一顆別人匿名贈送的恆星。當聯合國要花重金從她手裡購買這顆恆星的所有權時，她打算免費贈送。於是，人們相信她理所當然會拯救地球。不過，在我看來這個理由並不是很有邏輯。

最後一個理由是，人們無法信任那幾位公元人競選者。他們與現在的社會格格不入，沒人能猜得到他們有什麼目的。這不禁讓人想起200多年前那可笑的面壁計畫。決定兩個文明命運的權力，怎麼可能放心地交給他們呢？與他們剛好相反，程心從小在愛的呵護中長大，對世界總是充滿愛心和責任感。作為讀者，你一定希望自己身邊都是像程心這樣的朋友，對吧？

以上這些都是其他競選者認為程心極具競爭力的理由。就在這樣詭異的局勢下，全民投票開始了，民眾要選舉新的執劍人。作為讀者的我們幾乎都覺得，從理性分析的角度來看，絲毫沒有威懾度的程心不可能競選成功。然而結果是怎樣呢？她的選票是第2名的2倍，程心以壓倒性的優勢贏得了執劍人的資格。

威懾度最小的程心當選為新的執劍人

讀到這裡，你是不是感覺有點怪異，怎麼會是這種結果呢？小說中沒有寫人類中是否還關心威懾博弈學。程心的威懾度很低，按照威懾博弈學的理論，她作為執劍人對三體文明幾乎不形成任何威懾。難道200多年以後，人們的智商都集體退步了嗎？相信不少讀者也認為這是小說的一個槽點吧。

　　不過，倒是有一個關於民主選舉的理論叫作「阿羅悖論」，也許能對這個怪異的選舉結果做出比較合理的解釋。

不可能定理

　　阿羅悖論又稱「阿羅不可能定理」，這個特殊的名稱使其備受關注。這是一個關於投票選舉的理論，由美國經濟學家、哈佛大學教授肯尼斯·約瑟夫·阿羅（Kenneth Joseph Arrow）提出。

　　身為戰後新古典經濟學的開創者之一，阿羅在微觀經濟學和社會選擇等方面卓有成就，並因在一般均衡理論方面的突出貢獻榮獲1972年的諾貝爾經濟學獎。1950年代初，只有30幾歲的阿羅就提出一個驚人的理論——阿羅悖論。

　　阿羅在經濟學著作《社會選擇與個人價值》（*Social Choice and Individual Values*）一書中，採用數學的公理化方法，對社會通行的投票選舉方式進行深入分析。他發現，這種方式在絕大多數情況下，都不可能產生合乎所有人意願的選舉結果。他的這一理論，證明了完全民主事實上是不可能的。這使數學家和經濟學家感到震驚，立即在全世界的學術界中引起爭論。諾貝爾經濟學獎得主保羅·薩繆爾森（Paul Samuelson）這樣評價阿羅的發現：「其證明了歷史上探索完全民主的偉大思想，本身就是一種妄想、一種邏輯上的自相矛盾。現在全世界的學者，包括數學領域、政治領域、哲學領域和經濟學領域的，都在試圖挽救經過阿羅的毀滅性發現後，還剩餘的任何有價值的東西。」

阿羅悖論本身其實並不複雜，說的是**不可能從個人偏好順序推導出群體偏好順序**。社會中，當我們要做出選擇時，每個人都有自己的偏好。我們總是希望在社會群體決策時，最終結果能代表自己乃至所有人的意願和偏好。但是阿羅悖論證明，當候選者超過2名時，以所謂最民主的「一人一票」投票方式來說，根本不存在既符合所有人偏好、還能達成共識的選舉結果。

阿羅悖論說明，社會並沒有一種客觀反映群體偏好的方法。哪種偏好得以反映出來，完全取決於選舉規則，不同的規則得出的結果可能完全不同。現今社會，人們普遍相信民主，認為比獨裁更能保證決策的正確性。但是，到底什麼是民主呢？我們一般會想到「少數服從多數」這個原則。可是，為什麼少數一定要服從多數？為什麼這樣就是好的？這些問題其實很難回答。

首先，遵循少數服從多數，不是因為胳膊擰不過大腿。文明社會中，以投票來確定何種意見得到更多支持，總比採取戰鬥的成本更低。民主也許是人類有史以來發現的唯一能和平實現變革的方法；然而這種多數民主是否也是另一種強權呢？

其次，人們總是傾向於認為多數人的決定比少數人的明智。但這需要一個假設的前提──所有人都知道自己的利益到底是什麼，而這在歷史上並不總是成立。例如：當年雅典人就以民主投票的方式，處死了他們最偉大的哲學家蘇格拉底。很多時候，也許真理掌握在少數派手中，但是他們只能眼睜睜地看著大家一起往火坑裡跳。

平時的生活中，群體思維是很值得關注的現象。當人們被捲入一個高凝聚力的團體，在進行決策時為了維持表面上的一致，往往會忽視不一致的訊息。換言之，群體迫於從眾壓力而無法做出客觀評價。群體思維往往會對群體決策的合理性產生嚴重影響。法國社會心理學家古斯塔夫‧勒龐（Gustave Le Bon）在《烏合之眾》（*The Crowd*）這本書中一針見血地指出：「群體盲從意識會淹沒個體的理性，個體一旦將自己歸入該群體，其原本獨立的理性就會被群體的無知瘋狂淹沒。」

最後，即便我們知道多數人會犯錯，但也不能剝奪他們表達意見的權利。然而，這就等同任何人都有權保持愚蠢。如果你放棄這個權利，別人也會代替你愚蠢。

　　總之，這些理由聽上去都不是那麼讓人放心。據說曾經有一名巴西記者問愛因斯坦應該如何建立一個美好世界，愛因斯坦答道：「你認為可以由少數人來組織經濟工作，這些人都是已經通過測試，被證明有能力、熱情而無私的人。你的這個主張，我看在原則上是合理的。然而，我無法相信你選擇人的方法。因為這是一種典型的工程師式理想主義，而人畢竟不是機器。此外，我想光找到10個能人是不夠的，你必須讓世界上的人都服從他們的決定和命令才行。而這個問題要比選出一些能人困難得多。畢竟從古至今，平庸的人都可能以某種普遍認可的方式當選。」

　　瞭解了阿羅悖論後，讓我們再回到小說。單是從理論上看，你還會確信威懾紀元時的人類一定會選出真正能保護自己的執劍人嗎？

SCIENCE IN THREE-BODY

*Advance ! Advance !
We'll Stop at nothing to
advance !*

第十四章　聰明反被聰明誤

——三體的詭計和人類的奇遇

　　執劍人選舉中，程心以比第2名多出1倍的選票當選。這一結果出乎大多數讀者的預料。經由上一章的分析，我們知道，從理論上說，即便是一人一票的選舉方法，也不能選出讓所有人都滿意的結果。

　　不過除此之外，單從小說內容出發，是否有支持這種選舉結果的證據呢？

關鍵詞

鷹派與鴿派、智子盲區、四維空間碎塊、聖女貞德

人類的江湖

《三體》中，程心當選執劍人並不一定完全是人類的意願，三體人在執劍人的選舉過程中也許發揮了巨大作用。

先從人類這方面來看。威懾紀元61年，程心從冬眠中甦醒，聯合國聲稱要從她的手中購買一顆恆星的所有權。這顆恆星是別人匿名送給程心的，她當然不可能變賣。於是程心提出無償放棄對恆星的所有權，將之贈予聯合國。但聯合國一定要買下這顆恆星，而且支付她一筆巨額費用，足夠她成立一家跨國大公司，於是程心一夜之間搖身一變成為超級富豪。聯合國當年出售這顆恆星時，標價只有300萬人民幣（編註：約1300萬台幣）。對他們來說，這完全是一個虧本買賣，令人感到不可思議。這個交易，不免讓人懷疑聯合國真正的用意。

與此同時，程心還莫名其妙地遭到槍擊而險些喪命，直到這時她才第一次知道執劍人這個概念。後來，她又遇到6名執劍人競選者，勸說她不要參與競爭，而他們列出的理由似是而非，細想都站不住腳。他們讓程心明白了，以她的資格，她是完全可以參選的。

俗話說「有人的地方就有江湖」。歷史上，政治力量內部根據立場的不同，難免會出現對立。小說第三部《死神永生》的第2章提到，三體危機出現後，人類政權內部就分化為鷹派與鴿派（編註：主戰派與主和派）。

鷹派主張對三體文明採取強硬政策，應該徹底解除飛向太陽系的三體艦隊武裝，最多只能接受少量脫水後的三體人來到太陽系。至於將來要復活其中多少人，還要看人類的決定。

鴿派則在應對三體危機上採取比較溫和的態度。他們主張宇宙間所有文明都擁有完全平等的人權，人類應該與三體人建立一個和平共處的世界。小說中還說，在羅輯建立威懾平衡後，三體人藉由智子向人類傳遞不少科技知識。可以想到，這一切可能都是經由鴿派實現的。鴿派獲得了三

體人許多幫助，一舉成為人類政壇的主導力量，而鷹派只能在野。

不難猜到，鴿派當政後，為了從三體人那裡獲取更多利益、鞏固自身地位，必須對三體人有所回報才行。當然，這個回報從表面上看，至少應該不會對人類整體利益造成危害才行，例如：三體人要求他們高價從程心那裡購買一顆恆星的所有權。這對當政的鴿派來說，也許根本算不上什麼了不起的事情。這一行動的結果就是，程心被告知自己在宇宙中擁有另一個世界。本就很有愛心的她，現在又成了超級富豪。不僅如此，三體人還讓地球行星防禦理事會的主席親自與程心談話，代表聯合國和太陽系艦隊正式提出希望她競選執劍人。

人類政權內部的鷹派與鴿派

匪夷所思的操作

三體人在威懾時代究竟採取了哪些措施呢？

首先，三體人的目標一直都很明確，就是占領太陽系、移居地球，所以任何行動都必須圍繞這個目標考慮才會有意義。如前所述，三體人不但

擁有超高智商，情商也不低，並不會毫無目的地採取行動，而這正是我們分析三體危機現狀時需要考慮的前提。

三體人為了進一步表達贊成程心當選執劍人的意願，甚至特意安排智子與程心會面。在此之前，小說裡的智子都是一個智能化微觀粒子，而如今成為一個用仿生技術製造的人形機器人。這個機器人由智能粒子控制，形象是一名美麗的日本女性，名字還叫智子。從智子身上，我們不難看出那時三體文明的人工智慧技術已經非常先進。

智子就是三體文明在地球的大使，人類可以從她這裡瞭解三體文明、學習三體人傳授的高科技。她也表示，三體人仰慕人類的文化與藝術，願意虛心向人類學習，並用心體會和模仿。不到10年的時間，三體人竟然也創作出電影。這些電影在地球上映後，人類觀眾竟然無法分辨是三體人還是地球人的作品。小說中把這些現象稱為文化反射。隨著時光流逝，在人類大眾的眼中，三體人不知何時已經從曾經的敵人慢慢變成了「鄰家姑娘」、茫茫宇宙中的「紅顏知己」。

讀到這裡，你是否感覺到哪裡不對勁？是啊，人類的想法怎麼和三體人變得一致呢？你應該聽過這句話：「沒有永遠的朋友，也沒有永遠的敵人，只有永遠的利益。」看來在共同利益面前，地球政府向三體人妥協了。上面這些情況，可能是三體人的計謀，為的就是讓程心做新的執劍人。三體人確信，程心接替羅輯的時候，正是他們可以大舉進攻地球之時。為了這個行動，三體人可謂謀劃已久。

隱藏自己的鏡子

自危機紀元開始，由於智子的存在，三體人對地球和人類的情況瞭如指掌。進入威懾紀元後，三體人大度地向人類傳授科技知識，人類卻得不到任何關於三體人本身的細節訊息，三體人對人類來說始終籠罩在神祕的面紗中。

對這種訊息不對等的情況，三體人解釋說，自己的文化十分粗陋，不值得展示給人類，否則可能對雙方已經建立起來的交流帶來意想不到的障礙。換句話說，三體文明就像一面鏡子，人類從三體人那裡看到的只是自己文化的反射而已，永遠看不到鏡子本來的樣貌。這讓人不禁想到，那個有著全反射表面的三體水滴探測器。三體文明的哲學理念之一，就是透過忠實地映射宇宙來隱藏自我，他們認為這是融入永恆的唯一途徑。可惜的是，這一情況的詭異之處並沒有引起威懾紀元的人們重視。鴿派所謂宇宙大同的言論，蒙蔽了群眾的眼睛。

事情果然如三體人所料，威懾紀元62年，程心在執劍人的競選中勝出。半年後，她正式接替羅輯。就在交接引力波發射器開關後的5分鐘，三體人就對人類發起了攻擊。三體人早已料定，事變發生時，程心不可能下定決心發射引力波訊號。隱藏在地球附近的6架水滴探測器迅速撲向地球，10分鐘內就把地球上的3架引力波發射臺全部消滅。而在這10分鐘裡，程心果然沒有按下開關。一架水滴探測器封鎖了太陽，人類再也無法向宇宙發送任何訊息了。至此，黑暗森林威懾徹底失敗，威懾紀元結束，水滴探測器一舉占領地球，只等三體艦隊的到來。62年前，羅輯建立威懾平衡的時候，三體人曾經答應撤走太陽系中所有水滴探測器；如今看來，三體人顯然一直在欺騙人類。

三體人的如意算盤

痛定思痛，人類的終極威懾失敗不能全都怪程心。

終極威懾是以毀滅兩個世界為代價，因此威懾者和受威懾者都會感到恐懼。這也恰恰說明了為什麼人類沒有在地球上建造更多引力波發射臺，小說裡一開始一共建立了23個，結果發生了針對南極發射臺的恐怖襲擊事件，人們便主動拆除了20個，只留下3個。此外，對可移動式引力波發射臺——也就是攜帶引力波發射天線的太空船，地球政府一直諱莫如深，

以成本太高為由只造了一艘萬有引力號。究其原因，無非也是害怕一旦局面失控，這艘飛船飛進太空將對地球造成威脅。當然，這也是三體人的想法，萬有引力號最好一直在地球附近，不要飛得太遠。

實際上，精於計謀的三體人早在更換執劍人的5年前，就已經開始採取一系列行動了。威懾紀元57年，三體第二艦隊祕密向太陽系起航。三體人知道，這支艦隊將於1年後穿過一片星際塵埃雲，留下航跡。這些航跡距離地球4光年，也就是說大約4年後就會被地球人監測到而暴露，並可能引發執劍人羅輯的威懾操作，這一風險是三體人無法承擔的。於是三體人提前5年開始實施讓地球政府更換執劍人的計畫，並在程心接替執劍人時，以迅雷不及掩耳之勢一舉消滅地球上所有引力波發射臺。

不過事發之時，萬有引力號並不在地球附近航行。這一點和三體人的計畫有所不同，局勢因此變得複雜起來。

關於萬有引力號的行蹤，小說交代，60多年前人類的逃亡飛船之間爆發了黑暗戰役，最終只剩下褚岩帶領的藍色空間號飛船獨自飛向外太空。藍色空間號成為人類文明和三體文明共同的敵人。人類決定派出唯一一艘恆星級飛船萬有引力號前往追擊，三體人則派出水滴探測器與其同行。威懾紀元13年，萬有引力號和護航的2架水滴探測器啟程。按照目前2艦的速度和各自的能源儲備，萬有引力號需要50年才能追上藍色空間號，會合處距離地球約1.5光年。無巧不成書，飛船上的引力波發射天線的壽命限制，正好也將在50年後失效。

三體人認為，只要保證追擊途中萬有引力號始終在水滴的監控之下，就不會發生意外。50年後萬有引力號的天線臨近失效，就可能不再具備發射引力波的能力，也就失去了威懾作用。因此，三體人決定在威懾紀元62年這年更換執劍人。

三體人的如意算盤是在2艦會合之際，用水滴探測器一舉消滅，而此時正好是地球上執劍人交接引力波發射器開關的時刻。

鋌而走險

　　不過，三體人在部署計畫時需要仔細考慮一個細節。

　　三體人靠著智子瞬時傳遞訊息，而這會給三體人實施計畫帶來一些麻煩。假如外太空的2艦會合與地球上執劍人的交接沒有同步發生，前者稍微早一點，這個消息就會被即時傳到地球，引發羅輯的威懾操作；相反地，如果稍微遲一些，萬有引力號便會得知地球上的引力波發射臺被消滅的消息，從而毫不猶豫地發送引力波。可見，三體人靠智子來即時聯絡，就必須嚴密控制這兩個重大事件的發生時刻，否則將前功盡棄。然而，根據人類社會的規則，從選出新執劍人到具體交接控制權的時間雖然不會超過1年，但也不能被精確預知，因此三體人的計畫實施起來十分困難。

　　那該怎麼辦呢？三體人認為，只能人為地中斷智子通訊，不讓地球人和萬有引力號藉此即時聯絡，而是採用其他通訊方式，如：利用中微子或電磁波。這些方式都是以光速傳遞訊息，訊息的單向傳遞會造成時間差，這將成為三體人計謀得逞的關鍵。

　　當然，由於中斷了智子聯繫，三體人也不能即時控制護航的水滴探測器，必須在中斷前預先設定好水滴探測器對萬有引力號發起攻擊的時刻。

　　那麼，什麼時候中斷智子的通訊合適呢？三體人需要綜合考慮以下2個因素：其一是飛船與地球傳遞訊息的時間差，預計有1年又3個月的延遲；其二是從競選執劍人到更換執劍人，完成各種手續的時間不會超過1年。最終三體人決定，在2艦會合前1年，也就是威懾紀元61年，中斷飛船和地球的智子通訊。

　　但還有一個問題，人類會不會發現智子通訊中斷是三體人故意而為呢？對這一點，三體人也早有預謀。

　　如前所述，小說中交代，2個智子的超距連接靠的是量子糾纏效應，因此很容易受到干擾而失去連接，而且一旦斷連就不可能重新連接。人類

也發現，智子一進入某些裝備特殊電磁設備的空間，就會失去連接，這個空間就叫作「智子盲區」。宇宙中，很可能也存在自然狀態下的智子盲區。因此，三體人就向人類解釋說，萬有引力號不幸進入宇宙中的某個智子盲區，使人類與飛船、護航水滴上的智子失去聯繫。

至此，我們可以將三體人在幾十年間臥薪嘗膽、運籌帷幄，企圖一舉擊敗人類的計畫總結如下：

首先，威懾時代之初，先向人類示好以贏取信任，並藉機幫助鴿派上位，為更換執劍人做好準備。找到合適的執劍人候選者程心，促使執政的鴿派給她財富和人格光環。製造各種機會，對她動之以情、曉之以理，勸說她參加競選。同時授意鴿派操縱競選程序，讓程心最終當選。

其次，將水滴探測器隱藏在地球附近且不會被人類發現的地方，保證更換執劍人後，可以立即打擊地球上的引力波發射臺，並用電波封鎖太陽。

再者，威懾紀元13年時，派水滴探測器與萬有引力號同行，準備50年後與藍色空間號會合時，將2艦一起消滅。關鍵的一點是，在2艦會合前1年要故意中斷智子通訊，切斷萬有引力號和地球之間的即時通訊。此外，還要預先設定好水滴探測器對萬有引力號發起攻擊的時刻，盡量與地球執劍人的更換時間保持同步。

最後，計算好三體艦隊的航跡被人類發現的時間，在執劍人更換前5年起航，飛向太陽系。

如此看來，三體文明為了生存可謂煞費苦心。而人類在三體的計謀面前，則顯得過於幼稚。

多麼痛的領悟

三體人經過祕密謀劃和精心實施，在執劍人交接之際，一舉結束了黑暗森林威懾，控制了地球。

此時，人類並沒有感覺太失落，畢竟離三體艦隊來到地球還有1、200

年的時間，現在的這一兩代人還能好好地生活。然而，這個美夢很快就被打破了。天文學家觀測到三體艦隊都是由光速飛船組成。原來，三體人與人類交流訊息、受到人類文明的影響後，三體文明的科技迅猛發展，研製出光速飛船。威懾紀元57年，三體人派出由415艘光速飛船組成的第二艦隊，最快只需要4年時間就能到達地球。人類的末日指日可待。這簡直是晴天霹靂，人類社會再度陷入絕望。

為了給4年後三體艦隊抵達地球做準備，三體人開始在全球範圍內推進人類在地球上的移民。在三體人的威逼利誘下，40多億地球人於1年中完成向澳洲的移民。地球人居住環境變得擁擠、糧食短缺，澳洲就像一輛開往不歸路的囚車，上面的犯人已經快把車廂擠爆了。人類一下子回到原始時代。此時，智子說了一段話。

> 「生存本來就是一種幸運，過去的地球上是如此，現在這個冷酷的宇宙中也到處如此。但不知從什麼時候起，人類有了一種幻覺，認為生存成了唾手可得的東西，這就是你們失敗的根本原因。」
>
> 摘自《三體 III》

到這個時候，人們終於看清這個滅絕計畫的真相，不過一切似乎都晚了。

東風不與周郎便

不過人算不如天算，事情的發展並非完全如三體人所料。

由於與萬有引力號上的智子的連接被中斷，三體人並不知道關鍵時刻在遙遠的外太空到底發生了什麼。就在2艦匯合之際，藍色空間號的士兵奇蹟般地制服了水滴探測器，與萬有引力號成功會師，人類在外太空的唯

——支力量終於保全下來。

　　藍色空間號的艦長褚岩根據從萬有引力號上得到的消息，正確分析了形勢，他指出無論怎樣，需要大家馬上做出決定，是否應該啟動萬有引力號上的引力波廣播、給地球一個機會。褚岩補充說，一旦廣播三體星座標，太陽系也會暴露，黑暗森林打擊隨時可能降臨，那裡再沒有任何被占領的價值。這一方面可以將三體文明從太陽系趕走，另一方面也能給人類爭取一些時間，盡可能讓更多人類逃離太陽系。2艦一共1400多名官兵投票表決，大多數人都贊同啟動廣播。

　　1年多後，三體艦隊收到引力波訊號，只好立刻轉向，離開太陽系，飛向宇宙深處。因為，太陽系和三體星從此都成了全宇宙都避之不及的死亡之地。三體人機關算盡卻百密一疏，結果竹籃打水，反倒失去了三體星。

　　唐宣宗大中4年（西元850年），杜牧信步於赤壁古戰場，在江岸邊偶然拾到一支折斷的鐵戟。他撿起後又洗又磨，發現這原來是當年赤壁之戰時留下的兵器，6個半世紀的江水沖刷並沒有將之銷蝕。年近半百的樊川居士手持鐵戟，望大江東去，慨然長嘆：「折戟沉沙鐵未銷，自將磨洗認前朝。東風不與周郎便，銅雀春深鎖二喬。」遙想當年寒冬季節，周瑜火攻曹營，假如沒有突如其來的東風相助，東吳早已生靈塗炭。

　　時光飛逝，數千年之後的威懾紀元62年，在太陽系外1.5光年處的萬有引力號上，不也有類似的神奇東風吹過嗎？

與奇蹟不期而遇

　　本書第3章中，已介紹過空間維度。

　　透過觀察可以發現，宇宙在空間上是三維的。因此，在描述任一空間位置時，只需要x、y、z三條軸上的座標即可。至於更高維度，如：四維、五維到底是什麼樣子，沒人親眼見過，但是我們可以對此展開想像。《三體》就對四維空間做了精彩的描述。

……任何東西都不可能擋住它後面的東西，任何封閉體的內部也都是能看到的。這只是一個簡單的規則，但如果世界真按這個規則呈現，在視覺上是極其震撼的。當所有的遮擋和封閉都不存在，一切都暴露在外時，目擊者首先面對的是相當於三維世界中億萬倍的訊息量，對於湧進視覺的海量訊息，大腦一時無法掌握。

摘自《三體Ⅲ》

　　由於多了一個維度，我們世界中所謂的廣闊和浩渺，在四維空間中只是事物的一個橫斷面而已。

　　為什麼會這樣呢？假如世界是二維的，那我們就像生活在一張紙上的生物，我們的視線只能在這張紙的平面延伸開來。無論紙上畫了什麼形狀，線段、方框、圓形，我們都只能看到其側面，即一些長短不一的線段。至於圓形或方框裡面有什麼，由於有外側線條的阻擋，我們不可能看到。如果不打破外側線條，我們就不可能接觸到圓形或方框內的任何形狀。除非我們能離開這張紙、飛到上方，才能看到內部的東西。離開了紙，就意味著我們進入第三個空間維度，對二維世界來說，這是一個更高維度。在第三個空間維度，我們終於能看到平面上的所有圖形，而不再僅是反映其某個側面的線條。更重要的是，此時我們還能看到二維平面上封閉圖形的內部。也就是說，我們的眼界大大開闊了。

　　同樣的道理，在我們所處的三維世界裡，也存在看不到封閉物體內部的情況。我們只有離開三維世界、進入更高的第四個空間維度中，才能進行透視。就像小說中所描述的，四維世界裡，我們可以看到人體內部的骨骼和血管。當然，在這個維度的方向上，我們也可以不破壞物體表面就取出內部的東西。

　　不過，當前的科學認知中，我們尚不知道如何進入四維世界，因此對高維空間的認識並沒有什麼實驗基礎，只是一些類比式的描述罷了。但

是在《三體》裡，作者大膽暢想了人類進入四維世界的情節。小說中，在三維世界的某些地方，有一些四維世界的空間碎塊，不小心進入這些空間碎塊的人，可以從四維空間觀察三維空間，自然也有了透視和隔牆取物的神功。

　　莫沃維奇和關一帆很快知道了怎樣不觸動內臟。從一個方向上，他們可以像在三維世界裡一樣握住別人的手而不是抓住裡面的骨頭；要觸到骨頭或內臟，則需從另一個方向，那是一個在三維空間中不存在的方向。

摘自《三體 III》

　　小說描述，四維世界的空間碎塊在宇宙中漂浮，曾 2 次與人類相遇。一次是在君士坦丁堡戰役時，與這座城市的部分建築接觸。狄奧倫娜因為偶然進入空間碎塊中，才有了所謂的魔法，可以隔空取出深埋在古墓中的聖杯，甚至輕易摘除一個人的大腦而不破壞頭顱。因此，狄奧倫娜說服了皇帝，讓她去刺殺敵人的首領，索要的報酬就是讓她做一名聖女。可惜的是，當她再次進入那座建築、準備跨入四維空間碎塊時，碎片離開了地球，於是她失去了魔法，最終慘死在大臣手下。而碎塊離開地球的那天，正是君士坦丁堡陷落的日子。

　　……魔法時代開始於西元 1453 年 5 月 3 日 16 時，那時高維碎塊首次接觸地球；結束於 1453 年 5 月 28 日 21 時，這時碎塊完全離開地球；歷時 25 天 5 小時。之後，這個世界又回到了正常的軌道上。

摘自《三體 III》

　　小說之所以將四維世界與地球的這次接觸安排在著名的君士坦丁堡戰役期間，就是寓意這個機會十分難得。假如充分利用這塊空間碎塊，人類

完全可以扭轉戰役局勢，一舉促成改變歷史進程的奇蹟。

《三體》中，四維世界的空間碎塊與人類的第 2 次接觸，也就是這個魔法故事的接續，是在第三部情節進行到四分之一的地方。威懾紀元 61 年，在距離地球 1.5 光年的飛船上，人類與高維空間第 2 次意外相遇，而這次偶遇真的改寫了人類文明的未來。

在萬有引力號追擊藍色空間號、長達半個世紀的漫漫旅途最後 1 年，他們與宇宙中的四維空間碎塊不期而遇。藍色空間號的艦長褚岩敏感地意識到，這是一個擺脫三體人追擊的千載難逢的機會。藍色空間號的士兵利用智子聯絡中斷、三體人無法監視飛船的這段時間，迅速研究了四維空間碎塊的特性，掌握隔空取物、穿牆遁地的神奇本領。在水滴探測器對 2 艦發起攻擊的關鍵時刻，他們利用進入第四維空間的機會，輕易地破壞了水滴的內部結構並一舉銷毀，拯救了自己，也保全了人類文明的火種。

利用四維空間對付敵人，就是《三體》中的神奇東風。只不過，在宇宙中遇到這個奇蹟的機率，比冬季在長江上刮起東風要小得多。

歷史的傳奇

剛開始翻開《三體Ⅲ》，大多數讀者也許會懷疑是不是買錯書了。小說開篇竟然寫著 1453 年發生在君士坦丁堡的一段頗具魔幻色彩的故事。在一部描寫宇宙文明的科幻小說中，怎麼突然插入這一段故事呢？歷史上的這一年到底發生了什麼？

1453 年註定是人類歷史上具有重大意義的一年。這一年中，東羅馬帝國的首都君士坦丁堡被鄂圖曼土耳其帝國攻陷，東羅馬帝國滅亡；法蘭西王國（法國）收復除加萊以外的全部領土，英法百年戰爭至此結束。

英法百年戰爭中，出現一位法國女英雄——聖女貞德。聖女貞德的故事在歐洲可謂家喻戶曉，而其與《三體》中的狄奧倫娜差不多是同一時代的人。在《三體Ⅲ》「魔法時代」這一章節中，也提到了聖女貞德。

對於二十多年前在歐洲戰爭中出現的那個聖女──貞德，狄奧倫娜不以為然，貞德不過是得到了一把自天而降的劍，但上帝賜給狄奧倫娜的東西卻可以使她成為僅次於聖母瑪麗亞的女人。

摘自《三體Ⅲ》

從1337年到1453年，英格蘭王國（英國）和法蘭西王國爆發了一場歷時100多年的戰爭，史稱「百年戰爭」。百年戰爭的起因有政治、經濟、社會因素等，直接導火線是對法國王位繼承權的爭奪。

歷史上，英法兩國的關係錯綜複雜，大多體現在王位繼承問題上。1328年，法國國王查理四世去世，但他並沒有子嗣。英國國王愛德華三世以自己是前法國國王腓力四世的外孫為由，要求繼承法國王位。而靠旁支血親關係剛即位的法國國王腓力六世，則主張女性無權繼承王位，王室女性的兒子同樣沒有王位繼承權。因此腓力六世廢除了愛德華三世的繼承權，並收回愛德華三世在法國的領地。

1337年10月，愛德華三世宣稱自己兼任法國國王，並率軍登陸諾曼第，拉開百年戰爭的帷幕。起初，英軍占據上風，逼迫法國簽訂了不平等條約。1364年，查理五世繼位法國國王，為法國扭轉局勢。然而，隨著法國貴族內部出現內訌，英軍再度大敗法軍，並與法國的勃艮第派結盟。法國北部大半淪陷，形勢危急。法國人民組成抗英游擊隊，前赴後繼地奔向戰場。對法國人來說，此時的戰爭已經從王位爭奪戰轉變為民族解放戰。

出身法國洛林農場主家庭的貞德，目睹周遭戰火紛飛、生靈塗炭。此時剛年滿17歲的她，自稱得到了天使的神諭，要她趕走英國人，協助法國王儲繼位。她用自己的勇氣和實力，說服法國王儲授予她指揮權。貞德身先士卒、奮勇殺敵，保住了被圍困的奧爾良城，並贏得多場戰鬥。士兵們相信這是神賦予她的力量，都追隨在她身後、愈戰愈勇。她率領士兵和法國軍隊浴血奮戰，1429年7月，查理七世在蘭斯正式登基。國王打算封貞德為貴族，卻被她拒絕，她只請求免除自己村莊的賦稅。

在第 2 年一場戰鬥中，貞德被敵軍俘虜。英國人指控她散播異端邪說，導致法國國王繼位，判處她死刑，而貞德則誓死拒絕承認自己有罪。最終，貞德於 1431 年在盧昂被執行火刑。她死後第 18 年，查理七世收復盧昂。1456 年，法庭正式為貞德平反。

這場持續 1 個多世紀的百年戰爭中，法國最終取得勝利，完成了民族統一，為日後在歐洲大陸擴張打下了基礎；而英國則幾乎失去所有法國領地，英國的民族主義從此興起。在法國，位卑未敢忘憂國的女戰士貞德成為歷史傳奇人物，她憑藉虔誠的信仰和一往無前的勇氣，用自己的血肉之軀和不屈精神，喚醒法國、影響了歐洲局勢。

英法百年戰爭結束後，歐洲進入嶄新的時期──文藝復興和地理大發現。這兩個時期的思想活動和物質活動，為歐洲文明打開一片新天地。《三體》的情節也在引人入勝的古代傳說中進入了新的階段。從第三部開始，人類文明從太陽系走向了更廣闊的太空。

第十五章　道可道，非常道
——技術之外的思考

隨著智子的到來，三體危機出現，地球猶如一本攤開的書，隨時可供三體人翻閱。不僅如此，智子還透過控制高能粒子加速器，有效遏制了人類科學的進步。聯合國無奈推出面壁計畫，希望憑藉人類內心世界的隱祕性來對抗三體人。因為戰略和戰術計謀的水平往往不與技術進步成正比，就像是戰爭的勝利並不全憑先進武器一樣。

如此看來，《三體》這部硬科幻小說，似乎從一開始就將思考角度擴展到了技術之外。

 關鍵詞

人體冬眠、體能革命、智慧革命、弱人工智慧、強人工智慧、超人工智慧、機器人三定律、第零定律、電車難題、中文屋思想實驗、理性與人性、自我與他者

難以實現的技術

《三體》裡反覆出現一個名詞——「人體冬眠」技術，很多故事情節都與之有關。絕症患者藉此到未來接受治療、面壁者靠這項技術去未來制定計畫，甚至太空軍也用這個方法將章北海等一批軍人派去增援未來。小說中，將人體冬眠稱為人類在時間上的首次直立行走。

大自然中，很多動物都有冬眠行為。**冬眠是透過抑制代謝來應對極端自然條件或食物短缺等危機的一種生存策略。**在極度惡劣的環境下，一些動物會進入冬眠狀態——體溫降低，心跳、呼吸和代謝降低至近乎正常情況下的 1%。依靠這種低耗能形式，動物便能度過食物匱乏的冬季，或在嚴酷的自然環境中生存下來。可以說，冬眠是地球上一些動物的生存本能。

而動物的冬眠啟發了人類。人類是否也能冬眠呢？很可惜，自然狀態下的人體並不具有這個技能。

在生命科學和醫學領域，體外培養的細胞可以在冷凍罐中長期保存，待科學家需要時復甦並重新培養，而人體的某些器官最多只能低溫保存數天。儘管人類在自然狀態下陷入冬眠的案例偶有發生（例如：被困在雪地等低溫環境的倖存者，當時他們的核心體溫降低，新陳代謝幾乎處於停滯狀態），但是目前為止，科學家尚未找到安全的人體冬眠方式。

一般而言，實現人體冬眠技術的關鍵在於對人體溫度的控制，降低體溫便能減緩血液流動速度和新陳代謝，但是目前仍有一些技術瓶頸有待克服。冬眠中的人即使新陳代謝大幅降低，也仍有能量消耗和廢物排出。冬眠技術除了要應對這些需求，還要避免對大腦功能造成負面影響、保證整個過程的安全性等等。

《三體》中，科學家將雲天明的大腦進行冷凍，用飛船送入太空，這可謂是人體器官冷凍技術的應用之一。按照小說設定，在不遠的未來，人類將在人體冬眠技術上取得突破。不過，作者大膽地預測，這項技術仍然無

法得到大範圍推廣，而其原因在於技術之外。

　　儘管目前我們還沒有實現人體冬眠，但小說中的情節能給我們帶來啟發，讓我們提前對這類高科技的未來應用進行反思。

　　以人體冬眠為例，假如將這項技術應用在對絕症患者的治療、幫助太空人度過漫長的航太飛行等，都是很容易被理解和接受的。但是，這項技術還有更加深刻的問題。長生不老是人類自古追求的夢想之一，人類是否能利用冬眠來延長生命呢？在冬眠技術的濫用下，人類能否以此接近永生？這項技術完全可以改變人類文明的面貌。

　　　　這項技術一旦產業化，將有一部分人去未來的天堂，其餘的
　　人只能在灰頭土臉的現實中為他們建設天堂。但最令人擔憂的是
　　未來最大的一個誘惑：永生。隨著分子生物學的進步，人們相信
　　永生在一到兩個世紀後肯定成為現實，那麼那些現在就冬眠的幸
　　運者就踏上了永生的第一個臺階。這樣，人類歷史上第一次連死
　　神都不公平了，其後果真的難以預料。

摘自《三體Ⅲ》

　　小說認為，假如「明天會更好」這個信念一直不被打破，人體冬眠技術就永遠不可能大規模推廣。因為在死亡問題上，人們不患寡而患不均。

　　然而，隨著三體危機出現，三體艦隊正在向太陽系航行，最多4個世紀後就會占領地球，人類的未來一下子從天堂變成地獄。冬眠的人再次醒來時，世界也許是一片火海。對絕症患者來說，未來已失去吸引力——也許他們醒來時連止痛片都吃不上。在這樣的情況下，還有誰願意冬眠去未來，而不是活在現在呢？

　　　　危機出現後，對冬眠技術的限制被全面解除，這項技術很快
　　進入實用階段，人類第一次擁有了大幅度跨越時間的能力。

摘自《三體Ⅲ》

一句話總結就是：「如果你想去地獄，請便吧。」這真是個天大的諷刺！

除此之外，《三體》中還有很多情節都體現出「超越技術之外」這一基本又隱祕的設定，不由得引人深思。

一切盡在不言中

作為一部科幻小說，《三體》與專業科技相關的內容令人目不暇給。舉例來說，小說第一部的一開始就有關於智子的設定。

> 「……愈來愈多的智子將在那個行星系中遊蕩，它們合在一起也沒有細菌的億萬分之一那麼大，但卻使地球上的物理學家們永遠無法窺見物質深處的祕密，地球人對微觀維度的控制，將被限制在五維以下，別說是四百五十萬時，就是四百五十萬億時，地球文明的科學技術也不會有本質的突破，它們將永遠處於原始時代。地球科學已被徹底鎖死，這個鎖是如此牢固，憑人類自身的力量是永遠無法掙脫出來的。」

摘自《三體 I》

不過，《三體》推動情節發展的基本條件之一，反倒是將純科技排除在外。第二部的主要內容——面壁計畫，依據就是智子無法窺視人的內心世界。

聯合國指定的 4 位面壁者中，羅輯以自身的智慧和勇敢，最終與三體世界建立起威懾平衡。他的成功不僅靠高科技，也靠對黑暗森林法則的領悟，以及勇於自我犧牲的行動，甚至還有一點賭徒心態。

在智子無法窺視人類內心的這一特殊設定下，小說中的人類於已有的科技基礎上繼續構築各種防禦計畫，同時還推出了面壁計畫。事實證明，

最終正是這種心理戰術取得了決定性的勝利。內心世界的未知和不可測，在某種程度上暗示了人可以用非技術手段應對危機。

運用計謀並非人類的專利。前文已述，威懾紀元中，三體文明藉由與人類社會的部分群體暗通款曲，操縱執劍人的選舉，最終使毫無威懾力的程心上位，為占領地球奠定基礎。這是一個成功的計謀，只不過受益者是三體文明。

關於更換執劍人，各位或許想過：「何不將威懾控制權交給人工智慧呢？」按照賽局理論，設計一個智慧程序並由它擔任執劍人，是否就能徹底摒棄人性中的怯懦？依據小說的說法，這個方法不太可行，原因有二：一來，當時的人工智慧在處理複雜情況時的決策水平還不能與人相比；二來，人們還普遍不能接受讓機器決定整個人類的生死。

不過，第一個理由似乎並不成立。第二部《黑暗森林》中，羅輯冬眠了185年，在他甦醒之後，作者用了很多筆墨描寫那個時代人類生活的現狀。我們可以看到那是一個資訊高度發達的時代，各種訊息窗口隨時在任何平面物體上顯示出來，而且彈出的顯示窗口中根本分不清和你即時對話的是真人還是人工智慧。人們穿的衣服能根據體型改變大小，怎麼穿都合適；而且衣服也都是顯示器，可根據穿著者的情緒變化隨時變換顏色和圖案。人類生活於建在地下的超大型城市中，而天空中飛行的則是無人駕駛的汽車。看到這些，你還會懷疑那個時代裡人工智慧的水平嗎？

如此看來，真正的原因似乎只能是後者。

智慧的解放

無庸置疑，在漫長的生物演化過程中，智人之所以適應自然、戰勝諸如尼安德塔人等其他人種，成為今天地球上唯一具有高等智慧的物種，重要原因之一就在於智人可以依靠聰明的頭腦來發明和利用工具，彌補自身先天的不足。幾萬年來，人類文明進步的過程主要包括2個方面——體能

革命和智慧革命。

「體能革命」旨在利用外物來擴展人類的體力、減輕人的勞動強度。這個過程從遠古時代就逐步開始了。從火的使用、狩獵工具的發明，一直到農耕文明出現，無不體現這一點。而體能革命的爆發點就出現在1760年代的工業革命，其代表是蒸汽機的發明和應用。機械化大大減輕了人類的勞動強度，使得大規模工業生產成為可能。同時，這一變革也深深影響了人類社會的進程，資本主義世界體系由此確立起來。1821年，第一台電動機誕生，電氣時代隨之到來。石油成為新能源，電力、鋼鐵、鐵路、化工、汽車等重工業興起，交通工具迅速發展。汽車能載著數十公噸重的貨物飛奔，使古代的大力士也望塵莫及；飛機的出現則為人類的飛翔夢想插上了翅膀。時至今日，沒人會為這些強而有力的機器能輕而易舉超越人類體能的極限而感到恐懼，反倒會覺得理所當然。

20世紀下半葉，人類文明的進步跨入第2階段——「智慧革命」，以擴展人類的腦力、減輕人的腦力勞動為主要目的。工業時代由能量驅動物質經濟，而在智慧時代則以智力驅動智慧經濟。1980年，美國著名未來學家阿爾文・托夫勒（Alvin Toffler）在《第三波數位革命》（*The Third Wave*）一書中提到：「正在發生的事情不只是一場技術革命，而是一種全新文明的降臨。」在這場革命乃至新文明中，機器人和人工智慧成為科技進步的標誌。

1956年的達特茅斯會議上，被稱為人工智慧之父的美國電腦科學家約翰・麥卡錫（John McCarthy）給人工智慧做出了最早的定義：「人工智慧」就是讓機器的行為看起來與人無異。研究人工智慧的目的在於發明出能模仿人類思維的工具，使機器學會人類的思考方式。按照智能程度，人工智慧分為3類：弱人工智慧、強人工智慧和超人工智慧。弱人工智慧只能解決特定領域中的問題，完成某個特定任務，例如：圍棋機器人AlphaGo；強人工智慧則指人造機器達到人腦水平，即有知覺、自我意識，能獨立思考、制定方案解決問題，甚至具有情感、價值觀和世界觀體系；而所謂的超人工智慧，指人造智慧體在幾乎所有領域都超越人類的智慧，包括科學創新、通識和社交。目前技術所能研製出的人工智慧尚處於弱人工智慧階

段，不少人認為強人工智慧是下一階段可能達到的。至於未來能否出現超人工智慧，學界尚有爭議。

智慧革命的最終目標是解放人類的智慧，而這涉及人類最引以為傲的核心——作為地球生物物種之一，人類之所以能傲視群雄、自稱萬物之靈，不就是憑著聰明的頭腦嗎？假如有一天，人工智慧能夠替代、甚至超越人類的智慧，我們會感到欣慰嗎？

對人工智慧發展前途的疑問一直存在。AlphaGo的出現，大多數人並不擔憂，反倒是對其敞開懷抱，認為這是人類科技的偉大成就。就像歷次工業革命般，為人類智力的解放而歡呼。為什麼會這樣？說到底，是因為人們認為AlphaGo能做的只不過是某件微不足道的事，遠遠無法與人類相抗衡。然而，一旦智力與人類相匹敵的強人工智慧實現，為此高興的人恐怕就沒那麼多了。因為，我們不知道人工智慧（更不用說超人工智慧了）到底會如何思考和採取行動。

機器人定律有幾條？

執劍人這個角色是《三體》的設定，在我們的現實生活中並不存在。但是，我們不妨做一個假設：如果沒有智子的阻礙，按照目前人類科技的發展趨勢，200多年後的人工智慧水平應該會相當高。屆時，人們能將決定整個人類命運的某些決策權交給超人工智慧嗎？

1950年代，美國著名科幻作家艾西莫夫在他的小說《我，機器人》（I, Robot）中提出了「機器人三定律」。雖然這不是一個嚴謹的科學理論，但是能給我們帶來很多啟示。簡單地說，機器人三定律是人給機器人定下的3個必須遵守的規則：**第一，機器人不得傷害人類，或坐視人類受到傷害；第二，機器人必須服從人類的命令，但不得違背第一條；第三，機器人必須保護自己，但不得違背第一條和第二條。**然而，這個規則自提出以來，在學術界和機器人研發群體中，從來沒有得到過認可和實際應用。

假如有一天，科學家發明出能協助人類執法的智慧機器人，那它能控制一些人的人身自由嗎？公眾可能認為，對犯罪份子當然可以這樣，但這顯然違背了機器人三定律。就連艾西莫夫也意識到這些定律存在缺陷和漏洞，於是後來還在這三定律前面加上一個具有更高優先級的「第零定律」：**機器人必須保護人類的整體利益不受傷害，其他3條定律都在這一前提下才能成立。**

然而，人們的看法並沒有因此而有所改變。到底什麼是人類的整體利益？接下來，什麼是人、怎麼定義機器人，都成了嚴肅的問題。人們發現，這些定律只會讓事情變得更加複雜和詭異。

在民用領域，人工智慧的研發和應用也存在很多未解的社會難題。就拿我們都很熟悉的日常場景來說，一輛由人工智慧控制的自動駕駛汽車，到底應該負有怎樣的道德和法律責任呢？

電車難題

為了說明這個問題，我們不妨來看看倫理學中最知名的思想實驗之一「電車難題」。假設有一名司機駕駛電車來到一個鐵路的岔道口，前方有2

條軌道。他發現，一條軌道上有5個人在工作，而另一條軌道上只有1個人。軌道上的人都沒有注意到疾馳而來的電車，司機已經來不及煞車了，他只能選擇其中一條軌道迎面撞上去。請問，他會選擇哪一邊呢？

電車難題最早是由英國哲學家菲利帕・福特（Philippa Ruth Foot）於1967年提出的，用來批判那些以「為多數人提供最大利益」為原則的功利主義者。從功利主義者的觀點來看，應該選擇拯救5個人、殺死1個人。但是功利主義的批判者認為，即便這樣，司機也要為另一條軌道上那個人的死負責，這依然是一個不道德的行為。總之，不管怎麼做都不存在完全符合道德的行為，這就是重點所在。

我們再來看看那個擁有最高優先權限的機器人第零定律——機器人必須保護人類的整體利益不受傷害。在這種情況下，受害者人數多的一方就代表整體利益嗎？如果是，雙方的受害者到底要在數量上相差多少，才可以判定人數多的那方代表整體呢？如果多數和少數的人數比是5：4，或100：99呢？在這些關乎倫理和道德的問題面前，人類尚無法找到可接受的答案，又怎麼能靠人工智慧去判斷？

回到《三體》，人類如果將威懾控制權交給人工智慧，也會遇到與上面同樣的問題。只要人類在倫理和道德的認識上沒有取得進步，這肯定無法被接受。誰有權力編製一個能毀滅人類文明的程序？有學者甚至早就指出，人工智慧不是讓人類永生、就是讓人類滅亡。可見，從本質上講，執劍人不能由人工智慧擔任的真正原因並不是技術問題，而是倫理層面的問題。

智慧之外的人工智慧

本書第5章中，我們曾介紹過人工智慧的圖靈測試——測試者和受試者在相互隔離的條件下以設備傳遞訊息，測試者提出問題，受試者來回答。當測試者在一定時間內無法判斷受試者是人類還是人工智慧時，就判

定人工智慧通過了圖靈測試。

正如著名美國學者侯世達（Douglas Richard Hofstadter）所說，圖靈測試有一點像物理學中的高能粒子加速器。物理學中，科學家如果想知道原子或亞原子的原理，由於不能直接看到，他們就會將粒子加速，透過觀察其碰撞情況來推斷內在屬性。而圖靈測試正是將這種方法擴展到檢測人工智慧上，科學家把思維當作研究對象，藉由向人工智慧提問來瞭解其內部運作方式。

自從1950年代艾倫・圖靈最早提出這個概念，數十年來，圖靈測試一直都是人工智慧領域的熱議話題，正反兩方的聲音都有。有學者指出圖靈測試就是電腦領域的行為主義，即便電腦通過測試，也無法說明其真的會思考。美國哲學家約翰・瑟爾（John Rogers Searle）的「中文屋」思想實驗就是對這一問題的經典論證之一。

瑟爾假設有一封閉房間，內外之間只能透過門縫傳遞紙條。屋裡有一位受試者，除了英語不懂任何其他語言。屋裡還有一大堆中文文字及一本規則書，規則書用英文說明了這些中文文字的組合規則。在屋外有一名懂中文的人，他向屋內傳入寫著中文問題的紙條，而屋內的人收到紙條後，便按照規則書的說明，將中文文字組合成答案，以紙條的形式傳遞出去，由屋外的人來判斷受試者是否懂中文。瑟爾認為，即使受試者最終完美地騙過屋外的人，使屋外的人認為他懂中文，實際上受試者還是完全不懂中文。在這個實驗中還可以將受試者換成電腦，而規則書就是電腦程序。對電腦而言只是在運行程序，並不理解程序的內容。

當我們談話時，怎麼知道自己心中有類似於別人所說的「思考」這種東西呢？我們相信別人有意識，只是因為一直在對別人進行外部觀察，從而確認的確如此，這本身就像是一個圖靈測試。

我們看到對方有人類的身體、表情和表達，就認為他們會思考。這顯然是相當膚淺的認識，尤其是在我們考慮人工智慧問題的時候。判斷一個對象是否能思考，也許關鍵並不在於其硬體構成（如：身體器官、有機結構或化學元素），而是某種關鍵的內部組織模式，圖靈測試就是對這種組織模式存

在與否的探測。本書第8章已介紹，人的思維可能來自大腦神經網絡的連接模式。同樣的道理，單一電腦很難體現令人滿意的智慧，但是當網路將億萬台設備互聯起來，透過獲取和處理海量數據，人工智慧便彷彿插上了雙翼，可以用這種模式進行非常複雜的思考。

藉由編程，人努力做到使電腦宛如有智慧的人、能與人對話。但是，這畢竟是一場騙局，機器僅是在語言層面上模仿人類。沒有人能將這樣一台機器逗笑或讓它苦惱，因為它在心理上和個體上都不是人，只是一個有問必答的聲音、一個能擊敗所有人類棋手的邏輯。

讓我們來做一次圖靈測試的測試者。你面對的受試者，行為舉止完全符合邏輯，始終連貫一致、清楚易懂、有條不紊，甚至看起來還富有創造性和決策力。然而，你也許仍然會敏感地察覺到「它不是人」！因為它缺乏人類神祕的深度、錯綜的內在，如迷宮的本性，甚至不像人偶爾會犯錯。

假如一台電腦能成功讓我們以為它是人，那麼它理所當然能很好地洞察「做人」是怎麼回事。對人來說，情感與思維是不可分離的。情感是思維能力自動產生的副產品，即思維的本性必然包含情感。人工智慧的先驅者之一、美國電腦科學家馬文‧明斯基（Marvin Lee Minsky）指出：「邏輯無法用於現實世界。」這也許正是人工智慧的研究者面臨的困難之一，沒有哪種真實的智慧僅僅基於邏輯推理。為了與人類相似，研究者就要在人工智慧中引入與理性相衝突的情感，而非只有單一的理性。

不可否認，人是一個矛盾共生體，時而聰明時而糊塗，善良與邪惡兼備、勇敢和怯懦並存。從某種程度上來看，人最深的恐懼來自死亡，而在這份恐懼的驅使下，才有了社會眾生相。甚至有人指出，人類社會發展的原動力，無非是人性中的恐懼和貪婪。面對這些真實和自然的人性，科學又該如何詮釋？

總之，從表面上看，圖靈測試是把對人工智慧的評價納入一個簡便易行的實驗中。然而實際上並無法平息人們對人工智慧的爭論，因為這只是改變了問題的焦點而已。某些本該依靠客觀科學實驗進行判斷的東西，又變得需要依靠人做出主觀評價。

這是多麼諷刺的事！身為一名自然人，你怎麼能確信那個自稱專家的人在圖靈測試中得出的結果？他的思維是一個黑箱，你無法觀察。至於他是憑藉什麼做出的裁決，你也不可能真正瞭解。

人工智慧在發展中遇到的最大困境之一，就是這項技術一方面追求與人類的思想相似、甚至希望有所超越，一方面卻需要陷入科學無法掌握的人性深處。而人工智慧面臨的這一尷尬處境——人性的不可捉摸，在《三體》中反倒成為人類對抗外星文明的利器，可謂「塞翁失馬，焉知非福」。

慢慢交出掌控權

就像《三體》中執劍人的權力轉讓一樣，在極端情況下，人類不願在人工智慧面前低下自己高貴的頭顱，寧願將權力交給不知根底的公元人，也不願意相信人工智慧。然而現實生活中，人類如果盲目相信人工智慧，未來可能會像溫水煮青蛙般逐漸失去生機。

在交通壅塞的都市，人們每日出行已經習慣靠導航來指引方向。當軟體用紅綠線條表明道路的壅塞情況，並悉心為我們規劃出便捷的路徑時，你是否意識到自己每次都會按照其提示行事？偶爾當你違背提議、因堵車而無奈遲到時，是否感到後悔？於是，你暗自告誡自己，下次一定不要再自作聰明。慢慢地，你的出行再也離不開導航系統，而你對此並不自知，只感到理所當然。

再反思一下，你在檢驗每日的鍛鍊達到目標與否、走了多少步、消耗多少熱量時，是不是習慣看看智慧型穿戴裝置。當你去體檢時，智慧型醫療設備告訴你身體的狀況，有多少次你都理所當然地接受了機器診斷的結果，而放棄自己對身體的實際感受？甚至，當你得到基因檢測的智慧分析結果，你未來將有50％以上的可能性罹癌，請問你是否願意相信這個分析，決定提前動手術切除那些尚未出現病變的器官？

網際網路剛興起時，高效獲取訊息的方式讓人興奮，我們都迫不及待

地伸出手臂迎接它。相信這會讓自己瞬間與地球任何一個角落相連，撲面而來的海量知識一定有助於我們全面認識這個世界、打開眼界。然而，事實果真如此嗎？

時至今日，無處不在的網路爬蟲（編註：自動瀏覽全球資訊網的網路機器人）、收集個人訊息的大數據引擎、紛繁複雜的訊息世界已經淹沒了你。它們會自動繪製你的畫像，告訴你愛看哪類網路文學、有什麼業餘愛好、喜歡網購哪些東西、愛吃什麼口味的美食。假如要問你最喜歡什麼，你的手機恐怕比你自己更清楚。

更有甚者，那些處理你個人數據的智慧型軟體會為你打造專屬於你的世界。這麼一來，當你打開手機，看到的都是它推薦給你的文章、推送給你的商品。和朋友聊天時談到的某樣東西，也許就赫然出現在你下一秒看到的廣告頁面裡。它為你精心設計了社群媒體——因為它早已默默屏蔽和拉黑了你不喜歡的人事物。從此，你的眼前一片明朗、耳根子一片清淨，你的所見所聞都是你喜愛的。然而，這又何嘗不是一葉蔽目、畫地為牢？此時，還有誰關心當初建設網路世界的初心？

無影無形又無處不在的網路智慧，就是這樣在你的默許和縱容下逐步控制了你、定義你是誰。我們將自己交給人工智慧，也從此迷失了自己。面對「我是誰？」這個問題時，竟希望人工智慧告訴我們答案。

永恆的他者

《三體》自始至終都沒有描寫三體人的樣貌，三體人甚至沒有登陸地球。小說只敘述了當人類面臨入侵威脅時，出現的人心惶惶與社會動亂。很多涉及外星文明的影視作品中，都描寫了外星人如何入侵地球，反映外星人與人類友善相處的作品鳳毛麟角。為什麼會這樣呢？這正是未知使然！人類最大的恐懼就是來自對外界的未知。

人類害怕「他者」

其實，人類個體之間何嘗不是這樣？羅輯根據對人類社會歷史的觀察，延伸並總結出宇宙處於黑暗森林狀態。17世紀英國哲學家霍布斯指出，在趨利避害的利己本性下，人人為己是唯一選擇。「一切人反對一切人的戰爭」，這就是霍布斯眼中社會的自然狀態。其最深刻的原因之一，就是人心都是黑箱，你永遠不會知道別人心中所想，正如俗話說的「知人知面不知心」，他者是永恆的地獄。

截至目前，在茫茫宇宙中，人類未能發現任何外星人，覺得自己是孤獨的，除了自己沒有別的生物能真正理解自己。對人類來說，外星文明是未知的存在、是他者，只是我們還沒有證據證明這個他者真實存在。

當人類發明了智慧機器、讓其成為自己智力的延伸時，便好似多了一個夥伴。然而，人們在驚羨其超人的計算能力的同時，又開始憂慮這可能對人類構成威脅。於是，那些由冰冷電子零件組成的機器人，就成為人類現實世界中的他者。

可見，外星文明與人工智慧，這兩個天差地別的事物有著相同的屬性——都是有智慧的存在，也都是在人類之外的他者。同為他者，我們有多害怕外星文明，就有多擔心人工智慧。

　　也許對人性來說，他者永恆存在。在文明蒙昧的時代，天災與野獸就是可怕的他者；在快速擴張的年代，其他族群、信仰，甚至人種，都可能成為自己利益的對立面，也就是他者。從本質上說，哪怕這個宇宙中根本沒有外星人，我們也會親手發明出他者——人工智慧。無論何時何地，都要找到自身之外的他者，這也許是人類千萬年演化而來的本能，也是文明飛躍的桎梏。他者，是自我的對立面，也是認識自我的鏡子。有一天，當我們能認清他者的本質、明白害怕他者的根源在於自我內心的黑暗時，我們才可能徹底祛除這個心魔，人性也才能閃耀更燦爛的光輝。

　　技術這把雙刃劍是相對人而言的。人類取得的每次科技突破，都會促進社會進步，但同時也可能給人類發展帶來巨大風險，例如：核武、克隆技術、基因編輯。我並非反對科技進步，只是對一項新技術，除了從專業學科的角度低頭潛心研究，研究者還應該經常抬起頭，從社會、人文和歷史的角度來審視，辯證地看待其在社會中發揮的作用，而這個角度往往被大多數人忽視。說到底，科技還是要以人為本。

第十六章 天籟之音
——宇宙通訊與引力波

《三體Ⅱ》的結尾，羅輯建立起黑暗森林威懾。在人類的要求下，三體世界將一種新的通訊方式——引力波技術傳授給人類，並幫助人類在地球上建立3架引力波發射臺，以及1架移動式引力波發射臺——萬有引力號飛船。正因為萬有引力號發射了引力波訊息，三體星和太陽系才最終遭到滅頂之災。

100年前，愛因斯坦的相對論預言了引力波的存在，然而人類實際觀測到後者是在2016年。引力波是什麼？ 真的能成為人類在宇宙中進行有效訊息傳遞的通訊方式嗎？

 關 鍵 詞

遠程通訊、電磁波、中微子、引力波、牛頓的絕對時空觀、乙太假說、邁克生－莫雷實驗、狹義相對論、光速不變、廣義相對論、時空彎曲、雷射干涉引力波天文臺、原初引力波

遠方的呼喚

　　訊息傳遞，尤其是進行遠距離訊息傳遞，是人類自古就孜孜以求的，比如飛鴿傳書是原始的實物通訊方式，而發聲、發光則是隔空交流的通訊方式。聲音的傳遞離不開介質，且聲音訊號隨距離增大會衰減得比較嚴重，所以人們只能在地球上的短距離範圍內利用其傳遞訊息。除了耳朵，人主要靠肉眼來觀察世界，因此用可見光傳遞訊息是再自然不過的事。光作為一種高效、快速的通訊方式，在歷史上早就得到應用，例如：利用烽火和狼煙快速傳遞前線敵情、在海上靠旗語或燈光彼此交流。

　　從本質上說，光是一種電磁波。電磁波的傳輸不需要介質，因此能用來遠距離傳遞訊息。目前，我們能收到的最遠的人工電磁波訊號來自航海家1號太空探測器。1977年，航海家1號成功發射，經過近半世紀的飛行，目前已經穿越冥王星軌道，在距離我們230億公里之外，用電磁波向我們發回其在太陽系旅途中所見景象。

　　時至今日，人類已經掌握電磁波的接收和發射技術。最常用於通訊的電磁波是無線電，平時我們的手機訊號、電視訊號，都是靠無線電傳播的。不過無線電有一個缺點，就是容易被阻擋，尤其容易被金屬屏蔽，很薄的金屬就能完全屏蔽無線電波，比如在電梯、地下室或山區，手機就常常沒有訊號。而對於在海洋中的水下潛艇，無線電波更容易被阻隔，因此潛艇的對外通訊一直是個難題。宇宙中，電磁波傳遞訊息的效率更低，很容易被星際物質阻擋和吸收。隨著距離增大，電磁波訊號強度的衰減也更快。可以說，電磁波幾乎算是最原始的宇宙通訊手段了。

　　實際上，可以用作遠距離通訊的方式至少有3種，除了電磁波，還有中微子和引力波。

　　（羅輯：）「人類的談判者肯定首先提出，要你們幫助建立一

個更完善的訊號發射系統，使人類掌握隨時向太空發射咒語的能力……現在的系統也實在太原始了。」

（智子：）我們可幫助建立一個中微子發射系統。

（羅輯：）「據我所瞭解的情況，他們可能更傾向於引力波。在智子降臨後，這是人類物理學向前走得比較遠的領域，他們當然需要一個自己能夠瞭解其原理的系統。」

摘自《三體Ⅱ》

與電磁波相比，中微子和引力波也許是跨星際傳遞訊息更好的方式，只是我們目前還沒有完全掌握這些技術。

撲朔迷離的中微子

中微子和引力波又是怎麼回事呢？具體介紹之前，我們先用一個知識作為鋪墊。

簡單概括物理學對物質的認知——物質都由一些基本粒子組成，而粒子之間透過4種力相互作用。這4種交互作用力從強到弱分別是：強交互作用力、電磁力、弱交互作用力和萬有引力。《三體》裡的水滴探測器，據說就是由主要靠強交互作用力支撐的一種高強度物質所構成。而中微子和引力波通訊，則與弱交互作用力、萬有引力有關。

先來簡單介紹一下中微子。中微子是自然界中的基本粒子之一，目前共發現3種中微子：**電子中微子、μ中微子、τ中微子**。中微子的「中」指其不帶電、呈電中性的特性，「微」則指其個頭小。中微子的靜止質量可能為零，即便有質量也很輕，不超過電子質量的百萬分之一，因此屬於輕子的一種。得益於很輕這一特性，中微子能以光速或接近光速的速度運動。中微子呈電中性，因此不受電磁力的影響；而本身很小的特性，讓其基本上只參與弱交互作用。弱交互作用力的距離尺度在 10^{-19} 公尺這個數

量級，因此中微子可穿梭於原子內部，且與其他物質粒子間的交互作用極少。平均100億個中微子，只有1個會與物質發生反應。中微子的穿透力極強，可自由穿過地球，甚至穿過1光年厚的鉛板也不會被吸收。每秒都有1萬億億（編註：10^{20}）個中微子穿過我們的身體，而我們對此毫無察覺。

中微子雖然是基本粒子之一，卻不存在於原子中，而是在β衰變過程中產生的。最早提出中微子這個概念的，是理論物理學家沃夫岡・包立，他的重要貢獻之一就是發現粒子的自旋運動。1931年，包立發現中子的β衰變過程中，如果沒有產生其他粒子，就無法滿足能量守恆，於是他大膽地提出應該存在著一種當時科學界還不知道的微小粒子，這些粒子帶走了β衰變中的一部分能量。1934年，美國物理學家費米提出β衰變理論，即中子在β衰變過程中，透過弱交互作用力衰變為質子、電子和電子中微子，正式命名了中微子。1956年，美國物理學家科溫（Clyde Cowan）和萊因斯（Frederick Reines）等人第一次從實驗直接探測到中微子。至今先後共有9位科學家因在中微子及其性質方面的研究和發現，而獲得諾貝爾物理學獎。

宇宙中，中微子無處不在。像太陽這樣的恆星之所以能發光發熱，正是因其內部發生核融合並產生大量的中微子。由於中微子存在的普遍性，中微子天文學成為天體物理學的一個重要分支，主要研究恆星產生中微子的過程，及其對恆星結構和演化的作用。

眾多亞原子粒子中，中微子可說是最令人捉摸不定的粒子之一。時至今日，有關中微子還有很多未解之謎。例如：科學家很難測量中微子的質量，因此還不知道其是否存在靜止質量，而這個問題對宇宙學來說很重要。因為按照大爆炸理論，宇宙大爆炸留下了大量中微子，而中微子本身又幾乎不能轉化為其他粒子。因此，據科學家估計，當前宇宙中每立方分公尺就含有高達10億個中微子。假如中微子沒有靜止質量，那麼一切就還好；但凡有一點質量，宇宙總體質量的估計值就會因此產生嚴重偏差。況且對以接近光速運動的中微子來說，其運動質量更大。換言之，中微子的質量可說是影響宇宙演化的重要因素之一。

綜上所述，中微子的穿透力強、衰減程度小，還能以光速或接近光速

運動，於是科學家很自然地就想到可以用來進行通訊——將中微子束加以調節，使其包含有用訊息。中微子訊號可以傳輸到地球任何地方，包括地球深處，甚至能穿透月球、到達月球背面的太空站，也可以傳往宇宙深空。然而矛盾的是，正因為中微子幾乎不與其他物質作用，所以很難被檢測到。到目前為止，無論是中微子訊號的發射還是接收，已掌握的技術離實際運用都還有相當大的差距。

打破絕對時空觀

「引力波」是近年最引人矚目的科學概念之一。儘管愛因斯坦早在1916年就在廣義相對論中預言其存在，但直到100年後，人們於2016年才成功觀測到引力波——這成為對愛因斯坦相對論所有預言中最後一項的完美驗證。

要說清楚引力波，就要先從引力說起。引力的規律——萬有引力定律，是牛頓在300多年前提出的。這一理論認為，**任何2個有質量的物體之間都會互相吸引，且其吸引力的大小與二者的質量及間距有關**。萬有引力無處不在，我們平時感受到的自身重力，就是地球對我們身體的引力。數百年來，牛頓提出的萬有引力定律及力學三大定律受到廣泛應用。毫無疑問，牛頓力學奠定了古典物理學的基礎。然而，假如物理學止步於牛頓力學理論，科學家也就不會發現引力波了。

從本質上講，牛頓力學的基礎是「絕對時空觀」，也就是絕對空間和絕對時間。空間和時間到底是什麼？這是一個表面上看似簡單，實際上很難回答的問題。自古希臘時期就已經開始探討這個問題，一直延續到文藝復興時期。人們發現，物質存在於空間、延續於時間，但這並不能說明什麼是時空。14世紀以後，人們開始研究運動學，發現需要引進一個「絕對靜止的空間」概念，以便讓速度和加速度有統一的參考座標——這也是牛頓的初衷。

舉個例子，牛頓第一定律指出，物體在沒有外力的作用下，總保持靜止或勻速直線運動狀態。但是，這裡所謂的靜止和運動，都是相對什麼來說呢？這裡就需要一個參考座標。牛頓認為，這個參考座標可以在宇宙大尺度上選取，而空間就是其自身的靜止參考座標。空間是均勻、透明、永不改變的，宇宙中的任何運動都要相對這個不動的絕對參考座標來描述。此外，如果要在這個絕對空間中測量速度，就需要一個在任何地方都準確計時的鐘錶。也就是說，宇宙中的時間參考座標也應該是絕對、一成不變的。這就是牛頓的絕對時空觀，是牛頓力學理論得以成立的基礎。假如絕對時空觀的概念崩潰，牛頓力學的整個大廈就會傾覆。

　　牛頓的絕對時空觀影響了整個物理學長達200年的時間。隨著人類認識範圍的擴大，其局限性也逐步顯現出來，這主要表現在2個方面。

　　第一，牛頓認為空間處處都是平坦的，沒有彎曲。從數學上看，牛頓力學的空間符合歐幾里得幾何性質。歐幾里得是幾何學的泰斗，2千年來，他的學說一直是所有數學思想的基礎。但是如前文所述，針對歐幾里得第5公設的修改，讓19世紀數學界發展出非歐幾何，即黎曼幾何和羅巴切夫斯基幾何。在這些理論框架中，空間是彎曲的。那麼問題來了，真實宇宙中的空間到底是平坦的，還是彎曲的呢？

　　第二，在牛頓力學熱潮之後的200年中，電磁學飛速發展起來，馬克士威提出將電與磁統一的理論，成為19世紀最偉大的科學成就之一。但是在電磁理論中，空間和時間的規則與牛頓力學不同。例如電磁實驗中，人們發現「線圈靜止磁棒運動」與「磁棒靜止線圈運動」得到的電流是相同的。假如按照牛頓的絕對時空觀分析，到底是線圈還是磁棒在絕對靜止的空間中運動呢？

　　此外，現實中到底是什麼標誌著牛頓的絕對空間？人們曾假想出一種被稱為「乙太」的東西，認為其充滿整個宇宙空間，所有運動的物體都以此作為參考座標，這也是光在宇宙中傳播的介質。於是，測量到乙太成為許多物理學家孜孜以求的目標。1887年，美國物理學家阿爾伯特・邁克生（Albert Abraham Michelson）和愛德華・莫雷（Edward Morley）用光干涉儀，希

望藉由測量互相垂直的2束光的速度差，找到乙太存在的證據。不過，這個實驗最終以失敗告終。人們始終無法證實乙太假說，物理實驗也對牛頓的絕對時空觀提出了挑戰。

順便一提，這2位物理學家所做的失敗實驗，成為物理學史上最著名的實驗之一——邁克生－莫雷實驗。邁克生由於在尋找乙太實驗中，對發明精密光學儀器有所貢獻，榮獲1907年的諾貝爾物理學獎，成為科學界第一個獲諾貝爾物理學獎的美國人。而他們所使用的光干涉儀，則成為100多年後人們發現引力波的儀器雛形。

相對論革命

20世紀初，註定成為人類科學史上最偉大的時代。在X射線、放射性元素和電子被發現後的10年內，愛因斯坦於1905年發表了具有歷史意義的論文，提出狹義相對論，實現了將牛頓的力學理論與馬克士威的電磁理論統一起來的夢想。

狹義相對論最具創造性的貢獻之一，就是提出一個全新的時空觀念，優雅而簡潔。**狹義相對論主張，任何物理規律在靜止參照座標和以恆定速度運動的參照座標裡都是相同的**，這意味著光速在不同的參照座標裡是相同的。換言之，真空中，光總是以一個恆定的速度c運動，這個速度與光源的運動狀態無關。假如一艘以0.9c速度運動的太空船發出一束光，靜止地面上的人看到這束光的速度是c，在飛船上的人眼中這束光的速度也是c。這個現象看似怪異，但愛因斯坦指出，分析這種情況的關鍵在於改變測量速度的方式，即時間不是絕對的、而是相對的。為了保證物理規律相同，時間和空間在不同參考座標裡會不同。也就是說，空間可以壓縮、時間也可以變慢。愛因斯坦打破了牛頓的絕對時空觀。

狹義相對論中，不但空間和時間是相對的，就連物體的質量也都是相對的。例如：當物體以接近光速的速度相對於我們運動時，我們會測量到其質

量明顯增加；當物體的速度趨近於光速時，其質量也趨近於無窮大。這正是任何有質量的物體，其運動速度都無法超過光速的原因。

狹義相對論的出現是物理學的一場革命，也是對牛頓力學的進一步擴展，牛頓力學可以看作是相對論力學的特例。一般條件下，對宏觀物體來說，當其運動速度遠遠低於光速時，其所呈現的相對論效應非常小，運動規律可以簡化為牛頓力學。正因為如此，在平常的環境下，驗證狹義相對論十分困難。這也是狹義相對論在提出之初，無法被主流學界接受的原因之一。但是，說到底這還是因為科學觀念的落後。狹義相對論之前的物理理論都與人們的常識沒有衝突，很容易對大眾解釋清楚。然而狹義相對論出現之後，一切都改變了，世界不再是人們日常看到的樣子，簡單的理論模型無法解釋宇宙。

從特殊到普遍

狹義相對論之所以被稱為「狹義」，是因為只考慮物體運動的一種特殊類型，即**勻速直線運動**。然而，自然界中的運動變化多端，如：加速、減速和轉彎。於是，愛因斯坦決定將相對論的研究對象，從特殊的運動推廣到普遍的運動，因而促成了廣義相對論的誕生。

愛因斯坦的數學老師閔考斯基（Hermann Minkowski）在狹義相對論的基礎上，提出時間應被當作第 4 個維度，與空間的 3 個維度結合，組成統一的四維時空體系。這一思想啟發了愛因斯坦。愛因斯坦喜歡在腦中進行思想實驗，這個方法使他受益頗多。他設想，外太空中有一封閉的太空艙，當太空船向上加速時，艙中的人會感受到向下的力，這個力和人在地球上感受的重力實際上並沒有本質區別。換言之，在封閉的艙內，由於不能觀察周圍的環境，人無法區分自己到底是在向上加速運動，還是在地球表面上因受到引力的影響而向下墜落。也就是說，引力和加速度是「等效的」。

引力和加速度是等效的

在這個基礎上，愛因斯坦進一步設想，從向上加速的太空艙中橫向拋出一個小球，其會像在地面上受到引力一樣，沿拋物線軌跡向下運動。而將小球換成一束光，應該也會出現這樣的現象。也就是說，光線也會受到引力的影響而偏轉。同樣的道理，時鐘在引力場中會變慢。自此，他意識到引力場中的時空可能不是平坦的，而是「非歐幾何」的。**時空的彎曲與引力有關**，這是1916年愛因斯坦發表的廣義相對論的核心思想。廣義相對論涵蓋了所有動力學的情況，特別是引力場中的運動，指出**引力的本質是物質對彎曲時空的一種響應**。

狹義相對論的時空背景是平直的時空；而廣義相對論的時空背景是彎曲的黎曼時空。相對論中，物質與時空成為宇宙的兩面，相互依存、不可分割。形象地說，物質告訴時空應該如何彎曲，時空則告訴物質應該怎樣運動。相對論的提出具有劃時代的意義，但是其在數學上相當複雜，而且顯得太離經叛道，所以提出之後幾乎得不到學界承認。加之1914年到

1918年歐洲爆發第一次世界大戰，相對論的出現並沒有引起很大的反響。據軼聞說，當時世界上真正懂得廣義相對論的人只有3個。

宇宙中天體的質量巨大，按照廣義相對論，這會使附近的時空發生彎曲。而且質量愈大，造成的時空彎曲也愈明顯。因此星光在經過太陽附近時會發生一定角度的偏轉，這成為對相對論的最佳驗證。1919年，英國皇家天文臺臺長、天文學家愛丁頓在非洲成功觀測了一次日全食。藉由分析日蝕的照片，他計算出星光在太陽附近偏轉的角度，發現與相對論的預言幾乎完全一致。愛丁頓的觀測證據最終讓廣義相對論一舉成名，愛因斯坦也從此封神。

引力也有波

廣義相對論指出，引力使時空場發生彎曲。由此看來，宇宙時空就像一張彈簧床，天體就是放在床上的鉛球，在其引力作用下，時空彈簧床的表面會彎曲變形。**一物體在加速運動時會使周圍時空彎曲，這種變化會以波的形式向外擴散出去**，這就是引力波。

波是我們生活中一種很常見的現象，如：水波、聲波和電磁波。將石頭扔到池塘裡時，池塘表面會產生漣漪，從石頭入水的位置向外傳播開來。而廣義相對論中的引力波，是把四維時空結構的擾動以能量的方式向外傳播。形象地說，引力波就像是彎曲時空的漣漪。引力波的存在，意味著引力的傳遞速度不是無窮大、而是光速，這是廣義相對論對萬有引力定律的推廣。

引力波的產生是有條件的。即便質量很大，天體如果處於靜止或勻速直線運動狀態，也無法發出引力波。**引力波是在物質和能量劇烈運動和變化時產生的。嚴格來講，天體應該在非對稱運動中造成四極矩的變化，才能產生引力波。**因此，具有對稱結構的獨立天體，哪怕是大質量的單個黑洞，靠自身自轉也不會產生引力波。

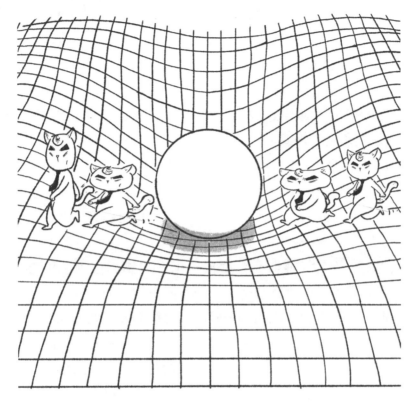

受到天體引力場的影響，天體周圍的時空會變形

　　理論上最可能產生引力波的天體是雙星系統，尤其是由黑洞、中子星或白矮星等天體組成的密度極大的雙星系統，能產生明顯的引力波。此外，大質量天體演化到最後階段、出現超新星爆炸的時候，也會釋放引力波。

　　從本質上講，引力波傳遞的是時空自身的形變，因此不會被物質吸收，能輕易穿透電磁波無法穿透的地方，傳播的範圍只與距離有關，所以引力波能給人類帶來遙遠宇宙天體的訊息。這也是在《三體》裡，人類一定要三體人幫助自己建立引力波發射臺，以便向宇宙發送引力波訊號的原因。

愛因斯坦預言的最後驗證

　　引力波的存在，成為廣義相對論所做出的最後有待驗證的預言。自從1916年愛因斯坦發表廣義相對論後，人們儘管做出各種努力，卻一直沒有發現引力波，主要是因為萬有引力雖然無所不在，但是本身太弱了。在自然界的4種基本交互作用力中，萬有引力是最弱的，我們最熟悉的電磁力的強度約是其1萬億億億億倍（編註：10^{36}）。連萬有引力都這麼弱，引力波就更弱了。

　　具體來看，引力波應該是什麼樣子呢？當引力波到達觀測者視野中時，觀測者會發現自己所在時空場出現有節奏的扭曲。若只考慮引力波對空間的影響，觀測者會發現周圍物體之間的距離發生週期性改變，時而增加、時而減少。就像站在一個不斷變化的哈哈鏡面前一樣，觀測者會發現自己一下變矮變胖、一下變高變瘦。廣義相對論預言，這種形變效應的強度與產生引力波的波源之間的距離成反比，變化的頻率等於引力波的頻率。

　　由於引力波很微弱，這種形變效應實在太小了。舉例來說，一顆距離我們1千光年的非對稱中子星，其質量是太陽的1.4倍，當其快速旋轉時會產生引力波。這一引力波對空間距離帶來的影響，相當於1公里長的物體在長度上只發生不到一個原子核半徑萬分之一大小的變化。這麼小的時空週期變化量，實在很難被測量出來。可以說，全世界在空間尺度上最精密的實驗，就是對引力波的探測了。這一度被認為是人類現有技術遠遠達不到的高難度挑戰。

　　第一位做出偉大嘗試的人，是美國物理學家約瑟夫‧韋伯（Joseph Weber）。1960年代，他製造了一根長2公尺、直徑1公尺、重約1公噸的實心圓柱形鋁棒，藉此探測引力波。引力波到來時，鋁棒兩端會被擠壓和拉伸，發生微弱振動。當引力波的頻率和鋁棒的固有振動頻率一致時，鋁棒就會發生共振，從而使引力波被探測到。這就是最早的「共振棒引力波探

測器（Weber bar）」。韋伯開創了引力波實驗科學的先河，但是由於儀器本身的局限性，他並沒有任何發現。

1983年，美國加州理工學院的物理學家基普・索恩（Kip Stephen Thorne）與來自英國格拉斯哥大學的朗納・德瑞福（Ronald Drever），用邁克生光干涉儀原理，建立了引力波雷射干涉儀。第2年，麻省理工學院的萊納・魏斯（Rainer Weiss）也加入這個團隊，合作建立「雷射干涉引力波天文臺」，簡稱LIGO（Laser Interferometer Gravitational Wave Observatory）。LIGO用雷射干涉技術替代了韋伯的共振棒，可測量到極其細微的距離變化。

1999年，美國路易斯安那州的利文斯頓以及華盛頓州的漢福德兩地，分別建了相同的LIGO探測器，都擁有長度4公里的雷射干涉探測器，能探測到質子大小的十萬分之一的長度變化。之所以將2台儀器建在距離3千公里之遙的兩地，是為了排除局部震動帶來的干擾。2002年，LIGO正式投入觀測。後來為了提高靈敏度，2010年到2015年，科學家又對LIGO進行升級，並在2015年再次開始觀測。人們都期待著LIGO取得偉大發現，驗證愛因斯坦的百年猜想。

聆聽天籟

聲音來自振動，當振動頻率在20～2萬赫茲時，我們的耳朵就能聽到聲音。而LIGO設備可觀測引力波的頻率範圍，是在幾十赫茲到幾百赫茲之間，恰好是能被我們聽到的頻率範圍內。以LIGO觀測引力波，真可謂是聆聽「天籟」。

2015年9月，LIGO首次探測到引力波訊號。這個訊號是由距離地球13億光年遠處、質量分別相當於29顆和36顆太陽質量的2個黑洞合併時發出的。其最終合併為相當於62顆太陽質量的新黑洞，同時將相當於3顆太陽質量的物質轉化成能量，以引力波形式釋放出來。

2016年2月11日，LIGO觀測團隊正式公布這一發現，此時距離廣義

相對論發表整整100年。這在國際科學界彷彿一聲春雷,相當激勵人心。這一方面是對廣義相對論的完美驗證,另一方面也意味著人類在探測宇宙的手段上有了新的突破。過去我們的觀測手段主要是光學望遠鏡、電波望遠鏡,都是在電磁波層面上觀測宇宙,如同用眼睛觀察。而引力波觀測的成功,為我們打開了一扇認識宇宙的新窗口,人類從此可以傾聽宇宙的天籟之音。

發現引力波的LIGO觀測團隊是一個國際合作的科學團隊,基普・索恩教授是重要領導者之一。他對引力波訊號的數學模型和探測算法做出了開創性的貢獻,並且為提升探測器的靈敏度提出很多建議。由於在引力波探測中的重要貢獻,他榮獲了2017年的諾貝爾物理學獎。

索恩教授不但是相對論天體物理學和蟲洞理論方面的學術權威,還熱心於科學傳播事業,著有科普大作《黑洞與時間彎曲》(*Black Holes and Time Warps*)。不僅如此,他還是科幻大片《星際效應》(*Interstellar*)的科學顧問。這部科幻影片中出現的第五維空間、蟲洞旅行等場景,帶給觀眾極大的震撼。此外,影片中呈現的黑洞模型,就是在他的指導下經過嚴密數學推導和計算得到的,為黑洞的首次科學化呈現。而且,這部電影中黑洞的樣子與影片上映5年後科學家發布的第一張黑洞照片極為相符。

LIGO的成功,證明人類開始擁有感知時空漣漪的能力,可以窺探出許多我們之前看不到的東西。今天我們用電波望遠鏡觀測到的宇宙背景輻射,是自宇宙大爆炸38萬年後才發出的電磁波,為宇宙誕生後發出的第一縷光。從原理上說,我們不可能看到比這更早的宇宙痕跡了,因為宇宙是在38萬歲時才變得透明,光才開始在空間中傳遞。然而,引力波觀測能觀測到更早期的「嬰兒」宇宙的模樣!

按照宇宙大爆炸理論,宇宙早期的暴脹過程中,時空結構發生突變會產生引力波。這種引力波從宇宙誕生一直留存到今天,被稱為宇宙的「原初引力波」。原初引力波的出現比微波背景輻射更早,更接近宇宙的出生時刻。換言之,觀測原初引力波是我們揭開宇宙誕生奧祕的線索。不過,由於從宇宙誕生至今已經過太久,原初引力波的強度變得非常微弱、頻率很

低，超出了LIGO的探測範圍，因此難以被發現。

除了LIGO研究團隊，很多國家和組織也都投入到對引力波的探測中。1990年代起，法國和義大利合作，在義大利比薩建造了歐洲引力波天文臺VIRGO（Virgo Interferometer，即處女座引力波天文臺）。德國和日本也分別建造各自的引力波探測臺。

地球表面有各種振動和干擾，地面引力波雷射干涉儀的觀測精度會受到影響。而在空曠的宇宙中建造的太空引力波雷射干涉儀，可以很好地避開地球的干擾，有效提高引力波觀測的精度，且有利於發現頻率很低的宇宙原初引力波。歐洲太空總署正在進行的LISA（Laser Interferometer Space Antenna，即雷射干涉太空天線）計畫在2030年發射3台太空引力波探測器。其將共同組成一邊長為250萬公里的三角形，沿著地球軌道繞太陽公轉。而中國也提出了類似的太空引力波探測計畫，分別是中國科學院發起的太極計畫和中山大學發起的天琴計畫，都準備用由3台太空飛行器組成的引力波探測器來進行探測。

2019年8月，中國成功發射首架太空引力波探測技術實驗衛星「太極1號」；2019年底，天琴計畫的第一顆技術實驗衛星也成功發射，期望不久的將來在引力波探測方面有重大發現。

最重的琴弦

目前，科學界對引力波性質的研究只是剛剛開始，至於人工發射引力波還只停留於想像中。

回到《三體》，小說提到將引力波用於宇宙通訊。威懾紀元時，人類在三體人的幫助下，建立了3架地面引力波發射臺和1架移動式引力波發射臺。

這部小說發表於2008年，當時不只沒觀測到引力波，更不用說發射引力波了。由此可見，《三體》作者有著堅實的科學理論功底和非凡的想

像力。

　　小說裡構想出一種能發射引力波的天線，這種天線是一根很長的細弦，能以振動發出功率足夠大的引力波。

　　　　引力波發射的基本原理是具有極高質量密度的長弦的振動，最理想的發射天線是黑洞，可用大量微型黑洞連成一條長鏈，在振動中發射引力波。但這個技術即使三體文明也做不到，只能退而求其次，使用簡併態物質構成振動弦……

摘自《三體 III》

　　為什麼說黑洞或簡併態物質比較適合製作引力波發射天線呢？這二者是什麼東西？我們可以從 3 方面回答這些問題。

　　首先，如前所述，雖然任何物質的加速運動都可能產生引力波，但產生的引力波強弱差別很大。例如，地球繞太陽轉動的系統所產生的引力波，其功率只有約 200 瓦，相當於一個大功率燈泡，實在太弱了；而大質量天體的劇烈運動變化則能產生較強的引力波，如前面提及由黑洞或中子星組成的密度極大的雙星系統，其引力波可以跨越上億光年的距離被我們探測到。當然，大質量天體這種說法並不確切，從本質上看，應是質量密度大的天體，而黑洞和中子星都是自然界中滿足這種條件的天體。

　　其次，這涉及物質的基本組成。普通物質由原子組成，而原子一般是由體積很小的原子核及在其外圍運動的電子所組成。電子帶負電荷，而原子核中的質子帶正電荷，中子不帶電荷。當原子受到巨大壓力時，外圍的電子就可能被壓進原子核中，與原子核裡的質子相結合，變為電中性的中子。此時，整個原子就只由原子核裡的中子組成，原子的體積被大大壓縮。**這種只由中子組成的高密度物質，就是中子簡併態物質。**這種中子簡併態物質需要有巨大壓力才能形成，目前用人工方法做不到，在自然界中卻有機會產生。

　　大質量恆星演化到末期，會發生超新星爆炸而產生巨大壓力，使恆星

物質原子的外圍電子被壓進原子核中，形成由中子組成的簡併態物質。恆星體積大大縮小，便成了中子星。一般來說，中子星的密度很高，每立方公分可重達 1 億公噸。此外，有理論指出，更大質量的恆星在末期爆發時，可能產生質量密度更大的天體，即所謂的黑洞，單位質量密度比中子星還高。可見，構成中子星或黑洞的物質，應該是製作引力波發射天線的好材料。

假如有辦法將構成中子星或黑洞的高密度物質收集起來，連成一根弦，並使這根弦發生振動，就相當於讓這些物質進行劇烈的加速運動。從原理上看，是能夠發出引力波的。

物理學家李淼教授在《〈三體〉中的物理學》這本書中，對小說裡的引力波天線進行了計算和分析。他先計算出由單個中子在強交互作用力的束縛下排列成一根弦，其振動所能形成的引力波輻射功率，結果表明功率還是太小，無法用來通訊。接著，他進一步假設將若干根單個中子組成的弦捆綁在一起，達到人的頭髮絲那麼粗，也就是直徑 0.1 公釐，其每秒輻射的能量就相當於 10 公噸的物質質量轉化而成的能量。如果發射的方向性比較好，完全可以被銀河系範圍中的外星文明探測到。不過這麼粗的弦本身太重了，每 1 公分長的弦，重量就能達到 1 億公斤。假如將弦做得細一些，即頭髮絲直徑的一萬分之一，每 1 公分長的弦的重量就是 1 公斤，此時其輻射引力波的功率相當於 1 微克的物質每秒產生的能量。這樣的能量也是很大的，可以用來通訊。

《三體 II》的最後，描述了建在地面上的引力波天線。

羅輯一家遠遠就看到了引力波天線，但車行駛了半小時才到達它旁邊，這時，他們才真正感受到它的巨大。天線是一個橫放的圓柱體，有一千五百公尺長，直徑五十多公尺，整體懸浮在距地面兩公尺左右的位置。

摘自《三體 II》

這根天線雖然外表很粗，但大部分材料起到的都是保護和支撐作用，內部真正發射引力波的應該只有一根由中子簡併態物質製成的弦。假如這根弦的粗細是頭髮絲直徑的一萬分之一，按照長度為1500公尺來估算，這根弦至少重達150公噸，這還不包括外面包裹的材料重量。

　　小說裡還提到，建在北美和歐洲的引力波天線，靠電磁力懸浮在基座上幾公分的地方。而建在華北平原上的引力波天線，則是依靠反重力懸浮在高空中。這裡的反重力是怎麼回事呢？

　　前面已經談過，任何2個物體之間都有相互吸引的作用力，而反重力就是與地球引力方向相反的作用力。假如反重力存在，當物體受到的反重力與地球引力達到平衡時，物體就可以懸浮起來。很可惜，人們目前在自然界中並沒有發現反重力。傳統科學長期認為，反重力是不可能的，這不過是人們一個美好的夢想。但在世界各地，仍有不少人致力於這方面的研究。一些國際知名的航太企業也對反重力相當感興趣，相關論文和實驗不時會刊登出來。

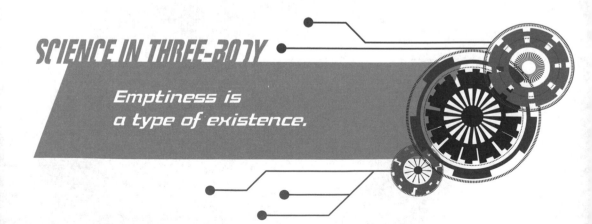

SCIENCE IN THREE-BODY

Emptiness is
a type of existence.

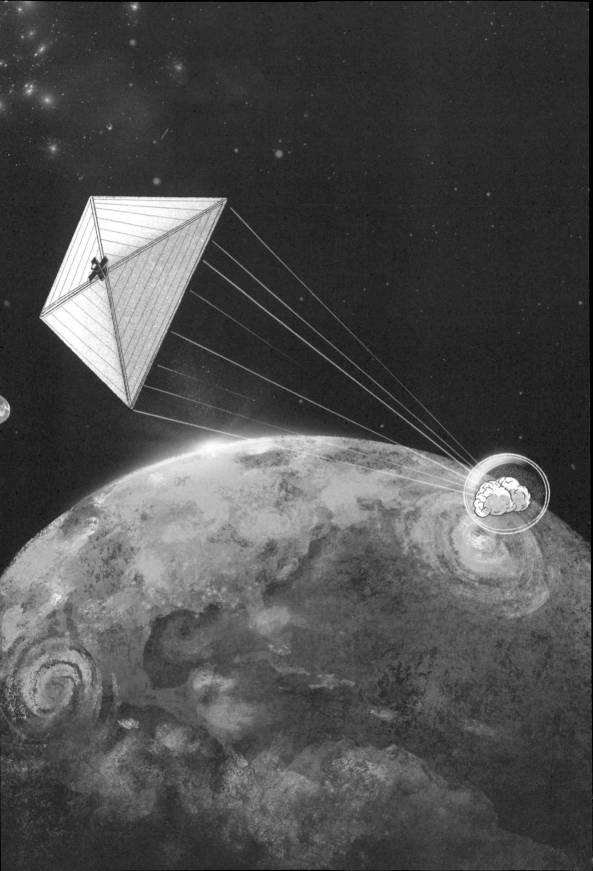

第十七章　只送一個大腦

──克隆技術與人腦間諜計畫

　　關鍵時刻，萬有引力號代替程心，在宇宙中廣播了標記著三體星座標的引力波訊號。儘管此舉將人類從三體文明的陰影下徹底解放，但此時人類和三體人都面臨著黑暗森林打擊的到來。

　　隨著三體星被消滅，人們的最後一絲幻想也徹底破滅了。絕望中，三體艦隊卻出現一位叫雲天明的人，說要與程心通話。

　　雲天明是誰？他能拯救深陷絕望的人類嗎？

 關 鍵 詞

　　階梯計畫、光帆飛船、光壓、無性生殖、克隆、遺傳因子、基因、DNA雙股螺旋結構、分子生物學的中心法則、減數分裂、受精、合子與卵裂、細胞分化、細胞特化、內細胞團、細胞核移植、體細胞核移植、治療性克隆、幹細胞、全能幹細胞、多能幹細胞、胚胎幹細胞、誘導性多能幹細胞

美夢破滅

「好了傷疤忘了痛」恐怕是人性中不可擺脫的一部分。究其原因，無非是人只考慮眼前的利益得失。

《三體》中，當所有人類被迫遷往澳洲、備受飢餓煎熬之際，忽然聽聞引力波訊號被發射，三體艦隊離開了太陽系。人們歡呼雀躍，慶賀自己從三體危機中解放，讚美萬有引力號的英雄壯舉。

200多年前，為了驗證黑暗森林法則，羅輯用一顆距離太陽約50光年的恆星做試驗，借助太陽向宇宙發出了這顆恆星的座標。從他發布咒語到這顆恆星被摧毀，一共花了157年。考量距離因素，這次黑暗森林打擊發生的時間是在咒語發布後大約100年，正好相當於當時人類平均壽命的長度。因此，得知引力波訊號發射後，地球上的人認為在黑暗森林打擊到來前，大家至少還能平安地度過一生。隨著時光流逝，享受美好生活的人們竟然又漸漸對黑暗森林打擊產生了質疑。

> ……但在大部分學者眼中，該理論還只是一個無法證實也無法證偽的假說。真正相信黑暗森林理論的是政治家和公眾，而後者顯然更多是根據自身所處的境遇，選擇是相信還是否定它。在廣播紀元開始後，大眾愈來愈傾向於認為黑暗森林理論真的是一個宇宙迫害妄想。
>
> 摘自《三體Ⅲ》

這些質疑，有些是從對羅輯的咒語起作用的恆星觀測情況分析得來；然而更多則是出於僥倖心理，將偶然當作必然。正像法國社會心理學家古斯塔夫・勒龐在《烏合之眾》中指摘，很多人缺乏辨別能力，無法判斷事情的真偽，許多經不起推敲的觀點都能輕而易舉地得到普遍贊同。因此

很多人認為，既然廣播發出去這麼久都沒有打擊到來，這個理論一定有問題。在冷酷的宇宙中，人們卻習慣將生存下來當作必然，而將其他意外都當作偶然。這不禁讓人想起《三體Ⅰ》開頭，常偉思將軍與汪淼說的那段話。

（常偉思：）「……汪教授，你的人生中有重大的變故嗎？這變故突然完全改變了你的生活，對你來說，世界在一夜之間變得完全不同。」

（汪淼：）「沒有。」

（常偉思：）「那你的生活是一種偶然，世界有這麼多變幻莫測的因素，你的人生卻沒什麼變故。」

汪淼想了半天還是不明白：「大部分人都是這樣嘛。」

（常偉思：）「那大部分人的人生都是偶然。」

……

（常偉思：）「是的，整個人類歷史也是偶然，從石器時代到今天都沒什麼重大變故，真幸運。但既然是幸運，總有結束的一天；現下我告訴你，結束了，做好思想準備吧。」

摘自《三體Ⅰ》

就在三體星座標被廣播7年後，某天凌晨，科學家在地球上觀測到三體星被摧毀，黑暗森林法則得到最後證實，人們安逸的美夢徹底破滅。只有極少數的三體人乘飛船僥倖逃脫，加上已經遠航的2支艦隊，三體文明的倖存者不超過總人口的千分之一。

三體星距離地球超過4光年，所以其爆炸最晚發生在4年以前。換言之，座標剛被廣播3年，黑暗森林打擊就發生了，這比人們預想的快得多。當時萬有引力號飛船與三體星之間的距離是3光年，而引力波是以光速傳播的。也就是說，這致命的打擊不但來自飛船和三體星之間，而且打擊者一收到訊息，便毫不猶豫地馬上發起攻擊。然而，人們在萬有引力號

和三體星之間並沒有發現任何星體。因此,這個打擊很可能來自宇宙中的某個飛行器,這一發現是人們始料未及的。過去,人們一直以為打擊會來自某個星體,而現在的情況卻說明,宇宙中可能到處都有外星智慧製造的飛行器。原以為遠在天邊的死神,赫然出現在人們眼前。延續了3個世紀的三體危機解除後,人類面對的是更加冷酷的整個宇宙。

階梯計畫

人類目睹了三體星的毀滅後,智子向人類告別,並轉告程心,雲天明要見她。小說到此峰迴路轉,又一段看似與人類命運無關的故事呈現出來。雲天明是誰? 他和程心有什麼關係?

雲天明是程心的大學同學,性格內向且孤僻,一直暗戀著程心。畢業後,雲天明被確診為肺癌晚期,時日無多。得知這個消息後,他並沒有恐懼,唯一的感覺是孤獨。雲天明出生在一個普通家庭,很難支付每日高昂的治療費,所以他打算用安樂死結束一生。一天,他突然得到大學同學送給他的300萬人民幣,要感謝他曾經的創意。雲天明知道,此時錢已經沒有什麼用了。絕望中的他得知聯合國有一項群星計畫,是對企業和個人拍賣太陽系外的恆星所有權。於是他決定在安樂死前,用這些錢匿名送給程心一顆恆星。

就在他即將按下安樂死按鈕的時候,令他萬萬沒有想到的事情發生了,程心來了! 雲天明以為程心是來拯救自己的,沒想到是來勸自己捐獻大腦的。這是怎麼回事呢?

故事回到4年前,彼時三體危機剛出現,程心畢業後被派往聯合國行星防禦理事會下的戰略情報局,成為一名技術助理。這個組織剛剛成立,專門偵查三體艦隊和三體星,局長叫維德,他做的第一件大事就是決定向三體艦隊發射一個探測器。這個探測器的目的,是在2、300年後到達太陽系邊緣處的奧爾特雲,在那裡與到來的三體艦隊相遇,以刺探敵人情報。

為此，探測器的速度要達到光速的百分之一；然而，這個速度是當時人類航太技術能達到的最高速度的100倍。怎樣才能將探測器加速到這麼快呢？本書第12章中，介紹過關於火箭推進的基礎知識，由此可知只能盡量減輕探測器自身的重量；不過如此一來，探測器又無法攜帶足夠的燃料實現加速。

於是，程心想出一個主意，在探測器的飛行路線上事先部署一些氫彈，當探測器經過時按順序逐一引爆，靠爆炸產生的輻射能為探測器一步步提速，就像讓探測器登上一層層階梯一樣，最終將探測器加速到光速的百分之一。這就是「階梯計畫」。

經過試驗和計算，人們發現探測器的重量不能超過0.5公斤，而維德表示可以只送一個人的大腦。以三體人的技術水平，肯定能復活冷凍的人類大腦並與之交流。一個人類大腦所包含的訊息，和一個完整的人所擁有的訊息沒什麼區別，大腦會有這個人的意識、精神和記憶，特別是這個人的謀略。這項計畫一旦成功，這個人就是人類打入三體人內部的一名間諜、一顆炸彈。

由於發射前必須完整取出大腦，相當於殺死這個人，所以情報局提出，這個自願者人選要從絕症患者中尋找，還必須具備航太專業背景。程心偶然得知雲天明的情況，認為他正是合適的人選。此時的程心並不知道，她的那顆恆星是雲天明送的。她趕回國來見雲天明，勸他安樂死並捐獻出自己的大腦。

得知程心此行緣由的雲天明萬念俱灰。自願者的挑選工作到了最後階段，候選人被要求宣誓忠於人類社會。前面的4人都順利完成宣誓儀式，輪到雲天明時，他說：「在這個世界裡我感到自己是個外人，沒得到過多少快樂和幸福，也沒得到過多少愛……我不宣誓，我不認可自己對人類的責任。」不宣誓的雲天明最終成為通過考驗的唯一人選。很快，雲天明的病情急劇惡化，他的大腦被摘除，冷凍後裝入探測器發射上天。到此時，程心才得知她的那顆恆星是雲天明送的。

因為地球上有智子，階梯計畫始終處於暴露狀態。派往三體艦隊的這

名間諜就像是一張翻開的牌，沒有任何懸念。但是，雲天明聲稱自己不對人類負有責任，這就讓三體人感到困惑，他所說的是不是真話呢？維德的這個計畫十分詭異！從這個角度來看，雲天明簡直就是排在章北海之後的第6位面壁者！

後來由於設備事故，科學家們觀測不到探測器的去向，雲天明的大腦就此弄丟了。而程心作為階梯計畫的未來聯絡人，被安排藉由冬眠去未來執行後續任務——聯合國希望這項失敗的計畫不被未來的人們遺忘。200多年以後，當三體星被摧毀、智子與人類告別時，告訴程心說雲天明要見她，可以想像此時的程心會有怎樣的複雜感受。

與光同行

前面提到，《三體》中的階梯計畫是利用核爆炸產生的輻射能來驅動光帆並為之加速，最終將雲天明的大腦高速送入太空。在人類真實的太空探測史上，與這一科幻設定原理類似的存在便是光帆飛船。

用光推動飛船在宇宙中航行，聽上去猶如童話，然而這是真的可以實現的。光照在物體表面會產生壓力，叫作光壓。早在17世紀初，天文學家克卜勒（Johannes Kepler）就用太陽光的壓力來解釋為什麼彗星的尾巴總是背向太陽。1748年，瑞士科學家歐拉指出光壓的存在。19世紀中葉，馬克士威由電磁場理論計算出光的壓力大小。1900年，蘇聯物理學家列別捷夫（Peter Lebedev）首次透過實驗測量了光壓。那麼，光為什麼會產生壓力呢？根據量子力學理論，**光具有波粒二象性，光壓來自光的粒子性——當光子將其能量以動量方式傳給物體時，就產生了光壓。**

光壓很小，人難以覺察。正午陽光直射地球表面時，即便光全部被吸收，每平方公尺產生的光壓也只有一百萬分之一牛頓，相當於一萬分之一公克物體產生的壓力，還不及一隻螞蟻產生的重力。即便採光面積很大，這麼小的力也不足以直接推動物體。但在太空中，由於沒有空氣阻力，隨

著時間推移，光壓會不斷累加，使物體最終達到很高的速度。1924年，蘇聯科學家齊奧爾科夫斯基提出，照射到巨大反射薄膜上的陽光產生的推力，可以讓「帆船」加速並在太空中航行，這就是最早的光帆飛船的設計構想。從某種角度來說，這也是在本書第12章中介紹過的無工質驅動太空推進方式的一種。

2005年，人類第一艘太陽光帆飛船發射升空。可惜的是，發射後僅1分多鐘，科學家就宣布實驗失敗了。真正實現光帆太空探測任務的，是日本的「伊卡洛斯號」（IKAROS）。伊卡洛斯是古希臘神話人物，傳說他在逃離克里特島時，由於飛得太高、靠近太陽，身上黏結羽毛的蠟被融化，因而墜落喪生。伊卡洛斯號在2010年升空，由太陽能電池薄膜製成的光帆在太空中成功張開。根據計算，其用半年時間就能加速到每秒100公尺，按計畫將飛過金星。未來，人們將會發射更多太陽光光帆飛船進行太空探測。

不過，利用太陽光的光壓獲得的加速度實在太小，很難短時間內將載荷的速度提高到光速的百分之一。因此《三體》才將這種方案加以改進，利用多顆人造核彈的輻射能進行驅動。

復活雲天明

小說中，維德的計畫是將雲天明的冷凍大腦發射出去。至於三體人應該用什麼方法與一個單獨器官交流，小說並沒有具體提及，只說希望三體人能憑藉高科技來利用這顆大腦。不過，當程心趕往醫院卻沒來得及見雲天明最後一面時，外科醫生為了勸慰她，給出一個切實可行的方法。

「孩子，有一個希望。」這蒼老而徐緩的聲音說，然後又重複一遍，「有一個希望……孩子，你想想，如果大腦被復活，裝載它的最理想的容器是什麼？」
程心抬起淚眼，透過朦朧的淚花她認出了說話的人，這位一

頭白髮的老者是哈佛醫學院的腦外科權威，他是這個腦切除手術的主刀。

「當然是這個大腦原來所屬的身體，而大腦的每一個細胞都帶有這個身體的全部基因訊息，他們完全有可能把身體克隆出來，再把大腦移植過去，這樣，他又是一個完整的他了。」

摘自《三體Ⅲ》

（編註：2023年繁體版《三體》使用複製，本書統一使用克隆。）

小說在這裡提到了克隆技術。用這個技術來復活雲天明，成為程心乃至人類的一個希望。

「克隆」指由一個細胞或個體透過無性生殖方式，重複分裂或繁殖而複製出遺傳性狀完全相同的生命物質或生命體。無性生殖指不經過兩性生殖細胞的結合，而由親代直接產生子代的生殖方式。無性生殖在植物界不足為奇，人們經常利用枝條扦插和嫁接來繁殖植物，或利用根、塊莖、葉的一部分來繁殖；但是在動物界，無性生殖只出現於低等動物中，例如：單細胞動物草履蟲可以透過細胞分裂來繁殖。

通常情況下，哺乳動物不會進行無性生殖。不過自然界中，可與克隆類比的例子依然存在，那就是同卵雙胞胎。同卵雙胞胎的遺傳物質完全相同，就這一點而言，克隆體與原始母體之間就相當於一對出生時間不同的同卵雙胞胎。

當然，克隆使用的是人為方法。截至目前，人類已掌握部分哺乳動物的克隆技術，成功克隆了羊、馬、牛。然而，這項技術還有很多難關尚待攻克。假以時日，我們也許終能掌握克隆人類的技術。不難想像，《三體》中科技水平高於我們的三體文明，可能已經擁有這項技術，並能復活雲天明了吧。

不過對我們來說，克隆人類與動物完全不是一回事，克隆人的實現還受到技術層面之外的多方制約。關於這點，本書就先不討論。

那麼，克隆技術是怎麼回事？為什麼克隆哺乳動物很困難呢？

生命的誕生

俗話說「龍生龍，鳳生鳳」，這些我們習以為常的自然現象，其原因是什麼呢？人們早就發現，動植物的親代和子代之間具有很多相似之處，並在生產實踐中對這點加以利用。不過直到 1865 年，奧地利學者孟德爾（Gregor Mendel）經豌豆雜交實驗，才發現了生物的遺傳規律。**生物世代之間傳遞的，實際上是生物性狀的編碼訊息**，孟德爾將之命名為「遺傳因子」。他認為生物個體的某個性狀由一對遺傳因子決定，一對遺傳因子分別來自父母雙方。孟德爾的理論奠定了遺傳學的基礎，但是當時的他並不知道遺傳因子究竟為何物。他的研究成果發表在一本名不見經傳的雜誌上，自發表後的 30 幾年來都沒有受到重視。後來，得益於 19 世紀末生物學家在細胞分裂、染色體行為和受精過程等方面的研究，以及對遺傳物質的認識和發展，1900 年起，孟德爾的研究成果才有了價值。

現在我們將控制性狀的遺傳因子稱為「基因」。**基因是一段控制特定蛋白質合成的去氧核糖核酸（DNA）片段，存在於染色體上**。染色體則位於精子和卵子內，會在生殖過程中將父母的遺傳訊息傳遞給下一代。

1953 年，英國生物物理學家弗朗西斯·克里克（Francis Crick）與美國分子生物學家詹姆斯·華生（James Watson）共同發現了 DNA 雙股螺旋結構。1962 年，兩人獲得諾貝爾生理醫學獎，被譽為「DNA 之父」。DNA 的雙股螺旋結構與相對論、量子力學一同被譽為 20 世紀最重要的三大科學發現。按照雙股螺旋結構模型，**DNA 由 2 條單鏈螺旋纏繞而成，每條單鏈都由去氧核糖核苷酸組成，核苷酸上的每個去氧核糖會與一個鹼基結合**。鹼基一共只有 4 種，簡稱 A、T、C、G。2 條單鏈上的鹼基會透過氫鍵一對一結合，形成「鹼基對」，使 DNA 的雙股螺旋結構得以維持。這些鹼基對的排列方式蘊含了如何裝配蛋白質和核糖核酸（RNA）的遺傳訊息。

1958 年，克里克指出遺傳訊息的傳遞方式為「DNA→RNA→蛋白

質」，這是遺傳訊息轉錄和翻譯的單向過程，是具有細胞結構的所有生物都遵循的法則，也是分子生物學的中心法則。

儘管一生物體內每個細胞含有的DNA完全相同，但在不同細胞內的基因表達各不相同。基因表達決定了不同蛋白質的表達模式，從而也決定了細胞的不同行為。蛋白質作為生命物質的基礎，是執行細胞各種功能的複雜大分子，也是組成細胞和組織的成分。

人體細胞時刻處於劇烈變遷之中，老細胞死去、新細胞取而代之。而新細胞的產生，通常依靠細胞分裂，也就是由1個母細胞分裂成2個子細胞。染色體是基因的載體，位於細胞核內。細胞分裂時，細胞核和每條染色體也會一分為二，這樣就能保證子細胞內的遺傳物質完全相同。絕大多數細胞都是以這種方式分裂的，唯一不同的是生殖細胞。

生殖細胞含有的染色體數量是正常細胞的一半，所以形成生殖細胞時是採「減數分裂」。一次DNA複製過程會有2輪細胞分裂，1個母細胞分裂為4個子細胞，每個子細胞內只有一半的染色體。這是為繁殖下一代所做的準備。

生命如此神奇，一個小小的細胞在短短幾個月內就能變成一個十分複雜的完整生物體。儘管困難重重，研究生物發育過程的發育生物學已初步揭開了生命發育的祕密。

對人類和其他哺乳動物來說，個體發育的起點是卵子與精子相遇後受精的時刻。受精過程可分為3步：精子穿透、卵子激活和精卵融合。單一受精卵能發育成各種類型的細胞，這個過程叫作「細胞分化」，分化後的細胞具有一定的形態和功能。具體而言，受精完成後，融合的新細胞稱為「合子」。合子會以極快的速度進行分裂，產生大量新細胞，這個過程叫作「卵裂」。合子第一次分裂，會得到2個完全相同的細胞；第二次分裂，會得到4個完全相同的細胞。通常情況下，4個細胞會聚在一起並繼續分裂，變成8個細胞、16個細胞，依此循環往復。

分裂出16個細胞時，胚胎中的細胞連接會變得更緊密，細胞團會出現「細胞特化」現象。細胞特化與其在胚胎內所處的位置有關，位於外緣的細

胞會繼續發育並形成胎盤等胚胎外組織；位於內部的細胞則構成「內細胞團」，此即構成新生物個體所有細胞的基礎。此後胚胎會發展為囊胚，在子宮著床並繼續發育。

胚胎發育的第14天到第16天，會進入關鍵階段——原腸胚形成。內細胞團中的細胞會發生自我折疊，形成數層細胞層。這是內細胞團中細胞的第一次大規模分化，對生物體來說非常重要。分化後的細胞從此有了不同的命運，將分別發育成生物體的不同器官，如：心臟、手和腳。

移花接木術

知道上述生物學基礎知識後，就不難明白克隆的原理和過程了。

與自然受精的精子穿透、卵子激活和精卵融合步驟相對應，克隆是人為地完成這個過程，做到移花接木或鳩占鵲巢，屬於無性生殖。原理就是**將供體細胞的細胞核內遺傳物質，轉移到已經事先除去細胞核的未受精卵細胞中，然後設法使兩者被激活，進而融合並形成合子，再提供合適條件令其發育為新個體。**這樣一來，由於卵細胞沒有包含遺傳物質的細胞核，新個體就只具有供體細胞的遺傳物質，是對供體細胞的克隆。這就是我們今天所說的細胞核移植克隆術。

這種細胞核移植技術，最早由德國生物學家漢斯・斯佩曼（Hans Spemann）在1938年提出，他因發現胚胎發育過程而榮獲1935年的諾貝爾生理醫學獎。不過，克隆技術在當時有很多難題，涉及遺傳學和細胞生物學等多領域的發展及設備改進。1952年，科學家們首次克隆出兩棲動物——青蛙，然而相關研究的進展依舊非常緩慢。

1996年，桃莉羊（Dolly）成為世界上第一例克隆成功的哺乳動物。桃莉羊是從綿羊的體細胞克隆而來，即「體細胞核移植」克隆。具體而言，就是將已完成分化的成熟體細胞作為供體細胞，將其遺傳物質轉入事先移除細胞核的卵細胞中，再對合子進行培養。

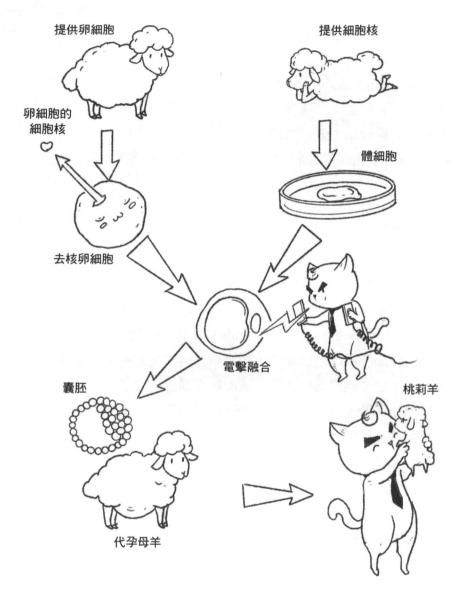

提供卵細胞

提供細胞核

卵細胞的
細胞核

體細胞

去核卵細胞

電擊融合

囊胚

桃莉羊

代孕母羊

體細胞核移植克隆術

　　這次實驗的成功，表明人類掌握了克隆成年哺乳動物的能力，具有劃時代的意義。此後，生物學掀起克隆研究的熱潮，人們先後成功克隆了大部分哺乳動物，如：牛、豬、兔、貓、馬和鹿。克隆的商業應用範圍變得

日益廣泛，比如克隆絕種動物和寵物，或是克隆轉基因動物以提高動物的健康水平和產奶量等。儘管還有很多困難有待克服，但克隆人這一目標也呼之欲出。不過，這似乎是一條高壓線，絕大多數科學家都對克隆人類的想法抱持堅定的反對態度，因為這涉及太多倫理和社會問題。

關於克隆概念，還有一點經常被人忽視，那就是**克隆不等於複製**。複製獲得的是一個與原始供體完全一樣的副本，而生物克隆不可能做到這點。因為即便是透過基因複製，克隆出一個遺傳物質與供體完全相同的人，他也需要在母體中成長，並被分娩出來、慢慢長大。也就是說，克隆體與供體之間，永遠都有年齡差異。此外，儘管兩者的原始基因完全相同，但是生物細胞的繁殖過程有隨機的基因變異，因此長期來看在基因表達上必然會出現差異。而且，人的成長是一個過程，其身體和性格都會受到後天影響，克隆體與供體也不可能完全一樣，更像是同卵雙胞胎那樣各有特點。

從大腦到人體

《三體》中，程心與雲天明藉由智子建立的通訊途徑，跨越時空進行了一場視訊對話。

> 有一個人從麥田深處走來，程心遠遠就認出了他是雲天明。雲天明穿著一身銀色的夾克，是用一種類似於反射膜的布料做成的，像那頂草帽一樣舊，看上去很普通。他的褲子在麥叢中看不到，可能也是同樣的材料做成的。他在麥田中慢慢走近，程心看清了他的臉，他看上去很年輕，就是3個世紀前與她分別時的歲數，但比那時健康許多，臉曬得有些黑。
>
> 摘自《三體 III》

出乎程心的預料，雲天明是以完整的人的面貌與她相見。排除虛擬人物的可能性，這就代表三體人的克隆技術在雲天明這裡取得了成功。接下來，我將以生物學常識為基礎，對小說裡可能使用的克隆技術略做分析。

自始至終，三體人從人類這裡得到的只有訊息和情報，並沒有獲得任何物質，直到三體人得到雲天明的大腦。可以說，雲天明的大腦組織是三體人手上唯一的人體樣本，也是三體人克隆雲天明的全部材料。

按照典型的體細胞核移植克隆方法，三體人可以提取雲天明大腦組織中的成熟細胞作為供體，將其細胞核注入去除了細胞核的卵細胞中，然後使合子在母體內發育成胚胎，直到最終分娩出嬰兒雲天明，之後便會成長為程心所熟悉的成年雲天明。

不過，我們稍加分析就會發現，這一過程存在無法克服的障礙。首先，三體人需要一個母體來養育這個克隆出來的胚胎。然而，三體人的繁殖方式與人類完全不同。小說第一部中曾經提及三體人的繁殖過程。

> 逃脫這種命運的唯一途徑是與一名異性結合。這時，構成他們身體的有機物質將融為一體，其中三分之二的物質將成為生化反應的能源，使剩下的三分之一細胞完成徹底的更新，生成一個全新的軀體；之後這個軀體將發生分裂，裂解為三至五個新的幼小生命，這就是他們的孩子，他們將繼承父母的部分記憶，成為他們生命的延續，重新開始新的人生。
>
> 摘自《三體 I》

可見，就生殖過程來說，三體人並沒有在母體內孕育胚胎的階段，因此我們不能肯定其有在體內孕育雲天明克隆細胞的能力。不過三體人的科技高度發達，也許已經掌握以某種設備將細胞在體外培育成個體的技術，這樣是否能順利克隆雲天明呢？其實仍有困難。

克隆至少需要用到一個卵細胞，雖然會被去除細胞核，卻是不可或缺的。就目前的研究來看，克隆用的卵細胞不能用其他類型的細胞代替，因

為克隆成功的祕密就在於卵細胞的細胞質。細胞質內的某些成分能重新編碼供體細胞核中的DNA，讓其控制整個胚胎的發育。

三體人得到的人體細胞樣本只有雲天明的大腦，並沒有人類的卵細胞。也就是說，利用上述體細胞核移植克隆術，根本無法得到完整的雲天明。假如當初發送給三體人的是一名人類女性身體，這個方法倒是有可能奏效。既然如此，三體人是不是就沒辦法克隆雲天明了呢？

辦法還是有的。不過在詳細解說之前，需要稍微繞一個彎，我們先來看看什麼是幹細胞。

全能的細胞

1998年，科學家成功分離出人類胚胎幹細胞，從此人們對克隆人技術的態度出現了巨大轉變。因為對人類來說，比起生殖性克隆，「治療性克隆」更能被接受。**所謂治療性克隆，就是透過人類胚胎克隆技術，獲得用於治療目的的胚胎幹細胞。**那麼，胚胎幹細胞究竟怎麼用呢？

細胞分化是不可逆的。儘管受精卵能分裂和分化成生物體內的每一個細胞，但是科學家從來沒有觀察到已經分化的細胞還能變成另一種不同類型的細胞。幹細胞名稱中的「幹」譯自英文單詞stem，有「莖幹」、「起源」之意。幹細胞是具有自我複製能力和分化潛能的原始細胞，在適當刺激下，可以重新編碼並發育成其他類型的細胞。

根據分化潛能的不同，幹細胞有3種類型。

第一種為「全能幹細胞」，具有自我更新和分化形成任何類型細胞的能力。來自精卵結合的合子細胞或合子細胞特化後的內細胞團。前者能分化為胚胎和胚胎外組織，有發育成一個獨立個體的潛能，是最強大的幹細胞；後者保持著分化為人體各種組織的能力，唯獨不能形成胎盤。

第二種為「多能幹細胞」，其分化能力受到一定限制，可以分化成特定類型的細胞，例如：造血幹細胞可分化為各種血細胞。

第三種為「單能幹細胞」，只能向單一方向分化，產生一種類型的細胞，例如：肌肉中的成肌細胞。

按照發育階段，幹細胞還可分為「胚胎幹細胞」和「成體幹細胞」。胚胎幹細胞屬於全能幹細胞，能發育成不同種類的人類細胞，具有巨大的醫學應用前景。舉例來說，醫生可利用病人的細胞克隆得到胚胎幹細胞，並使其向特定方向分化，進一步培養出相應器官。由於其與病人具有完全相同的遺傳物質，用於器官移植手術時，病人很少會出現免疫排異反應。因此，在治療性克隆方面，獲取人類胚胎幹細胞是研究重點。

製備人類胚胎幹細胞有3條途徑。

第一條途徑是基於傳統生殖的非克隆方法，一般是從由受精的人卵細胞發育而來的內細胞團中分離出胚胎幹細胞，再於體外培養而成。這種方法要利用人類胚胎來製備，因而備受爭議。只有透過體外受精得到的多餘胚胎才能被用於研究，很難被廣泛應用。

第二條途徑是典型的體細胞核移植克隆術。前文已經介紹過，就是提取成熟個體的體細胞細胞核，將之注入去核的卵細胞中，使其在母體內發育到出現內細胞團的早期胚胎階段，然後將內細胞團在體外進行培養。

儘管治療性克隆具有巨大的醫學應用前景，但不可避免地需要人類胚胎。而為了分離胚胎幹細胞，這些胚胎通常要被殺死，這無疑讓相關研究充滿爭議。於是人們開始思考，是否有其他方法能獲得胚胎幹細胞。

「誘導性多能幹細胞」（Induced Pluripotent Stem Cells，iPS細胞）技術就是第三條途徑。這種技術與前面2種不同，整個過程都採用體外培養方式，完全脫離生物母體。

1962年，英國發育生物學家約翰・戈登（John Gurdon）在研究青蛙卵細胞時，發現細胞特化是可逆轉的，成熟細胞的DNA仍含有發育成青蛙所需的全部訊息。2006年，日本醫學家山中伸彌發現，利用病毒載體將少量基因導入小鼠的成熟細胞，可將其重新編碼為iPS細胞。這類細胞在形態、基因、蛋白表達和分化能力等方面，都與胚胎幹細胞極為相似，可作為非成熟細胞，分化成身體各個器官和組織所需的細胞類型。

iPS 細胞技術出現之前，人們普遍認為，從非成熟細胞到特化細胞的發展方向是單一的。這一驚人的科學技術從原理上講，是將成熟、特化的細胞重新編碼為可發育成身體組織的非成熟細胞，即讓成熟細胞退回幹細胞狀態，是對細胞發育的逆向操作，革新了人們對細胞和有機生命發育的理解。而從實際應用來看，iPS 細胞具有類似胚胎幹細胞的全能性，且不使用胚胎細胞或卵細胞，沒有道德倫理上的爭議。iPS 細胞的來源廣泛，又能避免病人出現免疫排斥反應，為幹細胞生物學和臨床再生醫學提供了新的研究方向。因為這個發現，約翰・戈登和山中伸彌榮獲了 2012 年的諾貝爾生理醫學獎。2022 年，中國科學家也透過體細胞誘導技術，培養出類似受精卵發育 3 天狀態的人類全能幹細胞，成為目前全球在體外培養的最年輕人類細胞。

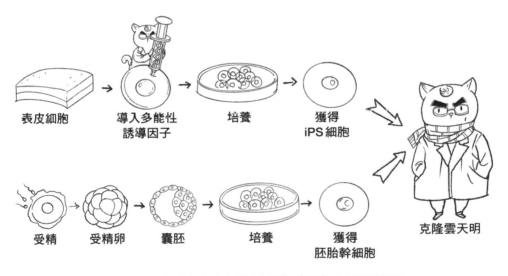

表皮細胞　　導入多能性　　培養　　獲得
　　　　　　誘導因子　　　　　　iPS 細胞

受精　　受精卵　　囊胚　　培養　　獲得
　　　　　　　　　　　　　　　　胚胎幹細胞

克隆雲天明

用 iPS 細胞（上）和胚胎幹細胞（下）克隆雲天明

回到《三體》，在只有雲天明大腦組織的情況下，三體人若是運用 iPS 細胞技術，理論上確實可以克隆出雲天明。首先第一步，取出雲天明大腦的細胞進行培養，以某種病毒或其他方式將若干與多能性相關的基因導入細胞中，然後繼續進行培養，最終產製出 iPS 細胞。由於 iPS 細胞具有胚胎幹細胞的特點，三體人可以將其進一步分化為生殖細胞。第二步，採用傳

統的體細胞核移植克隆技術，將雲天明的大腦組織細胞作為供體細胞，取其細胞核，注入用iPS細胞技術得到的卵細胞（事先已去除細胞核）中，再於某種高科技人造子宮中逐步培養出胚胎，直至長成一個新的雲天明個體。第三步，為了保證新長成的雲天明，其記憶和思想與原來的雲天明一樣，三體人需將得到的雲天明大腦植入克隆體中，代替克隆體的大腦，最終完成對雲天明的複製。以上是筆者基於已知技術做出的猜測，可以當作科幻故事的一部分。

　　雲天明是《三體Ⅲ》中的主角之一。在大多數地球人看來，他就像是第6位面壁者，然而這是不是人們的一廂情願呢？一個不宣誓效忠於人類的「間諜」，難道不會上演一齣宇宙文明的無間道嗎？毫無疑問，雲天明可以算是整部小說中最難以琢磨的人物了。

SCIENCE IN THREE-BODY

*If we lose our
bestial nature,
we lose everything.*

第十八章　大寫的人

——畫地為牢還是勇闖天涯？

　　階梯計畫的本意是將雲天明的大腦發射到太空，希望他成為打入三體人內部的間諜。不過這項計畫本身存在詭異的地方，選拔計畫自願者時，雲天明對聯合國聲稱，他不宣誓忠於人類社會。

　　既然如此，雲天明被三體人截獲並復活後，他究竟算是人類派出的間諜，還是告密者或叛徒呢？ 在他與程心的遠程對話中，他講了3則童話故事。這些童話到底有什麼涵義呢？ 這些都是謎。

 關鍵詞

　　人格同一性、理性主義與經驗主義、裂腦人、解離性身分疾患、光速飛船、空間曲率驅動、第三宇宙速度、黑域與黑洞、人性與獸性、社會達爾文主義

我還是原來的我嗎？

智子說雲天明要與程心會面通訊，這說明三體艦隊得到了雲天明的大腦，並且成功復活了他。但是此時，小說又出現一個有些燒腦、容易被忽略的問題：「用遺體中取出的大腦復活的雲天明，還是原來的雲天明嗎？」

每個活著的人都很明確地知道自己是存在的，而且知道昨天的自己與今天的自己是同一個人。但是你有沒有想過，決定一個人在不同時間或狀態中是同一個人的到底是什麼？或者說，什麼使現在的我與過去的我是同一個人？簡而言之，我為什麼一直是我？

這個問題乍一聽似乎很可笑，我當然是我了，這能有什麼問題嗎？實際上，這個問題涉及法律和道德約束在社會生活中得以推行的基礎。從實用主義角度出發，社會需要以人為基礎，而與之相關的哲學話題之一便是「人格同一性」。

「人格」是一心理學名詞，指一個人一致的行為特徵集合。除了性格外，人格還包括興趣、理想、信念、自我觀念和價值觀等，是個體在社會化過程中形成的獨特身心組織。人格是人類獨有的，表現為有理性、能反省。「同一性」指一件事物在經歷時間和空間變化後，還能保持自身。 人格同一性是當代哲學中具有重要影響的主題，其並非單一問題，而是很多鬆散地聯繫在一起的問題集合，包括「我是誰」、「人的持續存在條件有哪些」等等。

人格同一性的概念最早由約翰・洛克提出。洛克是 17 世紀的英國哲學家，為最具影響力的啟蒙思想家之一，1690 年出版了具有劃時代意義的著作《人類理解論》（*An Essay Concerning Human Understanding*）。他的心理理論被認為是現代身分和自我概念的起源，被後來的休謨、盧梭（Jean-Jacques Rousseau）和康德等哲學家在著作中反覆引用。

洛克提出，應把記憶和意識作為人格同一性的基礎。記憶根源於意識，因此說到底，意識才是使人格具有同一性的根據。洛克將人格定義為意識，反對

將其歸於靈魂之類的精神性實體。他的這一理論針對的是以笛卡爾為首的理性主義。

　　歐洲近代哲學的主要流派大致可分為2支，分別是理性主義和經驗主義。理性主義的代表人物是歐洲近代哲學開創者、法國哲學家和數學家笛卡爾。眾所周知的名言「我思故我在」為其哲學思想的第一原理，認為人的各種感覺都是可被懷疑的，唯一不能被懷疑的就是「我在懷疑一切」這件事。笛卡爾身為二元論者，認為世界上有2種實體，一種是物質實體，一種是非物質實體——靈魂。在笛卡爾看來，物質會變化、身體會消亡，但是靈魂具有同一性，不會隨物質的毀壞而消失。「我」的同一性，就等同於靈魂的同一性。簡而言之，以笛卡爾為代表的理性主義者看來，只要靈魂不滅，人格就會保持同一性。

　　與其相對，洛克的哲學出發點是經驗主義。他反對笛卡爾將自我等同於靈魂，認為只有意識才能讓一個人成為所謂的自我，從而與其他有思想的人區別開來。不過，洛克的理論中有一些根本性問題，例如：他將意識等同於記憶。洛克表示：「這個意識在回憶過去的行動或思想時，追憶到多遠程度，人格同一性也就達到多遠程度。」這引起了很多爭論。假如一個人不記得過去的某段體驗，難道他就不是過去的自己了嗎？很少有人能保留自己2歲以前的記憶，難道2歲以前的他和現在的他不是一個人？我們雖然經常不記得以前發生的事，但是可以肯定，「我」是一直作為「我」存在的，並沒有變成另外一個人。換言之，我們能意識到自己的存在，並且這個存在是有時間跨度的。其實，「記憶是否持續存在」並不是人格同一性包含的諸多問題中最重要的，但又支配著自洛克以來有關人格同一性的爭論。

　　英國當代哲學家和倫理學家德里克・帕菲特（Derek Parfit）對洛克的理論進行發展和整合，既強調記憶的連續性，又強調其關聯性。他認為直接記憶像是重疊的鏈條，即使有些記憶喪失，但是由於記憶有重疊和交錯，人仍能基於記憶保持自己的同一性。不過這並沒有解決洛克的心理理論問題，例如依舊不能解釋人在入睡期間發生的事情是如何影響人格同一性的。

　　此外，一個普通人人格的某些方面，如：性格、慾望和信仰，都會隨著

時間推移逐漸發生變化。一個人50歲和10歲時相比，人格的某些方面會發生很大變化，但是他並不覺得10歲的自己不是自己，因為人格的同一性並沒有變。由此可見，以人格的某些方面作為人格同一性的標準似乎也不合適。

總之，關於人格同一性的爭論主要存在2大派別，一派以笛卡爾為代表，以靈魂作為人格同一性的標準；一派以洛克為代表，以意識或自我作為人格同一性的標準。

除此之外，在還原主義者看來，人格同一性還有第3個標準，那就是身體的同一性。他們認為，人格同一性之所以能保持，是因為我們從小到大都擁有同一個肉體。當然，肉體上不同的部分不是同等重要的。比如說，失去一條手臂的人跟之前的人還是同一個人格；甚至可以說，就算失去四肢、骨骼，只要剩下的部位還能維繫生命，我就還是「我」。

那麼問題來了，身體上什麼最重要呢？什麼部位被損壞後，我就不是「我」了呢？DNA雙股螺旋結構的發現者之一克里克在科普著作《驚異的假說》（*The Astonishing Hypothesis*）中指出，人的意識活動只不過是一大群神經元及其分子的生理行為而已，只要能找到意識的神經相關物，我們就能認識意識。簡單地說，人不過是一堆神經元罷了。因此很多人相信，產生意識的部位在大腦，其是儲存記憶、決定我們信仰和性格特徵的地方。如此看來，人格同一性的標準還可以表現為大腦的連續存在。

這也就是為什麼在《三體》中，考量到飛船的載重量限制之後，階梯計畫最終把雲天明的大腦發送給三體人。人們認為只要大腦還在，雲天明就還是原來的他。

一個身體裡有幾個人？

如前所述，沒有物質大腦的連續存在，就不存在人格同一性。只要大腦還是那個大腦，人格就具有同一性。但是這種看法也存在很多問題。

大腦是我們身體上最神奇的部分。人的大腦有左右兩個半球，半球之

間靠胼胝體連接在一起。別看胼胝體的體積很小，其中匯集了約2億根神經纖維。這些神經纖維猶如左右半腦之間搭起的一座座橋樑，如果胼胝體被切斷，左右半腦之間的訊息就無法交換了。

1940年代，為了治療癲癇病人，醫生第一次進行了胼胝體的切斷手術，這些接受手術的人被稱為「裂腦人」。1950年代，美國心理生物學家羅傑・斯佩里（Roger Sperry）在對裂腦人進行仔細的實驗研究時，發現裂腦人大腦兩個半球存在不同分工。斯佩里發現，人的左右腦分別控制著對側的身體，不僅接收到的訊息不同，處理訊息的方式也不同，甚至有各自的意識、情緒和感受。所以，從某種意義上說，我們每個人真的不是表裡如一的，我們的身體裡有2個大腦！只不過，正常人的左右腦在胼胝體的協調下，合作結果基本讓人滿意，所以在外人看來，我是同一個我。然而我們自己會感受到，有時候我們會做出一些自己也無法解釋的事。由於對腦神經科學做出的貢獻，斯佩里榮獲1981年的諾貝爾生理醫學獎。

解離性身分疾患

從對裂腦人的研究出發，人們開始關注一種被稱為「解離性身分疾患」的心理疾病（編註：早期稱為多重人格障礙），表現為一個人身上出現2個或2個以上不同角色的人格。這些不同的角色有著各自的行為習慣、思考方式、生活環境和對自己的認知，輪番主導一個人的行為。

1970年代，美國歷史上便出現第一個犯下重罪、最後又因解離性身分疾患被判無罪的嫌疑犯比利（Billy Milligan），據說他有24個人格，無論是身體姿態，還是說話語氣和口音，都經常變化。這個案例中，比利只有一個大腦，但他在不同時段會有不同的人格表現。可見即使是同一個大腦的物質實體，也不能保證人格的同一性。

之前講過，克隆人只是與被克隆者具有相同的遺傳基因，從細胞層次來看，二者不可能完全相同。另外，生長過程中會隨機出現遺傳變異，這也使得在物質實體的層面上，克隆人並不等同於被克隆者。進一步而言，他們的人格不可能完全相同，有著各自的人格認同。

我們不妨暢想，假如未來科技進步，可以提取出一個人的記憶、信仰和性格特徵等訊息並儲存於芯片中，然後將這個芯片插到機器人身上或轉存到另一生物體內，我們的人格是否就能持續存在了呢？如果除了大腦之外，處理這些訊息的其他器官與原先的不完全相同，人格會不會就因此發生改變呢？這些對我們來說，都是未知的。

目前都只是對人格同一性的標準做了簡單的討論。這方面的研究已經有幾百年的歷史，但是隨著科技發展，其涵蓋的問題愈來愈多、不斷被賦予新的內涵，因此我們至今都沒有找到問題的答案。

不過，來自東方的古老智慧和哲學思想，為解決這一複雜難解問題提供了可能的新途徑。現代醫學實踐中，醫生們發現有不少人在經過器官移植手術後，性格會發生很大的變化。其原因眾說紛紜，而中國傳統醫學理論體系中的藏象學說認為，人體的各個臟腑會影響病理變化和生理功能，例如在《黃帝內經·素問·宣明五氣》中就有「五臟所藏」理論，即「心藏神，肺藏魄，肝藏魂，脾藏意，腎藏志」，這些是否對現代醫學有所啟發呢？

人格同一性是從西方哲學發源之始便被持續討論的主題，但至今都沒有一個無懈可擊的理論體系得以解釋。「我是誰？」、「我從哪裡來？」、「我死後會發生什麼？」……這些問題依然吸引著無數哲學家及其他研究者。無論如何，在人類文明的發展過程中，「認識你自己」這一銘刻在古希臘聖城德爾斐神廟上的箴言，始終是人們的探究主題與最高目標。

３則童話

讓我們回到《三體》的情節。國際社會對雲天明與程心的會面寄予了相當大的期望，希望從雲天明那裡得到拯救人類的有效方法——雖然200多年過去後，人們早已忘記曾經的階梯計畫和他的大腦。當然，這也不能全怪人類，畢竟當年聯合國祕書長問雲天明為什麼承擔這個任務時，他的回答無關對人類的責任，而是因為「我想看看另一個世界」。人們突然盼望早已被忘卻的雲天明能幫助自己，恐怕只是一廂情願。

這次會面是在三體人的監視下進行的，透過作為顯示器的智子跨空間即時傳遞訊號。之前提過製造智子的成本很高，而現在雲天明要動用如此寶貴的智子與地球上的一個人進行超距通訊，代表著雲天明已經得到三體艦隊的大力支持，或這也是三體人的計謀。而事實上，三體艦隊不但截獲了雲天明的大腦、將他復活，甚至還克隆出他的整個身體，這意味著三體人對人類的研究相當深入，甚至可能掌握了人類心理活動與生理反應之間的關係。對三體人來說，雲天明的思想也許在一定程度上是透明的。即便雲天明想拯救人類，也必須先取得三體人的充分信任才行。他是如何做到的呢？小說沒有說明，只能請讀者自行猜想。

會面期間，雲天明給程心講了３則童話，分別是《王國的新畫師》、《饕餮海》和《深水王子》，前後銜接起來是一個完整的故事。小說用了50多頁的篇幅來描寫，這些童話故事無疑相當重要。程心將情報帶回來後，來自世界各地的專家立刻開始解讀這些童話。

文學作品語言的特點就是模糊性和多義性，假如童話中有情報，為了不被三體人識破，隱藏得一定很深。所以人類面臨的問題，不是從這3則童話中解讀不出訊息，而是可能解讀得太多。這3則童話包含豐富的隱喻和象徵，每個細節都能解讀出許多不同的涵義，人類無法確定哪一種才是真正的戰略情報。

雲天明的這3則童話，從故事情節本身來看並沒有太多新奇之處。不過，與格林童話等大家耳熟能詳的經典故事相比，還是出現了一些特殊設定。舉例來說，針眼畫師將人畫進畫中就能殺死人，這實際反映的是宇宙黑暗森林打擊的方式之一——空間降維。這在雲天明的童話中再明顯不過，然而人類竟然始終對此視而不見。

光速的啟示

童話中還有一個情節，空靈畫師送給公主一把怪異的雨傘，能保護人不被畫到畫中而消失。雲天明是在用這個情節告訴人類，這是逃避宇宙黑暗森林打擊的出路。這把雨傘代表了什麼呢？

童話中，只有靠手動不停地旋轉傘把，才能讓雨傘保持打開的狀態，而且轉動速度必須恆定，才能保持傘面完好地打開而不會收縮回來。顯然，這把特殊的雨傘代表了一種速度恆定的東西。宇宙中，真空下的光速是恆定不變的，而光速是現代物理學體系中的基礎常數之一。由此可知，光速飛船才是人類真正的活路。儘管人類解讀出了光速這層涵義，也知道三體文明早已擁有光速飛船，但是怎樣才能造出這種飛船呢？這是擺在人類面前的一道難題。

受到童話的啟發，程心的助手兼好友艾AA用小紙船做了一個玩具。她將一小片香皂固定在小紙船尾部，然後將紙船放到盛滿水的浴缸中，發現小船會自己向前運動。原來，小紙船漂在水面上時，船前後左右各個方向都受到水面的張力作用，受力是平衡的，此時船就靜止在水面上。但是，

當艾ＡＡ在其尾部放上一片香皂後，由於香皂溶解於水，降低了船後方水面的張力，向後的拉力變小而打破平衡，小船就被前方水面的張力拉動，開始向前運動了。換句話說，香皂改變了船尾部水面原來的平坦狀態，使船前後的水表面產生曲率差，從而產生張力差，小紙船就被驅動了。這就是「空間曲率驅動」的原理。

小紙船因後方的香皂而自己向前運動

飛船與小紙船不同的地方，只在於前者處於三維世界中。也就是說，三維宇宙也有曲率，只不過宇宙中物質不密集處的空間曲率很小，幾乎接近零。如果有辦法降低飛船後面的空間曲率，飛船便會被前方空間的張力拉動，最終接近光速航行。

小說中，雖然很早以前就有人研究光速飛船，但人們並沒有什麼頭緒，各種不切實際的方案層出不窮。直到弄懂雲天明的情報後，人類才知道光速飛船的研製應該從改變空間曲率著手，而這很可能就是已發明光速飛船的三體人所採用的技術。對人類來說，剩下的問題就是沿著這條路開始研製光速飛船。

宇宙安全聲明

　　小說第三部中，三體星被摧毀後，智子在告別人類時，肯定了文明能以某種方式做出安全聲明，向全宇宙表明自己是無害的，從而避免黑暗森林打擊。這顯然給絕望中的人類留下一絲希望。不過智子並沒有告訴人類具體方法是什麼，人類只能在雲天明的童話中找到有關宇宙安全聲明的內容。

　　童話中，製作香皂的原料是魔泡樹上的泡泡。這種泡泡沒有重量，在風中飄得極快，只有騎最快的馬才能追上並採集。這段話中，泡泡輕和快的性質似乎都暗示這就是光，因為光沒有靜止質量，且速度是宇宙中最快的。而採集泡泡，就意味著降低光速。物體運動無法超越光速，最快也只能無限接近光速，所以在一定範圍內降低光速，就意味著降低該範圍內所有物體運動速度的上限。而若將太陽系內的光速降到第三宇宙速度以下，將會出現意想不到的景象。

　　「第三宇宙速度」是什麼呢？這是三大宇宙速度之一。宇宙速度指在地球上將太空飛行器送入太空所需達到的最低速度。我們向空中斜向拋射一物體時，速度愈快，物體落地時的距離就愈遠。當物體的拋射速度超過一個數值後，就會開始圍繞地球運動；不考慮阻力的話，其會永遠圍繞地球旋轉而不掉下來。達成這個目標所需的最低速度就是第一宇宙速度，也叫「環繞速度」，為每秒7.9公里。我們發射的人造衛星就必須具有這樣的速度。

　　如果增加物體的發射速度，達到每秒11.2公里，這個物體就會脫離地球的引力，不再圍繞地球運動，而會像地球一樣圍繞太陽運動。這個最低速度就是第二宇宙速度，也叫「脫離速度」。不過此時由於受到太陽的引力作用，這個物體還是只能圍繞太陽旋轉。

　　從地面發射物體的速度若進一步提高，達到每秒16.7公里時，這個物

體就可以擺脫太陽的引力、飛出太陽系。人類歷史上發射飛得最遠的探測器航海家1號，就達到了第三宇宙速度，此即「逃逸速度」。達到這個速度的航海家1號最終會飛出太陽系，進入浩瀚的銀河系。

回到小說，將太陽系內的光速降低到第三宇宙速度以下意味著什麼呢？物體的運動速度不能超過光速，而此時的光速又低於第三宇宙速度，那麼太陽系裡任何物體的速度都不會超過第三宇宙速度，也就都不可能飛出太陽系，連光也不行。對外界來說，降低了光速的太陽系連光都跑不出去，更不用說別的東西了，自然就不會對宇宙產生任何影響，這就是人們所說的宇宙安全聲明。宇宙中任何一個文明，只要觀測到這個低光速區域，都知道是安全的。小說中將這個低光速區域稱為「黑域」，這一命名十分形象。雲天明的童話中，與黑域相對應的應該是饕餮海。充滿饕餮魚的海包圍著王國，幾乎沒有任何東西能從中逃脫，因此故事王國才變成了無故事王國。

黑色的帷幕

小說中有關黑域的設想，是從黑洞概念延伸而來，不過黑域與黑洞並不完全相同。

黑洞是宇宙中真實存在的天體。其中心質量密度極大，會使周邊時空極度彎曲變形而形成奇異點。在黑洞引力範圍內的任何物體（包括光），最終都會被吸引到奇異點上而毀滅、無法逃脫，因此黑洞不發光。從外界看黑洞時，其邊界被稱為「事件視界」，也就是視線邊界的意思。事件視界之內的光線都發射不出來，因此我們在外面不可能看到事件視界之內的情況。

黑域則是小說中虛構出來的。前文解釋過，黑域是透過在某個恆星周圍一定範圍內降低光速，使範圍內的任何物體（包括光）都不能逃脫出來。黑域的中心處並沒有超高質量密度的天體，因此也就沒有奇異點。換句話說，如果真的有黑域，黑域中的天體也不會最終墜落到位於中心的恆星

上，而是會像正常星系一樣，行星圍繞恆星運動，只是這個區域裡的光速極低而已。

小說提到，太陽系的第三宇宙速度是每秒16.7公里，只要將太陽系範圍內的光速降低到這個速度以下，就能把這裡改造成黑域，這是發布宇宙安全聲明的好方法。不過，每秒16.7公里的這個速度用在這裡其實不太適合。

如前文所述，第三宇宙速度是相對地球而言。每秒16.7公里的速度是從地球上發射物體以使其飛出太陽系所需的最低速度，也就是說，這個速度實際上已經考量地球圍繞太陽公轉時地球本身所具有的速度。地球的公轉速度約為每秒30公里，任何從地球上發射的物體，其運動速度都以地球本身的公轉速度為基礎，因此每秒16.7公里的速度是相對地球而言的，並不是太陽的。實際上，要想在地球軌道附近逃離太陽，物體速度應該不低於每秒42.2公里才行。當然，距離太陽愈遠的地方，所需的第三宇宙速度愈小。所以，要將至少包括地球在內的太陽系一部分改造成黑域，只需把光速降低到每秒42.2公里就好，不必降到每秒16.7公里那麼低。

如果將光速降到每秒16.7公里，黑域的範圍最遠將延伸到木星軌道，整個太陽系黑域的直徑就是10個天文單位。而如果要像小說裡寫的，將太陽系周圍半徑50個天文單位內都改造成黑域，把光速降低到每秒16.7公里還是遠遠不夠。粗略估計，至少應該降到每秒6公里以下才行。雖然《三體》中的黑域概念相當誘人，但是對科學家來說，如何改變光速還是一個難題且無從談起，因為人們一直認為真空中的光速是恆定的。光速作為一個基本物理常數，從來無法被改變。

還有一個問題，即便有辦法降低光速，人類是不是真的願意製造黑域呢？首先，製造黑域並讓地球處於黑域中，是為了向宇宙聲明這裡的文明不會對外構成威脅，從而給我們一片安全空間；但這同時也意味著，人類文明再也不可能走出這片半徑為50個天文單位的小小蝸居，而會徹底與直徑幾百億光年的廣闊宇宙隔絕，人類將和頭頂的星空再也沒有任何關係。就像童話裡那樣，這裡將永遠變成無故事王國。

儘管有些人一生中都沒有好好觀察過星空，更不用說飛出地球了，但人們還是擁有探索星空的夢想。一想到今後連飛向星空的可能性都沒有，這個黑域就不再是一簾帷幕，而是一座墳墓。這個代價，不知道人們願不願意承受？其次，假如真的將太陽系半徑50個天文單位的空間都改造成低光速黑域，這片空間內的光速將不足每秒6公里。按照物理學原理，這種情況下由原子組成的物質世界不知還能否存在。撇開這點不談，這麼低的光速就會限制很多人類活動，例如：所有電子電腦都只能以極低速度運行，有可能還沒有人算得快！因此，降低光速可能使人類文明退回低技術水平的古代，這可是比智子更厲害的技術鎖死，恐怕很多人都不願承受這個代價。

　　有鑑於此，人們將注意力放到雲天明童話中給出的另一個啟示上，那就是光速飛船，然而這一方案也有問題存在。

人性與獸性

　　光速飛船無法為人類提供安全保障，只能用於星際逃亡，但逃亡主義在危機紀元初期就已經被國際法禁止了。人類不患寡而患不均，當黑暗森林打擊到來時，光速飛船能讓多少人逃離？憑什麼是那些人有資格逃離？在死亡面前的不平等，使得光速飛船計畫舉步維艱。

　　不過，還是有不少人迷戀光速飛船計畫，原因並不全為了生存——就像童話故事的最後，公主揚帆出海，離開無故事王國，駛向廣闊而自由的世界；儘管她將面臨的未來，可能是顛沛流離、居無定所。和公主的想法一樣，程心就是贊同光速飛船計畫的人。用她的話說，人類雖然能想到躲避打擊的其他方案，但只有在光速飛船計畫中「人是大寫的」。

　　程心曾經的上司——情報局前局長維德，答應幫助她製造光速飛船。維德接管了程心的公司，用半個多世紀進行研發。然而，光速飛船的研製受到國際社會壓制，最後維德的公司與聯邦的衝突升級，維德準備以同

歸於盡來威脅聯邦。此時,程心從冬眠中被喚醒,必須由她決定該何去何從。程心命令維德馬上停止光速飛船的研製,交出武器、向聯邦投降。維德說:「失去人性,失去很多;失去獸性,失去一切。」程心回答:「我選擇人性。」

「失去人性,失去很多;失去獸性,失去一切。」

　　維德與程心的性格幾乎是對立的,「前進,不擇手段地前進」是他一生的寫照。小說中,維德可說是與葉文潔、章北海和羅輯相提並論的角色。然而,並不能說這些角色都只有獸性。

　　為了拯救失落的世界,葉文潔不惜殺死丈夫和上司、引來外星人,但臨終之際,她還是向羅輯提示了黑暗森林法則的存在;為了文明的延續,章北海不惜殺死無辜的人,並挾持飛船逃亡,然而在最後時刻,他還是因為心中一絲柔軟,在發射氫彈時比對手晚了幾秒;羅輯為了人類的生存,不惜將兩個文明作為豪賭的籌碼,但在末日打擊來臨時,他情願做一名守墓人,與太陽系共存亡。《三體》中這幾個角色的人性其實從未泯滅。為了人類利益,放棄人性顯得彌足珍貴,但是在最後,保有人性似乎讓他們功敗垂成。正是這種人性與獸性的複雜交織,才讓人類在歷史長河中留下了閃光點。

　　實際上,伊甸園沒有內外之分,人性與獸性也不是對立,而是共生關

係。獸性遵從生存本能，人性順應道德要求。人性作為人類特有的屬性，是從社會層面上進化而來。有人認為，獸性就是為了求生可以不擇手段。人從猿進化而來，「優勝劣汰，適者生存」本來就是自然留給人的生存法則。然而，人的本質並非完全如此。

歐洲啟蒙時代的思想家，如黑格爾，認為人類社會的進步經歷了不同的發展階段。在原始人類還茹毛飲血的時代，他們會為了生存不擇手段；同樣地，當人面臨生存死局時，不擇手段也是最基本的行為。這種獸性可以讓個體，乃至種族得以延續。

17世紀，湯瑪斯・霍布斯在《利維坦》（*Leviathan*）中指出，我們的生存狀況極端險惡。這種險惡並非單純源於周圍的自然環境本身，還存在於人與人的相處中，源於人對資源的競爭。後來，達爾文的進化論問世不久，以斯賓塞（Herbert Spencer）為首的社會學家將進化論應用於社會研究中，出現了「社會達爾文主義」。

社會達爾文主義是一種社會學理論，認為人類社會如同自然界一樣，也是競爭殘酷、弱肉強食、適者生存的，人類社會一樣要遵循叢林法則。在危機四伏的叢林裡，生存是唯一意志，也是最高意志。人類社會中，只有強者才能生存，弱者只能遭到滅亡。社會達爾文主義思潮從19世紀持續風行到第二次世界大戰結束，在社會和政治思想史上占據重要的位置。雖然該理論本身並不必然產生特定政治立場，但在這期間，一些人將其用來為醜惡的種族主義和帝國主義正名，甚至因此反對任何形式的普世道德和利他主義。第二次世界大戰結束後，人們便對這一思潮進行了深刻的批判和反思。

人性離不開獸性的支撐，但如果不由人性指導，單憑獸性進行實踐，我們將不知道行為的結果是否真的會帶來幸福。失去獸性，可能使人失去生命；而失去人性，人就不能再稱之為人了。這世界上很多東西比生命更重要。西方歷史上，有哲人蘇格拉底拒絕追隨者幫助他越獄的建議，為真理慷慨赴死，讓真理的精神永遠存續；東方歷史上，有亞聖孟子在魚與熊掌之間喊出：「所欲有甚於生者，所惡有甚於死者。」義重於生，當義和生

不能兩全時，應捨生而取義。因為「富貴不能淫，貧賤不能移，威武不能屈，此之謂大丈夫」。

小說中，三體人強迫人類移民澳洲，這段經歷如同一場噩夢。40多億人匍匐在智子腳下，吃著嗟來之食、聽任智子踐踏自己的尊嚴，此時的人類與三體人口中的蟲子有何區別？人類這個生物種族也許還能得到延續，但人類的文明即將徹底消亡。

在智子和水滴的淫威下，幾億人競相報名充當地球治安軍，破壞城市、殺害同胞，情願出賣靈魂以換得溫飽。如果說這就是他們為了生存而被激發出的獸性，反而是對獸性這個詞的貶低。那些在城市下水道和偏僻深山中堅持抵抗的100多萬人，不斷與治安軍進行著游擊戰，由於有無所不在的智子監視，他們每次祕密謀劃的作戰行動都近乎自殺行為。儘管如此，他們仍然頑強地堅持著，準備與踏上地球的三體侵略者進行最後戰鬥。雖然這註定是一場毫無希望的戰鬥，三體艦隊到來之日就是他們全軍覆沒之時。然而，這些衣衫襤褸、飢腸轆轆的戰士，卻是那段不堪回首的人類歷史中唯一的亮色。他們才是大寫的人。

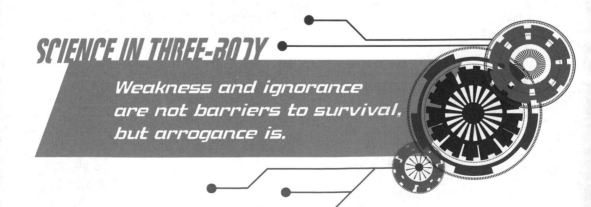

SCIENCE IN THREE-BODY

*Weakness and ignorance
are not barriers to survival,
but arrogance is.*

第十九章　宇宙的琴弦
──空間維度與降維打擊

　　國際社會取締星環公司的光速飛船計畫，將社會大部分資源集中於建造太陽系預警和掩體工程，早就忘記了雲天明情報的提示。然而，只過去半個多世紀，黑暗森林打擊就來了。不過，太陽系迎來的竟然不是凶狠的光粒，而是一張小紙條！

　　這個小東西帶來的究竟是致命打擊，還是友善問候呢？

　　原來，弱小和無知不是人類生存的障礙，傲慢才是。這成為人類文明最痛的領悟。

 關鍵詞

　　空間維度、構造長度、時間顆粒、卡魯扎－克萊因理論、弦理論、超對稱性、超弦理論、卡拉比－丘流形、M理論、膜世界猜想、二維生物、全像、黑洞軟毛、宇宙全像理論

會歌唱的高等文明

　　《三體Ⅲ》中，自從萬有引力號飛船啟動引力波發射器廣播三體星座標，太陽系和三體星系就成為「死神瞄準之地」。三體艦隊撤出太陽系，在宇宙中尋找新家園，人類與三體人之間的恩怨就此了斷。人類進入廣播紀元，小說也進入新的篇章。針對太陽系的黑暗森林打擊很快到來，而毀滅太陽系的武器比當年打擊三體星的光粒攻擊要高級得多——是降維打擊！

　　之前已經介紹過「空間維度」的概念。經由觀察，我們知道宇宙在空間上是三維的。所謂降維打擊，就是將太陽系內的空間維度從三維降到更低的維度，例如：二維。根據常識我們知道，二維就是一個平面，沒有厚度。因此，降維打擊就像雲天明的童話中針眼畫師的魔法一樣，把一切都畫在畫中，同時消滅一切。這種既徹底又唯美的毀滅方式，人類聞所未聞，是來自宇宙中的高等文明。

　　小說第三部比較詳細地描述了這種高等文明之一——歌者文明。這章中，有些看起來很陌生的名詞，是來自外星文明的語言，都有其對應的物理意義。例如「低熵體」，我在前面已經介紹過，這個詞指某種生命形態；再如，歌者文明對空間和時間的描述方式與我們不同，其空間距離單位是「構造長度」、時間單位是「時間顆粒」。

　　歌者確實聽說過沒有隱藏基因也沒有隱藏本能的低熵世界，但這是第一次見到。當然，它們之間的這三次通訊不會暴露其絕對座標，卻暴露了兩個世界之間的相對距離，如果這個距離較遠也沒什麼，但很近，只有四百一十六個構造長度，近得要貼在一起了。這樣，如果其中一個世界的座標暴露，另一個也必然暴露，只是時間問題。

摘自《三體Ⅲ》

透過簡單計算，很容易得到我們和歌者文明時空計量單位之間的換算關係。小說稱太陽系與三體星系之間的距離是416個構造長度，而三體星系是距離太陽系最近的恆星系統，實際上應該是南門二恆星系統。這個恆星系統由3顆恆星組成，其中之一就是宇宙中距離太陽系最近的恆星——比鄰星，其與太陽系的距離是4.22光年。由此可知，歌者文明的1個構造長度約相當於0.01光年，大約是946億公里。

小說中接下來的一段話，可以幫助我們計算歌者文明的時間單位。

> 在那三次通訊過去九個時間顆粒以後，又出現一條紀錄，彈星者又撥彈他們的星星廣播了一條訊息，這……居然是一個座標！主核確定它是座標。歌者轉眼看看那個座標所指的星星，發現它也被清理了，大約是在三十五個時間顆粒之前……
>
> 摘自《三體Ⅲ》

這段話中的「3次通訊」是指葉文潔向三體發送訊息的過程。根據小說的內容，最後一次發生在1979年。而「彈星者」實際上指以羅輯為代表的人類，羅輯利用太陽發送了咒語，這是發生在危機紀元8年。危機紀元元年是2007年，因此咒語是在2015年發出的。那麼，從葉文潔最後發送訊息到羅輯發出咒語，一共經過了36年。這段時間對應歌者文明的時間間隔是9個時間顆粒，因此歌者文明的1個時間顆粒約相當於4年。

小說中還提到，負責監視外星通訊並做清理工作的歌者，已經在崗位上工作上萬個時間顆粒。可想而知，這個外星生物的壽命至少在4萬年以上，比人類長多了。

其實在小說的第一部，還描寫過三體文明使用的時間單位——「三體時」。作者在「智子」一章的開始，直接給出三體時與地球年的對應關係——85000三體時約為8.6個地球年。因此，1萬個三體時相當於1.01個地球年。小說中還給出三體人的壽命，一般在70萬～80萬個三體時，相當於人類的70歲～80歲。可見，三體人的平均壽命與人類相仿，遠遠

短於歌者文明。

回到小說中關於歌者文明的這一部分，還有些可能讓你感到困惑的名詞，例如：關於宇宙文明的通訊方式，「中膜訊息」或「原始膜訊息」指以無線電方式進行的通訊，而「長膜廣播」則指引力波通訊。至於歌者文明用來清理其他文明的武器，「質量點」就是毀滅三體星系的光粒，而「二向箔」則正是可以拍扁太陽系的降維武器。

3 的症候群

3這個數字很神奇。東方古代文章中，常用來指「數量很多」的意思，如：三人行、三生萬物。古人認為，事物凡是發展到3的階段，就能出現萬般變化。當然，《三體》也是從「三體問題」這個會出現混沌現象的天體問題開始的。

不過，為什麼我們的宇宙只有3個空間維度，而不是4個或更多呢？小說第三部借關一帆之口回答了這個問題。

（關一帆：）「因為光速，已知宇宙的尺度是一百六十億光年，還在膨脹中，可光速卻只有每秒三十萬公里，慢得要命。這意味著，光永遠不可能從宇宙的一端傳到另一端，由於沒有東西能超過光速，那宇宙一端的訊息和作用力也永遠不能傳到另一端……宇宙只不過是一具膨脹中的死屍。」
……
（關一帆：）「除了每秒三十萬公里的光速，（宇宙）還有另一個『三』的症狀。」
（韋斯特醫生：）「什麼？」
（關一帆：）「三維，在弦理論中，不算時間維，宇宙有十個維度，可只有三個維度釋放到宏觀，形成我們的世界，其餘的都

捲曲在微觀中。」

　　（韋斯特醫生：）「弦理論好像對此有所解釋。」

　　（關一帆：）「有人認為是兩類弦相遇並相互抵消了什麼東西才把維度釋放到宏觀，而在三維以上的維度就沒有這種相遇的機會了……這解釋很牽強，總之在數學上不是美的。與前面所說的，可以統稱為宇宙三與三十萬的症候群。」

摘自《三體Ⅲ》

　　關一帆提出關於宇宙「三與三十萬的症候群」，分別指人類在宇宙中只能看到3個空間維度，以及真空中的光速只有每秒30萬公里。

　　這的確是一個有趣的問題。空間會不會不只三維，還有更多維度，只是太小而我們無法察覺呢？

　　打個比方，有一根很細的管子，從遠處我們只能看到其是一條沒有粗細的線段，這符合一維物體的特點。然而，近距離觀察就會發現，這是一個很長的圓柱體，裡面是空心的──其實是一個三維物體。從遠處看時，這根細管在第2和第3個維度上的表現與其長度相比太小了，因此一開始被忽略了。既然如此，我們會不會也是這樣忽略了宇宙中其他維度呢？這個問題現在還沒有標準答案。不過，在探尋空間維度的歷史上，有很多人做過勇敢的嘗試。

隱藏的維度

　　1864年，馬克士威提出電磁方程式，人們認識到電磁力的規律。1916年，愛因斯坦發表具有劃時代意義的廣義相對論，指出萬有引力的本質是時空的彎曲形變。此後，一個問題困擾著物理學家：「有沒有一種理論能統一解釋電磁力和萬有引力這2種基本力呢？」

　　1919年，愛因斯坦收到德國一位名不見經傳的數學家卡魯扎（Theodor

Kaluza）寄來的一篇論文。短短幾頁紙上，卡魯扎提出一種統一電磁力和萬有引力的方法。這方法並不複雜，但是很大膽，那就是假定宇宙並不只有3個空間維度，而是有4個，在此基礎上對愛因斯坦的廣義相對論方程式做空間維度的擴展，就能推導出馬克士威電磁方程式。這可真是一個天才的發現！然而，問題是從來沒人見過第4個維度。據說愛因斯坦當時差點隨手扔掉這封信。7年後，瑞士物理學家奧斯卡‧班傑明‧克萊因（Oskar Benjamin Klein）提出，三維空間中的每一點都有一個多出的維度，只是很小且蜷曲成環形，以我們現有的觀測設備無法發現，他將之稱為「隱藏的維度」，這就是「卡魯扎－克萊因理論」。這一理論認為宇宙有4個維度，不過第4個維度隱藏起來了。

這個隱藏的維度到底多小呢？克萊因說，只有普朗克長度的大小（編註：約 10^{-33} 公分）。普朗克長度是量子力學中的概念，遠遠小於我們現有觀測設備可測量的最小長度極限，也就是說我們不可能直接觀察到。

除了額外維度的大小，如果有人問克萊因：「為什麼宇宙非得有4個空間維度，而不是5個、6個或7個呢？」他肯定回答不了，因為那時還沒有理論能說明額外維度的數量到底有幾個。

卡魯扎－克萊因理論雖然有可能統一解釋電磁力和萬有引力，但在此後的30年間，人們逐步認識到自然界有4種基本力，分別是強交互作用力、電磁力、弱交互作用力和萬有引力，而卡魯扎－克萊因理論無法完成進一步的統一。目前能解釋這些力的基礎理論是相對論和量子力學，4種基本力的統一意味著相對論和量子力學的融合。然而，目前這對物理學家來說似乎是不可能完成的任務，我們只能期待今後物理學的新發現。

弦的世界

1968年，義大利物理學家加布里埃萊‧韋內齊亞諾（Gabriele Veneziano）在研究高能粒子碰撞的實驗數據時，發現一個可用來解釋碰撞結果的公

式。隨後人們發現，這個公式意味著能不將基本粒子當作點，而當作一維線段（即一根根的弦或橡皮筋）。原來，強交互作用粒子都是「橡皮筋」，透過相互碰撞來交換能量，同時不停地振動，其振動的不同形態就對應了不同類型的粒子。弦理論橫空出世，打開了一扇通往新奇世界的大門。

科學家進一步研究後發現，為了使弦理論與狹義相對論、量子論保持一致，必須存在所謂的「快子」——比光還快的粒子，以及無質量粒子等令當時的人們匪夷所思的物質。此外，空間還必須有25個維度！

一開始，弦理論主要針對強交互作用粒子，描述的是被稱為「玻色子」的粒子。1971年，法國物理學家安德烈・內沃（Andre Neveu）等人將「費米子」引入弦理論，使弦理論具有玻色子和費米子的對稱性，即「超對稱性」。新的弦理論可將宇宙中所有粒子和基本力都表述為微小的超對稱弦的振動，這就是「超弦理論」，有望統一所有的力和粒子。這是弦理論的第一次革命。

量子理論中，費米子和玻色子是2種最基礎的粒子。組成物質基本結構的是費米子，如：中子和質子；而物質之間的基本交互作用力則是由玻色子傳遞，如：光子。微觀世界中的粒子並不是固定不動的，具備自旋特性。玻色子的自旋數為整數，而費米子的自旋數都是½或其奇數倍。

超弦理論預言了宇宙空間維度的數目。在超弦理論中，空間的維度不再是25維，而是9維。在此之前，沒有任何理論說過空間維度應該有多少。從牛頓、馬克士威到愛因斯坦，每一個理論都假定宇宙只有3個空間維度。

不過，這6個多出來的維度到底在哪裡？人們不禁想到幾十年前的卡魯扎－克萊因理論。這個理論認為宇宙空間是四維的，多出來的一維蜷曲成很小的環形、隱藏了起來。然而，現在一下子多出6個維度，它們應該是什麼形狀呢？

弦理論出現之前，幾何學領域中曾有人發現存在一類極其複雜的空間形狀，叫作「卡拉比－丘流形」，其在數學上是六維結構。這個結構是由2位數學家發現的，分別是義大利幾何學家卡拉比（Eugenio Calab），和美籍

華裔數學家丘成桐（Shing-Tung Yau）。超弦理論認為，這多出的6個維度正蜷曲在卡拉比－丘流形裡。這個空間的尺度小於億億億億分之一公尺（編註：10^{-32}公尺），只有質子和中子半徑的億萬分之一！我們無法用任何辦法觀察到，只能大概描述其樣子——看起來就像被揉皺而攢成團扔掉的草稿紙。不過，真正的卡拉比－丘流形的迂迴曲折，可比我們隨手一攢一撐弄出的形狀複雜得多。

卡拉比－丘流形

關於這個九維的高維空間，我們可以這樣想像。在我們的三維世界中，空間的每一點實際上都不是一個普通的點，而是複雜的「小紙團」，只是這些小紙團都很小、很小。《三體》中對高維空間的結構有很好的類比描述。

　　……人們在三維世界中看到的廣闊浩渺，其實只是真正的廣闊浩渺的一個橫斷面。描述高維空間感的難處在於，置身於四維

空間中的人們看到的空間也是均勻和空無一物的，但有一種難以言表的縱深感，這種縱深不能用距離來描述，它包含在空間的每一個點中。

關一帆後來的一句話成為經典：

「方寸之間，深不見底啊。」

摘自《三體 III》

不過，超弦理論遇到的問題並沒有就此解決。實際上，卡拉比－丘流形不只一種，而是有成千上萬種，都是六維的。到底哪些卡拉比－丘流形能構成宇宙的額外維度呢？

十維的「琴弦」

九維的超弦理論有很多解，但大多數都不能用來描述真實世界，還有很多解不穩定，表現為一些根本不存在的粒子和力，因此很難用來進行理論預言。不僅如此，到 1980 年代，學界一共發展出 5 種截然不同的超弦理論，每種理論都有 6 種額外的空間維度。超弦理論本身都還沒統一，更不必說統一物理學了，所以當時大多數物理學家都放棄了超弦理論。

直至 1995 年，猶太裔美國物理學家、數學家愛德華・維騰（Edward Witten）統一這 5 種超弦理論。維騰指出，這 5 種超弦理論並非彼此割裂的，而是從數學角度分析某種理論的 5 種不同方式罷了。他將自己的理論稱作「M 理論」，並發現根據 M 理論，宇宙的空間維度不是九維，而是十維！

之前所有理論都進行了數學簡化，這種簡化結果就是忽略了維度極其微小的第十維。也就是說，這 5 種九維空間的超弦理論，實際上是新的十維空間 M 理論的 5 種不同近似而已。M 理論統一了所有超弦理論，引發弦理論的第二次革命。

弦理論認為，宇宙初創時期，我們熟悉的 3 個空間維度同樣非常小，

和其他維度沒什麼區別。但隨著宇宙演化，透過某種尚未理解的機制，宇宙「挑選」出3個特殊的空間維度，將長達140億年的宇宙膨脹過程交給它們，直到今天。

《三體》裡的一些表述，與上面弦理論中提到的空間維度類似。

（程心：）「你是說，田園時代的宇宙是四維的，那時的真空光速也比現在高許多？」

（關一帆：）「當然不是。田園時代的宇宙不是四維的，是十維。那時的真空光速也不是比現在高許多，而是接近無限大，那時的光是超距作用，可以在一個普朗克時間內從宇宙的一端傳到另一端……如果你到過四維空間，就會知道那個十維的宇宙田園是個多麼美好的地方。」

　　　　……

（程心：）「在田園時代以後的戰爭時代，一個又一個維度被從宏觀禁錮到微觀，光速也一級一級地慢下來……」

（關一帆：）「我說過我什麼也沒說，都是猜測。」關一帆的聲音漸漸低下去：「但誰也不知道，真相是不是比猜測更黑暗……有一點是肯定的：宇宙正在死去。」

摘自《三體Ⅲ》

關一帆認為，我們的宇宙時空在早期是十維，隨著各種文明間的戰爭，維度不停減少，時至今日只剩3個維度，其餘7個維度都被蜷曲在很小的空間裡。這和M理論的猜想很類似，只是維度多少的變化方向不同而已。

弦理論除了在空間維度的設想上有大膽創新，還認為構成物質的基本粒子不是一般認為的一個點，而是一根弦，就像琴弦那樣。這些看不見的弦以不同頻率和能量振動，產生這個宇宙中不同類型的物質粒子，如：質子、電子和光子。從弦理論的角度來看，宇宙就是由一根根的弦振動形成的一首交響樂。

膜的宇宙

M理論出現後，人們繼續深入研究，發現弦理論並非只是關於弦的理論，十維空間中還有別的東西存在。美國理論物理學家約瑟夫・波爾欽斯基（Joseph Polchinski）證明，為了保持弦理論的和諧一致，不但要有弦，空間中還要有能自由運動的高維曲面。因此，物質的基本組成不一定非得是一些小小的弦，也可以是一個個二維平面。這種構成物質的平面，在M理論中叫作「膜」。後來，人們發現物質的基本組成還可以是更高維的形狀，並乾脆將之統稱為膜。二維平面叫作「2−膜」，三維立體叫作「3−膜」，直到最高的十維「10−膜」，理論都統稱為「p−膜」。由此看來，所謂的弦也只是弦理論中假設的物質基本形態的一種而已，並不是唯一的。

組成宇宙的p−膜不一定都很小。順著這個思路，波爾欽斯基發現有些膜是三維的。這些三維的膜疊加在一起，可得到一個漂浮在多維空間裡、具任意對稱性的三維世界。他猜想，宇宙有可能本身就是一張二維的膜（即3−膜），為漂浮於更高維度p−膜空間裡的一個曲面。因此，宇宙是一個「膜的世界」，這就是所謂的「膜世界猜想」，為M理論的最新演繹。

《三體》中，描寫藍色空間號偶然進入四維空間時，發現這些高維的空間碎塊是宇宙早期的高等文明在戰爭中不斷進行降維打擊的結果。高維空間愈來愈少，所剩不多的空間碎塊便鑲嵌在低維空間中，就像在二維平面的紙上黏著幾個立體的肥皂泡一樣。這個科幻的場景與M理論的膜世界猜想有相似之處。

（褚岩：）「我們進入了一個太空區域，這個區域中的空間維度是四。就這麼簡單，我們把這個區域叫宇宙中的四維碎塊。」

（莫沃維奇：）「可我們現在是在三維中呀！」

（褚岩：）「四維空間包含三維空間，就像三維包含二維一

樣，要比喻的話，我們現在就處於四維空間中的一張三維的紙片上。」

「是不是這樣一個模型——」關一帆激動地說：「我們的三維宇宙就是一大張薄紙，一張一百六十億光年寬的薄紙，這張紙上的某處黏著一個小小的四維肥皂泡？」

摘自《三體 Ⅲ》

檢驗弦理論的難題在於弦實在太短了。不過物理學家發現，理論上，當弦具有很高能量時，就不一定很短了。例如宇宙早期，那些微觀的弦在宇宙大爆炸後的超高能狀態下，可能擴展得很長很長。如果其中某些長弦到今天還存在，可能是一些橫跨天際的細弦，這就是「宇宙弦」。

弦理論和 M 理論到目前為止還只是純理論，我們都無法觀察到額外的空間維度、弦和膜。然而，二者有望統一已有的物理理論，形成所謂的「大統一理論」。畢竟我們相信，宇宙應該是和諧、完美的。

降維打擊

人類等到的打擊，是黑暗森林打擊的一種高級方式——降維打擊。人們以為自己待在大行星背面就能躲過光粒攻擊，沒想到迎來的不是光粒，而是二向箔。當初智子告訴人類應該趕緊逃亡，而人類耍小聰明，以為外星文明會忽視太陽系大行星的掩體作用，就像是鴕鳥將頭埋進沙子以期躲過獅子的捕獵一樣。弱小和無知不是人類生存的障礙，傲慢才是。人類曾經因此在水滴探測器前潰不成軍，而這次的傲慢則徹底斷送了整個太陽系。

降維打擊是小說虛構的情節，現實世界中沒人見過類似的情況。不過，在這段情節出現前，小說描寫萬有引力號與四維空間碎塊相遇時，關一帆等人觀察到四維碎塊跌落到三維的場景，說明了空間降維的實質，也為降維打擊埋下伏筆。

……處於宏觀狀態的高維度會向低維度跌落，就像瀑布流下懸崖一樣，這就是四維碎塊不斷縮小的原因：四維空間都跌落到三維。

　　那個遺失的維度並沒有消失，它從宏觀蜷縮到微觀，成為蜷縮在微觀的七個維度中的一個。

摘自《三體 III》

　　小說中的降維，指把我們這個世界中在宏觀展開的 3 個維度中的一維蜷曲壓縮到微觀世界，這樣就相當於減少了宏觀的一維，讓世界變成二維平面。被降維的物體並不是簡單地被壓扁，而是失去原本代表高度的一維，被「融化」為一張平面圖。

　　物體被二維化後，會成為一個沒有厚度的平面。由於沒有厚度，光線能直接穿透而沒有任何反射。也就是說，被二維化後的物體是透明的，無法被看到。在小說中之所以能短暫地顯示出一幅壯麗圖景，是因為物體二維化後，原來的三維訊息丟失並轉化為能量，以光的形式在三維世界中被釋放出來。但是，這很快就會徹底消失，變成完全不可見的東西。這些降維後的物體還保持著原來的質量，因此三維宇宙中，我們雖然看不到它們作為二維物質的任何蹤跡，但能感受到它們跨越維度傳遞來的引力。小說中猜測，這些被二維化的物體也許就是暗物質的來源。

　　理論上，被二維化後的物體平面圖可以展現出其本身的全部細節。三維世界中曾被包裹、隱藏於內部的東西，如人的內臟、骨骼，甚至每一個細胞的細節，都會在降維後的二維平面上沒有任何重疊地被投影出來。降維後的太陽系，看上去就像梵谷（Vincent van Gogh）的那幅名畫《星夜》（*The Starry Night*）。

　　《三體》給出一種毀滅世界的方式，而且毀滅得極其徹底。十幾億年來，太陽系中多少熙熙攘攘的生命；幾億年來，地球上無數生物之間你死我活的生存競爭；幾萬年來，這顆行星上獨具智慧與情感的人類之間世世

代代的恩怨；幾千年來，人類社會創造的一切輝煌文明……都在二向箔展開的那一刻化為烏有。

根據小說內容，二向箔引發整個太陽系物體都從三維向二維跌落，二維化的進程如同一個正在膨脹的巨大氣泡，周遭的三維物體都會被拉入氣泡中，沒有任何一個角度能讓太陽系擺脫被吞沒的厄運。任何物體想要逃出生天，就必須趕在被吞噬前達到逃逸速度，而這個逃逸速度是光速。也就是說，只有乘坐光速飛船才能逃脫跌落到二維的下場。由於客觀和主觀的多重限制，人們沒有機會大規模地製造光速飛船，於是幾乎所有在太陽系中的人類都沒能倖免於難。

對二向箔的推測

接下來，讓我們對小說中出現的二向箔進行一些推測和分析。

首先，二向箔會形成吞噬三維世界的大泡泡，其擴張速度有多快呢？

小說中說到，降維打擊從水星進行到太陽約用了1小時。按照水星距離太陽約0.4天文單位來推算，二維化速度大約是每秒1.7萬公里。如此一來，整個地球不到1秒就會被二維化。小說裡描寫，即將被二維化時，一位人類母親把自己的孩子高高舉起，以便讓孩子可以晚0.1秒被二維化。這當然是一個美好的願望，但實際上，因手臂距離而產生的時間差不會有0.1秒那麼多，最多只有一千萬分之一秒，真是迅雷不及掩耳之勢。不過我們不難看出，二向箔的擴展速度並沒有達到光速。真空中的光速為每秒30萬公里，而二維化擴展的速度只相當於光速的5%。

小說中還說，整個太陽系被二維化需要8到10天。按照剛才的速度計算，二維化每天約推進10個天文單位，10天就能到達距離太陽100天文單位的地方，那裡正是冥王星所在的古柏帶、太陽系的邊疆。屆時，太陽系內較大的天體基本上都被消滅，打擊的發起者真是下手狠屬。

其二，當二向箔一旦展開，會永遠吞噬下去嗎？

現實中，沒人見過空間維度的變化，更不知道怎樣才能製造出二向箔這種武器。但藉由小說的描寫可發現，二向箔並非無所不能的神器，是可能受到制約的。

小說中提到，人們最早發現二向箔時，其就像一張晶瑩剔透的透明小紙片、完全無害的二維薄膜，不反射任何電磁波，自身發出柔和白光。會向外發出引力波，卻沒有質量，與現實世界的任何物體都不發生作用。

> 二十多個小時過去了，探測小組對紙條仍然接近一無所知，只觀察到一個現象：紙條發出的光和引力波在漸漸減弱，這意味著它發出的光和引力波可能是一種蒸發現象。

摘自《三體Ⅲ》

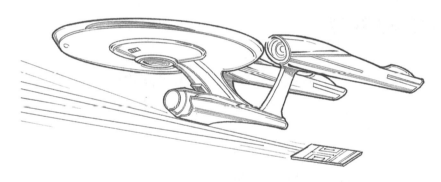

像小紙片一樣的二向箔

從上面的描述可以做出猜測，二向箔也許被封裝在一個特製力場中，由於受到束縛，並沒有發揮作用，而是處於待機狀態。外星高等智慧生物就是用這種方式，將之發送到太陽系裡。隨著束縛力場逐漸消散，二向箔才開始撕下面具，展露出死神的猙獰面目。由此可推測，二向箔對周圍世界進行二維化時是一個消耗自身能量的過程。儘管理論上二向箔的作用會永遠擴展下去，直至壓扁整個宇宙，但是受限於本身的能量，其最終能二維化的區域可能是有限的。對於很遙遠的地方，第3個維度蜷曲的程度可能就微乎其微了，並不會造成實質性的影響。這也是高等文明能肆無忌憚

地使用這種武器的原因之一。這就像人類發明的核彈，投下一枚就會抹平地球上的一座城市，而不會毀滅整個地球。

其三，對太陽系發起降維打擊的是歌者文明嗎？

小說第三部中，描寫歌者文明收到萬有引力號發射的三體星系座標的引力波訊號後，決定使用二向箔進行清理。這時是地球時間的掩體紀元67年，但人們發現二向箔不是在這個時候。根據小說所述，程心在掩體紀元67年被喚醒，而她得知1年前——也就是掩體紀元66年——人類就透過觀測發現二向箔來到太陽系，這比歌者文明決定打擊太陽系還早1年。可見，對太陽系實施降維打擊的並不是歌者文明，而是宇宙中的其他高等文明。宇宙中，無論再快都有比你快的；當然，再慢也有比你慢的。

生物存活的維度

小說寫道，二向箔將作用範圍內的物體全部二維化，包括人類在內的所有生物體，哪怕一個細菌都因此死去，只有乘坐光速飛船才能逃出生天。那麼，為什麼生命在二維世界裡無法生存呢？

按照現有物理規律來看，二維世界中，穩定的原子無法存在，電子可能跌落進原子核或逃逸。既然原子都不存在了，就不必談複雜的分子和化合物，更不用說生物體了。而從地球的生命形式來看，由化學元素構成的分子，是一切生命活動的物質基礎。沒有分子，就沒有生命。

不過，我們不妨開一下腦洞。假設平面世界中的物質構成不同於三維宇宙，單從生命角度來看看二維生物存在的可能性。

二維空間中，我們一般認為有以下幾個原因會導致生物無法生存。

第一個原因比較簡單。二維空間中，生物無法擁有用來新陳代謝的單向消化管道。例如，以一張紙代表二維生物、一根線代表其消化道，消化道的兩端必須連接到生物體外，一頭是食物的入口，另一頭是排泄物的出口。你會發現，這根線從紙邊緣的某處開始，到邊緣的另一處結束，必然

會將紙一分為二。也就是說，單向消化道會將二維生物體劈成兩半，當然就無法生存了。

第二個原因是關於引力。按照愛因斯坦的廣義相對論，我們可以推導出二維空間的時空是平坦、無彎曲形變的，因此沒有引力場。換句話說，即使二維世界有恆星，也吸引不了周圍的行星，無法形成類似三維宇宙中的穩定恆星系統。而沒有恆星系統，生命存在的可能性就更小了。

第三個原因跟生物的神經系統有關。較高等的生物體特徵之一，就是有能對內外環境變化產生反應的神經系統。二維空間裡，也就是在一個平面上，生物體的2條神經不可能交叉形成三維、立體的神經網絡，這就導致二維生物體的神經網絡複雜度比三維生物體低很多，無法形成複雜的生物神經系統。

2019年，美國加州大學的物理學家詹姆斯・斯卡吉爾（James Scargill）發表論文，提出二維世界中可能存在生命。理由是透過數學計算發現，理論上二維世界中很可能有某種引力；且二維平面上可能出現非常複雜的拓撲結構（編註：拓撲即將實體抽象成與其大小、形狀無關的點，並將連接實體的線路抽象成線，表示點和線之間關係的圖即拓撲結構圖），使複雜的神經網絡得以存在。顯然，他的理論符合剛才提到的生命存在的2個條件。當然，這還只是假說，根據我們目前的認知，地球生物在二維世界中的確無法存在。

不過，生物只是生命現象的一種，有生命現象的物體不一定都是生物，生命現象是一個更大、更廣泛的概念。只有地球上才有生命嗎？宇宙中是否存在其他不受三維空間限制的生命呢？這些仍舊是尚未解開的謎題。

芥子納須彌

話題回到空間維度。我們平時總說宇宙是三維的，但這也許只是我們的錯覺。其實，我們至今並不能確定自己生活在三維宇宙中。有一種理論

認為，我們實際上只是生活在一個巨大的平面全像圖上，並非真的存在於三維空間中。如果真是這樣，我們也許就能逃過宇宙高等智慧生物的降維打擊了。這個理論到底是怎麼回事呢？

「全像」指整體上的任何一部分都包含著整體的全部訊息。全像圖就是在一張二維平面圖上，記錄了三維物體的全部訊息。相信有不少讀者都看過那種有立體效果的平面照片吧？雖然這不是真正的全像圖，但多少能給人一點類似的感受。普通照片通常只記錄光的強度，而全像照片不僅能記錄光的強度，還能記錄光的相對相位。因此，我們可以透過這些光來提取出三維物體的全部幾何訊息。

儘管全像性在自然界和人類社會中普遍存在，但直到近幾十年才提出這一科學概念。1948年，物理學家丹尼斯・蓋博（Dennis Gabor）等人發現波前記錄和波前再現的兩步無透鏡成像現象，發明了全像攝影，蓋博因此獲得1971年的諾貝爾物理學獎。1960年代，雷射出現為全像攝影的發展和應用開闢了道路。目前全像攝影已應用於很多領域，如：全像顯示、全像顯微和全像儲存。

人體一個細胞中就包含了人全部的遺傳訊息；宇宙中的一粒塵埃是否也能包含整個宇宙的訊息呢？佛學經典《維摩詰經》（Vimalakirti）中有這樣一句話：「以須彌之高廣，內芥子中，無所增減。」芥子指一種體積很小的菜籽，而須彌指古代印度傳說中一座很大的山。芥子納須彌，指微小的芥子也能容納巨大的須彌山，比喻小中見大。你是否想過，我們身處的宇宙可能就是一張全像圖，或者說宇宙也有類似於全像圖的性質。當然，這一想法並非宗教或哲學範疇的內容，而是一種科學猜想，源於對黑洞的研究。

黑洞軟毛

愛因斯坦的廣義相對論認為自然界中的引力不過是時空彎曲效應，將時空的彎曲和其中的物質分布聯繫在一起，具有劃時代意義。從數學上

講，黑洞就是愛因斯坦廣義相對論中引力場方程式的一類特解，為愛因斯坦的理論預言。隨著觀測技術進步，人們陸續發現宇宙中存在許多黑洞。如今，黑洞已成為科學上公認的存在。

前文介紹過，黑洞是宇宙中一類特殊天體。其中心的引力密度非常大（狹義相對論中，引力密度等同於質量密度），因此會在時空中形成一個區域，這個區域的邊界就叫事件視界。事件視界內，物體的逃逸速度大於光速，因此連光也無法從中逃逸出來。這種不可思議的天體被美國物理學家約翰·惠勒命名為「黑洞」。

由於黑洞不發光，我們從外界無法看到。任何物體穿過事件視界進入黑洞後，都不能返回外部世界。事件視界相當於一張單向膜，將黑洞的內外隔離開來。黑洞之所以令眾多科學家感興趣，關鍵在於其占據著宇宙的一部分時空區域，卻完全隱藏在事件視界內。連光這種電磁波都不能離開黑洞的事件視界，是否意味著黑洞沒有熱輻射、溫度是絕對零度呢？

1972年，以色列物理學家貝肯斯坦（Jacob David Bekenstein）開創性地從資訊理論的角度分析黑洞，認為黑洞應該具有熵。本書第11章中曾介紹過熵的概念，其在不同學科中有更具體、不同的定義。1948年，美國數學家克勞德·夏農（Claude Shannon）將熵的概念延伸到通訊過程中，開創了資訊理論，其定義的熵又被稱為「訊息熵」。熱力學熵可視為夏農資訊理論的一個應用——當某個系統的溫度上升，意味著其熱力學熵提高、可能存在的微觀狀態數量增加了，另一方面也代表需要更多的訊息描述這個系統的狀態，這就是訊息熵。

假如從訊息熵的角度形容黑洞，就會引出一個問題：「既然熵衡量的是運動隨機性，而分子的隨機運動與溫度有關，是不是意味著黑洞也有溫度？」科學家們形象地將黑洞的能量或其中所含的訊息熵稱作黑洞的「毛」，而黑洞是否有熱輻射則被形象地比喻為黑洞是否有毛。

量子力學認為，宇宙中的訊息總量是守恆的，永遠不會憑空消失。當物體落入黑洞後，儘管從外面看的確是消失了，但是其所攜帶的訊息並沒有消失。因此，黑洞在吸收物體後溫度會升高，所包含的訊息熵也會增

加。貝肯斯坦證明，黑洞的熵的大小與其事件視界的面積成正比。也就是說，黑洞吞噬物質必然導致其事件視界面積增大。

可見，黑洞應該不是無毛的，否則會違背熱力學第二定律，即熵增原理。但是，黑洞是如何向外輻射能量呢？1974年，英國著名物理學家霍金提出，黑洞其實並不黑，會以黑體熱輻射的形式向外輻射能量，這就是「霍金輻射理論」。黑洞以這個機制將訊息還給宇宙，保持訊息的守恆。如此看來，黑洞是有毛的。

熱力學一般認為，熵是描述系統微觀自由度的外延性質，大小應該與系統的體積成正比。也就是說，一個系統的體積愈大，其熵就愈大。然而，黑洞相關研究卻表明，黑洞的熵竟然與其表面積成正比，而非與體積成正比。這就意味著，我們也許可以從事件視界上二維表面的訊息得出黑洞內部的三維結構訊息，這一猜想被形象地稱為「黑洞有軟毛」。

假如這一猜想成立，我們就可以做出推論——宇宙中所有的一切，也許僅是某個巨大黑洞表面所產生的一張全像圖。換句話說，我們周圍都是一些全像平面畫面，並沒有真正的三維物體，這就是「宇宙全像理論」。

這一理論最早由荷蘭物理學家傑拉德·胡夫特（Gerard 't Hooft）提出，他因揭示電弱交互作用的量子結構，獲得1999年的諾貝爾物理學獎。宇宙全像理論所構建的景象讓很多人始料未及，指出我們熟悉的三維空間至少有一維是虛幻的，所有物理學都只建立在二維全像平面上，所謂的第三維空間不過是3D電影那樣的錯覺而已。

思想的升維

古希臘哲學家柏拉圖在《理想國》（The Republic）第七卷的開篇講述了一則洞穴寓言。一群囚徒一輩子都居住在一座黑暗的洞穴中，脖子和腳都被鎖住，所以無法環顧四周，只能始終面向洞穴的一面岩壁。囚徒身後有一堆篝火，而篝火與囚徒之間有著各種真實物體。火光將這些物體的影子

投射到囚徒眼前的岩壁上，囚徒們認為他們唯一能看到的這些二維影子就是現實世界。然而，真實情況是世界要比他們認為的二維世界多出一個維度，是那些鎖鏈讓他們無法回頭看到這個真實世界。這個不為囚徒所知的額外維度精彩而複雜，可以解釋他們在岩壁上看到的一切。這則寓言或許正道出了我們的真實處境。

　　回到宇宙全像理論，這並不是科學家突發奇想的產物。過去幾十年的科學研究中，物理學家發現可以用數學工具將某個維度上的物理過程轉換到另一維度上來描述。舉例來說，二維平面上的流體動力學方程式解起來相對簡單。透過全像轉換，二維解可以解釋一些更複雜的系統，比如三維黑洞的動力學過程。因為從數學上來說，這兩種描述是相通的。宇宙全像理論的成功運用，使很多科學家相信這可能是一個深層次、根本性的理論，而不僅是數學變換那麼簡單。

　　宇宙學研究中，人們普遍認為大爆炸理論是解釋宇宙起源的最佳候選理論之一，但是這個理論目前也遇到一些難題，如無法解釋暴脹、暗物質和暗能量。有學者指出，在大爆炸理論中引入宇宙全像理論或許是解決諸多難題的途徑之一。也許不同維度之間的界限，並不像我們想像的那麼難以逾越。關於宇宙基本原理的祕密，也許就存在於另一維度中。

第二十章　詩與遠方
——文明交流與光速飛船

　　《三體》中與人類有過交流的外星文明有2個——三體文明和四維空間碎塊中的魔戒文明。

　　假如現實宇宙中的確存在外星文明，這些文明之間要如何交流呢？需要使用什麼語言，對方才能理解呢？畢竟，即便同為地球人，不同文化和語言的人們交流起來也很困難。

　　而若想將人類文明的成果長期保存下去，記錄在什麼東西上才能保存得更長久呢？保存一千年、一萬年夠嗎？和宇宙百億年的歷史相比，這點可憐的保存期幾乎可以忽略了。

 關鍵詞

　　語言、巴別塔、羅塞塔石碑、語音與文字、語言學、歷時與共時、語言的任意性、語料庫、機器翻譯、自然語言理解、經驗主義與理性主義、統計語言學、訊息儲存媒介、時間膨脹效應、都卜勒效應、藍移與紅移、神經元電腦

文明的交流

《三體》裡提到的外星文明有三體文明、歌者文明、魔戒文明、死線文明等，但與人類進行過物質和訊息交流的只有2個。

三體文明與人類文明的交流自不必說。葉文潔時代，人們就以電波收到來自三體文明的訊息。而雲天明與程心的跨時空視訊對話，則說明三體文明收到了雲天明的大腦，這是兩個文明之間除了微小智子之外第一次進行物質實體的傳遞。

除了三體文明，萬有引力號與四維空間碎塊短暫接觸期間，人類與魔戒文明之間不但有訊息交流，甚至還有物質的傳遞。

> 三人扣上太空裝的頭罩，打開太空艙的艙蓋，關一帆把生態球舉到眼前，在四維中小心地從三維的方向托住玻璃外壁，最後看了一眼。從四維看去，生態球的無限細節展現無遺，使這個小小的生命世界顯得異常豐富多彩。關一帆揮臂把生態球向「魔戒」方向扔出去，看著那小小的透明球消失在四維太空中。
>
> 摘自《三體Ⅲ》

星際文明之間的實體物質傳遞無疑十分重要。對實物再詳細的訊息描述，也比不上真正接觸。如何描述蘋果的香甜，都不如實際品嚐。不過，在茫茫宇宙中，文明之間的距離太遠，這種物質傳遞的機會實屬難得，而訊息交流則要容易得多。訊息的呈現方式很多，可以是一維的聲音，也可以是二維的圖像。語言和文字是訊息交流的高級方式，二者的出現是人類歷史上文明進步的重要指標，也是人類最偉大的發明之一。人們相信，宇宙中不同文明之間的交流，也至少應該在語言和文字這兩個層面之上。

不過，在很可能完全不同的星際文明之間，訊息交流並沒有人們想像

的那麼簡單。以人類為例，目前世界上存在7千多種不同的語言，每種語言都承載著不同的文化。因使用語言不同而造成的交流障礙、甚至歷史悲劇比比皆是，正像法國哲學家笛卡爾所說：「語言的分歧是人生最大的不幸之一。」

《聖經》（Bible）中描寫了一段建造巴別塔的故事。大洪水之後，人類文明一度高速發展，建成了繁華的巴比倫城。自我膨脹的人們想要將功績廣為傳揚，於是聯合起來準備興建一座能通往天堂的高塔，與上天一比高下，這就是巴別塔。神認為這是人類對神的懷疑和不敬，為了阻止人類的計畫，神就教人類說不同的語言，使人類相互之間不能溝通。效果很快顯現，由於語言不同，人與人之間立刻心生猜忌，根本無法齊心協力共建高塔。最終巴別塔計畫只能半途而廢。

然而，儘管使用的語言千差萬別，但是人類畢竟是同一個物種，有著相同的生物體和心智結構作為相互理解的物質基礎。假如外星人存在，與我們的差別可能十分巨大，也許不僅僅是在物種層面上，那我們究竟要如何與之交流呢？

本書第2章提過，從1960年代開始，人們展開了一系列搜尋外星文明的SETI項目，希望收到來自外星文明的電波，甚至以無線電波將我們存在於地球的訊息發向外太空。儘管在浩茫的宇宙中，這些訊號是如此微弱，人類收到回覆的可能性微乎其微。1970年代，人類先後發射了先鋒10號、先鋒11號、航海家1號、航海家2號等太空探測器，讓載有人類訊息的實物飛向外太空。在那些金箔和金唱片上，不但有關於地球的圖像和影片，還有世界各地的人問候外星文明的聲音。這些訊息就像一首首來自地球的詩篇，人們希望未來有一天外星文明能收到並讀懂，知道在銀河系某個小小角落裡有一顆太陽，而在太陽旁邊的第3顆行星上存在（或存在過）一種高等文明。

當然，人類至今都沒有收到任何回覆。我們不妨冷靜地思考一下，外星文明能理解我們發出去的訊息嗎？如果我們收到來自外星文明的訊息，又該如何解讀呢？

羅塞塔石碑

《三體》中，關一帆等人在四維空間中遇到「魔戒」，他們猜測這個四維物體中可能有高等智慧生物，於是以電波和對方進行交流。一開始他們發送了代表簡單數字的點陣圖，在收到魔戒回覆後，他們準備繼續深入溝通。

> （關一帆：）「『它』想知道我們的有關資料？」
> （韋斯特：）「更有可能是語言樣本，以便『它』譯解和學習後再與我們進一步交流。」
> （關一帆：）「那就把羅塞塔系統發給『它』吧。」
> （韋斯特：）「這需要請示。」
> 羅塞塔系統是一個為了三體世界的地球語言教學而研製的資料庫，資料庫中包含了約兩百萬字的地球自然史和人類歷史的文字資料，還有大量的動態圖像和圖畫，同時配有一個軟體將文字與圖像中的相應元素對應起來，以便於對地球語言的譯解和學習。
>
> 摘自《三體Ⅲ》

這裡提到了一個被稱為「羅塞塔系統」的語言輔助譯解資料庫，是幫助外星文明理解人類語言的數據系統。雖然這個系統現實中並不存在，但是「羅塞塔」這個名稱的確源於史實。

古埃及文明是人類早期文明之一。距今5千多年前，古埃及在非洲尼羅河中下游形成統一國家，創造了燦爛的文化。然而，從西元前7世紀開始，希臘人捲入古埃及的政權之爭，希臘文化對古埃及產生巨大的影響，後來希臘人和羅馬人還先後統治埃及。西元4世紀，羅馬皇帝狄奧多西一世下令在古埃及清除非基督教的宗教，古埃及文化逐漸消亡。時至今日，

生活在這片土地上的人早已不是古埃及文化的傳人，人們公認古埃及文明已經斷絕。現存的古埃及文明遺跡只有金字塔和若干神廟等建築，上面雖然有很多記錄古埃及文明的文字，但已經沒人能讀懂、成為死語。

　　1798年，拿破崙率領遠征軍至埃及。1799年的一天，一名遠征軍軍官來到尼羅河三角洲一處叫作羅塞塔的地方，在一堵舊牆中發現一塊破碎的古埃及石碑。這塊花崗岩石碑高112.3公分、寬75.7公分、厚28.4公分，表面刻有3組不同種類的文字。拿破崙隊伍中有不少隨軍學者，他們意識到這塊石碑上記錄的文字對研究古埃及文明的歷史有著重要意義。一位法國科學家取得石碑的拓印，並將石碑運走。然而，1801年遠征軍戰敗，石碑落入英國軍隊之手。最終，這塊珍貴的古埃及文物便落戶於英國倫敦的大英博物館，成為鎮館之寶。

遠征軍發現羅塞塔石碑

後來，多國學者都試圖利用羅塞塔石碑破譯失傳的古埃及文字。英國學者湯瑪士・楊格首先確定，這上面有古埃及國王托勒密五世時期（西元前204～前181年）的象形文字。1822年，法國學者商博良（Jean-Francois Champollion）分析石碑拓片，最終破解了羅塞塔石碑的祕密，發現古埃及象形文字包含字母和音節元素。死去1600多年的古埃及象形文字終於復活。

羅塞塔石碑用3種文字對照刻寫了托勒密五世的功績。石碑上的第一種文字是早已失傳的象形文字，為古埃及祭司使用的官方文字；第二種是古埃及的通俗文字，為典型的字母文字；第三種則是古希臘文字。商博良採用對照分析的方法，逐步破解古埃及象形文字的意義和結構。破譯羅塞塔石碑，成為古埃及歷史和語言文字研究中的重要里程碑。

因為這段歷史，今天一些多國語言學習軟體或機器翻譯軟體常以羅塞塔為名。因此《三體》中，人們也將幫助外星文明掌握人類語言的輔助譯解資料庫叫作羅塞塔系統。

文明發展的里程碑

到目前為止，我們並沒有真的遇到外星文明，只能從對人類語言的研究中領悟到一些星際文明間進行訊息交流的規律。

人類獨有的非凡心智能力中，語言當居首位，貫穿著人類發展的整個歷史，與我們的社會生活、文明及科技息息相關。語言一旦喪失或遭到破壞，將是一場毀滅性的災難。簡單地說，**語言為發音和意義相結合的系統**，是一種言語交際的方式。語言為人類獨有，相較於動物之間的各種溝通方式，人類的語言內容更豐富、用處更大，且更具創造性。儘管人與人之間的溝通也有其他手段，例如用物品發出聲音、用燈光傳遞消息，抑或以觸摸、體態來表達心境，但是這些交流手段攜帶的訊息極其有限，無法像語言那樣滿足人類的全部交際需要。以生物演化來說，語言可說是人類有別於其他動物的最重要指標。

從語言發展角度來看，語音的出現遠遠早於文字。**語音是語言的符號；而文字是語音的一種轉換形式，用於記錄語言的書寫符號系統。**為了使說出的話能傳遞得更遠、保存得更久，人類發明了可以書寫的文字。以文字保存下來的語言材料可以不斷累積，一代代傳遞下去，由此可見文字的重要作用。後人能透過文字記錄的材料掌握前人的智慧和經驗，並以此為基礎繼續前進，從而加快人類社會整體的進步和發展。人類文明之所以能存續數千年，原因就在於人類以文字為載體，累積了大量的訊息資料。這些語言文字資料也是文明社會的指標，甚至可以說文字的發明是人類發展史上的一個里程碑。

以人類的語言文字為研究對象的學科，被稱為「語言學」。對語言的研究起源於中國、印度、希臘－羅馬等文明古國。一開始，語言研究就是為閱讀古代文獻服務的。

20世紀，瑞士語言學家索緒爾（Ferdinand de Saussure）開創了結構主義語言學，自此語言學真正成為一門現代科學。索緒爾首先區分語言研究的歷時和共時。「歷時」指對語言不同時期的發展變化進行研究；「共時」指把語言作為特定時期的交際系統來進行研究。索緒爾指出，語言學應以共時的語言結構為主要研究對象，從而將語言學與語言歷史的研究區別開來。

此外，索緒爾區分了「言語」和「語言」，將語言（而非具體的言語）確立為研究對象。他認為現代語言學應該關注的是構成語言深層結構和系統的規則，而不是某個語言表層的具體現象。索緒爾還區分了「能指」和「所指」（編註：能指即符號的語音、形象；所指即符號的意義、概念），使語言成為一個雙層符號系統。總而言之，被譽為「現代語言學之父」的索緒爾明確了語言學的研究對象、範圍和重點，將其與語文學和史學的研究做出區別。

現代語言學的主要研究方向，包括音系學、形態學、句法學、語義學和語用學等。1個多世紀以來，語言學研究突飛猛進，先後出現許多理論和流派，其研究範圍也超越了語言學領域，對哲學、人類學、心理學、社會學和電腦科學等其他學科產生巨大影響，產生心理語言學、社會語言學、人類語言學和電腦語言學等許多跨學科領域。

理解萬歲

索緒爾最先指出，語言是一個符號系統，具有任意性。**任意性指語言符號的形式與其所表示的意義之間沒有天然的聯繫，而只有約定俗成的關係。**一個字或單詞之所以與某事物相對應，完全是人們的習慣使然。就像我們在學習外語時，經常遇到以下困惑：「為什麼這個單詞一定要這麼拼寫，而不能那樣拼寫？」正確的答案在我們看來並不合邏輯，但老師總說這是「規定」和「語感」，並沒有特別的原因。對母語使用者來說，這些任意性本身造成的困惑是不存在的，因為此時的任意性已經轉化為規約性，是使用者普遍遵守的；然而，將這門語言視為外語的人來說，任意性往往使語言的學習和掌握變得十分困難。

正是基於這個道理，《三體》中的羅塞塔系統以對照方式，將人類的部分文字與圖片元素相對應，建立起詞彙與意義對應的資料庫，方便外星人理解。不過，這只是第一步，語言本身的構成和規則要複雜得多，外星人無法僅靠明白一些單詞的意思就能學會地球上的某種語言。既然如此，人類應該如何幫助外星人進一步理解人類的語言呢？

羅塞塔系統中，除了詞彙庫，還有2百萬字的地球自然史和人類歷史的文字資料，這也是為了方便外星文明譯解人類語言準備的。這種方法在語言學上存在理論依據，相關學科就叫作「語料庫語言學」。

語料是語言材料的統稱，而語料庫指儲存語料的大規模電子文本庫，存放的是在語言實際使用中真實出現過的語言材料。隨著電腦技術進步，電腦語言學新的分支學科──語料庫語言學得到飛速發展。因為人們認識到在研究語言時，傳統、基於直覺、定性的研究，應該與基於語料、定量的研究相結合，均衡運用、互為補充。

語料庫一般分為2種：其一是自然狀態的原始語言文本語料，叫作生語料庫，用於一般的文本檢索和數據統計；其二是標註了附加訊息的文本

語料，叫作熟語料庫，例如對生語料庫中的詞進行切分、劃分詞類和標註語義屬性。熟語料庫更方便電腦運用，不過因為需要事先處理，要花費較多的人力和算力（編註：電腦計算能力與速度）。一般來說，語料庫愈大，覆蓋面愈廣、愈有代表性。

假如有一天遇到外星人，我們要與之交談，應該如何從語言學的角度做研究呢？實際上，這個問題可以類比為，如何讓電腦的人工智慧理解人類的自然語言。

自然語言是人類在社會發展過程中自然產生、約定俗成、用於社會交流的語言，與人造語言的概念相對。人造語言也叫形式語言，是人們有意識地以形式化定義規定的語言，例如：世界語、電腦程式設計語言。自然語言比人造語言複雜得多，因此電腦理解自然語言也困難得多。「自然語言理解」（Natural Language Understanding，NLU）又稱「人機對話」，機器翻譯和語料庫語言學是其研究領域的重要內容。

實現對話的夢想

實現人機對話、發展人工智慧，離不開「機器翻譯」。1947年，美國數學家沃倫・韋弗（Warren Weaver）最早提出機器翻譯的設想。機器翻譯就是利用電腦將一種自然語言轉換成另一種自然語言。人類的翻譯能力是經過長期學習和訓練培養而來，要電腦理解並翻譯人類的自然語言有很多困難。作為機器翻譯的理論基礎，現代語言學的主流是經驗主義和理性主義，兩個流派各領風騷、交替發展，影響著機器翻譯的實現。機器翻譯大致可分為3個階段。

第一階段是1950年代中期以前，這一時期是經驗主義占據主導地位。以布魯姆費爾德（Leonard Bloomfield）為代表人物的美國描寫語言學派認為，用直覺研究語言是靠不住的，語言學的研究目標應該是發明一套「發現程序」。讓電腦在沒有專家干預下，以原始語言數據為基礎，自動形成一套完

整的語法。因此，語料學成為語言學的主要研究對象。然而，由於電腦技術的階段性限制，這一發展很快陷入停滯。

第二階段是1950年代中期到1980年代，這一時期語言學從經驗主義轉向理性主義。1957年，研究希伯來語的美國哲學家、語言學家杭士基革命性地提出「轉換生成語法」理論，試圖發現人類語言的普遍語法，而非個別語言的個別語法。他認為語料是不充分的，任何有限的語料庫都不可能窮盡自然語言。此後20年內，初生的語料庫語言學陷入沉寂。受理性主義影響，這個階段的機器翻譯方法基於規則，也就是試圖讓電腦模擬人類翻譯的過程——從原文分析到文本轉換，最終生成譯文。這一過程離不開句法分析、語義分析和語境分析、結構生成、譯詞選擇等。

當時人們認為，隨著對自然語言語法的全面概括及電腦計算能力的不斷提升，最終可以實現自然語言理解和機器翻譯。但是事與願違，人們慢慢發現這種單純基於規則的分析過程愈來愈複雜。由於計算複雜度是語句長度的6次方，不是翻譯過程無比漫長，就是翻譯結果難以令人滿意。理性主義的方法遇到了困境。

早在1948年，美國數學家夏農在研究通訊系統時就提出了資訊理論。從資訊理論的角度，翻譯問題可以被視為雜訊通道問題——一種輸入訊號在經過一個有雜訊的通訊通道時發生扭曲變形，在輸出端呈現為另一種輸出訊號。翻譯實際上就是根據觀察到的輸出語言，恢復出最為可能的輸入語言。能有效解決這一問題的工具是「數理統計學」。

在資訊理論思想的推動下，從1980年代起，可計算、定量的「統計語言學」引起科學界的廣泛關注，機器翻譯進入第三階段。1984年，日本機器翻譯家長尾真參照人類學習外語的過程，率先提出基於雙語對照實例庫的機器翻譯方法。這一方法簡單實用，避免了基於規則的方法必須進行深層次語言學分析的難點。自此，機器翻譯領域的經驗主義開始復興。

基於統計的機器翻譯系統離不開語料庫。1990年代以來，隨著電腦和網路技術普及，大規模、多品種、真實語言的語料庫在世界各國逐步建設起來，語料庫語言學再次成為語言學研究的主流。到21世紀初，在線語料

庫的規模已經達到數十億詞次，每天更新的語料超過數百萬詞次。學者在新型語料庫的基礎上，展開自然語言文本的分類、加工和統計分析等研究。

2005年，谷歌公司採用統計學方法的機器翻譯效果已全面超越傳統基於規則的機器翻譯。有趣的是，其機器翻譯項目就叫作「羅塞塔」。

這類基於語料庫的自然語言處理方法，要經由對網路上大量語言實例的學習和訓練來建立語言模型，因此需要很高的算力。隨著類神經網路和深度學習技術的應用，2014年以後，機器翻譯取得長足進步，日益接近真人翻譯的水平。

藉由回顧自然語言理解和機器翻譯的基本原理和發展歷程，我們就不難理解小說中的羅塞塔系統需要用幾百萬字的文字資料作為人類自然語言語料庫的原因了。

破譯抹香鯨的語言

現實中，人類除了希望和電腦建立語言交流，還有其他類似的夢想，例如與動物進行語言交流。地球上的動物中，哺乳動物的智商普遍較高；而海洋哺乳動物中，鯨類的智商雖不及人類，卻也出類拔萃。受到SETI計畫的啟發，2019年，諸多科研機構和公司的學者聯合起來展開了一個項目，名為CETI（Cetacean Translation Initiative，鯨語翻譯計畫），旨在破譯抹香鯨語

言，實現人與鯨的對話。該項目希望用5年的時間，藉由傾聽和記錄抹香鯨發出的聲音，建構出40億條鯨魚聲音訊息的聲音庫，並運用語言學和機器翻譯的方法，建立抹香鯨聲音模型以破譯牠們的語言，最終實現人與鯨的交流，達到造福地球生物、人與自然和諧共處的目標。

設想一下，假如有一天我們能和地球上的其他動物自由、順暢地交流，是不是就離理解外星語言更近一步了呢？既然我們都是宇宙中的生靈，為什麼不能共同唱響美好的頌歌呢？

將字刻在石頭上

再次回到《三體》，掩體紀元67年，程心從冬眠中醒來，人們告訴她太陽系即將遭到黑暗森林的降維打擊，只有乘坐光速飛船才能逃脫。她十分後悔當初要求維德停止研製光速飛船的行為，使人類錯失生存的機會。她與艾ＡＡ一起乘坐星環號小型飛船來到冥王星，在這裡見到了百歲老人羅輯。羅輯告訴她們，人類在冥王星的地下修建了一座人類文明博物館。因為人類意識到，如果自己註定毀滅，應該有一個類似墳墓的東西記載這個文明過往的輝煌歷史。於是人類開始研究用什麼方法才能長久、有效地保存訊息。結果人類絕望地發現，只有將字刻在石頭上，才能讓人類文明的訊息保存10億年。

是啊，能說什麼呢？文明像一場五千年的狂奔，不斷的進步推動著更快的進步，無數的奇蹟催生出更大的奇蹟，人類似乎擁有了神一般的力量……但最後發現，真正的力量在時間手裡，留下腳印比創造世界更難，在這文明的盡頭，他們也只能做遠古的嬰兒時代做過的事。

把字刻在石頭上。

摘自《三體Ⅲ》

假如有一天人類要留下文明的印記，難道真的只能把自己的歷史和美好的詩篇都刻在冰冷的石壁上嗎？

日常生活中，訊息主要保存在紙、光、電、磁等媒介上。這些媒介到底能保存多久呢？

紙張是人類的原始訊息儲存媒介之一，然而紙是有壽命的，而且其壽命受很多因素影響，無法準確估計。如果採用特殊的防蛀原材料和防潮配方，紙的壽命可達上千年，如中國的宣紙就有「紙壽千年」的美稱；而用於記錄的顏料，如果採用礦物成分，也可以保存數千年。因此在理想的儲存條件下，紙質訊息的壽命上限為上萬年。

再來看現代的訊息儲存方式。常見的訊息儲存媒介之一是光碟。一般光碟由於自身材料的老化，保存數據的壽命不超過10年。即使是介質層採用特殊染料的光碟，理論上壽命最長也只有100年。傳統的磁片式硬碟，保存數據的壽命基本與光碟相當。這些訊息儲存媒介雖然壽命不如紙張，但由於採用數位化技術，訊息容量要大得多，在一塊小巧儲存器中存放一座大型圖書館的數位化訊息也不成問題。至於近年來出現的新型非揮發性記憶體，例如：USB、固態硬碟，其技術指標主要集中於擴大數據容量、提高讀取速度和減少功耗等方面，在延長媒介壽命方面並沒有根本性的進步。

我們常用的訊息儲存方式，其壽命最多上萬年，與要在以億年計的漫長時光中永久保存訊息的目標相比，實在相差甚遠。同時，人類悲哀地發現，儲存器的壽命和容量無法兼顧，那些能儲存大容量訊息的儲存器往往壽命都比較短。物理學家曾試圖利用單個原子來儲存海量訊息，然而在室溫條件下，這個原子的壽命甚至不到一萬億分之一秒（編註：10^{-12}）。

為了突破這一矛盾的限制，人們開始找尋新方法。後來，人們發現可以利用人工合成的DNA分子作為儲存介質來保存訊息，這被稱為DNA儲存技術。DNA的雙股螺旋結構上有4種鹼基，按照特定順序排列，從而組成遺傳訊息。以人工合成技術製造出特定鹼基序列，就可以在一個DNA分子中儲存海量數據。據估計，1公克DNA就能保存大約2千TB的數據。目

前這項技術剛剛起步，DNA儲存不但訊息密度高、能耗低，而且壽命長，在合適條件下，訊息可以保存上萬年。

除此之外，2014年，多位科學家發表文章，表示用飛秒雷射產生超短雷射脈衝照射石英晶體，在晶體表面產生奈米級小點，每個小點儲存3Bit的訊息，再加上多層編碼，可以使其數據容量達到海量。同時，這種建立在奈米格柵結構上的數據不會輕易丟失。經過計算，理論上這種儲存方式在室溫下10^{20}年中，都不會出現因奈米格柵坍塌造成的數據丟失，這代表其儲存壽命可達到宇宙的年齡。

總之，留下腳印比創造世界更難。綜觀人類歷史，最簡單易行的方式也許真的是將字刻在石頭上。不過，能夠刻字的除了石頭，也許還可以用別的介質。還記得半個世紀前飛向外太空的航海家1號、航海家2號探測器嗎？它們就攜帶了刻畫人類文明的金唱片。據科學家估計，在宇宙真空中，這2張金唱片的壽命可達到10億年。

飛向雲天明

太陽系二維化的漩渦席捲而來時，程心想到雲天明和她相約在她的那顆星星上見面。太陽系中僅剩一艘小小的飛船，她和艾AA以那顆287光年外的星星為目標，啟動了光速引擎，以二維化太陽系這幅巨畫為背景，向著銀河群星飛去。

讀到這裡，我不禁想到露珠公主和她的衛隊長一起乘坐帆船離開無故事王國，駛向遠方的場景。小說第三部到此就結束了？當然沒有！後面的內容更加精彩。

　　AA的話就像荷葉上的水滴從程心的思想中滑過，沒有留下任何痕跡。程心現在唯一的希望就是見到雲天明，向他傾訴這一切。在她的印象中，二百八十七光年是一段極其漫長的航程，但

飛船 A.I. 告訴她，在飛船的參照系內，航行時間只有五十二個小時。程心有一種極其不真實的感覺，有時她覺得自己已經死了，正身處另一個世界。

摘自《三體 III》

　　小說告訴我們，自離開太陽系算起，程心要乘坐曲率飛船飛行 287 光年。她在飛船中睡醒時，距離她的那顆星星 DX 3906 只剩下 0.5 光年的距離，而這趟航程只需要花 52 個小時。這是怎麼回事呢？有的讀者認為，既然她乘坐的是光速飛船，就應該以光速飛行。而 287 光年的距離，指的是光從太陽系到那裡都需要 287 年。為什麼程心她們只飛行了 52 個小時呢？

　　這個問題與愛因斯坦的狹義相對論有關。

　　狹義相對論告訴我們，在真空中光速不變的前提下，當物體以接近光速飛行時，地面上的人會發現飛行物體上的時鐘變慢、長度也變短了，這就是著名的「時間膨脹效應」。然而對身處飛船上的人來說，並不會感覺到自己的時間變慢，一切都像平常一樣。因此在這種情況下，我們要區別是以誰的視角在觀察。

　　在相對靜止的地球上看，即便是以光速飛行，物體從太陽系到 DX 3906 也需要 286.5 年；但是對高速飛行的本人來說完全不是這樣，其視角中自己只用了很短的時間，就像小說中程心只用了 52 個小時。時間是相對的，這就是相對論的意義所在。

　　好奇的讀者可能還有第二個問題。既然程心乘坐的星環號飛船是光速飛船，對她來說不應該是一瞬間就到達目的地嗎？的確是這樣，按照狹義相對論，當星環號的速度等於光速時，她的時間就會停止，空間也會縮為一點。因此對程心來說，從太陽系到那顆恆星是不需要時間的，進入光速飛行的同時也就抵達了目的地。

　　既然星環號飛行用了 52 個小時，就說明其並沒有真正達到光速。從小說給出的數據出發，飛船在 52 小時內飛行了 287 光年，根據狹義相對論，可以計算出星環號飛船的速度約等於光速的 99.9999999786%（小數點後面

的9愈多,愈接近光速)。星環號飛船確實相當接近光速,但並沒有達到光速。關於曲率驅動的航行速度極限,小說中已經明確指出了。

> 曲率驅動不可能像空間折疊那樣瞬間到達目的地,但卻有可能使飛船以無限接近光速的速度航行。
>
> 摘自《三體Ⅲ》

由於曲率驅動飛船的速度可以很接近光速,人們就習慣性將這類飛船稱為光速飛船。由此看來,對於逃離降維打擊的條件,準確的說法應該是,飛船的逃逸速度必須相當接近光速才行。這也從另一個角度說明二向箔並非無所不能。

光的舞蹈

程心和艾AA乘坐星環號以接近光速航行的途中,看到周圍的星空中呈現出神奇的畫面。

> 突然,宇宙發生了劇變,前方的所有星星都朝航向所指的方向聚集,彷彿這一半宇宙變成了一個黑色的大碗,群星都在向碗底滑落,很快在正前方聚成密密的一團,已經分辨不出單個的星星,它們凝成一個光團,像一塊巨大的藍寶石發出璀璨的藍光。不時有零星的星星從光團中飛出,劃過漆黑的空間快速向後飛去,它們的色彩不斷變化,從藍變成綠,再變成黃色,當它越過飛船後,則變成了紅色。在飛船的後方,二維太陽系和群星一起凝聚成紅色的一團,像在宇宙盡頭熊熊燃燒的篝火。
>
> 摘自《三體Ⅲ》

雖然今天還沒有人真正乘坐過光速飛船，但小說對這段場景的描寫應該說是相當真實的，因為符合了「都卜勒效應」的原理。

生活中，我們偶爾會遇到這樣的現象：當一輛汽車鳴笛從我們身邊飛馳而過時，我們聽到的笛聲與平時的不一樣。汽車由遠而近駛向我們時，笛聲聽上去愈來愈尖；汽車由近及遠駛離我們時，笛聲聽上去又逐漸變得低沉。這就是聲波的都卜勒效應。都卜勒（Christian Doppler）是奧地利物理學家，1842年他首先提出這種效應的原理。他指出，**物體發出的波會因為波源和觀察者之間的相對運動而產生變化。當二者接近時，波被壓縮，波長變短、頻率變高，聲波音調會變尖、光波顏色會向高頻端（藍色）偏移，即「藍移」；當二者分離時，波會產生相反效應，波長變長、頻率變低，聲波音調變低沉、光波顏色向紅色偏移，即「紅移」。**這個原理還指出，波源與觀察者之間的運動速度愈快，都卜勒效應愈明顯。

光波的頻率和速度比聲波高很多，如果要讓光波發生可被人察覺的都卜勒效應，其相對運動的速度必須很高，比如接近光速才行。程心她們乘坐的星環號在以接近光速的速度飛行時，光波的都卜勒效應表現得十分明顯。位於飛船前方的星星發生藍移，本身的顏色逐漸變為藍色；而在飛船後方的星星發生紅移，本身的顏色則會逐漸變紅。那些在航行中路過的星星，在前方時是藍色，飛船經過其側面時顏色會逐漸過渡，在後方時變為紅色。這種奇特的景象，恐怕只有以接近光速航行的人才能目睹。

據說有人曾經根據光的都卜勒效應編過一則幽默故事。一名司機駕駛汽車以接近光速的速度來到十字路口時，看錯交通號誌而闖了紅燈。當警察攔下他詢問時，他說自己沒有違反交通規則，因為當時他看到的是綠燈。實際上，根據都卜勒效應，這名司機也許說的是事實。因為高速接近時，光會發生藍移，紅燈看上去可能真的是綠色的。當然，這一切必須在運動速度十分接近光速的條件下才能成立。

神經元電腦

程心和關一帆在著陸藍星的過程中發生意外，這個恆星系統附近的空間變成一個光速只有每秒10幾公里的超低光速黑域。由於光速降低，他們乘坐的這艘由電子電腦控制的飛船立刻停電、停機。關一帆果斷啟動備用的神經元電腦，但是在低光速下，這種電腦的啟動速度也很慢，需要10幾天的時間，在此期間兩人必須進入短期冬眠。神經元電腦是怎麼回事？為什麼能在低光速下運行？

我們一般使用的都是電子電腦。小說第一部的《三體》遊戲中，秦始皇和人體大算盤（編註：2023年繁體版《三體》使用人列計算機）用真人模擬電子元件，形象地介紹了這類傳統計算方式的原理。電子電腦使用的是馮紐曼體系結構，有獨立的運算處理器、儲存器，以及傳輸數據的總線。這種傳統結構電腦的程序運行和數據讀取，採用的基本上都是串行的方式，也就是執行完一個程序後，才能執行下一個程序。

而人腦的結構與此完全不同。人腦中有1千億個神經元，每個神經元藉由成千上萬個神經突觸與其他神經元相互連接，形成複雜的神經網絡。來自外界的刺激輸入神經網絡後，神經電訊號就會在網絡中傳播開來，活絡相應的大腦部位，最終經由神經元和突觸將電訊號輸出到人體各部位，以產生相應的運動。

神經元電腦就是以電子元件構成的人造神經元為計算單元，模擬人腦神經元和神經網絡結構的人造計算體系。因此，神經元電腦也稱作「神經網絡電腦」。透過模擬人腦的神經元功能，使電腦主體具有與人腦相似的計算功能和學習、判斷能力。神經元電腦的特點是採用並行計算方式，數據儲存不需要專門的儲存器，而是靠神經網絡本身。

神經元電腦作為第6代電腦，是21世紀電腦發展的重要方向。這種電腦的最大特點在於像人腦一樣，具有很強的自學習和自求解能力，不需要

依靠程序員編製的完整運算程式。同時，整個系統的功耗也比傳統電腦小得多。目前，神經元電腦的研究還處於起步階段。2018年，英國曼徹斯特大學研製的神經形態電腦SpiNNaker擁有 100萬個處理器核心及1200塊連接電路，每秒可執行200萬億億（編註：萬億億為 10^{20}）次運算。與人腦中的 1千億個神經元相比，這台電腦的處理規模預期可達到人腦的1％。

　　小說提到，在低光速條件下，由於傳統電腦採用的是串行計算方式，速度受到很大限制而無法使用；神經元電腦採用的是網絡並行計算方式，因此可以達到實用速度。低光速下，程心等人的大腦之所以沒有停止工作，原因也是一樣的。人腦中，神經訊號的傳導速度約為每秒150公尺，遠遠低於光速；但人腦仍能以高速運轉，得益於其複雜網絡與並行結構。

跨越時空的戀人

　　小說中，這個黑域的光速很低。物理學告訴我們，物體的運動速度不可能超過光速，原本高速運動的飛船只能以這個新的光速圍繞藍星轉動。只有等神經元電腦啟動完成並控制飛船後，才能讓飛船減速、於藍星著陸。

　　以光速飛行的程心，再一次目睹了宇宙群星那紅藍飛舞的都卜勒效應。然而這一次，她的內心卻焦急萬分。她知道，按照狹義相對論，由於他們是以光速飛行，相對論效應會十分明顯，藍星上的時間流逝速度將是飛船上的千萬倍。在飛船上，她哪怕只耽誤短短1分鐘，對在藍星上等待她的雲天明來說也許就已經過去很多天了。這一刻，滄海桑田。

　　16天後，程心甦醒了，飛船的控制系統終於成功啟動。他們降落在藍星上，用放射性同位素對藍星上的物質進行年代測定。結果顯示，現在離他們上次來這顆行星已經過去1890萬年。這一次，她與雲天明擦肩而過。

　　狹義相對論的時間壓縮效應，再次無情地顯現。在輕易可以接近光速飛行的世界裡，真的可以瞬間跨越千年。然而，在這樣的世界中，如果你放開愛人的手，哪怕剛剛離開他幾步，也許就已經與他隔開千萬年。

第二十一章　天大的禮物
——話說平行宇宙

　　程心和關一帆降落在藍星上。由於處於低光速黑域，他們與廣袤宇宙相隔絕。他們該如何度過未來的時光呢？ 就在刻著雲天明留言的岩石附近，他們發現了一個會發光的方框，形狀和大小很像一個門框。程心和關一帆穿過方框，來到一個小世界中。這是雲天明送給他們的禮物——647號小宇宙。

　　小宇宙是什麼？ 和我們的大宇宙是什麼關係？

 關 鍵 詞

　　奧伯斯悖論、宇宙常數、宇宙膨脹、哈伯定律、宇宙大爆炸模型、泡泡平行宇宙、暴脹平行宇宙、量子平行宇宙、高維空間平行宇宙、數學平行宇宙、量子自殺思想實驗、量子位元、量子電腦、雙縫實驗、延遲選擇實驗、哥白尼原理、人擇原理

通往新宇宙

程心和關一帆進入的這個小世界，是一個方圓 1 公里的空間，環境類似地球，有陽光、空氣、土地和水，還有植物和小動物，生態系統是可持續的，簡直猶如一個大型生態球。雲天明甚至安排了三體機器人——智子來陪伴他們。智子告訴程心，這是三體第一艦隊創造的小宇宙。這個小宇宙並不在大宇宙內，門框就是大宇宙通往這個小宇宙的入口。智子還說，小宇宙的時間線和大宇宙的不同，這裡的 10 年相當於大宇宙的幾百億年。雲天明希望他們在這裡躲過大宇宙末日時的大擠壓，在新的宇宙大爆炸後去往新的大宇宙生活。

不得不說，作為一部科幻小說，這裡的腦洞開得很大。看來雲天明所在的三體艦隊在科技方面可能取得了巨大突破，才造出了小宇宙。不過，最讓人好奇的是，這個處於大宇宙之外的小宇宙，到底是怎麼回事？既然其獨立於大宇宙，我們能想到的最接近的名詞，恐怕是平行宇宙了。

關於平行宇宙，不同的人有不同的理解，例如有些人就把夢境看作與現實世界相平行的宇宙。在很多人看來，平行宇宙恐怕只是科幻小說中的概念罷了。而我們在這裡要討論的，是科學界較為普遍的一種看法。

為了介紹平行宇宙，我們得先從宇宙說起。

宇宙有邊嗎？

我們的宇宙有邊界嗎？是無限大嗎？宇宙從哪裡來？未來會怎樣？會毀滅嗎？這些都是對世界充滿好奇的小朋友們最愛問的問題，也是幾千年來先哲們一直在苦苦思索的問題。對於這些問題的認識和探索，現代科學也只是剛剛開了個頭，並沒有找到確切答案。

作為自然哲學的先驅，牛頓倡導的是絕對的宇宙時空觀，他認為宇宙沒有源頭，也沒有窮盡。宇宙在空間上是無限的，而時間則在均勻地流逝。牛頓認為，宇宙中萬事萬物的運動和變化都來自神的「第一推動」——在那個科學邊界尚未被定義的時代探討第一推動問題，最終都會落入形而上學的範疇。

1820年代，德國天文學家奧伯斯（Heinrich Olbers）提出，假如宇宙是無限、靜止的，無限的宇宙中應該包含無數恆星，恆星之間的距離也應該維持不變，因此我們應該能看到無數星光，而這些星光的總和是無限大的。如此一來，天空應該沒有白天和夜晚的差別。顯然這同實際矛盾，這就是著名的「奧伯斯悖論」，對牛頓的無限靜態宇宙模型提出了挑戰。

1915年，愛因斯坦提出具有劃時代意義的廣義相對論；然而遺憾的是，他本人痴迷於永恆不變的宇宙觀。在愛因斯坦看來，宇宙的三維空間是有限的，但沒有邊界，因為相對論指出空間可以彎曲。假如將三維空間減少一維，這個情況就好理解了。我們不妨想像一下地球表面，作為一個彎曲的二維球面，其面積顯然是有限的。但是，在地球表面這個二維平面世界中會找不到邊界，向著一個方向一直走下去，最終會從反方向回到出發點。我們所處的三維宇宙與此類似，也是彎曲的，可以被看作一個四維超球面。這樣一來，我們如果在宇宙中沿著直線一直往前走，最終會從相反方向回到起點。如何？我們的宇宙是不是很像647號小宇宙的放大版呢？

（關一帆：）「……我們所在的世界其實很簡單，是一個正立方體，邊長我估計在一公里左右，你可以把它想像成一個房間，有四面牆，加上天花板和地板。但這房間的奇怪之處在於，它的天花板就是地板，在四面牆中，相對兩面牆其實是一面牆，所以它實質上只有兩面牆。如果你從一面牆前向對面的牆走去，當你走到對面的牆時，你立刻就回到了你出發時的那面牆前。天花板和地板也一樣。所以，這是一個全封閉的世界，走到盡頭就回到

起點。至於我們周圍看到的這些映像，也很簡單，只是到達世界盡頭的光又返回到起點的緣故。我們現在還是在剛才的那個世界中，是從盡頭返回起點，只有這一個世界，其他都是映像。」

摘自《三體 III》

宇宙有壽命嗎？

愛因斯坦儘管認識到宇宙是有限的，卻還是認為宇宙是靜態的。他寧願修改自己的廣義相對論方程式，在其中加入一個常數，從而讓宇宙模型變得永恆而穩定，這個常數就是「宇宙常數」。後來，愛因斯坦說這是他自己一生中犯的最大錯誤。

當時，在認真看待相對論方程式的人中，有一位蘇聯物理學家和數學家，他就是亞歷山大‧弗里德曼（Alexander Friedmann）。1922年，他發現這個方程式的絕大部分解都不是靜止的，而是會隨著時間變化，這意味著宇宙不是在膨脹、就是在收縮，愛因斯坦的絕對靜止宇宙模型幾乎不可能成立。

弗里德曼的發現在當時並沒有受到重視，主要原因在於人們沒有觀測到銀河系本身在膨脹。直到1923年，美國天文學家哈伯觀測發現仙女座星系是和銀河系一樣的星系，遠在銀河系之外，這才真正打開了人們的宇宙視野。哈伯隨後發現，宇宙中那些遙遠的星系都在相互遠離，而且愈遠的星系遠離的速度愈快，這就是著名的「哈伯定律」，這說明了弗里德曼關於宇宙在膨脹的理論預言是正確的。遺憾的是，就在哈伯發現仙女座星系後不久，弗里德曼就因傷寒去世了。

按照「宇宙在膨脹」這一思路倒推回去，過去一定有一個時間點，宇宙萬物都位於同一個地方。換句話說，我們的宇宙有一個開端。1940年代末，仍然堅信宇宙永恆穩定的英國天文學家霍伊爾拒絕接受這一學說，嘲笑其為「大爆炸」。沒料想到，這個帶有諷刺意味的稱呼後來竟成為這個學

說的學名。到了1960年代，宇宙背景輻射等觀測證據的發現逐步證明了宇宙大爆炸理論。這段故事在本書第3章中有介紹。

當我們站在夜空下仰望宇宙星辰，看到的都是它們在過去發出的光。因為光速有限，宇宙中距離我們銀河系十分遙遠的星系，所發出的光要花費億萬年才能在今天到達地球、映入我們的眼簾。因此，我們觀察到離我們愈遠的星系，年齡就愈小。處於極其遙遠的宇宙邊界的，都是一些極其年輕的「嬰兒」星系，誕生於宇宙早期。再往外就是漆黑一片、空無一物。換言之，我們望向太空深處，就等於望向宇宙的過去。在宇宙星空中，空間與時間就這樣融為一體。

最新的觀測數據顯示，宇宙誕生於138億年前的一次大爆炸，因此我們在夜空中所見最早的星光也只能是那之後發出的。138億歲，這就是宇宙的年齡。

泡泡平行宇宙

既然如此，現在的宇宙是什麼樣子呢？打個比方，宇宙就像一個大泡泡，泡泡中心是我們這些觀察者，其半徑大約是470億光年。看到這裡，各位可能會產生疑問：「剛才不是說宇宙只有138億歲嗎？既然最久遠的星光也只傳播了138億年，宇宙半徑怎麼有470億光年呢？」因為宇宙處在膨脹之中，今天我們所見最遠的星光的確是138億年前發出的，但是在星光飛向我們的這100多億年中，宇宙還在不斷膨脹。時至今日，那些星光已經飛到400億光年之外了。這個半徑約470億光年的泡泡，就是宇宙的視界，也叫作「粒子視界」（視界即視線邊界）。太空中距離太遠而我們無法看到的天體，位於我們的粒子視界之外；同樣地，對那些看不到地球的遙遠天體上的外星人來說，地球也位於其粒子視界之外。

粒子視界不僅是某人能看到和不能看到事物之間的分界線。愛因斯坦的狹義相對論告訴我們，一切事物乃至任何訊息的傳播速度都不會超過光

速，這意味著如果光都來不及在宇宙中的某些地方傳播，這些地方就不曾以任何方式影響過彼此。由此可見，這些泡泡的演化是獨立進行的。

讓我們換一個視角想像。在一個更大的宇宙中，散布著不同的粒子視界泡泡，其中一個就是我們所處的宇宙泡泡。在無比廣大的大宇宙中，這些泡泡彼此獨立存在。這就是第一種平行宇宙，我們不妨稱之「泡泡平行宇宙」。

泡泡平行宇宙

一模一樣的你

泡泡宇宙的大小有限，但是我們仍不知道大宇宙是否也有限。假如大宇宙無限大，其中應該存在無窮多個獨立的泡泡宇宙，且都有各自的粒子

視界、互不干涉。重要的是，每一個泡泡宇宙的空間都有限，例如我們宇宙的半徑約為470億光年，這就意味著泡泡能容納的物質和能量有一個上限，而不是無窮大。

按照愛因斯坦的相對論，物質和能量是可以相互轉換的等價物。既然如此，在大小有限的泡泡宇宙中，有限的物質和能量只能對應有限數目的粒子，這些粒子的排列組合方式也必定是有限的。宇宙中能量的有限性，使每一粒子的位置和速度的取值必須是有限而不是無限的。這是從量子力學的不確定性原理出發得到的必然結論。粒子的數量有限，分布和組合方式也有限，代表對每一個泡泡宇宙來說，所有粒子的各種分布方式加在一起有一個上限，並不是無窮多。

既然在無限的大宇宙中有無窮多的泡泡宇宙，泡泡宇宙中也一定有些宇宙物質、能量的分布和排列，恰好和我們所處宇宙完全一樣。換句話說，在大宇宙的別處，一定有一個世界和你周邊的世界一模一樣；那個世界中，也有一個一模一樣的你，不但肉體完全相同，就連感受都完全一樣。科學家甚至估算出那個宇宙與我們的最短距離，大約是10的10次方的122次方公尺。儘管這個數字很大，但是只要承認宇宙無限大，就不能否認其存在。不過請放心，由於粒子視界的限制，理論上來說，我們永遠不可能和另一個宇宙中的自己相遇。

除了泡泡平行宇宙，還可能有其他幾種平行宇宙。其中一種與宇宙暴脹學說有關。

暴脹而來的宇宙

根據宇宙大爆炸理論，早期嬰兒宇宙的質量密度極大、溫度極高；隨著時空膨脹，宇宙的質量密度減小、溫度下降。現在宇宙真空溫度只剩下約3克耳文，這就是前面介紹過的宇宙背景輻射。觀測表明，我們無論向夜空中的哪個方向看，所見的宇宙背景輻射都十分均勻，其溫度上下浮動

不超過千分之幾克耳文。而這種均勻性卻為宇宙大爆炸理論帶來了難題。

為什麼這麼說呢？舉個例子，從地球上觀察，天空中有2個方向相反的遙遠天區A和B。A離曾經發生宇宙大爆炸的位置更近，但你會發現A和B的溫度是一樣的。光速有限，A和B過去發出的光，今天才分別到達地球。A的光還需要很多年才能到達B，而B的光也一樣。光速是宇宙中最快的，這意味著宇宙中A、B兩處的訊息哪怕以光速傳遞，從宇宙誕生到現在，根本都還沒來得及交流。既然如此，A和B怎麼就已經具有相同溫度了？難道宇宙曾經在很多地方有過同一時間發生的大爆炸嗎？

這在宇宙學上稱為「視界問題」。換句話說，按照宇宙大爆炸理論，宇宙誕生之初，兩個一度非常靠近的物體怎麼會以如此高的速度相互分離，以至於從一個物體發出的光，還沒來得及傳到另一個物體呢？根據廣義相對論，宇宙誕生最初的那一刻，空間膨脹的速度太快，導致其中不同區域相互遠離的速度超過光速，因此這些區域無法相互影響。但這些相互沒有影響的區域，又怎麼會具有相同溫度呢？這是宇宙大爆炸模型無法解釋的。除此之外，這個理論也無法解釋宇宙平坦性等問題，這都迫使宇宙大爆炸理論需要改進。

1981年，美國物理學家阿蘭・古斯（Alan Guth）提出宇宙暴脹學說，試圖改進宇宙大爆炸模型。他認為，按照當時的宇宙大爆炸模型，最初的宇宙中，不同區域由於分離得太快而不足以建立熱平衡。而新的暴脹理論則可以適當減慢它們最初分離的速度，以使其有足夠時間達到相同溫度，解決這一問題。

當然，為了符合已知的宇宙膨脹速度，建立熱平衡之後，宇宙必須經歷一場短暫、爆發性的快速膨脹，而且膨脹速度愈來愈快，遠遠超過光速。這就是所謂的「暴脹」，是對宇宙緩慢開端所做的補償。由於暴脹迅速將宇宙中不同區域拖到非常遙遠的地方，所以我們今天觀測到的宇宙溫度的均勻性就不再是問題了，因為它們在分開前就已經具有共同溫度。暴脹學說調整了宇宙最初膨脹的速度，試圖解決宇宙均向性的問題。

讀者可能有一個疑問：「宇宙的膨脹速度怎麼能超過光速呢？不是說

宇宙中最快的就是光速嗎？」是的，但所謂不能超過光速的物體速度，是指物體在空間中的運動速度；而**宇宙膨脹則指宇宙空間本身在膨脹**，各個星系只是隨波逐流，被空間「拖著走」罷了，並不是其在空間中運動。廣義相對論並沒有規定空間膨脹速度的上限，因此宇宙膨脹造成的星系相互遠離的速度也不存在限制，可以超過任何速度，包括光速。

讓我們回到暴脹理論。到底是什麼造成了暴脹呢？古斯認為，造成暴脹的是一種被稱為「暴脹場」的東西。這種暴脹場提供的是一種排斥性引力。我們平時所說的引力都是把物質吸引在一起的力量，但是物理學上同樣允許存在一種將物質都排斥開的引力，類似於暗能量的作用。

古斯認為，這種暴脹場在非常短的時間內體積倍增，但是能量密度不變。**暴脹場不斷以指數倍快速膨脹，只用了10^{-32}秒這麼短的時間，宇宙就膨脹得非常大，這就是所謂的暴脹**。古斯指出，這一短暫的暴脹階段終將結束，此後暴脹場發生相變，出現我們周圍普通的物質粒子。這些粒子繼續隨著時空按照普通慢速膨脹開去，最終形成恆星和星系，發展為今天我們所處的泡泡宇宙。

暴脹平行宇宙

古斯提出暴脹學說後，美籍俄裔宇宙學家亞歷山大・維連金（Alexander Vilenkin）從中受到極大的啟發。古斯認為我們的宇宙中，短暫的暴脹在138億年前就已經終止，但維連金對暴脹在何時何地結束，與古斯有著不同的看法。

維連金認為，暴脹場也許並不穩定，且暴脹不只在一處發生，也永不停息。我們現在可見的宇宙，的確是由早期宇宙的某個不起眼小角落暴脹而來。關鍵是在這個小角落之外的其他地方，情況也許完全不同。早期宇宙的每個角落，各自都可能經歷了暴脹。其中一些可能形成了其他嬰兒宇宙，並變得巨大而均勻，但最終和我們所處的這個宇宙的性質並不相同；

另外一些可能因暴脹持續時間不夠，最終什麼也沒形成。總之，我們所處的這個宇宙也許並不能體現整個大宇宙的性質，大宇宙或許是異常複雜且毫無規律的。

此外，某些暴脹也可能引發更多的暴脹，維連金將之稱為「自我繁殖的暴脹」。即宇宙的一部分空間一旦開始暴脹，就會加速暴脹，並且導致其中一部分空間進一步暴脹。每次暴脹都會引發更多暴脹，就像生物繁殖一樣、子子孫孫無窮匱也。因此宇宙暴脹不但可能是不連續的，而且可能不只發生一次，暴脹將永不停歇地進行下去，這就是「永恆暴脹論」。

這一學說暗示，無限的時空海洋中，可能存在著由暴脹而生成的無窮多個泡泡宇宙，我們所處宇宙只是其中一個，還有其他無數宇宙。不僅如此，現在的宇宙也可能再暴脹出新的小宇宙，這就是平行宇宙的第二種形式——暴脹平行宇宙。

前面介紹過的不同泡泡平行宇宙之間並沒有明顯界限，所有泡泡宇宙都在同一片天空下，不同區域的總體性質大致相同。而在暴脹平行宇宙中，每個子宇宙之間涇渭分明。作為已經從大宇宙中暴脹出來的一顆泡泡，每個子宇宙的周圍仍是尚未完成暴脹的暴脹場。隨著這些區域發生暴脹，不同泡泡宇宙會被迅速拉開，距離愈遠，遠離的速度就愈快。最後的結局是，相距甚遠的泡泡，分離速度超過了光速。星際文明就算技術再先進，花費的時間再長，也沒辦法超越這個速度，以至於無法在平行宇宙間相互傳遞訊息。這就是暴脹平行宇宙與泡泡平行宇宙不同的地方。

目前，宇宙暴脹學說還處於探索階段，其結合了宇宙學與量子力學，讓某些不太可能發生的事情變得可能。其實，我們只要承認有可能創造出一個宇宙，就有可能打開一扇創造無限多個平行宇宙的大門。當然，平行宇宙這一話題，時至今日在學術界仍然充滿爭議。

量子平行宇宙

　　除此之外，還有根據量子力學的原理延伸而來的量子平行宇宙。

　　本書第 7 章介紹量子力學時，我提過著名的思想實驗——薛丁格的貓。本來薛丁格是想藉此駁斥量子力學中的不確定性，但哥本哈根學派堅持認為，在觀察者沒有打開箱子前，貓並不存在某種確定狀態；當觀察的時候，貓的生死狀態才被確定下來。也就是說，是觀察才使得波函數的疊加態坍縮，成為一確定實體，而在被觀察或測量之前，從本質上而言貓的狀態是不確定的。

　　到底什麼是觀察或測量呢？放在貓盒子裡用來測量放射性的蓋革計數器算不算是觀察者呢？馮紐曼曾試圖將微觀粒子的量子態與測量儀器裝置聯繫起來，還是無法回答這個問題。因為無論由多少儀器組成的因果鏈，最終都有一台裝置是不確定的。只要人們處理的是有限物理系統，馮紐曼的儀器鏈都可以延長。你總可以說凡是觀察到的東西都是確定的，因為總有一個更大的系統，使你透過測量或觀察所看到的東西坍縮成實體。將這個系統不斷擴大，最終就是我們的宇宙。既然沒有任何事物可以處於宇宙之外，進而觀察以使整個宇宙坍縮為一種具體的存在，那麼宇宙應該處於一種不確定的狀態，是多種可能性的疊加。可是，為什麼我們還是感覺到宇宙是一個具體的存在呢？

　　1957 年，美國物理學家休‧艾弗萊特三世提出一種大膽的假說來解決這個問題，他認為所有可能的量子世界都是存在的，且是平行存在的。這個理論被稱為「多世界詮釋」，也是一種平行宇宙的構想。

　　隨著人們打開盒子去觀察盒子裡貓的狀態，宇宙就分岔成 2 個互不相干的平行宇宙。在一個宇宙中貓活蹦亂跳，另一個宇宙中牠的主人正在難過。也就是說，觀察並不會使波函數的疊加態坍縮，而會使宇宙分裂成 2 個獨立宇宙。每個宇宙中的觀察者都只能察覺到自己所在的宇宙，認為自

已是獨一無二的。艾弗萊特三世用數學證明了這種解釋與哥本哈根詮釋在可驗證的各個方面都是相同的。

　　艾弗萊特三世強調，多世界詮釋中，所有分支都是真實的，沒有任何一個比其他更真實。因此，沒必要假設除了一個分支，其他分支都被摧毀了，這點與哥本哈根詮釋的量子坍縮為某一種狀態的看法不同。而哥本哈根詮釋無法說明為什麼量子會坍縮為這種狀態，而不是其他狀態。例如，薛丁格的貓思想實驗中，哥本哈根學派就無法解釋為什麼在打開盒子時看到的是活貓，而不是死貓，抑或相反。

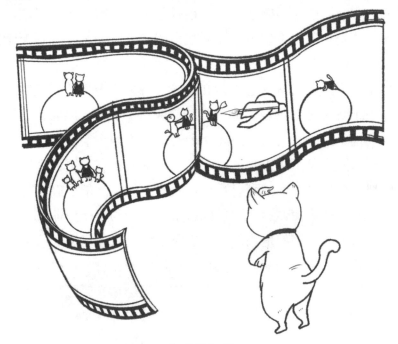

多世界詮釋

　　最初大多數人不能接受多世界詮釋的主要原因，是實在太「浪費」了──每次量子事件都將使宇宙一分為二。設想一下，隨著所有原子和亞原子粒子四處跳躍，分岔一次又一次發生，宇宙每一秒鐘都被複製無數次。因此多世界詮釋的這個「多」，是一個不可思議的大數。正像多世界詮釋的支持者──美國物理學家布萊斯・德維特（Bryce DeWitt）所說：「每一

顆恆星、每一個星系，宇宙的每一個偏僻角落發生的每一個量子躍遷，都使我們這裡的世界分岔，變成成千上萬個副本。」

這就是量子平行宇宙的圖景，就像一棵樹，樹上有很多分支，這些分支代表著不同的宇宙，這些宇宙在不同時間點從樹幹上分岔出來。多世界詮釋認為，一旦出現分裂，一個分支的宇宙完全無法影響另一個分支。實際上，所有觀察者都無法察覺到曾經發生過分裂，我們都理所當然地認為自己所在的宇宙分岔是正常的。量子平行宇宙彼此之間完全隔離，不管我們在自己的宇宙中走多遠，也到不了平行宇宙。我們與我們的億萬個副本也許只有一步之遙，但這近在咫尺的距離無法測量。

另外，平行宇宙間分岔得愈遠，彼此間的差異就愈大，尤其是那些在時間剛開始時就分岔的宇宙，其與我們宇宙的差異一定無比巨大。實際上，一切可能發生的事情，都在這棵平行宇宙樹的某一枝杈上發生著。

總之，多世界詮釋與經典哥本哈根詮釋的本質不同在於，後者認為是觀察使被觀察者的波函數疊加態坍縮；而前者則認為觀察者和被觀察者並沒有分別，他們一起參與了分岔，也就是說疊加態也包括觀察者，且疊加態沒有坍縮，薛丁格的波函數一直都存在，只是分岔進入不同平行宇宙而已。1970年代以後，多世界詮釋得到愈來愈多學者認同，被人稱為「迄今為止科學史上最大膽和最雄心勃勃的理論之一」。

最瘋狂的思想實驗

既然多世界詮釋理論中的平行宇宙之間無法溝通，處於眾多平行宇宙之一的我們有辦法證明艾弗萊特三世的想法是真的嗎？宇宙學家馬克斯・鐵馬克（Max Tegmark）綜合前人想法，改進了一種瘋狂的思想實驗——「量子自殺實驗」。這類似於薛丁格的貓思想實驗的真人復刻版。

假想有一架量子機關槍，其子彈鏈與一個粒子的量子態有關。這個粒子在被觀察前處於A和B各占50%的疊加態，槍手每次要發射一發子彈

時，都要觀察量子態。當其處於 A 態時，子彈鏈就裝載一發實彈並發射；當其處於 B 態時，子彈鏈就裝載一枚無彈頭的空彈並擊發。開始思想實驗，讓這架量子機關槍自動連發，每秒發射一發。無論艾弗萊特三世的理論是否成立，人們都承認，在一連串的機槍聲中，平均下來一定有一半發射了子彈、一半沒有發射子彈而只是空響一下。

接下來是最瘋狂的實驗環節，實驗者將自己的腦袋挪到槍口前，請問接下來會看到發生什麼事情呢？這時候的結果就取決於艾弗萊特三世的平行宇宙理論是真是假了。如果平行宇宙理論是假的，量子測量就只有 2 種確定結果，1 秒鐘後不是死就是活，概率都是 50％；n 秒鐘後，實驗者還活著的可能性是 2 的 n 次方分之一。

而假如艾弗萊特三世的理論是真的，儘管 1 秒鐘後會分岔出 2 個平行宇宙，其中一個活著、另一個死了，但總會有一個分岔宇宙中的實驗者從頭到尾聽到的都是空響聲。不管過去多久，總會有這個情況。只要在這個宇宙中的實驗者還有知覺，在他的宇宙中機槍就從來沒發射過子彈，他將一直都是幸運兒。這時，這名實驗者可能已經確信量子平行宇宙的真實存在，但無法說服別人。在這個宇宙中，經歷了一連串看似不可能發生的巧合後仍毫髮無損，鐵馬克將之稱為「量子永生」。

實際上，你也可以從另外的平行宇宙來看待量子平行宇宙中的量子永生。舉例來說，第一種泡泡平行宇宙中有無數宇宙，其中有無數相同的你，第一槍響起時，一半宇宙中的你死了，另一半中的你活著，不管實驗重複多少次，總有一些平行宇宙中的你堅強地活著。

當然，以上只是一個思想實驗，不可能有人真的驗證。不過鐵馬克指出，這個思想實驗的成立是有條件的，例如：機關槍開槍要夠快，至少快於實驗者意識到量子測量結果的時間，也就是說死亡的過程必須是突然發生，而不是逐漸喪失意識。鐵馬克認為量子自殺的關鍵，在於量子觸發突然轉變。現實中，人往往是逐漸經歷死亡的過程，即自我意識逐漸衰減，變得愈來愈少後最終喪失，如此一來量子永生就不成立了。

基於此，鐵馬克告誡各位，天命之日到來之際，不要對自己說：「終於

活到頭了。」因為，你也許還沒活到頭，你可能親自發現那個不能說的祕密——平行宇宙真的存在，量子永生真的可能。

說到這裡，我不禁想到《三體》作者的另一部科幻小說《球狀閃電》。感興趣的讀者可以去這本書裡找找類似量子平行宇宙的描述。

平行宇宙電腦

量子平行宇宙的理論看上去真的是匪夷所思，不過這並非理論家的空想，而真的有實用的一面。量子電腦就是量子平行宇宙的體現。

諾貝爾物理學獎得主理查．費曼（Richard Feynman）於1981年最早提出量子計算的思想基礎，他指出量子力學描述的疊加性、相干性和量子糾纏等量子特性，可能在未來的量子計算中起到根本性的作用。而將這個想法付諸實際的人，是英國物理學家大衛．多伊奇（David Deutsch）。1985年，多伊奇證明了任何物理過程都能很好地被量子電腦模擬，並提出量子電腦的基本架構體系。作為眾多贊同量子平行宇宙理論的科學家之一，多伊奇建造量子電腦的目的就是驗證多世界詮釋，揭示平行宇宙的本質。多伊奇於2021年榮獲艾薩克．牛頓獎。

從理論上講，量子電腦是利用量子力學的基本原理計算、儲存和處理量子訊息的機器。量子電腦能用來解決傳統電子電腦所能解決的問題，並且由於量子位元狀態疊加的性質，量子電腦在處理某些問題時速度遠快於傳統電子電腦。

電子電腦中，訊息儲存的單位是位元（Bit），每個位元用二進制的一位數表示，只能處於1或0兩個狀態之一；而量子電腦中，訊息單位被稱為「量子位元」，除了處於1或0，還可處於1和0的任意線性疊加態。也就是說，其既可以是1又可以是0，1和0各以一定機率同時存在，原理正是來自量子理論中的電子雲。這是普通電子電腦無法做到的。

一般電子電腦中，8位元組（Byte）的訊息單位可存放0到255之間的

任一數字，不過每次只能是這256個數值中的一個。但是8量子位元能同時表示這256個數。因此，量子電腦可以對這256個數同時進行計算；而普通電子電腦上，每次運算只能針對這256個數中的一個。換言之，一台量子電腦計算1次，相當於1台電子電腦運行256次，或256台電子電腦計算1次。多伊奇將這稱作「量子平行性」。

在多伊奇看來，這代表有256個不同的平行宇宙，每個宇宙中都有一台電腦，大家同時進行計算，或者說量子電腦可在256個平行宇宙中計算。問題在於，從多世界詮釋看來，這些平行宇宙之間不能交流，因而量子平行計算的最終結果是無法得到的。與艾弗萊特三世不同的是，多伊奇認為這些宇宙能以某種方式共享訊息，而這才是量子計算得以實現的根本。儘管一個宇宙中的人不能直接觀察到其他平行宇宙中的計算結果，但當量子互相干涉的時候，相關宇宙的所有觀察者就能觀察到可理解的計算結果了。多伊奇認為，關鍵在於證明這些平行宇宙可以實現某種方式的「量子相干」。

1994年，美國電腦科學家彼得・秀爾（Peter Shor）發明了「秀爾演算法」，可利用量子電腦快速進行大整數的因數分解，在密碼破解方面顯示出巨大優勢。秀爾演算法不但能讓計算的答案出現在所有平行宇宙中，而且巧妙地利用量子相干性，讓正確答案最終能透過干涉相加、所有錯誤結果因干涉而抵消。多伊奇的想法在理論上得到了證實。

不過，在自然狀態下保持量子相干性是十分困難的，這也成為量子電腦技術發展中需要解決的重要問題之一。由於量子電腦具有大規模並行快速計算的明顯優勢，各國科研機構投入大量精力開發這項技術。

1998年，第一台2量子位元的量子電腦首次試驗成功；進入21世紀以來，量子電腦得到快速發展，並在天氣預報、密碼、通訊、化學和製藥等領域得到愈來愈多的應用。

其他平行宇宙

除了上述介紹的3種平行宇宙——泡泡平行宇宙、暴脹平行宇宙和量子平行宇宙，還有幾種平行宇宙的設想，如：弦理論所預言的「高維空間平行宇宙」。本書第19章介紹過弦理論。按照最新的弦理論，也就是M理論，我們的宇宙可能是一個嵌在更高維度裡的3－膜，這就意味著可能存在其他與我們所處宇宙平行的三維宇宙，只是我們無法進入。弦理論還認為，宇宙大爆炸的起因就是我們所處膜宇宙與相鄰膜宇宙之間的一場碰撞。

另外，弦理論指出，我們宇宙的空間是十維，只是三維之外的其他空間維度都蜷曲起來，所以表現出三維空間。有學者指出，宇宙最初所有空間維度都是蜷曲起來的，是暴脹使其中的3個維度伸展開來，並拉伸到極大尺度，才有了宇宙今天的面貌。同樣的道理，暴脹平行宇宙中，其他宇宙伸展開來的維度也許並不只有3個，也就是說，從零維到十維的平行宇宙都有可能存在。

關於平行宇宙的探討中，除了物理定律所開啟的各種可能性，最神奇和最燒腦的是另一種平行宇宙——在物質和能量之外，由電腦生成的無形「數學平行宇宙」。這牽扯到一個根本問題，由數學理論甚至是意識構建的世界，是真實存在的嗎？畢竟我們大多數人都相信，作為物理學根基，數學是能揭示宇宙本質的東西。伽利略曾說過，宇宙這本書是用數學語言寫成的。不過在鐵馬克看來，宇宙並不只是被數學描述，其本身就是數學，包括你我在內，這個思想給人們帶來很多啟發。舉例來說，假如宇宙是獨立於人類的存在，應該還能被那些完全不理解人類概念的智慧體（如：外星人、超級電腦）很好地表達。換句話說，對宇宙的描述形式，不應該是人類自己創造的各種語言，而應該是數學。這讓人不禁想到《三體》中，萬有引力號上的人在和四維碎塊文明交流時，一開始採用的語言就是數學語言。

宇宙為什麼是這樣的？

各位可能好奇：「既然有如此眾多平行宇宙，而每個宇宙又是如此千差萬別，為什麼我們所處的宇宙是現在這個樣子呢？」或者說，我們為什麼沒生活在另一個分岔的宇宙中呢？

先來看暴脹平行宇宙。這個理論認為，雖然暴脹宇宙的形成機制都一樣來自暴脹，但是每個暴脹場的取值不盡相同，因此在最終形成的子宇宙裡，儘管物理規律相似，各種物理常數的取值卻不完全一樣。例如：有的子宇宙中，電磁場就可能很強，像一台核磁共振儀。在這樣的宇宙中，我們這種由細胞構成的生物恐怕很難維持生命。

《三體》裡，關一帆說，宇宙早期的光速並不是我們今天看到的每秒30萬公里；甚至在超級文明眼中，物理規律也能被改造成武器。這說的是不是某種暴脹平行宇宙的情況呢？

暴脹平行宇宙中，像我們所處宇宙如此適合生命生存的，也許相當罕見、很值得珍惜。在被暴脹平行宇宙包圍的大宇宙中，我們所處的宇宙可能就是一片綠洲，周圍是大量寸草不生的荒島。為什麼說是綠洲呢？因為在這個宇宙中，出現了生命、出現了我們。為什麼正好在這個宇宙中出現生命呢？也許這只是一個偶然，發生了一個可能性很小的情況。畢竟宇宙的物理規律和參數只要稍微改變一點點，就可能無法形成原子，更不用說生命萬物了。這個宜居的宇宙能出現，或許本身就是一個奇蹟。

再來看量子平行宇宙的情況。按照量子力學的哥本哈根詮釋，事物處於不確定的量子疊加態，是觀察或測量使其波函數的疊加態坍縮成實在物。對整個宇宙來說，也許是宇宙中的觀察者透過觀察，使宇宙的波函數疊加態坍縮而成為現在的樣子。換句話說，由於不確定性原理，宇宙本來就是疊加態，都是以波函數形式存在的平行宇宙。我們所處的宇宙中，是我們這些觀察者使宇宙的波函數坍縮並成為現在的樣子，因此這個宇宙必

然是宜居的。只有這樣，才能有我們來觀察並讓其波函數坍縮。這個解釋聽上去頗有循環論證的意味。

不過，實際上也未必如此。1979年，在紀念愛因斯坦100週年誕辰的專題討論會上，美國物理學家約翰‧惠勒以雙縫實驗為基礎，提出一種「延遲選擇實驗」，並得到驚人結論。

雙縫實驗是與量子力學有關的經典實驗之一。1802年，英國學者湯瑪士‧楊格首先藉由光的雙縫實驗，發現光的干涉性質，證明光以波的形式存在，對牛頓光的粒子說提出挑戰。而對這一實驗的解讀引發了量子力學革命，後來這個實驗成為驗證光的波粒二象性的經典實驗。

當然，這個實驗也可以用電子等亞原子粒子來演示。簡單地說，光或電子束經過2條平行狹縫後，會在後面的屏幕上呈現干涉條紋。人們很好奇，對單個粒子來說，到底是從雙縫中的哪一條縫通過呢？於是，人們就在2個縫前分別安置設備，檢測粒子到底通過哪條縫，結果此時屏幕上的條紋消失了。然而，只要不去檢測，條紋就又會出現。對於這個現象，哥本哈根詮釋從機率波的角度進行解釋，認為是檢測行為使粒子的波函數坍縮，從而讓屏幕上的條紋消失。

惠勒改進了雙縫實驗，將檢測粒子的設備從雙縫的位置挪到屏幕前，結果條紋依然會消失。這就相當於粒子已經通過縫之後，當人們再來觀察時，其竟然可以逆時回去重新選擇從其中一條縫通過，惠勒將之稱為「延遲選擇實驗」。他甚至將這個實驗的原理在宇宙中進行延伸，結論是儘管宇宙星光在億萬年前就從遙遠地方發出，但是由於今天我們才觀察到，所以其億萬年的歷史是今天才被決定的。換句話說，宇宙的模樣是由觀察者確定下來的。這個結論相當匪夷所思吧？然而，這是一個很嚴肅的科學問題，目前愈來愈多實驗證實了這點。

可見，從量子平行宇宙的角度來看，是我們這些觀察者塑造了宇宙。實際上，這與艾弗萊特三世的多元世界平行宇宙並不矛盾。多世界詮釋理論中，每個宇宙都是一棵大樹上的一個分岔，我們之所以站在這個分岔上，也許就是因為在宇宙歷史上的無數分岔發生時，我們都是幸運兒。想

想那個瘋狂的量子自殺思想實驗，就不難理解這點了。

眾所周知，哥白尼的日心說引發了近現代科學革命。他提出，人在宇宙中並不居於特殊位置，沒什麼與眾不同的。這一思想被稱為「哥白尼原理」。然而，在探討宇宙為什麼宜居時，出現了與哥白尼原理不同的另一哲學觀念——「人擇原理」。

人擇原理由英國物理學家布蘭登・卡特（Brandon Carter）於1973年命名。他認為，我們人類儘管不一定生活在宇宙中心，但不可避免地在某種程度上享有特權。也就是說，理論上可能存在各種宇宙，每個宇宙都具有不同物理特性，而這個宇宙之所以宜居，原因在於是我們的存在使其必須這樣。

回到《三體》，雲天明所在的文明製作了一個小宇宙，他將之送給了程心和關一帆，並編號為647。想必各位一定很好奇，其他小宇宙應該是什麼樣子呢？也許上面介紹的平行宇宙理論能幫助你展開想像。

SCIENCE IN THREE-BODY

Hide yourself well;
cleanse well.

第二十二章　小宇宙的祕密

——黑洞與時間膨脹

　　程心和關一帆進入雲天明送給他們的小宇宙中。這個小宇宙的時間流逝速度與大宇宙完全不同，這裡的1年相當於大宇宙中的上百億年，人類在這裡過10年，大宇宙就演化到了末日。這真是「天上方一日，世間已千年」。在宇宙中，人類真的可以大幅度跨越時間嗎？

 關鍵詞

　　相對性原理、光速不變原理、狹義相對論、等效原理、廣義相對論、微型黑洞、引力紅移、黑洞、引力時間膨脹、暗星、史瓦西半徑、錢德拉塞卡極限、白矮星、中子星、吸積盤、潮汐力、恆星級黑洞、中等質量黑洞、超大質量黑洞、伽瑪射線暴、霍金輻射、奇異點

跨越時間的途徑

說起時間，人們總是自覺無力。因為無論我們怎麼努力阻攔，時間都像一條奔騰的河流，總是按照自己的速度堅定地向前，把我們從出生帶向死亡。時至今日，我們尚不知道有什麼辦法能讓時光倒流、回到過去。那麼，有辦法讓我們快速到達未來嗎？辦法當然有，還不只一個！

最簡單的辦法就是睡覺！你只要進入睡眠，等再次醒來，一晚上的時間竟然就不知不覺地過去了，這是你天生擁有的快速進入未來的技能。當然，你可能覺得這很搞笑。不過，小說中多處出現的人體冬眠技術其實就與此類似，這可能是一個在不遠的未來能實現的好辦法。儘管這種辦法能跨越的時間長度比較有限，最多不過幾十年到幾百年而已。

第二種辦法是以接近光速的速度飛行。《三體》中，程心和艾AA乘坐星環號飛船，以接近光速的速度從太陽系飛往雲天明送給她的星星，跨越了287光年的距離。對太陽系來說，時間已經過去287年，而她們只用了52個小時。這是基於狹義相對論的原理，在本書第20章中介紹過。

狹義相對論是愛因斯坦在1905年提出的，建立在「相對性原理」和「光速不變原理」這2條基本原理上。簡單地說，**相對性原理指物理定律在所有相對做勻速運動的參考座標中都是等價的；而光速不變原理指真空中的光速對任何觀察者來說都是相同的，不隨光源與觀察者所在的參考座標相對運動而改變**。這2條基本原理看起來並不難接受，然而從其出發的推論在根本上改變了古典物理學的根基。

首先是「同時」的概念變成相對的。所謂兩個事件同時發生，指其發生的空間位置可以不同，但是發生的時刻是一樣的。然而，狹義相對論中不再有「同時」了，因為發生的時刻取決於你在哪個參考座標觀察。當參考座標變化時，不同時發生的事件可能變為同時，而同時發生的事件也可能變為不同時。不僅如此，甚至連事件發生的先後順序都會變成相對的。

接下來的推論更加驚人。甲乙雙方各持一個鐘錶，出發前進行校準，保證其走時快慢都相同。當他們開始相對運動時，在甲看來，乙的鐘錶變慢了；而在乙看來，甲的鐘錶也變慢了。這看上去似乎很矛盾，但狹義相對論中，這兩種情況並不矛盾，因為運動的鐘錶的確會變慢。在甲看來乙在運動，而在乙看來甲在運動，因此他們都看到對方的鐘錶變慢了。之所以平常我們無法察覺到這個現象，是因為我們平時相對運動的速度太慢，狹義相對論效應在以接近光速運動時才會比較明顯。

　　當然，在一方看來，運動的另一方不僅鐘錶會變慢，一切能描述時間流逝的過程（如：生命的新陳代謝、放射性元素的衰變）都會一起變慢。狹義相對論告訴我們，時間的流逝不是絕對的，運動將改變時間的進程。

　　狹義相對論的成功沒有從根本上證明古典物理學的錯誤，只是說明了牛頓運動定律成立的條件，即在速度遠低於光速的運動中才成立。或者說，牛頓運動定律是相對論在某種情況下的特例。因此，狹義相對論是對古典力學的有力擴展。

　　儘管人類至今都沒有發明出飛行速度接近光速的飛船，但仍有很多辦法來驗證狹義相對論的真實性。大自然中有一種基本粒子稱作 μ 子，其為不穩定的，從產生到衰變只有約百萬分之二秒。這樣一來，μ 子即使以光速運動，也只能走600公尺。但是，我們在觀察宇宙射線時，發現在高空中產生的 μ 子能穿透大氣層到達地面，而這個距離遠遠大於600公尺。究其原因，就在於狹義相對論效應大大延長了高速運動的 μ 子的壽命。更進一步，物體運動的速度愈接近光速，從靜止者看來其壽命就愈長，甚至趨向無限大。

　　小說第三部中，關一帆曾告訴程心，人類發射了5艘終極飛船。這些飛船沒有目的地，只是把曲率引擎開到最大，以接近光速的速度在宇宙中穿梭，目的就是跨越時間，在人類的有生之年抵達宇宙的末日。據稱，這些飛船飛行10年就可以跨越500億年時光。從科學原理上講，小說裡的這個情節完全是可能的，只是我們目前還沒辦法造出光速飛船罷了。

　　實際上，以接近光速的速度飛行，對人類的意義並不只在於速度極快。

關一帆說:「對人類來說,光速航行是個里程碑,這可以看成第三次啟蒙運動,第三次文藝復興,因為光速航行使人的思想發生了根本的改變,也就改變了文明和文化。」

(程心:)「是啊,進入光速的那一刻,我也變了。想到自己可以在有生之年跨越時空,在空間上到達宇宙的邊緣,在時間上到達宇宙的末日,以前那些只停留在哲學層面上的東西突然變得很現實很具體了。」

(關一帆:)「是的,比如宇宙的終結、宇宙的目的,這些以前很哲學很空靈的東西,現在每一個俗人都不得不考慮了。」

摘自《三體Ⅲ》

從關一帆發出的感慨,我們不難看出宇宙觀的重要性。作為根本的出發點,宇宙觀的改變可以影響一個人基本的三觀,即世界觀、人生觀和價值觀。

引力與時間膨脹

第三種跨越時間的方法,是利用質量較大的黑洞。這個方法的原理基於廣義相對論,與第二種方法有所不同。

未來的宇宙大航海時代,這恐怕是人類最便捷且付出代價最小的方法。而這也許正是小說中雲天明的小宇宙時間流速不同的奧祕所在。為了說明這點,要先從廣義相對論說起。

如前所述,狹義相對論中,愛因斯坦指出時間和空間都不是絕對的。然而這一理論有局限性,只適用於做相對勻速運動的系統。自從牛頓提出萬有引力定律以來,一直沒人能解釋引力的基本特徵到底是什麼,以及到底是怎麼產生的。為了找到問題的答案,愛因斯坦十年磨一劍,進一步拓

展了相對性原理，於1916年提出廣義相對論。

　　愛因斯坦天才地發現，引力場中一切物體都有相同加速度。換言之，在局部慣性系中，引力與慣性力是等效的，人們無法區分引力和因加速而產生的力。如此一來，引力的本性就在於其能在某種參考座標中（如：一部加速運動的電梯）被局部消除。愛因斯坦指出，這是引力的基本性質，稱為「等效原理」。

　　在愛因斯坦看來，引力並不是真實存在，只是時空彎曲的體現。造成時空彎曲的是物質，而時空也未必能被看作一種可離開物理實在而獨立存在的東西。他用彎曲的黎曼幾何來描述時空的形狀，建立著名的引力場方程式，這是廣義相對論的核心。如果說狹義相對論描述的是平直的時空，廣義相對論研究的就是彎曲的時空。

　　廣義相對論是對牛頓萬有引力定律的擴展，後者成立的條件是弱引力場；而處在強引力場中時，物體適用的則是前者。廣義相對論許多預言在牛頓力學中是完全沒有的，如：大質量天體能造成明顯的時空形變而引起光線偏折、加速運動的天體能輻射引力波。這些理論預言，後來都陸續得到觀測驗證。

　　讓我們回到時間流速問題上。首先，對光來說，能量愈大、頻率愈高。舉例來說，相比於可見光，紫外線的頻率更高，因此其輻射能量更大，人們防曬主要就是防止陽光中的紫外線對人體造成的傷害。其次，當光從一個大質量天體形成的引力場往外行進時，會失去能量而頻率下降、波長變長。解釋都卜勒效應時，曾談過電磁波的波長變長，其顏色就會發生變化。由於在可見光中紅光的波長最長，因此這種波長變長的現象被稱為「紅移」；這種由於引力造成的光波變長，就被稱為「引力紅移」。那麼，引力紅移與時間有什麼關係呢？

　　人們最早是靠鐘擺的週期來定義時間單位的長短。大約100年前，人們改以石英晶體的振動頻率為參照，定義秒的長度。1967年以後，人們又改以銫原子在不同能量態之間發生躍遷時所輻射的電磁波振動頻率來定義秒的長度。從本質上看，時間單位的長度與光或電磁波的頻率有關。光

波波長變長、頻率變低，以其為參照而定義的時間單位自然就會變長。因此，大質量天體附近的引力紅移，意味著時間會變慢。

狹義相對論告訴我們，時鐘做高速運動可讓時鐘變慢；而廣義相對論則預言，待在大質量天體附近的時鐘也會變慢，這就是「引力時間膨脹」。

對太陽來說，其質量是地球的33萬倍，太陽表面的時間流逝速度比遠離太陽的地方慢百萬分之二，約每年慢64秒。假如能到太陽的中心，你會發現這裡的時間流速比地球的慢十萬分之一，約每年慢5分鐘。

地球上，如我們的房間裡，時間在地板附近比在天花板附近流逝得更慢。只不過由於地球質量不算大，對時空彎曲的影響很微弱，再加上房間高度有限，時間流逝速度的差別就很小，約為一億億分之一，因此我們很難察覺到。但是對在地球軌道上飛行的人造衛星（如：全球定位衛星）來說，這種差別就不能忽略了。全球定位衛星的定位精度主要依賴於時間系統的精度，因此科學家必須考慮用廣義相對論進行時間修正。

將黑洞用作時光機

宇宙中，大部分黑洞的質量都很大，所以黑洞附近的引力時間膨脹就更加明顯，這使得黑洞附近成為對廣義相對論進行終極檢驗之處。假如有一太陽質量10倍的黑洞，距離其事件視界1公分的上方，時間流逝就是遠離黑洞處的六百萬分之一。假如你能正好位於事件視界邊緣，從外部來看，你的時間將趨向完全停止。哪怕黑洞外的宇宙過去億萬年，你也能青春永駐。

《三體Ⅲ》中，物理學家曹彬給程心講了一段黑洞科學家高Way被吸入微型黑洞的故事。

（曹彬：）「以後的事情就很詭異了。高Way被吸入後，人們用遙控顯微鏡觀察黑洞，發現黑洞的事件視界，也就是那個半徑

僅二十一奈米的微小球面上，有一個人影，那就是正在通過事件視界的高Way。

　　根據廣義相對論，對於一個遙遠的觀察者來說，事件視界附近的時間急劇變慢，落向事件視界的高Way掉落過程本身也變慢至無限長。

　　但以高Way為參照系，他已經穿過了事件視界。

　　……

　　於是，保險公司拒絕支付死亡保險金。雖然從高Way自己的參照系看，他通過了事件視界，應該已經死去；但保險合同是以我們這個現實世界為參照系制定的，在這個參照系中無法證明高Way已經死了。甚至理賠都不行，保險理賠必須等事故結束後才能進行，高Way仍在向黑洞墜落中，事故還沒有結束，永遠也不會結束。」

摘自《三體 III》

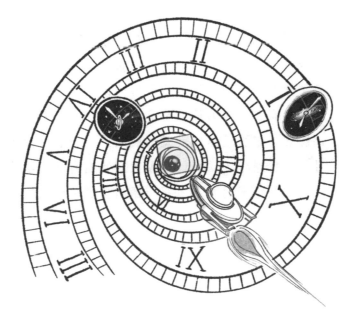

時間在黑洞附近變慢

這個說法是有道理的。由於時間膨脹，從外部來看，高 Way 一直處在向黑洞事件視界跌落的過程中，人們永遠不會看到他已經死亡的事實，因此保險公司拒絕支付死亡保險金。

應該說，在真實宇宙中，如果人們能找到一個黑洞，只要在其附近安全待著而不跌進去，就能像乘坐時光機一樣，方便而快速地去往未來，這個辦法的難度和成本比起製造光速飛船顯然低得多。雲天明送給程心的小宇宙，也許就在黑洞附近。

物理學的聖杯

無論如何，黑洞作為我們宇宙中最神祕的天體，一直是大眾津津樂道的話題之一，也是科幻作品中的常客。《三體Ⅲ》中，在黑暗森林打擊到來前，為了降低光速、製造黑域，人們也花了精力來研究黑洞。

> （曹斌：）「黑洞計畫是在掩體紀元元年開始的，歷時十一年。其實，計畫的規劃者們並沒有對此抱什麼希望，無論是理論計算還是天文觀測都表明，黑洞也不可能改變光速，這些宇宙中的魔鬼也只能用自己的引力場改變光線的路徑和頻率，對真空光速沒有絲毫影響。但要使黑域計畫的研究進行下去，就要有超高密度引力場的實驗環境，這只能借助黑洞。還有一個理由：黑域本質上是一個大型低光速黑洞，對一個微型標準光速黑洞進行近距離研究，也許能得到什麼意外的啟示。」
>
> 摘自《三體Ⅲ》

實際上，人類對黑洞的科學探索，可說引領了現代物理學的發展。人類一旦掌握黑洞規律，或許就能徹底揭曉宇宙的終極祕密。這句話並不誇張，提出黑洞這一名詞的美國著名物理學家約翰・惠勒就認為，黑洞中心

是值得物理學追求的「聖杯」（編註：指耶穌在最後晚餐用的酒杯，是所有騎士尋找的寶物；現代常用於指難以達成的目標、眾多人追尋的稀罕之物）。

黑洞是什麼？怎麼形成的？裡面到底有什麼？這些是人們最想知道的問題。在黑洞這個名詞出現前，與其相近的概念是「暗星」。

早在相對論出現100多年之前的1783年，英國自然哲學家米歇爾（John Michell）就將光看作微粒，並依據牛頓萬有引力定律，大膽地預言了宇宙中存在一些密度極大的天體，其憑藉強大的引力，可以束縛住自身發出的光。米歇爾將這些無法輻射光的星稱作暗星。

10幾年後，法國數學家、物理學家拉普拉斯也提出類似的概念。不過，隨著1801年湯瑪士·楊格發現光的干涉性質，證實光其實是一種波，以光的粒子說為基礎的暗星概念自然就站不住腳了。然而，隨著廣義相對論出現，關於暗星的話題再次被提起。研究這方面的科學家中，具有代表性的包括史瓦西（Karl Schwarzschild）和錢德拉塞卡（Subrahmanyan Chandrasekhar）。

1916年，愛因斯坦剛發表廣義相對論，德國物理學家史瓦西就立即開始尋找這一新定律對天體能做出什麼預言。幾天之內，他就找到了答案。他利用愛因斯坦的引力場方程式，計算了無自轉球形天體周圍的時空曲率。史瓦西從天體的質量出發，計算得出每個天體都有一個特殊的引力半徑，即「史瓦西半徑」。當天體的實際半徑小於其史瓦西半徑時，史瓦西半徑內的任何物體（包括光）都無法逃離出去。這個以史瓦西半徑形成的球面就是天體的視界，視界內的情況在外面是無法觀察到的。

史瓦西半徑的大小與天體的質量成正比，例如太陽的史瓦西半徑約為3公里。假如太陽質量不變、體積能被壓縮，當其半徑縮小到3公里以下時，我們從外面就看不到太陽光了，太陽就成為一顆暗星。

史瓦西半徑是史瓦西利用愛因斯坦引力場方程式得到的最簡單解，以廣義相對論為基礎所做出與米歇爾和拉普拉斯相同的預言——暗星。三者的原理大相徑庭。

就像不相信宇宙處於變化之中一樣，在對待暗星的問題上，愛因斯坦

再次表現出他謹慎保守的一面。他雖然贊同史瓦西從廣義相對論出發得到的計算結果，但否認暗星的存在。

那麼，宇宙中真的有暗星嗎？

真理的力量

受到愛因斯坦影響，直到1960年代，科學界一直都沒有真正重視暗星，甚至對其存在保持反對態度。然而，在這期間還是出現一些有遠見的科學家，其中之一就是天文學家錢德拉塞卡。

錢德拉塞卡對恆星的內部結構進行深入研究，首先建立白矮星模型。白矮星是宇宙中一種高密度、大質量天體，為某些恆星演化到晚期，經歷爆發後得到的剩餘天體。當時人們發現天狼星的伴星就是這樣一種天體。經過分析，錢德拉塞卡提出，任何一顆白矮星的質量都不會超過太陽質量的 1.44 倍，這就是著名的「錢德拉塞卡極限」。按照他的理論，太陽到晚年也將演化為一顆白矮星，大小和地球差不多，但質量和密度比地球大100萬倍。

質量比錢德拉塞卡極限小的恆星，其歸宿是白矮星；但是宇宙中，質量比這個值大的恆星很多，如：天狼星。錢德拉塞卡認為其歸宿一定不是白矮星。他指出，對這種大質量恆星來說，到演化晚期，強大的引力造成的向內坍縮力量十分巨大。雖然原子具有阻止電子被壓入原子核的電子簡併壓力，但無法阻擋這種收縮，恆星將持續收縮下去，直到最終半徑只剩下幾公里，甚至小於史瓦西半徑。這顯然就是暗星。

然而，當時學術界主流派根本不相信宇宙中會有這種奇怪的天體。1935年，只有25歲的錢德拉塞卡終於有機會在英國皇家天文學會會議上宣讀自己的發現，沒想到遭天體物理學界權威、英國天文學家愛丁頓無情嘲笑。愛丁頓當眾把他的講稿撕成兩半，宣稱他的理論非常古怪，一定大錯特錯。會場的聽眾頓時發出笑聲，人們幾乎都站在愛丁頓這邊。

錢德拉塞卡與愛丁頓爭論許久，沒有一個權威科學家願意站出來支持他，就連他的博士論文也都不得不改為其他題目。最後，1937年，他完全放棄這個研究課題。後來他到芝加哥任教，據說有次往返300多公里去為學生上課，可是由於發生暴風雪，當他趕到教室時，發現只有2名學生在等著他。這兩人正是後來獲得1957年諾貝爾物理學獎的李政道和楊振寧。

1960年代，錢德拉塞卡極限才得到天體物理學界公認。時間又過去20年，1983年，當錢德拉塞卡從瑞典國王手中接過諾貝爾獎章時，他已是兩鬢斑白的垂暮老者。每次讀到科學史上的這段故事，我都會想到錢德拉塞卡的名言：「作為大自然基礎的各種真理，比最聰明的科學家更加強大和有力。」

人們在探索黑洞的道路上付出艱辛的努力。錢德拉塞卡只是在理論上預言了大質量恆星晚年演化的歸宿，而這個預言尚需要觀測證據的支持。

從暗星到黑洞

1930年代，量子力學剛剛出現，人們熱衷於探索原子核的性質和組成。1932年，透過高能轟擊原子核，人們證實了拉塞福的猜想，知道原子核中有中子。

就在那一年，美國加州理工學院的茲威基（Fritz Zwicky）研究中偶然發現一些太空中爆炸的超新星。在他看來，中子正好就是他的恆星爆炸理論需要的東西。普通恆星到晚年會發生超新星爆炸而坍縮，其中物質可能受到極大壓縮，從而將電子壓到原子核內，形成一顆完全由中子構成的天體，茲威基將之稱作「中子星」。當時學術界對茲威基的超新星理論很感興趣，卻一時還不能接受中子星的概念。然而，他們認識到，對超過錢德拉塞卡極限的大質量恆星來說，中子星也許就是其歸宿。對持保守態度的科學家來說，這樣正好可以排除暗星存在的可能性，讓人暫時放下心來。

實際上，茲威基並沒有弄清楚造成恆星收縮的動力到底來自何處。

1939年，與他同在美國加州理工學院的理論物理學家奧本海默，在蘇聯物理學家朗道（Lev Davidovich Landau）的啟發下，指出大質量恆星在用完自己的核燃料後，在引力作用下會發生向內爆炸，而正是這種巨大的內爆力壓縮了恆星中的物質。

奧本海默敏銳地意識到，能最終演化成中子星的恆星，其質量也有一個最大上限。他猜測，質量大於這個上限的恆星可能演化成暗星，將自己與整個宇宙隔絕開來！

真的會有暗星嗎？假如不是第二次世界大戰和後來的冷戰幾乎耗盡全世界優秀的理論物理學家的精力，這個答案也許早就揭曉了。

回答這個問題之所以困難，原因之一在於史瓦西半徑所決定的視界。暗星內部的光無法逃離這個視界，假如存在暗星，從外部來看，恆星演化的過程一定會終結在視界這個球面上。視界之內到底發生什麼，在外面的我們註定無法觀測到。基於廣義相對論，從外部靜止的觀察者視角，與處於坍縮運動中的恆星物質視角來看，形成暗星的過程並不相同。視界之內是時空的極度扭曲，這是當時的理論難點所在。

沿著這條路繼續探索的代表人物，是美國普林斯頓大學的約翰・惠勒。一開始，惠勒站在愛因斯坦和愛丁頓這邊，並不相信暗星的存在。然而從1950年代開始，惠勒帶領自己的學生進行一系列開創性研究工作。他們結合相對論和量子力學後，發現當恆星坍縮後剩餘的質量超過太陽的2倍時，就不會形成中子星了。

視界之內是從恆星外部觀察不到的地方。從外部看，恆星的坍縮過程會愈來愈慢，最後在視界表面處凍結；而從恆星的角度看，坍縮並沒有停止，恆星會一直收縮下去，最終穿過史瓦西半徑的視界，形成一個引力密度無限大的奇異點，惠勒將這種新天體稱作「黑洞」。隨著天文觀測的新發現，學術界終於接受這種宇宙中最奇異的天體存在。

說到黑洞的研究歷史，總是離不開惠勒。1969年，他為黑洞起了這個形象的名字，讓一種最複雜、最難以琢磨的天體變得家喻戶曉。惠勒年輕時，曾師從量子力學教父尼爾斯・波耳，研究核物理，並提出粒子散射矩

陣和重原子核分裂的液滴模型，後來則主要研究量子理論和相對論。他有遠見地指出，未來科學發展的方向是廣義相對論與量子力學的結合。惠勒一生都在大學進行研究和教學，培養一批物理學界的學術精英和領頭羊，甚至還有諾貝爾獎得主，例如：書中提到的理查・費曼、雅各布・貝肯斯坦、基普・索恩，以及提出平行宇宙多世界詮釋的休・艾弗萊特三世等。

尋找黑洞

　　黑洞不發光，人們看不見，只能用間接辦法來觀測、驗證其存在。黑洞巨大的引力作用會將周圍的星際物質吸引過來形成旋渦，即「吸積盤」。吸積盤會發出強烈的X射線，其中心就是黑洞的事件視界。天文學家發現，宇宙中存在很多吸積盤。天鵝座X－1黑洞是人們發現最早被認為是黑洞的天體，後來人們陸續觀測到能證明黑洞存在的更多間接證據。2019年，天文學家拍攝到第一張黑洞照片，2022年則成功拍攝到銀河系中心的黑洞。當然，照片上呈現的都是黑洞事件視界之外的景象，視界內部是無法看到的。

　　從質量大小來看，黑洞主要分為3種。

　　第一種是恆星級黑洞，為死亡的大質量恆星經由超新星爆炸形成，質量是太陽質量的5倍到幾十倍，如天鵝座X－1黑洞的質量就是太陽的15倍。2015年人們觀測發現的第一個引力波就是在兩個恆星級黑洞合併時發出的。

　　第二種是中等質量黑洞，質量是太陽質量的100倍到10萬倍。

　　第三種是超大質量黑洞，質量是太陽的數百萬倍以上。美國和德國天文學家經過30年的持續觀測，在射手座方向的銀河系中心位置發現一個超大質量黑洞，據估算其質量是太陽的430萬倍。不過這質量並不算大，處女座星系M87中心的超大質量黑洞的質量是太陽的50億倍。以理論估計，黑洞的最大質量可達太陽的1千億倍，只是目前這類黑洞尚未被發現。

目前被觀測到的黑洞，年齡基本都已超過幾十億年，我們很少有機會看到正在形成的黑洞。天文學家認為，宇宙中偶爾會出現的「伽瑪射線暴」現象，也許就是黑洞正在形成的跡象。伽馬射線是一種高能射線，而大量伽馬射線爆發所釋放的能量僅次於宇宙大爆炸。因此，這類伽瑪射線暴現象很可能就是黑洞正在形成時出現的。這種天象轉瞬即逝，而伽馬射線又極易被大氣層散射和吸收，因此我們很難進行觀測。近些年，一些太空望遠鏡相繼發射升空以觀測伽瑪射線暴，推動了關於黑洞的研究。

撕碎一切的力量

無論物體是否被壓縮到史瓦西半徑內並形成黑洞，只要遠離這個物體，時空的曲率就都相同。換言之，在遠處，廣義相對論的解與牛頓萬有引力定律的規則相同。因此並不是說只要遇到黑洞，我們就註定會被吸入。舉例來說，儘管銀河系中心有一超大質量黑洞，銀河系裡的 2 千億顆恆星仍然存在，並有秩序地運動著。

明白這點，我們就不難理解小說中高 Way 在研究黑洞時被吸入完全是一個意外或特例。

（曹彬：）「其實稍有常識的人都明白，高 Way『被』吸入的可能性微乎其微。黑洞之所以成為連光都能吸入的超級陷阱，並非因為它有巨大的引力總量（當然，由恆星坍縮而成的大型黑洞引力總量也是很大的），而是，具有超高的引力密度。從遠距離上看，它的引力總量其實與相同質量的普通物質相當。假如太陽坍縮成黑洞，地球和各大行星將仍然在原軌道上運行，不會被吸進去。只有在十分靠近黑洞的範圍內，它的引力才顯示出魔力。」

摘自《三體 Ⅲ》

物體所受引力大小與其和引力源的距離有關。和引力源的距離愈近，受到的引力就愈大。我們生活在地球表面，每時每刻都受到地心引力作用。站立時，腳底受到的引力就一定比頭部大，因為腳底距離地心更近。

　　我們都說黑洞的引力很大，但準確來說應該是其引力密度很大，這是黑洞的特點。也就是說，愈接近黑洞，引力變化率愈大。在這種情況下，一個物體的頭尾兩端受到黑洞引力的大小是不同的，這一引力差也被稱為「潮汐力」。潮汐力愈大，物體受到拉扯的力量就愈大，當潮汐力超過一定程度時，物體就會被撕碎。

　　計算表明，一質量為 10 倍太陽質量的黑洞，其事件視界半徑約為 30 公里，當一個人距離這個黑洞還有 3 千公里時，受到的潮汐力就已經達到地球表面引力的 10 倍了，這就像一個人腳上吊著 10 個人一樣，會被巨大的引力差拉成一根麵條。總之，任何人在飛向黑洞的過程中，身體都會被引力無情地拉伸，直到被撕裂，而此時他距離黑洞的事件視界還相當遙遠。

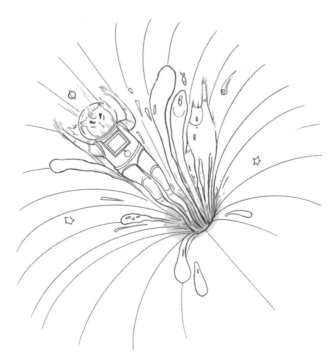

黑洞的引力差會將人拉成一根麵條

因此，不難想像，高Way被吸入黑洞的過程中，一定也會面臨巨大潮汐力的作用，身體會被撕碎。然而，小說裡並沒有發生！

（曹彬：）「更離奇的是，那個人影各部分的比例是正常的，也許是由於黑洞很小，潮汐力並沒有作用到他身上。他被壓縮到如此微小，但那一處的空間曲率也極大，所以不只一名物理學家認為事件視界上的高Way身體結構並沒有遭到破壞，換句話說，現在他可能還活著。」

摘自《三體Ⅲ》

從物理學看，高Way有可能不被撕碎嗎？是的，有可能。不過，在小說談到的這種情況中不可能出現。

前文已述，大質量恆星晚年發生超新星爆炸後，就會產生恆星級黑洞。然而，宇宙中還有大量的超大質量黑洞，大部分位於星系中心。這些超大黑洞的形成原因至今尚未明瞭，不過其存在是有理論依據的。

根據廣義相對論，只要某個天體的質量大到一定程度，並且其尺寸不超過史瓦西半徑所決定的球形空間，周圍時空就會極度彎曲，從而形成黑洞。可見，黑洞的形成並不一定需要恆星爆炸。於是，廣義相對論預言了一種超大質量、低密度的黑洞存在。假如一個天體的質量達到上億個太陽的質量，而大小跟太陽系一樣大，它就是一個黑洞，而且其內部密度跟水差不多。對這樣一個特大質量的低密度黑洞來說，人在穿過其事件視界落入黑洞內部的過程中，感受到的潮汐力是很小的，甚至都沒超過乘坐的飛機在起飛時身體所感受到的力。

除了超大質量黑洞，廣義相對論還預言了「微型黑洞」的存在。原則上說，黑洞的質量可以是任意大小（不小於普朗克質量）。只要其密度相當大，就會極大地扭曲時空，從而形成黑洞。假如將地球壓縮到直徑不超過1.7公分，就會變成一個黑洞；同理，即使是質量小得像質子一樣的物質，只要其大小被壓縮到半徑不超過10^{-52}公分的範圍內，也能成為一個微型黑

洞。儘管現實中還沒發現微型黑洞的存在，但是人們認為在進行高能粒子對撞實驗時，有可能產生微型黑洞。不過霍金認為，這種微型黑洞的壽命很短。

說到黑洞引起的潮汐力，如前所述，黑洞質量愈大，其事件視界半徑就愈大；在這種黑洞的事件視界附近，引力的變化率就愈小，潮汐力也愈小。實際上，黑洞愈小，潮汐力反倒愈明顯。既然高 Way 掉進的是微型黑洞，巨大的潮汐力應該會將他撕成粒子，高 Way 不可能活著進入，可見這段情節是有漏洞的。

事件視界內的祕密

黑洞會靠巨大的引力將周圍的物質和輻射都吸進去；但另一方面，黑洞連光都發不出去，更不用說其他物體了。既然如此，黑洞是不是一旦形成，就只會愈來愈大，而不會消失呢？

從 1970 年代開始，英國著名物理學家霍金等人從量子力學的角度對黑洞展開研究，發現物質和能量在被黑洞困住一段時間後，會透過所謂的「霍金輻射」，以熱量的方式重新釋放到宇宙中，最終導致黑洞蒸發而消失。只不過一個質量為 2 倍太陽質量的黑洞，要完全蒸發掉所需的時間約是目前宇宙年齡的 10^{57} 倍，實在是太慢了。

黑洞事件視界內部，時空極度彎曲，黑洞中心甚至還有一個引力密度無限大的奇異點，時空在這裡出現一個無底洞，難怪惠勒稱其為黑洞。一般來說，奇異點都處於黑洞的事件視界內，從外部無法被觀測到；但是理論上也允許存在所謂的「裸奇異點」，有的奇異點外部可以沒有視界包圍。不過至今人們還沒有觀測到裸奇異點，這在下一章會詳細介紹。

正如惠勒所說，黑洞內是物理學追求的聖杯。一方面，黑洞中心的奇異點是一個無限小的點，屬於量子力學範疇，描述宏觀時空引力作用的廣義相對論不能成立；另一方面，奇異點處時空曲率無限大，量子力學又顯

得力不從心。因此，研究黑洞這個宇宙中最奇異的天體，需要融合量子力學和廣義相對論的新理論。而這個新理論正是當代物理學的最前沿，也是聖杯的意義所在。

黑洞裡有什麼？凡是進入黑洞的事物都是有去無回，沒有訊息能從黑洞裡面出來告訴我們答案。不論黑洞中心有什麼，都不可能出來影響宇宙。

然而，人的好奇心不會滿足於這種回答。宇宙將去向哪裡，是終極的科學問題之一。有理論認為，億萬年後，當宇宙末日來臨時，宇宙可能出現大擠壓，這個過程與恆星生成黑洞時的坍縮之間存在相似之處。黑洞中有奇異點，宇宙學中也有奇異點。引力坍縮的結局是奇異點，宇宙大爆炸的起始也是奇異點。也許我們認識了一個，就能認識另一個。

與黑洞共舞的小宇宙

讓我們再回到《三體》，黑洞與雲天明的小宇宙有什麼關係？從有關黑洞的理論出發，可以做一些推測。

第一種可能性，雲天明的小宇宙是一艘飛船，航行在某個超大質量黑洞的事件視界附近。既然廣義相對論指出，在事件視界附近的時間流速會顯著減慢，在這個位置上圍繞黑洞做高速運動的飛船中度過幾年時間，就相當於在外部宇宙度過更長的時間。

這種設想有一定的可行性。第一，黑洞在宇宙中是普遍存在的，各種質量大小的黑洞都比較容易找到，因此這是一個容易實現的方法。第二，黑洞壽命很長，可與宇宙的相比，用這種方法可以堅持到宇宙臨近末日的時候。儘管理論上，霍金輻射會讓超大質量黑洞最終被蒸發掉，但是這個過程極其緩慢。恆星的壽命十分有限，如太陽的壽命約 100 億年，與宇宙可能的壽命相差甚遠。一些宇宙學家認為，在宇宙終結時僅存的一種天體也許就是黑洞。

第三，黑洞能為飛船帶來取之不盡的能量。無庸置疑，生命的存續需

要能量支持。地球上包括人類在內的生命，其能量來源當然是太陽。不過，能量不一定要來自恆星。尤其在遙遠未來，當宇宙中的恆星都燃燒殆盡、消失於黑暗中時，生命顯然無法再借助它們維持自身存在，而黑洞一直都可以是能量提供者。

黑洞的事件視界之外有一個區域，稱為「動圈」。動圈被自旋的黑洞拖曳著旋轉，就像水被漩渦拖曳著旋轉一樣。動圈在黑洞的兩極處較薄，在赤道處膨脹。1969年，英國數學物理學家羅傑・潘洛斯提出一種從黑洞動圈中提取能量的設想。沿著合適軌道進入動圈的物體，離開時可能帶著比進入時更多的能量，而這一過程只會讓黑洞的自旋速度稍微減慢而已。因此，一個文明完全可以藉由仔細計算，將一些東西扔進黑洞的動圈中，然後在物品被拋出時收穫額外的能量。雖然我們並沒有真的這樣做過，但這個理論還是為雲天明的小宇宙中持續的能量供應帶來可能性。

除了圍繞超大質量黑洞建立小宇宙，我們還可以更大膽一些。借助暴脹平行宇宙的理論，做出第二種小宇宙的猜想。

宇宙暴脹理論認為，暴脹場可以生成新宇宙。而根據永恆暴脹理論，宇宙的暴脹也許是一個永恆的過程，我們所處宇宙之外可能生成其他的平行宇宙。關鍵是，在我們所處宇宙之內可能也有暴脹的種子，由於受到周圍環境的壓力，只能向新產生的空間中膨脹。而這些新生的泡泡宇宙長大後，就會脫離母宇宙，形成一個不斷膨脹、孤立的空間區域。

我們可以形象地理解這個過程。既然廣義相對論指出宇宙時空具有伸縮性，不妨將這個具有三維空間的宇宙泡泡先降到二維平面，想像成一個大氣球表面且具有高度伸縮性。受某些機制影響，氣球的某個地方會鼓起一個小包。隨著時間推移，小包會愈來愈大，直至大氣球表面連接的頸部收口並斷開，生成一個新的小氣球——一個小宇宙。我們所處的宇宙中，這個小宇宙生成的過程就相當於在其內部形成一個有去無回的黑洞。

細心的讀者可能已經發現，小說的最後，智子告訴程心，根據三體人在物理學方面的研究，所有宇宙都是在一個超膜上的空泡。從這個角度來看，雲天明送給程心的小宇宙可能就是一個靠黑洞形成的平行宇宙。

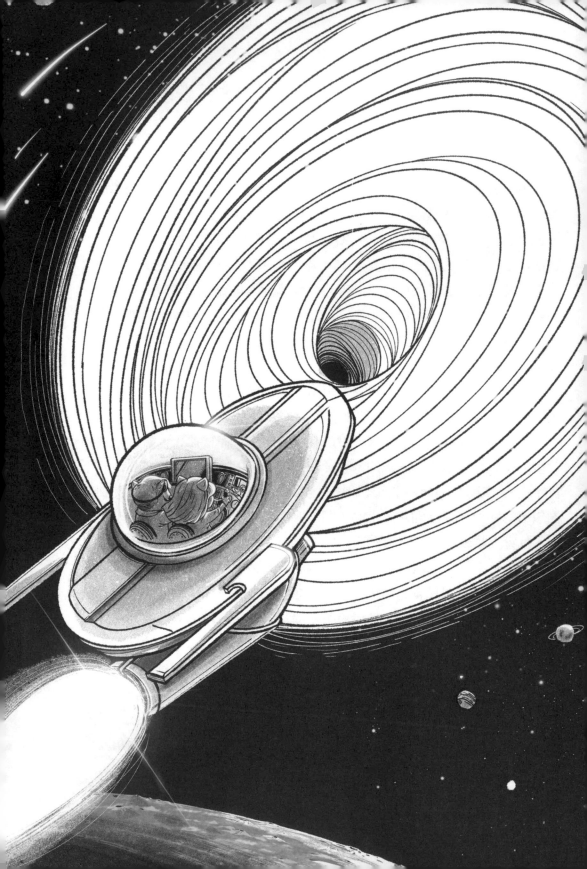

第二十三章　星際之門
——蟲洞與時空穿越

　　藍星上，程心和關一帆發現雲天明留下一扇時光之門，他們通過門來到 647 號小宇宙。在這個小小世界裡，他們將快速抵達宇宙坍縮的末日，等待宇宙再次大爆炸後，從這裡去往新的宇宙。這真是一場時間最長、距離最遠的超時空穿越。

　　時空穿越是許多人的夢想，也一直是科幻作品中的熱門情節。但在現實中，真的能實現時空穿越嗎？

 關鍵詞

　　蟲洞、史瓦西黑洞、克爾黑洞、萊斯納－諾德斯特洛姆度規黑洞、奇異點定理、白洞、奇異物質、負能量、反引力、真空漲落、宇宙弦、量子泡沫、哥德爾旋轉宇宙、反物質、反物質粒子的時間反演、路徑積分

時空穿越之門

《三體Ⅲ》中，當程心和關一帆擺脫低光速航行，降落在藍星上時，他們並沒有遇到雲天明，而是與他所處的時代錯過了1890萬年。不過在這裡，他們發現了一扇門，這正是雲天明留下的。

> 這時，一個奇異的東西打斷了他們的感慨，這是一個由微亮的細線畫出的長方形，有一人高，在空地上飄浮著，看上去像用滑鼠在現實的畫面中拉出的一個方框。它在飄浮中慢慢移動，但移動的範圍很小，飄不遠就折回。很可能這東西一直存在，只是它的框線很細，發出的光也不強，白天看不見。不管它是場態還是實體，這肯定是一個智慧造物。勾畫出長方形的亮線似乎與天空中線狀的星星有某種神祕的聯繫。
>
> 摘自《三體Ⅲ》

通過這扇時光之門，程心和關一帆進入一個世外桃源般的小宇宙。在這裡度過幾年時光後，他們收到大宇宙的末日訊息，呼喚他們回歸。經過考慮，程心和關一帆決定一同返回大宇宙。於是，他們要再次跨過通往另一個宇宙時空的門。

> 門在647號宇宙中出現了，同程心和關一帆在藍星上看到的一樣，它也是一個由發光的直線畫出的長方形，但比藍星上那個要大許多，這可能是為了物質轉移的方便。門最初出現時並沒有與大宇宙連通，任何物質都能穿過它來到另一側。當智子重新設定門的參數後，穿過門的物質消失了，它們將在大宇宙中出現。
>
> 摘自《三體Ⅲ》

小說的尾聲中有2次出現門，一次在藍星上，一次在647號小宇宙中。通過這些神奇的門，既能穿越時間，也能跨越空間，縱橫宇宙。兩位主人公做出最後的抉擇，毅然穿過門，也因此影響了宇宙的命運和歸宿。現實中，真的有能穿越時空的門嗎？

　　在開始討論時空穿越這個話題之前，不妨先說說小說中門的樣子。這再次涉及空間維度的問題。假如在二維平面上開一個出入口，應該是一封閉的平面圖形，最簡單的形狀就是方形或圓形的門，就像我們平時看到的平面圖形一樣。我們生活在三維世界中，一般都會將門開在牆上，而牆可以近似看作二維平面，所以我們也可以將門視為平面的。可見，門的形狀應該與空間維度有關。理論上，如果不借助牆壁，而只是在三維空間中開一道門，這扇門應該是三維的封閉幾何體，最簡單的三維門應該是球形，而不是方形。

　　由於人們對方形的門實在太熟悉了，因此《三體》借用這個熟悉的形狀來描述穿越時空的門，也算順理成章。

　　上一章我們介紹了黑洞，其實黑洞還有許多神祕之處，例如有理論認為，這可能是通往宇宙深處或其他平行宇宙的入口。假如這一猜測成立，小說中雲天明將小宇宙建在黑洞附近就是很好的選擇，人們在黑洞附近旅行可以大幅跨越時間，而且隨時能藉此去往新宇宙。

　　不過，真的能穿過黑洞，到達我們所處宇宙的其他區域或其他宇宙嗎？對於這個看似科幻實則嚴肅的問題，科學家一直在探索。

　　美國物理學家基普‧索恩研究發現，一顆坍縮的恆星，在收縮到史瓦西半徑的視界內後，還有可能再次發生爆炸。這當然不可能爆出黑洞的事件視界之外，因為廣義相對論不允許任何事物飛出事件視界。不過，當恆星再次爆炸時，其中的物質可能進入宇宙其他區域，甚至進入別的平行宇宙。具體而言，處於黑洞事件視界內的恆星，其中物質因坍縮而被高度壓縮，使其周圍空間強烈彎曲，形成像氣球一樣的封閉小宇宙。這個小宇宙有可能從我們的宇宙空間中掉落下去，帶著內部的恆星進入「超空間」（即超過4個維度的空間），並穿越超空間到達另一個大宇宙，再與大宇宙相連，即

藉由爆炸將恆星吐出到新的大宇宙中。

這個描述是不是很像《三體》中雲天明的小宇宙？其實這並不是科幻小說的內容，而是愛因斯坦方程式的一個解，早在100多年前就有人提出類似的假說。

鑿通宇宙的蟲洞

廣義相對論預言了黑洞的存在。黑洞內部有一奇異點，黑洞中所有物質都集中在這小小的點上，其大小不超過 10^{-99} 公分，比原子核還要小1萬億億倍（編註：10^{20}）。在奇異點和黑洞的事件視界之間，除了正在落下的稀薄氣體和氣體發出的輻射，什麼都沒有。從奇異點到事件視界，幾乎是空的。

身為廣義相對論創立者，愛因斯坦從來都不喜歡奇異點，他認為這在數學和物理上都沒有意義。愛因斯坦曾將廣義相對論應用到粒子研究中。1935年，他與自己的學生羅森試圖用廣義相對論的黑洞解作為粒子模型，來研究量子世界的祕密。他們用黑洞解代表一個電子，發現黑洞中心有一個小小的「時空漏斗」，假如可以和另一同類的時空漏斗連接，就能形成一個光滑結構，從而排除奇異點那討厭的不連續性，而且這種結構的運動方式與電子極其相似。雖然這個設想最終並沒有被驗證，但是他們提出將2個黑洞的中心連接起來的想法卻意外出名，被叫作「愛因斯坦－羅森橋」，也就是一種「蟲洞」。

一般認為，**蟲洞指連接宇宙中時空相距很遠的2點之間的一條捷徑。**蟲洞有2個洞口，以超空間的隧道連結。隧道很短，但洞口之間的時空距離可以十分遙遠。蟲洞這個名稱是約翰·惠勒起的，就像他給黑洞起的名稱一樣令人印象深刻。惠勒將之比喻成蘋果上被蟲咬出的洞，通過這個蟲洞從蘋果的一邊到另一邊，比繞著蘋果的表面走近多了。實際上，早在1916年，奧地利物理學家路德維希·弗拉姆（Ludwig Flamm）就從廣義相對論的史瓦西解中，發現蟲洞存在的可能性。理論上，的確存在可以將不同宇宙或宇宙不同

時空連接起來的蟲洞。人們假如能進入這樣的蟲洞，就可能實現短時間內在宇宙中進行長距離跨越。

蟲洞

《三體》中，智子在大宇宙移動並搜索定位適合生存之地的技術，可能就是利用了蟲洞的原理。

> 智子透過647號宇宙的控制系統，操縱小宇宙處於大宇宙中的門，門在大宇宙中快速移動，尋找著適合生存的世界。門與小宇宙的通訊能夠傳遞的訊息十分有限，不能傳輸圖像，只能發回對環境的評估結果，這是在負十到十之間的一個數字，表示環境的生存級別，只有級別大於零的環境，人類才能在其中生存。
>
> 門在大宇宙中進行了上萬次跳躍移動，這過程耗費了三個月，只有一次檢測到一個三級環境，智子不得不承認，這就是最好的結果了。
>
> 摘自《三體Ⅲ》

通向蟲洞的單向門

蟲洞到底在哪裡呢？有人認為黑洞就是蟲洞的一種入口。

各位可能有疑問：「不是說我們觀察的那些進入黑洞的物體，由於時間膨脹，會永恆地處於跌落事件視界的過程中，而無法真正進入黑洞嗎？」是的，從外部觀察者的視角看，的確是這樣。然而，從勇敢地跳入黑洞者的視角看並非如此。假如跳入黑洞的人一直活著，他會一直墜向黑洞中心，穿過事件視界時也並沒有任何異樣。這就是相對論給我們呈現的情景。

黑洞是由事件視界、奇異點和介於二者之間、什麼都不是的物質所組成。與宇宙中的其他天體相比，黑洞看似神祕，但是從外部描述其物理量異常簡單，只有3個──**質量、電荷量和旋轉角動量**，意即可用萬有引力測量黑洞質量多大、是否帶電以及是否旋轉。因此想描述一個黑洞，只需要量一下其「三圍」就夠了。黑洞這種異常簡單的性質，被形象地稱為「黑洞無毛」。但是物質一旦被黑洞吞噬，我們就無從判斷這些物質到底變成什麼。其實，我們也無法判斷黑洞是由恆星物質還是其他物質所組成。

本身沒有自轉、不帶電的黑洞，叫作「史瓦西黑洞」。實際上，**黑洞作為恆星演化晚期形成的特殊天體，應該具有這顆恆星本身所具有的自轉慣量，因此旋轉的黑洞才是比較常見的。**1963年，紐西蘭數學家羅伊・克爾（Roy Kerr）發現愛因斯坦引力場方程式的一種解，可以真實地描述死亡的普通恆星（在旋轉但是不帶電的恆星，這類恆星在宇宙中比較普遍）所形成的旋轉黑洞，這就被稱為「克爾黑洞」。2019年拍攝到的黑洞，就是一個克爾黑洞。史瓦西黑洞是克爾黑洞的一種特例，即不旋轉的克爾黑洞。

相較於史瓦西黑洞，克爾黑洞更接近於現實中的黑洞。因為大多數恆星都會旋轉，最後坍縮成的就不是一個點，而是一個轉動的環形。其巨大的向外離心力與向內引力相抵消，將使這種黑洞能保持穩定。也就是說，克爾黑洞的奇異點不是一個點，而是一個環！這又被稱為「環奇異點」。

如此就有內外2個視界，且這2個視界在自轉軸的兩極處相連。更神奇的是，克爾黑洞旋轉時會拖動周圍時空一起轉動，於是在外視界外面會形成一新界面，稱為「靜態極限」。靜態極限的時空旋轉速度等於光速，只要在這以內，物體無論如何都不可能保持靜止，因為任何物體運動的速度都不會超過光速。靜態極限就像甜甜圈一樣圍繞著黑洞旋轉，在靜態極限和外視界之間的夾層就是潘洛斯所說的動圈。

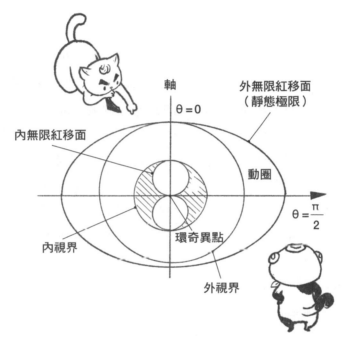

克爾黑洞的剖面圖

　　動圈中，克爾黑洞旋轉帶來的拖曳會撕裂時空，從而產生穿越時空的蟲洞。假如有人掉進這種黑洞的動圈中，他不會被擠扁或壓碎，反而可能進入蟲洞。不過一般來說，克爾黑洞形成的蟲洞是單向的，不允許反向穿越。

　　既然如此，人一旦進入這個蟲洞，又該從哪裡出來呢？有沒有蟲洞的出口呢？

超越物理學的奇異點

1960年代起，英國數學物理學家羅傑‧潘洛斯對黑洞就十分感興趣。他證明了每個黑洞的內部必然有一奇異點，這就是「奇異點定理」，而這個定理適用於宇宙中發現的所有黑洞。當然，奇異點不一定是一個點，如克爾黑洞的奇異點就是一個環。

在奇異點處，密度無限大，引力和時空曲率也無限大，而物理定律唯一不能起作用的情況就是「無限大」這種特例。因此，物理學無法解釋奇異點的性質。不過，好在有黑洞事件視界的遮蔽，奇異點上發生任何怪異事情都不會影響到外界，因為視界裡任何質量、能量和訊息都不可能傳遞出來。而且，我們從外面也不可能觀察到奇異點。「眼不見心不煩」，不瞭解奇異點也許不要緊吧？

但是，假如有的奇異點外面沒有視界遮蔽，會有怎樣的性質呢？上一章中已經講過，理論上允許存在裸奇異點，也就是外面沒有視界包圍的奇異點。在裸奇異點處，物質可以墜入其中，也可以飛離。而後者的情況，正對應了人們猜想中的「白洞」。

白洞與黑洞恰恰相反，如果物質飛離裸奇異點，那這個裸奇異點就不是在無情地吞噬一切，而是在不停地吐出物質。此外，如同物質一旦被黑洞吞噬，我們就不會知道究竟是什麼物質落入黑洞一樣，我們同樣無法預料白洞吐出的物質。這完全是隨機的，甚至可能突然吐出一個和地球一模一樣的星球，只不過可能性很小罷了。

雖然從理論上講，裸奇異點和白洞可能存在，但人們至今尚未實際觀測到。於是，不少物理學家傾向於認為不存在。潘洛斯甚至提出一種「宇宙審查假說」，即宇宙不容許存在裸奇異點，奇異點一定會被嚴密地包裹在事件視界中，不能裸露。

可惜的是，這個假說不但沒被證實，反倒被認為可能是錯的。基普‧

索恩等人以電腦模擬發現，一扁長的大天體坍縮時，可能形成一個紡錘體，紡錘體的兩極會形成一線段狀的奇異點，像一個釘子。這種奇異點就可能超出事件視界，從而暴露在宇宙中。

除此之外，理論上還有一種會生成裸奇異點的情況。有一類帶電但不旋轉的黑洞，被稱為「萊斯納－諾德斯特洛姆度規黑洞」。與史瓦西黑洞不同，其有2個視界，一個外視界、一個內視界。黑洞的帶電量決定內視界的大小，如果不斷增加黑洞的電荷，內視界就會逐漸擴大並越過外視界，從而使所有視界消失，奇異點就會直接暴露出來，成為裸奇異點。

如果萊斯納－諾德斯特洛姆度規黑洞的奇異點不是裸奇異點，理論上人們就可能利用其實現時空旅行。計算發現，物體落入這類黑洞、穿過內視界後，並不會一路落向奇異點，黑洞的電場可能為這個物體打開通往其他時空的大門。不過，目前人們並未觀測到帶電的黑洞，因為其很可能早就透過吞沒周圍空間中帶負電的粒子，中和了自身的電性。

無論如何，如果有黑洞事件視界包裹奇異點，無論奇異點如何詭異，也不會影響外部宇宙；但是一旦裸奇異點存在，就可能出現白洞，而這正是通向我們這個宇宙、只進不出的時空之門。

打開蟲洞的奇異物質

既然物理學定律中沒什麼能阻止穿越蟲洞的旅行，而蟲洞又是超時空的近路連接，理論上人們可以在低於光速的情況下穿過蟲洞，快速跨越到宇宙遠方。

不過，經過初步計算，科學家發現即使存在連接宇宙兩端的蟲洞，其打開的時間也極其短暫。舉例來說，一個質量等同太陽的史瓦西黑洞所形成的蟲洞一旦打開，僅能保持千分之一秒。引力會馬上關閉這扇大門，即使是光都很難來得及從入口穿越到出口。

無論是史瓦西黑洞還是克爾黑洞，物理學家一直對其形成的蟲洞是否

能保持穩定，以及物體進入後是否會影響原來的黑洞而毀掉蟲洞通道表示擔憂。總之，我們不知道這種連接宇宙的橋樑是不是安全的。

關於穿越時空的蟲洞理論研究停滯了30多年，直到1980年代，基普・索恩重新使其成為各方熱門話題。1985年，美國天文學家卡爾・薩根正在創作科幻小說《接觸未來》（*Contact*），他想在小說裡為女主角開拓一條從地球穿越到織女星的雙向通道，於是向索恩請求科學上的幫助。

在薩根的請求下，索恩開始研究，很快發現作為愛因斯坦引力場方程式解之一的蟲洞會隨時間奇怪地演變，在某個時刻產生、短暫打開、又突然關閉和消失。整個過程的時間極短，不可能允許人從一個洞口穿過，安全到達另一個洞口。此外，進入蟲洞的輻射也會被蟲洞內的引力加速到超高能，從而破壞蟲洞本身。況且，在廣闊的超空間裡，很難湊巧有兩個黑洞連結起來形成蟲洞。

為了幫助薩根完成小說，索恩經由計算發現，如果某種奇異物質能貫穿蟲洞，靠引力作用撐開洞壁，就能保持蟲洞開放得更久。與此同時，這種奇異物質還會讓進入蟲洞的光線發散，而不是匯聚起來。索恩認為，這種奇異物質的特點是必須具有負能量密度。

引力是由物質的質量所產生，而質量又與能量等價。幾乎所有形式的物質都具有正能量，而這種奇異物質具有的卻是負能量。既然與正能量對應的普通物質都有引力，與負能量對應的奇異物質就應該表現出反引力。引力會將物質拉在一起，從而斷掉蟲洞的連接；而奇異物質能對蟲洞施加斥力，讓其一直保持打開的狀態。

奇異物質能使穿越蟲洞成為可能，但在哪裡能找到這種具有負能量的奇異物質呢？實際上，早在1974年，霍金研究黑洞蒸發時就指明了，黑洞事件視界附近的真空漲落就具有這種奇異的性質。

宇宙真空看似空無一物，實際上卻熱鬧非凡。這裡會隨機出現**粒子－反粒子對**，並很快相互湮滅而消失。這種正反粒子對是透過從真空借取能量而無中生有的，由於熱力學第一定律表明能量守恆，它們必須很快湮滅、歸還能量。這段時間中，正反粒子對的出現似乎破壞了能量守恆，但

實際上在量子力學中是被允許的，即符合「不確定性原理」，只是持續時間極短罷了。所以，從微觀的空間尺度和極短的時間尺度來看，真空並不空，而是像一鍋燒開的粥，不停地出現漲落起伏，這就是「真空漲落」。

黑洞事件視界附近，普通的真空漲落會發生扭曲，出現地球上沒有的形狀。透過這種極度扭曲，平均能量密度有時會變為負值，這正符合奇異物質的性質。

還有學者指出，構成宇宙弦的也可能是一種奇異物質。1981 年，維連金最早提出「宇宙弦」的概念。他認為在宇宙大爆炸中，生成了無數細長且具有高能量的管子，這種管子就是宇宙弦。宇宙早期的暴脹並不是在整個宇宙區域中一併進行，而是在不同相變區域分別展開，而各區域間就可能形成宇宙弦。隨著宇宙進一步膨脹，宇宙弦伸展到很長，甚至橫跨整個宇宙。有學者認為，構成宇宙弦的並不是物質，而是宇宙的初始能量場，這些場表現出來的正是向外的斥力，也就是奇異物質具有的性質。

不過，以上這些都只是理論上的可能性，人們至今仍無法實際創造出奇異物質。

超級發達文明的辦法

其實除了尋找黑洞，還有其他方式找到蟲洞，只是所需的技術水平可能遠遠高出人類目前的科技發展程度。

薩根的創作激發了索恩的研究熱情。1988 年，索恩指出，量子力學認為引力存在隨機的真空漲落，只是這種現象十分微弱，無法被探測到。不過，在 10^{-35} 公分的微小尺度上，引力的真空漲落卻變得十分巨大。在被稱為「普朗克－惠勒長度」範圍內，空間就像沸騰的泡沫般此起彼伏。蟲洞在這些泡沫中可能瞬間出現，下一瞬間又消失得無影無蹤，一切都是隨機發生的。在我們周圍，這種量子泡沫無處不在。

假如宇宙中有某個超級發達文明，就可能利用超級顯微鏡發現量子泡

沫，在其中找到某個偶然出現的小蟲洞並將之抓住，用某種辦法將蟲洞放大到宏觀尺寸，進行時空穿越。

除了這種以小見大的辦法，索恩還想出一種一步到位的策略。他指出，假如不利用微觀的量子泡沫，超級發達文明還可在宏觀下直接於空間鑿洞。將某處的空間結構強烈扭曲，製造出黑洞並從而獲得奇異點，然後讓這個奇異點在超空間中延伸到宇宙的另一處並打開出口，人工形成一個蟲洞。當然，超級發達文明還必須用某種奇異物質使蟲洞一直保持打開狀態，才能進行時空穿越。

無論如何，上面的辦法都是科學家的暢想，對目前的人類科技水平來說都近乎科幻。不知道《三體》裡的三體艦隊文明，是不是用這些方法實現了宇宙間的跨越呢？

回到過去的時光機

儘管光速限制著我們跨越空間的最遠距離，但我們仍能在空間中自由地上下、前後來回運動。然而時間似乎與空間不同，總是裹挾著我們一路向前、不做半刻停留。面對時間，我們也能獲得跳躍的自由嗎？到底怎樣才能穿越時間呢？乘坐時光機可以回到過去嗎？

在愛因斯坦的理論體系中，空間和時間是一體的。一定條件下，空間可以轉化為時間，時間也可以轉化為空間。既然蟲洞能連接宇宙空間中相距很遠的兩個點，那同樣也能連接跨度很大的兩個時間點。沒錯，蟲洞可以充當時光機！

1988 年，索恩在專業學術期刊《物理學評論通訊》（*Physical Review Letters*）上發表了論文《蟲洞、時光機和弱能量條件》（*Wormholes，Time Machines and the Weak Energy Condition*），在學術界和大眾中掀起一波關於時間穿越的熱議。時光機可是很多科幻作品的核心內容，索恩正是利用蟲洞的原理論述了時光機的可行性。

索恩意識到，蟲洞帶領人們穿越的不只空間，還有時間。假如已有一個蟲洞，將其一個門留在家中、另一個門裝在太空船上，使飛船以接近光速的速度飛入太空。這個過程中，由於蟲洞經過的是超空間，蟲洞本身的長度並沒有變化。

從宇宙的角度看，兩個門處於相對高速運動狀態，並處在不同參考座標中，因此相對論告訴我們，這兩個門的時間流速一定不同；從蟲洞的角度看，兩個門是相對靜止的，同在一個參考座標中，因此時間的流速應該是相同的。從不同視角來看，兩個門竟然會出現不同情況，豈不怪哉？

然而，這的確是理論給出的答案。這一情況只能說明，時間在蟲洞內和蟲洞外的連接方式不同，而這正是製造時光機的方法之一。想像一下，在宇宙看來，那艘飛行中的太空船和門的時間一定變慢了。它們自己看來剛飛行1年，對門外的世界來說可能已經過去1萬年。換句話說，在地球上的門的時間過去1萬年，而在宇宙中飛行的門只過去1年。

所以當地球上的人通過蟲洞，從飛船上的門出來，一下子就跨越了1萬年，來到1萬年以後的宇宙。更神奇的是，對在飛船上的人來說，只要鑽入洞口，經過短短的蟲洞回到地球，就會回到飛船剛出發後的1年；而在地球人看來，他是從1萬年以後回來的人。這不就是時間穿越了嗎？

不過，各位請注意，索恩構思的這個神奇時光機，並不允許人回到飛船帶著蟲洞之門出發的那個時刻前，哪怕提前1秒都不可能，這樣才不會出現因果矛盾。

很多科幻作品中出現過各種時光機，其中一些能夠回到過去，但這真的只是科幻而已，因為這會引發因果混亂。關於這個問題，最具代表性的理論就是所謂的「祖父悖論」。這是由法國科幻小說作家勒內·巴雅維爾（René Barjavel）於1943年在一本小說中提出的。內容大致是：假如一個人能回到過去，他就有可能在自己的父親出生前，殺死自己年輕的祖父。但是這樣一來，祖父死了就沒有父親，沒有父親就沒有這個人，那麼又是誰殺了祖父呢？

從物理學角度來看，穿越時間回到過去、改變歷史，是令人困惑和不

願接受的。物理學定律的基礎是因果邏輯的一致性，由此人們相信宇宙的演化也應該邏輯一致。

霍金是極度反對時光機的物理學家之一，他曾試圖證明量子真空漲落的機制無論如何都會破壞蟲洞，從而阻止時光機的運行、保證宇宙的秩序。霍金曾提出一個猜想，就是「物理學定律不允許時光機的存在」。

然而，宇宙的真相就這麼簡單嗎？

穿越時空的旋轉門

時光機是否可能存在，這一問題至今仍處於爭論中，不時有智慧的閃光出現。

本書第10章中，我們曾介紹過哥德爾不完備定理及其偉大意義。哥德爾在時間旅行問題上同樣有獨到見解，這就是「旋轉宇宙」理論。

哥德爾是愛因斯坦在美國普林斯頓高等研究院的同事，他從愛因斯坦引力場方程式出發，提出一種獨特的宇宙模型——一個既不膨脹也不收縮的宇宙，但是這個宇宙是旋轉的。

在哥德爾看來，宇宙中的星系像固定在一巨大旋轉桌面上的菜餚，其相互之間的距離並不隨時間改變。這種模型同樣可以預言遙遠星系的運動速度大於光速，與觀測事實相符。

哥德爾的旋轉宇宙中，儘管一束光會走直線，但因為整個宇宙都在旋轉，光的路徑實際上也是大圓圈。天才的哥德爾經過計算發現，光從時空中的一點出發，在宇宙中沿著一封閉路徑（即封閉類時曲線）繞行，最終將會帶你回到出發時的時刻和地點。指引哥德爾發現旋轉宇宙模型的是他的信念，他想證明時間流逝並不是客觀的，時間並沒有絕對的標準。哥德爾實際上是利用相對論論述了時間旅行的可能性，可是他的同事愛因斯坦並不喜歡時間旅行這種事。

可惜的是，我們所處的宇宙並不是哥德爾理論中的宇宙。我們透過觀

測發現宇宙正在膨脹，這並不符合哥德爾的預設。但哥德爾的努力有著非常重要的意義，他的思想在另外一條道路上得到發展。

1974年，美國杜蘭大學的數學家法蘭克・迪普勒（Frank Tipler）提出，既然廣義相對論允許時間旅行存在，人們就不該輕易否定這一可能性。他經由計算發現，如果存在一個大質量的超高密度圓柱體，只要其旋轉速度夠快，對外部時空引起的拖曳作用就足以形成封閉類時曲線。其軸線處會形成一個裸奇異點，物體在這裡能以接近光速的速度回到過去，甚至與過去的自己相遇。

不過迪普勒指出，這樣的時光機最遠也只能回到打造這個時光機的時刻，不能再往前回溯。至於用什麼打造這個圓柱體，迪普勒認為將若干中子星合在一起就行。顯然，人類目前無法實現。

除了旋轉宇宙、旋轉圓柱體，理論上還有一個途徑能打造出時光機。前文曾介紹過宇宙弦，這是一種宇宙早期可能出現的特殊物質。宇宙中，宇宙弦不是無限長的線，就是一封閉環形，而且在高速運動。據計算，宇宙弦的寬度小於原子核的直徑，而質量密度則大約是每公分 1 億億億公噸（編註：10^{24}）。質量密度這麼大，就會使周圍時空彎曲。

而宇宙弦造成的彎曲形狀極為特殊──一根長長的宇宙弦周圍的時空會是錐形的，而宇宙弦通過錐尖。也就是說，假如圍繞宇宙弦畫一個圓，這個圓的周長比半徑的 2π 倍要小一些，這是非歐幾里得幾何的特點。而且，宇宙弦單位長度的質量愈大，彎曲空間的錐形斜面坡度就愈大，這樣一來，圓周的周長與半徑的 2π 倍值就相差得愈多。假如圍繞這根宇宙弦轉一圈，會發現空間距離比想像得短一些，但是時間不受影響。

最有意思的是，讓 2 根平行的宇宙弦在距離不遠處相對以接近光速的速度運動，就會共同使周圍時空彎曲。此時圍繞它們轉一圈，會發現不但空間距離縮短，時間間隔也縮短了，甚至完全可能在出發去繞圈之前就回到原地。

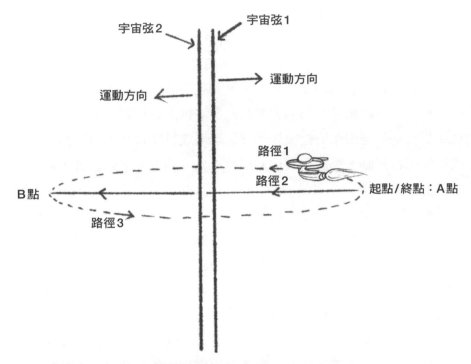

假如有2根平行且高速運動的宇宙弦，圍繞其運動就能回到過去

　　總之，無論是宇宙、圓柱體還是宇宙弦，似乎只要旋轉起來，就有希望產生跨越時間的大門。

　　然而，今天這些還只是一些零星理論，最多只能在理論上說明存在時光機的可能性。至於是否真的可以在宇宙中打造出時間之門，依然是未解之謎。

作者註：
對處在兩根宇宙弦之間、路徑2上的觀察者來說，由於宇宙弦1的作用，沿著路徑1從A點到B點的用時，相比路徑2可大大縮短，甚至能做到從A點出發的同時就到達B點；同理，由於宇宙弦2的作用，沿著路徑3從B點到A點的用時，相比路徑2也可大大縮短，甚至能做到從B點出發的同時就到達A點。以上二者綜合的效果就是，太空船從A點出發的同時就回來了。而這就相當於穿越時間回到過去。

擺脫思想的束縛

　　關於時光機的討論，在索恩之前很少進入學術領域，學者們都視之為洪水猛獸，唯恐避之不及，似乎研究它就是不務正業、陷入追尋科幻的世界。然而，在人類文明發展的道路上，科學的嚴謹與思想的跳躍缺一不可。

　　索恩曾經深入思考過這個問題。對時光機可能帶來的因果邏輯混亂，他分為 2 種情況來考慮。一個是在古典物理世界，另一個是在量子物理世界。

　　古典物理世界中，每個物體都有自己確定的演化和運動軌跡，一因必然導致一果，因果分明。假如出現能回到過去的時光機，人們就會面臨祖父悖論所表達的困境，因歷史的可變而導致未來出現不確定性。對古典物理世界來說，這無疑是一場災難；然而，對量子物理世界來說未必如此。

　　量子力學預言的只是事件發生機率，而不是確定性。也就是說，事物發展的未來並非確定的，一因未必導致確定的果。物理學家加來道雄曾說：「量子力學就是這樣一種思想：所有可能的事件，無論多麼奇怪或不可思議，都有一定機率發生。」這似乎說明，量子物理世界給時光機的存在留下了可能性。

　　同為惠勒的學生，諾貝爾獎得主、物理學家理查‧費曼是索恩的師兄，他擁有神奇的本領，可以將複雜的科學理論用簡單易懂的語言表述，是一位名副其實的教育家。他於 1962 年出版的《費曼物理學講義》（The Feynman's Lectures on Physics）半個多世紀以來影響許多對物理學好奇的年輕人。費曼在量子力學方面做出過重要貢獻，他大膽地突破薛丁格和海森堡的 2 種經典量子力學理論，創立一種可方便處理量子場中各種粒子交互作用的圖，稱為「費曼圖」。

　　本書第 7 章曾講過，1930 年狄拉克在理論上預言了反電子的存在，1932 年這一預言得到了觀測驗證。組成我們宇宙的絕大多數都是物質，反

物質很稀少。當反物質與物質相遇時會發生湮滅，釋放出2倍於物質質量的巨大能量。《三體Ⅲ》中就有關於反物質的情節。維德為了進行光速飛船的研製，毅然與國際社會對立，他們製作了威力強大的反物質子彈，準備用於自衛。

如何理解反物質的存在意義？狄拉克方程式中，假如將其中的時間方向逆轉，同時將電子的電荷從負電荷改為正電荷，這個方程式依然成立。費曼最先意識到，這意味著一個沿時間順著走的電子等同於一個沿時間倒著走的反電子，即**反物質粒子的時間反演**。無論是物質粒子還是反物質粒子，實際都存在，但二者的時間流逝方向相反。於是他就在費曼圖上用與時間方向相同的箭頭來代表物質粒子，與時間方向相反的箭頭來代表反物質粒子。

在導師惠勒的啟發下，費曼曾對反物質粒子能逆著時間運動的怪異現象做出驚人解釋——原來，我們的宇宙中只有1個電子！從宇宙大爆炸開始，這個電子沿著時間方向高速運動，組成我們所見的宇宙物質，直到宇宙末日，然後又沿著時間逆行，作為反物質行進至宇宙誕生之處。它這樣永無休止地循環運動下去，來到空間和時間的每一個角落，將萬物顯示在我們眼前。宇宙中，反物質粒子就是逆著時間行進的，這並沒有打破因果律。

在費曼的科學貢獻中，還有一項著名的歷史求和理論「路徑積分」。霍金曾這樣評價費曼：「費曼對人類的偉大貢獻在於他提出的一個概念——一個系統並不像我們通常認為的那樣，只有一段歷史；相反地，其具有每一段可能的歷史，每段歷史都有各自的機率。」

路徑積分針對的是微觀粒子，這個理論可用於時空中運動的一切粒子。費曼指出，粒子運動的各種可能路徑和情況都要考慮，包括粒子超光速運動的歷史，甚至其回到過去的歷史，儘管這些情況的機率很低。更進一步，既然我們面對的是整個宇宙，而宇宙的每段歷史都發生在一個存在著物質場的彎曲時空，如果有強烈彎曲的時空，回到過去就可以實現。考量各種宇宙歷史的總和疊加，無論機率大小，這樣的時空都應該存在。

自從愛因斯坦打破牛頓的絕對時空觀，這100年來，我們看到了時空的彎曲和由彎曲帶來的各種奇異存在，如：黑洞、引力波、奇異點、蟲洞。在歷史的某些時期，這些東西都曾被物理學家看作怪物，然而觀測事實說明了一切。愛因斯坦、愛丁頓和惠勒都曾強烈懷疑黑洞的存在，前2位沒能活著看到自己的觀點是錯誤的，而惠勒後來轉變為黑洞存在的堅定支持者和宣傳者。

　　21世紀，站在愛因斯坦相對論的第二個百年大門前，讓人忍不住好奇，在大門後面迎接我們的會是怎樣的科學發現呢？

第二十四章　終極的抉擇
——宇宙的重生與奇蹟

　　雲天明希望程心和關一帆在小宇宙中躲過大宇宙的坍縮，等新的大宇宙誕生後再去那裡生活。然而，2年後他們收到大宇宙發來的訊息，說大宇宙的末日即將來臨，希望各個小宇宙中的文明歸還從大宇宙中拿走的物質。否則大宇宙的物質總量將減少到臨界值以下，宇宙將在永恆膨脹中死去、無法重生。

　　什麼是宇宙物質總量的臨界值？為什麼會影響宇宙的命運？面對這樣的情況，程心他們又會做出怎樣的抉擇？且看《三體》的尾聲帶給我們的啟示。

 關 鍵 詞

　　宇宙演化、宇宙大爆炸標準模型、熱寂說、暗物質、宇宙加速膨脹、暗能量、大冷寂、大撕裂、大擠壓、囚徒困境、重複賽局、共有財悲劇

宇宙命運的拔河賽

　　宇宙物質總量的臨界值是怎麼回事？為什麼宇宙物質總量會決定宇宙的最終命運呢？要弄清這些，我們還是要從宇宙學中有關宇宙演化的理論說起。

　　宇宙大爆炸標準模型理論認為，我們的宇宙在138億年前的大爆炸中形成，隨著極速膨脹和冷卻，逐漸生成眾多恆星和星系。今天宇宙中所有的物質和能量都源於宇宙誕生的時候，不增不減。那麼，宇宙的未來會是怎樣的一幅圖景呢？首先我們需要明白，我們對宇宙的瞭解程度有限，目前關於宇宙演化尚未有定論，因此很多理論都有猜測的成分。

　　按照熱力學第二定律，宇宙的熵註定永遠不斷地增加。恆星最終會耗盡燃料，一直冷卻下去，直至與周圍空間的溫度相同，宇宙中所有物質的無序度終會增加到極大值，從此沒有能量交換、沒有分子運動，宇宙將在這種絕對的熱平衡狀態中死去，這就是「熱寂說」。然而，宇宙演化似乎並非如此簡單，其內部充滿複雜的動力學過程。在這些過程中，引力的作用不可小覷。

　　假如宇宙中只有物質，隨著大爆炸結束，從宏觀來看，所有物質受到的只剩下相互吸引的引力，宇宙膨脹應該會愈來愈慢，最終停止、轉為收縮，最後重新聚在一點，引發下一次大爆炸，開啟新一輪宇宙演化。但是，宇宙的一生真的就是這麼簡單的循環和重複嗎？

　　實際上，大爆炸以後，如果宇宙膨脹的速度夠快，所有星系終將克服所有其他物質的總引力，一直膨脹下去──就像一艘飛船，一旦速度超過逃逸速度，地球的引力就再也無法束縛它了；另一方面，如果膨脹速度太慢，膨脹終會停下來，並轉而開始收縮，進入循環之中。宇宙演化到底是其中的哪種情況呢？答案取決於2個數值的較量，一是膨脹速率，一是宇宙總引力。這就像一場決定宇宙命運的拔河賽。

天文學家經由觀測星系退行造成的紅移效應來測量宇宙膨脹的速率，儘管這個數值存在一定誤差，但是大致範圍比較確切。然而第二個數值——宇宙的總引力，測定起來卻不容易。

　　既然引力是物質造成的，只要測出宇宙總質量就能算出總引力。但是如何測量宇宙的總質量呢？採用笨辦法也可以。於是，科學家從太陽出發，透過其對行星的引力算出其質量。接著，估算出銀河系中類似太陽的恆星數量及其質量，再估算出宇宙中有多少星系後相加，就能大致估算出宇宙總質量——大約是太陽質量的 10^{21} 倍。有了這個數值，科學家很容易算出宇宙總逃逸速度，約為百分之一光速，小於宇宙的膨脹速率。因此科學家們得出結論——宇宙將持續膨脹下去。然而，實際情況大大超出人們預料。

　　1933年，瑞士天文學家弗里茨・茲威基在觀測宇宙中的星系時，發現其運動規律無法只用我們所見物質產生的引力來解釋，他推測星系中應該還存在大量看不見的物質，科學家稱之為「暗物質」。後來美國天文學家薇拉・魯賓（Vera Rubin）藉由觀察和研究星系的自轉，確認了暗物質的存在。

　　既然是暗物質，我們就看不到，也無法用光來直接探測，但天文學家有辦法。暗物質也能產生萬有引力，就像普通物質一樣。根據廣義相對論，光線在引力場中會發生彎曲，暗物質也會讓遠處星光發生彎曲。這時星光看上去就會出現類似通過透鏡的效果，這種現象稱為「引力透鏡」。利用這種現象計算出引力大小，再去掉我們能看見的物質產生的引力，就能得到宇宙中暗物質的分布了。

　　隨著2003年威爾金森微波各向異性偵測器（Wilkinson Microwave Anisotropy Probe，WMAP）上天觀測，人們進一步確認宇宙中暗物質的質量是構成天體和星際氣體的常規物質的5倍。也就是說，構成我們宇宙、乃至我們身邊周圍一切的，絕大多數竟然是我們看不見的東西。至於暗物質到底是什麼，科學界至今尚無定論。

　　既然暗物質比普通物質多這麼多，宇宙的總質量應該也比科學家之前

估計的大很多。如此一來，在萬有引力作用下，宇宙最終應該會收縮吧？然而，神奇的宇宙給出的答案總是出乎人們的意料。

加速膨脹的宇宙

1916年，愛因斯坦提出廣義相對論時，不相信宇宙是動態變化的。他發現必須在廣義相對論方程式中加上一個常數項，讓這個常數起到排斥力作用，抵消萬有引力造成的收縮，才能讓整個宇宙模型變得穩定，既不膨脹、也不收縮。他把這個加上去的常數稱作「宇宙常數」。這個常數在物理世界中到底意味著什麼，人們一直不清楚。

自從1929年哈伯觀測到銀河系外星系的退行運動，揭示宇宙膨脹的事實後，愛因斯坦感到非常沮喪，他認為宇宙常數是自己學術生涯中一大錯誤。因為宇宙一旦具有膨脹初速度，根本不需要宇宙常數來起作用。

然而，戲劇性的事件還是發生了。1998年，2個天文學家團隊觀測遙遠星系中的某種超新星時意外發現，宇宙的膨脹竟然在加速。宇宙的膨脹可以用大爆炸模型解釋，但加速膨脹讓人無法理解，人們根本不知道能讓宇宙膨脹得愈來愈快的動力來自哪裡。科學家們推測，既然凡是物質都能產生引力，應該存在一種與之相對的能量，產生讓物質分開的斥力，並將這種力稱為「暗能量」。至於暗能量到底是什麼，現在還沒人知道，也許與當年愛因斯坦提出的宇宙常數有關。因為相關發現，這2個天文學家團隊的領導者布萊恩 • 施密特（Brian Schmidt）和亞當 • 里斯（Adam Riess）榮獲2011年諾貝爾物理學獎。

科學家用WMAP觀測發現，暗能量占宇宙中所有物質和能量總和的70%左右，暗物質占25%。而我們平時所見的普通物質和能量，占比不到5%。如此看來，近現代科學幾百年來一直研究的東西，不過是宇宙中很不起眼的一小部分而已。這恐怕是21世紀以來最讓科學界跌破眼鏡的發現之一了。

普通
物質和能量

暗物質

暗能量

宇宙的構成

　　目前，科學家沒有任何證據表明暗物質和暗能量之間有什麼關係，這些概念的引入拓展了物理學對物質的想像，帶來更多的是問題，而不是答案。

　　天文觀測表明，宇宙在大爆炸後的 40 億～50 億年以內，膨脹速度比較緩慢，此後才開始加速膨脹。為什麼會這樣呢？ 一種解釋是，假如暗能量的總量就是愛因斯坦的宇宙常數，其特點之一就應該是數值保持不變，也就是說暗能量從宇宙大爆炸以來就是這麼多。換句話說，這是空間本身的一種屬性，雖然宇宙在膨脹，但每立方公分空間中暗能量的總量保持不變。

　　宇宙大爆炸初期，物質密度很高，占主導地位的是萬有引力，暗能量的作用顯得微不足道，而萬有引力所起的作用就是減緩宇宙的膨脹速度。

但是，隨著時間推移，萬有引力效應逐漸變弱，而暗能量的排斥力保持不變，因此，後來暗能量就成為主導力量，超過了萬有引力，使宇宙加速膨脹。如此說來，我們不得不佩服愛因斯坦當年在發明宇宙常數時所體現出來的天才預見——儘管後來他自認為這是自己最大的錯誤。

除了上面的這種解釋，還有一些其他說法。舉例來說，最新的弦理論——M理論認為，宇宙中並沒有反引力的暗能量，宇宙加速膨脹只是因為隨著時間推移，宇宙中的引力洩露到宇宙膜之外，宇宙對遙遠星系的引力才逐漸減弱而已。

《三體》中說，宇宙在不斷地失去物質，原因在於宇宙中許多高等文明都在競相製造自己的小宇宙，從大宇宙中運走很多物質。

> 據智子介紹，小宇宙本身是沒有質量的，它的質量都來自於從大宇宙中帶來的物質。在三體世界曾經製造過的幾百個小宇宙中，647號屬於最小的一類，它總共從大宇宙中帶走了約五十萬公噸物質，相當於公元世紀一艘大型油輪的運載量，從宇宙尺度上講確實微不足道。
>
> 摘自《三體Ⅲ》

如此一來，宇宙的引力最終將不足以抵抗膨脹，於是他們猜測宇宙會永遠膨脹下去，沒有重生的那天。

> 程心和關一帆把目光從回歸運動聲明上移開，相互對視著。從對方的眼睛裡，他們看到了大宇宙黑暗的前景。在永遠的膨脹中，所有的星系將相互遠離，一直退到各自的視線之外，到那時，從宇宙間的任何一點望去，所有的方向都是一片黑暗。恆星將相繼熄滅，實體物質將解體為稀薄的星雲，寒冷和黑暗將統治一切，宇宙將變成一座空曠的墳墓，所有的文明和所有的記憶都將被永遠埋葬在這座無邊無際的墳墓中，一切都永遠死去。

為了避免這個未來，只有把不同文明製造的大量小宇宙中的物質歸還給大宇宙，但如果這樣做，小宇宙中將無法生存，小宇宙中的人也只能回歸大宇宙，這就是回歸運動。

摘自《三體Ⅲ》

這就是程心他們面臨的抉擇——是否參與回歸運動，將小宇宙的所有物質歸還給大宇宙？

宇宙的歸宿

當然，「歸還物質使宇宙重生」只是小說情節而已。從科學上看，宇宙的未來將會怎樣呢？說實話，我們對宇宙的最終命運知之甚少。假如一定要做出預測，可能有以下幾種結局。

第一種，如果暗能量的大小不變，宇宙將持續加速膨脹下去，星系之間將變得愈來愈遠，最終遠離的速度將超過光速，所有天體將逐漸消失在我們的宇宙視界之外。我們能見的宇宙範圍內的東西將愈來愈少，最終變得空無一物。那時的天空中已經沒有任何天體，只剩下孤獨的我們。隨著宇宙空間的溫度愈來愈接近絕對零度，我們將在孤寂中凍死。這個結局被稱為「大冷寂」。

第二種，如果暗能量愈來愈強，最終宇宙的膨脹將主宰一切，不但超過引力，還會超過電磁力，以及強交互作用力、弱交互作用力。屆時，不但天體會互相遠離，哪怕是構成物質的粒子都會分崩離析，我們的身體也會化作四散分離的粒子。宇宙將死於一場「大撕裂」。

第三種，假如暗能量隨著時間推移慢慢變弱，甚至變成負值，引力將成為全宇宙中的主導力量。於是宇宙將停止膨脹、轉為收縮，一切物質終將崩潰坍縮回一個奇異點，就像當初其誕生時一樣。這種結局被稱為「大擠壓」，這才是小說裡雲天明他們希望看到的結局。

在第三種情況下，一旦停止膨脹，整個宇宙會在同一瞬間轉為收縮。由於光速有限，一開始我們還不會看到銀河系周圍有什麼變化。但在轉變發生後不久，我們會發現附近的星系出現藍移，說明它們正在向我們奔來，而遙遠的星系仍然顯示為遠去的紅移。不過，接下來，藍移的視界將以光速傳遍整個宇宙。

大冷寂　　　　　　　大撕裂　　　　　　　大擠壓

宇宙的3種結局

現在我們並不知道宇宙的命運如何，因為我們對暗能量的瞭解太有限了，況且宇宙只有在到達命運盡頭時，情況才會出現變化而引起我們注意。就讓我們堅持觀測宇宙，並在心中祈禱：「給宇宙一次重生的機會吧。」

不過，宇宙可能重生，宇宙中的文明就未必了。讓我們來看看這場大擠壓的最後階段。隨著收縮的進行，宇宙的升溫速度愈來愈快，當宇宙大小相當於現有規模的百萬分之一時，宇宙會變得無比熾熱，溫度達到攝氏幾百萬度，就像現在恆星內部的溫度一樣。當宇宙進一步縮小到現有規模

的十億分之一時，其溫度將達到攝氏10億度，所有原子核將被炸得粉碎，分解為質子和中子。再往後，質子和中子也會解體，整個宇宙變成一鍋由夸克組成的「湯」，溫度達到攝氏1萬億度（編註：10^{12}）。此時，距離終極時刻最多還有幾秒鐘。至於此後宇宙的變化，由於我們目前所知的物理規律已經失效，沒人知道究竟會發生什麼。

上面關於宇宙的幾個結局都強調了暗能量的作用，畢竟暗能量占了宇宙中物質和能量總量的70％左右。而《三體》只提到宇宙中物質總量的多少和物質損失，看來不是十分嚴謹，不過這絲毫不影響情節發展。

回歸大宇宙

無論怎樣，現代天文觀測表明，宇宙目前不但正在膨脹，而且恰好處在臨界狀態。起收縮作用的引力與起膨脹作用的暗能量，似乎恰好勢均力敵。也就是說，宇宙的未來好像既不是撕裂和坍縮，也不是無限膨脹。這個臨界狀態十分微妙，也十分脆弱，隨時可能轉向收縮或膨脹。一方是物質和暗物質的引力，另一方是暗能量的排斥力，雙方共同決定著宇宙的命運。在這場拔河賽中，目前較勁的雙方正保持著微妙的平衡，勝負難料。

程心和關一帆平靜下來後，仔細閱讀訊息的內容，兩種語言書寫的內容是一樣的，很簡短：

回歸運動聲明：我們宇宙的總質量減少至臨界值以下。宇宙將由封閉轉變為開放，宇宙將在永恆的膨脹中死去，所有的生命和記憶都將死去。請歸還你們拿走的質量，只把記憶體送往新宇宙。

摘自《三體 III》

按照小說裡的說法，宇宙中的一些高等文明將物質從大宇宙中拿走，

去建設自己的小宇宙，這造成大宇宙的物質總量減少到臨界值以下，從而可能使宇宙永恆膨脹下去，最終死去、無法重生。從科學上看，這有一定的道理。於是，讓所有文明歸還小宇宙中的物質，也許正是拯救宇宙的關鍵救命稻草。

這種情況下，假如你就是掌握宇宙命運文明中的一員，你願意做出怎樣的選擇呢？

顯然，你可以預想幾種可能性。

第一種，假如大家都不歸還小宇宙的物質，大宇宙可能就無法重生，躲在小宇宙中的所有文明便只能在無盡時光中死去，永遠沒有重生的一天。

第二種，假如歸還，文明就要經歷一場大冒險。一方面，大宇宙走向末日，生存條件變得日益惡劣；另一方面，在宇宙大擠壓發生時，文明是否能隨著宇宙一起浴火重生還是個未知數。要不要冒這個險呢？更重要的是，沒人知道宇宙的臨界質量到底是多少。換言之，我們並不清楚到底要多少個小宇宙歸還物質，宇宙才能轉為收縮並最終重生。這可真是一場事關個人和文明、乃至宇宙存亡的豪賭啊！

小說最後，程心和關一帆決定將647號小宇宙中所有物質都歸還給大宇宙，他們自己也進入飛船，勇敢地回歸大宇宙。到此，全劇終。

讀到這裡，很多讀者可能不理解，程心他們怎麼這麼傻呢？如果只有他們回歸，而別人都沒有回歸，那人類豈不是白白奉獻了嗎？

宇宙的囚徒

儘管程心只是《三體》中的人物，故事情節也完全是虛構的，但是程心採取的行動體現了作者的態度。作為旁觀者，我們不妨從科學上看一看，在這種情況下，應該採取怎樣的行動策略比較好。這與賽局理論有關。

本書第13章裡，我簡要介紹過賽局理論。賽局理論又稱對策論、博弈論，是現代數學的一個分支，也是運籌學的一部分，為研究兩人或多人之

間競爭合作關係的一門學科。賽局理論重點研究不同情境下的策略選擇，目的在於從中取得相應的結果或收益，在經濟學、國際關係學、電腦科學，乃至生物學等許多學科中都有廣泛的應用。

之前介紹過，賽局可分為合作賽局和非合作賽局。合作賽局主要研究人們在達成對聯盟各方均有利的合作時，如何分配合作獲得的收益。而非合作賽局則指以自己的收益最大化為原則選擇策略，無法強迫其他參與者遵守某一協議。在非合作賽局中，最有名的一個例子叫作「囚徒困境」。

囚徒困境最早是美國數學家艾伯特・塔克（Albert Tucker）等人在1950年提出，意在向史丹佛大學心理學家解釋什麼是賽局理論。後來經過發展，成為賽局理論中最著名的案例之一。囚徒困境指2名被捕囚徒之間的一種特殊賽局，有多種版本，下面介紹其中最有代表性的。

2名共謀犯罪的人被羈押，由於互相隔離，不能溝通情況。如果兩人都不坦白且不揭發對方，則由於證據不確定，每個人都入獄1年；如果一人坦白並揭發對方，而另一人保持沉默，則坦白者會因立功而立即獲釋，沉默者因不合作而要入獄10年；如果兩人都坦白且互相揭發，則因證據確鑿，兩人都會被判刑8年。請問他們該如何採取行動？

按照賽局理論中奈許均衡的算法，對他們最有利的選擇，顯然是都保持沉默，這樣一來，每個人只入獄1年就可以出來了。然而2名囚徒不能溝通，也無法信任對方，自然會猜忌對方可能率先招供，此時如果自己抵賴，就只能獨自入獄10年。所以實際結果是，他們都搶先坦白且互相揭發，而不是一同選擇沉默。他們最終所做的選擇，從表面上看是對自己最有利的，也就是希望揭發對方而使自己獲釋。然而從全局情況看，他們得到的是最差的結局，即因證據確鑿，皆入獄8年。

囚徒困境雖然只是一個簡單的思想模型，卻具有十分深刻的涵義，在現實社會中的價格競爭、環境保護、人際關係等方面，會頻繁出現類似情況。囚徒困境反映出賽局理論中的一個重要結論——個人的最佳選擇並非集體的最佳選擇，尤其是在非合作賽局中。集體中每個人的選擇都是理性的，但是得到的結果對整個集體來說未必有利，這是一種集體悲劇。

西方經濟學之父亞當・史密斯（Adam Smith）認為，只要每個個體都追求利益最大化，便會使集體得到最大化利益。然而，囚徒困境推翻了這一理論。囚徒困境揭示了個體利益與集體利益的矛盾。若是追求個體利益最大化，集體利益往往不能最大化，甚至有時候還會得到最差的結果，就像囚徒困境中的那兩人。時代在發展，經濟模式也在變化。經濟活動中，隨著資本日益集中，企業脫離了最初的原始狀態，不再是單純的獨立個體，而是彼此之間形成一種既合作又競爭的複雜關係，這時亞當・史密斯的結論便過時、不成立了。這催生了後來的經濟賽局理論。

由此看來，在人際交往的賽局中，單純的利己主義者並非總會成功，有時候也會失敗。囚徒的選擇之所以最終失敗，關鍵在於他們不信任、不合作。因此，能否走出囚徒困境的關鍵，就在於態度是合作還是背叛。

合作還是背叛？

實際生活中，儘管人們都相信合作能帶來更好的未來，但是為了私利，往往最終都選擇背叛，這一行為策略導致合作難以進行。

（智子：）「……我還是覺得留在這裡是最好的選擇。留在小宇宙中有兩種可能的未來：如果回歸運動成功了，大宇宙坍縮為奇異點並發生新的創世大爆炸，你們就可以到新宇宙去；如果回歸運動失敗了，大宇宙死了，你們還可以在這裡度過一生，這個小宇宙也不錯的。」

「如果所有小宇宙中的人都這麼想，那大宇宙絕對死了。」程心說。

摘自《三體 III》

程心的一句話，說出了這個宇宙囚徒困境的重點。

合作還是背叛，其實表現為在未來利益和眼前利益之間的選擇。人們明明知道，背叛別人和急功近利都是不好的，而合作和長遠考慮對自己、對集體才更有利，卻總是陷入困境當中，誰都不願意走出合作的第一步。這便是囚徒困境反映出的問題。難道這是上天為人類設置的一道魔咒，人類註定無法擺脫嗎？

既然要取得整體的最大收益，將非合作賽局變為合作賽局也許更容易達到目的。賽局理論指出，**在一次性賽局中，往往不會產生合作，合作的前提是「重複賽局」。**

一次性賽局中，參與者考慮的只有眼前利益，背叛對方對自己來說是最優策略。但在重複賽局中不是這樣，參與者往往會考慮到長遠利益，合作就變得可能。可見，合作的基礎是長遠交往。賽局參與者如果有共同的未來利益，才會選擇持續合作；沒有共同利益，也就沒有合作。對於上面所說的囚徒，假如他們經歷反覆多次這樣的互相背叛、多次同坐8年牢，以後就可能傾向於合作，也許下一次無論警察再怎麼威逼利誘，他們都能始終保持沉默。

因研究賽局理論獲得2005年諾貝爾經濟學獎的勞勃・歐曼（Robert Aumann），幾十年來一直在尋找一條解決囚徒困境的辦法。他發現，人與人之間若是能長期交往，便會趨向於減少衝突、走向合作。這種長期的交往過程就是一種重複的合作。最終促成人們合作的，正是一種面向未來的態度。

公共資源的悲劇

《三體》中，最終收到回歸聲明的，是宇宙中許許多多而非一兩個文明的後代，這就出現了群體賽局的情況。下面我們再來看看賽局理論中另一個著名例子，叫作「共有財悲劇」。

人類社會中，有一種現象始終存在，就是群體行動的悲劇。顧名思

義，其與個人無關，是群體在行動過程中所遭受不可避免的集體性災難。要注意，**這種群體行動的悲劇不是偶然，而是必然的**。最詭異的是，這種悲劇每個人都能意識到，但似乎無法擺脫。

1968年，美國經濟學家加勒特・哈丁（Garrett Hardin）在《科學》（*Science*）雜誌上發表了一篇著名文章《公地悲劇》（*Tragedy of the Commons*），描述了這樣一個案例。在一片公共牧場上，生活著一群聰明的牧人，他們勤奮工作，都在增加著自己的牛和羊。畜群不斷擴大，終於達到這片牧場可承受的極限，再增加一頭牛或羊，都會給牧場帶來損害。但每個聰明的牧人都明白，如果他增加一頭牛或羊，由此帶來的收益全部歸自己所有，而由此造成的損失則由全體牧人分擔。於是，大家不懈努力，繼續擴大各自的畜群。最終，這片牧場因為過度放牧而退化為荒漠。這就是共有財悲劇的故事。

一般來說，資源只要是公有的，被濫用就在所難免。共有財悲劇在生態平衡問題上體現得最明顯。上述故事中，如果想讓牧人、牧場和牛羊三方和諧發展下去，就必須找到一個平衡點。如果牧人只顧眼前利益，對牧場過度開發，久而久之勢必得不償失。哈丁在文章中還討論了與此類似的環境汙染、人口爆炸、過度捕撈和不可再生資源的消耗等一系列問題。他說，在共享公共資源的社會中，每個人都是公共資源的所有人，都追求各自利益的最大化，這就是悲劇發生的原因。

與囚徒困境稍有不同，共有財悲劇產生在多個利益主體的賽局中，參與賽局的每一方都想使自己的利益最大化，結果損害了大家的共同利益，進而損害自己的個人利益。老子的《道德經》中有這樣一句話：「天下皆知美之為美，斯惡矣；皆知善之為善，斯不善矣。」人們對這句話的理解千差萬別，其中有人這樣解讀：「天下的人都認為美好的東西美好時，它就變成醜惡的了；都認為善良的東西善良時，它就是不善良的了。」為什麼會這樣呢？這是因為當天下的人都認為某一樣事物對自己是好的、都挖空心思去追求時，醜惡就產生了。

哈丁指出，這樣的困境無法僅靠科技手段解決，需要提升人的價值觀

或道德觀才行。哈丁認為有2種辦法可避免悲劇出現：一是從制度入手，建立中心化的權力機構；二就是以道德約束。

大宇宙是公共資源，如果每個文明都只想從中索取、謀求個體利益的最大化，這個公共資源註定成為寸草不生的荒漠，使每個文明都失去生存依靠。這個悲劇的結局，一定不是所有高等文明在創造小宇宙時的初衷。大家都希望大宇宙重生，從而開啟新的文明。所以，擺脫這個困境就要求每一位參與者為了共同的最大利益做出一些犧牲和讓步，表達合作的誠意；否則，宇宙就只能是一片黑暗森林。

小說的最後，程心他們做出回歸大宇宙的決定，從某種程度上看，正是對賽局理論的實踐。

無盡的等待

各位可能還有疑問：「萬一只有程心這麼做，別的小宇宙文明不願意回歸怎麼辦？宇宙還是死了啊。」

是的，這不就是囚徒困境裡那2名囚徒的想法嗎？不信任、不合作，最終因背叛而共同失敗。主動走出合作的第一步，才是解決這一困境的關鍵。

前面分析過，按照賽局理論的思想，面向未來利益的重複賽局是走出困境的成功之路。那麼，重複賽局要如何體現呢？

我們不妨做一個思想實驗。假如我們是宇宙中的幸運文明，歷經磨難終於來到宇宙末日，第一次面對物質回歸的拷問，我們會怎樣決定呢？沒錯，我們很可能像那2名囚徒一樣選擇不合作。於是大宇宙很可能錯過重生機會，我們的文明也在小宇宙中走向滅亡。不過，這個教訓有可能成為記憶，以某種途徑留給未來的文明。正像作者在小說中有意安排的記憶體漂流瓶那樣。

億萬年後，作為下一代宇宙文明的我們又一次創造小宇宙，來到宇宙

末日，再次面對這個回歸問題，請問此時我們是否還會重蹈覆轍呢？從理性角度來看，做出一樣的選擇顯然會陷入下一輪循環之中。而這對宇宙本身來說，根本就不是問題，因為宇宙有的是機會，還有那麼多平行宇宙。宇宙最不缺的就是時間和等待。

既然如此，宇宙在等待什麼呢？它在等待宇宙中的生命和文明完成進化和自我覺醒，有朝一日擺脫痛苦可怕的輪迴噩夢。如果在這關鍵時刻，我們還是猶豫了，沒有勇敢地站出來，不要緊，大不了宇宙再毀滅一次。

於是，億萬年後的另一個宇宙，當歷史長河將我們再次帶到岔路口，面臨對個人、文明和宇宙都很重要的一次選擇，請問這次是否會覺醒呢？

從這個角度來看，程心他們所做的是最科學、最理性的選擇。

此時，我不禁再次想到康德的名言：「在這個世界上，有 2 樣東西值得我們敬畏，一是頭頂上的星空，二是人們心中高尚的道德標準。星空因其永恆而深邃，讓我們仰望和深思；道德因其莊嚴而聖潔，值得我們一生堅守。」

宇宙的奇蹟

時間的流逝，也許只是我們的錯覺。其實，每天都是歷史上的今天，今天所做的任何選擇也都將成為歷史的一部分。從未來的視角穿越時空回望眼前發生的一切，就可以多一份冷靜、多一個思考角度。《三體Ⅰ》最早叫作《地球往事》，而《三體Ⅲ》中反覆出現的標題是《時間之外的往事》。也許我們看到的這一切，都是另一個平行宇宙中的人記錄的一段段歷史。

宇宙很大，大到超出我們的想像。雖然歷史總是輪迴，命運卻可以改變。正如小說第二部序章所說：「生活需要平滑，但也需要一個方向，不能總是回到起點。」

《三體》中，有一個容易被忽略的人物，她就是葉文潔的女兒、羅輯的

同學，物理學家楊冬。小說中她的戲分不多，但是她對宇宙的思考以及在其他人物心目中的地位是無人能及的，就連著名的物理學家丁儀也自愧不如。小說第一部的男主角汪淼受到楊冬很大的影響，人類的危機紀元也是從楊冬去世的那年算起。第二部中，主角羅輯人生中最重要的2個事件都發生在楊冬的墓前，一是羅輯第一次接觸黑暗森林法則，二是羅輯以生命為賭注與三體建立威懾平衡。甚至小說第三部中也有楊冬的身影。第三部一開始，作者便採用倒敘方式，講述楊冬臨終前曾來過高能粒子加速器實驗室，和這裡的一名年輕人說起她的宇宙模型。在她的心中，生命是宇宙模型中必然的選項，宇宙孕育生命，而生命也在改變著宇宙。

　　生命是平凡，也是神奇的。組成生命的每一物質粒子，都來自宇宙星辰。我們左手上的一個原子和右手上的一個原子，在億萬年前可能分別是宇宙中相隔千萬光年的2顆星星上的一部分。在超新星爆炸的星風吹送下，它們跨越時空，飄落到一起，共同組成我們的身體，賦予生命以活力，這是多麼小的機率啊！正像英國物理學家布萊恩 • 考克斯（Brian Cox）在他的書中所說，生命是宇宙中最大的奇蹟。

　　宇宙很大，大到可以讓這個奇蹟成真。時至今日，你難道還那麼肯定，我們就是宇宙中的第一代智慧生物嗎？我們創造的文明，在這宇宙中真的是第一輪嗎？生命來自宇宙，也必將回歸宇宙，你是否願意與宇宙同在呢？這是留給誕生在這個宇宙的每一個文明、每一個擁有自由意志的個體的終極追問。如果有一天，我們也要面臨這個問題，在真誠與傲慢之間，要做出怎樣的抉擇？

　　生命是平凡，也是值得敬畏的。《死神永生》作為該系列小說第三部的名字，說明的是一個鐵律，引發的是我們對生命的反思。

　　茫茫宇宙中，各種嚴苛的環境都限制著生命的存續。然而，在銀河系一個安靜的角落，一顆淡藍色的普通星球上，偏偏誕生了生命。受熱力學第二定律左右的宇宙中，萬事萬物都將走向混亂、趨向毀滅；而生命逆熵前行，頑強地繁衍、執著地進化，甚至發展到高等文明、創造出燦爛文化。文明努力地理解世界的規律、尋找生命的意義，將生命基因和愛的火

種傳遍整個宇宙。

正如魯迅所寫「心事浩茫連廣宇」。宇宙很大，孕育了生命，生命又在思考宇宙存在的意義。科學就是好奇的生命在思考和發現中的所得。我們的宇宙從哪裡來？從138億年前的大爆炸而來。從什麼爆炸而來？從量子世界的虛無中爆炸而來。無中生有，是宇宙誕生的奧祕；回歸空無，也許是宇宙的歸途。

然而，生命追求永生，儘管橫在生命面前的是死神這堵無法跨越的高牆。正如老子所說，生命就是「出生入死」。《三體》裡傑森感悟道：「死亡是唯一一座永遠亮著的燈塔，不管你向哪裡航行，最終都得轉向它指引的方向。」的確，死亡是生命的歸宿，然而生命在航向死亡的同時一路歡歌，享受著短暫而絢爛的旅途。螞蟻沒有恐高症，知道自己從高處跌落不會死，因此也註定無法領略高處的驚心動魄之美。我們將生命中的愛和美好視作珍寶，因為我們知道自己終究有一天會失去。其實，是死亡賦予生命以意義。

陽光照進黑暗森林

小說中的宇宙黑暗森林狀態，也許是在宇宙進化初期的文明可能經歷的一個階段。這時生命剛剛出現，表現出對資源的原始依賴。然而，宇宙很大，總有生命會開闢出自己的進化之路，從低級到高等，再出現智慧、發展成文明，隨後飛向太空、回歸星辰大海。這一路走來，每個種族和文明在發展歷程中的各個階段，總會面對各種考驗。是和諧平等、還是唯我獨尊？是和平共處、還是強取豪奪？是守望相助、還是以鄰為壑？對待同胞、對待異族，甚至對待外星文明，我們能否一視同仁？捫心自問，每次我們都會做出怎樣的選擇？

儘管外星人都是科幻作品的虛構形象，但是地球生物之外難道就真的沒有他者嗎？文明早期，不同族群互為他者；當文明逐步發展，不同國

家、不同信仰互為他者；進入命運共同體後，人類又發明了人工智慧，自己造出他者。宇宙很大，他者永恆存在。每次站在鏡子前，鏡中的你其實也是他者。宇宙就是一面鏡子，你怎樣對待它，它就怎麼回敬你。

隨著技術進步，文明所具有的毀滅能力也日益強大。致命的武器既能殺死敵人，也會讓我們自取滅亡。能力提升，選擇所帶來的後果也會提升。然而，人性與道德是否也隨之提升呢？終有一天，文明會面臨類似於物質回歸這樣的終極拷問。

在這不同階段的一次次拷問到來時，文明採取的不同選擇，將使自己走向不同的道路，有的充滿陽光、有的萬劫不復。

以理性思考、從真誠出發，選擇愛與合作，善待自己、也善待他人，這既可以讓文明走出困境，也得以讓文明進化和提升。每天迎接我們的都是新宇宙，而走進新宇宙的只能是新文明。

小說第二部結尾描寫了羅輯和三體監聽員的對話。他們說，也許愛的萌芽在宇宙的其他地方也存在，我們應該鼓勵其萌發和成長，為此甚至可以冒險。相信有一天，燦爛的陽光將照進黑暗森林。

最後，引用《三體》裡程心在《時間之外的往事》中的一部分自述作為本書結尾。

　　　現在我們知道，每個文明的歷程都是這樣：從一個狹小的搖籃世界中覺醒，蹣跚地走出去，飛起來，愈飛愈快，愈飛愈遠，最後與宇宙的命運融為一體。

　　　對於智慧文明來說，它們最後總變得和自己的思想一樣大。

摘自《三體 III》

中文	英文	解說頁數
M理論	M-theory	375
乙太	luminiferous aether	314
人工智慧	artificial intelligence，AI	298
人格同一性	personal identity	350
人擇原理	anthropic principle	428
人體冬眠；人體冷凍	cryonics	294
三體問題	three-body problem	19
大冷寂、大擠壓、大撕裂	big chill、big crunch、big rip	477
大爆炸；大霹靂	big bang	66
不確定性原理；測不準原理	the uncertainty principle	136
中子星	neutron star	325
中微子；微中子	neutrino	311
互補性原理	complementarity principle	137
內隱記憶、外顯記憶	implicit memory；explicit memory	166
公理、定理、定律	axiom；theorem；law	203
反引力、反重力	anti-gravitation、anti-gravity	460、326
反物質	antimatter	468
引力、重力	gravitation、gravity	313
引力波；重力波	gravitational wave	318
引力場；重力場	gravitational field	317；435
比衝、推重比	specific impulse、thrust-to-weight ratio，TWR	244
包立不相容原理	Pauli exclusion principle	85；133
卡拉比－丘流形	Calabi–Yau manifold	373
卡魯扎－克萊因理論	Kaluza–Klein theory，KK theory	372

中文	英文	解說頁數
史瓦西半徑	Schwarzschild radius	439
平行宇宙	parallel universe	413～428
白矮星	white dwarf	440
光子	photon	130
光帆	light sail	334
光速	speed of light	—
共有財悲劇	tragedy of the common	483
多世界詮釋	the many-worlds interpretation，MWI	419
多重記憶系統模型	Atkinson—Shiffrin memory mode	161
多節火箭	multistage rocket	243
夸克	quark	60
宇宙全像理論	holographic principle	386
宇宙背景輻射	cosmic microwave background，CMB	65
宇宙常數	cosmological constant	412
宇宙速度	cosmic velocity	358
曲率	curvature	357
自然語言理解	natural language understanding，NLU	397
伽瑪射線暴	gamma-ray burst，GRB	444
克隆；複製	cloning	336
吸積盤	accretion disk	443
快子	tachyon	373
決定論；拉普拉斯信條	determinism	177
狄拉克方程式	Dirac equation	135
貝爾不等式	Bell's inequality	83

中文	英文	解說頁數
亞原子；次原子	subatomic	73
奇異物質	strange matter	460
奇異點、環奇異點	singularity、ring singularity	447、456
延遲選擇實驗	Wheeler's delayed choice experiment	141；427
弦理論、超弦理論	string theory、superstring theory	373
拉格朗日點	Lagrange Point	30
拉普拉斯惡魔	Démon de Laplace	177
波茲曼方程式	Boltzmann transport equation，BTE	227
波粒二象性	wave–particle duality	73
阿羅悖論；阿羅不可能定理	Arrow's paradox；Arrow's impossibility theorem	272
促發效應	priming effect	167
哈伯定律	Hubble's law	412
恆星、行星、星系	star、planet、galaxy	—
原子、中子、質子	atom、neutron、proton	—
原子彈	atom bomb	113
原腸胚	gastrulation	339
哥本哈根詮釋	Copenhagen interpretation	76
哥白尼原理	Copernican principle	428
哥德爾不完備定理	Gödel's incompleteness theorem	215
時間反演	time reversal	468
時間膨脹效應	time dilation effect	403
核分裂、核融合	nuclear fission、nuclear fusion	111、116
矩陣力學	matrix mechanics	133
神經元	neuron	155

中文	英文	解說頁數
耗散結構	dissipative structure theory	232
能階；能級	energy level	130
動圈；能層	ergosphere	449
強交互作用力、弱交互作用力	strong interaction、weak interaction	311
氫彈	hydrogen bomb	116
混沌理論	chaos theory	23
球狀閃電	ball lightning	127
異化	entfremdung	53
細胞自動機	cellular automaton	192
都卜勒效應	Doppler effect	405
幾何學	geometry	207
湧現	emergence	186
無工質驅動	propellantless drive	239
無線電波	radio waves	36
等效原理	equivalence principle	316、435
絕對時空觀	absolute time and space	313
萊斯納－諾德斯特洛姆度規黑洞	Reissner–Nordström black holes	459
費米子、玻色子	fermion、boson	373
費米悖論	Fermi paradox	42
超新星	supernova	441
量子	quantum	72
量子位元；Q位元	quantum bit，qubit	423
量子泡沫	quantum foam	461
量子糾纏	quantum entanglement	78

中文	英文	解說頁數
量子真空漲落	quantum fluctuation	460
量子隱形傳態	quantum teleportation	87
黑洞、白洞	black hole、white hole	442、458
黑洞無毛定理	no-hair theorem	456
奧伯斯悖論	Olbers' paradox	411
奧坎剃刀法則	Ockham's razor	194
幹細胞	stem cell	343
暗物質	dark matter	473
暗星	dark star	439
暗能量	dark energy	474
萬有引力定律	Newton's law of universal gravitation	20
葡萄乾布丁模型	plum pudding model	110
路徑積分；歷史求和	path integra	468
電子	electrics	—
電子雲	electron cloud	73
電磁力	electromagnetic force	311
電漿；等離子體	plasma	120
維度	dimension	58
語料庫	corpus	396
語意記憶、情節記憶	semantic memory、episodic memory	162
赫布定律	Hebbian theory	165
齊奧爾科夫斯基公式	Tsiolkovsky rocket equation	242
狹義相對論、廣義相對論	special relativity、general relativity	315、317
德雷克公式；綠岸公式	Drake equation、Green Bank equation	40

中文	英文	解說頁數
暴脹	inflation	416
潮汐力	tidal forces	445
熱寂說	heat death of the universe	472
熵、訊息熵	entropy、information entropy	226、385
膜	brane	377
複雜性科學	complexity sciences	185
機器翻譯	machine translation，MT	397
錢德拉塞卡極限	Chandrasekhar limit	440
霍金輻射	Hawking radiation	386
靜態極限	static limit	457
臨界質量	critical mass	113
薛丁格方程式	Schrödinger equation	132
賽局理論	game theory	259
邁克生－莫雷實驗	Michelson–Morley experiment	315
簡併態物質	degenerate matter	324
藍移、紅移	blueshift、redshift	405
蟲洞；愛因斯坦－羅森橋	wormhole；Einstein—Rosen bridge	454
雙縫實驗	double-slit experiment	131；427
羅素悖論	Russell's paradox	211
邊緣策略	brinkmanship	265
鏡像神經元	mirror neuron	189
類神經網路	artificial neural network，ANNs	399
攝動；微擾	perturbation	26
體細胞核移植	somatic cell nuclear transfer，SCNT	339

寫給地球人的《三體》說明書
齊銳著，韓建南繪
本書由北京科學技術出版社有限公司經大前文化股份有限公司
正式授權中文繁體字版權予楓樹林出版事業有限公司

寫給地球人的
三體說明書

出 版／楓樹林出版事業有限公司

地址／新北市板橋區信義路163巷3號10樓

郵 政 劃 撥／19907596 楓書坊文化出版社

網址／www.maplebook.com.tw

電話／02-2957-6096　　傳真／02-2957-6435

作者／齊銳

責任編輯／邱凱蓉

港澳經銷／泛華發行代理有限公司

定價／560元

出版日期／2024年5月

國家圖書館出版品預行編目資料

寫給地球人的《三體》說明書／齊銳作
. -- 初版 . -- 新北市：楓樹林出版事業
有限公司, 2024.05　　面；　公分

ISBN 978-626-7394-68-7（平裝）

1. 中國小說 2. 科幻小說 3. 文學評論
4. 科學

857.83　　　　　　　　113004234